suhrkamp taschenbuch 1311

Karl Kraus, geboren am 28. April 1874 in Gitschin, ist am 12. Juni 1936 in Wien gestorben.
Das erste Buch von Karl Kraus, erschienen 1908, vereinigt die wichtigsten Arbeiten, die er zwischen 1902 und 1907 in seiner Zeitschrift *Die Fackel* zu Fragen der Gesetzgebung und der Rechtsprechung – zumal auf dem Feld der Sexualjustiz – veröffentlicht hat. An einer Vielzahl schlagender Beispiele werden Weltfremdheit und Lebensfeindlichkeit einer Judikatur dargetan, die mit ihrem Versuch, das vermeintliche Rechtsgut der »Sittlichkeit« zu schützen, der »Kriminalität« geradezu Vorschub leistet und überdies den Schutz wirklicher Rechtsgüter, der Gesundheit, der Willensfreiheit und der Unmündigkeit, versäumt. Leidenschaftlich nimmt sich Kraus der Opfer dieser Strafrechtspflege an: der Kranken, der Armen, der Frauen, und erhebt beredte Klage gegen ihre Verfolger: die Gesellschaft, das Gericht und die Presse. Das der Sache nach noch immer höchst aktuelle Buch stellt zugleich die erste Probe dar einer polemischen und satirischen Meisterschaft, die sich schon hier des erhellenden Witzes und des enthüllenden Zitats souverän zu bedienen weiß.

Karl Kraus
Schriften

Herausgegeben von
Christian Wagenknecht

Band 1

Karl Kraus
Sittlichkeit und Kriminalität

Suhrkamp

Der Text folgt der Ausgabe:
Karl Kraus, Sittlichkeit und Kriminalität.
3. bis 7. Tausend.
Wien/Leipzig: Verlag ›Die Fackel‹ 1923

suhrkamp taschenbuch 1311
Erste Auflage 1987

Satz: IBV Satz- und Datentechnik GmbH, Berlin
Druck: Nomos Verlagsgesellschaft, Baden-Baden
Printed in Germany
Umschlag nach Entwürfen
von Willy Fleckhaus und Rolf Staudt
unter Verwendung einer Fotografie
(um 1907)

1 2 3 4 5 6 – 92 91 90 89 88 87

DEM ANDENKEN LUDWIG JANIKOWSKIS

Die erste Ausgabe (1. und 2. Tausend), im Jahre 1908 bei L. Rosner, Wien–Leipzig, erschienen, war »meinem Freunde Ludwig Ritter von Janikowski gewidmet«.

Die vorliegende ist, von kleinen Korrekturen abgesehen, der unveränderte Wiederdruck der mit dem Entstehungsdatum bezeichneten Aufsätze der ersten Ausgabe.

Sittlichkeit und Kriminalität

Tod um Ehbruch? – Nein!
Der Zeisig tut's, die kleine goldne Fliege,
Vor meinen Augen buhlt sie.
Laßt Üppigkeit gedeihn!

»Lear«, IV. 6.

»– – Wenn ihr nur zehn Jahre lang hintereinander alle die hängen und köpfen laßt, die sich in diesem Stücke vergehn, so könnt ihr euch bei Zeiten danach umsehen, woher ihr mehr Köpfe verschreiben wollt. Wenn dies Gesetz zehn Jahre in Wien besteht, will ich das schönste Haus drin für einen Dreier per Tag mieten.«

»Maß für Maß«, II. 1.

»Meiner Sendung Amt
Ließ manches mich erleben hier in Wien:
Ich sah, wie hier Verderbnis dampft und siedet
Und überschäumt. Gesetz für jede Sünde;
Doch Sünden so beschützt, daß eure Satzung
Wie Warnungstafeln in des Baders Stube
Da steht, und was verpönt, nur wird verhöhnt.«

»Maß für Maß«, V. 1.

»Bedenkt, mein werter Richter
(Von dem ich weiß, Ihr seid sehr streng in Tugend),
Ob in der Regung eigner Leidenschaft,
Wenn Zeit mit Ort gestimmt, und Ort mit Wunsch,
Ob, wenn des Blutes ungestümes Treiben
Das Ziel erreichen mochte, das Euch lockte, –
Ob Ihr nicht selber dann und wann gefehlt
In diesem Punkt, den Ihr an ihm verdammt,
Und dem Gesetz verfallen?«

»Maß für Maß«, II. 1.

»Könnten die Großen donnern
Wie Jupiter, sie machten taub den Gott:
Denn jeder winz'ge kleinste Richter würde
Mit Jovis Himmel donnern, – nichts als donnern!
O gnadenreicher Himmel!
Du mit dem scharfen Flammenkeile spaltest
Den unzerkeilbar knot'gen Eichenstamm,
Nicht zarte Myrten: Doch der Mensch, der stolze Mensch,
In kleine, kurze Majestät gekleidet,
Vergessend (was am mind'sten zweifelhaft)
Sein gläsern Element, – wie zorn'ge Affen,
Spielt solchen Wahnsinn gaukelnd vor dem Himmel,
Daß Engel weinen, die, gelaunt wie wir,
Sich alle sterblich lachen würden.«

»Maß für Maß«, II. 2.

»Der neue Richter
Weckt mir die längst verjährten Strafgesetze,
Die gleich bestäubter Wehr im Winkel hingen,
So lang, daß neunzehn Jahreskreise schwanden,
Und keins gebraucht je ward; und läßt aus Ruhmsucht
Nun dieses schläfrige vergess'ne Recht
Frisch wider mich erstehn: ja, nur aus Ruhmsucht!«

»Maß für Maß«, I. 3.

Du schuft'ger Büttel, weg die blut'ge Hand!
Was geißelst du die Hure? Peitsch dich selbst!
Dich lüstet heiß mit ihr zu tun, wofür
Dein Arm sie stäupt.

»Lear«, IV. 6.

I.

Es gibt eine Art unproduktiver Empörung, die sich gegen jeden Versuch, sie literarisch auszudrücken, wehrt. Seit Monatsfrist würge ich an der alle Kulturillusion vernichtenden Schmach, die ein Doppelprozeß wegen Ehebruchs, seine Führung und seine journalistische Behandlung uns angetan hat. Der Zwang, zu jedem Ereignis ein Sprüchlein zu sagen, befeuert den nicht, den der Gedanke lähmt an ein Wirrsal von Unwahrscheinlichkeiten, einen Wettlauf von Brutalität und Heuchelei, an das Walten einer Gerechtigkeit, bei der Vernunft Unsinn, Wohltat Plage wird. Jetzt beruhigt die Aussicht, daß des Wahnsinns noch lange kein Ende sein, der Prozeß seine Fortsetzungen finden und der Ehemann das Protokoll im Buchhandel erscheinen lassen werde, das Gewissen des Publizisten, dem im Widerstreit zwischen Abscheu und Pflichtgefühl die Feder entglitten ist. Jetzt stachelt ihn wieder die Furcht vor der Erhaltung einer beschämenden Aktualität aus allen zögernden Stimmungen zu einem vernehmlichen Protest gegen jeden weiteren Versuch, unsere von tausend Sorgen belastete Öffentlichkeit mit den Eifersuchtsanfällen eines Bezirksothello zu belästigen.

Shakespeare hat alles vorausgewußt. Die Dialogstellen aus »Maß für Maß« und »Lear«, die ich zum Motto dieser Betrachtung wählte, enthalten das letzte Wort, das über die Moral, die jenen Prozeß ermöglichte und blähte, zu sagen ist, und selbst der Zufall, der den Dichter für die Eigenart einer moralverpesteten Stadt den Namen Wien finden ließ, mag den Glauben an die in alle Fernen reichende divinatorische Kraft des Genies bestärken. Ich habe den Ruf eines Heutigen: »O Gott, was bist du für ein Shakespeare!« nie für eine Gotteslästerung, wohl aber desselben Autors Behauptung, daß in der Westminsterabtei »Shakespeare und die anderen englischen Könige ruhen«, stets für eine Majestätsbeleidigung Shakespeares gehalten. Von ihm müßten die Moralbauherren aller Völker Werkzeug und Mörtel entlehnen, von seiner Höhe bietet jede Weltansicht, die konservative wie die fortschrittliche, ein dem Schöpfer wohlgefälliges Bild; dort ist Kultur, wo die Gesetze des Staates paragraphierte Shakespearegedanken sind, wo mindestens, wie im Deutschland Bismarcks, Gedanken an Shakespeare das Tun der leitenden Männer bestimmen. Nach seinen Erkenntnissen greife, wer berufen ist, zwischen Gut und Böse die kriminalistische Grenzwand zu errichten oder zu erneuern. Und er wird finden, daß die alte Mauer da und dort nicht die natürliche Linie zog, weil sie an den Hindernissen engstirniger Zeitalter: Schlagwortwahn und Heuchelei, vorbei mußte. So reifte ein hundertjähriges Gesetz zur Menschenqual: Der Eifer, der da schützt, was des Menschenschutzes nicht bedarf, hatte es mit der Langmut gezeugt, die gewähren läßt, was dem gesunden Sinn strafwürdig scheint. Aus der Beschränktheit einer Generation erschaffen, hat es dennoch für alle Zeiten, die es währte, gelebt, weil es den Schlechtesten seiner Zeit genug getan.

Wessen Beruf es ist, vor den Gefahren zu warnen, die die Entwicklung der merkantilen Meinungspresse für die allgemeine Kultur und für das Wohl der Nation heraufbeschwört, wer für die Erhaltung aller konservativen Gewalten gegenüber dem Einbruch einer traditionslosen Horde eintritt, wer selbst den Polizeistaat – und nicht nur im ästhetischen Sinne – der Etablierung einer Willkürherrschaft von der Journaille Gnaden vorzieht, wer es gradaus bekennt, daß er auf allen Gebieten öffentlicher Erörterung schon aus Ressentiment die Partei der Schlechten gegen die Schlechteren ergriffen, ja zuweilen selbst die gute Sache aus Abscheu gegen ihre Verfechter im Stich gelassen hat: der darf hoffen, daß auch ein Bekenntnis, das manchem unerwartet kommen mag, als unverdächtig gewertet und als der reine Ausdruck einer Überzeugung geachtet werde. Und so bekenne ich, daß ich den Standpunkt des Staatsfreundes, der von der Gesetzgebung immer wieder das verlangt, was der manchesterliche Schwindelgeist höhnisch »Bevormundung« nennt, ausschließlich dann beziehe, wenn ich das Geltungsgebiet ökonomischer Werte betrachte. Daß mir hier die strengste Überwachung geboten scheint, daß ich den neuen Formen neue Paragraphe an den Hals wünsche und nichts für dringlicher halte, als daß mit den tätigen Zerstörern der materiellen Wohlfahrt des Volkes auch die Helfer der Presse in der fester gezogenen Schlinge Platz fänden: dies betonen, hieße Eulen nach Athen, Bauernfänger auf die Börse und Zutreiber in die liberale Presse tragen. Aber mit der Sorge für die wirtschaftliche Sicherheit halte ich die Mission des Gesetzgebers beinahe für erfüllt. Er möge dann noch über der Gesundheit und Unverletzlichkeit des Leibes und des Lebens und über anderen greif- und umgrenzbaren »Rechtsgütern« seine Hand halten. Ich weiß nicht, wie viele ihrer das alte Strafgesetz schützt und ob das neue die Zahl vermehren oder vermindern wird. Aber es sind ihrer zu viele; und wenn Menschen über Menschen richten dürfen, so sollten sie stets der Grenzen ihres Erkenntnisvermögens eingedenk sein. Gerade ein Gesetz, das auch religiöse Gefühle behütet und die Beleidigung des Glaubens straft, dürfte sich nimmer vermessen, in die irdischem Einfluß verschlossenen Tiefen der Menschenbrust langen zu wollen. Und gerade konservative Geister, denen man »klerikale Gesinnung« nachsagt, müßten, anstatt die staatliche Justiz zur Überwachung psychischer Geheimwege anzutreiben, kein anderes Bestreben kennen, als darauf zu achten, daß neben der irdischen Gewalt, die straft, auch dem Vertreter der überirdischen, die ermahnt, Spielraum bleibe. Schon das Gut der »Ehre« ist bei beamteten Wächtern in zweifelhafter Hut, und mindestens wäre hier – unter Vermeidung der Gefahr einer Cliquengerichtsbarkeit – der Aufteilung in leichter faßbare Berufs- und Kreisehren das Wort zu sprechen, wäre dahin zu wirken, daß das Gesetz nicht vorweg ein vages »Ansehen«, in dem auch der ärgste Lump »herabgesetzt« werden kann, annehme, sondern den Nachweis des Ansehens – etwa durch Einführung von Leumundszeugen – zulasse, der erst den Nachweis der »Herabsetzung« und die Bestimmung ihres Grades ermöglicht. Von burlesker Wirkung ist ein Sühneverfahren, mittelst dessen der Millionendieb sich durch die unrichtige und unbeweisbare Beschuldigung, auch fünf Gulden gestohlen zu haben, gekränkt fühlen und durch Bestrafung des »Beleidigers« ein vollgültiges Zeugnis der Ehrenhaftigkeit sich verschaffen kann.

Aber wenn die Gesetzgebung, die mit Falstaff-Schläue an der

Definierung des Begriffes »Ehre« herumarbeitet, hier gleich dem prahlerischen Taugenichts Vorsicht als der Tapferkeit besseres Teil erkennen muß, so ist sie gegenüber jenem andern Feinde völlig wehrlos, der hinter der Maske »Moral« seine Tükken treibt. Sie ziehe sich zurück und lasse ihn gewähren. Gespenster bannen, liegt nicht in ihrem Machtbereich; sie kreuzen ihr, wo sie's am wenigsten vermutete, den Weg, und wo ihr Fuß hintrat, dort wachsen sie aus der Erde. Und wieder muß Shakespeare heran, der die Narrenweisheit die Geschichte von der albernen Köchin erzählen läßt, die die Aale lebendig in die Pastete tat: »sie schlug ihnen mit einem Stecken auf die Köpfe und rief: hinunter ihr Gesindel, hinunter!... Ihr Bruder war's, der aus lauter Güte für sein Pferd ihm das Heu mit Butter bestrich«. Solch zweckloser Mühe unterzieht sich die staatliche Aufsicht, die mit Feuer und Schwert der »Unsittlichkeit« an den Leib rückt. Ein grandioses Mißverständnis hat hier die beste Kraft und die lauterste Absicht auf Irrwege geführt. Von der Aufgabe, dem Ärgernis, das öffentliche Unsittlichkeit bereitet, eine rechtliche Sühne zu erwirken, ward der Gesetzgeber zu dem Trugschluß verlockt, daß Unsittlichkeit öffentliches Ärgernis bereitet. Und als das öffentliche Ärgernis wirklich durch die Verfolgung privater Unsittlichkeit gegeben war, hatte der nach Tatbeständen jagende Sinn die Fähigkeit, zwischen Ursache und Wirkung zu unterscheiden, verloren. Wer nach der Schablone denkt, würde es nicht fassen, daß einer für die lex Heinze eintreten und vor jedem Eingriff der Gesetzgebung in das sittenloseste Privatleben warnen könnte; daß man den Staatsanwalt auf Kuppelannoncen hetzen und die »Gelegenheitsmacherei«, die zwei Mündige und Willige zusammenführt, straffrei sehen möchte; daß man zur Schau getragene Unflätigkeit, die den, der nicht will, belästigt und den, der nicht darf, verführt, unter schärfere Kontrolle gestellt wissen möchte und zugleich wünschen, daß jeder im stillen Kämmerlein nach seiner Fasson selig werde. Aber ein Verstand, der solch gegensätzliche Anschauungen vereinen könnte, geht noch weiter. Er sagt: Das »Rechtsgut der Sittlichkeit« ist ein Phantom. Mit der »Moral« hat die kriminelle Gerichtsbarkeit nichts, hat nur die des Bezirksklatsches zu schaffen. Was die Justiz hier erreichen kann, ist der Schutz der Wehrlosigkeit, der Unmündigkeit und der Gesundheit. Auf diese noch arg verwahrlosten Rechtsgüter werfe sich die Sorge, die heute das Privatleben von staatswegen belästigt. Der Gesetzgeber als schnüffelnder Reporter, der vor der Öffentlichkeit die Dessous des Lebens lüpft; Gerechtigkeit als indiskreter Dienstbote, der an Schlafzimmertüren horcht und durch Schlüssellöcher späht! So wenigstens nach dem Ideal eines heute in Wien wirkenden Professors, der in seinem Schweizer Strafgesetzentwurf sich für den nuancierten Verkehr der Geschlechter interessiert und jede Abweichung vom horizontalen Pfad der Tugend unter Strafsanktion stellt. Man könnte über dergleichen kriminelle Mikoschwitze hell auflachen, wenn sie nicht die Allgewalt jenes Philistersinns, vor dem es kein Entrinnen gibt, mit so erschütternder Deutlichkeit bewiesen. Wie mögen solche Gesetzesweisen vor der philosophischen Einfalt bestehen, die einst aus Kindermund – auf die Frage, was unschicklich sei – das Wort sprach: »Unschicklich ist, wenn jemand dabei ist«! Der erwachsene Gesetzgeber möchte immer dabei sein. Außer ihm errötet über die Vorgänge in einem Alkoven niemand, – wofern man nicht das »öffentliche Ärgernis« aus der bekannten Beobachtung herleiten wollte, daß die Wände Ohren haben, und aus der Vorstellung, daß sie demgemäß auch bis über die Ohren erröten könnten. Die Zudringlichkeit einer Justiz, die die Beziehungen der Geschlechter reglementiert, hat stets noch der ärgsten Unmoral, die vom Strafgesetz nicht zu fassen ist, oder schweren Vergehungen und Verbrechen Vorschub geleistet. Wäre ernstlich zu befürchten, daß jener demokratische Biedersinn, der den Schweizer Entwurf erfüllt, auch auf die bevorstehende Reform unseres Gesetzes Einfluß gewinnen könnte, man müßte bei dem bloßen Gedanken an die Folgen einer Cabinet particulier-Justiz – Züchtung des häuslichen Denunzianten- und Erpressertums – erschrecken.

Immer werden für ein Rechtsgut, das geschützt wird, eines oder mehrere andere preisgegeben; es fragt sich nur, welches relevanter ist: das einer »Sittlichkeit«, deren Gefährdung keines

Menschen Auge beleidigt, oder das der Freiheit, des Seelenfriedens und der wirtschaftlichen Sicherheit. Vor solche Wahl gestellt, müßte jeder Gesetzgeber, der den Mut seiner Einsicht hätte, sich sofort etwa für die Straflosigkeit homosexuellen Verkehrs entscheiden. Und er dürfte sich dabei auf die Petition berufen, die seinerzeit ein paar hundert Männer von wissenschaftlichem, künstlerischem und sozialem Ansehen, die sicherlich nur die niedrigste Spießbürgergesinnung des »pro domo«-Sprechens verdächtigen könnte, an den Deutschen Reichstag gerichtet haben. Ich weiß nicht, ob in jener Adresse der einzige Gesichtspunkt, von dem auch den Widerstrebenden die Dringlichkeit der Lösung des Problems zu zeigen ist, genügend zur Geltung gebracht wurde. Der Gesetzgeber begnügt sich hier erst recht nicht damit, die Vergewaltigung zu strafen, die Unmündigkeit und die Gesundheit zu schützen; aber er will hier nicht nur der Moral, die ihm verletzt scheint, sondern auch dem natürlichen Geschmack, dem zuwidergehandelt wurde, eine Satisfaktion verschaffen. Er eifert stets dort, wo Trieb und freier Wille mündiger Menschen ein Einverständnis schufen. Bei allen sexuellen Möglichkeiten. Wie erst bei den homosexuellen! Die Moral erhält – wenn der Delinquent nicht zufällig den Besten und Edelsten der Nation angehört (in welchem Fall psychopathische Naturanlage angenommen wird) – ihre Genugtuung: der einer perversen Handlung Überführte wird durch die mehrmonatliche Gewöhnung an schlechtere Kost sittlich geläutert. Aber inzwischen blüht auf dem Fettboden der Strafsanktion der Weizen der Erpressung. Ja, wendet der Kriminalist ein, der Erpresser ist doch mitgefangen und muß sogar doppelte Schuld büßen! Natürlich; und der Staatsanwalt kennt nicht einmal die Pflicht der Dankbarkeit gegenüber dem Anzeiger, dessen Prämie wahrhaftig in der Verurteilung wegen zweier Delikte besteht. Wie aber, wenn der Erpresser *nicht* zum Denunzianten wird, wenn der auf das Opfer geübte Druck die gewünschte Wirkung tut und die Unterlassung der Strafanzeige mit täglichen Höllenqualen und dem wirtschaftlichen Ruin erkauft wird? Hier versagt des Nurtheoretikers Weisheit, und gewohnt, auf der Faulenzerunterlage der »Statistik« zu denken, bleibt er die Antwort schuldig, weil es leider noch keine Statistik von nicht erstatteten Anzeigen und von gelungenen Erpressungen gibt. Und da ihm ein dürftiger Besitz an Phantasie und Lebenserfahrung die Zahlenweisheit nicht ersetzen kann, so ahnt er nicht, daß in derselben Stunde, in der er sich einer Weltordnung freut, die Unsittlichkeit und Vergewaltigung unter Strafe setzt, in seines Vaterlandes Gauen tausend unglückliche Menschen in Furcht und Schrecken des nahenden Erpressers harren... Zwei Delikte auf dem Papier: aber sie machen einander straflos und eines leistet dem anderen Vorschub. Man öffne das Moralventil, und die Erpressungen, die bisher bloß nicht angezeigt und nicht verfolgt wurden, werden auch nicht begangen werden. Oder wollte man auf ein schönes Verbrechen aus dem Grunde nicht verzichten, weil jene Sorte von Kriminalwissenschaft, die vom Zählen zum Denken gelangt, an der Aussichtslosigkeit verzweifeln müßte, eine Statistik der nicht begangenen Erpressungen zu erhalten?*

Im ewigen Reich der sinnlichen Triebe, die selbst älter sind als der Drang nach Heuchelei, wird der Gesetzgeber immer vergebens stümpern. Wenn's glimpflich abgeht, belustigt er in der Melderolle des beflissenen Polizisten, der nächtens auf ver-

---

* Der Psychiater Albert Moll schrieb: »Den Homosexuellen wird manchmal, auch von Wohlmeinenden, der Vorwurf gemacht, sie agitierten zu viel. Was aber sollen sie tun? Wenn sie nicht agitieren, erreichen sie ihr Ziel niemals. Sie hätten dann höchstens noch einen anderen Weg: sie müßten suchen, nach Art eines rücksichtslosen Feldherrn oder Politikers über einen Berg von Leichen ans Ziel zu kommen. Sie brauchten nur die Namen von Männern öffentlich zu nennen, deren Homosexualität notorisch und jeden Augenblick zu beweisen ist. Sicher würde dann mancher, der die Homosexualität aus tiefster Seele verabscheut, der aber Homosexuellen, ohne deren geschlechtliche Neigung zu kennen, nah steht, über die Enthüllung erstaunt sein. Mancher hohe Beamte, mancher einflußreiche Politiker würde sich schließlich verwundert sagen: ›Ich glaubte stets, die Homosexuellen seien das elendste Pack der Welt, nun höre ich aber, daß mein Neffe, mein Sohn, mein Freund gleichgeschlechtlich verkehren. Und er ist doch ein so braver, ausgezeichneter Mensch. Wenn er auch so ist, dann muß man

schwiegener Stätte »ein beischlafähnliches Geräusch« gehört haben will, oder jenes andern, der einmal einem Wiener Amt buchstäblich die folgende Relation gebracht hat: »Ich kam gerade dazu, wie auf einer Bank im Stadtpark ein Mann einen Soldaten küßte und umarmte. Ich kam leider zu früh und kann darum keinen Unzuchtsakt melden.« Aber der Moralschutzmann kann auch rechtzeitig kommen und Unheil anrichten. Mit Pflastern und Salben deckt er geschäftig moralische Bläschen zu, und der soziale Körper beginnt an inneren Stellen zu eitern. Wie die Verfolgung geschlechtlicher Abarten die Chantage fördert, so löst auch jeder andere Versuch, das Privatleben mit einem Paragraphenzaun zu umhegen, neue Unmoral, neue Strafwürdigkeiten aus. Die pathetisch beklagte Schmach des Mädchenhandels wäre den Kulturnationen erspart geblieben, wenn ihre Gesetzgeber besser erzürnen als erröten könnten, wenn sich an der Debatte über das Thema »Prostitution« die Vertreter der Schamhaftigkeit nie beteiligt hätten. Wucher und Ausbeutung gedeihen, solange den Liebeshändlern das strafgesetzliche Risiko mitbezahlt werden muß, und auch das Verbot jener harmloseren Vermittlung, die bloß Gelegenheit schafft, nicht vergewaltigt, mehrt nur die Chancen des Zwischenhändlergewinns: es drückt auf den Lohn, der empfangen wird, und treibt den Preis, der gezahlt wird, in die Höhe. Und von grim-

---

doch anders über die Sache denken.‹ Dieser Standpunkt wäre rücksichtslos, und zahllose Existenzen würden dabei sozial vernichtet werden. Einflußreiche Personen aber würden dadurch unmittelbar für die Sache interessiert und ein schneller Erfolg wäre mehr als wahrscheinlich. Trotzdem wäre solches Vorgehen entschieden zu tadeln. Ich erinnere an diesen Weg nur, weil man den Homosexuellen, die ihn nicht beschreiten, nicht verwehren soll, sachlich zu agitieren.« — Und bekannt ist die Äußerung eines preußischen Ministers, dem der Polizeichef die Liste jener Personen überreichte, gegen die gerade ein gerichtliches Verfahren im Sinne des § 175 des deutschen Strafgesetzes eingeleitet werden sollte: »Furchtbar feudale Gesellschaft! Man muß sich rein schämen, daß man nicht auch drauf steht...«

migem Humor war die Lehre, die ein Sittlichkeitsexzeß des alten preußischen Landrechts nach sich zog. Um der Prostitution beizukommen, machte man Frauen, denen Geldannahme im Geschlechtsdienst nachgewiesen werden konnte, des Anspruchs auf Alimente verlustig. Was taten die Herren der Schöpfung? Sie zeigten vorweg ihre Noblesse; sie prostituierten die Frauen und ersparten die Alimente.

Zur bevorstehenden Hundertjahrfeier des österreichischen Paragraphendickichts wäre eine Zusammenstellung aller Verbrechen, Vergehen und Übertretungen lehrreich, deren sich das Gesetz und seine konsequenten Ausleger schuldig gemacht haben. Ich denke nicht nur an jene schmerzhaften Kontraste, wie sie das systemisierte Unrecht auf Schritt und Tritt offenbart: Der hungernde Krüppel, der, zu stolz zum Betteln, von weißen Mäusen »Planeten« ziehen läßt, muß – wegen »Übertretung des Kolportageverbotes« – in den Arrest, und die bestialische Mutter, die ihr Kind »zum erstenmal« röstet, erhält eine Verwarnung... Nein, dort, wo dies Strafgesetz vom Jahre 1803 sich selbst verurteilt, hätte der feierliche Säkularbetrachter mit einem heitern, einem nassen Auge einzusetzen. Daß es dem Verbrechen der Erpressung in beispielhafter Weise Vorschub leistet, daß es gegen den Paragraphen verstößt, der da verbietet, »öffentlich wider Jemanden ehrenrührige, wenn auch wahre Tatsachen des Privat- und Familienlebens bekannt zu machen«, und dadurch wieder jenes »gröbliche und öffentliche Ärgernis verursacht«, das der Sittlichkeitsparagraph ahndet, sind nur die wichtigsten Fälle, in denen sich die Schlange in den Schwanz beißt. Und bedeutet nicht dort, wo ein »Rechtsgut« verletzt wurde, das kein Rechtsgut ist, die Verhängung der Gefängnisstrafe eine »Beschränkung der persönlichen Freiheit«?

II.

Und damit kehre ich zu dem Schulbeispiel gesetzlich geförderter Unmoral zurück, das den entsetzten Blicken der Wiener Öffentlichkeit neulich vorgeführt wurde: Zu dem »Ehebruchsprozeß P.«, wie ihn eine verlotterte Presse, die kein Detail, kein Bruchstück dieser Ehe ihren Lesern vorenthalten wollte, an der Spitze spaltenlanger Berichte diskret genannt hat. Ausgleich, Petroleumkartell und Preßreform, ja selbst die vom Obersten Gerichtshof angetastete »Ehre der Zeitung« hatten den Zerwürfnissen eines Gattenpaares Platz machen müssen, und Arm in Arm mit einem aufgeregten Ehemann raste die Justiz über die Szene, zu der das Tribunal ward. Arm in Arm mit dem Privatkläger, der sich zum Anwalt staatlicher Interessen erhöht fühlen konnte, weil er eine in französischen Possen wie im Leben abgedroschene Kalamität gerichtsordnungsmäßig feststellen ließ. Und wenn man, ermüdet und belästigt von diesem Veitstanz der Gerechtigkeit, bei dem der engagierte Gatte seine Hörner als Schmuck tragen durfte, zwischen Tat und Sühne die Resultante suchte, so gelangte, wer trotz dem Vertrauen in Moralparagraphe das Schämen noch nicht verlernt hat, zu einer grotesken Erkenntnis: Die geständige Ehebrecherin, die lange vorher schon die Martern einer häuslichen Justiz mit Revolver, Peitsche und Haarschere ausgestanden hatte, bot keinen verabscheuungswürdigen Anblick. Was sie gelitten, war häßlicher als was sie getan, und im tiefsten Sinne unmoralischer als Ehebruch war ein gerichtliches Verfahren, das – dank dem Ehrgeiz eines unverbrauchten Gerichtssekretärs – das Publikum zum Zeugen der geheimsten Möglichkeiten, für die ein eheliches Schlafgemach Raum hat, anrief. Wäre der Name »Mayer« nicht ein Sammelname, wahrlich, jener Prozeß hätte ihm zu unverwüstlicher Popularität verholfen. Wenn Meyers Lexikon vergilben sollte, wird Mayers Sittenkodex sich noch sprichwörtlichen Rufes erfreuen und Kulturforschern ein wertvoller Behelf sein bei der Ergründung jener Anschauungen über die Rechte des Gatten und die Pflichten der Frau, die in Wien am Beginn des zwanzigsten Jahrhunderts maßgebend waren. Ein Schatz von geflügelten Worten bewahrt die Erinnerung an die zwei Tage, da der Strafrichter des Bezirksgerichtes Wieden schwertrasselnd das Rechtsgut der Heiligkeit einer durch den Schadchen geschlossenen Ehe zu schützen unternahm. Noch nie zuvor war ein Geständnis freier und williger abgelegt worden. Die Angeklagte erzählte, wie sie durch Vermittlung zur Ehe und durch Mißhandlung zum Ehebruch gelangte. Ein anderer Richter – von denen, die es in Österreich noch gibt – hätte nach diesem Anfang ein Beweisverfahren für überflüssig erachtet und wäre zur Urteilsfällung geschritten; hätte der Majestät des Gesetzes – o schlotterichte Königin – durch möglichst gelinde Strafbemessung flüchtig Reverenz erwiesen, als mildernd das offenbare Rachebedürfnis des Gatten, zu dessen Befriedigung sich die Justiz nicht hergeben dürfe, gelten lassen, und – ohne weitern Sachverständigenbeweis – mit der Wertlosigkeit der Ehe die Schmerzlosigkeit des Bruchs begründet. Ein anderer Richter hätte, sei es durch Abkürzung, sei es durch absolute Geheimerklärung des Prozesses, der auf Skandal lauernden Journaille, der referierenden und der plaudernden, der der Tages- und jener der Witzblattpresse, es unmöglich gemacht, die sittliche Atmosphäre einer Stadt auf Wochen hinaus zu verpesten und den Flugsand einer Unmoral zu verbreiten, der das Schmutzstäubchen der verhandelten Untat reichlich zudeckt. Vielleicht hätte sogar ein anderer an eigener Lebenserfahrung die Unvollkommenheit des Gesetzes gemessen, an die Verfolgung eines Antragsdelikts nicht prinzipielles Pathos verschwendet und nicht den Kontrast zwischen dem einen angezeigten und den tausend – dem Himmel sei dank – nicht judizierten Fällen zu jenem unsittlichen Grad von Deutlichkeit getrieben, bei dem der Hohn zu fragen beginnt, ob denn in Wiens Bezirken nun jede Ehe gesichert, jeder Ehebruch ausgeschlossen sei... Anders Herr Mayer.

Seitdem der natürliche Grenzstreit zwischen richterlicher Autorität und Freiheit der Verteidigung zur ständigen Störung der österreichischen Rechtspflege gediehen ist, habe ich keine Gelegenheit versäumt, für die Unabhängigkeit der Justiz nach unten einzutreten und den geplagten Verhandlungsleiter gegen die Zumutungen zu schützen, die immer wieder die Reklamesucht taktloser Phrasendrescher an seine Geduld stellt. So bin ich wohl ein unverdächtiger Beurteiler, wenn ich bekennen muß, daß der Verteidiger mit jedem Wort, das er in jenen beiden Verhandlungen zur Abwehr eines noch nie erlebten Autoritätsexzesses sprach, im Recht war. Und diese Meinung fällt umso schwerer ins Gewicht, als mich selbst die schmerzliche Erfahrung, daß Wiener Tagesblätter sie teilten, nicht von ihr abzubringen vermocht hat. Es war ungeheuerlich. Herr Mayer hat zwar einige Stellen des Verhandlungsberichtes, der in den Zeitungen erschien, richtig gestellt, und fern sei es von mir, ihm den berühmten Dogmensatz: »Ich irre nie« (Herr Mayer sagte bloß: »Ich irre mich nie«) noch einmal vorzuwerfen; seine Sinnlosigkeit liegt klar zutage: es irrt der Mensch, so lang er strebt, woraus folgt, daß gerade jüngere Gerichtsbeamte sehr häufig Irrtümern ausgesetzt sind. Unbestritten aber ist das Wort geblieben: »Kraft meines richterlichen Amtes bin ich souverän. Eine Verwahrung gegen richterliche Konstatierungen gibt es nicht.« Unbestritten ist, daß Herr Mayer, Leiter einer Prangerjustiz gegen die Frau und eines Rehabilitierungsverfahrens für den Mann, diesem das feierliche Attest ausstellte: »Kraft meiner richterlichen Autorität kann ich Ihnen die Versicherung geben, daß in der heutigen Verhandlung nichts vorgekommen ist, was auch nur den Schein rechtfertigen würde, daß Sie von dem Gebaren Ihrer Frau gewußt und daraus Vorteil gezogen haben!« Man griff sich an den Kopf und fragte, wie denn ein Richter dazukomme, die Rechtsvertretung einer Partei zu übernehmen und geradezu das Urteil eines Ehrenbeleidigungsprozesses zu antizipieren, den der Gatte erst anstrengen müßte, wenn wirklich irgend ein Bezirksverleumder ihn, den steinreichen Mann, des Zuhältertums bezichtigt hätte. Unbestritten blieb, daß Herr Mayer eine Bemängelung der Art, wie die Gegenseite ihre ehelichen Pflichten auffaßte, der »Ehebrecherin« mit den Worten abschnitt: »Sie sollen sich heute verantworten, nicht Ihr Mann!«, daß er Fragen, die sich auf dies Thema bezogen, »als irrelevant und unpassend« nicht zuzulassen erklärte und daß er, der vierzehn Tage später über gewisse Dienstbotenabenteuer des in seiner Familienehre schwer gekränkten Gatten richten sollte, einer auf jede Weise gedemütigten Angeklagten das Wort zurief: »Ich muß bemerken, daß nur Sie Ihren Mann erniedrigt haben.« Irrt Herr Mayer nicht doch? Und wäre das Gesetz nicht völlig um jeden Sinn gebracht, wenn es anginge, heute über Antrag des Gatten mit dem schwersten Geschütz gegen eine Ehebrecherin aufzufahren und morgen über Antrag der Gattin – mit einem allerdings minder schweren – gegen den Ehebrecher? Die »Heiligkeit der Ehe«, die geschützt werden soll, ist naturgemäß die einer Ehe, die bloß von einer Seite bedroht wurde: hier könnte vielleicht von einem Rechtsgut die Rede sein, das des Schützers bedürftig und des Schutzes noch wert ist. Wäre der Ehebruch kein Antragsdelikt und treuloses Verhalten an und für sich und aus öffentlich-sittlichen Rücksichten verfolgbar, so wäre das Einsperren beider Teile und die Etablierung der Strafzelle als Ehegemach immerhin logisch. Herr Mayer aber hätte, da schon die Kompensation, die im gegebenen Fall eintreten müßte, im Gesetz nicht vorgesehen ist, mindestens das Schuldmaß der einander untreuen Gatten vergleichen, beide mit einer kleinen Geldstrafe aus dem Saale weisen und darüber belehren müssen, daß der Geber des Gesetzes zwar an die Möglichkeit seines Mißbrauchs nicht gedacht habe, aber die Justiz es ablehne, ihren Arm der Befriedigung wechselseitiger Rache zu leihen. Herr Mayer hat allerdings den Grundsatz der Wechselseitigkeit nicht allzu stark betont. Der Kläger wurde liebreicher als die Geklagte, der Geklagte milder als die Klägerin behandelt. Von den zahlreichen »Höhepunkten« des Prozesses ist ja noch die folgende Szene in Erinnerung: Die Frau verwahrt sich – mit Recht – dagegen, der Vernehmung der »schwangeren Geliebten« ihres Gatten, einer Köchin, beizuwohnen. Der Richter verhängt über sie »wegen Beschimpfung der Zeugin« eine Geldstrafe von fünfzig Kronen und fordert sie auf, diese Strafe »sofort zu erlegen«; die Angeklagte macht sich des weiteren Verbrechens schuldig, das Geld nicht bei sich zu haben, worauf der Richter mit der »sofortigen Umwandlung der Geldstrafe in eine Arreststrafe« droht; der Verteidiger erlegt den Betrag. Solches geschah in einem Wiener Gerichtssaal am 25. Juli 1902. Vierzehn Tage später fühlt sich der Gatte durch die Zeugenschaft einer Dienstmagd geniert; denn diese ist erschienen, um den mit ihr begangenen Ehebruch zuzugeben. »Alles erfunden«, ruft er, erregt aufspringend, »wie können Sie so etwas sagen?« – Richter: »Mäßigen Sie sich doch, Sie müssen ruhig bleiben!« – Angekl.: »Ich kann nicht. Bitte, Herr Richter, sehen Sie sich doch die Person an, mit einem solchen Häring soll ich mich vergangen haben?« – Richter: »Aber mäßigen Sie sich doch!«... Der Standpunkt ästhetischen Alibibeweises schien diesem parteiischen Sittenrichter, der nur die Frau Moralgesetzen unterwirft, zu behagen; denn bald darauf spielte sich die folgende Szene ab: Eine Bonne tritt auf, die den Ehebruch des Hausherrn mit einer Dienstgenossin bestätigt und einen Kosenamen, den diese erhielt, verrät. »Ja, wenn ich gut gelaunt war«, wirft der Gebieter ein, »habe ich allen solche Scherznamen gegeben, auch meiner Frau. Habe ich Sie nicht auch manchmal irgendwie gerufen?« – Zeugin: »Ja, Dudli haben Sie mich gerufen.« – Angekl.: »Sagen Sie nur die Wahrheit, Sie waren doch die Appetitlichste unter meinem Gesinde, und Sie können trotzdem – –«. Hier brummt der Vertreter der Klägerin die unabweisliche Bemerkung in den Bart: »Harem!« Richter: »Herr Doktor, ich muß Sie energisch aufmerksam machen, daß derartige Äußerungen unzulässig sind!« Der Angeklagte (ermutigt): »Pfui!« Der Advokat: »Nun, nun, beruhigen Sie sich!« Angekl.: »Pfui! Pfui!« Richter zum Advokaten: »Ich verweise Ihnen die von Ihnen gemachte Bemerkung!«...

Daß hier eine brüchige Ehe gebrochen ward, daß barbarische Behandlung dem »Treubruch« voranging und dieser im Grunde erst der Scheidungsabsicht helfen sollte, mag Herr Mayer wohl erkannt haben. Vielleicht auch, daß er mit den an den Gatten (der den Liebhaber mißhandelt hatte) gerichteten Worten: »Ihre Frau wollte durch ihr Geständnis das Leben des Geliebten retten, wenn auch um den Preis ihrer eigenen Schande« dieser das höchste Maß ethischer Anerkennung spendete. Dennoch hielt Herr Mayer den Kolportageton der großen Vergeltung, der das Bezirksgericht Wieden zum Weltgericht machen sollte, mit erstaunlicher Zähigkeit fest: »Was dachten Sie sich, als die Frau ihre eigene Schande preisgab?« fragte er den Kläger und ließ ihn die schönen Worte sprechen: »Ich dachte, daß sie sich auf den letzten Gang vorbereiten wolle.« Mit den Schrecken des jüngsten

Gerichtes aber, die damals über die arme Sünderin trotz alledem nicht hereingebrochen sind, sollte erst Herr Mayer, der jüngste Richter, dienen, und er rief ihr gleich zu Beginn ihrer Vernehmung die Worte zu: »Sie stehen nach langen Irrfahrten vor Ihrem Richter. Bleiben Sie bei der Wahrheit!« Ich zitiere nach Gerichtssaalberichten, denen der § 19 bisher nicht widersprochen hat; es wäre immerhin möglich, daß in dem auf Kosten des Klägers angefertigten Protokoll der Satz ein wenig anders lautet und daß vor einem Richter, der nie irrt, auch eine Angeklagte gestanden ist, die nie Irrfahrten unternommen hat. Aber der Ton dürfte getroffen sein. Herr Mayer traf allerdings auch den Ton freiwilligen Humors. Und daß diesem weitester Spielraum ward, versteht sich von selbst bei dem fortwährenden Kommen und Gehen von beeideten Stubenmädchen, Zimmerkellnern und Gasthofbesitzern, die aus dem Salzkammergut herbeigeeilt waren, nicht um eine Ehebrecherin der Schuld zu überführen, sondern um vor Herrn Mayer deren Geständnis zu bestätigen. »Hat er seine Frau auch aufgefordert, in den See zu gehen?« Eine Köchin antwortet stotternd: »Ja, er hat sie gefragt, ob sie einverstanden ist, daß sie in den See geht.« Richter: »Sie war aber nicht einverstanden!« (Heiterkeit). – Richter zur Angeklagten: »Hat er Sie tatsächlich gezwungen, sich das Haar abzuschneiden?« »Ja, den ganzen Zopf. Was ich hier trage, ist falsches Haar.« Richter: »Es ist sehr unangenehm für Sie, daß Sie diesen Schmuck verloren haben, aber ich fürchte, daß dies nicht der einzige Schmuck ist, der Ihnen in jener Nacht in Verlust geraten ist.« Hier sprach dieselbe Delikatesse, die kein Rügewort fand, als aus dem Auditorium ein unflätiges Halloh den in den Saal getragenen Divan begrüßte, auf dem die sich unwohl fühlende Angeklagte – der eifervolle Richter hatte persönlich die Zögernde aus der Krankenstube geholt – Platz behalten durfte. Aber in Schimpf und Ernst sollte dieser Frau keine Demütigung erspart bleiben, und die Ehebrecherin erlitt, an den Pranger einer verhundertfachten Öffentlichkeit gepfählt, Torturen, welche ein Mittelalter, das bloß Daumschrauben und nicht die Presse kannte, nicht zu vergeben hatte. Ein so seltenes Delikt mußte eben exemplarisch bestraft werden, und schon vor der Verhängung der grausamen Strafe von zwei Monaten. Der Richter verlas, nachdem das ehebrecherische Paar längst das Geständnis abgelegt, die Liebesbriefe, die sie miteinander gewechselt hatten, und jedes darin vorkommende »liebe Mausi« weckte das Echo einer mit Entrüstung versetzten Heiterkeit. Dank einem schweren Eingriff in das Privatleben geständiger Angeklagter, der keinem Richter zusteht, schien endlich der Nachweis gelungen, daß Liebesleute einander nicht »Ew. Wohlgeboren« schreiben.

Aus der Zeugenaussage eines Advokaten, mit dessen Hilfe die Angeklagte einst ihre Ehescheidung hatte durchführen wollen, erfuhr Herr Mayer, daß schon lange vor der Verletzung der ehelichen Treue Verletzungen am Oberarm konstatiert wurden und daß der Gatte »die Mißhandlungen nicht in Abrede stellte«; als deren Grund habe er »vermögensrechtliche Dinge« angegeben: die Kränkung darüber, »daß seine Frau ihm nicht das Vermögen zugebracht habe, das ihm versprochen worden sei«; und »stand übrigens auf dem Standpunkt, er sei als Gatte berechtigt, seine Frau so zu behandeln«. Die Mehrzahl der Herren der Schöpfung, die, ach, so oft Herren der Zerstörung sind, mag diesen Standpunkt teilen. Und die Versicherung einer Frau, die Beziehungen zum Geliebten seien ihr »als der einzige Ausweg erschienen«, um aus der »elenden Ehe«, die der Gatte freiwillig nicht lösen wollte, herauszukommen – der Drang, ein Hörigkeitsverhältnis zu verlassen, könnte an sich schon die meisten ein Frevel dünken, der mit zwei Monaten Arrest nicht hart genug gestraft ist. Als Operettenrefrain ist ihnen Nietzsches Weisung, die Peitsche mitzunehmen, wenn sie zum Weibe gehen, geläufig; nicht aber Zarathustras: »Und besser noch Ehe brechen als Ehe biegen, Ehe lügen. So sprach mir ein Weib: Wohl brach ich die Ehe, aber zuerst brach die Ehe mich!« Sie harren in Ungeduld des Ausganges, den der vorläufig vertagte Prozeß gegen den Gatten nehmen wird; daß ein ehrlicher Mann wegen solch unvermeidlicher Ausflüge aus dem ehelichen Schlafgemach ins nahe Dienstbotenzimmer zum Märtyrer werden könnte, wäre wirklich »nur in Österreich möglich«... Sonst würden der brutalen Männermoral unserer Tage ein Strafgesetz, das alles straft, und eine Exekutive, die eine Auswahl gestattet, gleichermaßen zusagen. Der berühmte Herr P., der an die Freunde gedruckte Einladungskarten zur Gerichtsverhandlung sandte, der die Zeitungen aufforderte, ehrenrührige Tatsachen aus seinem Privat- und Familienleben mitzuteilen, und der in sticklufterfülltem Saale die Heiligkeit seiner Ehe von einem Richter und acht Polizisten bewachen ließ, ist ihr erwachsenster Typus.

Wäre die gesamte Wiener Presse so anständig wie die Neue Freie, die mit zehn vornehmen Zeilen über das Sensationsschauspiel hinwegging, würden alle Zeitungen gleich ihr sich die Verschweigung eines Ehebruchsprozesses mit dem Jahrespauschale des Bankvereins verrechnen lassen – der Schwiegersohn des Präsidenten war nämlich einer der Akteure –, man müßte gegen die Öffentlichkeit derartiger Prozeduren kein Bedenken tragen. Aber alle Erfahrung drängt zu einer gesetzlichen Reform, die richterlichen Losgehern auf dem Moralterrain Zügel anlegt. Nirgends ist Unbefangenheit schwerer zu bewahren, nirgends tritt Lebensunkenntnis oder Verbitterung des Richters leichter in Erscheinung als gerade hier, wo über Allzumenschliches verhandelt wird. Ich will den Donnerer, der neulich Jupiter taub machte, weder der übersättigten Erfahrung noch der freudlosen Unerfahrenheit in Dingen der Geschlechtsmoral zeihen, und fern liegt es mir, seine Persönlichkeit in eine Beziehung zu bringen, die der – natürlich wahnsinnige – König Lear zwischen einem Büttel und einer Buhlerin herzustellen wagt und an die man bei der Behandlung prostituierter Steuerzahlerinnen durch die Organe der Polizei immer denken muß. Ich wollte durch Anrufung Shakespeares nur irdische Richter, die irren können, und nicht Vertreter einer höheren, menschlichen Einflüssen entrückten Gerichtsbarkeit zur Selbstbesinnung mahnen und die schiefe und lächerliche Beziehung zwischen Kriminalität und Sittlichkeit treffen.

Sittlichkeit und Kriminalität: Die große Gelegenheit, ihre Unverträglichkeit zu zeigen, ist der Ehebruchsprozeß. Der Typus der Frau, die zwar zu schön ist, um treu, aber auch zu gesetzeskundig, um untreu zu sein, lebt nur in einer einfältigen Doktrin. Deutsche Philosophen, die in den idealsten Höhen der Sittlichkeit gedacht haben, sind für die Ausscheidung des Ehebruchs aus dem Strafrecht und dafür eingetreten, daß der Frau die Scheidung erleichtert werde. Denn die Heiligkeit der Ehe würde, sobald sie aufhörte »Rechtsgut« zu sein, beträchtlich gemehrt werden. Sie wäre nicht mehr von jener unseligen Heuchelei beleidigt, unter der Menschen fortleben, die längst erkannt haben, daß sie, als sie »in die Ehe traten«, keinen andern »Fehltritt« mehr begehen konnten – man müßte denn das Heraustreten aus allen Dingen, in die einer auf der Lebensstraße treten kann, als Fehltritt bezeichnen.... Aber dies ist vom Standpunkt vergangener und hoffentlich kommender Zeiten gesprochen, nicht aus dem Herzen der Gegenwart. Sie ist beruhigt, ihre Ideale in gesetzlicher Hut zu wissen, und braucht sie darum nicht zu befolgen. Sie sehnt sich nicht nach Reformen. Eine Gesittung, die der zwischen Arbeitstier und Lustobjekt gestellten Frau gleißnerisch den Vorrang des Grußes läßt, die Geldheirat erstrebenswert und die Geldbegattung verächtlich findet, die Frau zur Dirne macht und die Dirne beschimpft, die Geliebte geringer wertet als die Ungeliebte, muß sich wahrlich eines Strafgesetzes nicht schämen, das den Verkehr der Geschlechter ein »unerlaubtes Verständnis« nennt. Die Sitte ist geschützt. Und die Sittlichkeit könnte arg überhandnehmen, wenn's nicht Verbote gegen die Unsittlichkeit gäbe.

September 1902

Die Humoristen

Bei den Wiener Bezirksgerichten ist der satirische Eingriff ins Privatleben, die witzige Überschreitung richterlicher Kompetenz manchmal in die Formen wienerischer Gemütlichkeit gekleidet. Es sind ernste Satiriker, die im Landesgericht amtieren. Den Hofrat Feigl unterschätzen die Gerichtssaalreporter, wenn sie hinter jedes seiner Aperçus »Heiterkeit« oder »lebhafte, lang anhaltende Heiterkeit« setzen. Wohl erinnerte das Milieu des Prozesses gegen den Advokaten Mandl an eine Klabriaspartie, an der die Herren Feigl und Pollak munteren Sinnes teilnahmen. So lustig es aber in solchen Fällen zugeht, so läßt sich leider doch nicht leugnen, daß der Angeklagte das Urteil als Erlösung, den Prozeß als Strafe empfindet. Der Staatsanwalt – er heißt Pollak und wird von der antisemitischen Presse seiner »trefflichen und markigen Worte« wegen belobt – ruft dem Angeklagten zu: »Wenn für einen Besuch der Fabrik 40 Kronen berechnet werden sollen, dann ist in dieser Summe nicht bloß die Anwesenheit I h r e r h ü b s c h e n P e r s ö n l i c h k e i t enthalten« oder, nach einer anderen Version: »War es 40 Kronen wert, daß Sie in die Fabrik gekommen sind und dort I h r e b e s o n d e r s s c h ö n e P e r s ö n l i c h k e i t z u r S c h a u s t e l l t e n?« Der Verteidiger bemerkt, daß der Angeklagte alles, selbst das ihn belastende Material, mit auffallender Sorgfalt aufgehoben habe. »N u r d a s G e l d n i c h t!« ruft der schlagfertige Pollak. Herr Feigl wird eifersüchtig, sieht sich um seinen Pointenruhm gebracht und holt, da die Lachlust des Auditoriums schon ganz dem Staatsanwalt zugewendet scheint, zu einem besondern »Schlager« aus. Er wird pikant. Die ganze Zeit hat er mit einem Päckchen Briefe gespielt. Was mag es enthalten? Endlich ist der Moment gekommen: »1899 hatten Sie Beziehungen zu einer Choristin von ›Venedig in Wien‹, der Sie monatlich 100 Gulden gaben. Auch Pretiosen im Werte von 300 Gulden hat dieses Mädchen von Ihnen erhalten. – Angekl.: Das Verhältnis dauerte nur von Juli bis Dezember. – Präs.:

Diese Verbindung war nicht die einzige. Es wurden Briefe einer Wiener Chansonettensängerin aus Petersburg vorgefunden, deren Inhalt geradezu abstoßend ist. – Angekl.: Für den erotischen Inhalt dieser Briefe bin ich doch nicht verantwortlich. Ich habe ihr immer anständig geschrieben oder überhaupt nicht geantwortet. Präs.: Ich wollte nur bemerkt haben, daß ein anständiger Mann nach solchen Briefen den Verkehr mit einer solchen Frau nicht mehr fortsetzt.« Hundert lüsterne Blicke sind auf das Teufelspäckchen gerichtet, das Herr Dr. Feigl in seiner Hand hält. Aber die Spannung mit absichtsvoller Taktik erhöhend, spricht er die Worte: »Die Geschwornen werden vielleicht in geheimer Sitzung den Inhalt der Briefe kennen lernen.« Herr Bernhard Buchbinder hätte es als Verhandlungsleiter auch nicht besser getroffen. Auch er hat immer bloß angedeutet und nicht ausgesprochen. Und zum Schluß löst sich die allgemeine Erwartung meistens in ein schalkhaft kicherndes Nichts auf. Der Verhandlungsleiter nimmt nach einigen Stunden das Päckchen wieder, und sagt: »Hier sind die Briefe von weiblicher Hand, von denen ich bereits gesprochen habe, von einer Dame, die sich dazumal in Petersburg aufgehalten hat, welche so unanständig und so obszönen Inhaltes sind, daß ich mich schäme, sie selbst in geheimer Sitzung vorzulesen. Sie sind das Unflätigste, das eine Frau überhaupt schreiben kann.« Nun hat der Präsident nur mehr einen Wunsch: daß der Angeklagte »zugebe«, die Briefe seien anstößigen Inhaltes. Das tut der Angeklagte, meint aber wieder, er sei dafür nicht verantwortlich zu machen. »Aber für die Fortsetzung des Verhältnisses« ruft jetzt – wer? Herr Feigl? Nein: Herr Pollak, der gemerkt hat, daß man mit Pikantem besser wirke. Der Präsident »schämt« sich inzwischen. Wie machen's doch die Kulissenplauderer? »Geschichten könnte ich erzählen, Geschichten! Na, es ist besser, man schweigt darüber!« Angeregt kehrten zwölf Männer aus dem Volke an jenem Abend zum häuslichen Herd zurück, zwölf Frauen aus dem Volke lauschten spannungsvoll der

Kunde von halb erlebten Abenteuern aus dem Gerichtssaal, und ein paar Dutzend Kinder aus dem Volke mußten »daweil aussigeh'n«. So ward im Volke Moral verbreitet. Schmunzelnd hatten die Reporter die zum Nachweise einer Veruntreuung höchst wichtige Tatsache, daß der Delinquent schweinische Briefe bekam, der breiten Öffentlichkeit überliefert; der Ehrenmann vom ›Deutschen Volksblatt‹ aber stilisierte jene Stelle des Berichtes folgendermaßen: »Der Vorsitzende verliest die Aussage dieser Sängerin, deren Name jedoch nicht genannt wurde. Es ist die Jüdin... (folgt der volle Name).« Aus dem reichen Schatze von Lebenserfahrung, den der Leiter jener Verhandlung dem Auditorium erschloß, sei noch eine Gedankenperle aufgehoben. Zu dem »Geständnis« des Angeklagten, daß er manche lustige Nacht mit einer Dame verbracht habe, bemerkte Herr Dr. Feigl: »Es gilt allgemein, wenn jemand mit einer Dame eine Nacht zubringt, daß das außerhalb des gewöhnlichen Rahmens ist.« Die Wahrheit dieses Satzes ist ebenso unbestreitbar wie die Tatsache, daß erotische Briefe, die eine Frau an ihren Liebhaber schreibt, in dem Moment obszön und abstoßend sind, da ein Dritter, den sie nichts angehen, in sie Einblick nimmt. So hat denn wirklich, ohne es zu wollen, die Petersburger Chansonettensängerin das Schamgefühl des Hofrats Feigl gröblich verletzt. Er aber war klüger und bewahrte wenigstens die Geschwornen vor solchem Affront. Mit feinem Takt sehen wir jene richterliche Naivetät angenehm gepaart, die jedesmal in grenzenloses Staunen gerät, so oft die Fabelkunde in den Gerichtssaal dringt, daß es in der weiten Welt so etwas wie außerehelichen Geschlechtsverkehr gebe. Und der Verteidiger selbst, der die duftendsten Barreaublüten um das Märtyrerhaupt des defraudierenden Kollegen wand und lebhaft dagegen protestierte, daß dessen Gebarung der allgemeinen Standesmoral nicht entsprechen solle, ließ sich auf das sittenrichterliche Terrain verlocken. Er sprach von »diesen Zerrbildern der Weiblichkeit« und von dem »Weibe«, das sein Klient »in der Gosse fand«. Herr Mandl hat sie alle stets »wie seinesgleichen« behandelt; aber in Wirklichkeit sind sie es, die den edelsten Depotdieb zu sich herunterziehen. Rechter Hand, linker Hand – alles vertauscht. Ein Wiener Advokat war nicht wegen Veruntreuung, sondern eine Sängerin in Petersburg wegen leichtsinnigen Lebenswandels vor den Wiener Geschwornen angeklagt.

Dezember 1903, Juni 1907

Die Presse als Kupplerin

So hoch das Freimädchen moralisch über dem Mitarbeiter des volkswirtschaftlichen Teiles steht, so hoch steht die Gelegenheitsmacherin über dem Herausgeber. Sie hat nie gleich diesem vorgeschützt, die Ideale hochzuhalten, aber der von der geistigen Prostitution seiner Angestellten lebende Meinungsvermittler pfuscht oft genug der Kupplerin auf ihrem eigensten Gebiet ins Handwerk. Nicht in puritanischem Entsetzen habe ich hin und wieder auf die Sexualinserate der Wiener Tagespresse hingewiesen. Unsittlich sind sie bloß im Zusammenhang mit der vorgeblich ethischen Mission der Presse, geradeso wie Inserate einer Sittlichkeitsliga in Blättern, die für die Sexualfreiheit kämpfen, im höchsten Grade anstößig wären. Und wie die moralistische Anwandlung einer Kupplerin auch nicht an und für sich, sondern nur im Zusammenhang mit ihrer Mission unsittlich ist. Sittlich in diesem Sinne ist es, die Kupplerinnen gegen die ihnen erwachsende Schmutzkonkurrenz der Zeitungsverleger, die das Handwerk unter viel geringeren Gefahren treiben, zu schützen. Der Staat, der Liebespaare aus einem Absteigquartier treibt, schützt nicht die öffentliche Sittlichkeit, sondern die Ethik der Kupplerinnen als Rechtsgut. Daß aber in einem Hause, dessen Vordertrakt Zwecken der Volksbildung geweiht ist, hinten aus der Vermittlung von Rendezvous materieller Vorteil gezogen wird, dünkt ihn natürlicher und sittlicher als die ausschließliche Bestimmung zum Freudenhause. Elende Witwen, die vom Vermieten leben, und der »Sturmfreiheit« eine Gasse bahnen, werden vors Tribunal geschleppt. Zeitungseigentümer, die ihre Administrationen zur Abwicklung des regsten Geschlechtsverkehrs in allen seinen Arten beistellen, bleiben unbehelligt. Die ›Neue Freie Presse‹ dient einem »Jupiter«, der »Leda mit Vermögen sucht« und Anträge unter »Sacher-Masoch« erbittet, einem »Severin«, der unter der gleichen Chiffre seine »Wanda« sucht, einem »Gleichgestimmten«, der nach einer »dame sévère et impérieuse« schreit wie der

Hirsch nach der Quelle, und einem jungen Mann, der »als Gesellschafter bei distinguiertem Herrn« unterzukommen sucht und dem man unter »Hors de nature« an das Ankündigungsbureau des Blattes schreiben möge. Viel anständiger ist das ›Neue Wiener Tagblatt‹. Es konkurriert nicht mit den Kupplerinnen, sondern stellt ihnen seine Publizität zur Verfügung und empfiehlt selbstlos eine »Frau S. 60425«, die »diskreteste, reellste, geschickteste Vermittlung für feinere Kreise« verheißt. Gewiß geht's in ihrer »Lasterhöhle« – so lautet ja der Terminus moralisch entrüsteter Gerichtssaalredakteure – natürlicher zu als in der Fichtegasse, wo eine »strenge« Masseuse ihres Amtes waltet, une dame sévère et impérieuse. Aber der Staatsanwalt ist ein Masochist, der sich von ihr alles bieten läßt.

*

Im Ernst, ich halte die Veröffentlichung von Sexualannoncen für die weitaus verdienstvollste aller Tendenzen, die die liberale Presse verfolgt; und nur weil sie nicht selbst dieser Ansicht ist und die Unmoral schmäht, von der sie Zinsen nimmt, habe ich manchmal den Charakter ihres Inseratenteils enthüllt. Nicht die Verdrängung der Masseusen, sondern die reinliche Scheidung des Liebesmarktes von korrupten Redaktionen lag mir am Herzen. Kein wahrer Kenner meiner Lebensanschauung kann glauben, daß ich eine junge, sympathische Masseuse nicht für kulturfördernder halte als einen alten unsympathischen Schmock, und die Körperpflege, wie sie auf der letzten Seite der ›Neuen Freien Presse‹ betrieben wird, nicht für anregender als die Pflege des Geistes, die weiter vorn betrieben wird. Die Hurerei prostituiert sich heute durch eine Verbindung mit dem schäbigsten Journalismus, und wie es peinlich ist, die berühmtesten Vertreter der Wissenschaft als Mitarbeiter der ›Neuen Freien Presse‹ im Vorspann finanzieller und geistiger Lumperei sich drängen zu sehen, so ist es beschämend, im Nachtrab einer kompromittierenden Philistermoral einen Troß von ehrlichen Sexualkunden zu finden.

Die Hetzjagd auf das Weib

»In einer englischen Provinzzeitung ist das folgende Inserat erschienen:

Gesucht

eine wirklich häßliche, aber erfahrene und tüchtige Gouvernante zur Beaufsichtigung und Erziehung von drei Mädchen, deren ältestes 16 Jahre alt ist. Die betreffende Person muß musikalisch sein und Deutsch und Französisch verstehen. Brillante Konversationsgabe, liebenswürdige Manieren und körperliche Schönheit nicht gewünscht, da der Vater viel zu Hause ist und außerdem erwachsene Söhne vorhanden sind.

Das Inserat hat sofort Zuschriften an die englischen Tageszeitungen veranlaßt, in denen darüber Klage geführt wird, daß ein hübsches Gesicht und liebenswürdige Manieren für eine Gouvernante ein wahres Danaergeschenk seien. ›Die unvernünftigste und undankbarste Person‹, heißt es in einem Briefe, ›für die man als Gouvernante tätig sein kann, ist die verheiratete Frau vorgerückten Alters, deren Schönheit dahin ist und die nun eifersüchtig auf ihren Gatten ist‹. ›Ich

»Beim Polizeikommissariat Mariahilf lief gegen eine junge, hübsche, zur damaligen Zeit gerade ohne Engagement befindliche Schauspielerin die anonyme Anzeige ein, daß sie geheime Prostitution betreibe. Das Polizeikommissariat leitete hierauf Erhebungen ein, ließ die Schauspielerin bewachen und lud eine Anzahl Leute vor, die bei ihr verkehrt hatten. Obwohl nun alle diese Zeugen die Angezeigte entlasteten, verurteilte der Polizeikommissär die Schauspielerin dennoch wegen ›gewerbsmäßiger Unzucht‹ zu achtundvierzig Stunden Arrest. Die Quartiergeber der Schauspielerin hatten angegeben, daß absolut nichts Unzüchtiges vorgekommen sei. Wohl sei es öfter vorgekommen, daß mehrere Herren zu gleicher Zeit auf Besuch waren, doch geschah dies immer in Gegenwart der Hausleute. Gegen die Quartiergeber, denen der Polizeikommissär gleich von allem Anfang an ›Schub‹ und das ›Einsperren‹ in Aussicht gestellt hatte, wurde hierauf auch tatsächlich eine Anzeige wegen Kuppelei erhoben. In der Verhandlung wurde die Schauspielerin als Zeugin einvernommen. Sie gab zu, einen ziemlich großen Bekanntenkreis habe vor Kurzem eine gute Position in Bayswater verloren‹, schreibt eine Andere, ›weil Mrs. X. glaubte, ich liebäugelte mit ihrem Bruder, einem kahlköpfigen Offizier. Es war nicht wahr — er hielt sich nur häufig in der Kinderstube auf, weil er die Kinder gern hatte. Soll ich nun hungern, weil ich hübsch bin? Mehrere Stellenvermittlungsbureaus haben mir bereits gesagt, ich sei zu jung und sehe zu ‚mädchenhaft' aus.‹«

und auch viele Verehrer zu haben. Die Zeugin führt das eben darauf zurück, daß sie Schauspielerin, hübsch und dabei von liebenswürdigen Umgangsformen sei. Man könne sie aber unmöglich dafür verantwortlich machen, daß diese ihre Bekannten ihre Gesellschaft suchen. Wenn sie zu ihr kamen, so geschah es nur, um mit ihr zu plaudern oder Karten zu spielen. Die Besucher seien nie mit ihr allein gewesen.«

»Dat veniam corvis, vexat censura columbas«: es trifft die Sexualheuchelei der Gesellschaftsordnungen, die Männermoral der Generationen bis ans Ende der Welt. Alles verzeihen die Sittenrichter den Raben und peinigen die Tauben. Die Frau darf nur, was der Mann will, aber nur, wenn sie es selbst nicht will. Und wehe, wenn das schwächere Gefäß der Sittlichkeit unsanftester Berührung nicht Stand hält! Ist es zierlich, greift man gern danach und wirft's, wenn man sich satt geschlürft, verächtlich in die Ecke... Die beiden Zeitungsnotizen, die ich hier zusammenstelle, habe ich an demselben Tag gefunden. Ist's nicht das Halali der Hetzjagd auf die schöne Frau? Männermoral und die Eifersucht der Häßlichkeit sind hinter ihr her. Aus dem bürgerlichen Erwerbsweg geworfen, verfällt sie der Fehme, wenn sie den andern betritt. Für die aufreizende Wirkung dieser Parallele ist die Frage belanglos, ob die Schauspielerin wirklich – wie's im Jargon gesetzgeberischen Stumpfsinns heißt – »gewerbsmäßige Unzucht« getrieben hat oder nicht, ob außer dem Angriff gegen Geschlecht und Selbstbestimmungsrecht ihr auch eine persönliche Unbill zugefügt wurde. Belanglos, ob hier wirklich ein »Grund« vorlag, die Tücke eines aus engstirnigem Geist gebornen Gesetzes spielen zu lassen, oder ob bloß ein Polizeigehirn die Lust angewandelt hat, in Machtvollkommenheit zu glänzen und die Spässe eines Indizienprozesses in die Verwaltungssphäre zu übertragen. Der Nachweis »geheimer Prostitution« würde an der Scheußlichkeit der Sache nichts ändern. Man fragt sich, in welchem Jahrhundert man eigentlich lebt, wenn gemeldet wird, daß eine Frau die Behörde darüber beruhigen mußte, daß ihre Besucher nicht mit ihr allein im Zimmer waren, daß sie bloß geplaudert und sonst nichts getan haben, was den Herrn Kommissär irritieren könnte. Wozu Polizisten auf der Welt sind, erkennt man also nicht nur, wenn Raubmörder und Taschendiebe unentdeckt bleiben. Aber daß sie auf der Welt sind, kann man sich nur daraus erklären, daß doch hin und wieder noch etwas geschieht, was »das Schamgefühl gröblich zu verletzen geeignet« ist. Oder sollten am Ende die Sexualrichter ihr Dasein der Paarung eines Paragraphen mit einer Gesetzesnovelle zu verdanken haben?... Daß ein Mädchen auch ohne finanzielle Absicht Besuche empfangen kann, ist »hieramts« undenkbar. Man sollte aber meinen, daß sie auch im andern Fall kein Rechtsgut verletzt und daß die Gefährdung ihrer Ethik höchstens ihren Freund, ihren Vater, ihren Gott, aber nie und nimmer ihren Polizeikommissär angeht. Die tiefe Unsittlichkeit einer Sittenpolizei, die Lizenzen für Prostitution erteilt, die gewerbsmäßige Unzucht Unbefugter nicht duldet und vielleicht nächstens auch auf diesem Gebiet den Befähigungsnachweis einführen wird, die unter allen Umständen sich der schwersten Eingriffe in Privatleben und Selbstverfügungsrecht der Frauen schuldig macht, redet sich vergebens auf hygienische Notwendigkeiten aus. Jeder Versuch der Reglementierung scheitert an ihrer tiefbegründeten Aussichtslosigkeit, und das Mißverhältnis zwischen behördlichem Eifer und der organischen Größe einer in Frauennatur und Gesellschaftsstruktur wurzelnden Erscheinung ist nur ein witziger Kontrast. Daß man wirklich die Hygiene will und nicht die Sittlichkeit, würde erst bewiesen, wenn Männer Gesetze gegen Männer schüfen, wenn's Paragraphe gäbe, die die bewußte Übertragung einer venerischen Erkrankung mit Zuchthaus bedrohen. Der bürgerlichen Welt, die aufschreit, wenn die Sittenpolizei irrtümlich eine »anständige Frau« brutalisiert hat, geschieht nur Recht von ihrem eigenen Recht. Nicht der »Mißgriff«, der Griff empört die Menschlichkeit, und jeder »peinliche Zwischenfall«, der die gute Gesellschaft aufregt, aber die normale Bestialität der Behandlung prostituierter Frauen erkennen läßt, ist erfreulich. Eine Gesellschaftsordnung, deren bessere Stützen die besseren Beutelschneider sind, hat ausschließlich dem Weib sittliche Lasten aufgebürdet und peinigt statt der Raben die Tauben. »Sittlich« ist, was das Schamgefühl des Kulturmenschen gröblich verletzt.

Katastrophen

Der Lastzug der österreichischen Justiz schleppt wertlose Rechtsgüter mit. Wenn aber wahnsinnig gewordene Lokomotivführer das Tempo beschleunigen, dann werden die Gerechten überführt. Wir leben im Lande der unschuldig Verurteilten und der schuldig Freigesprochenen. Wenn man die Anarchisten der Gesetzlichkeit am Werke sieht, erscheinen einem die Bombenwerfer in milderem Licht. Das ist die Geschichte vom ausgeliehenen alten Regenschirm: Im August 1900 hat's geregnet. Damals trug einer einen Schirm, der ihm nicht gehörte. Im April 1901 begegnete ihm der Eigentümer und mahnte ihn an die Rückstellung. Aber wenn's gegen Regen einen Schutz gibt, so gibt's keinen gegen Quartierfrauen, die wertloses Gerümpel fortschaffen. Und keinen gegen die Justiz. So wird einem denn eines Tages eröffnet, daß man eine »Veruntreuung« begangen hat. Fünf Tage Arrest. Vom Landesgericht Wien bestätigt. Im August 1901 regnet's wieder, aber man wird nicht naß, wenn man die Tage vom 13. bis zum 18. im Arrest zubringt. Am 18. August herrscht Kaiserwetter, und man kann die Zelle verlassen. Wer sich in Österreich einen Regenschirm ausleiht, kann darauf rechnen, einige Zeit gegen alle Unbilden der Witterung geschützt, nämlich allen Unbilden der Justiz preisgegeben zu sein. Denn was nützt es, daß der Kassationshof das Urteil aufhebt und »die neuerliche Durchführung der Berufungsverhandlung« anordnet? Es hat schon geregnet, der Angeklagte wird nach verbüßter Strafe freigesprochen, und bei schönem Wetter den Regenschirm aufspannen ist eine zwecklose Demonstration, die den armen Teufel für den nassen Jammer nicht mehr entschädigt. Entschädigt wird nämlich in Österreich nicht. Man teilt hier die Menschen in solche ein, die vorbestraft sind, und solche, die es noch nicht sind, und wer zu Schaden kam, weil Frau Themis fausse couche machte, hat bloß den Vorteil, daß dies bei der nächsten »Beanständung« kein erschwerender Umstand ist.... Frau Therese Giezinger, das Opfer der Rieder Justizkatastrophe, verlangt jetzt 11.990 Kronen 13 Heller für Verdienstentgang, für die infolge vierjähriger Kerkerstrafe eingetretene Arbeits- und Erwerbsunfähigkeit, für sonstige Verluste, Nachteile und Kosten, z. B. für das »ohne ihr Wissen und ihren Willen veräußerte Holz, für den Verlust ihrer Kleider, Einrichtungsgegenstände und sonstiger Habseligkeiten«. Frau Therese Giezinger war irrtümlich zum Tod durch den Strang verurteilt worden. Eine Entschädigung für die Todesqualen, für das seelische und körperliche Leid der Kerkerjahre gewährt ihr das österreichische Gesetz nicht. Sie ist vollkommen gebrochen, krank und gänzlich mittellos. Der österreichischen Presse, die bloß für die Unschuld auf der Teufelsinsel pathetisch wird, kann man ein werktätiges Interesse für den heimischen Fall nicht zumuten. Es wäre wünschenswert, daß man den Kaiser, den es betrüben muß, daß in seinem Namen auch das Urteil von Ried gefällt worden ist, von dem Furchtbaren verständige. Er würde wohl verfügen, daß eine Summe, wie sie kürzlich zu Ehren des Königs von Schweden für die Renovierung eines Aktes aus »Excelsior« verausgabt wurde, künftig den Opfern der österreichischen Unrechtspflege zu Gute komme.

Oktober 1904

Eine Dienstmagd stand vor den Wiener Geschwornen, weil sie ihr körperlich verkümmertes, fast idiotisches Kind, das man im Spital nicht behalten wollte, in den Donaukanal geworfen hatte. Sie hatte 15 Kronen Monatslohn, sollte 24 Kronen Kostgeld für das Kind zahlen und mußte noch für ein zweites, jüngeres sorgen, dessen Vater nicht erreichbar war, weil er ihr »eine falsche Adresse angegeben hatte«.

Der Vorsitzende sagte: »Sehen Sie, Sie sind etwas leichtfertig!«

Der Vater des getöteten Kindes, der der Wöchnerin einen Stall als den »ihrer würdigsten Niederkunftsort« angewiesen hatte, war vom Zivilgericht für eine Summe von 440 Kronen von seinen Vaterpflichten befreit worden.

Die sich der Mutterpflichten entledigt hatte, wurde vom Strafgericht zum Tode durch den Strang verurteilt.

Die Verhandlung hat aus dem Vorleben der Angeklagten zwei Belastungsmomente an den Tag gebracht. Christine Rizek ist vorbestraft. Sie hat, als sie auf dem Lande bedienstet war, im Garten Obst gestohlen und ist dafür zu vierundzwanzig Stunden Arrest verurteilt worden. Ferner ist erwiesen, daß sie einmal auf einem Maskenball war und damals nach Torsperre heimkam.

Der Vorsitzende rief dem Mädchen zu: »Reden Sie doch lauter! Am Maskenball haben Sie gewiß besser reden können!«

Da Christine Rizek, ehe sie noch zum Tode verurteilt war, die Verhandlung durch Weinen störte, rief ihr der Vorsitzende zu: »Wollen Sie ruhig sein, sonst laß ich Sie abführen! Machen S' nicht solche G'schichten!«

Der Vorsitzende ist Oberlandesgerichtsrat und heißt Granichstädten.

März 1905

Die Herren Feigl und Pollak haben neulich einem jungen Mädchen die Unschuld geraubt. Dies Wort, mit dem die Menschheit ihren Virginitätsschacher pathetisch verkleidet, muß endlich aus dem Marktverkehr der Geschlechter auf jene sadistischen Gewaltakte übertragen werden, die heute einzig noch das Gefühl bewegen und die Tragik des Opfers begreifen lassen: auf die Strafjustiz, die sich am jungen Leben vergreift. Herr Pollak, der Staatsanwalt, hat eine neunzehnjährige Näherin angeklagt, weil ihre Schwesterliebe sich von einem Betrüger die letzten Arbeitsgroschen für ihren angeblich notleidenden Bruder, der in einer Militärstrafanstalt sitzt, hatte entlocken lassen. Hat sie wegen »Verbrechens der Verleitung und des Beistands zu einem Militärverbrechen« angeklagt. Unkenntnis des Militärstrafgesetzes schützt in Österreich ein junges Mädchen nicht vor Strafe. Herr Feigl hat sie zu vierzehn Tagen Kerker verurteilt. Eine schwere Tat, die durch Kenntnis des Gesetzes nicht entschuldigt wird!

Ein Unhold

»Des Himmels Antlitz glüht, ja diese Feste,
Dies Weltgebäu, mit trauerndem Gesicht,
Als nahte sich der jüngste Tag, gedenkt
Trübsinnig dieser Tat...«

Johann Feigl, Hofrat und Vizepräsident des Wiener Landesgerichts, hat als Vorsitzender einer Schwurgerichtsverhandlung am 10. März 1904 einen dreiundzwanzigjährigen Burschen, der in Not und Trunkenheit eine Frau auf der Ringstraße attackiert und ihr die Handtasche zu entreißen versucht hatte, zu lebenslänglichem schweren Kerker verurteilt.

Das Datum wird aus der Geschichte der österreichischen Rechtspflege, der märzgefallenen, nicht mehr verschwinden. Wenn wir die Reihe der Sünder im Talar passierten, die in nüchternem Zustand die leibhaftige Gerechtigkeit attackiert, vergewaltigt, geschändet haben, nur Einem konnten wir keinen Milderungsgrund zubilligen: Herrn Johann Feigl. Er ist der persönlichen Freiheit der Staatsbürger am gefährlichsten geworden, er, der einzige, der dem Wahnwitz jenes hundertjährigen Gesetzes buchstäblich gerecht ward. Die grauenvollsten Strafgebote hat man, da ein delirantes Parlament die gesetzgeberische Arbeit hindert, auf alle Art zu dämpfen gesucht. Oft gelang's durch einen verzweifelten Freispruch der Geschwornen, der dem Freunde der Rechtssicherheit einen nicht gelindern Schrecken einflößte, als das Wüten des Paragraphenrichters, und auch dem liberalsten Verteidiger des Unfugs »Volksjustiz« zu denken gab. Aber hinter dem Berufsrichter steht jetzt eine von ihrer Modernität begeisterte Regierung und beschwört ihn in allwöchentlichen Erlässen und Festreden, nicht die Strafmaße des unmenschlichen Gesetzes, sondern die seines humanen Fühlens anzuwenden. Ach, man könnte, wenn man diesen Johann Feigl den Wunsch des Ministers in Tat umsetzen sieht, beinah sich zum Glauben bekehren, die alte List österreichischer Staatskunst sei auch hier am Werke und »Küsse auf den Lippen, Schwerter im Busen« der Wahlspruch modernster Justizpolitik. Und der Räuber Karl Moor handelt ethischer als die Heuchlerwelt, die ihn richten wird...

Hat Herr v. Koerber den Mut, das Urteil vom 10. März ungesühnt zu lassen? Wird man aus plötzlichem Respekt vor einem Staatsgrundgesetz, aus einer neuen Rücksicht auf die richterliche Unabhängigkeit, Herrn Johann Feigl seine Attakken auf Menschengefühl und Gerechtigkeit weiter verüben lassen? Weg mit dem österreichischen »Justament nöt«! Weg mit dem törichten Beamtenhochmut, der sich entgegen aller bessern Einsicht nur deshalb sträubt, ein Übel zu beseitigen, weil dessen Beseitigung auch in ein paar »Druckschriften« verlangt wurde! Die Wiener Bevölkerung will Herrn Johann Feigl nicht, und wenn ihre Vertreter in Staat, Land und Gemeinde ihren Wünschen zu horchen verständen, dann würde jetzt in einer Sache, die hundertmal wichtiger ist als der ganze nationale Trödel, ein parlamentarisches Bombardement losgehen, dem die Justizverwaltung nicht lange trotzen dürfte. Nicht der Räuber von der Ringstraße, Herr Feigl werde unschädlich gemacht! Für jenen ein paar Monate Gefängnis, für diesen ein Zivilgericht – damit wäre der Gerechtigkeit Genüge geschehen, der Wiener Menschheit künftig ein Erstarren des Blutes erspart. Wenn man bedenkt, ein wie wertvolles Gefühl der Rechtssicherheit Millionen durch die Kaltstellung eines einzigen Hofrats wiedergegeben werden kann, dann muß man eigentlich staunen, daß eine auf populäre Wirkungen bedachte Regierung nicht öfter die Gelegenheit nützt. Der Papst hat der Unzufriedenheit des kleinen Klerus einen Fürsterzbischof geopfert: kann der österreichische Ministerpräsident auch nur einen Augenblick zögern, für weit ernstere und viel schwerer verletzte Interessen einzutreten? Wir haben es satt, dem Spiel mit Menschenleben und Menschenwürde länger zuzusehen. Und wenn wir ihm – gemäß dem neuesten Erlaß zur Hebung des Ansehens der Justiz – nicht mehr mit Operngucken zusehen dürfen, so wollen wir es überhaupt nicht mehr sehen. Wir haben es satt, diesen Räuschen des Blutdurstes beizuwohnen, in die eine nüchterne Verhöhnung des Angeklagten am Schlusse des Schauspiels verfällt. Wir haben das Walten einer Wiener Kriminalistik satt, die ihren Namen nicht vom »crimen«, sondern vom Kriminal ableitet, und die sich in selbstgefälligem Stumpfsinn als die Wissenschaft vom »Einspirrn« definiert. Wir haben Holzingers Ende nicht vergessen. Und wir ertragen an dürftigen Epigonen nicht, was uns an der stilvollen Persönlichkeit eines großzügigen Sünders entsetzt, nie abgestoßen hat. Holzinger war mehr als ein österreichischer Kerkermeister; jedes seiner Urteile schien eine Schuld der Menschheit zu rächen. Eigene Rache befriedigt, eigener Bosheit frönt Herr Johann Feigl. Ihn erfüllt bloß die Spielerfreude seiner Machtvollkommenheit, das widerliche Behagen an dem Mißverhältnis zwischen einem kleinen Menschen und einem großen Amt. Er ist ganz und gar Shakespeares »winz'ger Richter«, der mit Jovis Himmel donnern möchte, »nichts als donnern«, ganz der »in kurze Majestät gekleidete Mensch«, der, sein gläsern Element vergessend, »wie zorn'ge Affen spielt solchen Wahnsinn gaukelnd vor dem Himmel, daß Engel weinen, die, gelaunt wie wir, sich sterblich lachen würden«. Darum »weckt er die längst verjährten Strafgesetze, die gleich bestäubter Wehr im Winkel hingen«, darum höhnt er den Delinquenten, bevor sein Urteil die Gerechtigkeit höhnt... Ein norwegischer Strafrechtslehrer, der einmal in Wien einer Verhandlung unter dem Vorsitz des Herrn Feigl beigewohnt hat, versicherte, daß in seiner Heimat kein Staatsanwalt so viel nörgelnde Gehässigkeit gegen den Angeklagten aufbrächte wie hier der über den Parteien stehende Verhandlungsleiter. Und der Wiener Staatsanwalt hat – ein Fall, der, soweit das Gedächtnis der ältesten Juristen reicht, nicht vorgekommen ist – zum Schutze des letzten Opfers Feigl'scher Judikatur Berufung angemeldet. Ich weiß, und bin in der Lage es zu beweisen, wie Richter mit fünf Sinnen, wie hochgestellte Funktionäre über die Tätigkeit Johann Feigls denken. Ist es wirklich unumgänglich, mit verschränkten Armen auch vor der strafgerichtlichen Abteilung des österreichischen Chaos zu stehen? Könntet ihr hier nicht Wandel wirken, wo die Lösung einer Personenfrage beinahe die Reform eines Gesetzes erspart?

Die Verurteilung des Dreiundzwanzigjährigen bis zum Tode, die furchtbarer als die zum Tode ist, wollte man selbst Herrn Feigls bewährter Kerkermeisterschaft nicht glauben. Nur genaueste Lektüre des Verhandlungsberichtes bietet die Möglichkeit, dem Wahnwitz psychologisch beizukommen. Durch Jahrzehnte hat Härte des Urteils den Hohn des Verhörs gekrönt. Aber sie war auch gemildert durch den starken Verbrauch seiner Natur, den eine lange Verhandlung Herrn Feigl erlaubte. Das fühlte er selbst: ein gut Teil der Strafe hat ein Angeklagter überstanden, der eine Verhandlung unter seinem Vorsitz über sich hatte ergehen lassen müssen; wie eine Erlösung wirkte das Urteil. Wie würde es, so hätte man sich längst fragen können, wirken, wie würde es ausfallen, wenn Herrn Feigl einmal die Gelegenheit genommen wäre, mit dem Angeklagten wie die Katze mit der Maus zu spielen? Wenn ihm ein Verzweifelter gegenüberstände, der in Lebensnot sein Selbstbewußtsein nicht verloren hat, den Richter nicht als sein Schicksal betrachtet, nach dessen Mienenspiel nicht ängstlich forscht, sich nicht duckt, dem Spott nicht mit Erröten, dem Schimpf mit Trotz antwortet? Herr Johann Feigl hat seinen Meister gefunden. »Das mag Ihre Ansicht sein, Herr Präsident! Ich teile diese Ansicht nicht« – ruft ihm der Bursche zu, der wegen eines Raubanfalls vor seinem Richtstuhl steht. Einmal, wieder, immer wieder. Herr Feigl stutzt. »Man kommt nach Ihrem Auftreten nahezu auf den Gedanken, daß Sie unverbesserlich sind ... Ihre ungehörige Verantwortung muß ich rügen«. Der Angeklagte verwahrt sich gegen »die spitzen Redensarten des Gerichtshofes«. Das ward in diesem Hause und von Herrn Feigl noch nicht erlebt. Der Kerl kanzelt seinen Anwalt herunter und hält ein Plaidoyer, das als ein hochdeutsches Sammelsurium der bekanntesten Verteidigerphrasen, in dem selbst zum Schluß der Hinweis auf die eigene psychische Minderwertigkeit nicht fehlt, ein parodistisches Meisterstück genannt werden muß. Mit Hohn war diesem Angeklagten nicht beizukommen, diesem nicht. Also blieb nichts übrig, als ein Urteil zu fällen, das weithin wirke als Exempel – zur Verhütung künftiger Raubanfälle? Nein, zur Verhütung unbotmäßigen Betragens vor Gericht. War gestern in demselben Hause ein Mann, der einem andern ein Messer in den Bauch gerannt hatte, zu fünf Tagen Arrest verurteilt worden, hier mußte mit anderm Strafmaß gemessen werden. In diesem Dreiundzwanzigjährigen war ja noch Leben! Ein Kerl, stark genug, um ein paar Monate Gefängnis, die er redlich verdient hat, zu übertauchen, noch nicht völlig verkommen, der Besserungsfähigkeit dringend verdächtig, und möglicherweise imstande, sich mit seinem Witz noch ehrlich durchs Leben zu schlagen. Vor allem aber – sympathischer als Herr Johann Feigl, der seinerseits mit der Karriere abgeschlossen hat und, wenn er aus dem Landesgerichte herauskäme, nichts Rechtes mehr anzufangen wüßte... So ward denn Anton Krafft zu lebenslänglichem schweren Kerker verurteilt. »Er war allerdings auch«, bemerkt das ›Deutsche Volksblatt‹ wörtlich, »während der Verhandlung ungemein keck und trat sogar dem Vorsitzenden Dr. Feigl entgegen, wo er nur konnte«... Am 10. März 1904 wurde in Wien lebenslänglicher schwerer Kerker wegen kecken Benehmens im Gerichtssaal diktiert.

Wird Herrn Johann Feigl nicht bang? Es soll irgendwo im Paragraphendickicht eine Möglichkeit verborgen sein, aus der sich die Verhängung der grauenvollsten Pein für den Trunkenheitsexzeß des Minderjährigen, der seiner Not keinen Heller erbeutet hat, formell rechtfertigen läßt, eine Bestimmung, die Herr Feigl bei einigem guten Willen »anwenden« konnte. Wenn Herr Feigl einst sein tatenreiches Leben endet, das etwa zehntausend Jahre, die andere im Kerker verbrachten, umfaßt hat, so mag sich ihm in schwerer Stunde, vor der Entscheidung einer höhern Instanz, die Beichte seiner schwersten Sünde entringen: »Ich habe mein ganzes Leben hindurch das österreichische Strafgesetz angewendet!«

Ende März 1904

Das Urteil über die Tat des Johann Feigl ist vom Oberlandesgericht augenblicklich gefällt worden. Die Justiz hat mit standgerichtlicher Promptheit gearbeitet. Leider ist die Differenz zwischen »lebenslänglich« und zwölf Jahren, zu der Herr Feigl verurteilt wurde, eine viel zu geringe, und zwölf Jahre für den Streich, den ein halbverhungerter Bursche auf der Ringstraße verübt hat, noch immer zu viel. Wiewohl Herrn Feigl kein mildernder Umstand zugebilligt werden kann, wiewohl er weder minderjährig ist noch in Volltrunkenheit gehandelt hat, wiewohl er sich der Folgen seiner Handlungsweise – Erschütterung des Vertrauens in die Strafjustiz, dauernde Berufsstörung bei Anton Krafft u.s.w. – bewußt sein mußte, hat das Oberlandesgericht sich für bemüßigt gehalten, ihn mit mehr Rücksicht zu behandeln als den andern Angeklagten. Warum, Ihr Herren? Warum wird denn mit den »Jahrln« nur so herumgeschmissen? Es ist ja sehr selbstlos, wenn ein Berufungsgericht einen Teil des Entsetzens, das ein Urteil erregt hat, auf sich nehmen will. Aber schließlich ist doch die Gerechtigkeit auch ein Faktor, auf den in der Judikatur Rücksicht genommen werden sollte, obgleich ich gern einsehe, daß die Kollegialität voranzugehen hat. Das Schicksal eines Angeklagten müßte doch nicht so ganz apathisch zwischen den Höflichkeitsbezeugungen der Instanzen zerrieben werden. »Sollte nicht selbst die Umwandlung des lebenslangen in zwölfjährigen Kerker durch das Oberlandesgericht der gewiß schwer ins Gewicht fallenden Absicht, die Richter der ersten Instanz nicht allzu schroff ins Unrecht zu setzen, entsprungen sein? Dann würde der Fehler, den diese begangen haben, zum Nachteile eines Unglücklichen fortgewirkt haben. Uns scheint, daß der Fall Krafft sich eher zu einer Annäherung an die unterste Grenze der drei Jahre schweren Kerkers empfohlen hätte.« So schreibt Dr. Edmund Benedikt, ein Jurist, dem man die Kompetenz so wenig wie die Sachlichkeit absprechen wird, in den ›Juristischen Blättern‹. Wenn die Empörung fühlender Laien die Maßgebenden nicht aufgerüttelt hat, vielleicht macht sie die Tatsache stutzig, daß dem Fall Feigl gegenüber ein juristisches Fachblatt zum erstenmal aus seiner wissenschaftlichen Reserve heraustritt. Dr. Benedikt schreibt: »Nach der letzten veröffentlichten Statistik wurde in ganz Österreich im Laufe des Jahres 1897 über 28 Personen lebenslänglicher Kerker verhängt, darunter über 21 infolge gnadenweiser Umwandlung der gesetzlichen Todesstrafe. Wenn man die Seltenheit der Hinrichtungen bedenkt, deren Zahl im Jahre 1897 nicht mehr als 5 betrug, so daß die vielleicht ebenso fürchterliche Strafe des ewigen Kerkers bei den verworfensten Mördern an deren Stelle gesetzt wird, während in 41 von im ganzen 67 Fällen todeswürdig erkannter Mordtaten 8- bis 20jähriger Kerker als angemessene Sühne erkannt wurde, so muß die ungeheure Aufregung, welche die Verurteilung des Krafft durch einen Wiener Schwurgerichtssenat hervorgerufen hat, selbst vom trockensten Zahlenmenschen geteilt werden.« Nach Benedikts Ansicht hat Herr Feigl nicht einmal die Berufung auf den traurigen Buchstaben des österreichischen Strafgesetzes für sich: »Die Überfallene hatte infolge des Schreckens einen Nervenchok erlitten, der sie durch mehr als zwanzig Tage arbeitsunfähig machte. Es ist bei diesem Tatbestande zweifelhaft, ob überhaupt die Sanktion des lebenslänglichen Kerkers zutrifft, ob nicht vielmehr das Gesetz im § 195 eine unmittelbare schwere Verwundung oder Verletzung fordert, so daß der Eintritt eines Nervenchoks, dem sonst die Gerichte nicht allzu freundlich zu sein pflegen, außerhalb dieses Rahmens fällt.« »Aber sei dem wie immer«, fährt der Jurist fort, »die Tatsache, daß die unmittelbar zugefügten Verletzungen ganz leichter Art waren, ist ein höchst wichtiger Milderungsumstand. Dazu kommt die Nichtvollbringung des Raubes, dessen Begehung am hellen Tage in sehr belebter Gegend, also unter möglichst ungefährlichen Umständen, in subjektiver Hinsicht das jugendliche Alter, die Angetrunkenheit und die Not. Und dieses Verbrechen, das, verglichen mit den übrigen schweren Straftaten in der Monarchie, kaum in deren oberen Hälfte zu stehen kommen dürfte, wurde mit der fürchterlichsten Strafen belegt, deren Schwere desto größer ist, einen je jüngeren Delinquenten sie trifft. Unter allen begnadigten Mördern des Jahres 1897 war nur ein Minderjähriger, dem Kerker auf Lebenszeit zuerkannt wurde, und dieser hatte ein achtjähriges Kind getötet, das er mißbrauchen wollte. In wie beispielloser Weise das Urteil des Wiener Schwurgerichtshofes die seit so vielen Jahrzehnten in so vielen tausenden von Fällen hergestellte Verhältnismäßigkeit zwischen Strafe und Verbrechen gestört hat, sagt jedem die Erfahrung und bestätigen die Zahlen. Wie immer man über Grund und Zweck der Strafe denken mag, wie sehr man davon überzeugt sein mag, daß eine absolute Gerechtigkeit schon wegen der Inkommensurabilität von Schuld und Strafe niemals erreicht werden kann, man muß daran festhalten, daß jene Proportion, die sich auf Grund der Gesetze durch die Übung der Spruchpraxis herausgebildet hat, nicht verletzt werden darf, wenn man nicht aus der Strafjustiz eine willkürliche und sinnlose Straferei machen will.« Und nun werden die Folgen der Feigl'schen Tat erörtert. Das Urteil habe nicht nur die heilsame Assoziation der Vorstellungen von Verbrechen und Strafübel, in der allein die Rechtfertigung der Strafe liege, erschüttert; es »scheint noch eine weitere verwerfliche Wirkung in der kurz darauf unter demselben Vorsitz erfolgten Freisprechung von Funddieben durch die Geschwornen hervorgerufen zu haben. Daß die Jury, wenn ihr Verdikt in einer unerwartet harten Strafbemessung Geltung erhalten hat, durch Absolvierung anderer Angeklagter sich zu salvieren glaubt, ist eine jedem Praktiker bekannte Sache. Aber es irren diejenigen, die sich in gutherziger Weise über solche Geschenke des Schicksals an Schuldige freuen; denn in solchen Freisprüchen liegt eine tiefe Grausamkeit, weil sie die Wurzel des Strafrechtes angreifen und Willkür an Stelle des Urteils setzen.«... Am schärfsten treffen Herrn Feigl die folgenden Worte: »So traurig uns die Überschreitung des Strafmaßes berührt, so können wir doch nicht glauben, daß das Benehmen des Beschuldigten bei der Verhandlung dabei in Betracht gekommen sei. Leider ist ja die Tradition noch nicht bei allen Vorsitzenden verschwunden, daß es richtig sei, zu dem Angeklagten in die Arena hinabzusteigen, und ihn im Ringkampf die geistige Überlegenheit fühlen zu lassen und jede Auflehnung des Delinquenten oder auch manchmal der Entlastungszeugen gegen dieses oft grausame Spiel als Rebellion zu empfinden. Daß Richter eine solche Auflehnung den Verurteilten im Spruche entgelten lassen sollten, können wir nicht glauben. Daß aber der Vorsitzende den minderjährigen Angeklagten, der soeben zu lebenslänglichem Kerker verurteilt worden war, zu einer Strafe, die vielen härter dünkt als der Tod, sofort mit der Frage übereilte, ob er berufen wolle, statt ihn ausdrücklich zu warnen, die Erklärung nicht früher abzugeben, bevor er sich nicht mit seinem Verteidiger besprochen und sich die Sache genau überlegt habe, daß er dann die in verbissenem Trotz hervorgestoßene Erklärung, auf die Berufung zu verzichten, als eine unwiderrufliche statuierte, ist ein Vorgang, den man nicht begreifen kann. Die Rechtsmittelbelehrung hat den Zweck, den Inkulpaten auf die ihm zustehenden Rechte aufmerksam zu machen und ihm Zeit und auch womöglich die Sammlung zur Überlegung zu gewähren, nicht aber ihn in der Schlinge der unvermittelt hervorgestoßenen Erklärung zu fangen.« »Wer in solcher Weise«, schließt Benedikt, »an dem Verhältnis zwischen Strafe und Tat rüttelt, zerbricht einen der stärksten Pfeiler unserer ohnehin unvollkommenen Gerechtigkeit und lädt eine schwere Schuld auf sich.«

Und Herr Feigl hat – nachträglich wird es bekannt – über den Wahnsinn des österreichischen Gesetzes hinaus die lebenslängliche Strafe mit einem jährlichen Fasttage verschärft.

* * *

Nach vier Jahren

Prozeß Blecha. Vorsitzender: Hofrat Feigl. Vorgeführt wird der Zeuge Anton Krafft. »Während der Einvernahme des Zeugen Krafft bemerkt der Verteidiger zu ihm: Warum sehen Sie so blaß aus? Sind Sie krank? – Zeuge (zögernd): Ich war lange Zeit im Spital. – Verteidiger: Wann werden Sie denn frei? – Zeuge: Im Jahre 1916. – Verteidiger: Lassen Sie sich draußen meine Adresse geben und schicken Sie mir einen Brief aus Stein. Vielleicht kann ich etwas für Sie tun. Ich werde um Ihre Begnadigung einkommen.« Der Gerichtssaalbericht fügt trocken hinzu, Krafft büße eine zwölfjährige Kerkerstrafe wegen Raubes ab. Die Begnadigung durch Tuberkulose scheint gesichert.

Welch ein Wiedersehen! Wer mag blässer gewesen sein? Der Blasse oder der Erblaßte?

*

Am Tage, nachdem ich dieses Wiedersehen geschildert hatte, erhielt ich die folgende Zuschrift:

17. Oktober 1907

Ihre Notiz in der letzten ›Fackel‹ über die Geschichte Krafft-Feigl macht mir diese Episode wieder schmerzlich lebendig. Ich war damals unter den Geschwornen, und ich kann Ihnen bestimmt sagen, daß eine Voreingenommenheit gegen den Angeklagten sich bei uns nicht eingenistet hat – trotz Feigl. Im Gegenteil, es blieb nicht ohne Eindruck auf uns, daß der Krafft einen jämmerlichen alten ex offo-Schwätzer zum Verteidiger hatte, der sich vor dem »Hohen Gerichtshof« in tausend devoten Verbeugungen erging und seinen Schutzbefohlenen, der just nicht das Gleiche tat, indigniert preisgab. Wir standen also dem Krafft ziemlich unbefangen gegenüber. Leider aber auch dem Feigl. Denn wenn wir geahnt hätten – nun, Sie erinnern sich gewiß, wie wir einige Tage später angesichts des abermaligen Feigl uns durch einen Freispruch Luft gemacht haben. Allein vorher kannten wir unseren Feigl noch nicht ganz; und da die Ergebnisse der Verhandlung sich mit den Schuldfragen glatt deckten, konnten wir nichts anderes tun, als diese bejahen. Wie dann aber das Wort »lebenslänglich« gefallen ist, sind wir dagestanden, wie vom Donner gerührt und haben einer den andern angestarrt – völlig entgeistert. Ich bin aus dem Saale getaumelt, buchstäblich betäubt und: »Barmherziger Himmel, das haben wir nicht gewollt, nein, das haben wir nicht gewollt« mußte ich fort und fort murmeln. Als nachträglich die Änderung des Urteils bekannt wurde, die über Berufung nicht des Verteidigers, sondern des Staatsanwaltes erfolgte, haben wir die Strafmilderung wie eine Befreiung von eigener Schuld empfunden. Und nunmehr muß ich lesen, daß der arme Teufel unheilbarem Siechtum verfallen ist!

Ich weiß, ich kann nichts dafür, und übermäßig sentimental bin ich kaum. Wie denn auch? Mich hat das Leben genau so derb herumgestoßen, wie jeden von uns, bei dem die Druckstellen hart geworden sind. Aber ich erbitte mir von einem gütigen Schicksal, daß es mich vor neuerlicher Auslosung zum Geschwornen bewahre. Für dieses Amt tauge ich seither nicht, wenigstens so lange, als noch der Feigl im Landesgericht haust....

Mein lieber Freund, wenn es nicht ein bloßer Gelegenheitswitz war – blaß wird der nicht, da irren Sie sehr! Wenigstens nicht aus solchen Anlässen. Blaß wurde er nur damals – beim Freispruch.

* *
*

Epilog

»Der mit dem Titel und Charakter eines Hofrates bekleidete Vizepräsident des Landesgerichtes in Strafsachen Dr. Johann Feigl ist zum Hofrat ad personam unter Belassung auf seinem gegenwärtigen Dienstposten ernannt worden.«

Erpressung*

Gemeiner Stadtklatsch, den die Zeitungen aus einem Steckbrief, einem Peitschenhieb und mehreren Eingriffen in Privatlebensverhältnisse bereiteten, hat zu melden gewußt, der Advokat und Vater habe sich nicht sogleich zur Strafanzeige wider den sexuellen Bedränger der Familien des Franz Josefs-Kai entschlossen, sondern ihm zwischen Anklagebank und im Selbsthilferecht verhängten Strafen die Wahl gelassen, aus deren Qual sich dieser durch rasche Flucht befreite. Fast alle Gerüchte, die zu der überflüssigen Sensation zusammenliefen, waren aus dem öffentlichen Interessenkreise auszuscheiden, und nur der Neuigkeitsgier einer gänzlich verluderten Presse, die Existenzen für Informationen preisgibt, blieb es vorbehalten, die Ehrenhaftigkeit von Privatleuten ohne Beweise hinwegzubeschließen. Bevor noch einem Angeklagten die Vorladung zu-

* Durch diese rein dogmatische Analyse eines strafrechtlichen Begriffes, die die bestehende Rechtsordnung nicht negiert, sondern interpretiert, wollte ich deren Hütern zeigen, daß auch der juristische Dilettant in ihr Handwerk pfuschen kann. Führt man so den Sinn eines Gesetzes und die Autorität seiner Anwälte ad absurdum, so ist der Aufgabe, die Wertlosigkeit des Plunders zu erweisen, auch hier Genüge geschehen. Man kann dieser Aufgabe gleichsam auch als Staatsanwalt obliegen; besonders, wenn man sich für diesen Beruf nicht vorbereitet hat. – Der Fall, an den die theoretische Ausführung anknüpft, ist die Vorgeschichte des Prozesses Beer, dem ein Kapitel dieses Bandes gewidmet ist. Der Advokat Steger hatte den Universitätsprofessor Beer der Verführung seines und des Sohnes einer befreundeten Familie beschuldigt und ihn vor die Wahl zwischen einer Strafanzeige und allerlei privatem Ungemach, wie Verzicht auf die Professur, Verlassen des Landes u. dgl. gestellt. Die Gattin des Beschuldigten züchtigte den Advokaten mit einer Reitpeitsche, und die Affäre gab, lange ehe der Prozeß gegen Beer begann, in der Öffentlichkeit Anlaß, das Verhalten des Anzeigers zu erörtern.

gestellt ist, hat die Spaltenjustiz Zeugen verhört und ihr Urteil gesprochen. Den einen steht so fest, daß der Angeklagte Kinder geschändet hat, wie den anderen, daß der Anzeiger ein Erpresser aus Gewinnsucht ist. Und als ob es keinen Beleidigungsparagraphen gäbe, der da verbietet, »ehrenrührige, wenn auch wahre Tatsachen des Privat- und Familienlebens« zu erörtern, werden die schuldlosen Angehörigen der beiden Gegner von dreisten Sudlern beschnittener und unbeschnittener Richtung verunglimpft, daß die Fetzen der Privatehre nur so herumfliegen. Zu einer solchen Anarchie in Ehrendingen haben wir es dank einer katastrophalen Geschwornenjustiz, vor der der Beleidigte Reißaus nehmen muß, heute gebracht. Da wird, ohne Furcht, eine wehrhafte Frau könnte von ihrer Hundspeitsche noch einmal Gebrauch machen, in einem Blatt, das sich »christlich-soziales Organ« nennt, in aller Seelenruhe berichtet, daß sie die sexuellen Beziehungen zwischen ihrem Gatten und ihrer Freundin gefördert habe; da rühmt sich jenes gesinnungsverwandte Organ, dessen ordinäre Alkovenneugier alle jüdischen Vorbilder übertrifft, einer seiner Berichterstatter habe »Gelegenheit gehabt, in die Korrespondenz des Liebespaares Einblick zu nehmen«, eines Liebespaares, zu dem der Schmierfink erst zwei zusammenstellen muß. Was aber die Schäbigkeit versäumt, holt in diesem journalistischen Chaos von Rache und konträrer Geschlechtsempfindung die Dummheit reichlich nach. An dieser Sexualkomödie der Irrungen ist die öffentliche Meinung intensiver interessiert als die Justiz. Jener dient man mit Klatsch, der der Verhandlung vorgreift. Aber die Affäre erlaubt schon heute die Betrachtung eines strafrechtlichen Problems, das wie kein zweites unter dem Schutt juristischer Begriffswirrnis begraben liegt: der Erpressung.

Nicht von jener »Chantage« soll hier die Rede sein, die von der Strafsanktion lebt, unter die der konträrsexuale Geschlechtsverkehr mündiger und williger Leute von der Unvernunft und Unmenschlichkeit der Gesetzgeber heute noch gestellt ist. D e r Fall läge einfach, und kein Staatsanwalt, der mit Anklagen gegen Perverse zur Hand ist, würde zögern, die Parasiten ihrer Furcht, die Schweiggelderpresser, deren er habhaft werden kann, nach § 98 b anzuklagen. Nehmen wir vorweg an, daß die Bedingungen, die der Advokat und Vater vor Erstattung seiner Anzeige gegen den Kinderfreund gestellt hat, himmelweit entfernt sind von den Forderungen der Gewinnsucht, die homosexuale Erpresser an ihre Opfer stellen, und daß er im Recht wäre, die Frechheit einer Presse, die einen unüberlegten Akt der Selbsthilfe mit Geldfragen in schielenden Zusammenhang zu bringen wagt, mit jener Hundspeitsche zu züchtigen, die er seiner Angreiferin zu entwinden vergessen hat. Aber er hat nun einmal, wie er in einer Zuschrift an die Zeitungen selbst zugibt, tatsächlich Bedingungen gestellt. Er hat, um einem Universitätsprofessor den Gerichtsskandal zu ersparen und der gekränkten Familienmoral dennoch eine Genugtuung zu verschaffen, über jenen den Verlust des Lehramts nebst mehrjähriger Landesverweisung zu verhängen gewünscht. Wahrscheinlich in besserer Absicht als Gesetzeskenntnis. Nicht – wie wir vorweg angenommen haben – in der kriminellen Gesinnung, die aus der Furcht des Andern Vorteil zieht. Wohl aber in dem Bestreben, in selbstrichterlicher Herrlichkeit die Furcht zum Nachteil des Andern zu nützen. Ein Rechtsanwalt ist's, der solches für gut fand, einer, der die Fährnisse des § 98 b des österreichischen Strafgesetzes aus reicher kriminalistischer Erfahrung kennen sollte. Die Anzeige stand ihm wie jedem Staatsbürger frei. Wollte er sie vermeiden, so blieb ihm außer dem Ausschluß des Kinderfreundes aus dem Verkehr mit seiner und der befreundeten Familie keine Genugtuung. Er wählte ein Mittelding: die Aufhebung eines Staatsgrundgesetzes. Statt eines gerichtlichen Urteils bloß eine Rechtsfolge nebst Sistierung der Freizügigkeit. Hausjustiz, die die staatliche Rechtspflege überflüssig macht. Der Professor wollte sich beiden nicht fügen, und ein Steckbrief, zu dessen Abfassung sich beide verbanden, gab ihm das Geleite... Das Laiengefühl findet, mag die Tat des Verfolgten hundertmal beweisbar, die gerichtliche Anzeige hundertmal berechtigt sein, das Vorspiel, dem diese folgte, unnatürlich. Aber es findet keine juristische Formulierung für dieses Unnatürliche. Es schreckt vor dem nach österreichischem Gesetz einzig zutreffenden Gedanken zurück, daß hier eine »Erpressung« begangen wurde. Im Deutschen Reich wär's eine »Nötigung«; und man würde wünschen, daß in unserm neuen Strafgesetz für solche Milderung Platz geschaffen werde, nach der die bloße »Übertretung« des Verbots, jemand durch Bedrohung zu einer Handlung zu verhalten, etwa mit Geldstrafe zu ahnden wäre. Unbegreiflich aber wie das Vorgehen des Advokaten bleibt der Eifer, mit dem in juristischen Kreisen seine Qualifikation nach dem geltenden Strafgesetz überhaupt erörtert werden konnte. Wenn je ein Fall klar lag, und wenn je einer die Reform des die Nötigung unter allen Umständen als »Verbrechen« grausam ahndenden Strafgesetzes dringlich erscheinen ließ, so war es dieser. Die ethische Verfehlung liegt hier – wir nehmen es an – nur in der Anmaßung privatrichterlicher Machtvollkommenheit; daß sie nach unserm Strafgesetz als Erpressung zu beurteilen ist, müßte jedem Juristen, der den Paragraphen und seine oberstgerichtliche Auffassung kennt, klar sein. Aber auch der Segen begrifflicher Verwirrung ist von oben gekommen, und die allgemeine Dunkelheit, die sich über die schwierige Materie gelagert hat, entschuldigt sogar das Mißverstehen des von selbst Verständlichen. Darum mag es nützlich scheinen, die Merkmale eines so populären Delikts populär zu erläutern, damit es nicht nur die vielen verstehen, die es begehen, sondern auch die wenigen, die es anklagen und verurteilen.

»§ 98. Des Verbrechens der öffentlichen Gewalttätigkeit durch Erpressung macht sich schuldig, wer a) einer Person wirklich Gewalt antut, um sie zu einer Leistung, Duldung oder Unterlassung zu zwingen, insoferne sich seine Handlung nicht als ein schwerer verpöntes Verbrechen darstellt. – Unter derselben Voraussetzung begeht eben dieses Verbrechen derjenige, der b) mittelbar oder unmittelbar, schriftlich oder mündlich, oder auf andere Art, mit oder ohne Angabe seines Namens, jemanden mit einer Verletzung an Körper, Freiheit, Ehre oder Eigentum in der Absicht bedroht, um von dem Bedrohten eine Leistung, Duldung oder Unterlassung zu erzwingen, wenn die Drohung geeignet ist, dem Bedrohten mit Rücksicht auf die Verhältnisse und die persönliche Beschaffenheit desselben oder auf die Wichtigkeit des angedrohten Übels gegründete Besorgnisse einzuflößen; ohne Unterschied, ob die erwähnten Übel gegen den Bedrohten selbst, dessen Familie oder Verwandte, oder gegen andere unter seinen Schutz gestellte Personen gerichtet sind, und ob die Drohung einen Erfolg gehabt hat oder nicht.« Es bedarf wohl nicht erst des Studiums oberstgerichtlicher Entscheidungen, um zu erkennen, daß die Ankündigung einer Strafanzeige wegen eines homosexuellen Verbrechens einer »Bedrohung an der Ehre«, daß der Verzicht auf die Professur und das Verlassen des Landes einer »Leistung« gleichkommt, die durch die Ankündigung erzwungen werden sollte, und daß diese geeignet war, dem Bedrohten »gegründete Besorgnisse« einzuflößen. Der Kassationshof hat am 24. Jänner 1885 (Z. 12.607, veröffentlicht unter Nr. 735 der Sammlung »Plenarbeschlüsse und Entscheidungen«) sogar ausgesprochen, daß »die Erzwingung des Geständnisses einer strafbaren Handlung unter den Gesichtspunkt der Erpressung fallen kann«, daß es »für die Frage des Tatbestandes belanglos ist«, ob der Verbrechensverdacht – es handelte sich damals um Diebstahl – »begründet war oder nicht«. »Wird erwogen«, hieß es in jener Entscheidung, »daß ein Beschuldigter die Wahrheit anzugeben nur dem Gericht gegenüber verpflichtet ist, daß jedoch auch der Richter nicht die Befugnis besitzt, ihn durch List oder Zwang zur Erfüllung dieser Pflicht zu verhalten, ja, daß der Beschuldigte, ohne Zwangsmaßregeln hervorzurufen, Antworten ganz verweigern kann, so läßt sich in der Abnötigung des Geständnisses, also in der Nötigung, zur eigenen Überweisung beizutragen, ein widerrechtlicher, mit einem bestimmten Nachteile für den Beschuldigten verbundener Eingriff in dessen Rechtssphäre nicht verkennen«. Wie erst, wenn die Abnötigung des Geständnisses mit der eigenmächtigen Diktierung von Strafen verbunden ist? Am 30. Juni 1900 (Z. 6689, Sg. Nr. 2512) hat der Kassationshof entschieden, daß ein Beleidigter »wegen Verbrechens der Erpressung haftet, wenn er sich der im § 98b bezeichneten Drohung bedient, um Ausstellung einer Ehrenerklärung und Zahlung einer Geldbuße zu wohltätigem Zweck vom Beleidiger zu erlangen«. Der Kaufmann P. begehrte vom Oberstleutnant S. Zahlung eines nach dessen Erinnern bereits beglichenen Forderungsbetrages von 2 fl. 50 kr. In dem dadurch hervorgerufenen Wortwechsel ließ S. eine Äußerung fallen, durch welche sich P. beleidigt fühlte. Durch seinen Rechtsfreund ließ er daher dem S. brieflich mitteilen, er werde ihn strafgerichtlich belangen, falls S. keine Ehrenerklärung abgebe und zugunsten eines der Wohltätigkeit gewidmeten Fonds 200 fl. erlege; später wiederholte er in einem »Eingesendet« eines Tagblattes dies Begehren. P. wurde mit Urteil des Kreisgerichtes in Neutitschein des Verbrechens der Erpressung schuldig erkannt, die Nichtigkeitsbeschwerde des Verurteilten vom Kassationshof verworfen. Laienempfindung wendet wohl ein, daß der Geldbetrag hier nicht für die Tasche des mit der Anzeige Drohenden, sondern für einen wohltätigen Zweck gefordert wurde. Man hat sich so sehr gewöhnt, das Wort »Erpressung« in etymologischen Zusammenhang mit »Presse« zu bringen, daß man an einen andern Zweck der Bedrohung als den der Erlangung von Schweiggeld nicht mehr denken kann. Hätte, wie ein Gerücht wissen wollte, unser Rechtsanwalt dem Professor, dem er die Strafanzeige in Aussicht stellte, nebst Degradierung und Verbannung auch noch eine Geldbuße zu wohltätigem Zweck auferlegt, so wäre der Tatbestand der Nötigung erheblich erschwert worden, und einzig »freiwillig« wäre in dem ganzen Handel die Rettungsgesellschaft gewesen, der die Summe, wie erzählt wurde, zugedacht war... Aber wurde nicht auch das »Recht« auf eine Strafanzeige, die keine verleumderische Beschuldigung ist, immer wieder zur Entschuldigung des Drohenden hervorgehoben? Am 27. Februar 1886 (Z. 14.548, Sg. Nr. 890) hat der Kassationshof über eine Beschwerde, die als Verteidiger – derselbe Mann vertrat, der heute die alte Erfahrung so unglücklich anwendet, entschieden, daß es »für den Tatbestand des im § 98 normierten Deliktes irrelevant ist, ob der Täter ein Recht hatte, das angedrohte Übel in Vollzug zu setzen«, und er hat unter anderm am 30. Dezember 1881 (Z. 10.512, Sg. Nr. 401) und am 19. November 1898 (Z. 12.588, Sg. Nr. 2290) ausgesprochen, daß »auch die Drohung mit einer an sich berechtigten Strafanzeige den Tatbestand der Erpressung herzustellen vermag«.

Wenn aber in unserm Fall darzutun versucht ward, daß ja dem Kinderfreund mit keinem größeren Übel gedroht wurde, als ihm ohnedies drohte, und daß der Anwalt und Vater ein entschiedenes »Recht« zur Erstattung der Strafanzeige hatte, so zeigt dies bloß, welche Verwirrung eine hartnäckig festgehaltene Auslegung des Kassationshofes in juristischen Köpfen erzeugt hat. Nicht als ob das oberste Gericht je so naiv gewesen wäre, die Möglichkeit, daß mit einem rechtmäßigen Mittel unerlaubter Zwang geübt werden kann, zu bestreiten. Aber der Kassationshof hat, da er in die Judikatur über den Erpressungsparagraphen überhaupt den Begriff des »Rechts«, nämlich des Rechts auf die Leistung, die durch die Drohung bewirkt werden soll, einführte, eine Materie, die ohnedies zu den schwierigsten des Strafgesetzes gehört, unnötig kompliziert. Der Wortlaut des Erpressungsparagraphen gestattet keinen Zweifel darüber, daß ein Zwang ebensowohl durch ein unerlaubtes wie durch ein erlaubtes Mittel, ebensowohl zu einem erlaubten wie zu einem unerlaubten Zweck geübt werden kann. Ausschließlich unerlaubt ist der Zwang selbst. Man könnte sich gewiß den Fall denken, daß eine Erpressung durch die Bedrohung mit einem an sich erlaubten Mittel (Strafanzeige) zu einem an sich erlaubten Zweck (Erlangung eines dem Drohenden geschuldeten Geldbetrags) begangen wird: »Wenn du mir nicht die hundert Gulden, die du mir schuldest, zurückgibst, werde ich gegen dich die Strafanzeige wegen der Gotteslästerung, die du begangen hast, erstatten.« Und: »Wenn du mir nicht die hundert Gulden, die du mir schuldest, zurückgibst, werde ich dich totschlagen« – dies wäre ein Beispiel für die Drohung mit einem unerlaubten Mittel zu einem erlaubten Zweck, zur Erlangung einer Leistung, auf die ich ein »Recht« habe. »Wenn du mir nicht hundert Gulden schenkst, werde ich dich wegen der Gotteslästerung, die du begangen hast, anzeigen« – hier habe ich kein Recht auf die Leistung, wohl aber eines auf das Mittel, mit dem ich die Leistung durchsetzen will. Und schließlich: »Wenn du mir nicht hundert Gulden schenkst, werde ich dich totschlagen« – hier wird ein rechtswidriges Mittel zum Zweck der Erzielung einer Leistung angewendet, auf die ich kein Recht habe. In allen vier Fällen liegt Erpressung vor, solange unter Erpressung einfach eine bedingte Drohung zu verstehen ist, eine Drohung, die ich ausstoße, um einen zu einer Leistung, Duldung oder Unterlassung zu bestimmen. Der Kassationshof hat – wiederholt – unbegreiflicherweise anders entschieden. Die Rechtmäßigkeit oder Rechtswidrigkeit des angewendeten Drohmittels bildet für ihn kein besonderes Merkmal der Erpressung. Dagegen muß nach seiner Ansicht die Leistung, zu der der Bedrohte verhalten werden soll, eine rechtswidrige sein, das heißt: Erpressung liege nur dann vor, wenn der Bedrohende »kein Recht« auf die Leistung hatte; hat er eines, erwächst also der sich dem Zwang fügenden Person kein rechtlicher Nachteil (z. B. Zahlung einer Schuld, zu der sie durch die Bedrohung mit Totschlag verhalten wird), so liege nicht Erpressung, sondern gefährliche Drohung vor. Daß diese Auffassung falsch ist, lehrt der klare Wortlaut des dem Erpressungsparagraphen folgenden § 99: »Wer die im § 98 bezeichnete und auf die dort angegebene Art zur Erregung gegründeter Besorgnisse geeignete Drohung bloß in der Absicht anwendet, um einzelne Personen, Gemeinden oder Bezirke in Furcht und Unruhe zu versetzen, begeht das Verbrechen der öffentlichen Gewalttätigkeit durch gefährliche Drohung.« Jene Drohung also, die ich nicht bloß in der Absicht anwende, um in Furcht und Unruhe zu versetzen, sondern die ich in der Absicht anwende, um irgend eine Leistung u.s.w. zu erzielen – gleichgültig, ob ich ein »Recht« auf sie habe oder nicht –, jene Drohung, die ich nicht absolut, sondern bedingt ausstoße, ist eine Erpressung. Der Kassationshof hat die erstaunlichste Begriffstechnik entwickelt, um den Irrtum zu fundieren, und er hat sogar einmal über das Wörtchen »bloß« im Text des Drohungsparagraphen, da es ihm entschieden hindernd in den Weg trat, durch eine tiefsinnig unverständliche Deutung – unter Hinweis auf die Stilisierung des Paragraphen im Hofkanzleidekret vom 8. Juli 1835 – hinüberzukommen gesucht. Rochus D. hatte nämlich den Peter R., um ihn zur Rückstellung eines Betrages von 130 fl. zu zwingen, in einer Weise bedroht, »die mit Rücksicht auf die persönliche Beschaffenheit des Bedrohten und auf die Wichtigkeit des angedrohten Übels geeignet war, dem Bedrohten gegründete Besorgnisse einzuflößen«. Der Gerichtshof erster Instanz, der sich die Praxis des Kassationshofs schon zunutze gemacht hatte, sprach nicht nur von der Anklage der Erpressung frei, sondern hatte den vielleicht ironischen Einfall, ausdrücklich zu erklären, daß auch eine Verurteilung wegen gefährlicher Drohung unmöglich sei, weil die Drohung »nicht bloß in der Absicht ausgeübt wurde, den Bedrohten in Furcht und Unruhe zu versetzen«. So richtig der Freispruch von der Anklage der Drohung gewesen wäre, so falsch war hier der Freispruch von der Anklage der Erpressung. Aber der Gerichtshof erster Instanz wollte vermutlich die Praxis des Kassationshofs ad absurdum führen. Dieser (6. Oktober 1893, Z. 8172, Sg. Nr. 1672) belehrte ihn: § 99 bilde zwar eine Ergänzung zu § 98 b in dem Sinne, daß jene gefährlichen Drohungen, welche der Bestimmung des § 98 b aus dem Grunde nicht unterstellt werden können, weil sie nicht angewendet werden, um eine Leistung, Duldung oder Unterlassung zu erzwingen, nach Umständen der Strafsanktion des § 99 unterliegen. Aber statt des Wörtchens »bloß« sei im Hofdekret »auch bloß« gestanden; und daraus gehe hervor, daß der § 99 auch angewendet werden könne, wenn durch die Drohung außer dem Zwecke der Einschüchterung noch der weitere Zweck verfolgt werde, ein vermeintliches Recht durchzusetzen... Warum nicht auch ein Unrecht? Eine Leistung, zu der der Bedrohte n i c h t verpflichtet ist? Wenn »auch bloß« bedeuten sollte, daß unbedingte Drohungen zwar nicht nach § 98 b, wohl aber bedingte a u c h nach § 99 verfolgt werden können, dann steht dem Entschlusse nichts im Wege, selbst Erpressungen, durch die eine Rechtswidrigkeit durchgesetzt wird, als einfache gefährliche Drohungen zu qualifizieren und den § 98 b für überflüssig zu erklären. In Wahrheit hat die alte Stilisierung »auch bloß« nichts anderes als das spätere »bloß« zu bedeuten, das mit einem tonlosen Übergangswörtchen verschnörkelt war. Im Strafgesetz ist es eben abgetan, und das Wort »bloß« bildet hier die scharfe Unterscheidung zwischen der bedingten und der unbedingten, ausschließlich dem Einschüchterungszweck dienenden Drohung. Man wird es nicht für möglich halten, daß der Kassationshof (25. Oktober 1880, Z. 8340, Sg. Nr. 282) in dem folgenden Fall von der Anklage wegen Erpressung freigesprochen hat: Anton St. schwang gegen Mathias V. in der Absicht, ihn zur Herausgabe eines ihm geschuldeten Betrages von 1 fl. 30 kr. zu zwingen, eine Hacke mit den Worten »Gibst mir das Geld?«; Mathias V. warf ihm den Geldbetrag zu und entfloh. Der Generaladvokat erklärte in der Verhandlung, daß er die Nichtigkeitsbeschwerde des Staatsanwaltes nicht zu vertreten in der Lage sei, und führte aus: »Nicht bloß die Störung der Freiheit, sondern die Verkürzung eines konkreten Rechtes ist die Voraussetzung dieses Verbrechens... Es muß in den Folgen jenes Benehmens, zu welchem er bestimmt worden ist, ein bestimmter Nachteil zu erkennen sein, welcher für den Genötigten eben daraus erwächst, daß er dem fremden Willen sich gefügt hat, und gerade diesen Nachteil ihm zuzufügen, muß die Absicht des Handelnden gewesen sein. Es würde daher das Verbrechen der Erpressung nicht begangen sein, wenn die Absicht des Handelnden nicht darauf gerichtet war, dem Genötigten einen rechtswidrigen Nachteil zuzufügen, einen rechtswidrigen Eingriff in die Befugnisse des letzteren zu begehen... Wenn die Absicht des Handelnden nur darauf gerichtet ist, den Bedrohten zu einer Leistung, Duldung oder Unterlassung zu bestimmen, welche er von diesem im eigenen Namen oder in Vertretung eines Dritten (!) zu fordern ein Recht hat, kann der Bedrohte sich nicht als in dem verkürzt ansehen, wozu er durch die Nötigung gebracht würde, es liegt hier nicht ein materieller Schaden, sondern eine bloß formelle Verletzung vor, ein Eingriff in die Freiheit, als Voraussetzung der Rechte, nicht aber in diese Rechte selbst. Solange durch die Drohung nicht ein rechtswidriger, sondern ein dem Recht entsprechender Zustand hergestellt wird, könnte diese Drohung daher nur um ihrer selbst willen und nicht wegen ihres Erfolges strafrechtlich in Betracht kommen.« So scharfsinnig wie unsinnig. Wer entscheidet über das »Recht« auf die Leistung? Der Drohende selbst? Ist der zur Selbsthilfe entschlossene, also den Rechtszustand negierende Täter befugt, einen »dem Recht entsprechenden Zustand herzustellen«? Und soll wirklich das Gericht, das über seine Drohung urteilt, auch das zivilrechtliche Verhältnis zwischen ihm und dem Bedrohten überprüfen? Wahrheitsbeweis bei Erpressung! Und sogar »in Vertretung eines Dritten« kann man einem Schuldner an die Gurgel fahren, ohne nach § 98 b zu haften – wenn nur der Betrag wirklich zu zahlen war und der Erpresser sich mit einer Vollmacht ausweisen konnte.

Welch enge Auffassung, die der Zwangsempfindung des Bedrohten die Pein bestreitet, wenn der Anspruch des Drohenden »gegründet« war! Als ob nach dem klaren Willen des Gesetzes nicht lediglich die Besorgnisse des Bedrohten »gegründet« sein müßten! Aber ist denn in den Folgen jenes Benehmens, zu dem einer gezwungen worden ist, nicht auch dann ein »bestimmter Nachteil« zu erkennen, wenn er, um dem Erschlagenwerden zu entgehen, sich das geschuldete Geld beim Wucherer ausborgen mußte? Die Leistung, zu der ich gezwungen wurde, ist immer mein »Nachteil«. Nicht auf den Anspruch des Drohenden, sondern auf meine Qual der Wahl zwischen einer Leistung, zu der ich augenblicklich nicht fähig bin, und dem Erschlagenwerden kommt es an. Die Zahlung einer Geldsumme, die ich schuldig bin, kann mir zu Zeiten schwerer fallen als ein andermal die einer Summe, die ich nicht schuldig bin. Im einzelnen Fall darf nicht die Verpflichtung, sondern höchstens die Möglichkeit, dem fremden Willen nachzugeben, geprüft, muß der Grad des Zwanges beurteilt werden. Nie aber kann durch eine Drohung »ein dem Recht entsprechender Zustand hergestellt« werden! Und wie sollte eine Schuldzahlung den Rechtszustand schaffen können, den soeben eine Drohung aufgehoben hat?

Sogar der »gute Glaube an ein Rückforderungsrecht« war dem obersten Gericht einmal die Handhabe, eine Verurteilung wegen Erpressung zu kassieren. Jedenfalls haben es sich nach seiner Anschauung schlechte Zahler selbst zuzuschreiben, wenn eines Tages der Ruf »Geld her oder das Leben!« an ihr Ohr dringt. Wörtlich sagt der Generaladvokat am 20. Mai 1879 (Z. 2815, Sg. Nr. 202): »Der säumige Schuldner, der zur Zahlung, der Vertragsbrüchige, der zur Erfüllung des Vertrages gezwungen wird, darf sich darüber nicht beklagen, daß er der ihm obliegenden Verpflichtung genügt hat.« Gewalt oder Drohung, die zu so rechtmäßigem Zwecke angewendet werde, könne nicht nach § 98 a oder b, sondern beziehungsweise bloß nach § 93 (Einschränkung der persönlichen Freiheit) oder § 99 (Gefährliche Drohung) geahndet werden. Erpressung? Gibt's überhaupt nicht! Der Begriff ist sogar, wo ein rechtswidriger Zweck im Zwangswege durchgesetzt wurde, nicht mehr vorhanden. Denn selbst die Erpressung, die der Kassationshof noch gelten läßt, wäre ja nichts weiter als eine Drohung, kompliziert mit Schadenszufügung und also nach der Höhe des Schadens zu bestrafen... Das Grundirrige dieser Interpretation, die viele Strafrechtslehrer (Lammasch u. a.) gutheißen, wird vollends klar, wenn man entdeckt, daß der Oberste Gerichtshof sich der Verschiedenheit der Deliktsinhalte der §§ 98 und 99 an deren Nebenmerkmalen bewußt wird. Die Begriffe »gegründete Besorgnis« und »Furcht und Unruhe«, erklärt er am 21. Juni 1880 (Z. 4367, Sg. Nr. 260), seien »nicht identisch«. Furcht sei eine wesentliche Steigerung der Besorgnis. Hier hat der Kassationshof zwar übersehen, daß auch im Bedrohungsparagraphen zuerst von der »zur Erregung gegründeter Besorgnisse geeigneten Drohung« die Rede ist, daß also die folgende Umschreibung »Furcht und Unruhe« nur dem stilistischen Abwechslungsbedürfnisse dienen kann. Wäre dies aber selbst nicht der Fall, wäre Furcht und Unruhe wirklich etwas anderes, mehr als gegründete Besorgnis, so müßte schon daraus hervorgehen, daß man die »berechtigte« Erpressung nicht willkürlich in das Strafgebiet des nächsten Paragraphen, der von Furcht und Unruhe spricht, bugsieren kann. Sie wäre nämlich überhaupt straflos, wenn sie bloß »gegründete Besorgnisse« erweckt hat.

Der Unterschied zwischen Erpressung und gefährlicher Drohung ist bei Anwendung des gleichen Mittels die Verschiedenheit zwischen Absicht und Selbstzweck. Dort ist die Drohung ein Anfang, hier ein Abschluß. Dort zumeist ein kalt berechneter Plan, hier zumeist eine heiße Rache. Der Diener, der mit

Verrat von Familiengeheimnissen für den Fall der Entlassung droht, ist – auch wenn er hundertmal ein kontraktliches Recht auf den Posten hat – ein Erpresser; der entlassene Diener, der aus Wut den Verrat von Familiengeheimnissen ankündigt, begeht eine gefährliche Drohung. Daß man auch ein Recht erpressen kann, sagt schon der Sprachgebrauch, und zum Erpresser wird eben, wer statt zur Klage, zur Drohung greift. Lediglich bei der Strafbemessung wäre das »Recht« auf die erzwungene Leistung als Milderungsgrund in Betracht zu ziehen, wie auch unter Umständen das Recht auf die Anwendung des Mittels, mit dem die Leistung erzwungen wurde (z. B. Drohung mit berechtigter Strafanzeige, wenn der Drohende an ihr persönlich interessiert ist)... Nicht die Drohung an sich, nicht die Leistung an sich, sondern ihr K a u s a l n e x u s bestimmt den kriminellen Gehalt der Erpressung. Ich darf naturgemäß mit einer Klage drohen, um jemand zur Erfüllung seiner Verpflichtung anzuhalten, wenn ihre Nichterfüllung mit der Gesetzwidrigkeit, auf die sich die Klage stützen würde, kongruent ist. Ich darf eine Klage wegen Ehrenbeleidigung in Aussicht stellen, um einen von der weiteren Begehung dieses Deliktes abzuhalten. Schon nicht, um ihn zur Abgabe einer Ehrenerklärung, zum Widerruf zu zwingen. Ich darf ihm das Gesetz in Erinnerung bringen. Aber das Gesetz straft eben die Beleidigung, nicht die Unterlassung einer Abbitte. Der Familienvater durfte mit der Anzeige wegen Knabenschändung drohen, um den Täter von einem weiteren Versuch, seinen Knaben zu schänden, abzubringen. Nie und nimmer aber durfte er mit der Anzeige drohen, um e t w a s a n d e r e s als diese Unterlassung zu erzielen. So wenig, wie einer mit Hundspeitsche oder Revolver zu einem rechtmäßigen Zweck drohen darf, etwa um eine Schuld einzutreiben oder um sich eine publizistische Schmähung, also einen Angriff auf die Ehre, vom Halse zu halten; (gegenüber einem befürchteten Angriff auf die körperliche Sicherheit würde unter Umständen Notwehr die Drohung mit Selbsthilfe exkulpieren). Ein rechtmäßiges Mittel zu rechtswidrigem Zweck bedrohlich anzuwenden, ist ebenso unstatthaft, wie ein rechtswidriges Mittel zu rechtmäßigem Zweck, und in beiden Fällen ist der verbrecherische Kausalnexus so klar hergestellt, wie wenn sowohl Mittel als Zweck rechtswidrig wären. Er kann aber auch, wenn jenes wie dieser, Drohung wie Leistung an sich berechtigt wären, gegeben sein. Dann entscheidet die Inkongruenz. Ankündigung einer Klage für den Fall, daß das klagbare Verhalten eintritt, ist erlaubt; Ankündigung einer Klage wegen eines klagbaren Verhaltens für den Fall, daß ein anderes klagbares Verhalten eintritt, ist verboten. Zwischen Mittel und Zweck, aus denen sich die Erpressung begrifflich zusammensetzt, liegt der Spielraum von Foltermöglichkeiten, nicht in der Rechtswidrigkeit des einen oder des andern. Ich tue, wozu ich berechtigt bin, wenn du nicht tust, wozu du verpflichtet bist – in dieser Alternative des barsten »Rechtszustandes« kann eine Fülle krimineller Absichten enthalten sein, gefährlicher als in der andern: Ich tue, wozu ich nicht berechtigt bin, wenn du nicht tust, wozu du nicht verpflichtet bist!...

Auch das Gesetz erpreßt. Es droht mit Strafen, also mit einer Verletzung an Freiheit oder Eigentum, um Leistungen oder Unterlassungen zu erzwingen. Aber es hat die Erpressung monopolisiert und straft den, der im Selbsthilferecht Strafen vorschreibt. Manchmal wegen Erpressung.

Ethik und Strafgesetz

»Er hat, um einem Universitätsprofessor den Gerichtsskandal zu ersparen und der gekränkten Familienmoral dennoch eine Genugtuung zu verschaffen, über jenen den Verlust des Lehramts nebst mehrjähriger Landesverweisung zu verhängen gewünscht.« Aber das ist doch nicht einmal eine Unanständigkeit?, dachten und sagten die Leser des Artikels »Erpressung«; wie sollte es eine strafbare Handlung sein? Wenn Leser wirklich immer zu lesen verständen, hätten sie auch verstanden, daß ich jene Handlung, da ich sie in dem oben zitierten Satz formulierte, selbst nicht als unanständig werte, hätten sie auch die ausdrückliche Betonung dieser Meinung dort nicht übersehen, wo ich die Möglichkeit offen lasse, eine »bessere Absicht als Gesetzeskenntnis« könne hier bestimmend gewesen sein. Zweifellos hat der Rechtsanwalt und Vater, wenn ihm nicht mehr vorzuwerfen ist als die Tat, deren er sich in einer Zuschrift an die Tagespresse selbst zieh, ethisch einwandfrei gehandelt. Und dennoch strafbar?

Wir können uns nicht daran gewöhnen, Sittlichkeit und Kriminalität, die wir so lange für siamesische Begriffszwillinge hielten, von einander getrennt zu sehen. Vom Tyrannenmörder, der die Not seiner Volksgenossen endet, bis hinunter zum Mitglied des Tierschutzvereins, das seinem Hündchen den Zwang des Maulkorbs ersparen will, erfüllen sie alle das sittliche Gebot, die Selbsthelfer – und können dennoch vor dem Strafgesetz nicht bestehen. Das macht: die schönste Entfaltung meiner persönlichen Ethik kann das materielle, leibliche, moralische Wohl meines Nebenmenschen, kann ein Rechtsgut gefährden. Das Strafgesetz ist eine soziale Schutzvorrichtung. Je kulturvoller der Staat ist, umso mehr werden sich seine Gesetze der Kontrolle sozialer Güter nähern, umso weiter werden sie sich aber auch von der Kontrolle individuellen Gemütslebens entfernen. Wenn ich mein eigenes materielles, leibliches, moralisches Wohl gefährde, wenn ich hazardiere, von der Eisenbahn abspringe, mich prostituiere, so kann nur die Beschränktheit in Volksschulzucht zurückgebliebener Gesetzgeber mich »schuldig« werden lassen. Aber gerade der Staat, der sich Vormundsrechte anmaßt, wird die familiäre Sorge bis zur Vernachlässigung sozialer Rücksichten treiben. Mit beichtväterlicher Liebe zürnt er meinen Lastern und sieht nicht, entschuldigt es vielleicht, wie meine Tugenden den Wohlstand meines Nächsten gefährden. Ich bin so »anständig«, nicht sofort zum Staatsanwalt zu laufen, wenn ich einen Hausfreund im Verdacht einer kriminellen Handlung habe; ich »begnüge mich«, selbst die Sühne zu bestimmen, die er zu leisten hat. Aber dies kulante Entwederoder, das mir mein Zartgefühl eingegeben hat, bedrückt den Schuldigen, dessen Schuld der Staat vielleicht mit einer geringern Strafe ahnden wird, als die ich ihm zuerkenne, peinigt den Unschuldigen. Vor Gericht kann er leugnen und wird vielleicht freigesprochen, vor meinem Privatrichterstuhl muß er sich schuldig bekennen, um der Gnade meines Willkürrechts sicher teilhaftig zu werden. Dies sollte, wenn hundertmal Familienrücksichten und andere sittliche Regungen mich bestimmten, statthaft sein? Nur die Grausamkeit des geltenden Gesetzes hindert uns, in einem Fall, der sämtliche Merkmale jenes Delikts trägt, von dem der Erpressungsparagraph handelt, dessen Anwendung zu wünschen. Wer getan hat, was hier beschrieben ward, ist nun einmal – das Laiengefühl behält ja Recht – kein »Erpresser«, kein »Verbrecher«. Aber sicherlich wäre er, wenn unter Aufrechthaltung seines Sinns Terminologie und Strafausmaß des Gesetzes vernünftig abgestuft würden, ein »Nötiger«, ein »Übertreter«. Kein sittlicher Makel bliebe an ihm hängen, wenn er, der aus sittlicher Erwägung in das Strafmonopol des Staates eingegriffen hat, entsprechend gestraft würde. Hunde müssen nun einmal, und gehörten sie den zartfühligsten Tierfreunden, Maulkörbe tragen!

Es mag paradox klingen, aber wo kämen wir hin, wenn alle moralischen Handlungen ungestraft blieben? Und wo kommen wir hin, da noch immer so viele unmoralische Handlungen gestraft werden? Ein Gegenstück zu der Erpressung aus Gemüt ist etwa die Gelegenheitsmacherei. Man muß es immer wieder sagen, daß sie als bloße Vermittlung oder Vermietung einer Gelegenheit für den geschlechtlichen Verkehr zwischen zwei willigen und mündigen Menschen kein wirkliches Rechtsgut verletzt, daß ihre Bestrafung eine Dummheit ist, daß eine Gerichtsverhandlung über dieses Delikt nicht die sittliche Läuterung der beteiligten Kreise, sondern höchstens das Bedauern über das zu späte Bekanntwerden einer Adresse zur Folge hat. Wird aber, wer die Kriminalität der Gelegenheitsmacherei leugnet, darum behaupten, daß sie eine ethische Handlung ist? Das wird nicht einmal der Kulturmensch tun, der Menschliches nach Menschenmaß beurteilt, sittliche Entrüstung nur in dringenden Fällen verausgabt und das Seelenheil von alten Weibern, die von den spärlichen Erwerbswegen den bequemsten wählen und einer unausrottbaren Naturnotwendigkeit eine stille Gasse öffnen, für keine soziale Frage hält. Aber nur, wenn wir diese Naturnotwendigkeit, nach dem Buchstaben eines hundertjährigen Gesetzes, *an sich* als ein »unerlaubtes Verständnis« ansehen, wenn wir jenen Akt, ohne den höchstwahrscheinlich kein Gesetzgeber, kein Staatsanwalt und kein Polizeikommissär auf die Welt gekommen wäre, *an sich* für strafwürdig halten, dürfen wir Prostitution und Gelegenheitsmacherei in den Bereich der Kriminalität verweisen. Aber auf dem Gebiete der Sexualmoral können bloß die Unmündigkeit, die freie Selbstbestimmung und die Gesundheit als Rechtsgüter in Betracht kommen, nie und nimmer die Sittlichkeit als solche; und nur für die Schädigung des andern Teils kann ich zur Verantwortung gezogen werden.

Jene Ethik aber, die Rechtsgüter nicht achtet, sondern gefährdet, könnte man die *blinde Ethik* nennen. Wir haben gesehen, daß sie vor allem die »Nötigung« verschuldet, gegen die das harte Gesetz anzurufen man sich scheut, die aber, wenn sie völlig straflos bleibt, das schlimmste Präjudiz der Selbsthilfe schafft. Auch im Problem der »Bestechung« spielt sie eine Rolle. Sich bestechen lassen, ist immer unsittlich. Bestechen ist nur dann unsittlich, wenn der Zweck, zu dem ich's tue, an sich ein unsittlicher ist oder wenn er die Erlangung eines mir zwar gebührenden Vorteils bedeutet, der aber in keinem Verhältnis zu dem der Öffentlichkeit aus der Korruption erwachsenden Nachteil steht. In Österreich wäre nur der Beamte, der sich bestechen ließe, strafbar, nicht der Zeitungsmann und nicht der Parlamentarier. Nur strafbar, wer einen Beamten, nicht wer einen Zeitungsmann oder Parlamentarier zu bestechen versuchte (ich sage »versuchte«, weil an die Möglichkeit eines Gelingens namentlich bei den journalistischen Funktionären nicht zu denken ist). Gewiß ist es wünschenswert, daß ein kommendes Gesetz nicht nur die unparteiische Führung der Staatsgeschäfte als Rechtsgut schützt, sondern auch – da wir nun einmal in einem konstitutionellen Staate leben – die Freiheit der parlamentarischen Abstimmung und – angesichts einer täglich wachsenden Preßmacht – die Unverfälschtheit der öffentlichen Meinung. Aber wenn die Bestechung eines Journalisten auch strafbar würde, müßte sie nicht in jedem Fall unsittlich sein. Sie wäre und ist es nicht, wenn die Besprechung häuslicher Intimitäten nur durch Verabreichung von Schweiggeld hintanzuhalten ist. Sie wäre und ist unsittlich – und ihre Strafbarmachung ein Bedürfnis –, wenn sie die Besprechung einer gefälschten Bankbilanz verhindern soll. Der vergangene Sommer ward von Entrüstungsstürmen, die aus dem Osten kamen, erschüttert. In Ungarn – man denke nur, in Ungarn – sollte der Versuch gewagt worden sein, Abgeordnete zu bestechen. Und noch dazu mit ganz geringen Summen! Die demokratische Meute in Cis und Trans war auf den armen Grafen Szapary losgelassen, den man so frevler Geringschätzung des ungarischen Parlaments beschuldigte. Er hatte der Regierung seine Hilfe geboten, die Mäuler der Obstruktion zu stopfen. Daß er sittlich gehandelt hat, da er in höherem, patriotischem Interesse korrumpieren oder vielleicht bloß Korruption benützen wollte, ist zweifellos: nicht die Ethik, nur der Verstand des ungeschickten Vermittlers, dessen Bemühung ruchbar wurde, konnte durch den Handel kompromittiert sein. Und er hätte auch sittlich gehandelt, wenn er nach dem Gesetz strafbar gehandelt hätte, während das Zuckerkartell oder der Verwaltungsrat einer Bank, die volkswirtschaftliche Redakteure bestechen, auch bei leider unabänderlicher Straflosigkeit gegen die Moral verstoßen.

Nicht immer ist, nicht immer sollte strafbar sein, was unsittlich ist, und das Sittliche nicht immer straflos. Den Grundzug einer modernen Gesetzgebung kann nur die Entlastung individuellen Gemütslebens zu Gunsten sozialer Interessen bilden. Sicherlich würden dabei – der Staatsfreund kann beruhigt schlafen – mehr Rechtsgüter gewonnen als aufgegeben werden.

Zwei Urteile

Das Charakteristische der österreichischen Strafrechtspflege ist, daß sie Zweifel schafft, ob man mehr die richtige oder die falsche Anwendung des Gesetzes beklagen soll. Solange es besteht – und es wird dank der nationalen Verspieltheit unserer Gesetzgeber noch lange bestehen –, wird man nicht wissen, ob die falsche Auffassung eines brauchbaren Paragraphen oder die richtige eines unbrauchbaren weher tut.

Ein Dienstmädchen fordert seinen Geliebten auf, in die Wohnung der Quartiergeberin zu kommen, weil es mit ihm zu sprechen habe. Der Mann folgt der Aufforderung und empfängt von der Geliebten heftige Vorwürfe, daß er zur Erhaltung ihres Kindes nichts beitrage. Sie sehe nun wieder der Entbindung entgegen, er solle seiner Verpflichtung als Vater wenigstens so weit nachkommen, daß er Geld auf Wäsche für das zu erwartende Kind hergebe. Es kommt zu einem heftigen Wortwechsel, in dessen Verlauf das verzweifelte Mädchen die Tür absperrt. In dem Raufhandel, der sich hierauf entspinnt und einige Minuten währt, gelingt es dem Mann, dem Mädchen den Schlüssel zu entreißen. Er verläßt das Zimmer und erstattet die Anzeige wegen »Einschränkung der persönlichen Freiheit«. Die Schwangere wird von einem Erkenntnissenat zu einem Monat Kerker verurteilt. Eine wie kleine Erkenntnis genügt doch zur Schöpfung eines so großen Erkenntnisses! Aber dem Gesetz wird es gerecht. Das schwache Mädchen hat wirklich die Freiheit des Gentlemans eingeschränkt, und es mag Richter geben, die die Strafe mit Rücksicht auf das gesetzliche Maß »von sechs Monaten bis zu einem Jahr« glimpflich nennen. Ich weiß nicht, wie tief bei Berücksichtigung mildernder Gründe der Strafsatz reduziert werden kann, aber man hat die Empfindung, daß, da nun schon einmal die »Merkmale« eines törichten Gesetzes gegeben waren, die Verurteilung zu ebensovielen Stunden genügt hätte, als die Festhaltung des Alimentenverweigerers Minuten gedauert hat.

Der Vorsitzende jenes Erkenntnissenates ist zufällig ein hervorragendes Mitglied des Tierschutzvereins. Aber weder aus dieser Eigenschaft noch aus dem Urteil, durch das er eine Verzweifelte zur Verbrecherin gemacht hat, braucht man die Vermutung abzuleiten, daß er sich auf Menschenschutz nicht verstehe. Ist er so gewissenhaft, sich nach dem Wortlaut eines Paragraphen zu richten, den ein Gerechter übertreten hat, so ist er darum nicht weniger imstande, den Sinn eines andern zu verachten, gegen den sich ein Sünder vergangen hat.

›Schwarze Zeitung‹ – diesen ominösen Titel führte ein Blatt, ausschließlich zu dem saubern Zweck gegründet, die Forderungen von Gläubigern einzutreiben und durch Publikationen säumige Schuldner »anzuspornen« oder zu brandmarken. Ein Brief, in dem der Herausgeber die Bezahlung des einer Firma geschuldeten Betrages »binnen acht Tagen« unter Androhung der Publikation in der ›Schwarzen Zeitung‹ und anderen Blättern verlangte, bewog die Wiener Staatsanwaltschaft, die Anklage wegen Erpressung zu erheben. Der Angeklagte verteidigte sich, da sich überdies die Unrechtmäßigkeit der Forderung herausgestellt hatte, mit dem Beteuern, er habe »nur in der Überzeugung von ihrer rechtlichen Begründung den Brief abgehen lassen«. Mit Recht – und offenbar unter dem Eindruck der kurz zuvor in der ›Fackel‹ veröffentlichten Klarlegung des Begriffes »Erpressung« – erklärte der Staatsanwalt, daß, selbst wenn die Verantwortung des Angeklagten glaubhaft wäre, »nicht zugegeben werden könne, daß das Begehren einer rechtlichen Leistung, respektive der subjektive Glaube an diese, den Tatbestand der Erpressung ausschließt. Aus dem Gesetze sei nirgends zu ersehen, daß zur Erpressung die Rechtswidrigkeit der Leistung gehöre«. Den Gerichtshof rührte die Einwendung des Angeklagten, daß er, wenn die Forderung eingegangen wäre, bloß eine Provision von 3 Kronen erhalten hätte: »um diesen Betrag hätte er gewiß nicht seine und seiner Familie Existenz aufs Spiel gesetzt«. Aber seine und seiner Familie Existenz sichern die tausendmal 3 Kronen, die das Handwerk in einem Jahr einbringt, und ich weiß nicht, ob einen Bravo die Beteuerung exkulpieren wird, daß er für die Übernahme eines Totschlags nur ein kleines Trinkgeld erhalten habe. Der Gerichtshof aber begründete den Freispruch in jenem typischen Fall von journalistischer Erpressung anders: nach den Entscheidungen des Obersten Gerichtshofes sei Erpressung nicht vorhanden, wenn ein Recht auf die Leistung, beziehungsweise der Glaube an die Rechtmäßigkeit der Forderung vorliege. Aber auch als eine gefährliche Drohung könne die Tat nicht qualifiziert werden, weil es sich um die Erzwingung einer Leistung gehandelt habe, was bei der gefährlichen Drohung, die eine unbedingte sei, nicht zutreffe... Das »Recht auf die Leistung« hebt den Tatbestand der Erpressung, aber nicht den Tatbestand der Einschränkung der persönlichen Freiheit auf. Hätte die schwangere Angeklagte ein Fläschchen Vitriol in der Hand gehalten, als sie die Zahlung der Alimente verlangte, wäre sie straflos ausgegangen. Da sie den Schlüssel umdrehte, war sie schuldig. Schon einmal schob ich einem Senat, welcher einen Gläubiger, der körperliche Bedrohung angewendet hatte, freisprach, die heimliche Tendenz zu, die Praxis des Obersten Gerichtshofs ad absurdum zu führen. Denn es ist klar, daß die »gefährliche Drohung« eine unbedingte, von der Absicht der Erzwingung einer Leistung durchaus freie Drohung ist, und daß der Oberste Gerichtshof auf einem juristischen Holzweg ist, wenn er die Erpressung eines »Rechtes« willkürlich in den benachbarten Paragraphen zwängt. Aber der Oberste Gerichtshof blieb konsequent, verurteilte den damals von der Anklage wegen Erpressung Freigesprochenen »wenigstens« wegen gefährlicher Drohung, und wird dies wohl auch im vorliegenden Fall wieder tun. Denn viel monströser noch als der Kontrast zwischen der verurteilten Schwangeren, die ihr »Recht auf die Leistung« mit einem Schlüssel absperrte, und dem freigesprochenen Erpresser wäre die Perspektive, die das zweite Urteil als solches eröffnet: In Wien kann jeder, der sich mit einem Schuldschein oder einer Vollmacht ausweisen kann, den säumigen Zahler bei der Gurgel packen und ihn mit dem Revolver oder der geschwungenen Hacke zu sofortiger Begleichung verhalten. Da ein »Recht auf die Leistung« vorliegt, ist er kein Erpresser. Da die Absicht der Erzwingung einer Leistung vorliegt, ist er kein Bedroher. Er ist nichts weiter als ein etwas ungestümer Gläubiger, dessen Temperament man die Anwendung von Revolver und Hacke zugute halten muß. Nur hüte er sich, dabei grob zu werden. Sonst könnte es ihm am Ende noch passieren, daß er wegen Ehrenbeleidigung eingeht.

Irrenhaus Österreich

Durch die zerbrochenen Fenstergitter hallt der Jammer der Offiziellen: drin beklagen Dummheit und Niedertracht die Rettung einer Menschenseele, weinen all die tieftrauernd Zurückgebliebenen, die mit Polizeiparagraphen, Hofdekreten und psychiatrischen Nichtswürdigkeiten Louisens von Coburg Erdenwallen zwischen Agram und Döbling, Purkersdorf und Coswig begleitet haben. Noch klingt ihr Weheruf, – schon übertönt von dem gellenden Pfui und Hohngelächter aus jenen zivilisierten Staaten Europas, wo Justizmorde nur in den dringendsten Fällen und nie in privatem Auftrag begangen werden. Und dieses Blatt, in dem zuerst dem Schwachsinn der um Louise bemühten Psychiater das Wort geredet ward, sei hundertfacher Resonanz geweiht des Aufschreis, den das durch sechs Jahre von einem mesquinen Advokaten beschummelte Rechtsgefühl getan hat. Wir, denen die Regierenden es täglich schwerer machen, nicht zu Haß und Verachtung gegen sie aufzureizen, wir, die diesem schönen Lande bald nur noch ein Patriotismus der Landschaft verbinden wird, wir Verlornen, für den Franz Josefs-Orden nicht Gebornen, wollen uns der klaren Erkenntnis freuen: Österreich, dessen Staatsgewalt so oft im Männerkampf unterlag, hat sich ein für allemal beschieden, der Schauplatz von Hetzjagden auf Frauen zu sein.

Zivile und Militärbehörden, Gendarmerie und Polizei, wir sehen sie aufgeboten, die Richtung sexueller Triebe in legitime Bahnen zu lenken. Seit dem Tag, da eine bürgerliche Kreatur, deren sittliche Werte sich bloß in Expensen berechnen lassen, vor das Bett einer schlafenden Prinzessin drang, wissen wir, daß es in Österreich eine staatliche Exekutive der Eifersucht gibt. Aber sie erwürgt nicht, vergiftet und erdolcht nicht. Sie untersucht den Geisteszustand. Und gilt es in einem Land, wo der Mensch beim Baron anfängt, an sich für irrsinnig, einen Prinzen mit einem Grafen zu betrügen, warum sollte diese Diagnose in einem Land, wo der Mensch beim Psychiater aufhört, nicht den Freiheitsraub rechtfertigen? Daß bei uns, im Reich des Trinkgelds und der Gnade, irgend etwas unmöglich sei, hat auch, bevor ein Ministerpräsident den Preßkongreß knieend empfing und ehe der antisemitische Bürgermeister Herrn Singer seinen Bruder nannte, niemand mehr geglaubt. Töricht wär's nur, einen Ausnahmsfall zu beklagen, wo ein System tadellos funktioniert hat.

Denn siehe, die österreichische Bevölkerung wird seit langem nur mehr nach zwei Gesichtspunkten eingeteilt: in Vollsinnige und Irre oder in Unschuldige und Verbrecher. Vollsinnige und Verbrecher werden in den für sie bestimmten Irrenhäusern untergebracht, der Aufnahme von Irren und Unschuldigen dienen die Strafanstalten. Für die gewissenhafte Unterscheidung und Regelung dieser oft schwierigen Verhältnisse sorgen die Gerichtspsychiater. Ihrer Routine stellt sich manch ein Erkenntnisproblem in den Weg, – das schwerste: ob es nicht gottgefälliger ist, zehn bürgerliche Irre ins Kriminal als einen adeligen Sünder ins Irrenhaus zu bringen. Die Psychiater teilt man – von etlichen nie recht ernstgenommenen Wissenschaftlern abgesehen – in Spitzbuben und Schwachköpfe. Sollte ich Beispiele für beide Kategorien anführen, so könnte ich höchstens sagen, daß ich Herrn Regierungsrat Hinterstoißer, Louisens ersten Begutachter, für einen ehrsamen und ihren Verwahrer Pierson für einen klugen Arzt halte. Es gibt Psychiater, die einfach aus Passion dasselbe tun, wozu andere nur für hohen Schandlohn zu haben sind. Man würde gewiß fehlgehen, wenn man glaubte, daß alle Greuel dieser Welt durch Korruption bedingt werden und daß bei Einwurf der Münze die Niedertracht automatisch funktioniert. Der Nervenpathologe Benedikt, den niemand mißbrauchen möchte, mag ja recht haben, wenn er im Fall Coburg von einer »tendenziösen Irrenerklärung« spricht und im gelesensten Tagesblatt die Meinung vertritt, daß es Ärzte gebe, die »den Mißbrauch ihres Wissens und Könnens den Interessen der herrschenden Klassen zur Verfügung stellen«, und daß das Motiv der Erwartung von »Stellen, Titeln, Orden und Reichtümern« bei den ärztlichen Experten in gewissen Fällen »bestimmt nachweisbar« sei. Wozu denn aber in die Ferne eines Korruptionsbeweises schweifen, wenn die gute Borniertheit so nahe liegt? Die Fachverlorenheit, die auch in der Seelenforschung nicht auf das Leben, sondern nur auf die Schablone dressiert ist? Die deshalb, weil »was Brot in einer Sprache, Gift heißt in der andern Zunge«, den Hungrigen für einen Mörder hält! Seit dem Tage, da ich in dem gerichtsärztlichen Gutachten über einen Verbrecher das »Symptom« verzeichnet fand: »Er hatte keinen Geschmack mehr an feineren Darbietungen des Burgtheaters und der Oper, und ethisch immer tiefer sinkend, trieb er sich mit weiblichen Bekannten im Tingeltangel herum«, seit damals glaube ich, daß nicht alle Menschen schlecht sind. Ja, auch die Dummheit hat ihren redlichen Anteil an unserm Staatsjammer. Ich weiß jetzt, daß die »Herabsetzung der intellektuellen und ethischen Funktionen« einer Prinzessin öfter infolge der Herabsetzung der intellektuellen als der ethischen Funktionen ihrer Ärzte zustandekommt. Leider. Neben dem Bilde der immer respektvollen, immer ahnungslosen Stupidität, die sich, weil's der Weltgeist will, gebrauchen läßt, wäre der Anblick einer zielbewußten Käuflichkeit verlockend. Gegen Dummheit haben Götter vergebens, gegen Korruption Schriftsteller mit Erfolg gekämpft. Sie mag sich immerhin als Gegengift gegen jene bewähren: ein höheres Angebot paralysiert einen hohen Einfluß, verhilft manchmal auch einer gerechten Sache zum Sieg. Aber die Dummheit hat ihre Gesinnung, und nicht um alles Gut der Welt läßt sie sich sie abkaufen. An der Gemeingefährlichkeit der unbestechlichen Psychiater habe ich keinen Augenblick gezweifelt, und die Fälle Girardis und Louisens dürften sie notorisch gemacht haben. Herr Professor Wagner von Jauregg hat von den Rothschild und Coburg, hat für die Bereitwilligkeit, dort in der Eifersucht, hier in der Untreue ein Irrsinnssymptom zu erkennen, sicherlich keinen baren Gulden bekommen. Die Befleckung, die seinem gelehrten Namen geschah, als er sich für die Internierung des von ihm nie untersuchten, bloß durch einen bedenklichen Theaterarzt geschilderten Girardi aussprach, als die Gefahr, daß der geliebteste und gesündeste Geist des Wiener Kunstlebens sicherer Zerstörung überliefert werde, nur durch Zufall und Gnade abgewendet ward, – ein gewissenhafterer Kollege hätte sie sich mit einer Million vergüten lassen. Aber diese selbstlose Übernahme aller Ehrenfolgen einer psychiatrischen Untat gibt viel deutlicher das Bild pathologischer Geistesschwäche als das Zertrennen von Kleidern, mit dem die arme Gefangene von Coswig sich ihre Zeit vertrieben und ihren Schmerz gestillt hat. Wenn nur die hundertzwanzig Stiefel, die unsere Gerichtspsychiater in einem Jahre zustande bringen, auch so unschädlicher Passion ihre Entstehung dankten, wie die vielberufene Garderobe einer luxusgewohnten Prinzessin! Wenn solche Stiefel nicht jeder für sich bestimmt wären, ein Schicksal zu zertreten!...

Ich hasse das Handwerk, weil es auf brüchigem Wissensgrund den Machtwahn des Individuums nährt und gleich dem Journalismus seinen Mißbrauch in sich trägt. Ich sehe in den Psychiatern, denen ich zumeist die Fähigkeit bewußten Handelns, somit auch das Talent zur Bestechlichkeit abspreche, Geistesgestörte, deren Verhältnis zu den passiven Irren ich als den Unterschied zwischen konvexer und konkaver Narrheit bezeichnen möchte. Genialem Irrsinn (Meynert) steht in der überwiegenden Zahl der Fälle Schwachsinn gegenüber, der mit fixen Ideen und Lebensschablonen arbeitet, oft in Bosheit und maniakalische Verfolgungssucht übergeht, hier dem Staatsanwalt frohndet, dort nach Psychosen jagt. Man lese das Referat des im weitesten Seelenreiche beschränktesten Forschers, des Hofrats von Krafft-Ebing, der seinen Weltruf dem stofflichen Interesse dankt, das überhitzte Romanleser seiner Lehre von den sexuellen Perversitäten abgewannen, man lese das sogenannte »Fakultätsgutachten«, das die Wiener medizinischen Kapazitäten Seiner Hoheit so willig und so adrett geliefert haben wie die Schneider von Paris Ihrer Hoheit die Toiletten, und das sicherlich ebenso unbezahlt blieb wie diese. Es ist von den Vollzugsorganen Coburg'schen Geizes wiederholt erklärt worden, daß den Versicherungen von Laien, die die schwachsinnige Prinzessin normal fanden, um so geringerer Glaube beizumessen sei, als sich das Leiden der hohen Frau nur dem Kennerblick und nur in beständigem Verkehr langsam offenbare. Was aber die Kenner, die ihre Zeit nicht mit der Erwartung eines pathologischen Symptoms der Prinzessin vertrödeln konnten und einen erlauchten Besteller dennoch befriedigen wollten, zuwege gebracht haben, das wird noch in späten Tagen als die Autodiagnose chronischer Lebensfremdheit der Fachgelehrten und akuter Sinnesverwirrung vom hohen Auftrag geblendeter Hofräte vorbildlich sein.

Die sittliche Minderwertigkeit der Prinzessin wird symbolisch von einem Bergsturz in der Jugend, der vor ihrem Fall kam, hergeleitet, ihr Hang zur Verschwendung in eine klare Beziehung zu dem Tod des Kronprinzen Rudolf gebracht, der ihr Nervensystem dermaßen erschüttert habe, daß sie sich »dem ihr früher fremden Pferdesport in einer für gesunde Sinne unverständlichen Weise« ergab. Nun, hier sind wenigstens sichtbare Zusammenhänge. Als eines der auffallendsten Symptome aber müssen verheiratete Psychiater die »zunehmende, durch nichts motivierte Abneigung gegen den Prinz-Gemahl« bezeichnen. Und daß der Prinzessin »ein Oberleutnant Mattassich« besser gefällt als ein Herzog von Sachsen-Coburg-Gotha, ist in den Augen der Wiener medizinischen Fakultät vollends eine Anomalie, die die Entmündigung und Internierung der Kranken notwendig macht. »Anamnese und Befund« ist jenes Moraltraktätchen betitelt, in dem als das bedenklichste Symptom geistiger Entartung die Beharrlichkeit bezeichnet wird, mit der die Prinzessin an ihre geistige Gesundheit und an die Unschuld ihres Geliebten glaubt. »Sie hält sich«, wiederholt dann das eigentliche Gutachten, »für makellos, geistig vollkommen normal, ihre Internierung für ein kolossales Unrecht«. Ist das nicht närrisch? Und wäre die Prinzessin nicht viel vernünftiger, wenn sie sich für geistesgestört hielte? »Ihre Stimmung ist häufig eine gereizte«, sie »erliegt gelegentlichen zornigen Aufwallungen«; ihre Festhaltung in einer geschlossenen Anstalt »empfindet sie als ein schweres Unrecht«; Mattassichs Verurteilung wähnt sie »durch Lug und Trug herbeigeführt und träumt davon, als Mann verkleidet, ihn aus seinem Kerker zu befreien«. Das ist bedenklich. Aber anderseits erträgt sie den Aufenthalt in der Irrenanstalt mit »Gleichmut« und es »stellte sich nicht einmal eine tiefere und nachhaltigere Reaktion ein, als sie die Verurteilung des Mattassich erfuhr«. Auch das ist bedenklich. Erregung ist ein krankhaftes Symptom, Ruhe ist auch ein krankhaftes Symptom; »wie gut muß erst sein«, meint der jüdische Anekdotenerzähler, Erregung mit Ruhe? Das allerkrankhafteste Symptom ist aber, daß sich die Prinzessin »ihrer Reaktionsschwäche einigermaßen bewußt wird«. Sie äußerte – man höre und staune – am 6. April: »Ich bin viel zu nachgiebig und anständig, dulde lieber schweigend, als daß ich Skandal mache«. Ja, so wird sie – dachte Herr von Krafft-Ebing – ihr Lebtag aus dem Irrenhaus nicht herauskommen! Der Laie nennt's kluge Selbstbeherrschung, der Kenner Bewußtsein der Reaktionsschwäche. Und er sagt: »Beraubt man einen Geistesgesunden seiner Freiheit, so sind heftige Reaktionen im Sinne von Aufbietungen aller Rechtsmittel, Fluchtversuchen, stürmischen Affekten bis zu schließlichen Selbstmordversuchen zu gewärtigen«. Sieht man heute, da die Prinzessin von ihrer »Reaktionsschwäche« eben geheilt ist, wie recht der Hofrat Krafft-Ebing hatte? Eine untrügliche Irrenprobe: Bleibt der Patient in der Anstalt, so gehört er hinein; reißt er aus, so ist er gesund. Bleibt der Patient am Leben, so ist er wahnsinnig; bringt er sich um, so wird der Sektionsbefund ergeben, daß er bei Verstand war. Louise von Coburg macht dem Beobachter ausnahmsweise schon vor Flucht oder Selbstmord die Diagnose leicht: sie »liegt viel zu Bett, vertändelt ihre Zeit mit Toilette, schnipfelt an Kleidern und Spitzen herum, liest flüchtig Zeitung, interessiert sich für Nichtigkeiten, ohne ernstlich an Vergangenheit und Zukunft zu denken oder gar Schritte zur Verbesserung ihrer Situation zu unternehmen«. Sie »äußert Sehnsucht, einmal eine Opernredoute zu besuchen, die Volkssängergesellschaft ›Schrammeln‹ zu hören«. Sie zeigt »Mangel an Logik und Schwäche der Argumentation«. Alles in allem: welch ein Zerrbild des Frauengeistes! Nichts erinnert mehr an das Geschlecht, dem die Kenner seit jeher ein stärkeres Bedürfnis nach Logik und Argumentation als nach Opernredouten und Spitzentoiletten zuerkannt haben.....

Man traut seinen Augen nicht und sieht noch einmal nach, ob wirklich der Freiherr von Krafft-Ebing und der Dekan Vogl ihre Namen unter dies Gutachten gesetzt haben, in dem von »Mangel an Logik und Schwäche der Argumentation« wohl nur der geringste Teil auf ein Frauengehirn entfällt und dessen wissenschaftlicher Ernst, aus Klatsch und sittlicher Entrüstung destilliert, in der Enthüllung des Schrammeln-Planes und in dem Vorwurf gipfelt, daß »geschwächtes sittliches Empfinden die Ehe als eine Last und selbst Fessel erscheinen ließ, welche zu Zerstreuungen außer dem Hause, Reisen, Sport u.s.w. führten«. Der damals wehrlose Mattassich wird von diesen Kavalieren der Wissenschaft »ein unwürdiger Mensch« genannt, den die hohe Frau »verabscheuen« sollte, und auch die Behauptung, die Prinzessin suche »in geradezu schwachsinniger Weise ihre Handlungen zu beschönigen« klingt mehr ehrenbeleidigend als psychiatrisch. Daß der Satz von ihrer Unverbesserlichkeit »in der fast einjährigen Zeit der gefolgten Internierung« mehr böhmisch als deutsch klingt, kommt am allerwenigsten in Betracht gegenüber dem viel ärgeren Hohn auf Schamgefühl, Vernunft und Grammatik, den das spätere Gutachten unseres Wagner von Jauregg und der drei anderen »überprüfenden« Kapazitäten aus Berlin, Brüssel und Dresden bietet.

Die durch nichts motivierte eheliche Abneigung kehrt wieder und wächst sich in der Beobachtung der erstaunten Herren zu dem »alten Haß gegen den Gemahl« heraus, der »unverändert fortbesteht und uns gegenüber mit denselben nichtigen Argumenten begründet wurde wie früher«. Vor der ersten Untersuchungskommission hatte nämlich die Prinzessin angegeben, daß ihr Eheherr »geizig, feig und wenig reinlichkeitsliebend« sei. Daß namentlich die letzte der drei Beschwerden in den Augen deutscher Professoren noch keinen Grund zu einer Abneigung bildet, wird man allmählich einsehen müssen. Dagegen wird es immer als unnatürlich auffallen, daß eine Prinzessin sich besser über Toilettefragen als über die »Lage ihrer Geschäfte und die eingegangenen Verbindlichkeiten« orientiert zeigt. Schon der erste Referent, der mit ihr sprach, hatte diesen

Defekt wahrgenommen, aber da die Prinzessin ihn während der Unterredung ansah, wahrheitsgetreu nach Wien berichtet, »daß der Blick der verschleierten Augen regelmäßig in das Leere gerichtet ist«. Lebhaft beklagt wird die »krankhafte Willensschwäche, welche die Patientin auch in Coswig verhindert hat, eine Änderung ihrer Lage anzustreben und auf die von Seiten des Mattassich an sie herangetretenen Befreiungsversuche einzugehen«. Weil der Satz so schön ist, machte die Prinzessin auch seine Wahrheit zuschanden, und selbst Herr Wagner von Jauregg, der gleich seinem Vorgänger Krafft-Ebing einzig aus der Tatsache, daß einer im Irrenhaus bleibt, auf dessen Irrsinn zu schließen imstande ist, müßte heute zugeben, daß sich die Willensschwäche seiner Patientin erheblich gebessert hat. Herr Pierson freilich gibt dies auch heute nicht zu, und es ist wohl die burleskeste Blamage, die man der Psychiatromanie wünschen konnte, daß der geprellte Wächter vom Lindenhof dasselbe »Symptom« in der Flucht erblickt, das der Gutachter im Ausharren gefunden hat: krankhafte Willensschwäche sei es, die die hohe Frau den Befreiungsversuchen eines Mattassich habe erliegen lassen... Lustige Kapazitäten! Aber es kommt noch lustiger: Die Prinzessin – wer weiß das heute nicht? – kratzt sich am Kopfe. Auf Reisen, vor Fremden, im Restaurant, im Hotelvestibül. Ich muß dies Kennzeichen der Gemeingefährlichkeit nicht erst prüfen. Lacht doch Europa seit Wochen über die gewissenhaften Seelenforscher, die die Menschheit von der Gefahr einer sich kratzenden Prinzessin befreien und ihr dafür einen schießenden Grafen auf den Hals schicken.... Haltet ein, der Witz ist allzu schmerzhaft, sein Salz brennt auf offenen Wunden!

Glaubt ihr nicht, daß das Zusammentreffen der Fälle der Prinzessin Coburg und des Grafen Csaky bewirken müßte, daß die fühlenden Zeitgenossen dieses Ragout von Bosheit, Rückständigkeit, Dünkel und Kriecherei, das sich Gerichtspsychiatrie nennt, endlich satt bekommen? Glaubt ihr nicht, daß man die Autoritäten einsperren müßte, die »den dauernden Aufenthalt der Frau in einer geschlossenen Anstalt für unbedingt notwendig« erachten, weil alle Symptome dafür sprechen, daß der Mann keine Schneiderrechnungen zahlen will? Die unter Sachverständigeneid den kecken Ulk wagen, Kopfkratzen als psychisches Verfallszeichen zu verwerten und ein paar Zeilen tiefer als die natürliche Folge eines Hautleidens zu erklären? Die sich augenzwinkernd auf den Bericht des Irrenwucherers vom Lindenhof berufen: »Auch haben die Erfahrungen dieser Reise gezeigt, daß die Frau Prinzessin nicht mehr imstande ist, sich durch längere Zeit in der Außenwelt so zu benehmen, daß unliebsames Aufsehen vermieden wird; sie mußte wiederholt daran erinnert werden, daß sie nicht in einem öffentlichen Restaurant oder Hotelvestibül sich am Kopfe kratzen darf«; und die gleich darauf ihrem dummen Flunkern mit medizinischer Gründlichkeit das Geständnis entschlüpfen lassen: »Der seit langer Zeit bestehende Hautausschlag (Psoriasis) war bei unserer Untersuchung nur in geringer Intensität und Umfang vorhanden«. Ach, wenn nichts weiter als die Demütigung, die sich eine Königstochter von diesem Herrn Pierson auf Reisen gefallen lassen mußte, an der Psychiaterei zu rächen wäre! Nichts weiter an österreichischer Behördenwillkür zu rächen wäre als die Schmach von Agram, die Mattassich in seinen Memoiren beschreibt: »Als ich vom Hotel eskortiert wurde, wartete schon im Korridor unter Anführung des Dr. Bachrach der Wiener Gerichtspsychiater, Regierungsrat Dr. Hinterstoißer, und der damalige Polizeichef. Als ich das Hotel verlassen hatte, drangen diese Herren in das Zimmer der Frau Prinzessin, welche im Bette lag. Trotz Zureden der Hofdame, Gräfin Marie Fugger, waren sie nicht zu bewegen, das Zimmer zu verlassen, während sich die Frau Prinzessin ankleidete; sie mußte das in ihrer Gegenwart tun. Der Wortführer war natürlich Dr. Bachrach, und er verkündete der Frau Prinzessin, sie müsse entweder in das Palais Coburg zu ihrem Gatten zurückkehren oder ihre Einwilligung geben, in eine Heilanstalt gebracht zu werden. Die Frau Prinzessin entschloß sich für das Sanatorium in Döbling, da sie unter gar keiner Bedingung zu ihrem Gatten zurückkehren wollte. Dr. Bachrach begann das Zimmer zu durchschnüffeln, unterließ es nicht, das Bett der Frau Prinzessin in Augenschein zu nehmen; er suchte Beweise des Ehebruchs. Das war wohl der gemeinste Akt, der geschehen ist... Daß die Frau Prinzessin damals, bei diesem schamlosen Überfall, nicht wahnsinnig wurde, sondern wie Augenzeugin Gräfin Marie Fugger erzählt, zwar zu Tode erschrak, doch sofort ihre Fassung und bewunderungswürdige Ruhe gewann, ist vielleicht ein Anhaltspunkt für ihre geistige Normalität«.

Ich glaube jedem Wort, das Herr Mattassich über Agram, jedem Wort, das Louise von Coburg über Coswig sagt. Ich halte diese Frau, deren gerechte Sache mir auch die Sympathie von Sensationsreportern nicht verekeln kann, nicht nur für vollsinnig, sondern nach den Interviews, die sie den Korrespondenten in die Feder diktiert hat und deren Pointierung ich einem Frischauer gewiß nicht zutraue, für einen Geist von seltener Frische und Festigkeit. Diese Mimikerin eines sechsjährigen Schwachsinns, die heute jedem Argument ihrer schändlichen Peiniger gewachsen ist, würde dank einer in Leiden erworbenen Routine ein viel glaubhafteres Gutachten über den Geisteszustand der Herren Wagner, Jolly, Mellis und Weber liefern, als es umgekehrt der Fall war. Eine Wissenschaft, deren Praktiker auf Grund der »Simulationstheorie« mit Verrückten die Zuchthäuser und auf Grund der Adelstheorie mit Verbrechern die Heilanstalten und den Ringstraßenkorso bevölkern, hat aufgehört, uns Laien zu imponieren. Aber wir lachen ihr ins Gesicht, wenn sie an der befreiten Prinzessin gar die neueste Entdeckung demonstrieren will, daß Wahnwitz Vernunft simulieren könne. So wär's denn ein schwaches Gehirn, das hier Proben starker Leistungsfähigkeit gibt. So täuschte ein armer Narr die Welt mit kluger List über seinen Blödsinn. Psychiatern ist solches noch nicht gelungen... Aber verzichten wir getrost auf die Beweise, mit denen Louise von Coburg tagtäglich jetzt ihre fünf Sinne verteidigt. Ihre Ankläger sprechen sie frei. Um an ihrer Verstandeshelle nicht mehr zu zweifeln, um ihre Mündigsprechung ohne den neuerlichen Unfug einer psychiatrischen Kommission begründet zu finden, braucht man bloß jenen Hauptabschnitt des Gutachtens nachzulesen, der »Ergebnis der persönlichen Beobachtung durch die Unterzeichneten« überschrieben ist. Hier ist Wahrheit. Ein Laie, der die Prinzessin sieht, kann sich keine Vorstellung von ihrem wirklichen Zustande machen? Möglich. Sicher aber ein Laie, der die Prinzessin nicht sieht. Der bloß das Votum vernimmt, das vier Kenner, die sie sahen, abgegeben haben. Wertlos, soweit es sich auf die früheren Ungutachten und auf die Berichte des bezahlten Wächterpaares Pierson und Gebauer stützt, verrät es in dem »Ergebnis der persönlichen Beobachtung« hinter verlegenem Stammeln ein niederschmetterndes Bekenntnis: beim besten Willen des Prinzen von Coburg war es unmöglich, an der Prinzessin irgend etwas zu »beobachten«. »Ihre ganze Haltung bei unseren Besuchen war die der vornehmen Dame, die gewohnt ist, Konversation zu machen und sich über mancherlei Themata leicht und gewandt, wenn auch ohne tieferes Eingehen, auszusprechen.« Natürlich täuscht dergleichen den Kenner nicht: »Sie hatte sich ersichtlich auf diese Explorationen vorbereitet und war bestrebt, einen möglichst guten Eindruck zu machen.« Bekanntlich hat sie sich – nach der Versicherung des heute bis zur Tobsucht gereizten Herrn Pierson – auch auf die Interviews, deren schlagfertige Wendungen den Kenner nicht verblüffen, »Jahre hindurch gewissermaßen präpariert«, in all der Zeit nicht so sehr an ihre Freiheit, wie an den kommenden Besuch des Herrn Frischauer gedacht. Auf den ersten Blick wären auch die vier Kapazitäten getäuscht worden. Aber dann! »Bei näherem Eingehen auf die früheren Ereignisse sowie auf die jetzt bei der Frau Prinzessin vorhandenen Anschauungen über Gegenwart und Zukunft entrollte sich uns das Bild eines defekten Geisteszustandes in voller Deutlichkeit.« Wie denn? Beginnt sie, wenn man über die ersten konventionellen Redewendungen hinaus ist, wieder »Hautkrusten zu verzehren, Kleider zu zerfetzen und Erdäpfel nach den Besuchern zu werfen«? Viel trostloser! Sie erklärt, daß sie ihren Mann noch immer nicht liebe und »bezeichnet ihre Beziehungen zu Mattassich als etwas durchaus Zulässiges«. Sie sagt, daß sie von Wechselangelegenheiten nichts verstehe und »auch jetzt nicht glaube, daß Fälschungen vorgekommen seien«. Noch toller: sie »protestiert dagegen, daß man sie für schwachsinnig erklärt habe, und gibt der Hoffnung Ausdruck, daß wir durch unsere Beobachtungen zu der Überzeugung kommen werden, die Entmündigung müsse aufgehoben werden«. In dieser »persönlichen Beobachtung« also, die mit einer Polemik gegen den Schriftsatz der Prinzessin über schlechte Behandlung und mit dem neuerlichen Hinweis auf die Erfahrungen der venezianischen Reise schwindelhaft verwoben ist, haben die Herren Wagner, Jolly, Mellis und Weber ermittelt, daß die Prinzessin erstens: ihren Gemahl haßt, zweitens: den Oberleutnant Mattassich liebt und drittens: sich für vollsinnig hält. Sonst nichts? Liegt keine einzige medizinische Wahrnehmung vor? Doch, eine: daß der Hautausschlag (Psoriasis) im Schwinden begriffen ist. Folgt: Der »zur Zeit der Entmündigung konstatierte Zustand von krankhafter Geistesschwäche besteht unverändert fort«, und »der dauernde Aufenthalt der Frau Prinzessin in der geschlossenen Anstalt ist in Rücksicht auf diesen Krankheitszustand und im Interesse der hohen Patientin unbedingt notwendig«... Ich behaupte, daß noch nie ein frecherer Versuch, die Öffentlichkeit dumm zu machen, unternommen worden ist und daß dies internationale Gutachten, wenn ihm nicht bald die amtliche Desavouierung folgt, den Zweck erreichen könnte, den es im höfischen Auftrag erreichen soll: eine Schwachsinnserklärung der europäischen Öffentlichkeit.

Bevor sie sie anerkennt, wird sie mit dem Haufen von Schranzen und Schergen fertig werden, die von der Unzurechnungsfähigkeit einer Prinzessin noch ein paar Jährchen zu leben gedachten. Nicht ob den erlauchten Gemahl schäbiges Geldinteresse trieb – die Erwartung der belgischen Millionenerbschaft, die einer Geisteskranken nicht zufallen kann –, hat uns zu kümmern, nur die krankhafte Willensschwäche der Behörden, die das Zauberwort »Von oben« bannt und denen ein hoher Wunsch Gesetz ist. Was wiegt – selbst dem Dreyfusgläubigen – das von einem Weltlamento beweinte Unrecht der »Affäre« neben dem Fall Mattassich? Das Opfer des Staatsinteresses neben dem Staatsmartyrium privater Rache! Die scheinheilige Niedertracht, die aus jeder »Maßnahme« gegen das unbequeme Liebespaar in die Nasen anständiger Menschen drang, hat dem Begriff »Funktionär« für alle Zeiten eine penetrante Bedeutung verschafft, die unabänderlicher ist als das Gutachten einer psychiatrischen Kommission und als das Urteil eines Militärgerichts. Und die Reinkultur der Lumperei, die ein Zusammenwirken advokatorischen und ärztlichen Eifers züchtete, wird nicht mehr übertroffen werden. Steht denn anderswo der Tücke eines Mächtigen ein Bachrach zur Verfügung – der Regierungsrat wurde, weil er Regierenden den Rat erteilte, wie man alimentensüchtige Geliebte los wird, und der statt der Kinder gleich die Mütter abtreibt? Und gibt es in einem Weltwinkel eine Advokatenkammer, die so zu kuschen verstände wie die unsere? Die in stiller Standeswürde erstrahlte, dieweil man ihren Feistmantel des Verrats am Kuratorenamt, ihren Neuda der Briefunterschlagung, ihren Bachrach gemeinster Brutalität gegen eine Frau beschuldigt? Gibt es irgendwo noch einen Staatsanwalt Kleeborn, dem die vorgesetzte Justizbehörde, wie ich aus dem Munde klassischer Zeugen weiß, nie mehr mit einem Tadelswörtchen an den Leib kann, »weil er sich durch seine Verdienste in der Affäre Coburg bei Hof beliebt gemacht hat«? Viele sind ihrer, die gewußt haben, was sie tun. Nur den Psychiatern – so wollen wir beten – vergib, o Herr!

...Das Schicksal der endlich vom Sanatorium Geheilten, an das so viele Fragen öffentlich-rechtlicher Natur sich knüpften, ist auch zum Prüfstein journalistischer Moral geworden. Es versteht sich von selbst, daß man nirgends gezaudert hat, die Personenaffäre über die Sache zu stellen, der Pikanterie die Perspektive zu opfern. Aber der Weg zur Erkenntnis und publizistischen Pflichterfüllung ward zweifach verfehlt: von der den seichtesten Instinkten dienstbaren Neuigkeitspresse, die den Hofklatsch wichtiger als das Irrenrecht, die Fluchttoilette einer Prinzessin interessanter als die Flucht findet, und von einer revuebeherrschenden Meinungspresse, die den großen Gegenstand über störenden Begleiterscheinungen vergißt und den Klatsch pathetisch transponiert, die aus einem falschen literarischen Adelsbewußtsein es verschmäht, für eine Wahrheit im Troß zu siegen, und es vorzieht, einsam für eine Lüge zu sterben. Von den täglichen Dienern der Sensation also und von Herrn Maximilian Harden, dem Herausgeber einer Wochenschrift.

Zu einer Zeit, da die psychiatrische Abfertigung, die man drängenden Gläubigern zuteil werden ließ, da die Promptheit einer höfischen Familienjustiz schon manche Gemüter erregte, hat die Wiener Schandpresse die internierte Prinzessin noch von Modeberichterstattern beobachten lassen und unentwegt für die Reform der Militärjudikatur in Frankreich gekämpft. Wenn sie heute ihren Bachrach verleugnet und scheinbar einer guten Sache dient, die ihre Feigheit einst selbst mit bezahlten Verlegerannoncen nicht zu fördern wagte, so liegt ihr viel weniger das öffentliche Interesse an der Beseitigung schmachvoller Zustände am Herzen als die Hoffnung, der Konkurrenz ein paar Pariser Neuigkeiten abzufangen. Und welch ein Spielraum bleibt noch immer für die Gesinnungsschäbigkeit! Der sozialdemokratische Abgeordnete Südekum – so las man eines Tages –, dessen Haus die Flüchtende aufnahm, sagte in einem Parteiblatt, daß Mattassich ihm gegenüber »erklärt habe, es komme ihm *nicht* darauf an, die Prinzessin zu befreien, sondern sich ihrer Zeugenaussage für eine Wiederaufnahme seines Strafprozesses zu versichern«. Herr Südekum wollte also – man hatte den Eindruck – die Heldenpose des Befreiers, der in einer schwachen Stunde sich selbst allzumenschlicher Gesinnung zieh, vor aller Welt enthüllen. Unbegreiflich genug, da sie doch eben erst einträchtig gehandelt hatten und dem Fluchthelfer Louisens die Absicht, des Prinzen von Coburg Laune zu heben, nicht zuzutrauen war. Begreiflich genug für den, der Technik und Handgriffe unserer Druckschwärzer der Wahrheit kennt. Ein Blick in deutsche Blätter, die die Erklärung des Sozialdemokraten im Wortlaut brachten, ergab, daß er zugunsten der Vielgeschmähten gesprochen und daß die Bande durch die perfide Unterschlagung des Wörtchens »nur« in dem Satze: »es komme ihm nicht nur darauf an, die Prinzessin zu befreien...« den Sinn der Worte Südekums und den Sinn der Tat Mattassichs ins Gegenteil umgefälscht hatte. Ein paar Tage später nannte Österreichs Ministerpräsident die Presse den »Hauptarm des Stromes, durch welchen die Wahrheit in den Geist der Völker fließt«. »Nur die Gewohnheit«, rief er, lasse uns »den Aufwand an Mühe und an Kunst übersehen, den jedes Zeitungsblatt an jedem Tage bestreitet«. Und er machte Bismarcks Meinung, daß »durch die Presse verdorben werde, was das Schwert uns Deutschen gewonnen hat«, frohen Mutes durch das Diktum zuschanden: »Der größte Welteroberer und der mächtigste Weltbeherrscher ist die Presse«. Ja, Österreich wenigstens hat sie erobert und ihren Koerber beherrscht sie. Was hierzulande eine Würde trägt, legte sie ab, um sich den Notizenschreibern nackt zu ergeben. Da wurden denn Feste gefeiert, beim Rathausbüfett steckte ein Welteroberer einen ganzen Hummer in die Tasche, und es wurden mehr Zigarren erbeutet, als das Kriegsrecht erlaubt. Dieses aber nannte man »Preßkongreß«...

In solcher Gesellschaft zu dinieren, mag bloß unappetitlich sein; mit ihr für eine gute Sache zu kämpfen, ist heroisch. Der Herausgeber der Berliner ›Zukunft‹ fühlt sich so schwerer Entschließung nicht gewachsen. Wiewohl er von der Presse eine viel höhere Meinung hat als die ich vertrete – er möchte dem Raubtier die Zähne nicht ausbrechen, sondern plombieren –: nie würde er fremden Federn die seine paaren, nie einem gerechten Standpunkt beipflichten, auf dem vor ihm schon andere gestanden sind. Da er aber in einer Angelegenheit, in der das Urteil eines Publizisten seines Ranges besondere Resonanz finden könnte, den Standpunkt der Ungerechtigkeit bezogen hat, so muß selbst mit einem Nachdruck, der frühere Freundschaft schmerzt, ausgesprochen werden, »was ist«. Herr Maximilian Harden hat schon durch den Angriff auf die tote Jenny Groß es manchem Anhänger ermöglicht, die Grenzen seiner Persönlichkeit zu erkennen. Nicht bloß eines Geschmacks, der die Enthüllung, daß eine Frau ihren eigenen Leib verkauft hat, an ihrem Begräbnistage vornimmt und für ein Verlegergeschäft den fremden Leichnam prostituiert. Schlimmer: die Grenzen eines Horizonts, der für die Erkenntnis keinen Platz hat, daß die ästhetische Hebung der Frau der Kultur stets größeren Nutzen gebracht hat als ihre ethische »Erniedrigung« Schaden. Der

Artikel, der nicht bloß die selbst gegenüber einer Toten erlaubte Ansicht vertrat, daß sie als Schauspielerin nichts gekonnt und als Kapitalistin begabtere Kolleginnen verdrängt habe, sondern auch unerlaubter Weise die Entstehung ihres Reichtums erörterte, machte den Eindruck einer pathetisch geadelten Betrachtung des ›Neuen Wiener Journals‹. Vollends bei der gleichzeitigen Entrüstung darüber, daß eine lebendige Schauspielerin einen Fabrikantensohn ruiniert hat und daß die »Knopfarbeiter und die Industrieherren in der Kronenstraße sich plagen müssen, damit Fräulein Rita Leon das Leben genießen kann«, hatte man das peinliche Gefühl, daß Johannes unter die Kulissenplauderer gegangen war... Auf sozialkritischem Gebiet, wo Herr Harden nicht aus dem Erlebnis »Bismarck« schaffen kann, ist er nie besonders glücklich gewesen. Die Physiognomie, die er hier zeigt, ist die des deutschen Familiendemokraten, dem die Ehre alter Kaufhäuser über alles geht und der sich über die Schande käuflicher Mädchen hochmoralisch entrüstet. Und nun wahrt er gar die Hausehre Coburgs. Das ist originell, aber nicht erfreulich. Besonders nicht, wenn man bedenkt, daß der unabhängige Publizist, um die Originalität zu retten, Autoritätsglauben posieren und sich ernsthaft auf die Gutachten der Hinterstoißer, Krafft-Ebing, Wagner von Jauregg (die er hoffentlich nie gelesen hat), auf die Meinung der »Männer von höchster Reputation« berufen muß. »Ein Hofrat und fünf Ärzte haben eidlich begutachtet...«, den Ton des lieblichen Inserates von der »Männerschwäche«, das durch Jahre in der ›Zukunft‹ prangte, glaubt man jetzt im redaktionellen Teil zu hören. Und unter den Autoritäten, die die Prinzessin »für der Anstaltspflege bedürftig« erklärt haben, wird auch Herr Pierson aufgezählt. Herr Pierson, der bis heute die Meldung unberichtigt ließ, daß er von dem Kapital, das der Schwachsinn einer hohen Patientin repräsentiert, das ganze, den Lindenhof umgebende Terrain angekauft und sein Etablissement vergrößert und verschönert habe. Der war der Anstaltspflege der Prinzessin gewiß bedürftig. Wie fatal, daß er seine Gefangenen fast so schlecht zu hüten versteht, wie das ärztliche Berufsgeheimnis! Der gute »Papcsi«, der heute in den

Zeitungen das Körpergewicht seiner früheren Patientin verrät und den »intimen Verkehr des Mattassich mit Frau Stöger« enthüllt! Welch eine wissenschaftliche Autorität!... Bringt der verärgerte, saftlose und sichtlich aus dem Trieb, anders zu sagen, entstandene Artikel des Herrn Harden nicht doch eine Behauptung, die auch andere schon ausgesprochen haben? Man liest da, daß es bei dem Freiheitsrummel sich ausschließlich »um die Jagd nach den Millionen handelt, auf die Louise, wenn sie für psychisch gesund erklärt wird, durch Erbrecht gesetzlichen Anspruch hat«. Ja, wem handelt sich's denn um so profane Zwecke? Doch wohl dem Prinzen, der verhindern will, daß Louise für gesund erklärt wird? Nein, Herr Harden meint: der Prinzessin. Aber selbst damit könnte er Recht haben. Nur wird freilich niemand die Enttäuschung fühlen, die die Entdeckung bringen soll, daß eine Frau mit ihrer Freiheit auch das Recht auf jenes Millionenvermögen zurückgewinnen will, auf das der Gatte so heftig spekuliert. Eine Erbschleicherin ihres eigenen Erbes! Die Logik, die hier lieber das Streben nach Mündigkeit dolos findet als die Entmündigung, könnte einen Psychiater zur Besinnung bringen.

Und einen Zeremonienmeister die Weltanschauung entzükken, die sich in der zarten Bemerkung ausprägt, Louise habe in der Anstalt alles, nur »keine Männchen« zur Verfügung gehabt, und in dem Hohnwort, die andere Louise habe »mit einem Dutzend Männchen aller Schichten die Ehe gebrochen und sei dennoch eine Heroin geblieben«. Möge »Deutschlands erster Publizist« nie sich ein geringeres Ziel setzen als die Sorge um das Dekorum höfischen Lebenswandels! Wir, die Etikette nicht von Ethik ableiten, werden ihn daran nicht hindern. Nur möge er das Problem der Prinzessinnentugend so vorsichtig von den allgemeinen Fragen der Geschlechtsfreiheit sondern, daß man ihn nicht für einen Moralsieder hält. Ich weiß mir ein moderneres Amt, als allwöchentlich monarchische Fassaden reinzufegen. Tät' ich's, so würde ich wenigstens streng zwischen den »Pflichten einer Prinzessin« und den Rechten des Geschlechts unterscheiden und mir nie die Frage entschlüpfen lassen: »Warum soll die Frau, die im Berliner Westen der Ehemann neulich im Arm eines Advokaten fand, bespien und den beiden Louisen ein Altärchen errichtet werden?« Ich würde nicht darauf bestehen, daß auch die beiden Louisen bespien, sondern eher wünschen, daß auch der Berliner Dame ein Altärchen errichtet werde. Denn erstens kann nach dem Wort eines Dramatikers der Betrug einer Frau »abscheulich oder heroisch oder indifferent« sein, also manchmal auch h e r o i s c h; und zweitens sollen freie Geister alles wünschen, was der moralischen Bande, die heute wieder die Menschheit strangulieren und in das monogame Gestüt zwängen möchte, ein Greuel ist. Nie würde ich Louise von Coburg vorwerfen, daß ihr »der Leutnant Mattassich im Prater durch Schenkelkraft und stramme Männlichkeit aufgefallen« ist. Zunächst weil ich diesen Eingriff in die privateste Sphäre nicht geschmackvoll finde, ferner weil ich die Verdammung solcher Ästhetik deutschen Pastoren und Züricher Frauenvereinen überlasse, und schließlich weil ich von der Überzeugung durchdrungen bin, daß die Sinnesart, die von der Schenkelkraft eines Leutnants stärker angezogen wird als von der Verstandeskraft eines Kant, eine in allen Frauen, die Frauen sind, latente und in allen Frauen, die nicht bloß Präparate männlicher Eifersucht sein wollen, wirkende ist. Der moderne Publizist muß sich vor der Gefahr, in der Antwort auf die wichtigsten Lebensfragen mißverstanden zu werden, ängstlich hüten. Nichts wäre bedenklicher als das Spülwasser abgestandener Gedanken auf die Mühlen der Reaktion zu treiben, sich zum Exponenten einer Weltanschauung zu machen, die das Selbstbestimmungsrecht weiblicher Sinne aufgehoben, die Anmut der Menschheit verkrüppelt und durch die allem Schöpferwillen hohnsprechende Verbindung der Sexualität mit der Ethik so viel Schmerz in die Welt gebracht hat...

Solche und hundert andere Gedanken könnte die große Irrenhauskomödie von Agram bis Elster in einem Gehirn auslösen, das sich die Kraft zutraut, durch die Darstellung, und nicht die Schwäche, bloß durch eine Veränderung des Standpunkts zu wirken. Was kümmert's mich, daß derselbe Freiheitsrausch, den ich mir antrinke, auch die schlechte Presse ein wenig benebelt hat? Ich habe noch Besinnung genug, auch ihr ein kräftig

Pereat zuzurufen. Wer die Affäre Coburg vom Standpunkt des gekränkten Ehemanns auffaßt, vergeht sich schwer gegen ein öffentliches Interesse, das vielleicht noch nie die Lösung bedeutsamer Fragen so nah gerückt fand. Auch wer einer aus der Irrenhaft befreiten Prinzessin kein »Altärchen« errichten will, muß es der Gelegenheit errichten, die ein Stück zeitgeschichtlichen Jammers zur Diskussion gestellt hat: *die Unsicherheit des Anspruchs, für vollsinnig gehalten zu werden*. Und selbst wenn Louise von Coburg diesen mit Recht verwirkt hätte, sollte der freie Publizist die Resonanz, die ihr Fall weckte, nicht tadeln, sondern preisen, müßte er auch am falschen Beispiel die allgemeine Schmach entwickeln. Nie dürfte er, der allein zu kämpfen gewohnt ist, in den Reihen jener sich finden lassen, auf deren gemütloses Schergenamt ein Goethescher Freiheitsheld mit dem Rufe weist: Und diese treibt ein hohles Wort des Herrschers...

Der Fall Hervay

Jardin de Paris... Die Lernfreudigkeit, durch alle Sensationen müdegehetzt, hatte gerade vom Cancan genossen und sich von den unendlichen Beinen des Fräuleins Avril jenem Käfig zugewendet, in dem das Geschlechtstier in den Zuckungen des orientalischen Bauchtanzes verendet. Durch das Gedränge wandelnder Schminkschatullen wieder zurück zum Variété, wo der Schluß des Programms noch zu absolvieren ist. Was muß ich hören? Welch barbarische Töne stören den Frieden der elysäischen Felder? Es klingt wie von Strampfen, Paschen und Juchezen! So schreiten keine ird'schen Pariser Weiber. Wird die Szene zum Tribunal? Bricht dieser parfümierten Nacht der jüngste Tag an? Soll das Laster in Grund und Boden gestampft werden? Es ist nicht anders: Sie feiern den Sieg des Schuhplattlers über den Chahut, das Sündenvolk hat sich bekehrt, und auf zerklatschten Hirschledernen wird der Wert der »Gesundheit« demonstriert... Leider doch nicht überzeugend. Der Variétédirektor, der die Tiroler Truppe berief, hat falsch kalkuliert. So pervers sind die Pariser nicht, daß sie das Haxenschlagen als ein letztes Raffinement empfinden könnten. Keine Hand rührt sich, wie wilde Tiere werden die Urheber des »brouhaha« angestarrt, das Mißverhältnis zwischen Schweiß und Anmut dieses Tanzes erregt Ärgernis und Mitleid. Träte als letzte Variéténummer ein Sittenprediger auf, er müßte sich, wenn er sein Fünkchen ästhetischen Fühlens wach erhalten hat, von der ordinären Gesundheit dieser Lederhosenorgie der kulturvollen Verkommenheit zuwenden, die ringsum seinen Zorn erregte. Und allen Deutschen in Österreich zum Trotz, die einen schweren Kampf um die Erhaltung der Aufschrift »Hier« auf den Pissoirs der böhmischen Bahnhöfe führen müssen, sei es ausgesprochen, daß sich in mir mehr das Gefühl der Scham als das der heimatlichen Zusammengehörigkeit geregt hat. Auf die Untersuchung, ob die Rädelsführerinnen des Skandals nicht am Ende »mudelsauber« seien, ließ ich mich natürlich nicht ein; unter den Larven des Pariser Nachtlebens waren ihre fühlenden Brüste im Nachteil. Die Gesundheit war durchgefallen....

Und sie fällt immer durch. Ob sie in die Champs Elysées oder ob das Raffinement ins Mürztal dringt. Überall stellt das Leben, dieser unabsichtliche und doch unerbittliche Humorist, seine Kontraste... Und so las ich am andern Tag in einer Wiener Zeitung, daß der Bezirkshauptmann Franz Hervay Edler von Kirchberg Selbstmord verübt hatte. Zauberin, Bigamie, Pflichtgefühl, Mürzzuschlag – das flimmerte nur so vor den Augen. Aber ich erkannte sogleich, daß es doch wohl hauptsächlich auf Mürzzuschlag ankommen werde. War's eine der üblichen Lokalsensationen, die das Schnüfflerpack aus dem Kehricht der Tageschronik hervorholt, uneingedenk der ethischen Zeitungspflicht, die auch das Sterben als eine Angelegenheit des Privatlebens achtet? Die ganze Koppel von Preßkötern im Nu auf die Spur einer Frau gehetzt, die in der Kärntnerstraße ohnmächtig hingefallen war – man denke: die Frau eines Bezirkshauptmanns, und ohne die Presse vorher zu verständigen! Da ist gottseidank irgend etwas nicht in Ordnung. Und schon bestätigt der Telegraph aus Graz, die »Vergangenheit« sei eine derartige, daß die Nachbarn allen Grund haben, die Gegenwart zu zerstören. Ein Schrei nach »Wahrheit« dringt durch das Mürztal, und mit allen steirischen Gebirgstrotteln vereinigen sich alle Wiener Tintenstrolche in dem Verlangen nach Klarheit. Es soll endlich an den Tag, ob die Zufriedenheit im Hause Hervay auf gesunder oder morscher Grundlage ruht. Die Ungewißheit ist nicht länger zu ertragen. Lippowitz hat doppelten Zeilenlohn versprochen, und der Bürger von Mürzzuschlag wird sich beruhigt zu seiner kuhwarmen Gattin legen, wenn der Abend endlich des Rätsels Lösung gebracht hat. So oder so! Selbst die Enthüllung, daß Frau v. Hervay nichts auf dem Kerbholz habe und ihr eheliches Glück ein verdientes sei, wird immer noch wohltuend wirken nach dieser furchtbaren Unsicherheit, die sich seit Wochen schon vergeblich in die Bettwäsche des Nachbarn vertieft. Zu lange hat man sich diese Frau mit ihren besseren Manieren und ihrer besseren Unterwäsche gefallen lassen, zu lange hat sie ungestraft den Ort rebellisch gemacht. Nicht nur, daß sie den feschen Bezirkshauptmann gekapert hat, ist sie auch auf dem besten Wege, den anderen Ehemännern die Köpfe zu verdrehen. Wunder genug, daß sich noch ein Unabhängiger fand, der, anonym zwar, aber mit deutschem Mannesmut den Versuch gewagt hat, »der Zauberin die Larve vom Gesicht zu reißen«. In dem deutsch-völkischen Lokalblatt – dessen Besitzer natürlich Smrczek heißt – war das Feuilleton erschienen, das in Wahrung berechtigter Interessen sich mit dem Vorleben dieser Frau v. Hervay befaßte und mit der neckischen Chiffre »I. Durchschaudi« gezeichnet war. Man kennt die Sorte. Treudeutsch bis zum Erbrechen, aber an Verlogenheit, Feilheit und Sensationsgier den besten israelitischen Vorbildern nachstümpernd. Indes, so verheerend selbst im fernsten Alpental Druckerschwärze wirken kann, noch ist ja im Hause Hervay alles beim Alten. Wie lange wird unser Bezirkshauptmann dieser geschiedenen v. Lützow vertrauen? Da fällt ein Schuß. Endlich! Da wird eine verhaftet....

Ein scheußlicheres Schauspiel ward nicht gesehen. Doch gegen menschliche Niedrigkeiten anzukämpfen, ist nicht Sache des Publizisten. Bosheit, Klatschsucht, provinzielle Topfguckerei – wer wollte seine Feder in solche Quellen ärgsten Unheils tauchen? Nur d e n, nicht d i e Menschen vermag öffentliche Kritik zu erziehen, und keine steirische Gans würde sich künftig abhalten lassen, ihren Schnabel am nachbarlichen Frieden zu wetzen. Aber denkwürdig bleibt, wie nach dem Selbstmord des Bezirkshauptmanns Presse und Kleinstadt, Jud und Christ, die Schuld einander zuschoben. Dasselbe ›Neue Wiener Journal‹, das, noch warm von den Ohrfeigen der Gräfin Festetics, mit den Enthüllungen über Frau v. Hervay begonnen und gemeldet hatte, der Bezirkshauptmann sei beurlaubt, sei zur sofortigen Niederlegung seines Amtes gezwungen worden, klagt nach dessen Tode jene Faktoren an, die nicht davor zurückgescheut sind, »die privaten Verhältnisse eines Beamten der Öffentlichkeit preiszugeben«. »Eine unauffällig durchgeführte Scheidung oder die gleichfalls nicht an die große Glocke zu hängende Ungültigkeitserklärung der Ehe hätte Herrn v. Hervay die Freiheit wiedergegeben und ihm die Möglichkeit geboten, in einem anderen Wirkungskreise seine Tätigkeit fortzuführen.« Schwarz auf weiß gedruckt! Nein, weiß auf schwarz. Der Lippowitz ruft: haltet den Lippowitz! Oder er will, da er die Gesellschaft eine unberufene Richterin nennt, bloß das Monopol der Presse auf Zerstörung von Familienglück wahren... Aber da meldet sich die »Gesellschaft«, der der Vorwurf gilt, zum Wort, vertreten durch das ›Deutsche Volksblatt‹. Konnte man glauben, daß Herr Vergani einen anderen Standpunkt als den des gekränkten Mürzzuschlagers einnehmen werde? Der Horizont des ›Deutschen Volksblatts‹ sitzt der Engstirnigkeit einer steirischen Provinzstadt wie angegossen. Das dreckige Selbstbewußtsein, das hinter einem Jäger'schen Normalhemd pocht, die Freude an der eigenen Schäbigkeit, das Behagen an der üblen Ausdünstung des eigenen Charakters, Beschränktheit und Roheit, Dummheit und Stolz – mit kleinen dialektischen Unterschieden ist's dasselbe. Freilich kann ich nicht verhehlen, daß mir der Gedankengang, der durch den Artikel »Die Jüdin« zieht, mehr nach Hallstatt als nach Mürzzuschlag zu tendieren scheint: Frau v. Hervay eine Missionärin der Alliance israélite, die in das stille Alpental gesendet wurde, um dessen biedere Insassen durch die »Lehren der Talmudisten und der jüdischen Morallehrer« zu Falle zu bringen. Glaubwürdiger als diese Version klingt das Bekenntnis einer schönen Seele: »Mit einer steigenden Erbitterung, die bei dem geraden, ehrlichen Charakter der Steirer nur natürlich ist, hat die Bevölkerung von Mürzzuschlag die allmähliche Umgarnung ihres braven Bezirkshauptmannes durch die jüdische Kokette verfolgt... Und als die Entlarvung der Elenden endlich gelungen war, da hätten die biederen Leute wohl am liebsten in flammender Empörung einen Akt derber Lynchjustiz an der frechen Verbrecherin vollzogen, wenn nicht die Behörden, dem Buchstaben des Gesetzes entsprechend und wahrlich nicht dem eigenen Triebe, die Circe vor den derben Fäusten, die sich verlangend nach ihr ausstreckten, geschützt hätten.« Die Mürzzuschlager konnten also nicht halten, was ihr Name versprach, weil die Gesetzkenntnis, nicht die Gesinnung, der Behörden ihnen in den Arm fiel. Die Weltanschauung des ›Deutschen Volksblatts‹, in der sich das sittliche Ideal eines St. Marxer Viehtreibers mit dem ästhetischen eines Kerzlweibs organisch verbindet, ist nicht oft so klar zu Tage getreten wie in diesem Tobsuchtsausbruch gegen eine Frau, zu deren Gunsten hoffentlich noch mehr vorzubringen ist, als der billige Triumph über ein paar nicht eben erleuchtete Herren der Schöpfung.

Denn es sei geradeheraus gesagt – und in einem Lustrum des Kampfes gegen moralische Schäbigkeit habe ich mir das Recht verdient, es zu sagen, ohne mißverstanden zu werden –: Es gibt Zeiten und Stimmungen, in denen man auf den Standpunkt des ›Simplicissimus‹ zurückkehrt, dem ein reingewaschener Sünder lieber ist, als drei Gerechte mit Schweißfüßen! Man ist lange genug ein Prediger in der Wüste gewesen, um sich schließlich mit der Befugnis einer ästhetischen Wertung der Menschen und Dinge zu belohnen. Auch an der Tafel des Lebens ist manchmal jener der leidlichere Genosse, der das Messer in die Tasche, als der es ins Maul steckt. Und nie noch ward mir der Nachbar, der in meine Suppe spie, durch die Versicherung erträglicher, daß er ein »anständiger Mensch« sei. Wurde der Pfad, den der Sucher menschlicher Vollkommenheit betrat, immer wieder zum Scheideweg der Unvollkommenheiten, so hat mancher Sittenlehrer sich, da Form ohne Inhalt oder Inhalt ohne Form zu wählen war, öfter für die ästhetische Richtung entschieden, die Dummheit, nicht die Schuld als der Übel größtes betrachtet, und im tiefsten Seelengrund die Empfindung gehegt, daß das Leben zu kurz sei, um sich bei dem Anblick ungefälliger Dinge aufzuhalten. Keine Gefahr, daß solche Erkenntnis die Entschließung rechtfertigen könnte, lieber ein kluger Lump zu sein als ein plumper Ehrenmann. Nicht vom Sein, bloß vom Sehen handelt diese Lehre. Und einen fesselnderen Anblick als die Schwarzalben von Steiermark, als der beim ersten Anprall des Lebens gefällte Normalmensch Hervay bietet diese Zaubererstochter immerhin, die die Ehepakte wie Spielkarten verschwinden läßt, Männer in Esel verwandelt und erst scheitert, da sie die Frage stellt, ob jemand von den Herrschaften in Mürzzuschlag zufällig ein reines Taschentuch bei sich habe… Ich kann mir nicht helfen: von dieser »Elenden« könnte mir das ›Deutsche Volksblatt‹ nachweisen, daß sie mit fünfhundert Männern verheiratet war, sie scheint mir wertvoller, dem Ideal der – ethisch kaum bestimmbaren – Weiblichkeit verwandter als eine christlichsoziale Versammlungsmegäre. Und keine Saite menschlichen Entsetzens klingt in mir mit, wenn ich rings in dumpfem Gemurmel das Wort »Bigamie« höre. Ich leugne ja nicht die Notwendigkeit, im Gegenwartsstaat besonders gebrechliche Rechtsgüter, wie die Ehe und die Familie, mit besonderem Schutz zu umgeben. Aber die Empfindung des Grauens beschleicht mich nicht, wenn einer sich der Übertretung eines Zweckgesetzes schuldig gemacht hat, einer Übertretung, die doch selbst durch moralische Verfehlung aus dem technischen nicht zum gefühlten Verbrechen werden könnte; und ich halte Wucher, Ausbeutung und den im frommen Österreich straflosen unlautern Wettbewerb noch immer für ruchlosere Taten als die Durchbrechung des »sittlichen Prinzips der Monogamie«. Daß Frau v. Hervay, die der »zweifachen Ehe« beschuldigt und der bis heute nichts anderes nachgewiesen ist als die gerichtliche Scheidung von ihrem vorletzten Gatten, vor versammeltem Volke eskortiert, auf der Fahrt nach Leoben im Mürzzuschlager Bahnhof ausgestellt, vor der Lynchjustiz bewahrt, aber der Schmähwut des Pöbels preisgegeben, daß sie mit einer Diebin zusammengesperrt wurde, beweist, wie schwer sich unsere Behörden in einer Zeit, in der es keine Hexenprozesse mehr gibt, zurechtfinden. Seit dem Prozeß gegen eine Ehebrecherin – solche Hexen gibt's noch –, der vor zwei Jahren hier gespielt hat, ward ein ähnlicher Anfall von Heimweh nach dem Mittelalter nicht beobachtet. Frau v. Hervay mußte sofort verhaftet werden, weil Gefahr bestand, daß sie sich zum sechstenmal verheiraten und vielleicht gar den Staatsanwalt betören könnte. Man hätte dann wieder, wie das ›Deutsche Volksblatt‹ schreibt, »mit Ausdrücken höchster Empörung, flammendsten Zornes von dem Siege des raffinierten Weibes über den Beamten« sprechen müssen....

Der Sieg eines »Weibes« über einen »Beamten«! Was ist das doch für ein sonderbares Delikt! Es wird, wenn die »Vergehen gegen die Interessen der Gesamtheit« neu kodifiziert werden, besondere Berücksichtigung finden müssen. Denn bisher war »hieramts« von Liebe nichts bekannt, und es muß gründlich dem Verdacht vorgebeugt werden, daß jeder Bezirkshauptmannschaft eine k. k. Circe zugeteilt sei, die pflichtgetreue Beamte von dem Pfad der Korrektheit abzubringen habe. Nur glaube ich, daß das strengste Gesetz nicht helfen wird. Wie Franz v. Hervays Unschuld zu Falle kam, so werden noch viele vortreffliche Bezirkshauptmänner, Landesgerichtsräte, Professoren, Sektionschefs, vielleicht gar Statthalter und Minister straucheln. Es braucht bloß durch einen Türspalt ein Strahl des Lebens in Kanzleistube oder Lehrzimmer zu dringen. Der Amtsschimmel wird scheu, dem das nächste beste Frauenzimmer die Sporen gab. Perverser als die Faszinierung eines Bezirkshauptmanns ist eine staatliche Ordnung, in der die Regierenden sich vor den Regierten durch größere Weltfremdheit auszeichnen und in der es vorbildlich ist, nichts erlebt zu haben; perverser ist ein System, vermöge dessen Männer, deren Leben eine prolongierte Gymnasialzeit ist – mit guter Sittennote, vielen Büchern und einem Weib –, Sexualgesetze schaffen und auslegen, als Familienväter verkappte Vorzugsschüler zu Ordnern im Chaos des Geschlechtsverkehrs bestellt sind. Gibt es etwas Groteskeres als die Erscheinung eines Schweizer Philisters, der ein Strafgesetz zu entwerfen hat und dekretiert, daß jede Abweichung vom horizontalen Pfad der Geschlechtstugend – auch im Ehebett – strafbar sei? In der Respektlosigkeit, zu der man täglich erzogen wird, wenn man solide Lebensfremdheit und gelehrte Phantasiearmut am kompliziertesten Werke sieht, möchte man wünschen, daß doch der Geschlechtstrieb der Gesetzgeber irgendwie von der verfassungsmäßigen Norm abweiche, damit sie am eigenen Leib die Torheit des Versuches erfahren, das Nervensystem unter Strafkontrolle zu stellen. Den Weg menschlicher Befreiung bezeichnet die Erkenntnis, die das Verbrechen zur Unmoral, diese zur Krankheit, die Krankheit zur Neigung mildert. Kann man noch wähnen, daß solche Duldung ein Volk schwächen könnte, wenn sie die Gehirnkraft seiner wertvollsten Bürger von dem Druck krimineller Drohung und sozialer Ächtung erlöst? Nie wird – im Sexualreich – freies Gewähren die Menschheit so tief herunterbringen wie Verbieten, was heimlich dennoch geschieht. Beginnen wir nur erst die Plafonds von den Schlafzimmern abzuheben, so wird manch ein General die Schlacht verlieren! Nur der Scheuklappenverstand, der alle Entwicklung von der eigenen Geburt datiert, hat die Vorstellung von der Modernität sexueller Entartung ausgeheckt. Aber unsere Gerichtssaalrubrik ist ein Erbauungsbuch neben jenen vergilbten Protokollen, die, wie ich weiß, ein Justizbeamter kürzlich entdeckt hat und die der staunenden Welt die Kunde bringen, daß im Wien der Kongreßzeit ein Knabenbordell bestanden hat. Wehrt sich Mürzzuschlag gegen die »Sittenverderbnis der Großstadt«? Einst hat – ich beeide den Fall – ein sonderbarer Schwärmer den Versuch gemacht, eine Prostituierte der Moral, der Familie, der Heimat zurückzuerobern. Aber der neue Zustand war nicht zu halten. Die »Schanddirne« verließ das biedere oberösterreichische Dorf am ersten Tage. Die beiden Welten vertrugen sich nicht: der Loisl, ihr Bruder, hatte sie vergewaltigen wollen....

Fort mit der sexuellen Heuchelei! Nur wenn wir aufhören, unser Menschlichstes als eine geheimnisvolle Welt zu scheuen, können wir uns vor ihren Gefahren schützen. Fort mit der menschenmörderischen Lüge von den »geheimen« Krankheiten! Das Wort hat nicht ihrer Unterdrückung, sondern ihrer Verbreitung gedient; nur öffentlichen Krankheiten vermöchte man beizukommen. Unsere Moral ist wahrlich eine Mutter, die ihr Kind mit einer Ohrfeige belehrt, wenn es gefragt hat, was in Schillers »Räubern« der Ausdruck »Hure« bedeutet. Oder sie gleicht dem klügeren Lehrer, der die Stellen anstreicht, die der Schüler nicht lesen darf. Welch ein Abgrund von Sittlichkeit! So wachsen die Kinder dieser Zeit heran, wissen nicht, was sie müssen, und wissen so viel, was sie nicht dürfen. Untrennbar bleibt ihnen, seit jenem Schreck der mütterlichen Ohrfeige, das Sexuelle mit dem Moralischen verbunden, die erste starke Erregung der Sinne bringt sie in die Gefahr seelischer Konzeption, der erste Anprall des Lebens macht sie straucheln. Eine distinguierte Fremde braucht bloß ein wenig mit den Dessous zu rascheln, und sie nennen sie »Märchen«. »Sexuelle Tiroler« – ich habe das gute Wort eines Lebenskenners zitiert, als Frank Wedekinds »Erdgeist«, die Komödie der pathetischen Mißdeutung des Geschlechtslebens, die Tragödie der Frauenanmut, den schnurgeraden Sinn der Wiener Kritik verwirrte. Aber einer von Lulus Hampelmännern, der Maler Schwarz, tötet sich, weil sein geliebtes Weib nicht, wie er glaubte, von vornehmer Abkunft ist, sondern »aus der Gosse« stammt, und weil sie nicht, wie er glaubte, bei einer Tante aufgewachsen ist, sondern im Alhambra-Café barfuß Blumen verkauft hat. »An dem Glück, das du gekostet, kann nichts etwas ändern. Du überschätzest dich gegen besseres Wissen, wenn du dir einredest, zu verlieren. Es gilt zu gewinnen«. Nützt nichts: der »Idealist« geht an dem innern Konflikt, nicht mehr lieben zu können, was er liebt, zugrunde. Es genügt das Wissen um die Vergangenheit, die Aufklärung eines Freundes wirft ihn um. Und ich glaube auch nicht, daß Franz v. Hervay an dem Skandal gestorben ist. Der Anteil, den kleinstädtischer Klatsch und journalistische Schnüffelei an der Katastrophe haben mögen, darf nicht unterschätzt werden; aber nur eine unpsychologische Auffassung vermag ihnen die wesentliche Schuld beizumessen. Der Bezirkshauptmann Franz v. Hervay hat sein Mürzzuschlag in sich getragen. Ein Musterknabe, dem sein ehemaliger Klassenvorstand vom »Theresianum« den Nachruf in einer Zeitung gehalten hat. Man darf in der Tat von dem Sieg eines Weibes über einen österreichischen Beamten sprechen, von einer der schwersten Niederlagen, die sich die Korrektheit jemals geholt hat. Von einer Blamage der Gesundheit, die Cancan tanzen sollte, aber nur schuhplatteln gelernt hatte. Der gefallene Mann...

> Ihr Antlitz wenden
> Verklärte von dir ab.
> Die Hände dir zu reichen,
> Schauert's den Reinen!

»Er ist der erste nicht!« ruft zähnefletschend der Teufel. Und wenn man daran denkt, wie viel Tüchtigkeit dem Staat durch den Hingang eines so guten Beamten, der nur auf das Leben so schlecht vorbereitet war, verloren ging, möchte man in Fausts Klage ausbrechen: »Jammer! Jammer! von keiner Menschenseele zu fassen, daß mehr als ein Geschöpf in die Tiefe dieses Elendes versank, daß nicht das erste genugtat für die Schuld aller übrigen in seiner windenden Todesnot vor den Augen des ewig Verzeihenden!« ... Ist der verführte deutsche Hans eine tragische Figur? Nicht als Opfer der Verführerin, wohl aber als das Opfer seiner Erziehung. Vor den Herren der Schöpfung wird es geheim gehalten, daß auch ihr ewig Weh und Ach so tausendfach aus einem Punkte zu kurieren ist. Man hat ihnen die Medizin immer nur als Gift bezeichnet. Und so sterben sie an dem Glauben, vergiftet zu sein. Die Liebe darf ihre sozialen Ansprüche nicht enttäuschen; sonst brechen sie unter ihr zusammen. Zuerst glückliche Gefangene ihrer Sinne, beginnen sie sich plötzlich den Schlaf aus den Augen zu reiben, erinnern sich an die ethische Mission der Frau als Fortpflanzerin von Beamtengeschlechtern und verwünschen die holde Unorthographie der Frauenliebe, die da »genus« mit zwei s schreibt.

Der Hexenprozess von Leoben

»Nur Wenige, nur sehr Wenige überstanden wie durch ein Wunder alle die Qualen und wurden dann, wenn nicht ›neue Indizien‹ hinzukamen, welche die Wiederholung der ganzen Prozedur heischten, nach einiger Zeit als Krüppel an Leib und Geist aus der Kerkerhöhle entlassen, um über die ›Religion der Liebe‹ nachzudenken.«

Johannes Scherr, Geschichte deutscher Kultur und Sitte.

Es geschehen jetzt Dinge, vor denen die Sprache der Empörung stumm wird, der feinsten Erziehung eine geballte Faust würdiger dünkt, als der artikulierte Ausdruck der Gefühle, und der Besonnenheit, wofern sie nur Menschenblut in den Adern hat, der Gedanke an brachiale Abwehr näher liegt als die Achtung vor dem Gesetz. Ist es ein Plan der Oberen, die mit ihren Erlässen den Herrgott und mit ihren Taten den Teufel versöhnen, ein Vorbild der Anarchie zu schaffen? Und ist es kein Plan, wie erklärt ihr Höflinge der öffentlichen Meinung, daß jetzt ein Ruf nach Lynchjustiz an den Justizlynchern wie Donnerhall durch die Lande braust? Lebenslanger Kerker für den Raub einer Geldbörse, »Machen S' keine G'schichten!« als Zuspruch vor einer Verurteilung zum Tode, der Hexenprozeß gegen eine der Faszinierung eines Beamten beschuldigte Frau – bezwinge sich, wer kann: die Feder reicht nicht mehr aus, man muß zum Tintenfaß greifen....

Der Hexenprozeß von Leoben... Ist's die Nostalgie nach dem Mittelalter, die in der Gerichtsbarkeit des Volkshasses sich heimlich kündet? Wie müssen wir jene aufgeklärten Zeiten beneiden, in denen der Zauberin bloß physische Qual bereitet, aber der Pranger europäischer Publizität erspart wurde! Kein Tal der Steiermark ist so lieblich, daß seine Bewohner nicht auch heute geneigt wären, einer geheimnisvollen Fremden den Zauber, mit dem sie den Sinn der Söhne des Landes betörte und den heiratsfähigen Töchtern abwendig machte, mit Steinwürfen auszutreiben. Aber die Technik des Hexenprozesses hat durch die Erfindung der journalistischen Schwarzkunst eine unerhörte Vervollkommnung erfahren. Denn die Hexenrichter müssen die Publizität nicht fürchten, die ihre Ruchlosigkeit bekanntmachen könnte, sondern benützen sie, weil sie die Pein der Angeklagten vergrößert. Durften die Folterwerkzeuge bloß Geständnisse herauspressen, so dient die Druckmaschine der Verbreitung jener schmerzlichen Fragen, die als Eingriff in die privateste Sphäre einer Frau Sinn und Wirkung verfehlten, wenn sie bloß vom Richter zur Angeklagten gesprochen wären. Durch tausend Zeitungsberichte einer Welt voll Bosheit kundgemacht, wiegen sie wohl die Qual »unter die Arme gebrannter Schwefelfedern« auf. Ja, so sehr, daß die arme Sünderin »nicht anders gemeinet, sie würde bleiben und das Herz ersticken...«

Scheußlicheres ward nicht erlebt, seit in deutschen Landen nicht mehr nach der Strafprozeßordnung des Hexenhammers und nach der peinlichen Halsgerichtsordnung Recht gesprochen wird. Aber der Dank des ehrlichen Kulturforschers, dem Wahrheit über Empfindlichkeit geht, gebührt dem mutigen Senat von Leoben, der das tiefe Heimweh der Volksseele nach jenen altehrwürdigen Einrichtungen begriffen und sich auf eigene Faust als Malefizgericht etabliert hat. Anklage auf »Bigamie« hieß es, weil man's Hexenprozeß nicht nennen konnte, ohne das Kulturbewußtsein fortschrittlicher Juristen, denen das Strafrecht von 1803 heilig ist, zu verletzen. Aber in Leoben, am Ausgang des Jahres 1904, ward ein Senkblei in den tiefsten Brunnengrund österreichischen Volksempfindens hinabgelassen, und siehe, es stieß auf den Wunsch nach Teufelsaustreibung.

Leontine von Hervay war auf einem Besenstiel nach Mürzzuschlag durch die Luft geritten, wobei ihr seidener Unterrock sichtbar wurde. Ein ahnungsvolles Barchentgemüt rief sofort: »I Durchschaudi«. Was nützte es, daß sie den Bezirkshauptmann glücklich gemacht hatte? Eine Zaubererstochter und fremder Sprachen mächtig. Also »teuflischer Buhlschaft« dringend verdächtig. Dem einen erkrankte wohl das Vieh, dem andern verdarb vielleicht das Getreide. Der ganze Ort wird rebellisch. Dem Bezirkshauptmann hat sie einen Liebestrank eingegeben, andere Honoratioren werden folgen, die begehrtesten Mürzzuschlagerinnen müssen zurückstehen. Soll man es dahin kommen lassen, daß sie »die Männer verhindert zu zeugen, und die Weiber, zu gebären, und die Männer, daß sie den Weibern, und die Weiber, daß sie den Männern die ehelichen Werke leisten können«? »Eine Hexin ist eine Person« – hat ein berühmter Lehrer des »Malleus maleficarum« definiert – »welche mit Vorsatz und wissentlich durch teufelische Mittel sich bemüht und untersteht, ihr Fürnehmen hinauszubringen oder zu Etwas dadurch zu kommen und zu gelangen«. Nur daß man »solich böß weyber von ihres verkehrten willens wegen nach keiserlichem recht tödten sol vnd mag«, muß heute leider ein frommer Wunsch bleiben. Sache der Gerichte ist es, anstandshalber seine Anerkennung zu markieren.

Und österreichische Behörden, die sonst im Schweiße ihres Angesichts den Täter suchen, fahndeten diesmal steckbrieflich nach der Tat. Mindestens war Leontine von Hervay schuldig, sich durch fünf Monate der Herstellung eines Tatbestandes hartnäckig widersetzt zu haben. Je geringer die Aussicht auf die juristische Fundierung einer Anklage wurde, desto länger mußte ihre Untersuchungshaft dauern, die erst geendet ward, als der erlösende Einfall »Bigamie« sich der Sterzschicht unter der Schädeldecke eines steirischen Staatsanwalts entrang. Die Idee einer Betrugsanklage mußte wieder dahin zurücksinken. Denn die Hoffnung eines verschuldeten Bezirkshauptmanns enttäuschen, ist im Sinne eines Gesetzes, das der Eheschließung bloß das ethische Motiv der Neigung zugrundelegt, kein Betrugsfaktum; und überdies war nicht einmal nachzuweisen, daß Frau von Hervay den Mann, dessen innere Lebenstumbheit ihr verfallen war, über die äußere Gestaltung ihres Verhältnisses getäuscht hatte. Das ist ja das infernale Blödsinnsstigma dieser Gerichtsverhandlung: nicht mehr gegen die Angeklagte bewiesen zu haben, als daß sie eine Gesellschaft von Topfguckern, der die Wahrheit zu sagen keine gesetzliche und keine ethische Pflicht sie zwang, angeschmiert hatte. Schmecks, bei den Buren bin ich Krankenschwester gewesen – hat die Antwort auf die langweilige Frage nach dem »Woher« gelautet, die »Falschmeldung« auf dem Meldzettel des bürgerlichen Klatsches, so verbrecherisch wie jene falsche Angabe des Alters im Mürzzuschlager Hotel. Eine Hochstaplerin. Zwar hat sie nicht Kaufleute, bloß Neuigkeitskrämer betrogen, zwar hat sie kein Recht am Eigentum, bloß das Recht auf »Wahrheit« geschädigt. Und daß sie just die sichere Wirkung des Burentaumels auf wurzelhaft-völkische Gemüter benützte, um sich mit der Ruhe vor lästigen Fragern zugleich eine billige Popularität zu verschaffen, könnte Nichtmitglieder des Mürzzuschlager Turnvereins eher ergötzen als empören. Aber der Staatsanwalt weiß, was seines Amtes ist. Sie hat nicht nur Frauen, die um siebzehn Jahre jünger sind, in der Gunst des saubersten Beamten der Stadt ausgestochen, sondern – Zauberinnen sind manches imstande – sich auch selbst um siebzehn Jahre verjüngt. Falschmeldung! Es geht einem durch und durch, wer den Klang dieses Deliktes hört. Wäre der Gatte am Leben und fände bei Hervays ein Gastmahl statt, der befreundete Kreisgerichtspräsident von Leoben schmausete bei einer Falschmelderin! Die Sonne bringt es an den Tag, buchstabieren die Schulkinder von Mürzzuschlag. Vor langer Zeit hat sie's getan, schwer drückt sie die Gewissenslast, ein unvorsichtiges Wort kann sie verraten. Eine Falschmelderin. Ohne die Verpflichtung, überhaupt ihre Jahre anzugeben, hat sie in den Meldzettel beim steirischen Ochsen ein falsches Alter eingetragen. Sie hat also geradezu die Absicht gehabt, irrezuführen. Und von allen Seiten schrillt's ihr ins Ohr: Falschmelderin! ...

Die Gegensätzlichkeit zwischen der Pathetik der Namen und der Erbärmlichkeit der Dinge ist der humoristische Grundzug unseres Strafrechts. Aber als die steirischen Berge kreißten, ward noch die »Bigamie« geboren. Das ist in seiner Art auch ein spaßiges Delikt. Seine Gesetznorm schützt nämlich, da die betrügerische Nebenabsicht ausdrücklich erst in einer Strafverschärfung getroffen wird, an und für sich nichts weiter als eines jener transzendentalen Güter, als deren Wächterin sich die österreichische Gerechtsame so gern aufspielt: die Sittlichkeit oder die Heiligkeit der Ehe oder den Ernst der kirchlichen Zeremonie oder dergleichen. Als bekannt ward, Frau von Hervay sei der »Bigamie« schuldig befunden, fuhr's durch die Garküchen der steirischen Moral, in denen der Sterz aus Klatsch und Bosheit bereitet wird, wie ein Blitz der Erkenntnis. Das hatten sich alle ja gleich gedacht. Was? Nun, daß der Hervay auch dieses Fremdwort geläufig ist. Keiner kann's übersetzen; aber jeder begreift, daß die Frau verhaftet, eskortiert, im Bahnhof vor dem Pöbel ausgestellt, mit Schimpf und Steinen bombardiert, fünf Monate in Untersuchungshaft gehalten und schließlich zu ebenso langem Kerker verurteilt werden mußte. Eine Definition? »Bigamie« ist, wenn ein Bezirkshauptmann in unwiderstehlichem Drang, sich ins Bett einer geliebten Frau zu legen, die erst in zwei Wochen das Scheidungsdekret einer wahrscheinlich ungültigen Ehe erhalten wird, zwecks Vermeidung des Ärgernisses der »freien Liebe« den Ortspfarrer zur Abhaltung einer Scheintrauung ohne Eintragung in das Trauungsbuch bewogen hat. Dieses Verbrechens, das immer erst nach dem Tode des Bezirkshauptmannes verfolgbar ist, macht sich die Frau schuldig, die sich dem Willen des Verstorbenen nicht energischer zu widersetzen wußte als der Pfarrer. Bewiesen ist es, wenn der Richter festgestellt hat, daß die Scheinzeremonie des »Eheverlöbnisses« auf die Ortsinsassen, die zu täuschen die natürliche und zugestandene Absicht der Verlobten war, »den Eindruck einer wirklichen Trauung gemacht« hat. Bigamie ist sowohl hinsichtlich ihrer Verfolgbarkeit (nach dem Selbstmord des Mannes) wie ihres Wesens (verspätete Zustellung der Scheidungsurkunde) ein Termindelikt.

Pfui über eine Justiz, die statt Schuld mit Strafe zu bezahlen, Terminhandel mit der Gerechtigkeit treibt, die »aus dem Körper des Vertrages ganz die innere Seele reißt« und aus der Gesetzesform den Sinn, um eine Tat hineinzupressen! Pfui über eine Regierung, die in diese richterliche Unabhängigkeit von Vernunft und Erbarmen nicht eingreift, die die Ungeheuerlichkeit einer Verhaftung wegen des Verdachtes, verdächtig zu sein, geschehen läßt, der verlegenen Konstruktion von Tatbeständen, der Aufpirschung eines alten Meldzettels, dem Ballspiel zwischen Kerkerzelle und Beobachtungszimmer – die Frau sollte, wenn nicht schuldig, »wenigstens« verrückt sein – und zwischen Spital und Kerker ruhig zusieht; die während einer fünfmonatlichen Untersuchungshaft nicht mit der Wimper zuckt, um endlich, da die Leobener Bosheit der Kautionsverteuerung zum Christenhimmel stinkt, durch ein Telegramm an die Grazer Oberstaatsanwaltschaft sich für ein Abendblatt den Ruhm der Humanität zu retten!

...»In den Verdacht der Hexerei«, schreibt ein Kulturforscher des offiziellen Hexenprozesses, »konnte das Größte wie das Kleinste, das Ernsteste und Lächerlichste bringen, ungewöhnliche Schönheit wie ungewöhnliche Häßlichkeit, außerordentliche Einfalt wie hervorragender Verstand, Armut wie Reichtum, Gesundheit wie Krankheit, ein unbesonnenes Wort, eine unbedachte Geberde, Tugend und Laster, Vorzüge und Gebrechen, guter und schlechter Ruf – Alles, Alles... Hat eine Weibsperson rote Haare oder schielende Augen, sie muß eine Hexe sein, bezeugt ihr ein Hund oder eine Katze auffallende Anhänglichkeit, sie ist eine Hexe...« Und wenn sie erst statt des ortsüblichen Flanells seidene Jupons trägt! Wenn die schadenfrohen Nachbarinnen entdecken, daß sie keinen Kropf hat! Dann nimmt das Verfahren, wie es Johannes Scherr beschrieben, seinen Lauf: »War die Angeschuldigte in Haft gebracht, so wurde zunächst ein kurzes summarisches Verhör mit ihr angestellt, wobei der Inquirent zuerst ›nur so spaßhaft förschelnd‹ auftreten sollte, um die Hexe ›zu fangen‹ d. h. zu einem Geständnis zu verleiten, welches, so unbedeutend es sein mochte, zur Basis des ganzen Verfahrens dienen sollte.... In jedem Falle wurde sie einstweilen ins Gefängnis geworfen.« Leontine von Hervay erkrankt und wird natürlich als »Simulantin« behandelt. Der Gerichtsarzt läßt kein Mittel unversucht, ihre Gesundheit herzustellen, und wir hören, daß eine in den Rücken der Kranken gesteckte Nadel gute Dienste getan hat. Zeigt die moderne »Nadelprobe« nicht den Fortschritt der Wissenschaft? In alten Zeiten diente sie durchaus nicht der Ergründung hygienischer Rätsel. »Fand sich irgend ein Leberfleck oder Muttermal«, berichtet Scherr, »so wurde eine Nadel darein gestoßen. Blutet es nicht, so ist der Beweis der Hexerei geliefert, blutet es aber, so ist dies wenigstens kein Gegenbeweis, denn ›der Teufel macht es bluten, um die Hexe zu retten‹.« Leontine von Hervay wird, da sie im Gerichtssaal Albernheit zum Lachen stimmt, schamlos genannt, und da sie Grausamkeit zum Weinen bringt, eine Komödiantin gescholten. Die »Tränenprobe«, die dem »peinlichen Verhör« einst voranging, wird uns wie folgt überliefert: »Hiebei legte ein Priester oder Richter der Angeschuldigten die Hand auf den Kopf, sie beschwörend: Bei den bitteren Tränen, welche der Heiland am Kreuz für unser Heil vergossen, bist du unschuldig, so vergieße Tränen, bist zu schuldig, keine! Konnte die Hexe nicht weinen, so war der Beweis ihrer Schuld fertig, weinte sie aber, so hatte ihr nur der Teufel zum Schein Augen und Wangen naß gemacht.« Leontine von Hervay wird ohnmächtig: »Diese Folge unerträglicher Qual gab man dann für eine Machination des Teufels aus.« »Was die rechtliche Seite der Sache überhaupt angeht«, sagt Scherr, »so wurde die Hexerei von den Verfassern des Hexenhammers und gleichgesinnten Juristen als ein ›außerordentliches‹ Verbrechen (crimen exceptum) bestimmt, woraus man folgerte, daß der Richter bei Verfolgung desselben sich nicht an den ordentlichen Gang der Kriminalprozedur zu halten habe, sondern ›außerordentliche‹ Mittel anwenden dürfe und müsse, um der Wahrheit auf den Grund zu kommen.« Es stimmt. Die Hervay ist der Bigamie angeklagt, in einer halben Stunde wäre der Tatbestand, zu dem eine vorhandene Trauungsurkunde und ein fehlendes Scheidungsdekret gehören, rechtlich festgestellt. Herr Labres aber, der Hexenrichter von Leoben, geht zur »peinlich Frag« über, die den eigentlichen Zweck des Verfahrens bildet. »Ich will mit Ihrer Jugendzeit beginnen. Wer waren Ihre Eltern?« »Haben Sie nicht jemandem einen Ihrer Verehrer als Milchbruder vorgestellt?« »Haben Sie nicht später mit dem Oberleutnant Goltsch ein Verhältnis gehabt?« »War nicht auch noch ein anderer Mann in Mürzzuschlag, für den sich die Angeklagte interessiert hat?« Ein Hoteldiener bestätigt, daß der Oberleutnant Bartel sich in unvollständiger Toilette in das Zimmer der Angeklagten begeben hat. Hier ist offenbar der Punkt, wo man der Hexe die »teuflische Buhlschaft« wird nachweisen können. »Das haben Sie tatsächlich beobachtet?« »Können Sie das auf Ihren Eid aussagen?« »Haben Sie das bestimmt gesehen, was Sie jetzt unter Eid ausgesagt haben?« »Haben Sie seine Toilette wahrgenommen?« Nach allem erkundigt sich Herr Labres, seine Neugierde, die heute einmal befriedigt sein will, schreckt wohl vor der Trauungsurkunde des Pfarrers, aber nicht vor den Unterhosen des Oberleutnants zurück, und nur die Frage bleibt der Inquirierten erspart, ob das »semen diabolicum calidum aut frigidum« gewesen sei. So ward die »Bigamie« bewiesen... Wie klingt mir doch die Mahnung eines Präsidenten an die Geschwornen im Ohr, da mir einst der Beweis der inneren Wahrheit eines beleidigenden Vorwurfs gelungen war und nur der Irrtum eines falschen Beispiels übrig blieb, da, sagen wir, ein Diebstahl von tausend Gulden, aber nicht die behauptete Entwendung von zehn nachgewiesen werden konnte: »Hier, meine Herren, haben wir uns ausschließlich zu fragen: Ist bewiesen, daß...« Wie's ihnen paßt! In Leoben fragten sie sich ausschließlich, ob bewiesen sei, daß die der Bigamie Beschuldigte sich in zwei Ehen des außerehelichen Beischlafs beflissen habe; und arbeiteten für die publizistischen Bedürfnisse des Herrn Lippowitz...

Sonst mußte sich Frau von Hervay nur noch gegen die Anklage auf Eitelkeit (Meldzettel) und Verlogenheit verteidigen, gegen den Vorwurf zweier Eigenschaften, die kein steirisches Weib je geschändet haben. Kurzum dagegen, daß sie »überhaupt unsympathisch« ist. Diesen Tatbestand geben auch jene, die gegen seine strafrechtliche Verwertung entrüstet protestieren, ausdrücklich zu. Ich weiß nicht, ob mit Recht. Möglich, daß Leontine von Hervay bloß österreichische Bezirkshauptmänner fasziniert, aber auf Stationsvorstände schon abstoßend wirken muß, möglich, daß kein Mensch, der sie heute – nach der Prozedur – sieht, den Zauber begreift, den sie als Frau doch hier und dort geübt haben muß, möglich, daß ich selbst das härteste ästhetische Verdikt über sie fällen würde. Die Verhandlung hat es nicht gerechtfertigt. In dieser schweißfüßigen Atmosphäre einer Gerechtigkeit, die einen Barchentfetzen um die Augen gebunden hatte, war sie – Herr Vergani wird mir böse sein – die weitaus sympathischeste Figur. Sie sprach deutsch. Und sie lehrte ihren Richter, wie man den Namen »Meurin« französisch ausspricht. Sie durfte als Angeklagte lügen, aber sie bekannte immer nur die Wahrheit: »Herr Präsident, ich bin wegen Bigamie angeklagt. Das gehört doch nicht hieher! Warum läßt man all diesen Schmutz erörtern?« Und als sie nach der Zulässigkeit der Verlesung des infamsten Bettklatsches sich erkundigt, der Präsident verlegen geantwortet hatte: »Ich weiß nicht, der Herr Staatsanwalt hat es verlangt« und als dieser erklärte, daß er bloß das Urteil, nicht die Gründe einer Ehescheidung zu hören gewünscht habe: wahrhaftig, Herr Labres – um mich eines naheliegenden Bildes zu bedienen – stand da, »wie's Mandl beim Sterz«! Ja, der häufige Genuß dieser beliebten Mehlspeise, die den normalen Steiermärker fasziniert und ihm das Weib entbehrlich macht, übt auch die verheerenden Wirkungen sexueller Zügellosigkeit; Richter werden befangen, und sie wissen nicht mehr, warum sie eine Ungerechtigkeit begehen... Aber war die Angeklagte nicht auch sympathischer als die Zeugen, die, jeder ein Bündelchen Reisig unterm Arm, herbeigeeilt waren, den moralischen Scheiterhaufen zu erhöhen? Da ist der Stationsvorstand von Mürzzuschlag, dem's bekanntlich »wie Schuppen von den Augen fiel: das muß eine Jüdin sein!«; und der sicherlich die Verspätung der Südbahnzüge den Künsten dieser Sirene zuschreibt. Uns ist es längst wie Schuppen von den Augen gefallen, daß die Südbahn eine jämmerliche Einrichtung ist, und wir würden wünschen, daß der Betriebsbeamte von Mürzzuschlag sich mehr um die Pünktlichkeit der Lokaltrains als um die Frage bekümmere, ob in seiner Station die Züge des Herzens normal verkehren. Aber daß die Angeklagte mit Lug und Trug sympathischer ist als jene überlebenden Beamten der Bezirkshauptmannschaft Mürzzuschlag, die im Prozeß verhört wurden, wird auch der überzeugteste Anhänger des Denunziantentums nicht bestreiten können. Die Herren hatten

– hinter dem Rücken ihres Vorgesetzten, wo sie sich nach lieber Gewohnheit aufhielten – über die Ehre des Hauses Hervay Gericht gehalten und das Resultat ihrer Vorlebensstudien dem trefflichen Statthalter, der sogleich das Weitere verfügte, übermittelt. Die würdige Auslese des österreichischen Beamtenadels. Man kennt den Typus, der in den Nuancen des Musterknaben von der Bezirkshauptmannschaft, des Statthaltereigigerls und des schnappenden »Präsidialmopses« immer derselbe bleibt. Er heißt in der Regel »Maria«, trägt ein Armband und hat ein Gesicht, dessen verblüffende Ähnlichkeit mit dem Gesäß des Landeschefs oder Ministers durch den engen Verkehr zu erklären ist und leider oft schon die peinlichsten Verwechslungen bei nachstrebenden Kollegen bewirkt hat. Der Angeklagten von Leoben wurde es sehr verübelt, daß sie über diese Sorte gesagt hatte: »So benehmen sich die Herren, die sich bei mir dick gefressen haben!« Sie glaubte richtigstellen zu müssen, daß sie bloß gesagt habe, die Herren hätten bei ihr »die Beine unter dem Tisch ausgestreckt«. Der mildere Ausdruck entschuldigt hoffentlich die Angeklagte, aber nicht die Herren Zeugen, denen man ein reichliches Frühstück beim Bezirkshauptmann vor der Reise zum Statthalter schon zutrauen kann. Ungescheut und ohne das Bedenken, einen Scheinheiligenschein zu lädieren.

Die »Lügen der Frau Hervay«! Mir sind sie sympathischer als die Wahrheiten eines Staatsanwalts. Und einer, der das Leben besser kannte als Herr Reimoser, nämlich Oscar Wilde, ließ seinen Lord Henry sprechen: »Ich liebe Männer, die eine Zukunft, und Frauen, die eine Vergangenheit haben.« In seinem Dialog über den »Verfall der Lüge« aber lesen wir: »Athene lacht, als sie die ränkevollen Worte des Odysseus vernimmt, und die Pracht der Lüge schmückt die bleiche Stirne der makellosen Helden Euripideischer Tragödien und stellt die junge Braut einer der herrlichsten Oden des Horaz unter die edelsten Frauen der Vergangenheit«. Wer sich die Erkenntnis von der ethischen Unbeschwertheit der Frauenseele erobert hat, wird über die Spießbürgerentrüstung, die gegen eine lügenliebende Frau nach kriminellem Schutz oder psychiatrischer Hilfe ruft, eine Lache anschlagen. Auch über Herrn Maximilian Harden, der, wiewohl der Fall seinem publizistischen Interessengebiet fernliegt, sich eigens entschlossen hat, seine Lesefrüchte aus den Gärten der »pseudologia phantastica« auszustellen. Aber er kann – der unvermeidliche Nachtrab im Feldzug gegen eine Frau – sein moralisches Entsetzen nur mühsam verbergen. »Sie kommt aus Nizza, wohnt im Hotel und benimmt sich so, daß ein Herr wagen kann, sie keck anzureden.« Das schreibt nicht etwa jener Kölner Pastor, den der ›Simplicissimus‹ verulkt, sondern der auf Berliner Bahnhöfen verbotenste Freigeist des neuen Deutschland. Und immer wieder bekennt er das tiefste Mitgefühl ob der »Enttäuschung« des Mürzzuschlager Bezirkshauptmanns, daß »Bellachinis Tochter« keine Jungfrau war. Dafür aber auch die Genugtuung über die rächende Gerechtigkeit der Volksseele: »Das Hotelpersonal wird befragt; und festgestellt, daß die Freifrau, als sie schon Hervays Ring am Finger trug, zärtliche Zusammenkünfte mit einem Oberleutnant hatte.« Der Bezirkshauptmann »war unter den Legitimen der Fünfte; die Zahl der Illegitimen wäre, da zwei Erdteile die Schauplätze dieses Erlebens waren, sicher nicht zu ermitteln.« Ja, wenn eine Wochenschrift über den Apparat des ›Neuen Wiener Journals‹ verfügte! Herr Harden hat ohnedies getan, was er tun konnte. Er ist, wie immer, gebildet und informiert. In objektiver Beziehung hält er den verbrecherischen Tatbestand der Eitelkeit und Verlogenheit für »festgestellt«. Aber er möchte die Angeklagte bloß mit einem psychiatrischen Gutachten bestraft wissen. »Ich glaube, das Urteil hätte anders gelautet«, schreibt er, »wenn den Richtern nicht das Wichtigste aus dem Vorleben der Angeklagten unbekannt geblieben wäre.« Das Wichtigste ist, daß sich von ihr schon in der Jugend »die Schwester, die eines ehrenwerten Holzhändlers brave Hausfrau wurde, zurückgezogen« hat. »In Eberswalde« wurde sie »wegen chronischer Unwahrhaftigkeit und Faulheit aus der Pension entfernt, in Berlin wegen derselben Eigenschaft aus der Höheren Töchterschule der Frau Burtin gestoßen.« »Kein Schulmädchen« habe »neben ihr mehr sitzen wollen«. Man begreift wirklich nicht, warum Herr Harden, wenn er solches wußte, so lange geschwiegen und sich nicht freiwillig als Zeuge in Leoben gemeldet hat. In wichtigen Fällen der Rechtsfindung zu dienen, ist eine Pflicht, der man auch ohne Aufforderung nachkommen soll. Herr Harden konstatiert ja selbst, daß »das Ermittelungverfahren bis an die Spree nicht gereicht« hat. »Festgestellt« ist bloß »außerehelicher Verkehr mit zwei Oberleutnants der österreichischen Armee«. »Für diese Charge«, setzt Herr Harden zartsinnig hinzu, »hat sie offenbar eine Schwäche«. Vielleicht haben die Leser der ›Zukunft‹ aus anderen Blättern ersehen, daß in Leoben ein Prozeß wegen Bigamie geführt wurde, und werden nun glauben, daß Herr Harden dieses Delikt als doppelten Ehebruch auffaßt. »In foro festgestellt« ist nach seiner Darstellung übrigens auch »das nizzaer Leumundzeugnis«, das die Angeklagte belastet. Wenn er den Gerichtssaalbericht noch einmal mit freundlicherem Auge liest, wird er finden, daß die Stelle, die ihm vorschwebte, etwas ausführlicher wie folgt lautet: »Zur Verlesung gelangt noch eine Note des Konsulats in Nizza, in der es heißt, daß Frau von Lützow eine notorische Schwindlerin und mit Zuchthaus vorbestraft ist. Dagegen bestätigt der Präfekt von Nizza, daß es sich bei dieser Auskunft um eine andere Frau von Lützow handle. Die Angeklagte habe vielmehr einen tadellosen Lebenswandel geführt. Unter Tränen erklärt nun die Angeklagte, daß sie häufig mit dieser vorbestraften Frau von Lützow zu ihrem Unglück verwechselt worden sei.« Sehr übel vermerkt Herr Harden, daß sie (die kein ganzes Kleid besaß) sich – vom Verteidiger – »das Nötige erpumpte« und in eleganter Trauertoilette auf der Anklagebank Platz nahm. Und direkt stilwidrig war das Benehmen der Angeklagten in der Verhandlung. »Als der Präsident sie an ihre Vorspiegelung einer Riesenerbschaft erinnerte, gellte aus ihrem zarten Munde der ostberlinische Hohnschrei durchs alte Dominikanerkloster: ›Da lachen ja die Hühner!‹« Diese Frau wußte das Glück, in einem früheren Dominikanerkloster eingesperrt zu sein, so wenig zu schätzen! Wie muß sie sich erst in dem minder ehrwürdigen Krankenhaus haben gehen lassen, als sie, wie's damals hieß, »über und über mit blau- und wundgeschlagenen Stellen bedeckt, körperlich und geistig gebrochen«, zum zweitenmal dort eingeliefert wurde! In einem katholischen Grazer Blatt wurde ihr Zustand geschildert, wurde daran erinnert, daß »auch der wildeste Jäger ein wundes Tier nicht zu Tode hetzt«, und zwischen den Zeilen die Vermutung ausgesprochen, daß es auf eine natürliche Beseitigung der großen Justizverlegenheit abgesehen sei. Und da – in so ernstem Milieu – hat diese Frau den schlechten Geschmack, zu behaupten, daß die Hühner lachen! ... Sie lachen bloß über Herrn Harden, den die höchste moralische Empörung doch nie seine Bildung vergessen läßt und der einer Kuhmagd die Worte in den Mund legt: »Der (der getäuschte Bezirkshauptmann) kann in der Brautnacht ein Mensch nicht von einer Jungfer unterscheiden und will im Mürzbezirk hier der Höchste sein!« Ob den steirischen Kuhmägden der preziöse Stil des Herrn Harden geläufig ist, weiß ich nicht. Möglich, daß sie seine Gesinnung teilen... Das Bekenntnis zum Fall Hervay ist von den sozialkritischen Verirrungen dieses Mannes die traurigste. Nichts wiegt die Enttäuschung des armen Bezirkshauptmanns gegen die meine, da ich durch Jahre an die Echtheit dieses publizistischen Charakters geglaubt habe.

...Aber in den Gerichtsakten des Falles Hervay – wahren Racheakten der Biederkeit und guten Sitte – ist mehr verewigt als eine schlechte Prozeßleitung und ein falsches Urteil, und der ahnungslose Schriftführer des Leobener Kreisgerichts hat seinen Beruf zum Kulturgeschichtsschreiber erwiesen. Was sich zwischen Juni und Oktober in Obersteiermark abgespielt hat, gleicht der Austreibung des Teufels aus einer »Besessenen«, gleicht mittelalterlicher Exorzisierkunst wie ein Leobener Richter einem Büttel. Das muß ausgesprochen werden, mag die Aufklärung heute noch so sehr kompromittiert, mag das Geistesleben durch liberale Druckerschwärze mehr getrübt sein als durch das Dunkel versunkener Zeiten. Das muß gegenüber dem Toben einer antisemitischen Presse ausgesprochen werden, die sonst schärferer Kontrolle nicht bedarf, weil sie – neben der jüdischen – einen geringeren Grad von Gefährlichkeit dem höheren Grad von Talentlosigkeit dankt. Im ›Deutschen Volksblatt‹ ist die publizistische Verbindung zwischen Hexenglauben und Gegenwart hergestellt, und in der engstirnigen Roheit, die von dem »teuflisch gearteten Judenweib«, von dem »modernen Vampyr« leitartikelt und über das Leobener Prozeßergebnis jubelt, hören wir verirrte Stimmen aus jenen Zeiten, da der Berichterstatter eines Hexengerichts melden konnte: »Da nun sie so gebundener auf dem Stuhl gesessen, hat der Scharpfrichter mit Gehülf ihr die beiden Hauben vom Kopf genommen, und als ein Spolium in seinen Schubsack gestecket, hernach ihr den Hals entblößet, und eine schwarze Haube aufgesetzt, wo mittler Zeit der Kitzinger Scharpfrichter das Schwert entblößt, und mit einer so ausnehmenden Geschicklichkeit den Kopf abgehauen, daß alle umstehende das vollkommenste Vergnügen über diesen so glücklichen Vollzug haben verspühren lassen.« Aber lachende Henker sind stilvoller als Henker, über die man lachen muß. Und ist's nicht spaßhaft, wenn das ›Deutsche Volksblatt‹ gegen die »raffinierte Person« ins Treffen führt, daß sie – ich zitiere wörtlich – »schlau genug gewesen war, ihre Handlungen so einzurichten, daß die gerichtliche Untersuchung das Substrat für eine Betrugsanklage nicht lieferte, so daß die Staatsanwaltschaft nur die Beschuldigung wegen Bigamie erheben konnte«! Wie wahr ist das! Arische Ehrlichkeit begeht einen Betrug und fällt herein. Aber wenn erst das ›Deutsche Volksblatt‹ wüßte – was ich aus sicherer Quelle weiß –, daß die Hervay auch so schlau war, keinen Hochverrat zu begehen, so daß die Staatsanwaltschaft einfach dupiert und beim besten Willen nicht in der Lage war, auch die Anklage wegen Hochverrats zu erheben! ... Wo Niedertracht aufreizt, ist Dummheit immer ein versöhnendes Element; und die blutigste Angelegenheit wird komisch, wenn die »kerndeutschgesinnte Bevölkerung von Mürzzuschlag« gepriesen und eine Frau beschimpft wird, die in der zweitägigen Verhandlung die einzige deutsch redende Person war, – wenn der Mund des Deutschtums voll ist und das Herz in dem folgenden Satzmonstrum übergeht: »Die Judenpresse nahm von allem Anfange für das skrupellose Weib Partei und gebärdete sich geradezu wie toll, als man es wagte, die Person, deren mehr als bedenkliche Vergangenheit und deren Machinationen, um den nur allzu leichtgläubigen letzten Gatten einzufangen, der sein übergroßes Vertrauen schließlich mit dem Tode bezahlte, vollkommen hinreichten, um den Verdacht eines begangenen Betruges zu rechtfertigen, zu verhaften.« Und ist nicht auch der Kretinismus, der die Parteinahme für eine Mißhandelte der »jüdischen Solidarität« zuschreibt, seines Lacherfolges sicher? Ich allein könnte mit Leichtigkeit hundert »Arier« – ohne Anführungszeichen sollte das dumme Wort gar nicht mehr gebraucht werden – aufzählen, die in und nach den Prozeßtagen ihrem Entsetzen über jeden Satz, der in Leoben gesprochen wurde, beinahe ekstatischen Ausdruck gegeben haben. Über eine Unbarmherzigkeit, die da rief: »Sie waren so untergebracht, wie es sich für Sie gehört!«, die selbst gegen den Wunsch des Staatsanwalts die Enthaftung der Verurteilten mit einem »Marsch! Abführen!« versagte, um sie später für eine unerschwingliche Summe zu bewilligen. Nie hat ein Gerichtsfall so allgemeine und nachhallende Erbitterung geweckt, nie hatte man so sehr den Eindruck, daß in der öffentlichen Wertung Richter und Verbrecher die Rollen getauscht hatten, nie waren die Vorsichtigsten und die Unabhängigsten, Christ und Jud, Hoch und Nieder, Beamte und Privatleute, Hofräte und Libertiner so einig. Einig in dem psychologischen Begreifen, einig in der Verdammung einer Justiz des Hasses, die nach einem in der Gegenwart beispiellosen Beweisverfahren mit steinerner Ruhe ihr Vorurteil verkündet hat. – –

Mürzzuschlag ist entsühnt, die Frau, die mit Einem heimlich anfing, unschädlich gemacht, und die Befürchtungen der obersteirischen Kaffeekränzchen, daß »bald ihrer mehre dran kommen« und daß die Hervay, wenn sie erst ein Dutzend Honoratioren hat, auch die ganze Stadt haben werde, sind nicht erfüllt worden. Die übelriechende Tugend hat über das soignierte Laster gesiegt. Aber Dichter haben dies Motiv, das in Mürzzuschlag zu einer wahren Simandltragödie zu erwachsen drohte, stets als eine Quelle heiteren Ergötzens in Ehren gehalten und – Maupassant wie Liliencron – die Schadenfreude über die Blamage der Korrektheit nicht zu verbergen gesucht.

Sie ist schon an die fünfzig heran
Und stellt noch immer ihren Mann.

Im Dorf gibt's eine Kirchenfeier und nachher wird getanzt.

Was? Auch der Herr Baron von der Eichen,
Dieser fromme Mann ganz ohnegleichen,
Bewegt sich mitten im Tänzerkreise
Und tanzt eine lustige Walzerweise
Mit der Dame, die heute früh angekommen
Und an dem Seelenfest teilgenommen?
Aber plötzlich läßt dieses Lamm aller Lämmer
Jählings fallen seinen Klemmer.
Nahm seine Tugend überhand?
Hat er sie einstmals vielleicht gekannt?
Und er löst sich los von der städtischen Taube,
Und macht sich regelrecht aus dem Staube.
Herr Kandidat Bozi, ein hübscher Junge,
Denkt, da bin ich mal schön im Schwunge,
Und tanzt auch mit der »Dame aus der Stadt«,
Die sein schüchtern Herz gefangen hat.
Ja, später hat er, jasminenumlaubt,
Ihr gar ein leichtes Küßchen geraubt,
Und träumte dann die ganze Nacht,
Wie ihn dies Küßchen so selig gemacht.

Frivol, nicht wahr? Aber im Leben geht es seriös aus, wenn einer glaubt, daß an dem schlechten Aussehen einer »Sechsundzwanzigjährigen« die Tropen schuld sind, und später versichert: »Bis vor wenigen Tagen war ich überzeugt, daß ich von einem unberührten Wesen Besitz ergriffen habe«. Das sexuelle Tirolertum endet meistens letal.... Oder es staut sich zu einem Haß gegen das Leben, der jede Regung, die es selbst unterdrükken muß, bei Anderen brünstig verfolgt. Der Wahn, daß geschlechtliche Betätigung sittliche Wertminderung bedeute, erzeugt eine Verbissenheit, die ihre Orgien in der Kontrolle des Freien genießt. Die Überzeugung liegt im ewigen Kampf mit der eigenen Natur; unterliegt sie, ist sie durch die Bewußtheit der Sünde zweifach geschwächt und nimmt Rache an der Natur – des Andern. Plötzlich hört man aus irgend einem Gebirgswinkel, daß ein Gerichtsvorsteher zwei Liebesleuten die Alternative gestellt hat, zu heiraten oder auseinanderzugehen. Geschlechtsneid, meine Herren; der sich doch wenigstens feindselig mit den Dingen befassen will, auf die er wie gebannt starrt, deren Namen (Kokotte, Konkubinat) seine Einbildungskraft beschäftigen und auf deren Genuß er von amtswegen verzichten muß. Dieses Leben eines österreichischen Kriminalbeamten, der die außereheliche Liebe als ein »unerlaubtes Verständnis« betrachtet und neben jeder »beischlafähnlichen Handlung« einen Paragraphen aufsteigen sieht, muß ein grauenvolles sein. Kaum gewährt es den Ärmsten, die andere nicht leben lassen, Selbstbefriedigung. Denn der österreichische Richter, der dabei betreten ward und nicht avancieren durfte, ist gewiß eine typische Erscheinung.... Ihr, die ihr Triebe des Herzens verkennt, sagt, warum rächt ihr euch am Leben? Warum pfuscht ihr beständig dem Herrgott ins Handwerk? Und warum spielt sich der jüngste Richter immerzu als jüngstes Gericht auf? Warum erkühnt ihr euch, der von Seelenkennern »unerforschten Macht des Weiberwillens« mit der Paragraphenschlinge beikommen zu wollen, führt ein Hochgericht auf, so grausam, so abnorm in seinem Gang und Urteil, »daß Engel weinen, die, gelaunt wie wir, sich sterblich lachen würden«!...

Der ewige Milderungsgrund für eine verurteilte Justiz: sie weiß nichts vom Leben. Und wenn sie sagt, daß eine Frau bereits im fünften Monat ist, so meint sie gewiß die Untersuchungshaft... Aber hinter ihr steht eine Regierung, die für die Aufstellung von Spucknäpfen sorgt und humane Erlässe herausgibt, in denen es heißt: »Das Strafverfahren ist bestimmt, dem Gesetz Geltung zu verschaffen, nicht aber dem Sensationsbedürfnis zu dienen. Überdies entspricht es dem berechtigten Verlangen nach Sühne weit mehr, wenn in solchen Fällen das Verfahren in rascher Folge nach der Tat abgeschlossen wird, als wenn nach weitläufigen, der Sache selbst nicht dienenden Erhebungen bei der Hauptverhandlung ein unverhältnismäßiger Apparat in Szene gesetzt wird.« Und: »Stets ist streng darauf zu achten, daß Untersuchungshaft überhaupt nur dann zu verhängen ist, wenn die gesetzlichen Voraussetzungen zweifellos vorliegen... Keinesfalls ist es zulässig, sich bei Beantwortung der Frage, ob Haft zu verhängen sei oder nicht, durch äußere Erscheinungen, etwa durch das mit der Tat verbundene Aufsehen bestimmen zu lassen.« Kann man mehr verlangen? Höchstens eines: Mehr Spucknäpfe!

Die Memoiren der Frau v. Hervay

Wer in Wien für eine Sache eintritt, kann sicher sein, daß ihm bloß das Interesse für eine Person geglaubt wird. So versaut ist hierzulande die öffentliche Meinung. Der Fall Hervay hat mich natürlich nicht als der tiefste Fall einer sündigen Justiz interessiert, sondern als die Gelegenheit zu ritterlichem Dienst, dem ritterlicher Lohn winkt. Das bezweifelt heute kein Esel mehr. Tatsächlich habe ich mit Frau v. Hervay nach ihrer Verurteilung drei- oder viermal gesprochen. Aber ich kann wirklich sagen, ich sei von dieser Begegnung nicht einmal soweit beeinflußt worden, daß ich die Publikation meiner Artikel bedauere. Das wäre die einzige Gefahr gewesen. Ich war standhaft, sagte mir, daß man eine Sache nicht um persönlicher Eindrücke willen aufgeben darf, und blieb dabei, daß der Angeklagten schändlich mitgespielt wurde, auch wenn sie wirklich mehr lügt, als für eine Frau unbedingt notwendig ist. Was sie getan, war sicher nicht kriminell und man braucht zur Exkulpierung auch nicht zu behaupten, daß es pathologisch war. Es war höchstens unsympathisch. Hätte ich Frau v. Hervay früher gesehen, ich glaube, ich hätte bei voller Behauptung meines Standpunktes bloß etwas stärker die Bescheidenheit der Ansprüche betont, die man in Mürzzuschlag an weibliche Dämonie stellt. Und ich hätte später die Briefe der Frau v. Hervay nicht zum Druck befördert. Sowie ich heute nicht in der Lage bin, die Memoiren, die Frau v. Hervay kürzlich erscheinen ließ, zu empfehlen. Ich fühle mich sogar verpflichtet, sie ausdrücklich nicht zu empfehlen, weil Stillschweigen mir, der nun einmal als Verfechter der Hervay-Sache akkreditiert und auch in dem Buche selbst gepriesen ist, als Billigung des Unfugs ausgelegt werden könnte. Es ist nämlich ein Irrtum, zu glauben, daß der Zustand des Unschuldigverurteiltseins an sich schon ein Verdienst sei, das in Memoiren der Nachwelt überliefert werden müsse. Ein Buch unter dem Titel »Tamara v. Hervay. Ihr Leben und D e n k e n« ist eine lästige Erscheinung. Aus einer

Unschuld im Sinne des Strafgesetzes ist die Glorie nicht gewoben, in der die Jungfrau von Orleans einherschreitet, und der ewige Versuch, die Verteidigung gegen die Anklage der Bigamie als einen Kampf für die höchsten Ideale auszugeben, wirkt verstimmend. Man muß von der Gerechtigkeit ihrer Sache schon tief durchdrungen sein, um sich durch dieses banale Pathos des »per aspera ad astra«, mit dem Frau v. Hervay die Öffentlichkeit seit dem Leobener Ereignis angeht, nicht abschrekken zu lassen. Frau v. Hervay druckt in dem Vorwort ihres Buches eine Erklärung ab, in der sie sich für fünftausend Kronen zur Unterlassung aller weiteren Feindseligkeiten gegen die Familie des toten Bezirkshauptmanns verpflichtet hat. Man habe ihr diese Verpflichtung aufgezwungen. Da die Frau sich auch die fünftausend Kronen aufzwingen ließ, durfte sie füglich die Memoiren, die von Familienhaß bersten, nicht erscheinen lassen. Den Krieg für die Ideale mit der Summe, um die man sich den Frieden abkaufen ließ, von neuem beginnen, das muß dem Glauben an die heroischeste Gesinnung Eintrag tun. Frau v. Hervay will sich eine Existenz bereiten. Aber wenn sie früher von Stickereien gelebt hat, deren Ertrag sogar zu einer Reise nach Indien gelangt zu haben scheint, so ist sie jetzt nicht auf literarische Handarbeit angewiesen. Es kann sehr interessant sein, einen Kolportageroman zu erleben; ihn zu schreiben ist nicht unerläßlich. Frau v. Hervay erklärt, um allen Mißdeutungen von vornherein zu begegnen, daß sie keine verblühte Frau sei, die sich à tout prix eine sorgenlose Existenz schaffen wolle; sie sei vielmehr »eine tiefernste Natur«. Es ist gut, daß sie das ausdrücklich sagt. Sonst hätte man die angenehmen Bekenntnisse, die sie später ablegt, vielleicht doch nicht entsprechend gewürdigt: »Sie glauben, daß mein Mann nur den schönen Körper liebte, meine Seele, meine Charaktereigenschaften ihm gleichgültig waren? Nein, tausendmal nein, Herr v. F. Er liebte meine Seele, vielleicht aber nicht ganz bewußt, er achtete und bewunderte meinen Charakter... Gewiß war seine Liebe auch eine sinnliche, nur war ihm die Sinnlichkeit nicht Hauptsache *und ich hielt Maß*. Auch im intimsten ehelichen Verkehr ließen wir uns niemals gehen, alles hatte eine gewisse Weihe und stets genossen wir unsere heiße Liebe als etwas Neues, Heiliges! Ich will Ihnen seine eigenen Worte wiederholen: »Schatzerl, wie ist bei uns doch alles so heilig, was gibt mir dein tiefes Gemüt für grenzenloses Glück! Aber sag, wirst du mich auch lieben, so wie jetzt, wenn ich, was vielleicht bald sein wird, *dich nur noch küssen kann?*‹ Ich habe ihm sehr ernst geantwortet, daß *das*, was er meint, doch nicht die ›*Hauptsache*‹ ist, daß die wahrhaftige Liebe ›*davon*‹ doch ganz unbeeinflußt sei. Eine Ehe wie die unsere basiere doch auch auf gegenseitiger Hochachtung... Wenn die Freundschaft, die Hochachtung bleiben, so sei dies ein herrlicher Ersatz für den Sinnengenuß.« Und: »Alle Augenblicke kam er während seiner Amtsstunden zu mir hinüber und rief: ›Mädi mein, ich muß mir schnell ein Bussi holen‹...« Und als sie einmal abends ausging, ohne es ihm zu sagen, war er untröstlich. Sie aber war »in die Maiandacht« gegangen. »Ja, es ist wahr«, bekennt Frau v. Hervay schließlich, »ich bin viel geliebt worden, aber, wer will denn mich dafür verantworlich machen, ich weiß es nicht einmal, was mich den Männern so anziehend macht, *denn was an mir schön ist, sieht doch keiner* und in meiner Kleidung bin ich einfach und schlicht. Ich trug fast immer schwarze tailor-made... *Die Dessous liebe ich elegant, sie waren das Entzücken meines Franz.* Und was ich zu meiner Toilette brauche, was mich umgibt, muß schön sein. So eine durstige Sehnsucht nach Schönheit beherrscht mich.« Daß die Dessous das ganze Unglück verschuldet, den Bezirkshauptmann fasziniert und die Mürzzuschlager erbittert haben, davon bin ich ja bei meiner Betrachtung der Affäre Hervay ausgegangen. Aber ich habe doch nicht vorhersehen können, daß sich Frau v. Hervay einst ihrer Vorzüge so bewußt zeigen wird und daß sie eine so durstige Sehnsucht nach Schönheit beherrscht. Ich schmeichle mir, als publizistischer Richter objektiv genug zu sein, um ein schweres Justizverbrechen trotz solcher Erfahrung zu verurteilen.

Die Ballettsteuer

Die Ballerinen werden teurer! .... Dies die schmalzige Quintessenz der halb wehmütigen, halb neckischen Preßbetrachtungen über den »rauhen Griff«, mit dem die Steuerbehörde neulich in das »Tanzidyll« der Wiener Hofoper gelangt hat. Man hörte das Herz der Kulissenschnüffler schlagen. Man sah feixende Gesichter, und ein Rauschen prickelnder Sensation ging durch den Pikanten Blätterwald. Die Ballerinen werden besteuert? Nun, das Ereignis hat auch seine gute Seite: man kann Koryphäen und Funktionäre interviewen. Treppauf, treppab. Öfter noch treppab. Der Mann vom ›Neuen Wiener Journal‹, der als Spezialist für Ballett- und Steuersachen gewirkt hat und der heute stolz »117 Stockwerke bin ich gestiegen!« rufen kann, fatiert einen Hinauswurf. Ein Stubenmädchen »schließt so fest die Tür, daß die schönen Stechpalmen in dem reizenden Vorzimmer hörbar auf ihren Sockeln zittern«. Aber er revanchiert sich sogleich: Die Dame war für ihn nicht zu sprechen? »Gerade sie hätte doch so viel Grund gehabt, auf die Steuerbehörde zu schimpfen! Mit Neid blicken die Kolleginnen auf sie; denn kommt es zu einer Besteuerung, dann wird sie Unsummen blechen und sogar Grundsteuer zahlen müssen«. Sie »funkelt von Diamanten und hat doch so eine bescheidene Gage!« ... Die Aufrichtigkeit eines Hinausgeworfenen kennt keine Grenzen. Er wird endlich einer Ballerine habhaft. Aber »während wir in die beste Unterhaltung kommen, erscheint das Dienstmädchen mit einer Visitkarte. Der Besitzer der Visitkarte scheint dem Fräulein doch sympathischer zu sein als meine Wenigkeit, denn sie wird unaufmerksam und richtet schließlich an mich die schwer mißzuverstehende Frage, ob ich noch viel zu sprechen habe. ›Nein, keineswegs‹, meine ich im Gefühle meiner vollständigen Überflüssigkeit und empfehle mich mit Dankesworten.« ... Und nun: »Was die Behörde sagt«; ein gewissenhafter Schmock muß auch dies zu erfahren trachten. Und die Behörde ist gegen Preßleute immer zuvorkommend, ihr könnte kein anderer Besucher »sympathischer« sein. Die gewisse hervorragende Persönlichkeit mit der entsprechend gewichtigen Stimme ist bald gefunden. Selbstverständlich ist ihr von dieser Angelegenheit »amtlich noch gar nichts bekannt«. Trotzdem öffnet sie dem Vertreter des ›Extrablatts‹ die ärarischen Schätze ihrer Herzenskammer. »Ich schöpfe alle meine Kenntnisse aus den Zeitungen.« Das soll nicht etwa die Ungenauigkeit der Aufschlüsse entschuldigen, sondern als Kompliment wirken. Der »Funktionär« ist trotzdem ein Ironiker. So oft er von den »Unterstützungen« und »Zuwendungen« spricht, die eine Ballettdame bezieht, versäumt er es nie, seinen Worten höhnischen Nachdruck zu geben und den Souteneur einen »edlen Spender« zu nennen. Aber er wird auch pathetisch. »Warum muß der Hausmeister«, ruft er, »der vom Sperrsechserl lebt, sein Einkommen rückhaltlos einbekennen und warum soll eine Tänzerin einen Teil ihres Einkommens verheimlichen dürfen?«

Mit diesem glücklichen Vergleich wären wir in der Tat dem Kern der Frage nahegerückt. Dem »Funktionär«, der alle seine Kenntnisse aus den Zeitungen schöpft und darum über die Besteuerung der Ballerinen bloß den ortsüblichen Klatsch vorbringen kann, dürfen wir den Unterschied zwischen dem Sperrgeld des Hausmeisters und dem Sperrgeld der Frauenmoral zu bedenken geben. Jenes gehört zu den unantastbaren Schutzgütern unseres Rechtslebens. Das »Sperrsechserl« ist die Einheitsmünze der österreichischen Rückständigkeit. Wir haben keinen legitimeren Begriff. Aber der Tribut, den schöne Frauen zur Erhaltung ihrer ästhetischen Werte empfangen, wird er nicht hierzulande von Sitte und Gesetz immer noch als »Schandlohn« betrachtet? Wir können dem Fiskus dankbar dafür sein, daß er die Heuchelei der Staatsmoral entlarvte, welche den Zins von jener Prostitution einhebt, die sie ins dunkle Reich sozialer Verachtung weist. Zwischen Staat und Prostitution besteht sozusagen neben dem strafrechtlichen auch ein zivilrechtliches Verhältnis. Aber es ist nicht nur unmoralisch, sondern auch nach dem herrschenden Gesetz selbst wieder strafbar; denn der Staat, der den Liebesgewinst besteuert, zieht aus einem »unerlaubten Verständnis« materiellen Vorteil und macht sich somit der Übertretung der Kuppelei schuldig. Die unsaubere Methode der Eintreibung des Kuppleranteils ist ein besonderes Kapitel. Eine Tänzerin, bei der zwei Herren von der Behörde erschienen waren und für den Fall, daß sie der Vorladung nicht Folge leiste, »andere Schritte« angedroht hatten, teilt einen Dialog mit, der sich später zwischen ihr und einem Amtsrüpel entspann: »Sie können doch nicht von Ihrer Gage leben? Noch weniger eine schöne Wohnung halten. Sie müssen ein Nebeneinkommen haben!« »Ich habe kein Nebeneinkommen. Ich bekomme nur Geschenke. Diese kann ich doch nicht fatieren!« »Doch! Sie haben die Geschenke, die Sie im vorigen Jahre erhielten, anzugeben!« »Heute bekomme ich vielleicht ein Geschenk, im nächsten Monat nicht.« »Das ändert nichts an der Sache.« »Aber ich bitte! Der Herr, der mir Geschenke macht, muß doch ohnehin sein Einkommen besteuern lassen.« »Der Herr, der Ihnen Geschenke macht, kann auch für Sie die Steuer dafür zahlen. Gibt er Ihnen ohnehin schon viel, so kann er Ihnen noch mehr geben. Wie heißt der Herr? Nennen Sie mir seinen Namen, dann werden wir ihn entsprechend besteuern.« ...

Möchte man, abgesehen von den ästhetischen Vorzügen einer Ballerine, sie nicht auch ethisch über einen Steuerzutreiber stellen? Aber ich glaube im Ernst, daß sich in der fiskalischen Gier, die Dessous durchforscht, auch die bürgerliche Überschätzung der Leichtsinnsmöglichkeiten einer Tänzerin ausdrückt. Der Typus, dessen Vertreterinnen jetzt so bös mitgespielt wird, ist weder der exzessivste, noch der interessanteste. Wenn der Spießbürgersinn nicht von der Vorstellung des gespreizten Tüllrocks berauscht wäre, müßte er in der Trägerin fast die Erfüllung seiner sittlichen Ansprüche finden. Das Geschlechtstemperament, das sich im Tanz befriedigt oder in der Langweile mimischer Verrichtung abstumpft, prägt sich in dem ewig einförmigen Puppengesicht zu einer Gewähr der Treue und der bedingten Sittlichkeit aus. Nur der Trauring unterscheidet die ein- und ausgeheiratete Sklavin bourgeoiser Moral von der ökonomischen Verwalterin ihrer Reize, der das

Verhältnis die »Versorgung« bedeutet. Wenn die Schauspielerin die Potenzierung der weiblichen Möglichkeiten von Anmut und Leidenschaft darstellt, so wird der Tänzerin zumeist die Entwicklung zu hausfrauenhafter Wohlanständigkeit organisch sein. Wedekinds Lulu, der genialsten Entfaltung amoralischer Pracht, glaube ich alles, bloß nicht das Tanzen. Eine Sparbüchse der Pandora gibt es nicht...

Aber Psychologie ist keine Finanzwissenschaft. Seien wir einer Behörde dankbar, die den Staat als Heuchler entlarvt, Staats- und Hofbehörden der Kuppelei überführt. Der »Funktionär«, der seine Kenntnisse aus den Zeitungen schöpft, findet die k. k. Neugierde durchaus zulässig, »wie eine Tänzerin es wohl zustande bringe, mit einer Gage von beispielsweise 800 bis 900 Gulden eine elegante, schön möblierte Wohnung zu haben, prächtige Toiletten, Boutons zu tragen, im Fiaker zu fahren.« In Wahrheit könnte sie mit ihrer Gage, die »beispielsweise« auch zwanzig Gulden monatlich betragen kann, nicht einmal die Kosten ihres Tüllröckchens bestreiten. In Wahrheit dürfte sie auch nichts dagegen einwenden, wenn die Hoftheaterintendanz so aufrichtig wäre, sich für die Gelegenheit, die sie hübschen Mädchen schafft, direkt bezahlen zu lassen...

Aber ist es nicht grausam, gerade vor einem Mann der Presse das steuerbehördliche Recht auf Mißtrauen bei einem Widerspruch zwischen Einkommen und Aufwand zu verfechten? Ach, unsere Behörden haben sich bisher bloß gegen Ballerinen und nicht auch gegen Journalisten zu der Erkenntnis emporgerungen, »daß irgendwelche geheime Quellen sprudeln müssen, wenn man mit einer kleinen Gage großen Aufwand treibt!« Die Subventionen eines Ballettonkels könnte man nach wie vor als Geschenke, die der Steuerpflicht nicht unterliegen, auffassen, aber kein Zweifel kann darüber bestehen, daß Pauschalien »regelmäßige Zuwendungen« sind. »Die Steuerbehörde«, sagt unser Funktionär, »hat ein Recht auf die volle Wahrheit, sie kann ihre Nachforschungen nach allen Richtungen hin ausdehnen«. Aber sie will nicht. Und nie noch hat man gehört, daß sich zwischen einem Steuerbeamten und einem volkswirtschaftlichen Redakteur der ›Neuen Freien Presse‹ der folgende

Dialog entsponnen hätte: »Sie können doch nicht von Ihrer Gage leben? Sie müssen ein Nebeneinkommen haben!« »Ich habe kein Nebeneinkommen. Ich bekomme nur Schweiggelder. Diese kann ich doch nicht fatieren!« »Doch! Sie haben die Schweiggelder, die Sie im vorigen Jahre erhielten, anzugeben!« »Heute bekomme ich vielleicht ein Schweiggeld, im nächsten Monat nicht.« »Das ist nicht wahr. Sie können sich das Schweiggeld regelmäßig erpressen.« »Aber ich bitte! Der Herr, der es mir gibt, muß doch ohnehin sein Einkommen besteuern lassen.« »Der Herr kann auch für Sie die Steuer zahlen. Gibt er Ihnen ohnehin schon viel, so kann er Ihnen noch mehr geben. Wie heißt der Herr?« ... Korruption ist schlimmer als Prostitution. Diese gefährdet höchstens die Ethik des Individuums, jene in allen Fällen die Ethik der Gesamtheit. Trotzdem haben wir noch nie vernommen, daß die Steuerbehörde sich bei der Bemessung des Einkommens von Wiener Redakteuren höhnisch nach den »edlen Spendern« erkundigt und die hommes entretenus fester geschurigelt hätte. Und dabei sind deren Aushälter gleichfalls Bankiers und mit den Ballettonkeln meistens identisch.

Die Wahrung berechtigter Interessen

Vor der Wiener Judikatur in Ehrensachen ist man täglich in der Lage, den Geschwornenjammer gegen die Berufsrichtermisere abzuwägen. Zweifellos haben jene recht, die da sagen, daß man ohne Reform des Strafgesetzes, ohne die Schaffung eines Schutzes für den »in Wahrung berechtigter Interessen« Handelnden die Verschiebung der Kompetenzen nicht vornehmen könne. Dem Berufsrichter wäre jede Satire als »Verspottung« ausgeliefert; jeder nicht erwiesene Vorwurf eines gestohlenen Kreuzers bei erweisbarem Diebstahl eines Guldens wäre strafbar, jede kleinste falsche Tatsache im Kampfe für die größte Wahrheit. Aber so richtig dies ist, so unrichtig ist die Vermutung, die Freisprechungen der Volksjustiz, über die man so oft den Kopf schütteln muß, entsprängen dem Bewußtsein der Laienrichter, daß der Beschuldigte seinen Ankläger zwar beleidigt, daß er aber »ein berechtigtes Interesse vertreten« hat. Die solches glauben, hätten nur dann recht, wenn sie für den Begriff »berechtigtes Interesse« verschiedene Deutungen zuließen. Vor allem eine sehr populäre, sehr materielle, sehr kleingewerbliche. Man darf jenes liberale Dogma, das den Bürger und Geschäftsmann zu einer Urteilsfähigkeit in allen Lebensfragen – und im Reich der Ehrenbeleidigung stoßen alle Lebensfragen zusammen – verpflichtet, das dem Pfaidler zutraut, daß er andere als Pfaidlerinteressen, und dem Metzger, daß er andere als Metzgerinteressen für die ausschließlich »berechtigten« halte, als den lächerlichsten ideologischen Schwindel ansehen. Die Rechtsgefahren, die heute die Geschwornenjudikatur in Preßsachen heraufbeschwört, entspringen ganz anderen Gesinnungsübeln als selbst jene vermuten, die sich bisher für die Beseitigung der Institution erklärt haben. Nicht die politische Parteigesinnung des Volksrichters, mit der heute Furcht und Hoffnung jüdischer und antisemitischer Prozeßparteien oft unrichtig rechnet, scheint mir seine Unfähigkeit zum Richteramt zu begründen. Zu so falschem

Glauben neigt immer nur die Minorität, und wenn in dieser Stadt des politischen Schwachsinns einmal der Spieß, der sich immer am Herde dreht, umgekehrt, wenn wieder »liberal« Trumpf sein wird, so werden jüdische Furcht und arische Hoffnung, die an der »Befangenheit« des Geschwornen schmarotzen, ihre Rollen bloß tauschen müssen. Aber ich bekenne: Christ oder Jude, wofern sie nur ein Geschäft und eine Familie haben, aus deren Nähe sie die leidige Staatsbürgerpflicht für einen Monat abruft, sind einig in einer viel schlimmeren Befangenheit als es die politische ist. Das ist die Befangenheit des in seinem engen Bereich tüchtigen Mannes, der »Ruh' haben will« und den Kämpfe, deren ethische Bedeutung er nicht ahnt, viel weniger interessieren als der Schaden, der seinem Unternehmen, seinem Hausstand durch unfreiwillige Beschäftigung mit unnützen Dingen erwächst und den er schon vor der Übernahme des Ehrenamts ziffernmäßig berechnen kann. In einem Theaterprozeß, in dem ich angeklagt war und wegen Beleidigung eines Kritikers und eines Direktors zu einer sehr hohen Geldstrafe verurteilt wurde, sollten die Geschwornen – nach dem Beschluß des Gerichtshofs, der die Vorladung von Theatersachverständigen ablehnte, – »sich selbst ein Urteil bilden«, ob die Vereinigung von Kritikeramt und Autorenberuf »kompatibel« sei, ob es ein Theaterdirektor in der Macht habe, die Stücke eines begünstigten Autors »durch's Repertoire zu peitschen«. Ein Riemermeister, der auf der Geschwornenbank saß, erwachte aus seiner Lethargie. Und er wußte, wenn er je im Theater war, ganz genau, daß man zwar einen Autor für sein Theaterstück, aber nie ein Theaterstück für seinen Autor durchpeitschen könne; und sprach mich schuldig. Fremdworte, Fremdwelten. Zwölf gutmütige Menschen werden ihrem Beruf, ihren Lieben entfremdet, zu einer Tätigkeit gezwungen, die ihnen viel unorganischer ist als Juristen die Zumutung, einen Monat lang Riemen zu schneiden, Fensterscheiben einzusetzen, Rauchfänge zu kehren, viel unorganischer sogar als einem Journalisten, den solche Justiz in den Arrest geschickt hat, die Klosettreinigung. Dennoch gibt es eine Brücke des Verständnisses zwischen den fernen Sphären, aus denen eine Beleidigung geschöpft sein kann, und den Männern, die über sie zu richten haben. Das diesen Welten einzig Gemeinsame ist das Geschäft. Hier ist der Punkt, wo die Zuerkennung »berechtigter Interessen« einsetzt. Und diese Auffassung ist so unerhört menschlich, daß nur vertrackte Ideologen, die sich die Geschwornenweisheit im luftleeren Raum der liberalen Doktrin wirkend dachten, davon enttäuscht sein können. In dem Augenblick, da mein Kläger mit klagender Stimme erklärte, daß ich durch die Angriffe auf sein Theater ihm das Geschäft gestört hätte, fühlte ich, daß ich verurteilt war. Hier begann nach langen Stunden zwecklosen Verhandelns das Interesse der zwölf Männer an dem Prozeßgegenstand zu erwachen. Hätte ich damals nicht erhobenen Hauptes gesagt: ich führe den Krieg gegen die Versippung von Kritik und Produktion im öffentlichen Interesse; hätte ich demütig bekannt: ich führte ihn, weil ich eine Privatrache befriedigen wollte, weil mir von dem Kläger eine Unbill widerfuhr, weil der Kritiker mich getadelt, der Direktor mir ein Stück abgelehnt hat; hätte ich hilfesuchend beteuert, daß die Herren mir das Geschäft stören – wahrlich, meine Chancen wären günstiger gestanden! Alles Gerede über das von den »Tagesströmungen« getrübte Rechtsgefühl der Jury ist Unsinn, mindestens Übertreibung. Vor zwölf Antisemiten kann ein polnischer Jude sich einen Freispruch erkämpfen, wenn er die empörendsten Beleidigungen mit der Beteuerung zu tilgen bereit ist, er sei ein ehrlicher Gewerbetreibender und habe sich nur gegen eine ihm von der Gegenseite drohende Geschäftsschädigung zu wehren gesucht. Die in den engen Pflichtenkreis des Erwerbslebens gebannt sind, Jud und Christ, Agent und Greisler, müssen einander in dieser Tiefebene richterlicher Erkenntnis begegnen. Es ist klar, daß ein Publizist einstimmig verurteilt werden muß, wenn er, der im Dienste der öffentlichen Moral die Versumpfung einer bestimmten »Geschäftsbranche« nachweisen wollte, sich hiebei im besten Glauben einer unrichtigen Information bedient hat. Und sicher hat ein Angehöriger dieser Branche bessere Aussicht, der etwa in einem Fachblatt sich an seinem Konkurrenten für erlittene Geschäftsstörung durch dolose Angriffe rächt.

Es ist nur zu wahr: die Geschwornen urteilen nicht nach dem Buchstaben des Gesetzes, sondern »prüfen die Motive einer Beleidigung«. Sie haben die »Wahrung berechtigter Interessen«, die man dem Gesetz vor dessen Handhabung durch Juristen in der Tat erst einverleiben müßte, in ihrer Weise längst berücksichtigt. Wer im Gerichtssaal einen ethischen Kampf für das öffentliche Wohl fortsetzt, »mischt sich in fremde Angelegenheiten«. Unlauterer Wettbewerb, an und für sich in Österreich straflos, ist bei Ehrenbeleidigung ein Strafausschließungsgrund.

Rund um den Schandlohn

In München tagte neulich ein Kongreß zur Bekämpfung des Mädchenhandels. Der einzige praktische Vorschlag, den ein Major a. D. machte, fand große Beachtung: Die Besucher der Bordelle mögen die Mädchen schlecht bezahlen, dann würden diese die Lust, in die Etablissements zu gehen, bald verlieren. (Diese, nicht jene.) Der Münchener Blitzmajor macht Schule. Die Herren der Schöpfung wollen das Angenehme mit dem Nützlichen verbinden, zugleich der Prostitution und der Prostituierten an den Leib rücken und erheben eine alte Methode zur weltverbessernden Theorie. Man weiß jetzt, warum diese Idealisten es so schön finden und in allen Tonarten besingen, wenn ein Mädchen ihnen »ihren Leib schenkt«... Eine unscheinbare Gerichtsverhandlung rückt das Problem ins Licht: Der 75jährige Private Moriz Kohn hatte gegen die 17jährige Franziska N. die Anzeige erstattet, daß sie ihm eine Uhr gestohlen habe. Nach ihrer Verhaftung gab das Mädchen an, sie sei von dem Greise angesprochen und unter vielen Versprechungen zu einem Rendezvous verlockt worden. Da sie vazierend und in Not war, gab sie dem gebrechlichen Alten Gehör. Aber aus den glänzenden Verheißungen wurde nichts. Herr Kohn überreichte dem Mädchen zwei Bonbons und sagte: »Jetzt geb' ich nichts. Aber ich hab' Lose; wenn ich einen Haupttreffer mach', wer' ich nobel zahlen.« In der Verhandlung wiederholte die Angeklagte ihre Erzählung, der der Privatbeteiligte nicht widersprach. Die Geschichte mit dem Haupttreffer gab er lächelnd zu. Die Angeklagte erklärte, daß sie sich durch den Diebstahl der Uhr schadlos halten wollte. Als der Richter über Franziska N. eine Arreststrafe von 12 Stunden verhängte, hielt Kohn, dem diese zu mild schien, dem Mädchen eine Moralpredigt...

Wenn ein Journalist um die bedungene Bestechungssumme geprellt wird, darf er sie einklagen. Bei uns ist es üblich, daß illustrierte Revolverblätter Schauspieler, die ihnen den

Schandlohn für Bild und Lob mit Recht schuldig bleiben, zivilgerichtlich belangen. Kein Richter wagt es, solchen Vertrag als einen, der gegen die guten Sitten verstößt, für ungültig, für eine »causa turpis« zu erklären. Und doch gefährden die Prostituierten der Feder, die Fünfguldenmänner des Gedankens, die Freiknaben, die unter dem Strich gehen, die öffentliche Moral. Franziska N., die, wo die Not am höchsten war, Herrn Kohn am nächsten fand, und die schlimmstenfalls ihre individuelle Ethik, deren Wohl kein irdisches Gericht zu bekümmern hat, in Gefahr brachte, würde mit Spott davongejagt, wollte sie mit ihrem Anspruch vor ein Zivilgericht treten. Besser, daß causa turpis causam turpiorem, den »Diebstahl« einer der Diebin vorenthaltenen Wertsache, erzeugt und daß man die Arme schuldig werden läßt. Unsere Gesellschaftsordnung erkennt nun einmal die Prostitution nicht an. Herr Kohn, ihre Stütze, will um seiner selbst willen geliebt werden. Der »Zug des Herzens« muß es sein. Versteht sich, ein Blitzzug...

Jänner 1906

Kuppelei als Ehrenbeleidigung. Eine Dame klagt die Agentin eines Rendezvous-Hauses. Diese hatte es gewagt, ihr einen Antrag zu stellen, und es versucht, ihren Stolz durch die Bemerkung zu bändigen, man wisse doch, daß sie »zur Sachs um 200 Gulden gehe«. Die Agentin wird zu einer Geldstrafe verurteilt, die sie bald hereinbringen wird, wenn dieselbe Zumutung von anderen Frauen nicht als Ehrenbeleidigung empfunden werden sollte. Wien ist, wie bei allen Ereignissen, zu denen gebildete Menschen Stellung nehmen müssen, in zwei Lager gespalten. Die einen, die bis heute nicht gewußt haben, daß Gelegenheit auch Liebe macht, entrüsten sich darüber, daß »Frauenehre erst im Gerichtssaal Schutz suchen muß«. Die andern machen sich über die Klägerin lustig und finden die geräuschvolle Betonung ihrer Unnahbarkeit bedenklich. Mit Unrecht. Man kann die höllische Sexualmoral der ›Fackel‹ vertreten, braucht die Prostitutionsfähigkeit des Weibes nicht mit dem Schwergewicht männlicher Ethik zu belasten: trotzdem mag man es begreifen, daß eine Frau aus irgend einem Grund auf die gerichtliche Feststellung Wert legt, daß sie »nicht zu haben« sei. Solche Rücksichtslosigkeit gegen die Kupplerinnen ist hin und wieder recht heilsam. Man kann nämlich auch in diesem Punkt so gottlos wie die ›Fackel‹ denken und die staatliche Verfolgung sonst unnützer alter Weiber, die erst durch die Vermittlung der Gelegenheit zwischen zwei liebeswilligen Menschen eine Existenzberechtigung erweisen, für den ausgemachtesten Blödsinn erklären: trotzdem wird man dafür eintreten, daß die Kuppelei unter Umständen verfolgt werde. Und zwar wegen falscher Vorspiegelung oder mindestens wegen Beleidigung. Die Kupplerinnen überschreiten die Lizenz zur Lüge, die die Natur dem Weib erteilt hat, und führen in ihren Katalogen Namen von Frauen, von denen sie bisher noch nicht einmal hinausgeworfen wurden. Wenn man will, verletzen sie also das Rechtsgut der Ehre. Das Rechtsgut der »Moral« gegen sie zu schützen, war der Einfall einer schwachsinnigen Kriminalistik. Ein vernünftiger Staatsanwalt wird ihnen am liebsten mit dem Wucherparagraphen an den Leib rücken. So ist's neulich in Laibach geschehen, wo die Besitzerin eines Freudenhauses, die sich des besonderen Schutzes der Polizeidirektion erfreut hatte, wegen der Ausbeutung ihrer Mädchen verurteilt wurde. Der Polizeidirektor floh nach Amerika. Mit Unrecht. Er hatte bloß dem Gesetz Nachdruck gegeben. Das Gesetz nämlich, das die Moral schützt, fördert die wucherischen Tendenzen der Kuppelei, die sich das Strafrisiko bezahlt macht. Das muß man in Wien täglich von neuem sagen. Da hier noch immer die angebliche Verletzung der Sittlichkeit verfolgt wird, könnte man wenigstens verlangen, daß gleiches Unrecht gegen alle gelte. Aber man weiß, wie der armen Offizierswitwe mitgespielt wird, die ein Zimmer als Absteigquartier vermietet, und man hat in den Berichten über die Ehrenbeleidigungsklage gegen jene Agentin eines Rendezvous-Hauses gelesen, wie alle Prozeßparteien unaufhörlich eine Frau Sachs im Munde führten, ohne daß der staatsanwaltschaftliche Funktionär oder der Richter auch nur das geringste Bedenken gegen die Legitimität solcher Berufung erhoben hätte. Ich unterschätze die Verdienste der Frau Sachs nicht. Sie ist gewiß eine österreichische Staatsnotwendigkeit, hat den Besten ihrer Zeit genug getan und verdient so ernst genommen zu werden, wie die verstorbene Kupplerin Felix, deren Name bekanntlich schon in dem Wahlspruch: »Tu Felix Austria…« in untrennbare Verbindung mit Österreich gebracht erscheint. Das Anzengrubersche »'s kann d'r nix g'scheh'n« kann heute in Wien wohl niemand mit größerer Berechtigung zitieren als Frau Sachs, die mit den Attesten hoher Persönlichkeiten den Teufel und selbst den Staatsanwalt bannt. Vielleicht protegiert sie Polizeibeamte und erspart ihnen sogar die Flucht nach Amerika. Vielleicht sorgt sie auch für die wirtschaftliche Sicherheit ihrer Klientinnen, indem sie sie durch den Zwang, ihr Parfüms abzukaufen, davor bewahrt, das erworbene Geld auf andere Weise auszugeben. Kurz, sie hat ihre Meriten. Nur glaube ich, daß das Maß ihrer offiziellen Ehrungen übertrieben ist. Es mag hingehen, daß sich Gerichtsfunktionäre totstellen, wenn der Name einer hohen Kupplerin genannt wird. Aber nächstens wird der Verhandlungsleiter »nervös« werden und einer armen Angeklagten, die sich wegen eines zu kleinen Betriebs zu verantworten hat und auf die erdrückende Konkurrenz anzuspielen wagt, die Mahnung zurufen: »Ich bitte, die Frau Sachs nicht in die Debatte zu ziehen!« …

Jänner 1906

Bezirksgericht Josefstadt in Strafsachen. Die Berichte variieren. Eine verheiratete Frau wurde von einem oder zwei Männern auf der Straße zum Souper geladen und hat, da sie nach dem Souper ein Übriges zu tun sich weigerte, zwei oder eine Ohrfeige erhalten. Jedenfalls so wuchtiger Art, daß die Ärmste zu Boden fiel und sich verletzte. Das »gerichtliche Nachspiel«, das solche Affären haben, ist ein Shakespeare'scher Tanz der Rüpel, an dem sich der Richter beteiligt. Man würde glauben, daß in unserem Fall die schwerste nach dem Gesetz zulässige Strafe zu verhängen sei, daß nichts, und gewiß nicht die Enttäuschung des erregten und darum unzurechnungsfähigen männlichen Sexualtiers, eine mildere Beurteilung des Roheitsaktes bewirken könne, daß vielmehr die Hemmungslosigkeit der männlichen Psyche, die solche Straftat ermöglicht, an und für sich sträflich sei. Aber von dem Bezirksgericht Josefstadt wird der Mann zu vierundzwanzig Stunden verurteilt, und ein ethisches Verdammungsurteil trifft die Frau. Wie die es sich einfallen lassen konnte, die Einladung zu einem Souper anzunehmen! »Wissen Sie«, ruft der Richter Schachner, »wenn eine Frau so mir nichts dir nichts der Einladung fremder Herren Folge leistet, muß man wohl mancherlei dahinter vermuten! Der Herr wird sich wahrscheinlich gedacht haben, daß es beim Souper allein nicht bleibt, und in seinem Zorn über die Enttäuschung hat er sich zu der Mißhandlung hinreißen lassen.« Welch freigebige Psychologie! Nicht jeder Richter hält so rein und holt so willig aus der Fülle menschlichen Verstehens die mildernden Umstände. Man fragt sich freilich, was es den Herrn, der ja nicht als Sittenrichter im Bezirksgericht Josefstadt fungiert, eigentlich angehe, daß und aus welchen Gründen eine Frau sich zum Nachtmahl einladen läßt. »Mir nichts, dir nichts« hat sie die Einladung wohl nicht angenommen. Appetit und Neugierde dürften ihr die Erwägung nahegelegt haben: mir das Essen, dir nichts! Ein österreichischer Richter hält es für ein illoyales Geschäft. Er billigt dem enttäuschten Attaqueur sozusagen ein »Recht auf die Leistung« zu. Die Frau hatte vielleicht ursprünglich die Absicht, sich für das Souper zu revanchieren, überlegte sich's später oder spürte Reue, sah – ganz im Sinne der richterlichen Lebensanschauung – die Unschicklichkeit ihres Vorgehens ein. Zu spät! Die Moralrichter sind der Ansicht, daß es da kein Zurück mehr gibt, daß sie sich mit der Annahme des Soupers stillschweigend zu einer Gegenleistung verpflichtet hat. Die Sache gehört eigentlich vors Zivilgericht. Hätte der Mann, anstatt zur brutalen Selbsthilfe zu greifen, die man, weil's das Strafgesetz will, mit vierundzwanzigstündigem Arrest ahnden muß, den Rechtsweg betreten, das Zivilgericht hätte – versteht sich, wenn dort Männer vom Schlage des Richters Schachner sitzen – ausgesprochen, daß die Frau zur Ersatzleistung, in Geld oder sozusagen in Naturalien, verpflichtet ist. Die Rechtsfindung fußt auf dem

Standpunkt jenes schlichten Mannes, mit dessen Begleiterin ein Tischnachbar im Wirtshaus anbandelt, und der die Situation kurz entschlossen klarstellt: »Sie Herr, entschuldigens. Hab'n Sie das Madl mitbracht? Zahl'n Sie den Kas?« Eine Frau könnte den für eine Liebesleistung bedungenen Geldbetrag nie einklagen: Causa turpis! Offenbar aber ein Mann die für einen Geldbetrag ihm versprochene oder auch nur erhoffte Liebesleistung: Naturalia non sunt turpia! Der Schandlohn ist uneinbringlich, aber die Schande muß bei sonstiger Exekution vollzogen werden... Das Urteil des Bezirksgerichts ist unhaltbar. Der Appellsenat des Wiener Landesgerichtes, der sich stets noch bewährt hat, wird es abändern und die Arreststrafe des Angeklagten in eine Geldstrafe von fünf Kronen umwandeln.

Montignoso

Hofhunde, Preßköter und Polizeibullen wollen eine Frau zu Tode hetzen. Warum? Glaubt ihr, Hunde, weil sie das Unglück hatte, auf den Höhen der Menschheit geboren zu werden, ihr Geschlechtsbedürfnis sei eine durch Herrscherwillen oder Plebiszit zu lösende Frage? Es ist ein Gefühl, an einer unaussprechlichen Schmach teilzuhaben, wenn man Tag für Tag Möglichkeit und Chancen, Art und Intensität eines Liebesverhältnisses mit der Sachlichkeit einer politischen Diskussion erörtert sieht. Man weiß nicht, ob man die Zeitungsblätter, die die Wut zusammenballt, den Verbreitern oder den Urhebern des Skandals ins Gesicht werfen möchte; man weiß nicht, ob die sächsische Gemütlichkeit, mit der seit Jahr und Tag höfische Leintücher über Europa gebreitet werden, ob das Behagen, mit dem eine allerhöchste Impotenz das privateste Leben einer Frau kontrolliert, abscheulicher ist, oder die Gefälligkeit einer internationalen Presse, die jedem Gesindeklatsch, jeder Lüge, durch die sich der Geschlechtsneid geiler Hofmegären erlöst, jedem Hirngespinst einer hysterischen Bonne Unterkunft gewährt. Von den Abdrücken zweier Köpfe auf dem Polster der Gräfin Montignoso bis zu dem Mann, der mit den Schuhen in der Hand aus dem Schlafzimmer schleichend gesehen wurde, ist uns kein Detail dieser gräßlichen Affäre erspart geblieben. Und all dies nicht etwa mit dem Hohn beschämter Zeitgenossen vorgetragen, die den Ansturm offizieller Heuchelei gegen das einleuchtendste Persönlichkeitsrecht erleben müssen, sondern im respektvollen Ton jener empörenden Besonnenheit, welche die Anklage vielleicht unbegründet, aber die Moralprozedur notwendig findet und die Gebärden betschwesterlicher Bestürzung mitmacht. Keiner spricht das erlösende Wort: Und wenn die »Erhebungen« des sächsischen Bachrach in Florenz »wahr« wären, hundertmal wahr, was, zum Teufel, geht das alles uns an? Was geht es heute noch den sächsischen Thron an, auf den die Frau verzichtet hat, als sie ihren Gatten krönte? Warum intriguiert es die Hofchargen, echauffiert es diesen immer aufgeregten Herrn von Metzsch und diese ganze Sippe, die die Verbitterung der Jungfrauen Alma Muth und Prinzessin Mathilde an Europa rächen möchte? Der Entschluß der Dame, die Souveränität ihrer Geschlechtswünsche mit dem Verzicht auf einen Thron zu erkaufen, muß gar nicht heroisch sein, kann eine Prinzessin in die Untertanin eines schlechten Geschmacks verwandeln. Da der Kaufpreis erlegt war, hatte keiner das Recht, den Gebrauch zu prüfen, den sie von dem Gut der Freiheit machte.

Die Art, wie die »Verteidigung« der Gräfin Montignoso von den publizistischen Nutznießern ihrer Kränkung geführt wird, ist anmutig, wie der Plan, den August der Schwache gegen die einst geliebte Frau ins Werk setzt, ihr ein Kind zu entreißen, um dessen Erziehung er sich heftiger bemühen will als um dessen Erzeugung. Es ist eine Geheimsprache, die unsere Zeitungen seit acht Tagen in spaltenlangen Telegrammen und Stimmungsberichten führen, unverständlich für uns, die wir das sexuelle Tun einer Frau für so gar nicht wertmindernd halten. Mir war schon die schöne Menschlichkeit jenes »Situationsbildes« unfaßbar, das aus der Dresdner Presse in die unsere übergegangen ist: »Die zahlreich in Florenz angekommenen Neugierigen, deren Zuzug überaus stark ist, bekunden ein lebhaftes Interesse für den Wohnsitz der Gräfin Montignoso. Sie beschäftigen sich viel mit den durch die Zeitungen bekannt gewordenen Mitteilungen, welche in ihnen die Vorstellung erweckt haben, daß die hohe Frau leidet. L e i d e r stehen die Tatsachen in grellem Widerspruche mit dem aussöhnenden Bilde reuiger Einkehr.... Wenn der neugierige Fremde am Nachmittage die sonnige Straße nach Fiesole wandelt, begegnet er der Gräfin im munteren Gespräche mit ihrem jetzigen Gesellschafter, und der Blick der Dame wird auch den mildesten Beurteiler über ihre vermuteten Seelenqualen beruhigen.« Sie leidet leider nicht. Die sächsischen »Neugierigen«, die die italienische Landschaft verschandeln, diese Wein- und Hochzeitsreisenden, diese widerwärtigste Menschengattung, deren barchentselige Vertreterinnen im Anblick der toskanischen Gefilde die Frage stellen:

»Männe, biste glicklich?«, waren enttäuscht, weil Luise Montignoso nicht unglücklich war. Der Philister sieht die Trauer ein für allemal in jener tiefgebeugten Plakatdame einer Grabsteinfirma verkörpert; weh dem, der an seinen Schablonen rüttelt! »Reuige Einkehr« muß Luisens Antlitz offenbaren, Seelenqualen muß sie spazierenführen; sonst sind die schweißfüßigen Herrschaften nicht »ausgesöhnt«. Sonst freut sie das ganze Familienleben des Königs von Sachsen nicht mehr. Und diese Schäbigkeit gibt die Wiener Presse, mit dem Bewußtsein, einer guten Sache zu dienen, weiter. Weitergegeben wird auch das »Ärgernis«, das die vornehmen florentinischen Familien an dem Verkehr der Gräfin mit dem Grafen angeblich nahmen, und das gewiß schon deshalb berechtigt wäre, weil erwiesenermaßen noch nie eine italienische Aristokratin die Ehe gebrochen hat und weil überhaupt eine Paarung von Mann und Weib, sobald sie mit einem Vergnügen verbunden ist, zu den unbeliebtesten Dingen dieser Welt gehört. Weitergegeben wird die famose »Überzeugung« der Salzburger Verwandten, »daß die Gräfin nicht normal sei«, und der am Anfang des 20. Jahrhunderts noch aussprechbare Gedanke, eine Irrenanstalt zur Beruhigung aller Lebenswünsche auszuwählen. Dem Anschlag des Kindesraubs aber scheinen die publizistischen Hüter des fremden Familienlebens mit einem bedauernden Achselzucken zuzustimmen: »Wenn zur Kenntnis des sächsischen Hofes Details gelangt sind, welche es nicht bloß wünschenswert, sondern dringend geboten erscheinen lassen, die Prinzessin Monika der Obhut der Mutter zu entziehen, so ist begreiflich u.s.w.« Warum, ihr Herren? Warum sollte eine Frau, die einen Geliebten hat, nicht ihr Kind betreuen können? Nicht so gut betreuen können wie ein Mann, der keine Frau hat, das Kind eines Andern? Ein sächsischer Offiziosus, der vielleicht in seinem Eheleben Entbehrung nicht als das schwerste Opfer kennen gelernt hat, schleudert Blitze gegen die Begehrlichkeit der Sinne und verkündet eifernd, daß die Bestätigung der Florentiner Nachrichten Aufklärung über den »wahren Charakter der Gräfin« bringen müsse und daß sich dann die Parteinahme für sie »mit keinerlei sittlichen Begriffen vereinbaren lassen würde«. Diese armen Menschen halten sich für entehrt, wenn sie geliebt haben, und ein Lippowitz ist berufen, den Geist dieser Zeit zu vertreten, die sich die Maxime zurechtgelegt hat: So etwas sagt, aber tut man nicht. Jetzt erst erfahren wir, daß das abscheulichste Sudelblatt Europas seit jeher bloß aus sittlicher Entrüstung, nicht aus Neugierde, die Plumeaus aller besseren Schlafzimmer gelüftet hat: »Gräfin Montignoso«, ruft es bekümmert, »hat sich wieder in ein Liebesverhältnis eingelassen! Ihr Lebenswandel gibt zu ernstestem Tadel Anlaß. Beruhen diese Meldungen auf Wahrheit, so werden wohl die Sympathien, deren die Gräfin in so reichem Maße teilhaft geworden, wesentlich abgeschwächt werden, und der Enthusiasmus, der für die ›unglückliche, unschuldig verfolgte Frau‹ sich kundgibt, wird sich stark abkühlen.« Besonders anstößig findet es Herr Lippowitz, daß die Gräfin »ihre Gunst dem Grafen Guicciardini geschenkt« habe; nie würde die Redaktion des ›Neuen Wiener Journals‹ einem Mann, der sie etwa für die Sache Montignoso günstig stimmen wollte, ihre Gunst s c h e n k e n. Ganz geheimnisvoll klang die Meldung der ›Neuen Freien Presse‹, am großherzoglich toskanischen Hofe sei man der Ansicht, daß, »sollte sich die Nachricht bestätigen« – die stereotype Einleitung aller dieser Gemeinheiten – »Gräfin Montignoso vom Anfang an in die Behandlung tüchtiger Ärzte gehörte, statt von Juristen behandelt zu werden«. Hier scheint entweder die tiefe Erkenntnis, daß Lieben Leiden ist, oder ein tiefer Verdacht gegen den Grafen Guicciardini mitzusprechen, den er ebenso entschieden zurückweisen müßte, wie die andere Beleidigung, die ein paar Tage später in der ›Neuen Freien Presse‹ Platz gefunden hat. Man halte, schrieb der brieflich ordinierende Korrespondent wörtlich, den Grafen »wegen seiner harmlosen Gutmütigkeit eines solchen Abenteuers nicht für f ä h i g«. »Der?«, rief der Gesandte von Argentinien, »keine Spur! Ich glaube es nicht, und wenn ich es sähe!« Da aber jeder Tag neue Schreckensnachrichten brachte, mußten auch Blätter, die sie anderen stahlen, bald aus schmerzlicher Überzeugung ihr Resumé mit den Worten beginnen: »Es kann keinem Zweifel unterliegen, daß die Beziehungen, welche die ehemalige Kronprinzessin von Sachsen zu dem jungen Grafen Carlo Guicciardini unterhält, intimer sind, als man ursprünglich anzunehmen bereit war.« Hatte doch Fräulein Muth ihrem gepreßten Herzen in dem Ausruf Luft gemacht: »Hier gehen schauderhafte Dinge vor sich!«. Herr Justizrat Körner kam, sah und sagte zu seiner ehemaligen Kronprinzessin: »Ihr Anblick verursacht mir Brechreiz!«

Dennoch wollten's die guten Seelen nicht glauben. Die Gräfin Montignoso mag ja eine Verworfene sein, die in ihrem Florentiner Exil nicht bloß der Erinnerung an die Zeit lebt, da sie neben Friedrich August so gut geschlafen hat. Aber der Graf? Nimmermehr! Nicht Mißtrauen gegen seine körperliche, aber Vertrauen zu seiner moralischen Stärke war es jetzt, was die Zweifler hinderte, den furchtbaren Gedanken an ein Verhältnis mit einer Frau auszudenken. Er selbst habe ja erklärt, daß er »als Edelmann die Pflichten und Rücksichten, die er der Gräfin Montignoso schuldig sei, keinen Augenblick vergessen« habe. Wer die Geheimsprache der guten Gesellschaft nicht versteht, glaubt in der Regel, daß nicht der geschlechtliche Umgang, sondern im Gegenteil die Vernachlässigung einer liebebedürftigen Frau Pflichtvergessenheit und Rücksichtslosigkeit gegen sie bedeute. Aber jetzt wissen wir wenigstens, daß Luise von Sachsen ihrem Gatten wegen seines lebhaften Pflichtgefühls davongelaufen ist. In dieser Geheimsprache hat der Deputierte Rosadi erklärt, Graf G. »sei der letzte, der einer gemeinen Handlung fähig wäre«. Deputierte, Gesandte, Reporter, alle Welt hält jetzt auch den außerehelichen Beischlaf des Mannes für eine Gemeinheit. Und gar dieser Graf G.! Er ist »ein blonder, harmloser Mann, der nie einen Schritt über die Grenzen des Anstandes unternehmen würde«. Es wäre ja unanständig, die Gunst einer Frau zu erwidern, und erwiesenermaßen kommt bei blonden Männern solch seltene Verirrung überhaupt nicht vor. Und Graf G. selbst hat doch, so versichert der Florentiner Spezialist der ›Neuen Freien Presse‹, »erklärt, zur Gräfin niemals in anderen Beziehungen gestanden zu sein als in jenen eines Mannes von Ehre zu einer Frau, die auf das allgemeine Mitgefühl Anspruch hat«... Mehr als eine Ehrloserklärung sämtlicher Männer, die je zu Frauen in außerehelichem Verhältnis gestanden sind, können wir von der liberalen Ethik nicht verlangen. Die Heuchelei einer europäischen Gesittung, die den Sexus mit der Ehre paart, die immer, was sie bei Nacht geliebt hat, am Tag verachten muß, aber die Ausübung der natürlichsten Funktionen bisher bloß an den Frauen gerächt hat, ist glücklich bei der Kreierung des »gefallenen Mannes« angelangt.

Dürfen wir uns mit den Erklärungen des Grafen zufrieden geben? Gelinde Zweifel steigen auf, es möchte am Ende nicht das Bewußtsein der Unschuld, sondern anmaßende Diskretion sein, was ihn bewogen hat, die Fragen der Interviewer zu verneinen. Daß er »als Edelmann die Pflichten und Rücksichten, die er der Gräfin Montignoso schuldig sei, nicht vergessen« hat, brauchte sich nicht als eine Widerlegung des Gerüchtes, sondern bloß als die Weigerung deuten zu lassen, den Vertretern der Presse Rede und Antwort zu stehen, und alles wäre gut! Immerhin, die schreckliche Ungewißheit dauert fort, so lange die Erhebungen über das Liebesleben der Gräfin Montignoso nicht abgeschlossen sind. Und was sich im Schlafzimmer der Villa Papiniano begeben hat, ist noch immer nicht enthüllt. Der Justizrat ist am Ende seiner Büttelweisheit. Noch erhebt er durch Fräulein Muth, daß die Gräfin einmal abends ein ausgeschnittenes Kleid getragen hat. »Wie tief konnte man in den Brusteinschnitt hineinschauen?« fragt er. Das Fräulein kann nur immer wieder versichern, daß das Bett »deutliche Eindrücke zweier Gestalten gezeigt« habe. Und sie hat doch »das Schlafzimmer der Gräfin in allen Teilen, Ecken und Enden täglich auf das gründlichste durchsucht«. Nichts Gewisses weiß man nicht. »Kleinigkeiten«, sagt die Kammerfrau Chiarina, »wird's gegeben haben, aber Böses nicht.«... Man sieht, die Wahrheit ist noch auf dem Marsche. Aber eines Tages wird sie vom Bett der Gräfin den Weg zu den Schreibtischen der Redaktionen finden, und Europa, das aufhorchende, von den Gewalten der Heuchelei und Lüge regierte Europa, wird sie gierig aufnehmen, und wird sich darüber entsetzen, daß es »wahr«, nicht darüber, daß es eine Wahrheit ist.

Verbrecher gesucht

»Mit der autoritären Gewalt wird die Justiz verschwinden. Das wird ein großer Gewinn sein – ein Gewinn von wahrhaft unberechenbarem Wert. Wenn man die Geschichte erforscht, nicht in den gereinigten Ausgaben, die für Volksschulen und Gymnasien veranstaltet sind, sondern in den echten Quellen aus der jeweiligen Zeit, dann wird man völlig von Ekel erfüllt, nicht wegen der Taten der Verbrecher, sondern wegen der Strafen, die die Guten auferlegt haben; und eine Gemeinschaft wird unendlich mehr durch das gewohnheitsmäßige Verhängen von Strafen verroht, als durch das gelegentliche Vorkommen von Verbrechen. Daraus ergibt sich von selbst, daß, je mehr Strafen verhängt werden, umso mehr Verbrechen hervorgerufen werden, und die meisten Gesetzgebungen unserer Zeit haben dies durchaus anerkannt und es sich zur Aufgabe gemacht, die Strafen, soweit sie es für angängig hielten, einzuschränken. Überall, wo sie wirklich eingeschränkt wurden, waren die Ergebnisse äußerst gut. Je weniger Strafe, umso weniger Verbrechen. Wenn es überhaupt keine Strafe mehr gibt, hört das Verbrechen entweder auf, oder, falls es noch vorkommt, wird es als eine sehr bedauerliche Form des Wahnsinns, die durch Pflege und Güte zu heilen ist, von Ärzten behandelt werden.«

Das sind Worte Oscar Wildes. Aber der Gegenwartsstaat kann dem Ideal des Denkers nicht plötzlich reifen. Er kann die Hälfte seiner Strafparagraphen, nicht alle streichen. Eine spontane Freigabe des Diebstahls und Raubes in einer vom Eigentum besessenen Gesellschaft wäre fast so unheilvoll, wie der Schutz, den ihr die Holzinger, Feigl und deren sächsische Blutsverwandten angedeihen lassen. Die sofort durchführbare Reform müßte sich mit einer Schiebung von Rechsgütern begnügen, mit der Milderung und Individualisierung der Strafen, und vor allem mit der Sicherung, daß der Staat nicht Verbrecher *erzeuge*. Gerade diese erweist sich in Österreich immer wünschenswerter. Denn nirgends ist der Glaube an den

Selbstzweck der staatlichen Gewalten so festgewurzelt wie hier, wo noch immer das Publikum als eine zur Bedienung der Beamtenschaft bestimmte Einrichtung oder als eine lästige Begleiterscheinung, ohne die sich's leichter amtieren ließe, aufgefaßt wird. Eine Amtshandlung ist hierzulande etwas, in das man sich einmischt. Es entspricht dem allgemeinen Wesen österreichischer Amtlichkeit, daß es unserer Justiz nicht so sehr darauf ankommt, Verbrechen zu verhindern, als sie zu strafen. Die Polizei erzeugt Verbrechen im eigenen Wirkungskreis. An zwei krassen Fällen – ich glaube, innerhalb einer Woche – ist dies kürzlich klar geworden. Der eine ist in einer Zuschrift der ›Arbeiter-Zeitung‹ behandelt, in der die Frage gestellt wird: »Wenn der Sicherheitspolizei bereits fünf Monate vor Anfertigung, respektive vor der Ausgabe der Hundertkronenfalsifikate durch Liebel die Tatsache bekannt war, daß die Brüder Liebel sich mit der Absicht tragen und im Begriffe sind, ein Verbrechen zu begehen, worauf nach österreichischem Gesetz lebenslänglicher Kerker steht, warum hat dann die sogenannte ›Sicherheitspolizei‹ nicht früher eingegriffen?« Durch eine einfache Vorladung des Verdächtigen, durch einen Vorhalt der Mitteilungen des Angebers wäre, meint der Einsender, Liebel ein- für allemal kuriert gewesen, der Staat wäre vor einem umfangreichen Gerichtsverfahren bewahrt geblieben und die Mitbürger wären vor dem zu erwartenden Schaden im Voraus geschützt worden. Es sei nicht nötig gewesen, »vier Familien zuschauend ins Verderben rennen zu lassen und dann erst einzugreifen, wenn neben dem hohen Schandlohn für den Vertrauensmann auch der Schandlohn für den sicherheitspolizeilichen Schlachtenlenker zu erwarten war: ein Orden oder eine Anerkennung der ›außerordentlichen Verdienste‹ in anderer Form, worauf Herr Stukart ebenso versessen ist wie der Konfident auf die Prämie.« Es gehe nicht an, beabsichtigte Verbrechen »auslaufen« zu lassen, nur um dann auf Erfolge hinweisen zu können.

§ 1 des Strafgesetzes sagt, daß »zu einem Verbrechen böser Vorsatz erfordert« wird. Aber der § 1 der Reklameordnung des Wiener Sicherheitsbureaus braucht zu einem bösen Vorsatz ein

Verbrechen. In der Zeit, da die Tat verhindert werden konnte, hatte sich der Banknotenfälscher bloß des bösen Vorsatzes schuldig gemacht. In keinem Paragraphen des Strafgesetzes ist von der Strafbarkeit des bösen Vorsatzes, in § 8 bloß von der Strafbarkeit des Versuchs einer Übeltat die Rede. »Insolange sich die strafgesetzwidrige Absicht nicht in einer Handlung objektiviert, kann von strafbarem Versuche keine Rede sein« – so hat das höchste Gericht wiederholt entschieden. Ich kann straflos die Absicht äußern, einen Diebstahl zu begehen. Eine behördliche Warnung wird wahrscheinlich hinreichen, mich an der Ausführung dieser Absicht zu hindern. Aber zugegeben, der böse Vorsatz des Banknotenfälschers wäre an sich strafbar. So wäre er doch nicht so schwer bestraft worden wie die Tat, zu der man ihn »ausreifen« ließ und durch die wirklich nur Herrn Stukart ein Nutzen erwachsen ist. Dieser praktische Kriminalist, dem selbst eine Lücke im Gesetz ein offenes Knopfloch bedeuten könnte, scheint tatsächlich die Überführung eines Verbrechers als persönliche Angelegenheit zu betrachten und sie weniger »im Hinblick auf die öffentliche Sicherheit« als im Hinblick auf den Franz Josephs-Orden zu besorgen. Acht Monate mußte der angeklagte Fälscher in Untersuchungshaft sitzen, damit der Liebling des ›Extrablatts‹ und Chef des Sicherheitsbureaus in offener Gerichtsverhandlung mit seinem »Material« glänzen könne, das jenen sofort zum Geständnis bewogen hätte, wenn es dem Gericht früher vorgelegen wäre.

Die Methode, die Ahndung eines Verbrechens für ersprießlicher zu halten als daß keines geschehe, ist auch in dem Prozeß wegen des Diebstahls im Palais Henckel-Donnersmarck enthüllt worden. Die Geschwornen sprachen einen geständigen Dieb frei, weil ihn die Polizei außerdem zum Verleumder gemacht hatte. Ich preise auch hier nicht das heilsame Korrektiv der Amtlichkeit, als das man die Geschwornenjustiz noch immer auffaßt. Ich beklage die Ungerechtigkeit der Milde, die aus dem Unrecht der Verfolgungswut entsteht. »Stift wurde zur Polizei vorgeladen und gestand beim zweiten Verhör den Diebstahl zu, fügte aber bei, daß er im Einverständnis mit dem

Diener Johann S. des Grafen gehandelt habe. Beide hätten die Tat verabredet und S. ihm in der Nacht zum 21. Dezember die Eingangstür zur Wohnung des Grafen geöffnet. Einige Tage später gab Stift an, S. habe von dem Diebstahl nichts gewußt und er habe ihn ungerecht als Mittäter beschuldigt. Bei dieser Angabe blieb Stift auch in der landesgerichtlichen Untersuchung.... In der Verhandlung bekannte sich der Angeklagte des Diebstahls schuldig und gab an, er habe den Diener S. nur deshalb als Mittäter genannt, weil der Polizeikommissär beim ersten Verhör sagte, er könne den Einbruch nicht allein verübt haben, ein Bediensteter des Grafen müsse mit ihm einverstanden gewesen sein.« Der Präsident zum Polizeikommissär: Der Angeklagte sagt, Sie seien in ihn gedrungen und haben ihm sogar die Enthaftung in Aussicht gestellt, wenn er seinen Komplizen nenne. – Zeuge: Ich habe nur gesagt, er kann eher frei werden, wenn er ein volles Geständnis ablegt. – Präs.: Das war etwas weit gegangen, denn über die Enthaftung in solchen Fällen hat nicht die Polizei zu entscheiden. – Der Verteidiger, der den Fall Liebel wohl schon vergessen hatte, führte aus: »Während sonst die Polizei Verbrechen, die begangen wurden, aufzuspüren und die Begehung von Verbrechen zu verhindern sucht, ist in diesem Falle ein nichtbegangenes Verbrechen konstruiert und der Angeklagte zur Begehung eines neuen Verbrechens gezwungen worden.« Soweit er den einzelnen Kommissär traf, war der Vorwurf gewiß ungerecht. Er sollte bloß dem System gelten. Nicht jeder Polizeibeamte ist ein Reklamejäger, und der Mann, in dessen Protokoll ein Unschuldiger zum Dieb und ein Dieb zum Verleumder wurde, hat nichts Schlimmeres getan, als was die meisten Kollegen tun würden. Nicht immer bringen sie den Dienst ihrer Person, oft genug ihre Person dem Dienst zum Opfer. Aber dem Dienst frommt solches Opfer nicht. Müdegehetzt – von 8 Uhr früh bis 8 Uhr abends hatte jener Kommissär nichts gegessen, bis 11 Uhr amtiert – wollen sie zu einem Ende kommen. Schäbig genug dankt das System seinen Dienern, schlecht lohnt der Staat jenen, die sich von ihm mißbrauchen lassen.

Eros und Themis

Manchmal fragt man sich, ob das Alles, was wir so im Lauf eines Jahres an öffentlicher Erörterung und krimineller Behandlung sexueller Dinge erleben, nicht ein Scherz sei, ausgeheckt von freien Hirnen, die ihren Zeitgenossen bloß ein Schreckbild der Heuchelei vorführen möchten. Ein solcher Abgrund der Sittlichkeit kann sich vor unseren Augen nur im Bilde, nicht in der Wirklichkeit auftun. Sollte die Menschheit, deren Weg angeblich die Befreiung von den Strangulierern individueller Rechte bedeutet, mit befreitem Willen ihr sexuelles Selbstbestimmungsrecht opfern? Nein, die Nachricht muß falsch gewesen sein: Oscar Wilde lebt, er ist nicht für eine Laune seiner Nerven schändlich hingemordet worden. Und Maxim Gorki mußte nicht Schimpf erdulden, weil er aus dem Gefängnis zum Krankenbett seiner Geliebten eilte. Es ist nicht wahr, daß die Menschen den Ursprung ihres Werdens und den Quell ihrer Glückseligkeit fliehen, wie man einen pestverseuchten Ort flieht, daß sie am Tag besudeln, was sie des Nachts ersehnen, daß der Mann sich belügt und die Frau um ihre Lebensfülle betrügt, und daß er die Huldinnen dieses armen Daseins in den sozialen Verachtungstod hetzt. Es ist nicht wahr, daß er dieselbe Tugend, auf deren Zerstörung seine Instinkte zielen, zum Maß der Frau macht, und daß er den Wert der Frau ins verkehrte Verhältnis zu der Summe der Freuden setzt, die sie gespendet hat...

Ja, wäre die Furcht, in der die Menschheit vor ihren Hoffnungen lebt, nur ein häßlicher Traum! Aber wir wachen mit unerbittlicher Bewußtheit. Wir wachen vor den Schlafzimmern unserer Nebenmenschen. Wir fühlen uns noch immer verpflichtet, jenes öffentliche Ärgernis beizustellen, das eine Privatsache nicht hervorrufen würde, wenn sie unseren Blicken verborgen bliebe. Wir halten die Zeitung in der Hand, die es uns gewissenhaft meldet, wenn irgendwo zwei interessante Leute sich zu geschlechtlichem Tun gesellt haben, und wir kritzeln hocherfreut an den Rand den Namen der Frau, der in einem Prozeß mit impertinenter Diskretion so angedeutet wurde, daß wir ihn besser behalten, als wenn er genannt worden wäre.

Ein junger Mann ist des Betruges angeklagt. Zum Beweise der Tat muß sein Sexualverkehr, nach Intensität und Richtung, vor den Geschwornen erörtert, müssen die Liebesbriefe einer Künstlerin, die so unvorsichtig war, sich nicht vor der Entscheidung ihrer Geschlechtsnerven eine Leumundsnote über den Erwählten zu verschaffen, in geheimer Verhandlung verlesen werden. In einer Verhandlung, die so geheim geführt wird, daß die Fanghunde der öffentlichen Meinung Gelegenheit haben, die pikantesten Brocken zu erhaschen. Und siehe, wieder einmal geht ein grenzenloses Staunen durch die Welt, daß es noch so etwas wie geschlechtlichen Verkehr gibt, und seine letzte Repräsentantin wird mit all dem sittlichen Unflat beworfen, den die öffentliche Meinung nur in der Eile zustandebringen kann. Die ewige Nachbarin öffentliche Meinung! Daß ein Lump Betrügereien verübt hat, erklärt sie ohneweiters aus der Tatsache, daß eine Künstlerin Liebesbriefe geschrieben hat. Liberale Diskretion nennt diese bloß die »bekannte Schauspielerin«, aber ein christlichsozialer Lümmel, der seine Entrüstung nur in Rufzeichen, seinen Hohn nur in Gänsefüßchen und seine Dummheit nur in Gedankenstrichen ausdrücken kann, erstarrt vor Entsetzen bei der Vorstellung, daß ein Betrüger mit dem Plan umging, die »›Dame‹ (!) zu – – – heiraten«.

Der Vorsitzende hieß nicht Feigl, sondern Hanusch. Daß es einen Paragraphen im Strafgesetz gibt, der die Mitteilung ehrenrühriger Tatsachen aus dem Privat- und Familienleben ahndet, schien er nicht zu wissen. Und richterliche Unkenntnis des Gesetzes schützt bekanntlich den Angeklagten nicht vor Strafe und den Zeugen nicht vor der Pein des Verhörs. Eine Frau mußte es büßen. Mit Vergnügen ging der Gerichtshof auf die tiefsinnige Absicht des Verteidigers ein, die anormale Geistesverfassung seines Klienten durch die »Perversität« seiner Geschlechtsübungen zu beweisen. Die Belege der Unzurechnungsfähigkeit dienen dann einer hartgesottenen Kriminalistik als Beweise jener sittlichen Verlotterung, der auch ein Betrug zuzutrauen ist, und eine pikante Abwechslung ist nicht zu verschmähen. Der populäre Wahn, der Geist und Charakter des Menschen – vor allem des Nebenmenschen – von der Richtung seines Sexualgeschmacks bestimmt sein läßt, wird von Juristen und Psychiatern als ein Grundsatz geheiligt, aus dem sie nur verschiedene Konsequenzen ziehen. In Wahrheit wäre höchstens die von Geburt an auf das eigene Geschlecht gerichtete Sexualtendenz pathologisch zu deuten. Und bloß die des Mannes, die den Mann fälschlich als sexuelles Wesen bejaht und als den Träger von Ethik und Vernunft ausschaltet, könnte die Gesellschaftsordnung berühren. Im Weib, als dem an sich sexuellen und antisozialen Wesen, vermag auch die Wendung zum eigenen Geschlecht nicht ein neues antisoziales Moment zu schaffen. Aber welche Überhitzung oder Raffinierung normaler Triebe könnte anders denn als Geschmackssache und somit Privatsache der Beteiligten aufgefaßt werden? Sind wir noch immer nicht über den geistigen Horizont eines Krafft-Ebing hinaus, der sich über die Resultate seiner wissenschaftlichen Forschung sittlich entrüstet? Der Phantasie für krankhaft und Krankhaftigkeit für ein Laster hält? Er spricht von einer Ausgeburt höllischer Phantasie, wenn der sinnliche Strom einmal wo anders mündet, als es in den Normalien vorgezeichnet ist, wenn zwei Menschen das tun, was die Asexualität, die über die bloße Andeutung der Gefühle nicht hinauskommt und sich darum fast stets prostituiert, als »Perversität« verfehmt, was aber gesunde Unbewußtheit seit Erschaffung der Welt als selbstverständlichen Ausdruck der Leidenschaft betätigt. In der Liebe gibt es nichts Anstößiges, solange der unbeteiligte Moralrichter nicht seine Nase hineinsteckt und die Nachtwandler zur Besinnung ruft. Eine Schauspielerin kann eine große Frau und eine große Künstlerin sein, auch wenn die »Konstatierungen«, die ein Gerichtshof vorzunehmen sich unterfängt, »kraß« sind. Vielleicht noch größer, wenn noch krasser!

»Die Ergebnisse dieses Teiles des Beweisverfahrens entziehen sich der Veröffentlichung«. Dieser Satz bedeutet mehr als die Veröffentlichung; der grinsende Reporter sagt mehr als der sprechende. Aber die ›Neue Freie Presse‹ ist so nachsichtig, in solchem Falle »auf eine stark ausgesprochene Geistesstörung zu schließen«. Nichts ist, wie man weiß, in den Augen einer Kupplerin verächtlicher, als die Sphäre, in der sie wirkt. Aber daß sich die alte Fichtegasslerin noch immer entrüsten kann, ist erstaunlich. In derselben Nummer, in der sie über die krasse Perversität von Privatleuten das Maul verzog, trug sie auf ihrem Hinterteil die Ankündigung der folgenden sinnigen Namen von Masseusen: Hedwig Faust, Ida Schlage, Wanda Stockinger, und zwei Wanda Schläger, die in verschiedenen Gassen wohnen. Ein paar Tage später auch die folgenden: Minna Beinhacker, Jeanette und Wanda Stock, Paula Ruthner, Carola Prügler. All diese Trägerinnen vielversprechender Pseudonyme dienen einem Bedürfnis, an dessen Verbreitung in den höchsten Schichten der Gesellschaft der Moralrichter nicht glauben könnte. Haben somit ihre Existenzberechtigung. Auch die ›Neue Freie Presse‹, die ihre Annoncen bringt, dient diesem Bedürfnis. Hat somit auch ihre Existenzberechtigung. Ich frage aber, wer dabei den höheren Anspruch auf die sittliche Anerkennung der Menschheit hat: die Masseusen, die die ›Neue Freie Presse‹ bezahlen, oder die ›Neue Freie Presse‹, die von ihnen Bezahlung nimmt und im Textteil die ihr anvertrauten Interessen schmählich verrät? Hat die abgehärtetste Meinungsdirne ein Recht, den Wert der Virginität zu preisen?

Werden wir doch einmal vernünftig! Gewöhnen wir uns doch endlich den Ton des Erstaunens ab, der höchstens noch einem Staatsanwalt ansteht, wenn er eine »Lasterhöhle« ausgehoben hat, in der sichern Überzeugung, daß dies die letzte sei, in der sündige Menschen den Versuch machten, Naturgebote zu erfüllen und Strafparagraphen zu übertreten! Lassen wir die Dummköpfe unter sich und nehmen wir ihnen den Wahn, daß sie wirklich die Vollstrecker unserer Ethik seien! Wenn wir fortfahren, mit dem, was zwischen vier Wänden geschah, die »Ehre« zu belasten, so könnten wir Gefahr laufen, daß ein mutiger Mann oder eine mutige Frau uns das Klatschmaul mit dem gewissen Paragraphen stopft, der zwar auch so rückständig ist, unsere Heimlichkeiten »ehrenrührig« zu nennen, aber doch so gerecht, ihre öffentliche Erörterung zu untersagen. Achten wir diesen Paragraphen, der die Stelle bedeutet, wo unser altes Strafgesetz feinfühlig ist, und der uns sogar einen kulturellen Vorzug vor den reichsdeutschen Bürgern gibt, die es sich gefallen lassen müssen, daß die Angelegenheiten ihres Sexus in das Gebiet des »erweislich Wahren« gerückt werden. Achten wir diesen Paragraphen, der wie ein Wächter vor unserem Alkoven steht, mag darin geschehen, was wolle, diesen Paragraphen, in dem die christliche Sexualmoral gleichsam das Gebot der Nächstenliebe erfüllt hat. Achten wir Zuschauer einer Gerichtsverhandlung ihn, wenn ihn schon Richter nicht achten! Das Schauspiel, wie Männer in Amt und Würde sich an den Briefen einer Frau ergötzen, auf jedes Detail einer Liebesnacht mit verglasten Augen starren und die Wonnen der Imagination mit zwölf angeregten Ehemännern aus dem Volke teilen – wir wollen es nicht haben, wir wollen dieses Vergnügen sozusagen aus zweiter Hand nicht genießen. Es ist pervers, und »die Ergebnisse dieses Teiles des Beweisverfahrens entziehen sich der Veröffentlichung«. Die geheimen Verhandlungen sind die geheimen Sünden der Justiz. Die Gerechtigkeit welkt in verbotenen Freuden und wird hysterisch. Themis spielt Blindekuh mit Eros, sie sieht den schönen Knaben nicht, aber sie spürt die Nasenstüber, die er ihr ohne Unterlaß versetzt. Er zupft sie am Unterrock und foppt sie beim Wägen… Wir aber haben keine Binde vor den Augen. Wollten wir den Versuch, nach der Geschmacksrichtung des Menschen seine moralischen und geistigen Werte zu bestimmen, ernst nehmen, wollten wir von allen Häusern die Dächer und von allen Schlafzimmern die Decken heben, wir müßten unsern Glauben an die Menschheit verlieren. Wenn er ausschließlich in dem Vertrauen zur normalen Geschlechtspflege seine Wurzeln hat, stehen uns arge Enttäuschungen bevor. Welche Mühsal auf der Suche des Glücks! Welche Qual der Freude! Im Schweiße deines Angesichts sollst du deinen Genuß finden… Wie plagt sich der Mann um die Liebe! Aber wenn eine nur Wanda heißt, wird sie mit der schönsten sozialen Position fertig. Die Decken ab: Wir sehen hier einen tüchtigen General, wie er von einer Prostituierten geschlagen und zur Kapitulation gezwungen wird, oder wie er in dem »Anbinden«, das doch als Militärstrafe längst abgeschafft wurde, eine Wohltat erblickt, dort einen Geistlichen, der am Fensterkreuz stöhnt; hier einen Minister, der der Frau eines Subalternbeamten den Schuh küßt oder die Schleppe nachträgt, dort einen Gelehrten, der vor den Reizen einer Gassencirce sieht, daß wir nichts wissen können. Und sie alle sind – etwa mit Ausnahme des Ministers – in ihrem Berufe tüchtig und angesehen und obliegen ihren Besonderheiten in vollster geistiger und körperlicher Frische bis in das Alter des Psalmisten, und wenn ihr Leben köstlich gewesen ist, so ist's Mühe und Arbeit gewesen.

Theatermoral

Wien ist die ereignisvollste Stadt der Welt. Ich denke hier nicht an Alltagsereignisse, wie sie auch in anderen Städten sich abspielen können: eine Raubmordverhandlung, ein politischer Korruptionsprozeß. Ich habe die Besonderheit jener Geschehnisse, die in Wien zu Ereignissen werden, im Auge. Es gibt nichts, was hier nicht tauglich wäre, in einem unvorhergesehenen Moment Mittelpunkt zu werden. Wer sich einen Namen machen will, braucht sich nur auf der Ringstraße die Schuhe putzen zu lassen; wer aber allzugroßes Aufsehen fürchtet, wird es vermeiden, im Schaufenster eines Wiener Restaurants Austern zu essen. Wo ich bin und was ich tu', der gute Wiener schaut mir zu. Aber selbst jene Mitbürger, denen nötigenfalls die Phantasie Schuhputzen und Austernessen vergegenwärtigen könnte, werden es sich schon nicht mehr vorstellen können, wie das ist, wenn eine Naive vom Deutschen Volkstheater einen Hausfreund küßt. Hier müssen darum auch die Zeitungsberichte nachhelfen. Was aber gelten dem Leser dann noch die »russischen Wirren« neben der Klarheit, die der Eifer der Gerichtssaalberichterstatter über den »Fall Brenneis« schafft! Nach den neckischen Andeutungen über »brennheiße« Liebe und »brennendes Eis« des Herzens die plötzliche Enthüllung, daß eine Naive von einem »Verehrer ihrer Kunst« – wie die Schmockdiskretion sich gern ausdrückt – Geschenke genommen, daß sie Küsse gegeben und »das Recht auf Küssen verteidigt« hat: die Wiener Bevölkerung, diese große Kulissenschnüfflerin, lernt nicht aus.

Schon die Voraussetzungen der Affäre, die alle Federn in Bewegung setzt, tragen das Gepräge jener nur dem Wiener Gehirnweichbild eigentümlichen »Anschauung«. Eine Ehefrau beargwöhnt den Ehemann: eine Tatsache aus dem Familienleben, die, wie man glauben sollte, höchstens die Nachbarn zu bekümmern hat. Der Ehemann »erweist einer Schauspielerin Aufmerksamkeiten«: eine Tatsache aus dem Privatleben zweier

Menschen, die, wie man glauben sollte, höchstens die Bewohner zweier Gassen beschäftigen kann. Jetzt kommt ein Advokat hinzu und die Klage wegen »ehebruchsähnlicher Handlungen« oder wie das Vergnügen sonst heißt, ist fertig. Die beiläufige Kenntnis der Eigenart des Wiener Lebens mit dem Klatschbedürfnis seiner Menschen und mit der Willfährigkeit seiner Journalisten müßte vor einem solchen Prozeß, auch wenn die Verurteilung der »Ehestörerin« sicher wäre, warnen. Was bis zur öffentlichen Austragung der Sache bloß die Angelegenheit der Nachbarn, Hausmeister und Milchfrauen war, schwillt dank einer Reportage, die keinen Kuß ungehört verhallen läßt, zum Groß-Wiener Ereignis an mit allen Folgeübeln von Interviews und Erklärungen. Ein vorsichtiger Klageanwalt müßte den schrecklichen Titel der Gerichtssaalberichte: »Küssen ist keine Sünd'« in seinen Träumen voraussehen und der gekränkten Gattin von der Flucht in die Öffentlichkeit, auf die heute die gerichtliche Erörterung der privatesten Dinge hinausläuft, abraten. Da es nicht geschieht, schlägt das Kotmeer der Wiener Dummheit über den ahnungslosen Häuptern der Beteiligten zusammen. Dann teilt es sich wieder: Die das Recht auf Küssen und die das Recht auf Eifersucht verteidigen, kämpfen in der Wiener Publizistik mit gleich heiligem Ernst für ihre Überzeugung. Ein Blatt erklärt »die Integrität der Schauspielerin für zweifellos«, während ein anderes aus der Tatsache, daß der Verehrer öfter Essen »und s o g a r K a v i a r« ins Haus kommen ließ, eine schwere Anklage schmiedet.

Aber die kleine Dame, die wohl nicht das Talent zu einem anstößigen Privatleben hat und gewiß nicht den Mut hätte, sich dazu zu bekennen, sie, die sicher noch »sozialer« denkt, als die dummdreisten Sittenrichter ihres Standes, hat, um der Strafe zu entgehen, vor Gericht ihr Verhalten mit den freieren Sitten der Theatermenschheit entschuldigt. Das wäre, wenn man ihr den mutlosen Verzicht auf individuelle Rechte zum Vorwurf machen wollte, tadelnswert. Ihre Unwahrhaftigkeit lag darin, daß sie zu ihrer Rechtfertigung sich erst auf eine Konvention, auf die Konvention der Freiheit, berufen zu müssen glaubte. Aber nur der kindischesten Heuchelei konnte es einfallen, die

Konvention in Abrede zu stellen und gegen die kleine Dame, die sich nicht im Fühlen, aber in der Raison an die Wahrheit gehalten hat, Protestkundgebungen zu inszenieren. Die Künstler sind immer empört, wenn man sagt, daß sie vor den Bürgern etwas voraus haben. Bei demselben Gericht, vor dem die »küssende Naive« – der Ausdruck bedeutet jetzt eine fixe Vorstellung im Reportergehirn – sich auf die Theatersitte berief, hat ein ehemaliger Schauspieler des Deutschen Volkstheaters einen älteren Kollegen wegen Beleidigung verklagt. Direktor und Regisseur bezeugten die Theatersitte, die es dem Schauspieler erlaube, den jüngeren Kollegen in rüden Worten zurechtzuweisen. Aber daß es üblich sei, jüngeren Kolleginnen zarter entgegenzukommen, stellen sie entrüstet in Abrede. In der Presse werden alle Soziologen losgelassen. Einer der gefährlichsten meint, die Betonung einer besonderen Schauspielermoral werfe uns wieder in jene Zeiten zurück, »wo in den Dörfern der warnende Ruf erscholl: ›Die Wäsche von den Zäunen, die Komödianten kommen!‹« Als ob die Freiheit, zu küssen, gleichbedeutend wäre mit der Freiheit, zu stehlen. Aber tatsächlich ist heute, wenn Schauspielerinnen küssen wollen, bloß der Warnungsruf berechtigt: Die Bettwäsche von den Zäunen, die Journalisten kommen!

So eingefressen ist das Bedürfnis der Menschen, in Dingen der Sexualität anders zu sagen als zu fühlen, daß sie jede Gewährung einer Freiheit, statt sie in diesem Jammerdasein mit heißem Dank zu empfangen, als einen Angriff auf die »Ehre« zurückweisen. Welch ein Unglück wäre es, wenn wirklich zurecht bestände, daß im Theatergetriebe freiere Formen herrschen, daß ein Kuß dort einen Gruß gilt! Geben Theaterdirektoren, die sich zur Annahme eines Stückes nicht kontraktlich verpflichten wollen, dem Autor ihr Ehrenwort, so muß auch die Hingabe einer Schauspielerin noch kein »Verhältnis« bedeuten. Aber da alle Menschen Komödie spielen, so ist es immerhin erfreulich, daß die Schauspieler es mit mehr Talent tun. »Bei den Kollegen«, heißt es, sei »die Indignation über das Verhalten der angeklagten Schauspielerin vor Gericht zu sehr heftigem Ausdruck gekommen«. Eine muntere Liebhaberin will

»eine korporative Stellungnahme« anregen, ein Baritonist, der kein Lord ist, »betrachtet seine Kolleginnen als Ladys«, ein Tenorist konzediert – wie gnädig! – die Gewohnheit, »sich von einer hübschen Kollegin ein Busserl abzuringen«, als Jux, aber nicht als allgemeinen Brauch, einem Operettendirektor, der sein Theater als moralische Anstalt betrachtet, ist »eine solche Unverschämtheit noch nicht vorgekommen«, und sein aus Budapest eingewanderter Kompagnon und dessen Gattin, die bloß um als gute Hausfrau Stoff zu sparen, in stark dekolletiertem Zustand auftritt, sind »erstaunt darüber, daß man über eine solche Frage überhaupt noch diskutiere«. Einzig eine Soubrette erkühnt sich, es auszusprechen: Wir Schauspielerinnen wollen und sollen nicht mit dem gewöhnlichen Maßstab gemessen werden. Eine Theaterdame würde sich lächerlich machen, wenn sie außerhalb der Bühne, auf der sie vielleicht eine Rolle gespielt hat, die auf des Messers Schneide steht, die Naive und Unerfahrene spielen wollte. Es sei ja übrigens eine bekannte Tatsache, daß in Schauspielerkreisen ein freierer Ton im Verkehr herrscht als sonst wo. Man nehme das als etwas Selbstverständliches hin. Die meisten Kollegen duzen sich auf der Bühne, und sie »finde durchaus nichts daran, daß eine Schauspielerin mit einem ihr bekannten Herrn per du ist oder daß sie ihn küßt...«

Wenn die Herren Direktoren, Regisseure, Kollegen und vielleicht auch noch die Herren Theateragenten Lust haben, sich an dem Protest gegen die Statuierung freierer Theatersitten zu beteiligen, die sie selbst geschaffen haben und von denen sie profitieren, mögen sie's versuchen und zum frechen Einfall der Berliner Tugendwächter, die einen Kranz vom Grabe der Jenny Groß nahmen, ein Pendant schaffen. Dann werden sie sich's aber auch gefallen lassen müssen, daß man von jedem Übergriff, den sie sich gegen Kolleginnen erlauben, von jeder Willensbeugung, die sie sich gegen Abhängige zuschulden kommen lassen, von jedem Verlangen, dessen Erfüllung sie als ein natürliches Vorrecht ihrer Stellung und ihrer Männlichkeit betrachten, in der Öffentlichkeit Kenntnis nimmt. Und dann könnte das gemeine Interesse, das heute die Bevölkerung einer

Großstadt an Kulissenaffären bekundet, zur sittlichen Forderung geadelt werden.

Zum Prozess Klein

Und siehe, der Mangel an Beweisen dafür, daß Frau Klein gemordet hat, ward reichlich wettgemacht durch den Überfluß an Beweisen für ihren unsittlichen Lebenswandel. Auch daß eine Frau »Hang zur Lüge« betätigt, scheint in der Wiener Kriminalistik noch immer als ein den Mordverdacht bestärkendes Moment zu gelten. Wie sollte man aber eine Sensationsverhandlung über einen Raubmord, dessen Arrangement das Geheimnis der beiden Beschuldigten ist, durch vier Tage hinausziehen, wenn man den Zuschauern die Zeit nicht mit pikanten Illustrationen des Vorlebens der angeklagten Frau vertreiben könnte, und des Privatlebens von Zeugen, die vor Jahren einmal, ohne Rücksicht auf die spätere Ermordung des Herrn Sikora, mit ihr geschlechtlichen Verkehr gepflogen hatten? Man muß es nur wissen, es ist ein Mordprozeß, über den der Vertreter des größten Blattes wie folgt berichten kann: »Eine hübsche, für einen Zeugen unbequeme Episode amüsierte heute einigermaßen das Publikum. Da hatte vor einigen Jahren ein Privatier, während seine Frau auf dem Lande lebte, mit der damaligen ›Ilonka‹ einige angenehme Stunden verlebt. Nur einige Stunden. Dann hatte er ihrer ganz vergessen. Allein sie vergaß seiner nicht. Als Franziska Klein schickte sie ihm einen pneumatischen Brief mit der zärtlichen Bitte, sie zu besuchen. Dieses Billett ignorierte er allerdings. Auf welche Weise mochte wohl die Behörde hievon Kenntnis erlangt haben? Genug, er mußte in diesem Sensationsprozeß vor Gericht erscheinen, um als Illustrationszeuge für das Bedürfnis der Frau Klein nach Liebhabern und Geld zu fungieren. Obwohl er vor der Zeugenbarre einen viel günstigeren Platz hatte, als die hunderte von Zuhörern, die ihre Eintrittskarten nur mühsam erlangen konnten, mochte ihm doch der Boden unter den Füßen heiß sein. Sein Erinnerungsvermögen war geschwunden; er kannte Frau Klein nicht und wußte auch von ihrem pneumatischen Billett nichts mehr. Es war ihm nicht unlieb, daß er sehr bald den Saal verlassen durfte«. Herr Pollak, der Staatsanwalt, fand solche Feststellungen nicht unwichtig. Sie fundierten den Kernsatz seines Plaidoyers, in dem er die Meinung aussprach, diese Mörderin sei »ebenso verkommen wie die Dirne, die auf der Straße dem ersten Besten gegen einen Schandlohn sich hingibt«. Schade, daß es auf der Stufenleiter weiblicher Verkommenheit keine so fest markierten Rangsklassen gibt wie auf der Stufenleiter männlicher Strebsamkeit. Es ist das Los der Frauen zu »fallen«, und das Los der Staatsanwälte, Karriere zu machen. Da aber die individuellen Werte nicht von den sozialen bedingt sind, könnte ich mir den Fall ganz gut denken, daß eine »Dirne« für ihren »Schandlohn« mehr leistet als für seinen Gehalt ein Staatsanwalt, der nicht imstande ist, die Fäden eines verbrecherischen Planes zu entwirren, und der die Lücken seiner kriminalistischen Einsicht mit sittlicher Entrüstung verstopfen muß.

*

Daß unsere Preßleute trockenen Fußes durch das rote Meer dieses Blutprozesses hindurchkommen würden, war nicht zu erwarten. Aber die Art, wie zum Bespiel das ›Extrablatt‹ seine Leser verwöhnte, ist doch verblüffend. Gleich am ersten Tage des Prozesses ein Extra-Extrablatt! Wahrlich, die Raubmörder der Zukunft haben es besser als die früherer Generationen. Die Anleitungen werden ihnen mit einer Promptheit ins Haus geliefert, die mit dem schwerfälligen Apparat der alten Publizistik nicht zu erzielen war. Herr Wilhelm Singer wieder, in dessen Hand bekanntlich die Würde der Presse gegeben ist, bringt die Absätze des Kriminalromans unter den folgenden Spitzmarken: »Wie sie ihn erwürgte; Wie sie ihm die Beine abhackte; Die Hände des Herrn Klein; Die Armmuskeln des Herrn Klein; Der blutige Sack; Die leuchtenden Augen; Die Toilette am Morgen des 4. Oktober; Die Ruhe der Sphinx; Der Herr in Hemdärmeln; Die schreckliche Nacht; Die verräterische Wäsche; Die Entdeckung.« Und in dieser Fülle anschaulicher Darstellung hat man nicht vergessen, die Knöpfe an der Jacke des Fräuleins Navratil zu beschreiben.

*

Schon im Dezember des vorigen Jahres hatte es Sensationen gegeben: Die »Auslieferung des Ehepaars Klein«, die »Reise des Ehepaars Klein« und die »Ankunft des Ehepaars Klein«. Feste des Wiener Kulturbewußtseins! So elastischen Schrittes kann kein Potentat einem Eisenbahnwaggon entsteigen, daß er in der Popularität bei Schmock und Spießer mit einem reisenden Mörder konkurrieren könnte. Herr Frischauer in Paris wußte, was man in Wien braucht, und so depeschierte er zehntausend Worte, um die Stimmung wiederzugeben, da »ein grauer, frischer Wintermorgen auf das Ehepaar Klein herniedersah«, das auf dem Pariser Ostbahnhof einwaggoniert wurde. »Frau Klein stieg, von dem Amtsdiener unterstützt, das Trittbrett hinab. Sie blieb einen Augenblick lang stehen, sah in die Straße hinauf, welche auf den Boulevard Sebastopol sehen läßt. Ihr Blick flog nach Paris. Sie sah die hohen Häuser hinauf, sie betrachtete die Kirche St. Laurent, deren herrliche Konturen sich am Firmament abzeichneten.« »Man konnte die Mörderin des alten Sykora genau betrachten. Sie trug eine nicht zu schwere und nicht zu warme dunkelfarbige Herbstjacke, um den Hals einen Pelzkragen, halb aus falschem Hermelin und halb aus einer Luterimitation, auf dem Kopfe einen licht aufgeputzten dunklen Filzhut, von welchem ein sehr leichter, hellgrauer Schleier herabfiel.« »Der Teint ist grünlich, man würde sagen olivengrün, wenn man ihr ein Kompliment machen wollte.« Nachbarin, – Sie wissen schon, was ich von Ihnen will. Würde das Geld, das diese Bande für die Toilettenbeschreibung von Mördern verdepeschiert, gemeinnützigen Zwecken zugewendet, manch einer würde nicht zum Mörder werden! »Frau Klein zeigte nicht die mindeste Verlegenheit. Unbefangen warf sie ihre Blicke um sich, und als sie die zwei Wiener Journalisten, welche trotz der frühen Morgenstunde auf den Bahnhof zu ihrer Abreise gekommen waren, sah, schien sie dieselben als Wiener zu erkenn e n.« Ja, in der Fremde findet man sich! Herr Klein aber – auch dies muß der Telegraph verraten – »dankte den Wächtern mit einem ›Merci!‹«. Was Herr Frischauer, trotzdem er erst sechs Jahre in Paris wirkt, ganz gut verstanden hat. Zum Schluß, nachdem seine Phantasie dem Mörderpaar schon bis Buchs vorausgeeilt war, rasch noch ein wichtiger Nachtrag: »Der Klein trug einen dunklen Winterüberzieher und runden, steifen schwarzen Hut«... Was sich dann bei der Ankunft in Wien begeben hat, die abgehärtetsten Leser des ›Extrablatts‹ und die gewiegtesten Kenner der Wichtigtuerei österreichischer Behörden haben es schaudernd erlebt. Und nun gar die Verhandlung!

Die Blätter, die in ihrem Leitartikel die Sensationslust der Zuschauer geißelten, bemühten sich in ihrer Gerichtssaalrubrik, jene ihrer Leser schadlos zu halten, die nicht das Glück gehabt hatten, der Verhandlung beizuwohnen. Das Tribunal wird zur Szene; das ist empörend. Aber die Heuchelei jener Empörten ist empörender, die über eine Gerichtsverhandlung Theaterreferate schreiben, alle Heiterkeitsausbrüche während eines Blutgerichts verzeichnen und die »u. a.« Anwesenden ganz so aufzählen, als wäre das Fest von der Fürstin Metternich veranstaltet worden. Angesichts der großen Revue sämtlicher Wiener Jours, die da am Saisonschluß im Schwurgerichtssaal abgehalten wurde, und weil sich das ekle Schauspiel in den Schiller-Tagen begab, könnte man gestimmt werden, die Mahnung: »Wahnsinn'ge Weiber, habt ihr kein Gefühl, daß ihr den Blick an diesem Schrecknis weidet!« anzuwenden. Aber vor weiblicher Neugier, die vergossenes Blut lorgnettiert, graut uns weniger, als vor journalistischer Sensationslust, die es auf Flaschen zieht.

*

Die Frauen haben die Würde des Schwurgerichtssaals nicht zu wahren verstanden. Dafür haben sich die Geschworenen korporativ photographieren und das Bild im ›Extrablatt‹ erscheinen lassen.

*

Was einem Schwerhörigen nicht alles durch ein Hörrohr mitgeteilt werden kann! »Frau Klein«, rief der Auskultant, »der Gerichtshof hat Sie zum Tode durch den Strang verurteilt!«

Die Kinderfreunde*

»Solch Elend fühlt ich nie wie jetzt.
Und schlimm'res kommt vielleicht;
das schlimmste ist's nicht,
Solang man sagen kann: Dies ist
das schlimmste!«
»Lear« III.

Wir werden den Eindruck nicht mehr vergessen. Wir unverdorbenen Kinder unserer Zeit haben gesehen, wie der leibhaftigen Justiz unter die Röcke gegriffen wurde. Sie hatte die Augen verbunden und wußte nicht, wie ihr geschah. Wäre sie Jungfrau, wüßte man nicht, daß sie oft schon den Wünschen hochmögender Herren erlegen, oft schon ins Kabinett gegangen ist, die Tat müßte an Tätern und Helfern schwer geahndet werden. Weil aber die routinierte Dame das Vergnügen längst stärker als die Schmach empfindet, so bleibt das Gefühl peinlichen Erlebens der unmündigen Zeugin Öffentlichkeit überlassen. Wie wird sie mit den Eindrücken, die sie in der Dunkelkammer des Gerichtssaals empfangen hat, fertig werden? Wie werden die Väter jener Kinder, die gierig nach den Zeitungsberichten über den Prozeß Beer gelangt haben, sich mit den Amateurphotographen der Gerechtigkeit abfinden, die in den Alkoven ihres Hauses die öffentliche Meinung luden und sie an den Aufnahmen unzüchtiger Tatbestände sich delektieren ließen? Ist solche Öffentlichkeit geheimer Verhandlungen nicht strafwürdig? Ist der perverse Einfall, Vertreter der Wiener Presse als Ver-

* Geschrieben nach dem Prozeß, der gegen den Wiener Universitätsprofessor Dr. Theodor Beer geführt wurde. Er war beschuldigt, in seinem photographischen Atelier zwei Knaben, Söhne zweier Advokaten, über geschlechtliche Dinge aufgeklärt, zur Onanie aufgefordert und »unzüchtig berührt« zu haben, und wurde zu einer Kerkerstrafe von drei Monaten verurteilt.

trauensmänner zuzulassen, nicht dem Hirn eines ausgepichten Justizwüstlings entsprungen? Ach, die österreichischen Ereignisse kommen mit ihrer Kraft der Antithese schon als Satire zur Welt, und ein Satiriker, der ihre künstlerische Gestaltung erstrebt, muß eher mildern, als übertreiben... Wenn Professor Theodor Beer wirklich das getan hat, wessen er angeklagt wurde, wenn er zwei Knaben an Körper und Seelenheil gegriffen hat, – läßt sich sein Verschulden mit der familienfeindlichen Unmoral vergleichen, die die Führer und Förderer dieses Prozesses auf dem Gewissen haben? Was sind die Obszönitäten, die im Hause Beer den Kindersinn verwirrt haben sollen, neben den anderen, die diese Gerichtsverhandlung den Kindern aller Familien gezeigt hat, in denen ›Neue Freie Presse‹ oder ›Deutsches Volksblatt‹ die tägliche Belehrung und Erbauung besorgen? Was bedeutet die Gemütsdepression des kleinen Oskar, unter der die Wiener Öffentlichkeit seit zwei Jahren leidet, neben jenem Zustand, in den die Gesellschaft versetzt wird, wenn der Familiensinn seine Scham entblößt und die Gerechtigkeit auffordert, Selbstbefleckung zu treiben?

Das Verschulden eines Angeklagten ist erst zu bestimmen, wenn die Schuld seiner Kläger und Richter vor den Augen einer überprüfenden Öffentlichkeit geklärt ist. Nie noch hat ein Sittlichkeitsprozess schwerere Unsittlichkeit erzeugt, nie ist eine Anklage wegen Perversität verkehrterem Fühlen entsprungen. Die Wiener Moraljustiz arbeitet gründlicher als die Wiener Kehrichtwalze: sie verbreitet den Schmutz nicht bloß, sie vermehrt ihn. Wenn wir an den Feststellungen des Gerichtsverfahrens nicht rütteln, wenn wir die Depositionen kindlicher Erinnerung als Zeugenaussagen achten wollen, welch heilloser Skandal bleibt das Vorgehen jener bedenklicheren Kinderfreunde, die zwei Knaben in den Löwenrachen großstädtischer Sensation gesteckt, die den seelischen Schaden, den diese heimlich empfangen hatten und öffentlich bestätigen mußten, hundertfach vergrößert haben! Den Angeklagten zu überführen, hat es eines Zeugenbeweises bedurft, hat die Aussage zweier Kinder genügt. Aber zur Belastung seiner Ankläger genügt schon die Anklage. Wer hat den armen Jungen übler mitgespielt: der Photograph, der sie im Atelier, oder die Väter, die sie im Gerichtssaal entkleidet haben? Als Oskar und Gustav das erstemal an ihrer Seele Schaden nahmen, haben sich ihre Familien für sie zu interessieren begonnen. Nun sind sie, an der Schwelle der Mannbarkeit, zu öffentlichen Figuren geworden: von der Neugierde ihrer Lern- und Spielgenossen geplagt, auf dem Weg ins Leben von der Teilnahme einer Gesellschaft begleitet, die den Helden der Skandalprozesse treuere Erinnerung bewahrt als den Helden der Barrikade. Solch frühreifer Ruhm ist leichter zu erwerben als zu ertragen. Die kleinen Prostituierten, die die Weisheit der Staatsbehörde im Berliner Sternberg-Prozeß den Lüstlingen vorführte, sind im Preise gestiegen. Den kindlichen Zeugen des Beer-Prozesses, bei denen die Nachfrage keinem Angebot entspricht, steht ein größerer Erfolg bevor. Hoffentlich wird die prompte Sicherheit, mit der die Knaben dem gerichtlichen Verhör Stand gehalten haben, sie nicht verlassen, wenn weitere Anfechtungen sie zwingen sollten, den Arm der Gerechtigkeit herbeizurufen. Ich glaube nicht, daß es an Gelegenheit fehlen wird, und es mag wahrlich nicht immer leicht sein, bei Behörden Glauben zu finden, zumal wenn es gilt, sich der schmeichelhaftesten Anträge der ersten Päderasten der Monarchie zu erwehren... Der »Vater des zweiten Knaben« gab an, daß ihn – in seinem Verkehr mit dem Angeklagten – vor allem eine Äußerung des Professors Beer »mit Mißbehagen erfüllt habe«: daß »die größten Feinde der Kinder die Eltern« seien. Welche Großmut ließ ihn dies Wort des Gegners zitieren! Wenn ihn etwas mit dem Verführer seines Kindes versöhnen könnte, mag es die späte Erkenntnis sein, daß der Angeklagte in diesem wie in keinem andern Falle Recht gehabt hat.

Der »Vater des ersten« und der »Vater des zweiten Knaben«, der »Vater des eben vernommenen« und der »Vater des zuerst vernommenen Knaben«... Die vornehme Presse hat bloß den Namen des Mannes genannt, der die Knaben nackt photographiert hat, aber nicht die Namen der Kinderfreunde, die sie nackt ausstellten. Sie heißen Steger und Freund. Dieser ist bloß Hof- und Gerichtsadvokat, jener auch Regierungsrat und Mitbesitzer einer Kunstbutterfabrik, aus deren Vorrat er den

Glanz seiner Plaidoyers bezieht. Sein strafrechtliches Wissen hat schon in der Vorgeschichte des Prozesses Beer einen Triumph erlebt, dem ich mit einer Definierung des Begriffes »Erpressung« gerecht zu werden suchte. »Er reißt fort, wenn er will«, heißt es in Schmocks Dekameron der Zierden unseres Barreaus, »um ein anderes Mal eine Sache gänzlich fallen zu lassen.« Diesmal war er, da er die eigene Sache vertrat, so bescheiden, sie gänzlich fallen zu lassen. »Herr Regierungsrat Steger«, schreibt sein Biograph, »hat den Mut, den ich ihm in der heutigen Zeit hoch anrechne, mit Stolz sich als Jude zu bekennen. Er saß, solange man es ihm nicht verekelte, sogar im Vorstande der Kultusgemeinde und legte flammenden Protest ein gegen die Ritualmordverdächtigung, trotzdem er Regierungsrat war. Er hatte jedenfalls den Mut seiner Überzeugung.« Ich glaube, daß er bloß die Überzeugung seines Mutes hat. Denn Regierungsrat wurde er, als man seine Fähigkeit entdeckte, mit einem Erzherzog vierhändig Klavier zu spielen, aber seine Stelle im Vorstand der Kultusgemeinde legte er nieder, als man »es ihm verekelte«. Seine äußere Erscheinung im Verein mit seinen musikalischen Fähigkeiten weist darauf hin, daß nicht nur sein Wort, sondern auch seine Stimme in der Gemeinde Geltung hat: man würde ihn, seitdem der Talar eingeführt ist, auf den ersten Blick für eine Art Oberkantor in Strafsachen halten. Alles an dem Mann ist »sonor«. Und alles in eine Sonnenthal'sche Temperatur warmen Wohlwollens getaucht, in der die Kunstbutter zergeht, die man auf dem Kopfe hat. Wehe dem aber, der sich das Wohlwollen des Vaters – das Wort muß Tränen erpressen – verscherzt! Des Vaters, der nicht nur einen unmündigen Sohn, sondern auch eine heiratsfähige Tochter hat. Weh dem, der mit dem unmündigen Sohn vorlieb nimmt und die heiratsfähige Tochter eines andern Vaters heiratet! Wehe dem Vater, der seinen Sohn also handeln läßt! Ein Advokat, der einmal im Vorstand der Kultusgemeinde war, ist ein Gott der Rache, der da ahndet, was an den Kindern gesündigt wurde, bis ins dritte Geschlecht und bis zur letzten Instanz. Denn es steht geschrieben: »I h r e Tochter sollst du nicht für deinen Sohn nehmen. Denn sie würde deinen Sohn abwendig machen, daß er anderen Göttern diente; und der Herr würde zürnen über euch, und dich eilends vertilgen«. In eine getäuschte Hoffnung haben die Schriftgelehrten des Falles Beer-Steger-Eißler, die Exegetiker dieser zwischen den Familien eines Eskomptegeschäfts, einer Holzfirma und einer Margarinfabrik spielenden Sensation, haben die Ältesten des Franz Josefs-Kai den Ursprung der Bibelrache verlegt. Sie führt dann zu den folgenden Verkündungen, die man wörtlich in den fünf Büchern und ähnlich in den zehn Zeitungen Mosis nachlesen kann: »Und bei einem Manne sollst du nicht schlafen, wie bei einem Weibe; ein Abscheu ist dies... Und kein Tier sollst du beschlafen, und dich damit verunreinigen. Und ein Weib soll sich nicht vor ein Tier stellen, sich mit ihm zu begatten; dies wäre eine schändliche Befleckung... Du sollst dir kein Abbild machen von irgend Etwas... Ihr sollt eure Haare nicht ringsum am Ende abscheren; und du sollst von den Enden deines Bartes nichts abnehmen... Mannes Kleider soll ein Weib nicht anziehen; und ein Mann soll keines Weibes Kleider anziehen; denn ein Gräuel des Herrn, deines Gottes, ist Jeder, der dies tut... Hüte dich, daß du nicht vergessest des Herrn, deines Gottes, wenn du gegessen hast, und satt bist, und schöne Häuser bauest, und darin wohnest... Wenn du ein neues Haus bauest, so sollst du ein Geländer um dein Dach machen, daß du nicht Blutschuld auf dein Haus ladest, wenn etwa Jemand herunterfiele... Wenn Jemand ein Weib nimmt und ihr beiwohnt, aber sie nachher hasset, und ihr schändliche Dinge aufbürdet, und einen üblen Ruf über sie ausbringt, so sollen die Ältesten der Stadt den Mann nehmen und ihn züchtigen... Flieht Jemand in eine dieser Städte, so sollen die Ältesten hinsenden, um ihn von dort zu holen, daß er sterbe... Denn in seiner Zufluchtsstadt hätte er bleiben sollen, bis der Hohepriester gestorben war... Ein einzelner Zeuge soll nicht aufstehen gegen Jemand, wegen irgend einer Missetat und irgend eines Vergehens, bei allen Sünden, die er begeht; durch die Aussage zweier Zeugen werde eine Sache bestätigt... Du sollst keinen Wucher nehmen von deinem Bruder, Wucher von Silber, Wucher von Speise, Wucher von sonst etwas, womit man wuchern kann. Von Fremden darfst du Wucher nehmen... Heil dir, Israel! wer ist, wie du? Volk, beglückt von dem Herrn, dem Schilde deiner Hilfe, und der das Schwert deiner Hoheit ist, es schmeicheln dir deine Feinde, aber du trittst auf ihre Höhen!...«

Sollte das Gerichtsverfahren, dem Herr Dr. Beer in diesem Chaos von Päderastie, Sodomie und Photographie, von Friseurkunst und Architektur, von Selbstmord, Verrat, Steckbrief, Reichtum und Übermut erlag, nicht ein wenig jenem Gotte, der da ahndet, geopfert haben? Der Angeklagte war von seinem vielgeschmähten ersten Anwalt, der ihn in die Flucht jagte, besser beraten, als von seinem Dr. Bachrach, der ihm für ein Honorar von hunderttausend Kronen den Sieg versprach. Herrn Zweigenthals Worte: »Es ist schade, daß du nicht schuldig bist, denn es ist unter Umständen leichter, einen Schuldigen frei zu bekommen, als einen Unschuldigen; wärest du schuldig, würde man die ganze Sache einfach in die psychiatrische Gasse bringen und beweisen, daß du nicht normal bist« – sind nicht, wie die antisemitische Preßhorde brüllt, der Ausdruck jüdischer Advokatenmoral, sondern bloß einer Erfahrung, die den Wahnsinn der Sexualjustiz so oft durch die Unmoral der Psychiatrie paralysiert sah. Welcher einsichtige christliche Anwalt würde seinem Klienten mit anderer Auffassung dienen? Herr Regierungsrat Bachrach glaubte es mit seinem eigenen Einfluß probieren zu können. Er hat ihn nicht ohne Erfolg für das Interesse der Gegner verwendet. Vor allem setzte er, dem ein Verteidigerruhm ohne Herolde standeswidrig schien, seinem Klienten die Wiener Publizistik in den Pelz. Und er erreichte, daß der Klient mit den Anklägern einen Vergleich schloß, der seine ruhige Verurteilung garantierte. Die Väter würden ihn bloß mit dem allernotwendigsten belasten, als schlichte Zeugen, nicht als Privatbeteiligte ihm gegenüberstehen. Um solchen Preis hat der Angeklagte auf die Gelegenheit verzichtet, in das psychologische Dunkel, in dem die Anschuldigung erst konkrete Form gewann, Klarheit zu bringen. Diese Passivität und noch zwanzigtausend Kronen Honorar für den Anwalt der Väter sollten einen Freispruch nach sturmloser Verhandlung ermöglichen, in der die sachliche Widerlegung sachlicher Aussagen den Gerichtshof von der Unschuld des Angeklagten überzeugen würde. Die Vornehmheit, die Herr Dr. Bachrach in der Berührung mit dem Schmutz der Hoheiten erlernt hat, war von Übel. Ein Regierungsrat hackt dem andern kein Auge aus, aber der Angeklagte bekam bloß die Nachteile jenes Abkommens zu spüren und mußte vor der Familienrache mehr verantworten, als ihm zur Last gelegt war. Unter den Augen kontrollierender Vertreter der Skandalsucht. Die beiden Väter aber durften sich der Sachlichkeit freuen, mit der sie der Beschuldigte und dessen Verteidiger bedienten, und der eine war vielleicht am Schlusse des Verfahrens erstaunt, daß der Gegner nicht einmal die kriminelle Gefahr gestreift hatte, die blinde Vaterliebe über einen armen Jungen heraufbeschwor, der heute noch zu unmündig ist, um den Ruhm seiner Zeugenschaft zu ertragen, aber zur Zeit der Tat schon mündig genug war, um vor dem Gesetze die Mitschuld zu verantworten. Indes, elterliche Sorge baut auf ihre eigene Weise dem Schaden vor. Dieser Vater – was möglich war, das tat er – ging einfach in die Redaktionen des Liberalismus und bewog sie, zu unterdrücken, was sich unterdrükken ließ, Name, Stand, Alter u.s.w.... Eine öffentliche Verhandlung gegen den Doktor Beer und eine geheime gegen den Doktor Steger. Denn dieser ist ein eifervoller Gott, und Wiener Blätter dürfen seinen Namen nicht eitel nennen. Sie wissen, wann sie diskret sein dürfen, ohne gegen die journalistische Standesehre zu verstoßen.

Ob der Bock nicht doch noch eher zum Gärtner taugt als der Journalist zum Vertrauensmann, ist eine Frage, von deren Entscheidung das Leben des alten Sprichworts oder die Schaffung eines neuen abhängen wird. Glücklicherweise hat journalistische Diskretion wenigstens jene Vorkommnisse verschwiegen, deren Mitteilung der Erkenntnis des wahren Sachverhaltes gedient hätte. Sie hat – in einer homosexuellen Affäre, bei der das Laienurteil immer die schwerste Verfehlung voraussetzt – sogar den geringfügigen Tatbestand, dessen der Professor angeklagt war, vertuscht. Dagegen war journalistische Informiertheit, von der kinderfreundlichen Gesinnung der Väter bestochen, schon vor der Verhandlung am Werke, den Beschuldigten weit über das Maß seiner Schuld büßen zu lassen. Da brachte jeder Tag einen neuen »Fall«, neues Belastungsmaterial; da wurde eine »Erkrankung« des ersten Knaben, dessen Geständnis jetzt so vielen Eltern die Augen geöffnet hatte und noch öffnen würde, gemeldet. Kein Zweifel, man hatte es mit einem Lüstling wildester Richtung zu tun, dessen Treiben erst ruchbar wurde, als er eine »schändliche Krankheit« – so heißt sie offiziell – auf eines seiner unglücklichen Opfer übertragen hatte. Müßte nicht Richter Lynch das Urteil sprechen? Aber schnell – ehe ihm die Aufklärung wird, daß eine Mittelohrentzündung von der Wissenschaft bis heute nicht unter die venerischen Erkrankungen eingereiht ist... Jahre vergehen, die Untersucher haben Zeit und Eifer. Noch immer täglich ein neuer Fall, mindestens eine neue Notiz. Gegen den Mann, der als Biolog und Psycholog das wissenschaftliche Experiment zum Vorwand seiner Lust nehmen konnte, wird am Tage des Gerichts die ganze besitzlose Volksklasse zeugen. Was möglich war, das tat er – der Vater nämlich. Aber siehe da, in der Verhandlung treten Eltern und Söhne auf, die von dem Wahn besessen sind, daß beim Photographieren nichts geschehen, nicht einmal das »Storch-Märchen« widerlegt worden sei, und man muß noch Gott danken, daß auf die zwei Hauptzeugen ein Verlaß ist und daß wenigstens sie ein Abenteuer mit einer durch vier Jahre gesteigerten Erinnerungsfähigkeit wiederzugeben wissen... Wenn ich hier von dem »Geheimnis der Zeugung« spreche, so meine ich natürlich jenes, das der Angeklagte der Jugend sträflich offenbart hat. Denn die Kinder selbst mag nach wie vor der Storch bringen, aber die Zeugenaussagen von Kindern kommen auf natürlichem Weg zustande. Was sie vor Gericht gesagt haben, ist gewiß jene Wahrheit, an die sie mit der Zeit glauben lernten, und mindestens von derselben Ehrlichkeit beseelt, wie die Erzählungen hysterischer Frauen, die Notzuchtsattentate bezeugen, wenn sie sie schon nicht erleben... Wo in aller Welt nahm man all die Phantasie her, die vor, in und nach dieser Gerüchtsverhandlung verbraucht wurde? Die Reportage unterstrich, was sie nicht sagte, weckte Vorstellungen krassester Art, wo sie verschwieg, daß jene gelindeste Usance des Homosexualismus verfolgt war, die im Deutschen Reiche straflos ist. Konnte sie von den Taten des Dr. Beer nicht sprechen, so schwelgte sie in der Stimmung des Milieus. Man sollte den Eindruck empfangen, daß im Hause Beer, wo hilfreiche Frauen den Lüsten des Gatten und Sohnes assistierten, eine Art Kinderschändungsgesellschaft G.m.b.H. etabliert war, die sich auf besondere Bestellung auch mit Tierexperimenten befaßte. War die Neugierde des Lesers mit Perversitäten überfüttert, so konnte es nicht schaden, wenn sie auch das vielzitierte Telegramm des Angeklagten an seinen Rechtsanwalt »Stier bei den Hörnern fassen« als eine sodomitische Weisung auffaßte. Die Phantasie mißbrauchter Leser wollte nicht träger arbeiten als die der jugendlichen Gäste des Hauses Beer, denen man »obszöne Photographien« gezeigt hatte. »Elephantenrüsselartige männliche Glieder«, so beschrieb der jüngere, »die sich um nackte Körper schlingen«. Also offenbar, da die Natur nicht so verschwenderisch ist, keine Amateurphotographien, sondern Reproduktionen von Gemälden. Und der Angeklagte gestand, daß in seinem Bibliothekszimmer tatsächlich außer einer Darstellung der Laokoongruppe die bekannten Stuckschen Bilder »Die Sünde« und »Die Wollust« aufgestellt sind. Dem Zeitungsleser ward dies Geständnis, das die Autorität des Kronzeugen erschüttern konnte, vorenthalten. Dafür wurde er reichlich durch die Mitteilung alles dessen entschädigt, was in der Verhandlung nicht vorgekommen ist. Eine Fälschung von vielen: Auf die Frage des Staatsanwalts, warum die Gattin des Angeklagten kurze Haare trage, hat sie natürlich eine andere Antwort gegeben, als die kolportierte: die langen seien ihr in der Tür eingeklemmt worden. Dem Staatsanwalt selbst mußte jeder Lacheffekt erspart bleiben. Eine Bonne sagt aus, daß sie einen zweiundeinhalbjährigen Knaben, der nackt photographiert werden sollte, ins Atelier des Dr. Beer brachte. Der Ankläger fragt sie, warum sie nicht auf das Schamgefühl des Knaben, der seine Nacktheit einem Weibe zeigen mußte, Rücksicht genommen habe. Um den Paroxysmus obrigkeitlicher Sittlichkeit, die einen Säugling unzüchtiger Berührung seiner Amme beschuldigen könnte, zu dämpfen, waren die Zeitungen so kulant, den Knaben um ein Jahr älter zu machen. Dafür ließen sie wieder den älteren Belastungszeugen, der damals alt genug war, um sich heute selbst zu belasten, um vier Jahre jünger sein. Daß der Angeklagte so hirnverbrannt gewesen sei, die Abfassung einer Broschüre zu planen, in der er sämtliche Frauen, an denen er seinen normalen Geschlechtstrieb bewiesen hat, preisgeben wollte, müssen die Leser der Gerichtssaalberichte glauben, da sie bloß von der Behauptung, nicht von dem Protest Kenntnis haben. Das journalistische Zartgefühl ist vor Mißdeutung sicher. Es lüftet nicht einmal das Inkognito des »bekannten Gynäkologen«, dem eine Sterbende die Greuel gebeichtet haben soll, zu deren Anblick sie ihre Leidenschaft für den Angeklagten gezwungen hätte. Auf dem Sterbebett lügt man nicht – rief der Staatsanwalt. Aber ist denn Herr Dr. Herzfeld auf dem Sterbebett? Dann müßte er die schwerste Schuld beichten, mit der ein Mann und Arzt sein Gewissen belasten kann: die Verletzung der Verschwiegenheitspflicht gegen eine Frau. Der Reporter ist diskreter als der Arzt; er hat bei der widerlichsten Episode dieses widerlichen Prozesses nicht allzulange verweilt und den Namen des Trefflichen verschwiegen, der das Geheimnis einer Sterbenden dem nach Belastungsmaterial fahndenden Anwalt der beiden Väter ausgeliefert hatte. Vor dem Untersuchungsrichter hatte der Spezialist für Frauenleiden sich der Aussage entschlagen, weil die Mitteilung eines Berufsgeheimnisses den Arzt in Konflikt mit einem Strafparagraphen, weil sie ihm Schande bringen könnte. Einem guten Bekannten gegenüber fühlte er sich zu so strenger Auffassung nicht genötigt und entband sich mit glücklicher Ruhe der ärztlichen Diskretionspflicht. Es ist erreicht. Neidlos lobt man ihn endlich in Fachkreisen als geschickten Entbinder...

Ein Sittlichkeitsprozeß ist die zielbewußte Entwicklung einer individuellen zur allgemeinen Unsittlichkeit, von deren düsterem Grunde sich selbst die erwiesene Schuld des Angeklagten leuchtend abhebt. Die Frage, ob Herr Dr. Beer Knaben mißbraucht hat, mag der Ankläger schwereren Mißbrauchs ohneweiters bejahen. Man muß nicht einmal die Strafe in ihrer weit unter das gesetzliche Maß reichenden Milde als ein Schuldbekenntnis des Gerichts auffassen, nicht glauben, daß die Richter in jener einflußvergifteten Stimmung, die ein Opfer verlangte, den Ausweg zahmer Verurteilung gesucht haben. Man mag auch mit den Müttern dieser Verhandlung glauben, daß hysterische Knaben an Eindrücken, die sie in den Jahren der Pubeszenz erlebt oder erlitten haben, sich als »Fanatiker der Wahrheit« bewähren können, daß Hänschen Rilow in Wedekinds (nicht aus der Gerichtssaalpsychologie geborner) Kindertragödie »Frühlingserwachen« ein kleiner Gregers Werle ist, der die Onanie für eine Lebenslüge hält und darum ein Venusbild, das den Schlaf seiner Nächte stört, dem Orkus des Klosetts überantwortet. Es ist nicht ganz so. Aber äußern wir zunächst nur, um es zu unterdrücken, unser Mißtrauen. In einem ausführlichen Gutachten zum Fall Beer hat der Breslauer Psychologe William Stern die Steigerung der vor Mutter, Onkel und Untersuchungsrichter abgelegten Bekenntnisse anders als der Staatsanwalt, anders als mit der Abnahme des Schamgefühls oder der Zunahme der Aufrichtigkeit zu erklären versucht: »Psychische Ursachen, die dem Verhör eine so sehr viel geringere Glaubwürdigkeit verleihen als dem Bericht, gibt es viele... Zunächst wirkt jede Frage als Zwang auf den Gefragten, Erinnerungspartien, die so unklar waren, daß sie sich nicht von selbst einstellen konnten, mit Gewalt hervorzuziehen. Sodann wirkt die Frage als Suggestion: sie legt eine Stellungnahme nahe, die der Fragende erwartet und die der Gefragte, wenn er suggestibel ist, nur allzuleicht ohne Prüfung zur seinigen macht, selbst im Gegensatz zum wirklichen Erlebnis. Endlich aber wirkt die Frage, namentlich die recht eindringliche, bohrende, oft wiederholte, als eine der gefährlichsten Anreizungen zu Phantasie- und Lügengebilden, die zu Hilfe genommen werden, um die Fragefolter endgültig los zu werden«. Ein für die Psychologie des Kindes tief bedeutsames Beispiel, ein merkwürdiges Analogon zum gegebenen Fall hat der Sachverständige in Gottfried Kellers »Grünem Heinrich« gefunden: »Ich saß einst hinter dem Tische, mit irgend einem Spielzeuge beschäftigt, und sprach dazu einige unanständige, höchst rohe Worte vor mich hin, deren Bedeutung mir unbekannt war und die ich auf der Straße gehört haben mochte. Eine Frau saß bei meiner Mutter und plauderte mit ihr, als sie die Worte hörte und meine Mutter aufmerksam darauf machte. Sie fragte mich mit ernster Miene, wer mich diese Sachen gelehrt hätte, insbesondere die fremde Frau drang in mich, worüber ich mich verwunderte, einen Augenblick nachsinnend, und dann den Namen eines Knaben nannte, den ich in der Schule zu sehen pflegte. Sogleich fügte ich noch zwei oder drei andere hinzu, sämtlich Jungen von zwölf bis dreizehn Jahren, mit denen ich kaum noch ein Wort gesprochen hatte.« Die Sache wird angezeigt; es folgt das Verhör in der Schule, und der Knabe gestaltet nun die begonnene Fälschung zu einem gewaltigen Phantasie- und Lügengewebe aus: »›Wo hast du die bewußten Dinge gehört von diesen Buben?‹ Ich war sogleich wieder im Zuge und antwortete unverweilt mit trockener Bestimmtheit: ›Im Brüderleinsholze!‹ Dieses ist ein Gehölz, eine Stunde von der Stadt entfernt, wo ich in meinem Leben nie gewesen war, das ich aber oft nennen hörte. ›Wie ist es dabei zugegangen, wie seid ihr dahin gekommen?‹ fragte man weiter. Ich erzählte, wie mich die Knaben eines Tages zu einem Spaziergange überredet und in den Wald hinaus mitgenommen hätten, und ich beschrieb einläßlich die Art, wie etwa größere Knaben einen kleinern zu einem mutwilligen Streifzuge mitnehmen. Die Angeklagten gerieten außer sich und beteuerten mit Tränen, daß sie teils seit langer Zeit, teils gar nie in jenem Gehölze gewesen seien, am wenigsten mit mir! Dabei sahen sie mit erschrecktem Hasse auf mich, und wollten mich mit Vorwürfen und Fragen bestürmen, wurden aber zur Ruhe gewiesen und ich aufgefordert, den Weg anzugeben, welchen wir gegangen. Sogleich lag derselbe deutlich vor meinen Augen, und angefeuert durch den Widerspruch und das Leugnen eines Märchens, an welches ich nun selbst glaubte, da ich mir sonst auf keine Weise den wirklichen Bestand der gegenwärtigen Szene erklären konnte, gab ich nun Weg und Steg an, die an den Ort führen. Ich kannte dieselben nur vom flüchtigen Hörensagen, und obgleich ich kaum darauf gemerkt hatte, stellte sich nun jedes Wort zur rechten Zeit ein.« Es folgt eine Erzählung der kompliziertesten

Abenteuer. »Noch nie hatte man in der Schule eine solche Beredsamkeit an mir bemerkt, wie bei dieser Erzählung. Es kam niemand in den Sinn, etwa bei meiner Mutter anfragen zu lassen, ob ich eines Tages durchnäßt und nächtlich nach Hause gekommen sei. Dagegen brachte man mit meinem Abenteuer in Zusammenhang, daß der eine und andere der Knaben nachgewiesenermaßen die Schule geschwänzt hatte, gerade um die Zeit, welche ich angab. Man glaubte meiner großen Jugend sowohl, wie meiner Erzählung; *diese fiel ganz unerwartet und unbefangen aus dem blauen Himmel meines sonstigen Schweigens.* Die Angeklagten wurden unschuldig verurteilt als verwilderte bösartige junge Leute, da ihr hartnäckiges und einstimmiges Leugnen und ihre gerechte Entrüstung und Verzweiflung die Sache noch verschlimmerten; sie erhielten die höchsten Schulstrafen, wurden auf die Schandbank gesetzt und überdies noch von ihren Eltern geprügelt und eingesperrt.« Erst nach Jahren geht ihm sein Unrecht auf. »So oft ich daran dachte, stieg mir das Blut zu Kopfe und ich hätte mit aller Gewalt *die Schuld auf jene leichtgläubigen Inquisitoren schieben, ja sogar die plauderhafte Frau anklagen mögen, welche auf die verpönten Worte gemerkt und nicht geruht hatte, bis ein bestimmter Ursprung derselben nachgewiesen war*«... Gottfried Kellers Gutachten durfte im Prozeß nicht zur Verlesung gelangen. Man wird sagen, daß der »Grüne Heinrich« ein autobiographischer Roman ist und daß im kleinen Gottfried eben schon der exzeptionelle Mensch, der große Dichter steckt. Aber vielleicht ist auch die Zeugenaussage des kleinen Oskar eine Talentprobe, und wenn er ein Dichter ist, muß deshalb ein anderer noch kein Päderast sein... Dem Breslauer Psychologen fällt es übrigens auf, daß die beiden Knaben leugnen, miteinander verkehrt zu haben; die Kommunikation lasse sich mit Bestimmtheit annehmen. Und sie wird auch von kopfschüttelnden Freunden beider Häuser bestätigt. Das Stern'sche Gutachten kommt zu dem Schlusse, daß die Aussagen der beiden Jungen – so weit sie im Protokoll des Untersuchungsrichters gediehen sind –, insbesondere die des Hauptbelastungszeugen, »so viel psychologische Fälschungsmomente zeigen, daß sie nicht als Beweisgründe für die Realität des behaupteten Tatbestandes gelten können«, und daß die psychische Veränderung des jüngeren Knaben »weder in ihrem Beginne und Verlauf noch in ihrer Beschaffenheit mit Sicherheit auf einen einmaligen Chok zurückzuführen sei und daher nicht den Charakter eines objektiven Beweismomentes habe«. Ich will dem Fachmann Unrecht und den Laien, die die beiden Zeugen in der Verhandlung gehört haben, Recht geben. Ich will auch ein weiteres Bedenken gegen die Echtfärbigkeit ihrer Bekenntnisse nur äußern, um es zu besiegen. Die Knaben schienen so zu deponieren, als ob sie schon im Erlebnis die sittliche Empörung empfunden hätten, die sich später ihrer Eltern bemächtigen sollte. In der kindlichen Verwunderung über all das Neue, das sie gesehen haben, klingt gleich die pädagogische Mißbilligung mit. Der eine Knabe sagt: »Ich habe ihr nun erzählt, was Dr. Beer mit mir getan hat, daß er *mir Aufklärungen gab, die ich nicht verlangt habe*«. (Sie wollen mir sagen, wie die Kinder zur Welt kommen, mein Herr? Ich bin nicht neugierig; das werde ich noch früh genug erfahren.) »Ich dachte mir nur: Es ist unmöglich, was er mir gesagt hat, das kann nicht sein, das kommt nur bei ordinären Leuten vor. *Es haben sich in mir unnatürliche Vorstellungen gebildet*«. (Ich bin im Entwicklungsalter, mein Herr, und da bleiben leicht sexuelle Eindrücke haften; also Vorsicht, wenn ich bitten darf!) Oder: »Der furchtbare Eindruck ist mir klar geblieben«. Und auf eine Frage des Verteidigers, wörtlich: »*Umso besser für Sie, Herr Verteidiger, wenn Sie so etwas nicht durchgemacht haben*«. Der Präsident appelliert folgerichtig an die psychologische Erfahrung des Knaben: »Spielt Ihnen die Phantasie vielleicht einen Streich, daß Sie verweben, was Sie denken, mit dem, was sich wirklich zugetragen hat?« Antwort: »Nein«. Und der Knabe erzählt, er habe, nachdem er einmal dem Dr. Beer begegnet sei, zuhause voll Wut die Handschuhe ausgezogen und der Mama gesagt: »Ich rege mich auf, weil ich ihn wieder traf. Die Handschuhe ziehe ich nicht mehr an. Ich habe mir auch die Hand gewaschen«. Und: »Den Schmutz bringe ich in meinem Leben nicht weg!« Die Reaktion auf die Tat des Verführers war also eine hochmoralische. Anderseits: »Es war mir das Ganze unverständlich. Ich habe dem Vorfall keinen Wert beigemessen«. Auf die Frage, ob der Zeuge mit jemand darüber gesprochen habe: »Nein. Ich habe mit niemandem darüber gesprochen. Ich suchte die unangenehme Erinnerung zu verlieren.« Dr. Beer hatte ihm Photographien gezeigt, die er »nicht habe sehen wollen; es seien Bilder gewesen, die ihn abgestoßen hätten«. Auch die Erzieherin bezeugt das kindliche Verständnis für den Übergriff des Erwachsenen. In Aussee habe ihr der Knabe gesagt: »Dr. Beer hat mich bei der Tür empfangen, war aber noch nicht angezogen. Was sagst du dazu?« (Ich laß mich hängen, wenn der nicht homosexuell ist! – muß hier ergänzt werden.) Auch der Onkel berichtet, der Knabe habe ihm ein Gespräch mit Dr. Beer wie folgt wiedererzählt: Beer fragte: Glaubst du an den Storch? Der Knabe habe »mit Nein geantwortet, obwohl er eigentlich davon nichts wußte«; »er wollte nur vom Thema loskommen«. Er hatte, sagt die Mutter, »niemals Neigungen, auch nur ein Witzblatt mit gewissen Bildern anzusehen, wenn es zufällig in seine Hände kam. Er hat keinen Geschmack dafür gehabt«. Er ist ein »Fanatiker der Wahrheit«. Aber er beichtet nicht nur eine Unsittlichkeit, er erkennt sie auch sofort. Sonst sind Kinder neugierig und Mütter erfahren. Hier ist es einmal umgekehrt. Sonst fragt der Bub, der zum erstenmal Schiller liest, was das Wort »Hure« bedeutet. Darauf gibt ihm die Mutter in der Regel eine Ohrfeige. Hier wäre es wohl umgekehrt. Dies Kind – kein Engel ist so rein, aber auch keiner so ahnungsvoll – spricht von den Gefahren, die seiner Jugend drohen, etwa so, wie jener Possenfriedrich von dem siebenjährigen Krieg, in den er zu ziehen beschließt. Um im perversen Milieu des Prozesses zu bleiben: Diese kleinen Historiker sind wirklich rückwärts gekehrte Propheten...

Indes, wenn wir auch von der Schuld des Herrn Dr. Beer überzeugt sein müßten, um ihn verurteilen zu dürfen, so brauchen wir gewiß nicht an seine Unschuld zu glauben, um zur Verurteilung des Prozesses berechtigt zu sein. Besteht zwischen dem, was er getan hat, und dem, was er leiden soll, ein Mißverhältnis, so mag es ihn, seine Freunde, seine Juristen beschäftigen. Weit ärgere Zwietracht regt uns auf, die wir im Walten einer schamlosen Sittenjustiz tagtäglich Vernunft in Unsinn, Wohltat in Plage verwandelt sehen. Und so wie ich manchmal stilistische Fehler einer journalistischen Äußerung, die ich zitieren will, großmütig beseitige, um ihre infame Gesinnung wirksamer bloßzustellen, so könnte ich einem Prozeßverfahren seine gesetzliche Korrektheit zubilligen, um wichtigeren Schlüssen Teilnahme und Glauben zu sichern. Die Schuld des Herrn Dr. Beer müßte offenbar sein – und mein Tadel des Prozeßskandals wäre eindringlicher, weil er von dem Verdacht unbehelligt bliebe, eine Reinwaschung des Angeklagten zu bedeuten. Sie liegt meiner Absicht so fern wie eine Beschönigung der Tat, deren ihn ein Richterspruch schuldig befunden hat. Das Urteil ist es, das die Tat beschönigte. Denn dem unerforschlichen Ratschluß des Herrn Feigl hat es gefallen, den Angeklagten nicht wegen Kinderschändung (§ 128), sondern wegen Homosexualität (§ 129) zu verurteilen. Die widerspruchsvolle Diktion des Schändungsparagraphen – mit ihrem törichten Wenn-Satz – hat den Mißgriff verschuldet. Aber in dem Unzuchtsgerümpel des alten Strafgesetzes ist es der einzige Paragraph, der in das Herz freier Zeitgenossen, die Menschliches mit menschlichen Maßen messen, nicht geradezu mit glühendem Eisen stößt. Denn darüber sind sich nur die Kriminalisten nicht klar: Der Gesetzgeber, der heute so ahnungslos am Geschlechtsleben herumstümpert, könnte sich wohl nützlich machen, wenn er ins freie Feld der Lust die Vogelscheuche des Paragraphen stellte, aber nur um drei Rechtsgüter zu schützen: die Gesundheit, die Willensfreiheit und die Unmündigkeit. Der Staatsanwalt lasse das Individuum, das im Bewußtsein einer venerischen Erkrankung seine venerische Wirksamkeit fortsetzt, wie einen tollen Hund einfangen, er gehe die Gewaltanwendung an und den Mißbrauch von Kindern. Was willige und mündige Menschen miteinander tun, davon lasse er seine Hand. Rechtsgut kann nie die individuelle Sittlichkeit, höchstens der öffentliche Anstand sein. Was innerhalb der vier Wände geschieht, kann kein Ärgernis erregen, und die Staatsgewalt ist nicht bemüßigt, sich vors Schlüsselloch zu stellen. Es ist immer wieder, als ob man's zum erstenmal sagte: Die Zudringlichkeit einer Justiz, die den Verkehr der Geschlechter reglementieren möchte, hat stets noch die ärgste Unmoral gezeitigt; kriminelle Belastung des Sexualtriebs ist staatliche Vorschubleistung zu Verbrechen. Der Denunziant und der Erpresser sind die Bundesgenossen des Sittenjuristen. Wird die Moral zum Rechtsgut, so sind die Lebensgüter der Freiheit, des Seelenfriedens und der wirtschaftlichen Sicherheit gefährdet. Die Kuppelei gedeiht als Wucher und Ausbeutung, wenn das kriminelle Risiko mitbezahlt werden muß. Homosexueller Verkehr: auf dem Fettboden der Strafdrohung blüht der Weizen der Chantage. Und sie ist das verheerendste Verbrechen, das die Moraljustiz auf dem Kerbholz hat. Wenn der Erpresser nicht zum Denunzianten wird, wenn der auf das Opfer geübte Druck die gewünschte Wirkung tut und die Unterlassung der Strafanzeige oder der üblen Nachrede mit täglich erneuten Höllenqualen und dem wirtschaftlichen Ruin erkauft wird, dann – ich schrieb es schon einmal – versagt des Theoretikers Weisheit; denn ihm fehlt die Statistik der nicht erstatteten Anzeigen und der befriedigten Erpressungen. So traurig die Sache ist, so grotesk ist es, daß der Dummkopf Staat, der die Homosexuellen zu »normalem« Geschlechtsverkehr zwingt, weil es ihm auf die »Fortpflanzung« ankommt und weil er die Naturtriebe vom Standpunkt der Rekrutenaushebung wertet, lieber ein Jammergeschlecht entstehen und die Päderastie sich vererben lassen will, als daß er die zur Zeugung nicht Berufenen sich ausleben und somit aussterben ließe. Handelt er aber human, wenn er bloß für die kommende Generation von Päderasten besorgt ist und die lebende mißhandelt? Wenn er die Nervenkraft von tausend harmlosen, tüchtigen oder hervorragenden Bürgern unter den Druck krimineller Gefahr und sozialer Schande stellt? Herr Moritz Benedikt freilich, der Nervenpathologe, will sie erlösen. Er wurde nach seiner Meinung über den Fall Beer gefragt und hat, ohne erst die soziale Gefahr der Kinderschändung und die der Homosexualität gegeneinander abzuwägen, eine Methode in Vorschlag gebracht, die den unseligen Opfern der Männerliebe helfen könnte. »Enthaltsamkeit, Zuchthaus oder – Chirurgie«. Wenn sich perverse Menschen nicht enthalten und nicht jede einzelne sinnliche Wallung im Kerker büßen wollen, so können sie ja – gibt's etwas Einfacheres und zugleich Radikaleres? – »einen chirurgischen Eingriff an sich vornehmen lassen«. Man schwankt, ob man sich mehr über die Menschlichkeit oder über die Kapazität eines Nervenarztes, der den Chirurgen zuhilfe ruft, freuen soll. Man weiß nicht, ob man es mit einem albernen Ulk zu tun hat oder mit dem pathologischen Exzeß eines Psychiaters, dessen Kuratelbedürftigkeit seit Jahren auf allen Kongressen zum Himmel schreit. Tatsache ist, daß sich so aggressiver Schwachsinn heute in die Öffentlichkeit wagt. Dieser Herr Benedikt hat es offenbar mehr auf die Potenz als auf die Richtung der Homosexuellen abgesehen: er fürchtet die Gefahr der Fortpflanzung, die im päderastischen Geschlechtsverkehr gegeben ist. Oder glaubt dieser Arzt, daß durch die Kastration die geschlechtliche Lust oder auch nur die technische Möglichkeit geschlechtlichen Verkehrs beseitigt ist? Da müßte er doch weiter gehen und alle die Körperteile aufzählen, die amputiert werden müßten, um den Patienten vor einem »Konflikt mit dem Sittengesetz« zu bewahren. Im Prozeß Beer wurde die Hand des Angeklagten schuldig befunden. Am radikalsten und einfachsten wäre es jedoch, die Nervenstränge zu amputieren, um Staatsanwälte und Psychiater zu beruhigen. Denn Michelangelo wäre ein großer Päderast geworden, auch wenn er ohne Hände auf die Welt gekommen wäre... Aber man muß sich nicht bei den Albernheiten eines Zeitgenossen aufhalten, wenn es die Vorurteile eines Zeitalters zu bekämpfen gilt. Mit Professor Sigmund Freud – der gleichfalls befragt wurde – habe man die Einsicht und den Mut, zu bekennen, daß der Homosexuelle weder ins Zuchthaus noch in den Narrenturm gehört. Weder, der nicht anders, noch der auch anders kann. Weder der von der Natur den horror feminae mitbekommen hat, noch der sogenannte »Wüstling«, der als bewußter Eroberer neuer erotischer Reiche ein Künstler sein kann. Waren große Denker, Dichter und Gelehrte aller Zeiten, um deren »perverse« Sexualität wir wissen und deren ethische Hoheit wir anerkennen, deren gesunden Geist wir bewundern, krankhafte oder verbrecherische Schädlinge? Die auf das eigene Geschlecht gerichtete Geschlechtstendenz des Mannes ist als angeborener Trieb naturwidrig. Gesellschaftswidrig, weil sie – ich sagte es schon einmal – den Mann als sexuelles Wesen bejaht und als den Träger von Ethik und Vernunft ausschaltet. Aber die einzige Gefahr des Homosexualismus, die in der Komplizierung der sozialen Lebensverhältnisse durch die Einschaltung eines neuen Stroms erotischer Anziehung gelegen ist, ist weder von Polizisten noch von Psychiatern zu bannen. Durch Entfesselung würde sie eingeschränkt. Die Gesellschaftsmoral hat auch hier die Rolle des Verbots als eines erotischen Faktors übersehen. Was ein Sexualverbot als Wächter verhindert, bringt es als Kuppler reichlich herein. Oh über das Raffinement der christlichen Sündenlehre! Alles Gewähren würde Gefahr und Lust mindern, alles Verbieten ist erogen. Leider auch hysterogen. Und die staatlichen Vertreter der Sündenmoral haben in Österreich nicht nur die mannmännliche Tendenz unter Strafsanktion gestellt. Wie sollte beim Weibe als dem ausschließlich sexuellen und antisozialen Wesen die Abkehrung zum eigenen Geschlecht ein neues Gefahrelement schaffen? Aber der Psychiaterwahnwitz hat nicht nur Plato, sondern auch Sappho mit dem Stigma der »Perversität« belegt, und in Österreich interessiert die Pathologie beider Geschlechter den Kerkermeister. Nun, die Propaganda der Kulturmenschen, die jetzt die Abschaffung des menschenmörderischen Paragraphen bezweckt, wird zum Ziel führen – mögen auch die Familienväter, die in Ämtern, Parlamenten und Gelehrtenstuben die nächste Reform des Strafgesetzes vorbereiten, von der Angst um den geregelten Betrieb in den staatlichen Gestüten der Menschheit gelähmt sein. Man wird sie doch einmal zwingen, das Gesetz so einzurichten, daß ein Knabenschänder nicht deshalb in den Kerker wandere, weil er nicht nach dem Geschlecht, sondern lediglich deshalb, weil er nicht nach dem Alter gefragt, nicht weil er Knaben, sondern weil er Kinder mißbraucht hat. Mit Professor Freud muß man der Ansicht sein, daß die Tat, deren Herr Dr. Beer bezichtigt wird, nicht unter dem Gesichtspunkt der Homosexualität zu beurteilen ist und daß die Verurteilung in solchem Fall – bei gegebenem Tatbestand – auch de lege ferenda aus demselben Grunde erfolgen müßte, wie wenn ein Mädchen unter vierzehn Jahren geschlechtlich mißbraucht worden wäre. »Eine Verurteilung zweier erwachsener Personen wegen homosexuellen Verkehrs ist zu bedauern; ein Mensch, der Knaben mißbraucht hat, die noch nicht das gesetzliche Alter erreicht haben, soll verurteilt werden.«

Aber die Väter sollen ihn nicht anzeigen. Weil die kriminelle Erledigung solcher Affären gegen das Interesse sündigt, das geschützt werden muß, weil sie den Schaden vermehrt, den die Tat gestiftet hat. Wenn zumal nicht mehr geschehen ist, als im Falle Beer – und selbst wenn stärkere Beweise vorliegen –, kann eine private Ohrfeige als das der Tat entsprechende Strafausmaß angesehen werden. Weiter durfte, wie hier schon begründet wurde, der legitime Kinderfreund auch im Selbsthilferecht nicht gehen. Er, der Jurist, durfte nicht dem Beschuldigten »Bedingungen« stellen, ihm die Wahl lassen zwischen Zuchthaus und anderen Strafen, die er in privatrichterlicher Machtvollkommenheit über ihn zu verhängen wünscht: Verlust des Lehramts und Landesverweisung. Er durfte nicht, wenn er weder anzeigen, noch sich mit dem Ausschluß des Jugendverderbers aus dem Familienverkehr begnügen wollte, den Mittelweg, die Aufhebung eines Staatsgrundgesetzes, wählen, statt eines gerichtlichen Urteiles eine Rechtsfolge herbeiführen und die Freizügigkeit des Beschuldigten sistieren. Auch durfte der andere Vater nicht an den Vater des Beschuldigten schreiben: »Mit Rücksicht darauf, daß Sie mir und meinen Kindern stets freundlich entgegengekommen sind, habe ich es für meine Pflicht gehalten, Sie davon zu verständigen, bevor ich etwas veranlasse. Vor allem fordere ich, daß Ihr Sohn sich bei meinem Freund und Anwalt stelle... Ich verliere keine Minute mehr.« »Ich habe erwartet«, bekennt der Absender des Briefes vor Gericht, daß der Empfänger »sich durch nichts abhalten lassen werde, zu mir zu stürzen und mir in irgend einer Weise Vorstellungen zu machen.« Da dies nicht geschah, durfte er dem Gegner nicht schreiben: »Sie haben sich hinter Ihrem Advokaten und Ihrem Vater verkrochen, statt Sühne zu bieten«. Daß die Herren aus der Furcht des Beschuldigten nicht Vorteil ziehen wollten, sei ihnen zugebilligt. Aber Gesetz und Moral verbieten, die Furcht zum Nachteil des Andern zu nützen. Die Anmaßung solcher Hausjustiz hat mich zu jener begrifflichen Untersuchung des Erpressungsparagraphen bestimmt. Herr Hofrat Feigl, der vielleicht in der landläufigen Meinung lebt, daß zur Erpressung ein gewinnsüchtiges Motiv gehöre, vernahm, wie sich die beiden Zeugen ihres Versuchs einer friedlichen Intervention rühmten, hörte die Worte: »Wenn er der Aufforderung, sich zu stellen, Folge leiste, werde keine Anzeige erstattet werden, er brauche nur auf die Professur zu verzichten und Österreich zu verlassen«. Herr Hofrat Feigl erwiderte: »E s i s t b e g r e i f l i c h , daß die Herren, wenn sie keine Anzeige erstatten, wenigstens die Genugtuung haben wollten, daß der Mann Reue vor ihnen bekunde«. Der juristische Sinn des Herrn Hofrats Feigl begriffe es vielleicht sogar, daß die Zeugen – ein Gerücht hat's ihnen zugetraut – vom Beschuldigten eine Leistung zu wohltätigem Zweck verlangt, also auch in das Privileg des Staates, Geldstrafen zu verhängen, eingegriffen hätten. Bloß von Hausarrest soll nie die Rede gewesen sein. Auch nicht von einem Versuch, dem Verführer des Sohnes auf der Ringstraße eine Geldtasche zu entreißen. Aber wenn Herrn Feigl das Verlangen nach einer »Genugtuung« begreiflich scheint, deren Art und Maß der Beleidigte bestimmt, dann kann man der staatlichen Justiz nur den Rat geben, sich vor der Ambition eines selbstherrlichen Rächers zurückzuziehen, der Privatbeteiligter, Ankläger und Richter in eigener Person ist. Wie weit ein Vater in der ungesetzlichen Vergeltung einer Übeltat gehen kann, deren gesetzliche Verfolgung seinem Geschmack und seiner Vaterliebe widerstrebt, das scheint der gesunde Menschenverstand besser zu wissen als der juristische. Prügeln begreift er, Bedingungen stellen, das findet er so unbegreiflich wie – eine Strafanzeige.

...Am Tage, da in öffentlicher, mit strengstem Ausschluß der Heimlichkeit durchgeführter Verhandlung der moralische Schaden unzüchtig berührter Knaben bemessen ward, fand vor dem Schwurgericht ein Beleidigungsprozeß statt, in dem sich ein Kleingewerbetreibender gegen den Vorwurf der Lehrlingsschinderei wehrte. Da wurde, wie etwas, das sich von selbst versteht, die Wiener Sitte erörtert, nach der ein Knabe, der als Zugtier dient, eine Warenlast von drei- bis vierhundert Kilo, wenn aber noch ein Hund vor den Handwagen gespannt ist, die doppelte zu ziehen habe. Ein Votant war es, der sich bemühte, das Gewissen des gekränkten Geschäftsmannes zu entlasten und die Kinder- und Tiermarter als eine Usance des Wiener Kleinhandels zu rechtfertigen. Einer richterlichen Kritik ward diese nicht unterzogen. Das Ende der Verhandlung habe ich nicht abwarten können. Ich nehme an, daß die zwölf Besitzer von Handwagen, die auf der Geschwornenbank saßen, den Angeklagten der Beleidigung schuldig gefunden haben. Aber auf die Gefahr hin, endgültig in die Reihe der moralischen Scheusale von Nero bis Professor Beer gestoßen zu werden, erkläre ich, daß mir das Verschulden des Mannes, der hundertmal der Knabenschändung und des Vorschubs zur Sodomie überwiesen wäre, hundertmal geringer scheint als jener Mißbrauch von Kindern und Tieren, dessen täglicher Anblick im Wiener Straßenbild uns schmerzt und beschämt, daß mich das Schicksal des Lastknaben beklagenswerter dünkt als das des Lustknaben. Ich glaube, die sittliche Verkleisterung der Gehirne, die aus der zärtlichen Berührung der Kleinen eine Sensation macht und die gewinnsüchtige Mißhandlung ihrer Körper hinnimmt, wird bald dem Ideal jener lebensfeindlichen Asketik reif sein, die die Last für menschenwürdiger als die Lust erklärt hat. Auf den Moralprozessen, die vor irdischen Richterstühlen geführt werden, liegt schon etwas wie der Abglanz jener Erfüllung. Weit über die Straftat hinaus maßt sich der Arm der Gerechtigkeit an, in das Leben des Angeklagten zu greifen, und durch die Maschen des nüchternen Gesetzes langt er, um sein Menetekel an die Wand einer Privatwohnung zu schreiben. Wenn er nicht freiwillig zugunsten der Hausjustiz abdiziert hat, vollzieht er selbst Hausjustiz. »Es ist nicht Sache der Behörde«, sagt der Staatsanwalt, »in dem knappen Rahmen der Anklageschrift die überaus zahlreichen Momente zu erörtern, welche darauf hindeuten, daß der vermöge seiner finanziellen Unabhängigkeit, seiner öffentlichen Stellung und seiner anscheinend faszinierenden gesellschaftlichen Gaben in jeder Hinsicht bevorzugte Beschuldigte ein Individuum ist, das zumindest in der Moral Anschauungen aufweist, welche überhaupt von dem normalen Anstands- und Sittlichkeitsgefühle abweichen«. Es ist nicht Sache der Behörde, aber sie konnte es sich doch nicht versagen. Da sie also zwar die Erkenntnis, aber nicht den guten Willen hat, so wird es notwendig sein, ihr in jedem einzelnen Falle zu sagen, daß sie bloß Taten zu treffen hat und daß sie die »Anschauungen« des Beschuldigten einen Schmarren angehen. Ich bringe der Staatsanwaltschaft, wenn sie es noch nicht wissen sollte, zur Anzeige, daß auch meine Moralanschauungen »überhaupt« – und Gottseidank – von dem normalen Anstands- und Sittlichkeitsgefühle oder von dem, was die Staatsanwaltschaft darunter versteht, abweichen. Aber nicht darauf wird es ihr anzukommen haben, sondern auf die Untersuchung, ob ich Kinder geschändet oder sonst eine gesetzwidrige Handlung begangen habe. Für alle Fälle teile ich ihr mit, daß in meinem Arbeitszimmer einige Radierungen von Félicien Rops hängen. Ich kann nicht dafür garantieren, daß ein Setzerlehrling, der von meinem Arbeitstisch kommt, nicht Eindrücke nachhause trage, die seine jugendlichen Sinne verwirren. Mag er auch durch die technische Mitarbeit an meiner Zeitschrift hinlänglich darüber aufgeklärt sein, daß der Storch nicht die Kinder bringt, so kann ich doch nicht wissen, ob er nicht, eindringlich gefragt, mindestens zugeben würde, daß ich ihn »obszöne Photographien« habe sehen lassen. Vor solcher Möglichkeit ist niemand, selbst ein Staatsanwalt nicht geschützt. Dr. Beer ist bartlos. Ich bin es auch. Der Staatsanwalt ist es auch. Um die homosexuelle Tendenz des Angeklagten zu beweisen, fragte er dessen Gattin, warum sie kurze Haare trage. Die Frage, warum der Angeklagte bartlos sei, mußte er sich leider versagen, und allgemein wurde es als ein taktischer Fehler der Staatsanwaltschaft empfunden, daß sie nicht einen bärtigen Substituten, am besten Herrn v. Türk, gegen den Angeklagten aufgeboten hatte. Für den, der nicht auf die objektive Wahrheit der Zeugenaussagen neurasthenischer Kinder schwört, schrumpft der Beweis, der hier zum Schuldspruch geführt hat, zu einem fatalen Indizienbeweis zusammen. Wer aber ist vor einem Indizienbeweis sicher? Herr Dr. Beer hat den Besuch von Kindern empfangen. Wer ist vor Kinderbesuch sicher? Nicht einmal ein Staatsanwalt. In Pötzleinsdorf steht ein gastlich Haus. Dort läßt Herr v. Kleeborn, der Chef der Anklagebehörde und Junggeselle, die Kindlein zu sich kommen. Dort sind Kleinemädchenjausen an der Tagesordnung. Auch Herr v. Kleeborn ist ein Kinderfreund; darum hat er sich besonders energisch für die Verfolgung des Dr. Beer eingesetzt. Die freilich das Gebaren des Professors am schärfsten mißbilligen, sagen, er sei gar nicht pervers, höchstens sein Snobismus sei strafbar, der ihn das Studium der Kinderpsyche übertreiben, mit einem nackten Knaben auf dem Arm in Gesellschaften erscheinen und – man denke – einmal den Ausspruch tun ließ, im Kinderzimmer sei es interessanter als im Salon. Aber ist denn die Kinderfreundschaft des Herrn v. Kleeborn, der an Sommertagen oft vierzig Lieblinge traktiert und zu Ausflügen ladet, eine alltägliche Erscheinung? Hält sie sich in den Grenzen des normalen Geschmacks? Die Übertreibung der Humanität macht diesem gefühlvollen Staatsanwalt gewiß alle Ehre. Aber würde er zögern, sie gegen einen der sträflichen Kinderliebe Beschuldigten als »Indizium« geltend zu machen? Würde er nicht, der in der Kinderrettungsgesellschaft das große Wort führt, sogar die Mitgliedschaft eines Verdächtigen verdächtig finden? Bewahre der Himmel Herrn v. Kleeborn vor der Möglichkeit, daß einer seiner Lieblinge zu hysterischen Wahngebilden neigt oder sich gar eine Mittelohrentzündung zuzieht! Die »Anschauungen«, die dieser Staatsanwalt »aufweist«, sind gewiß nicht alltäglich. Eher ist es die Tat, deren Herr Dr. Beer schuldig befunden wurde. Darum macht ja auch der große Apparat, mit dem die rächende Gerechtigkeit in solchen Fällen auffährt, einen so grotesken Eindruck. Ein Junge hat ausnahmsweise von einem Professor gelernt, was er sonst unfehlbar von einem Mitschüler gelernt hätte. Die Tat des Erwachsenen mag beklagenswert sein. Aber dem offiziellen Österreich, dem Land der Konvikte, steht es wahrlich schlecht genug an, sich darüber zu entrüsten, daß die Jugend aus dem Geleise der normalen Geschlechtsentwicklung geworfen werde. In den Pflanzstätten bureaukratischen und aristokratischen Geistes wird freilich die Altersgrenze strenge respektiert, und es kommt dort gewiß selten genug vor, daß ein Knabe unter vierzehn Jahren einen älteren mißbraucht. Aber ist denn nicht die ganze österreichische Staatskunst ein Produkt mutueller Onanie? In diesem Reich der wüstesten theresianistischen Triebe sollte sich offizielle Sittlichkeit doch nicht so patzig machen! Ihre Blamierung würde wie eine kalte Dusche im Centralbad wirken. In diesem Land der eingestellten Untersuchungen gegen die Verkäufer obszöner Photographien (nicht nach Stuck), die rechtzeitig daran erinnern, daß sie auch hochgestellte Persönlichkeiten zu ihren Kunden zählen, in diesem Staat, der Kupplerinnen einsperrt, wenn sie keine hohe Klientel nachweisen können, in diesem Staat verunglückter Staatsanwälte, die peinliche Affären nicht rasch genug vertuscheln wollten, sollte das Schamgefühl wahrlich etwas zurückhaltender sein. Das Opfer des letzten großen Sittlichkeitsexzesses begründete die Flucht ins Ausland mit der Furcht, die ihm sein erster Anwalt eingeflößt hatte: »Es herrsche bei Gericht eine große Erbitterung. Man sei der kleinen Prozesse müde, man wolle einen großen Prozeß aufrollen, ein Exempel statuieren. Ein Vorsitzender sei bereits ausersehen, der sich durch besondere Schärfe auszeichnet«. Das klingt nicht unglaubhaft. Die Herren unterscheiden zwischen Prozessen, in die man »hineinsteigen« will und solchen, in die »man nicht hineinsteigt«. Hier kamen diese alten Hineinsteiger einmal auf ihre Rechnung! Hier ward von Richtern endlich wieder einmal vergessen, daß auch sie ohne Talar Menschen und ohne Kleider nackt sind... Aber was ist das? Welchen Knabenstreich spielt mir Phantasie, daß ich »verwebe, was ich denke, mit dem, was sich wirklich zugetragen hat«? Wie, wenn sich der Fall – der sich gewiß nie zugetragen hat – wiederholte, daß ein Angeklagter dem Richter zuruft: »Damals haben Sie anders mit mir geredet, als Sie auf mich im Votivpark gepaßt haben«! Und ist dies große Beispiel für den Sieg des Allzumenschlichen über das Allzurichterliche, ist das Ende Holzingers vergessen? In flammenden Lettern sollte seit jenem Tage, da im Wiener Landesgericht ein Schuß gekracht hat, über jedem Gerichtsgebäude die Weisung prangen: Richte dich selbst!

Nachträgliches zum Prozess Beer

Eine große Frage beschäftigt zur Zeit die kriminalistischen Kreise. Die Reform des Strafgesetzes? Nein. Die Frage ist einfacher, aber wichtiger. Sie lautet: Darf Professor Beer Nachtlokale besuchen? Wie ein Lauffeuer ging es durch die Korridore des Landesgerichts, brach es durch die Türen der Amtszimmer: Professor Beer ist am Tage nach seiner Verurteilung im »Casino de Paris« gesehen worden! Und bezeichnenderweise nicht in einer Gesellschaft von Mitgliedern der St. Petrus Claver Sodalität, sondern von literarischen Bohemiens. Ist es erhört? Da hat man diesen Menschen gegen eine Kaution von 200.000 Kronen auf freien Fuß gesetzt, und anstatt in sich zu gehen, geht er ins Casino de Paris ... Die Richter, die ihn verurteilt haben, sagen: J e t z t haben wir den Beweis seiner Schuld! Und die Leute, die immer noch an seiner Schuld zweifeln, sagen mindestens: Man sieht, daß es »kein ernster Mensch« ist! Und ich, auf den Beweise, Verdachtsmomente und Illustrationsfakten einstürmen, sage: Mein Magen läßt sich überzeugen! Denn wer empfindliche Nerven hat, auf den wirkt nun einmal jede Wiener Sensation als nux vomica. Oder es ist, als ob einem der Finger, der den Schleier des Privatlebens gelüpft hat, in den Hals gesteckt würde. Oder gleich der ganze Arm der Gerechtigkeit. Das wird nicht so weiter gehen, meine Herren! Erst schlägt die Gerechtigkeit einem Angeklagten Beulen, und dann ist sie eifersüchtig, wenn er zu englischen Tänzerinnen flüchtet? Gewiß, keiner Büfettdame ist es gleichgültig, wenn der Gast in ein anderes Vergnügungslokal geht. Aber jene braucht darum noch nicht zu glauben, daß ihr die »Wurzen« echappieren wird; und wenn sie es ernstlich fürchtet, wären ja 200.000 Kronen keine üble Abfindungssumme. Sie hat kleinliche Rache genommen. Herrn Dr. Beer wurde die Erlaubnis, in sein Schweizer Heim zu reisen, verweigert. In merkwürdiger Anmaßung einer, nicht sittenrichterlichen, nein, volksschullehrerhaften Gewalt war dem verurteilten Universitätsprofessor von der Staatsanwaltschaft bedeutet worden, daß die Bewilligung einer Reise von seinem »Benehmen« abhängen werde. Und da ein Besuch des Casino de Paris dem Professor Beer die gut österreichische Sittennote »minder entsprechend« eintrug, wurde der Urlaub verweigert. Nicht einmal das Recht, dem »Funktionär«, der solchen Beschluß mit solcher Begründung verkündete, ins Gesicht zu lachen, ward dem Angeklagten verstattet. Ich hätte es trotzdem getan. Noch nicht genug der Blamage, meine Herren? Haben erwachsene Gerichtsbeamte wirklich keine anderen Sorgen, als sich um den Zeitvertreib eines Privatmanns, der der Justiz doch nur für seine kriminellen Handlungen haftet, zu bekümmern? Schöpft auch der offizielle Geist schon aus den Schlammgründen des Wiener Tratsches? Wenn wir uns überhaupt das Recht anmaßen dürfen, uns für das Nachtleben des Professors Beer zu interessieren, so müssen wir die Frage, ob er nach seiner Verurteilung ins Casino de Paris gehen durfte, mit einem vernehmlichen Ja beantworten. Zunächst: Der Besuch des Casino de Paris nach dem Prozeß ist ein beinahe so haltloser Beweis für Kinderschändung wie die Aussagen der beiden Knaben im Prozeß. Aber auch sonst wirft er auf den Charakter des Besuchers kein wie immer geartetes Licht. Ich habe an jener Stätte schon einen General mit einer Cancantänzerin und eine Gräfin mit einem Nigger tanzen sehen. Man kann aber auch ganz unschuldig aus solchem Nachtlokal hervorgehen, beinahe so unschuldig wie aus einer Gerichtsverhandlung, in der man zu drei Monaten verurteilt wurde. Der Besuch des Casino de Paris kann weder für noch gegen den Charakter eines Menschen etwas beweisen. Nur Staatsanwälte, sofern sie nicht selbst das Casino de Paris besuchen, glauben das immer. Aber es ist ein altes Vorurteil der österreichischen Gerechtigkeit, daß sie selbst bei Hochverrat den Besuch von Nachtlokalen als erschwerend annimmt. Einigen wir uns also dahin, daß durch die Tat des Professors Beer zwar seine »Leumundsnote« – die ohnehin in Wien der Hausmeister anfertigt –, aber nicht sein Ruf gelitten hat. Was hätte er denn – Hand aufs Herz – sonst tun sollen? Durch den Verlauf des Schandprozesses dermaßen niedergeschmettert sein, daß ihn der Wunsch nach Weltflucht beherrschen mußte? Daß die moralische Läuterung nicht mehr durch das Bedürfnis nach Zerstreuung abgelöst werden konnte? Nein, so pompös sind die Folgezustände eines österreichischen Gerichtsurteils, und wäre es selbst ein gerechtes, nicht. So transzendental wirkt kein irdischer Feigl. Eine Verurteilung mag unangenehm sein, aber der peinliche Eindruck geht dem, der einem hundertjährigen Paragraphen erlag, mehr auf die Nerven als aufs Gemüt. Der Donner der Gerechtigkeit hat hierzulande längst seine Schrecken eingebüßt, und wer einmal das Landesgericht betrat, wird nicht so sehr die Schauer des jüngsten Tages, als den schauerlichen Pissoirgeruch der österreichischen Amtlichkeit nach Hause nehmen. Wenn einem ein naher Verwandter gestorben ist, so mag es Geschmacksfrage sein, ob er den Schmerz durch das Bedürfnis nach Sammlung oder nach Zertreuung stärker zu betonen wünscht. Der Philister hält sich an die Pietätsschablone, die das erste vorschreibt. Wen oder was aber soll ein Verurteilter, der sich mit Unrecht verurteilt wähnt, betrauern? Will irgendein Esel ernsthaft sagen, daß es nicht der »Würde des Gerichtssaals« entspricht, wenn einer ihn so rasch als möglich mit einem Vergnügungslokal zu vertauschen sucht?...

Aber Herr Dr. Beer muß sich nicht nur Eingriffe in sein Nacht- und Familienleben gefallen lassen. Er scheint noch andere Taten, die er nach seiner Verurteilung begangen hat, büßen zu müssen. Meine Abhandlung über die »Kinderfreunde«. Sie haben ihm im Landesgericht auf den Kopf zu gesagt, daß er mich informiert habe. Da ein Angeklagter lügen darf, wird meine eigene Verantwortung glaubhafter sein. Ich erkläre also: Der Abhandlung, die ich verfaßt habe, steht Herr Professor Dr. Beer vollständig fern. Er hat mich mit keinem Wort, keiner Zeile informiert. Ich habe mit ihm weder mündlich noch schriftlich verkehrt, und er konnte auch nicht um meine Absicht wissen, einen Artikel über seine Sache zu schreiben, konnte keine Ahnung von Informationen haben, die mir von irgendeiner Seite zugeflossen sind. Ich hätte weder von dem Angeklagten selbst eine Aufklärung angenommen noch etwa dem begreiflicheren Bestreben, mich von einer publizistischen Äußerung abzubringen, entsprochen. Er konnte weder auf eine Publikation noch auf eine Unterlassung der ›Fackel‹ Einfluß üben. Dixi. Sollte es mir zu Ohren kommen, daß ein Gerichtsfunktionär auch jetzt noch Herrn Professor Beer für meinen Artikel verantwortlich macht, also meiner Erklärung mißtraut, so werde ich gegen ihn die Beleidigungsklage erheben, die sich sowohl auf den Vorwurf beeinflußter publizistischer Darstellung wie auf den der Unwahrhaftigkeit beziehen wird. Ich kenne Herrn Professor Beer kaum; habe ihn vor etwa vier Jahren in Gesellschaft gesehen, fast zehn Worte mit ihm gesprochen. Nach Publikation meiner Abhandlung traf ich ihn – warum soll ichs nicht gestehen? – in einem Nachtlokal. Durch einen Zufall, den ich tief beklage. Ich bedaure es im Interesse des Mannes, den ich schwer kompromittiert habe. Er hat mich auch diesmal nicht informiert, keines der Fakten, die ich zu seiner Prozeßsache etwa noch vorbringen könnte, mir mitgeteilt. Trotzdem war mir's peinlich genug; aus taktischer Vorsicht hätte ich mich entfernen sollen, aber ich blieb sitzen, um sie nicht als philiströse Bedenklichkeit deuten zu lassen. Ich werde es nie wieder tun. Denn in dieser Stadt des Klatsches, der Personenneugier und der perspektivelosen Betrachtung alles Sichtbaren ist es einem Publizisten nicht möglich, mit einem Menschen, über den er geschrieben hat, an einem Tisch zu sitzen, ohne daß die Zeugin Öffentlichkeit dazwischentritt und »Aha!« sagt. Jetzt ist ihr alles klar. Die zwei sind Freunde. Vielleicht mehr als das. Für die nachbarschaftliche Phantasie, die sich die Vertretung einer Sache ohne Wahrung persönlicher Interessen nicht denken kann, ist es so gut wie ausgemacht, daß ich Päderast bin. Wenn ich für die Streichung der Religionsdelikte einträte, gälte ich für einen Gotteslästerer aus Neigung und Beruf. Vorläufig bin ich Päderast. Wäre ich's wirklich, ich hätte das Bekenntnis als Motto vor meinen Artikel gesetzt, mich als ehrlicher Homosexueller gegen die Kompromittierung unserer Sache durch eine Kinderschändungsaffäre noch heftiger gewehrt. Denn ich bin der Ansicht, daß nur dann ein Sieg über den menschenmörderischen Paragraphen in Deutschland und Österreich zu erringen sein wird, wenn die namhaftesten Homosexuellen sich öffentlich zu ihrem Verhängnis bekennen, wenn die »feudale Liste« – wie sie ein Berliner Machthaber fast neidvoll genannt hat – nicht von der Polizei, sondern von den Märtyrern selbst angelegt sein wird. Und ich würde keinen Augenblick zögern, mich zu homosexueller Anlage zu bekennen, wenn ich mir davon eine indirekte Wirkung gegen Gesetze verspräche, die es verwehren, sich zu einer homosexuellen Handlung zu bekennen. Aber der Kretinismus stellt ohne Rücksicht auf solche Bedenkenlosigkeit seine Diagnose. Mindestens aber sagt er, die zwei, der Publizist und der Angeklagte, seien Freunde; jener habe sich des Falles aus persönlicher Gefälligkeit angenommen, und sein Zurückhalten in der direkten Verteidigung sei ein zielbewußtes Manöver. So sprechen Wiener, die mich mit Herrn Dr. Beer an einem Tische gesehen haben. Wiener sind phantasielos. Sie sehen nur, daß man einmal beisammen ist, und denken nicht, daß man neunundneunzigmal nicht beisammen ist. Ich kam einst in einer Burgtheaterpremiere zufällig neben einem von der Preßgunst abhängigen Schriftsteller, den ich aus früherer Zeit kannte, zu sitzen. Ich ahnte Böses, bat den Ärmsten, seinem Selbsterhaltungstrieb freien Lauf zu lassen und mit mir nicht zu sprechen; ich nähm's nicht übel, denn ich kennte den Horizont der Clique, die ihm die zufällige Nachbarschaft sicherlich übel nehmen würde. Er lachte mich aus. Im Zwischenakt zog sich der Ring enger zusammen. Es wurde bereits Gericht gehalten. Vor Schluß der Aufführung war das Urteil im Namen des Herrn Julius Bauer gesprochen: Keine Reklamenotiz für das nächste Stück des jungen Autors! Er appellierte vergebens an die Einsicht, daß er doch für die Nähe unserer Plätze nicht verantwortlich, daß überhaupt bei einer Burgtheaterpremiere die Auswahl der Sitzgelegenheiten nicht so groß sei und daß es selbst Herrn Julius Bauer passieren könne, neben mir zu sitzen. Nützte nichts. Keine Reklamenotiz! Das ist mein Wien, die Stadt der Lieder. Die Stadt der Verbindungen und Beziehungen. Ein Theaterparkett ist seine Welt. Daß ich Herrn Dr. Steger viel näher kannte als Herrn Dr. Beer, ehe ich meine Abhandlung schrieb, weiß es bloß nicht. Sonst wäre es verwirrt worden, wäre über das Problem gestolpert, wie man jemand so gut kennen und dennoch angreifen kann. Darüber kommt in Wien kein Mann weg. Und darüber erst recht nicht, daß eine publizistische Äußerung und späteres Zusammentreffen in einem Kaffeehaus nicht in ursächlichem Zusammenhang stehen sollen. Deshalb muß, wer auf Wiener Gehirne wirken will, die spezifische Tragfähigkeit von Wiener Gehirnen berücksichtigen. Deshalb war es ein Fehler, daß ich vor dem Dr. Beer nicht Reißaus genommen habe. Ich hätte lieber als Moralphilister dastehen, als seiner Sache schaden, lieber den Schein wecken sollen, daß ich den Verurteilten meide, als die Wirkung meines Eintretens abschwächen. Der Vorwurf, daß ich mich mit Herrn Dr. Beer öffentlich nicht sehen lassen wollte, wäre mir ernstlich nicht zu machen gewesen. Ich hatte mich ja in der ›Fackel‹, also gewiß öffentlich mit ihm gezeigt, und hätte mich daher nicht erst privat – in einem Lokal – mit ihm zeigen müssen. Die Wiener Auffassung hält allerdings das Eintreten in ein Lokal für öffentlich und das Eintreten in einer Zeitschrift für privat. Dem soll man Rechnung tragen. Ohne mich publizistisch zu regen, durfte ich – und ich hätte es am Ende getan – Herrn Dr. Beer in eine Theaterloge laden; vor oder nach einer Abhandlung über seine Affäre durfte ich es nicht. Und ich darf es erst wieder, darf auch wieder über seine Sache schreiben, nachdem ich diese Erklärung abgegeben habe...

Im Landesgericht möchte man eine res judicata begraben. Aber das Gedächtnis ist nicht wo willfährig wie die Justiz. Es ist unglaublich, wie in dieser Verhandlung alles dem Vaterzorn pariert hat. Die Berichterstattung. Nun sagt jeder, der die Blätter gelesen hat, die Aussage des »zweiten Knaben« hat ihm das Genick gebrochen! Ein verblüffender Effekt. Der Knabe gab an, daß der Beschuldigte ein »besonderes Körpermerkmal« habe; dieser mußte es »zugeben«, zugeben also, daß der Knabe die Wahrheit gesprochen hatte, als er behauptete, der Beschuldigte habe sich vor ihm entkleidet. Welch schlagendes Argument! Jetzt war der Fuchs in der Falle, und der Gerichtshof, der bis dahin geschwankt hatte, wußte, was er vom Angeklagten zu halten hatte. So der Eindruck der Zeitungsleser. Die Verhandlungsteilnehmer, soweit sie nicht »Vertrauensmänner« sind, berichten das Gegenteil. Ein verblüffender Effekt war's freilich. Aber die Aussage des »zweiten Knaben« habe – dem väterlicher Suggestion entrückten Hörer – nicht gezeigt, was man vom Angeklagten, sondern was man von der Aussage zu halten hatte. Der Angeklagte selbst fragte den Zeugen, zunächst ohne sich deutlicher auszudrücken, ob ihm sein »besonderes Körpermerkmal« aufgefallen sei, da er doch behaupte, ihn nackt gesehen zu haben. Der Zeuge verneinte die Frage... Wen schlug das Argument? Wer saß in der Falle? So wird in Wien öffentliche Meinung gemacht. Der Reporter hat nur das »besondere Körpermerkmal« festgehalten und darüber ganz im Sinne väterlicher Wünsche verfügt. Es war ja der ausdrückliche Wunsch dieser Väter, daß mit den Leibern ihrer Kinder Mißbrauch getrieben worden sei; eine Rehabilitierung ihrer Sprossen wäre ihnen allzu schmerzlich gewesen.

Ein Blick in die Prozeßgeschichte, den mir der Zufall nachträglich gönnt, eröffnet Abgründe von väterlicher Pädagogik. Da sollte kein Kind – Knabe oder Mädchen –, von dem man zufällig erfahren hatte, daß es schon über die Geheimnisse der Zeugung Bescheid wußte, und von dem man annahm, daß es »bei Beers« verkehrt habe, geschont werden. Alle sollten sie vor den Untersuchungsrichter gestellt werden. Und gar erst die einmal photographierten! Die »Eingaben« – das Wort ist hier sowohl amtlich als psychologisch aufzufassen –, die an das Gericht geleitet wurden, sind erlesene Dokumente eines Triebs, in dem sich passiver Verfolgungswahn mit aktivem seltsam verbindet. Um eines erbärmlichen Nichts willen mußten zahllose Familien, die von ihren Kleinen das öffentliche Interesse abzuwenden wünschen, zitternd einer Vorladung gewärtig sein; um rankünösen Tratsches willen sollten bis dahin ahnungslose oder bloß halb unterrichtete Kinder einem hochnotpeinlichen Verhör unterzogen werden, von einem Untersuchungsrichter die letzte Weihe der Erfahrung empfangen. Eine »Eingabe« nach der andern. Eine Mutter drängt: Andere Kinder sollen auch verdorben werden! Gouvernanten, Bonnen, Institutsvorsteherinnen, Jourfreundinnen werden mobilisiert. Was hilft's, daß eine schreibt: »Es ist mir ganz unmöglich, etwas öffentlich zu erklären und dafür einzustehen, was ich nur aus dem Munde eines Kindes, ohne persönliche Gegenwart und Beteiligung gehört habe. Das werden Sie, verehrte gnädige Frau, besser als mancher andere begreifen und einsehen«. Nein, sie begreift's nicht. Schreibt immer wieder an den Untersuchungsrichter. Dann stellen die beiden Väter elf Anträge. In einem wird die Einvernehmung einer früheren Pensionatsleiterin verlangt; er lautet wörtlich: »Vor ungefähr fünf Jahren befand sich in ihrem Institute ein ungefähr 10jähriges Mädchen namens.., Tochter des Kaufmanns... Dieses Kind wurde ausgeschlossen, weil es den in ebendemselben zarten Alter stehenden Mitschülerinnen die Vorgänge der menschlichen Zeugung und der menschlichen Geburt geschildert und mitgeteilt hat. Das war vor ungefähr fünf Jahren und gerade damals hat das Kind in dem Hause des Prof. Dr. Theodor Beer verkehrt.... Wir beantragen nunmehr, das Mädchen einvernehmen zu wollen, welches heute 15 Jahre alt ist und darüber aussagen soll, wieso es in dem zarten Alter von zehn Jahren bereits in den Besitz der erwähnten Kenntnisse gelangt ist.« Auf solch grausamen Wahnwitz ging das Gericht nicht ein. Es nahm offenbar an, daß zwar der Storch nicht mehr alle Kinder bringt, aber auch der Dr. Beer nicht allen Kindern die Aufklärung. Später stellte sich's heraus, daß das erfahrene Mädchen zu jener Zeit, da ihm die Rätsel der Natur erschlossen wurden, allerdings »bei Beers« verkehrt hatte, fatalerweise aber – bei anderen Beers... Ein weiterer Antrag enthält bloß eine Mahnung an den Untersuchungsrichter. Sie lautet: »Im allgemeinen erlauben wir uns darauf hinzuweisen, daß bei allen Einvernehmungen in Straffällen wegen Sittlichkeitsdelikten die einvernommenen Personen sich einer natürlichen Zurückhaltung befleißen. Aus diesem Grunde dürfte sich eine möglichst eindringliche Befragung durch den k. k. Untersuchungsrichter empfehlen, dessen Aufgabe darin bestehen soll, diese Zurückhaltung und Scheu der Zeugen zu beseitigen. Dies gilt insbesondere bei der Befragung jugendlicher Zeugen und deren Eltern.« Herrn Dr. Steger drohen die Tatsachen auszugehen, aber nicht der Humor. Er unterstreicht es mit vielsagendem Behagen, daß der Verwalter der Schweizer Villa des Professors zufällig Krupp heißt, und verdächtigt das »rührendste Einvernehmen«, das zwischen einer Freundin des Hauses und dem Gattenpaar besteht. Wie jeder Regisseur, dem die Individualitäten fehlen, wirft er sich aufs »Milieu«, dessen Unsittlichkeit er dem Untersuchungsrichter dringend ans Herz legt. Und kann er die Kinderschändung nicht beweisen, so nimmt er mit einem Konkubinat vorlieb. Zum Schlusse wird – was mag da vorgegangen sein? – gebeten, »vorläufig von der Einvernehmung der kleinen... abzusehen«. Die hätte bezeugen sollen, daß sie einst genötigt war, den Beschuldigten ein »gemeines Schwein« zu nennen. Es war aber beim besten Willen nur festzustellen, daß sie ihn »ekelhaft« gefunden hatte... Alle anderen Kindlein aber soll der Untersuchungsrichter zu sich kommen lassen. Die Mutter besteht auch auf der Einvernehmung mehrerer Erwachsenen. Eine Malerin werde darüber aussagen, daß die 12jährige X. eines Tages – es war ungefähr 1902 – zu ihr gesagt habe, die Photographien, die Dr. Beer von ihr angefertigt habe, könne sie nicht herzeigen, sie seien »gar zu unanständig«. Und die Erzieherin des Kindes könne diese Tatsache bestätigen. Persönlich einvernommen, wiederholt die Mutter, die Malerin habe ihr aus eigenem Antrieb mitgeteilt, daß Dr. Beer jene Kleine in einer Weise photographiert habe, die das Kind zur Äußerung veranlaßte, die Bilder seien »zu skandalös«. Die Malerin wird als Zeugin vernommen: »Einige Zeit nach diesem Besuche erzählte mir die Kleine, daß sie von Dr. Beer photographiert worden sei, sie meinte aber, daß sie von den Bildern nichts habe, sie könne sie niemand zeigen, denn sie seien zu schrecklich. Es ist mir nicht erinnerlich, daß damals das Wort ›skandalös‹ von dem Kinde gebraucht wurde.. Im Vorjahre traf ich meine Freundin (die antragstellende Mutter) und es kam das Gespräch auf die Affäre Beer. Es ist nun möglich, daß ich unter dem Eindrucke der Mitteilung der Frau Dr. F. statt des Wortes ›schrecklich‹ das Wort

›unanständig‹ gebraucht habe und so die Meinung hervorrief, als seien die Bilder in irgendeiner Weise unsittlich oder obszön. Ich habe mir jetzt die Photographien angesehen und habe gefunden, daß auf einem Bilde die Mutter des Mädchens mit der Kleinen photographiert ist, beide vollständig toilettiert in höchst dezenter Stellung, während das zweite Bild die Kleine allein zeigt, auch nach jeder Richtung hin tadellos. Allerdings ist die Aufnahme geradezu häßlich, und es ist mir nunmehr klar, daß der Ausdruck ›schrecklich‹, den das Mädchen gebraucht hat, lediglich ein ästhetisches Werturteil darstellen sollte, und daß ich diesen Ausdruck nach verhältnismäßig längerer Zeit unter dem Eindrucke der Erzählung der Frau Dr. F. schlecht gedeutet habe.« Die Erzieherin wird als Zeugin vernommen: »Ich habe die Bilder gesehen und gebe mit aller Bestimmtheit an, daß sie weder einen unkeuschen noch einen unanständigen Eindruck machen; ästhetisch wirken sie nicht, sie sind mißraten und darauf dürfte die Äußerung der Kleinen zu beziehen sein, wenn sie sagte, die Bilder seien skandalös.. Ich habe die Photographien gesehen, habe auch mit Frau Dr. F. über die Sache gesprochen, es war jedoch nicht davon die Rede, daß die Photographien irgendwie unanständig seien, zum mindesten sollte kein moralisches, sondern lediglich ein ästhetisches Urteil abgegeben werden.« Aus dem kreißenden Chaos von Beweisanträgen wurden schließlich diese beiden Zeugenaussagen geboren. Sie bewiesen, daß »skandalös« auf deutsch »schrecklich« heißt. Daß man bestrebt gewesen war, aus einem »ekelhaften« Menschen ein »gemeines Schwein« zu machen. Aber auf halbverstandene Kinderworte ward eine Anklage aufgebaut, die zur Vernichtung einer Existenz führen sollte...

Beginnt man allmählich zu begreifen, was man da getan hat? Ich ließ durchblicken, daß man die Strafe in ihrer – trotz den harten Folgen – weit unter das gesetzliche Maß reichenden Milde »als ein Schuldbekenntnis des Gerichts auffassen«, daß man vermuten könnte, die Richter hätten »in jener einflußvergifteten Stimmung, die ein Opfer verlangte, den Ausweg zahmer Verurteilung gesucht«. Es besteht kein Zweifel mehr, daß hier Justizpolitik getrieben worden ist. Und man ist bei Gericht über die »Scherereien« enttäuscht, die der Angeklagte den Richtern durch seine Nichtigkeitsbeschwerde macht; man hatte gehofft, er »werde sich mit der milden Strafe zufrieden geben«. Die Feder will's nicht niederschreiben, daß solche Stimmung die Gerechtigkeit beherrscht. Aber es ist wirklich so. Zwischen den »Scherereien« zweier Gegner sucht man mit einer dreimonatlichen Kerkerstrafe durchzukommen. Manchmal glückt's. Manchmal erscheint ein Artikel in der ›Fackel‹. Daß er die Wahrheit sagte, verhehlt sich heute kein Richter mehr. Es gibt noch Richter in Österreich, die nachträglich zugeben, daß sie schlecht gerichtet haben. Aber wir sind in Wien. Der Racheanwalt, der den Prozeß provoziert hat, thront in sozialem Ansehen, der Arzt Herzfeld, der Erzählungen einer Sterbenden verraten hat, die durch ihre eigenen Briefe schlagend widerlegt werden, bleibt Universitätsprofessor, und der Verurteilte, gegen den Kindermund zeugte und onanierende Hände sich zum Schwur erhoben, muß den Titel ablegen. Aber der Fall stinkt weiter. Möge sich der Oberste Gerichtshof beeilen. Vielleicht könnte hier doch ein Unrecht geschehen sein. Möge er prüfen, ob nicht wieder einmal ein Vorurteil gefällt worden ist. Ich bin ja gewiß der Meinung, daß der alte Justizkrempel nicht tief genug verachtet werden kann, halte gewiß Lynchjustiz für kulturvoller als die Vollstreckung hundertjähriger Paragraphenweisheit. Aber Richter dürfen, solange es Gesetze gibt, nicht nach den ungeschriebenen Satzungen beleidigter Familienwünsche richten. Und die kriminelle Schuld eines Angeklagten – heiße er nun Tamara v. Hervay oder Theodor Beer – muß bewiesen sein, damit uns nicht der Glaube beunruhige, die Verurteilung sei wegen »unsympathischen Wesens« erfolgt.

Der Selbstmord der Themis

Hätten wir, ehe Laura Beer sich in die Stirn schoß, die Wahl gehabt, die Erhaltung ihres Lebens oder des Lebens der Herren Kleeborn + Feigl + Steger etc. etc. zu wünschen, wir hätten nicht geschwankt. Wenn Themis' Wage Menschenwerte zu vergleichen hätte, die Summe von Anmut, die mit der Ärmsten aus der Welt gestrichen wurde, hätten alle richtenden Hofräte und rächenden Regierungsräte dieses Schandprozesses nicht aufgewogen, nicht die Würdigkeit eines Staatsanwalts, der zur Erstattung einer Anzeige »rät«, nicht einmal der Heroismus zweier Knaben, die elterlichem Rachedurst den Ruf ihrer leiblichen Unschuld opfern. »Wegen zwei solcher Buben!« soll ein Helfer der Justizschändung, den die Nachricht vom Selbstmord in Clarens zur Besinnung brachte, ausgerufen haben. Graut den Herren vor dem Walten einer Judikatur, deren Strafwirkung weit über die gesetzlichen Maße ins Zentrum des Menschenglücks trifft? Fühlen sie das Mißverhältnis zwischen Schuld und Sühne? Der kriminalistische Wahnsinn wirkt auf keinem Gebiet, das die Profosen der Menschheit annektiert haben, so verheerend wie auf dem der Sexualjustiz. Die Phantasiearmut, die hier Gesetze kleistert, Anklagen erhebt und Urteile fällt, ahnt nicht, daß sie für Vergehen, die in anderen Himmelsstrichen keine sind, Menschenopfer unerhört fordert.

Moralheuchelei und Feigheit einer Presse, die bloß den Speichel des Siegers leckt, überbrücken die Kluft zwischen kleiner Ursache und großer Wirkung: sie sorgen dafür, daß die sexuelle Verfehlung, deren einer angeklagt ist, nicht beim richtigen Namen genannt werde. Im Fall Beer hat journalistische Diskretion durch delikate Verschweigung des wahren Sachverhalts der Phantasie weitesten Spielraum gelassen: die vom Prozeß ausgeschlossene Öffentlichkeit glaubt an den schwersten päderastischen Eingriff, der die Gesundheit vergewaltigter Knaben dauernd vernichtet hat. Bis heute kennt kein Zeitungsleser die »Tat«, für die jener kleine Wahrheitsfanatiker, der in der

Schule die Sittennote: selbstbefriedigend hatte, seine Hand zum Schwur benützte. So sei denn einmal ausgesprochen, daß seit vier Jahren die Welt rebellisch gemacht wird, die österreichische Justiz kopfsteht, die Akten des Wiener Landesgerichts sich berghoch türmen, Familien zerstört werden, Väter an Zukkerkrankheit sterben, blühende Gattinnen sich den Tod geben, weil man sagt, daß das Glied eines Advokatensöhnleins flüchtig berührt worden sei. Im Deutschen Reich, das dem Wahnwitz homosexueller Strafdrohung genau so opfert und die Bestrebungen der Erpresser genau so fördert wie Österreich, ist die Übung, deren Professor Beer – nein, in diesem Fall wirklich sein Geschmack – beschuldigt war, absolut straffrei. Unser Oberster Gerichtshof hat sich, wie neulich erst die ›Gerichtshalle‹ feststellte, in einer Entscheidung vom 11. April 1902 ausnahmsweise zur vernünftigen Auffassung des unvernünftigsten Paragraphen bekannt und – bei minder harmlosem Sachverhalt als im Fall Beer – die plane Selbstverständlichkeit ausgesprochen, daß »unzüchtige Betastung« noch nicht den Verbrechensbegriff der »widernatürlichen Unzucht« darstellen kann. Die Diskrepanz der beiden Judikate ist himmelschreiend. Mit einem Eifer, der für die simpelste Deduktion von der Welt die Jurisprudenz aller Völker und Zeiten, die Carolina und die Theresiana, das Josefinische Gesetzbuch und alle Hofdekrete und Prügelpatente von Peking und Wien heranzieht, geht der Oberste Gerichtshof für die Freiheit, die Genitalien des Nebenmenschen zu ergreifen, ins Zeug. Und dies in einem Falle, der nicht einmal einen österreichischen Aristokraten betrifft, dem etwa die verlockende Gelegenheit eines Dampfbades als mildernder Umstand zugebilligt werden könnte. Dieselbe Gerichtsinstanz ist es, die plötzlich aus den Abgründen juristischer Gelehrsamkeit ans Licht steigt, um sich an einen Abgrund der Moral zu begeben, und ohne wissenschaftliches Bemühen ein Spiel, das sie eben noch für straffrei erklärt hat, zum Verbrechen stempelt. Und die ›Gerichtshalle‹ stellt fest, daß die Generalprokuratur jenen erfreulichen Fehltritt des Kassationshofes »in Ausübung der ihr seltsamerweise zustehenden Publizierungsmacht, sowohl in der von ihr herausgegebenen Sammlung der Entscheidungen als in der bekannten vom Generalprokurator Cramer veranstalteten Ausgabe des Strafgesetzes übergangen und so der Vergessenheit geweiht« hat. Schwer drückt den Obersten Gerichtshof die Reue über die homosexuelle Neigung, die er ein einziges Mal verspürt hat. Das Rechtsgut des § 129 I. b ist wieder ein freiwillig bis auf Widerruf eröffneter Durchgang für kriminalistische Dummheit und Grausamkeit, und wenn zwei österreichische Zollbeamte in Tetschen – wo bekanntlich der Kuß eines Weibes als Übertretung geahndet wird* – miteinander kein Verbrechen begehen wollen, müssen sie ums Haus herumgehen.

...So ist's denn dabei geblieben. Für die »Tat«, die der Professor Beer in demselben Jahre, in dem sie die höchste Gerichtsstelle für straffrei erklärte, nach dem Zeugnis eines hysterischen Knaben begangen haben soll, wurde der Angeklagte zu dreimonatlichem Kerker, sein Vater und seine Gattin zum Tode verurteilt. Das Gesuch um Wiederaufnahme des Prozesses, die wenigstens den Angeklagten und seine Frau noch retten konnte, ward abgewiesen. Mit Berufung auf das Gesetz der Trägheit, dessen Auffassung in Österreich keinen Schwankungen unterworfen ist und das die Revision eines Vorurteils in einem Falle nicht zuläßt, in dem einmal die feste Absicht des »Einspirrns« betont wurde. Die Beteiligten werden mit ihren Ansprüchen auf den Weg der Selbsthilfe verwiesen.

So tief frißt sich hierzulande das Bewußtsein des Unrechts ins Gemüt, daß Weiber zu Rechtskämpferinnen werden. Ein österreichisches Justizmartyrium macht aus dem Verurteilten einen Heros, sein gläubiges Weib zur Hysterikerin. Der Mann könnte es verwinden, von der Wiener Ringstraße als Verbrecher geächtet zu werden, könnte den Kampf um die soziale Geltung aufnehmen oder, ein durch Reichtum Unabhängiger, in freierem Klima die Erbärmlichkeit vaterländischer Renommeen verlachen. In einer Schweizer Villa brütet eine Frau über Selbstmord oder Mord eines Justizgewaltigen, den sie für den Zerstörer ihres Lebensglücks hält, während er bloß das allge-

---

* Siehe Seite 211.

meine Rechtsgefühl zerstören half. Laura Beer hat einmal den Regierungsrat Steger, den Anzeiger, auf der Straße mit der Reitpeitsche gezüchtigt. Von dieser Frau war noch viel zu erwarten...

Die einzige Frage, die der mit dem Fall Beer beschäftigten Neugier zu lösen blieb: ob der Herausgeber der ›Fackel‹ Päderast oder vom verurteilten Millionär bestochen sei, ist, wie ich erfahre, inzwischen in allen Instanzen der Wiener Gerüchtsbarkeit in doppelt bejahendem Sinne entschieden worden. Und schon wieder muß man sich mit der vertrackten Affäre beschäftigen... Seit dem Tode des Richters Holzinger hat kein Schuß im Wiener Landesgericht eine so starke Detonation bewirkt wie jener, durch den unlängst die Frau eines Angeklagten aus dem Leben schied. Ein Schuß, der die Ratskammerherren weckt, ist der Rest, wenn die Rechnung zwischen Justiz und Sittlichkeit nicht stimmt. Einer muß hinüber; und ist's nicht der Staatsanwalt, so ist es ein Weib, das ihm den Schmerz nicht heimzahlen kann. Oder war's nicht Frau Themis selbst – die außer Land auf Gerechtigkeit Wartende –, die sich diesmal getroffen hat?... Und wenn man das Herz eines Anklägers hätte, man möchte gegen diesen Selbstmord einer Schönen Berufung einlegen! Aber ach, er ist inappellabel wie eine Entscheidung des Obersten Gerichtshofs. Nur daß die Justiz, die zum Tode durch eigene Hand verurteilt, keine Widersprüche in der Auffassung ihrer Paragraphen kennt! Der Selbstrichter ist sich stets über Schuld und Unschuld klar. Der Oberste Gerichtshof handelt manchmal in Sinnesverwirrung.

Diskrete Zusammenkünfte

Die sozialkritischen Verdauungsbeschwerden liebt unsere liebe Presse nicht. Darum schöpft sie von der ungenießbaren Melange der Wiener Ereignisse bloß die Schlagsahne süßen Klatsches ab. Sie beklagt etwa das Schicksal eines Neunundsiebzigjährigen: er »hat sich als Fabrikant ein ansehnliches Vermögen erworben«, und mußte nun ein Abenteuer mit der österreichischen Justiz erleben. Mit der Diskretion einer vornehmen Kupplerin, die ihre den europäischen Dynastien geleisteten Dienste dem Besucher rühmt, schildert die ›Neue Freie Presse‹, wie ein Rendezvous zwischen dem »angesehenen Fabrikanten« und der österreichischen Justiz zustandekam. Bloß das Alter des Klienten interessiert sie; sie verliert kein kritisches Wort über das Alter der Dame, der es noch immer erlaubt ist, staatsbürgerlicher Unschuld Fallstricke zu legen. Daß der Greis einst auf der Bank eines Parkes saß, »um sich von der noch warm strahlenden Herbstsonne bescheinen zu lassen«, läßt uns kalt. Wie er das Gespräch mit seiner jungen Nachbarin angeknüpft hat, macht uns auch nicht warm. »Am folgenden Tag macht er sich fröhlich auf den Weg, um der Einladung zu folgen. Schreckt ihn nicht das Los Franz Sikoras zurück, der vor nicht langer Zeit ein gleiches Abenteuer schwer büßte? Warnt ihn die Erinnerung an diesen Greis nicht, der, vielleicht heiter wie er, seinem Schicksale entgegenging und nicht mehr zurückkehrte?« Der diese Frage stellt, muß selbst zugeben, daß unserm Greis nicht ganz so übel mitgespielt wurde wie dem Opfer der Mörderin Klein. Die Dame, die Nachbarin auf der Bank, war harmlos. Aber die österreichische Justiz, die Schlüssellochhorcherin, wurde gefährlich. »Im Namen des Gesetzes, öffnen Sie!« Und noch einmal: »Im Namen des Gesetzes, öffnen Sie, sonst muß ich die Tür erbrechen!« Zwei Polizeiagenten treten ein. Gegen die Wohnungsbesitzerin war Anzeige erstattet worden, daß sie die Wohnung für »diskrete Zusammenkünfte« vermiete. Verschwörung? Hochverrat? Nein, für strenger verpönte

Heimlichkeit. Der Alte soll seinen Namen angeben, weigert sich mit Recht, wird mit der Abführung ins Kommissariat bedroht und greift in seiner Herzensangst, die ihm die sozialen Schrekken des Bekanntwerdens einer Sexualhandlung ausmalt, zu dem verzweifelten Entschluß, den nicht immer mißlingenden Versuch zu unternehmen, sich in eine Amtshandlung mit einer Zehnguldennote einzumengen. Diesmal hat die Zumutung geringschätziges Lächeln geweckt. Wenn sich die Kupplerin, die das Rendezvous vermittelt, das Strafrisiko mit der Hälfte des »Schandlohns« bezahlen läßt, so könnte die Staatsgewalt, die das Rendezvous vereiteln kann, gewiß mehr als die Hälfte beanspruchen. Wehe dem, der – und noch dazu mit unzureichenden Mitteln – das ethische Hochgefühl eines Spitzels zu erschüttern versucht hat! »Dieser Herr«, ruft er seinem Genossen zu, »hat mich jetzt bestechen wollen, damit ich gegen meine Amtspflicht handle.« Der Greis wird der »versuchten Verleitung zur Verletzung der Amtspflicht« angeklagt. Ein jeder von uns würde sie begehen, wenn Büttelneugier sich in die privateste Handlung mischt, wenn ein »unerlaubtes Verständnis« zweier Liebesleute durch das erlaubte Unverständnis zweier Amtspersonen gestört werden soll. Der Richter, dem so menschliche Erwägung nicht ganz fernzuliegen scheint, läßt den Angeklagten mit einer Geldbuße davonkommen. Den Qualen, die er in Erwartung einer Arreststrafe und des Familienskandals ausgestanden hat, gewinnt die ›Neue Freie Presse‹ den Humor der Pikanterie ab. Auch die Justiz verliert bei den Schändlichkeiten, die das Gesetz sie begehen heißt, ihre gute Laune nicht: »Als der Neunundsiebzigjährige in der geheim geführten Verhandlung auf dem ihm zugewiesenen fatalen Platze erschien, zeigte sich«, so erzählt Schmock, »ein Schmunzeln bei den Personen am Gerichtstische«. Und es habe Wirkung geübt, als der Verteidiger »mit Humor schilderte, in welche Nöten der beklagenswerte greise Liebhaber durch sein Abenteuer gelangt sei«.

Die Justiz bedrängt das Privatleben, und die Publizistik müßte dazu ihr prinzipielles Wort sagen. Aber sie ziehen sich gemeinsam ins Gemütliche zurück und schlagen augenzwinkernd das Strafgesetzbuch auf, dort, wo die »pikanten Blätter« beginnen. Wieder eine »Lasterhöhle« ausgehoben! Der unschuldige Leser des Gerichtssaalberichtes glaubt in solchem Falle, daß Prostitution und Kuppelei nunmehr ein Ende haben. Der raffinierte beklagt, daß man eine Adresse zu spät erfährt. Und keiner weiß, daß es der Behörde bloß darum zu tun ist, einigen soliden Firmen – sozusagen Hof- und Kammerlieferantinnen – die lästige Konkurrenz vom Halse zu schaffen. Denn nicht immer und überall dringen Polizeiagenten ins Schlafzimmer: ihren höchsten Vorgesetzten und anderen Herrschaften wäre es nicht erwünscht, zu so ungelegener Stunde gestört zu werden. Als Schutzengel bewachen sie das Haus, auf daß der Beischlaf der Gerechten nicht gestört werde. So oft man liest, daß eine arme Offizierswitwe vor Gericht gezerrt wurde, die als Vermieterin eines Absteigquartiers noch immer mehr Moral beweist als der Staat, der sie durch eine schäbige Pension zu solchem Nebenverdienst zwingt, empfindet man ein Bedauern über die Ungerechtigkeit des Schicksals, das die Straftat der Gelegenheitsmacherei nicht in allen Fällen durch die Vornehmheit der Klientel paralysiert hat. Der Ausspruch einer Anfängerin, der man angesichts der erdrückenden Übermacht der protokollierten Firmen ein schlechtes Prognostikon stellte: »Ach was! Ich habe bereits an das Obersthofmeisteramt geschrieben!«, klingt nicht erfunden. Als der – noch nicht ganz neunundsiebzigjährige – König von Spanien nach Wien kam, wurden außer den Schadchen auch die Kupplerinnen Wiens mobilisiert. Und es ist Tatsache, daß von offizieller Seite ein Absteigquartier für den hohen Gast gemietet wurde. Mit Recht. Warum sollte ihm versagt sein, was sich jeder Fremde von geringerer Distinktion mit Hilfe des Hotelportiers verschaffen kann? Noch ist er ja unverlobt. Die Hotelportiers des Obersthofmeisteramtes wissen, wozu sie verpflichtet sind. Und die Polizeiagenten, die die Mauer machen, werden nicht durch Zehnguldennoten für die Verletzung, sondern durch spanische Orden für die Erfüllung ihrer Amtspflicht belohnt.

Die Kussräuberin

Aus Tetschen wird gemeldet: »Vor dem hiesigen Bezirksgerichte hatte sich gestern die 18jährige Kellnerin Martha Knebel aus Dresden zu verantworten. Die Genannte hatte in der Nacht vom 25. auf den 26. Jänner auf dem Perron des Bodenbacher Bahnhofes in übermütiger Laune einem fremden Manne einen Kuß gegeben. Der betreffende Herr ließ das Mädchen durch die Bahnhofpolizei verhaften. Der Richter verurteilte die Kußräuberin zu 14 Tagen Arrest, verschärft durch 4 Fasttage. Nach verbüßter Strafe wird die Knebel nach Dresden abgeschoben werden.«

Dies Urteil, das an der Grenze zwischen österreichischer Dummheit und sächsischer Bestialität gefällt wurde, hat sogar die ›Neue Freie Presse‹ beunruhigt. Sie beruhigt nun, nachdem sie in Tetschen »Erkundigungen« eingezogen hat, die Welt durch die folgende Aufklärung: Die Kellnerin sei »in Wahrheit wegen gewerblicher Prostitution unter den in § 5 des Gesetzes vom 24. Mai 1885 angeführten Umständen verurteilt worden und der von ihr gegebene Kuß nur die Ursache ihrer Anhaltung«. Die Verurteilte »stand schon früher in Dresden unter sittenpolizeilicher Kontrolle«. Nun kann der gute Bürger ruhig beischlafen. Daß die Frauen, die ihm gefallen, dafür »eingespirrt« werden, muß ihn nicht bekümmern. Es mag ihm gleichgültig sein, ob sie sich post coitum, wo ohnedies alles triste ist, unter den im § 5 des Gesetzes vom 24. Mai 1885 angeführten oder in anderen Umständen befinden. Martha Knebel ist offenbar dem 4. Absatz jenes Paragraphen zum Opfer gefallen: »Wenn solche Frauenspersonen (die mit ihrem Körper unzüchtiges Gewerbe treiben) durch die Öffentlichkeit ein auffallendes Ärgernis veranlassen u.s.w.« Das auffallende Ärgernis war der Kuß, den der brave Mann auf dem Perron als unerträgliche Schmach empfand. Ohne diesen Kuß hätte Martha Knebel ihr Treiben fortgesetzt oder wäre bloß von der Ortspolizei, welche die Prostitution, die sie nicht bewilligt, straft, für ein paar Stunden in Behandlung genommen worden. So aber mußte der Strafrichter einschreiten, und Martha Knebel bekam vierzehn Tage, verschärft durch vier Fasttage. Ich finde die Sache nach der Aufklärung der ›Neuen Freien Presse‹ beunruhigender. Früher konnte man glauben, daß man es mit einem vereinzelten Tobsüchtigen zu tun habe, der das Richtschwert als Dreschflegel handhabt. Nun sehen wir, daß auch dieses Urteil juristisch begründet ward. Das Mädchen, das geküßt hatte und dafür eingesperrt wurde, ist eine Prostituierte. Und bei dem Klang dieses Wortes hält sich die christliche Nächstenliebe die Ohren zu, und bekreuzigt sich die jüdische Journalistik. Aber man würde irren, wollte man die Zufriedenheit mit dem gegen eine Prostituierte verübten Unrecht für einen spezifisch bourgeoisen Zug halten. Auch die ›Arbeiter-Zeitung‹ hat nunmehr ihre vollste Übereinstimmung mit dem Tetschener Urteil ausgesprochen. Der Gerichtsvorstand teilte der Redaktion höflichst mit, daß der Kuß nicht in übermütiger Laune gegeben und die Geberin nicht wegen des Kusses verurteilt wurde, sondern daß sie »eine öfter von der Dresdener Sittenpolizei abgestrafte Prostituierte ist, die schuldenhalber aus Dresden flüchtig geworden war, sich in Bodenbach bereits seit vierzehn Tagen unterstandslos herumtrieb und schließlich vor dem Bahnhof ihr Gewerbe auf eine schamlose Weise ausüben wollte, indem sie den ankommenden Reisenden um den Hals fiel und sie mitzulocken versuchte«. Hört, hört! ruft das sozialdemokratische Blatt, bringt die Worte, die das Entsetzen der Gesellschaftsordnung wecken sollen, in Sperrdruck und revoziert die scharfe Kritik, die sie »an die falsche Voraussetzung geknüpft« hat. Denn der Richter hat »ein formell gesetzmäßiges Urteil gefällt«. Daß ein solches die Kritik mundtot macht, ist eine Auffassung, die im Rahmen der ›Arbeiter-Zeitung‹ überraschend wirkt. Und daß dieser gerade die Berufung auf die Dresdener Sittenpolizei imponieren würde, war auch nicht vorauszusehen. Man hätte vielmehr gedacht, das fürchterliche Proletarierschicksal, das die Tetschener Gerichtsbarkeit noch zur Begründung eines Strafurteils ausbeutet, werde in einem sozialdemokratischen Redakteur einen Anwalt finden, der den Herren in Tetschen antwortet: Für so dumm, zu glauben, daß wegen eines Kusses – Unsittlichkeit oder Ehrenbeleidigung? – einer Frau strenge Arreststrafe diktiert werde, sollt ihr uns selbst in Österreich nicht halten. Wir haben bloß das Urteil nicht verstanden, aber sogleich vermutet, daß der Kuß nur der »Anlaß« gewesen sein konnte. Jetzt, da wir hören, daß es sich um eine gehetzte Prostituierte handelt, verstehen wir das Urteil und finden es grausam. Ohne den Kuß wäre das Mädchen – vielleicht – für einen Tag in den Polizeiarrest gekommen. Nun wurde aber durch den Kuß das »öffentliche Ärgernis« gegeben, das hierzulande immer entsteht, wenn ein paar Kerzlweiber es empfinden wollen, und in derart kompliziertem Fall »gewerbsmäßiger Prostitution« schreitet der Strafrichter ein. Es ist wahr, daß das Strafminimum des blödsinnigen Gesetzes ein Monat ist. Indes, wenn die Praxis nicht Jahre in Monate, Monate in Tage verwandelte, würde die österreichische Bevölkerung den Tag, da ihr ein neues Strafgesetz geboren wird, im Arrest verleben. Aber ein Mörder muß bloß an dem Jahrestag seiner Tat fasten und die Prostituierte – dies blieb unberichtigt – viermal in vierzehn Tagen! Nimmer wird uns ein solches Urteil zur stummen Anerkennung seiner »formellen Gesetzmäßigkeit«, zur Rückziehung unserer Kritik bestimmen können. Die bürgerliche Presse – jene ›Allgemeine Zeitung‹ zum Beispiel, die die gemeine Zeitung ist für Alle – mag von der »Milde« des Urteils in dem Augenblick zu schwärmen beginnen, da sie erfährt, daß es eine Prostituierte getroffen hat. Wir Schützer der Ausgestoßenen finden die judizielle Schärfe, in der sich der pharisäische Haß der »Gesellschaft« zu vier Fasttagen geformt hat, verdammenswert. Wir sprechen das Opfer der Dresdener Sittenpolizei frei und klagen eine staatliche Ordnung an, die die Ausbeutung der Weiblichkeit an dem Weib ahndet, die so der »schamlosen Ausübung der Prostitution auf einem Bahnhof« Vorschub leistet, und die schließlich in ihrer perversen Gerechtigkeit den Hunger mit vier Fasttagen bestraft!

Ein Überfall der Justiz

Der Wiener Appellsenat genießt einen Weltruf. Denn seine Methode, schlechte bezirksgerichtliche Entscheidungen zu bestätigen und vernünftige abzuändern, ist unfehlbar. Aber es gehört kein Mut zur Dummheit, wenn viere über einen kommen. Da hat am 25. Mai der Vorstand des Bezirksgerichts Josefstadt, Landesgerichtsrat v. Heidt, wegen Beleidigung des Herausgebers der ›Fackel‹ den Leiter des Cabarets »Nachtlicht«, Herrn Achille Vaucheret, genannt Henry, zu einer einmonatigen Arreststrafe und seine Freundin Marie Biller, genannt Delvard, zu einer Geldstrafe von 300 Kronen verurteilt. Er hat zu solcher Strafbemessung nicht erst der Erinnerung an jenen Ministerialerlaß bedurft, der auf Verhängung von Arreststrafen in Fällen schwerer Ehrverletzung dringt. Er überblickte die ungeheuerliche Situation, in der sich ein Schriftsteller dem artistischen Leiter eines Champagnergeschäftes gegenüber befindet, der ihn wegen einer kritischen Bemerkung angefallen hat und sich dann öffentlich und um dem Geschäft die Preßgunst zu sichern, der Faustschläge, aber nicht der antisemitischen Beschimpfungen rühmt, mit denen er den Schriftsteller regaliert hat. Er mag auch die Situationen erwogen haben, die erst herbeigeführt würden, wenn sich der Überfall auf einen verhaßten Publizisten mit einer Geldstrafe begleichen ließe. Nicht nur daß mancher Rowdy einen Kapitalisten fände, der in seiner Freude über die Verprügelung des Störers der Wiener Gemütlichkeit gern ein paar Hunderter »springen ließe«; vielleicht fände auch manch ein Kapitalist einen Rowdy, der die Arbeit zur Zufriedenheit des Auftraggebers ausführte. »Sitzredakteure« sind für solche Fälle schwieriger aufzutreiben, aber »Verantwortliche«, denen die Strafsumme vom Unternehmer bezahlt wird, gibt es in Fülle. Herr Vaucheret selbst hatte sich, wie gerichtlich festgestellt ist, vorher nach der Höhe der zu gewärtigenden Geldstrafe erkundigt und seine Geneigtheit, sich's eventuell tausend Kronen kosten zu lassen, gesprächsweise kundgegeben. Hatte der Erstrichter zudem jenen Paragraphen im Auge, der ihm ausdrücklich die Berücksichtigung der angegriffenen Person vorschreibt, so war es klar, daß hier dem Sinn der Strafe erst durch die Statuierung eines Exempels Genüge geschehen konnte. Bei einem Wirtshauskonflikt zweier Privatleute mag die Buße das Äquivalent der Tat bedeuten. Ward einem Schriftsteller die Ausübung seines kritischen Berufs brachial vergolten, so soll die Strafe perspektivisch auch als Schutz gegen künftige Möglichkeiten physischer Vergewaltigung aufgefaßt, sollen dem Täter gegenüber die Vorstrafe eines andern, der ähnlich gehandelt hat, und die Neigung anderer, dem Beispiel zu folgen, als erschwerend angenommen werden. Die Tat könnte ein Beispiel sein, also sei die Strafe ein Exempel. Bedenkt man schließlich, daß noch kein Raufer mit einer Tat, die er vor Gericht demütig mit Trunkenheit entschuldigt, in ähnlich berechnender Weise vor der Öffentlichkeit von hundert Zeitungen geprunkt hat, wie jener Herr Vaucheret, so muß man die von der ersten Instanz bemessene Strafe gerecht, wenn nicht milde finden, so drakonisch sie vom Gesichtspunkt einer schlechten Praxis – nicht des Gesetzes, das bis zu sechs Monaten geht – erscheinen mag.

Am 7. September hatte ich endlich das Vergnügen, eine Verhandlung vor dem Wiener Appellsenat aus eigener Anschauung kennen zu lernen. Ich bedaure es nicht. Möchte im Gegenteil wünschen, daß auch einmal der Justizminister, der ja, einem dunklen Gerücht zufolge, ein »moderner Mensch« sein soll, sich die Herrschaften ansehe. Beileibe nicht, um die Unabhängigkeit ihrer Gedankenarmut anzutasten! Aber das Menschenmaterial sollte er kennen lernen, das in Österreich für das Strafrichteramt herangezogen wird. Schon die Verlesung des Referats durch einen Landesgerichtsrat, der jeden französischen Eigennamen als Verkehrshindernis empfindet, ist aufschlußreich. Und diese Physiognomien! Was nützen in solchem Milieu alle modernen Erlässe der Justizverwaltung! Der Pissoirgeruch des Wiener Landesgerichts dringt durch die Tünche, mit der es kürzlich renoviert wurde. Als ich diese Richter sah, wußte ich sofort: Hier wird dem Angeklagten Trunkenheit als wesentlich mildernder Umstand zugebilligt! Ja, auf diesen Gesichtern lag volles Verständnis für das wichtigste Argument der Verteidigung. Übrigens eine ziemlich verbreitete Erscheinung unter österreichischen Richtern. Ein böhmisches Kreisgericht hat einst einem Menschen, der wegen boshafter Sachbeschädigung angeklagt war – er hatte die Einrichtung des Wirtshauses, in dem er zehn Minuten auf das Bier warten mußte, demoliert –, als mildernden Umstand »die begreifliche Aufregung des Angeklagten« zugebilligt. Und im Prozeß Rutthofer wurde neulich der Münchener Psychiater scharf ins Gebet genommen, weil er den getöteten Herrn Landesrat wegen eines täglichen Liters Wein als »Alkoholiker« zu bezeichnen wagte. Im allgemeinen macht man die Erfahrung, daß die österreichische Justiz den Geschlechtsverkehr für ein belastendes, Trunksucht für ein entlastendes Moment ansieht. Wer sich hierzulande Mut zu einer Gemeinheit antrinkt, findet mehr Entgegenkommen bei Gericht, als einer, der den Mut schon hat. Auch wer im Rausch eine größere Gemeinheit begeht, als er nüchtern geplant hat. Er versetzt sich in einen Zustand, in dem er für sein Tun nicht verantwortlich ist, sollte also schwerere Verantwortung tragen. Aber die Justiz straft ihn nicht für seine Verwandlung, sondern entschuldigt sein Tun. Wer Hemmungen ausschaltet und dann zufällig eine Straftat begeht, müßte den Zustand so verantworten, wie die Tat. Wer Hemmungen ausschaltet, um eine Straftat zu begehen, müßte ihn schwerer verantworten. Es ist geistlos, mit Trunkenheit eine Tat zu exkulpieren, aber es ist die ausgemachteste Justiztorheit, mit ihr auch einen Plan zu tilgen. Und in beiden Fällen ist es verfehlt, »Volltrunkenheit« nachsichtiger zu behandeln als »Angetrunkenheit«. Denn weil es unverantwortlich ist, sich unverantwortlich zu machen, müßte es verantwortet werden. Der Einzelrichter des Prozesses Henry, der offenbar von der Meinung ausging, daß Besoffenheit kein besonderes Verdienst sei, wurde von dem Bierrichtersenat des Landesgerichts eines Bessern belehrt. Dieser sprach dem Angeklagten das Verdienst, das ihm die Zeugen bestritten hatten, ohneweiters zu. Zwar hatte sich Herr Vaucheret ein paar Stunden nach der Tat aller

Details erinnert und konnte sie jedem Reporter, der da gelaufen kam, aufzählen; hatte seine Heldenleistung in Interviews des Lippowitzblattes – die Schere putzt das Nachtlicht – besingen lassen und sich bei reichsdeutschen Blättern, die sie nachdruckten, später bedankt. Immerhin machte ihn schon die Ausrede der Trunkenheit dem Appellsenat sympathisch. Und so kam es, daß dieser enunzierte, der erste Richter habe »die hochgradige Aufregung infolge übermäßigen Alkoholgenusses nicht genügend gewürdigt«. Der erste Richter hatte bloß die Zeugen gehört, die aussagten, Herr Vaucheret sei nicht betrunken gewesen. Der Appellsenat hörte den Angeklagten, der ein anheimelndes Zugeständnis machte. Der erste Richter schöpfte sein Urteil aus dem Verhör der Tatzeugen, aus fast unmittelbarer Anschauung der Situation. Der Appellsenat stößt das Urteil um, weil ihm der Angeklagte nach fünf Monaten sagt, es sei doch anders gewesen. Man sieht, wie notwendig die »Überprüfung« des erstrichterlichen Urteils durch einen Appellsenat ist. Aber so eine zweite Instanz ist auch erfinderisch. Warum Herr Henry statt eines Monats 600 Kronen Geldstrafe bekommen mußte, war klargestellt. Wie aber sollte die Umwandlung der 300 Kronen des Fräuleins Delvard in 150 motiviert werden? Keine ihrer Beschimpfungen war in Abrede gestellt worden. Da überraschte der Appellsenat den Verteidiger mit der Entdeckung, das Wort »Pest« sei nicht erwiesen worden. Aber da die Dame nicht wegen eines Wortes, sondern wegen eines Satzes geklagt war, so muß sie in jener Nacht offenbar den Ausruf getan haben: »Wien würde mir danken, wenn ich es von dieser.... befreite.« Die Pest als die gefährlichste Krankheit schien dem Appellsenat immerhin 150 Kronen wert, also genau soviel, wie alle anderen Beschimpfungen und Tätlichkeiten zusammen... Ei nun – ein Überfall der Justiz, durch den sie sich wenigstens die Zufriedenheit des ›Neuen Wiener Journals‹ erworben hat.

Ein österreichischer Mordprozess

Präsident: Es mußte also jemand nach Ihrer Darstellung in der Zwischenzeit in die Wohnung gekommen sein, um Ihren toten Mann noch toter zu machen. (Heiterkeit).... Sind Sie freudig in die Ehe getreten? – Angeklagte: Ich wäre am liebsten davongelaufen. – Präs.: Warum sind Sie nicht davongelaufen? Es wäre ein Glück für beide gewesen! – Angekl.: Als ich in der Kirche stand, hatte ich Lust davonzulaufen. Aber mein Mann hat mich fortwährend angeschaut. – Präs.: Hat er Sie freundlich angeschaut?.... Sie sollen sehr schlüpfrige Gedichte gemacht und Ihren Freundinnen vorgelesen haben?.... Ihr Mann war so gutmütig, daß er stets selbst den Kaffee gekocht hat. Die letzten vier Tage vor seinem Tode mußten Sie den Kaffee kochen. Das war so eine Art Disziplinarstrafe für Sie.... (Der Präsident bespricht die Beziehungen der Angeklagten zu August Baron Coreth, den sie als Fünfzehnjährigen verführt haben soll.) Angekl.: Ich weiß nicht, warum Sie das alles den Geschwornen sagen. – Präs.: Es geschieht, um Ihren Charakter zu zeichnen!.... Wie haben Sie es mit der Religion gehalten? Was für Anschauungen hatten Sie von der Religion? Sie sollen sich einmal sehr abfällig über die Auferstehung geäußert haben? (Der Präsident bespricht die Beziehungen der Angeklagten zu ihrem letzten Liebhaber, dem Juristen Sablic.) Wie hat Ihnen Sablic als Mann gefallen? – Angekl.: Sehr gut. Er war sehr stattlich.... Präs.: Wie oft ist Sablic zu Ihnen gekommen? – Angekl.: Muß ich das sagen? – Präs.: Er hat Sie jeden dritten bis vierten Tag besucht. – Angekl.: Es wird schon richtig sein. (Die Angeklagte gibt zu, daß sie wiederholt ihren Mann aufforderte, mit ihr ins Café Maximilian zu gehen, weil sie dort Sablic treffen wollte.) – Präs.: Um mit ihm zu kokettieren!.... Sablic behauptet, daß er das Verhältnis mit Ihnen nur als Sport angesehen habe.... Hatten Sie außer Baron Coreth und Sablic noch irgend welche Verehrer? – Angekl.: Nicht von Bedeutung. (Der Präsident hält ihr vor, daß sie eine große Liebeskorrespondenz poste restante unterhielt.) Angekl.: Nur ganz flüchtige Sachen. – Präs.: Aber Sachen waren es doch. – Angekl.: Sie verspotten mich, Herr Präsident. – Präs.: Ich verspotte Sie nicht. Ich frage Sie nur, was ich Sie fragen muß.... Warum ist er bei Ihnen zu Besuch erschienen? Wahrscheinlich um seinen Pflichten nachzukommen!.... Was hat Ihnen Sablic noch gesagt? – Angekl.: Ich habe ihn gebeten wegzugehen, mit den Worten: »Heute hapert's.« – Präs.: Sie sollen zu Sablic nicht gesagt haben: »Heute hapert's«, sondern »Heute kracht's«.... (Die Angeklagte erklärt, sie habe die ganze Nacht nicht geschlafen, sei müde und wolle nicht alles zweimal erzählen.) Präs.: Ihr Mann fand an dem kritischen Abend Ihren Liebhaber Sablic an Ihrer Tür. Was sagte er zu Ihnen? – Angekl.: Er sah mich durchdringend an und sagte: Diesmal ist er durch, ich habe ihm nichts getan. – Präs.: Und was sagten Sie? – Angekl. (unwillig): Lesen Sie doch die Protokolle, ich sage nichts mehr. – Präs.: Es ist meine heilige Pflicht, die Wahrheit zu erforschen und Sie über alle Einzelheiten zu befragen. (Der Präsident will noch einmal die Umstände der Tat erörtern.) Angekl.: Ich habe ja gestern schon alles angegeben. Ich werde doch heute nicht die ganze Qual nochmals durchmachen!.... Präs.: Bevor Sie sich dem Gericht stellten, haben Sie sich um 20 Kreuzer Schinken und einen halben Liter Wein zum Frühstück gekauft. Haben Sie denn noch Appetit zum Essen gehabt? – Angekl.: Ich hatte Hunger, denn ich hatte schon lange nichts gegessen. – Präs.: Dazu gehört wohl ein guter Magen, nach einer solchen Tat ein derartiges Frühstück zu sich zu nehmen! Sie haben auch nach der Einlieferung in die hiesige Fronfeste sehr gut geschlafen. – Angekl.: Weil ich sehr erschöpft war. – Staatsanwalt: Wenn eine Frau ihren Mann in Notwehr tötet, dann glaube ich, daß eine solche Frau sich halbnackt mit aufgelöstem Haar hinausstürzt und um Hilfe ruft, nicht aber, daß sie sich in aller Bequemlichkeit anzieht und noch soviel Sorgfalt auf ihre Toilette verwendet, um selbst in der Nacht auf die Herren, die sie aufsucht, Eindruck zu machen. (Der Präsident zeigt den Geschwornen die blutbefleckten Wäschestücke, das Hemd, das Mieder und die Nachtjacke der Angeklagten. Die Angeklagte bezeichnet, zum Gerichtstische gehend, mit den Fingern den Geschwornen selbst die blutigen Stellen.) Staatsanwalt (entrüstet): Alteriert es Sie gar nicht, in dem Blute Ihres Mannes so herumzuklauben? – Angekl.: Jetzt bin ich schon fünf Monate hier im Hause und höre in der ganzen Zeit nichts als Blut! Blut! und wieder Blut! Fünf Monate werde ich hier schon gequält! – Staatsanwalt: Mindestens ist Ihr jetziges Benehmen eine Herzlosigkeit von Ihnen.... Präs.: Rutthofer mußte früher aufstehen, weil er Kaffee für seine Frau kochen mußte. – Zeuge: Jawohl, das war mir bekannt. (Heiterkeit.) – Angekl. (zum Präsidenten): Sie spotten ja schon wieder, Herr Präsident!.... Ein anderer Zeuge: Sie hat einmal gewünscht, daß ich mit ihr einen Operettentext ausarbeite; ich hatte aber keine Lust dazu. Eines Tages hat sie mir Gedichte zur Begutachtung übergeben. – Präs.: Manche Gedichte waren sehr gepfeffert. – Zeuge: Das ist richtig.... Angekl.: Herr Präsident, Sie verdrehen meine Worte! – Präs. (streng): Ich verdrehe nichts, ich erfülle nur mein Amt. Ich führe die Verhandlung objektiv durch.... (Die Angeklagte behauptet, daß der Untersuchungsrichter auf sie einen Druck ausgeübt habe. Der Präsident läßt den Untersuchungsrichter rufen.) Präs.: Ist auf die Angeklagte ein Druck ausgeübt worden? – Zeuge: Nein. – (Der Zeuge Baron Coreth gibt an, eines Tages habe ihm Frau Rutthofer einen Kuß gegeben.) Zeuge: Ich war überrascht und wollte es der Mama sagen. Ich habe es aber nicht getan, weil ich mich geschämt habe.... Ich kann mich nicht erinnern, wie das Verhältnis mit Frau Rutthofer begonnen hat. Ich konnte sie eigentlich nicht recht ausstehen. Ich habe immer einen Widerwillen gegen sie gehabt und weiß nicht, wieso ich mich ihr geben konnte. (Die Angeklagte macht eine abwehrende Handbewegung, wie wenn sie nicht wolle, daß der Zeuge über die Sache weiter spreche.) Staatsanwalt: Es muß sein, es muß gesprochen werden. – Präs.: Weshalb sind Sie immer wieder zu ihr gegangen? – Zeuge: Weil sie mich gedrängt hat. (Er habe mit ihr durch zehn Jahre bis in die letzte Zeit verkehrt.) Präs.: Wann das letzte Mal? (Die Angeklagte macht eine abwehrende Bewegung und ringt verzweifelt die Hände.).... Präs.: Ist sie in die Kirche gegangen? – Zeuge: Nein. – Präs.: Hat sie sonst auf Religion gehalten? – Zeuge: Sie hat sich über die Auferstehung abfällig geäußert. – Präs.: Hat sie Ihnen Geschenke gemacht? – Zeuge: Ja, eine Uhr hat sie mir gegeben. – Präs.: Auch Geld? (Der Zeuge schweigt.) .... Präs.: Was haben Sie ihr damals gesagt? – Zeuge: Ich habe ihr gesagt: Geh' mach' keine Dummheiten! – Präs.: Waren Sie per Du mit ihr? – Zeuge: Ja. – (Der Zeuge Sablic gibt an, daß er gegen 10 Uhr abends bei der Haustür mit der Angeklagten zusammengetroffen sei.) Präs.: Was hat sie damals zu Ihnen gesagt? – Zeuge: Sie sagte: Heute hapert's. – Präs.: In der Untersuchung sagten Sie: Heute kracht's. (Der Verteidiger erklärt, daß er gegen den Untersuchungsrichter bezüglich der Protokollsabfassung Mißtrauen hege, und führt an, daß der Untersuchungsrichter vor zwei Jahren mit einem Burschen, den die Gerichtsärzte für einen Kretin erklärten, ein ausführliches Protokoll aufgenommen habe. Er sehe sich zu diesen Mitteilungen nicht aus Rankiine gegen den Untersuchungsrichter veranlaßt, wiewohl er offen zugebe, daß er diesem richterlichen Beamten persönlich nicht gut gesinnt sei.) Chor der richterlichen Beamten im Auditorium: Aha! Schau, schau! – Ein Geschworner: Der ganze Streit geht uns gar nichts an! (Folgt eine Kontroverse zwischen dem Staatsanwalt und dem Verteidiger.) Verteidiger: Ich werde sie einmal klagen, Herr Staatsanwalt.... (Eine Zellengenossin der Angeklagten erzählt, diese habe gesagt, der Stich in den Unterleib ihres Mannes sei butterweich gegangen.... Geschworne kündigen im Wirtshaus an, daß sie die Mordfrage bejahen werden. Einer, ein Hafnermeister, erklärt, er betrachte die Aussage des Münchener Nervenarztes nicht als vollwertig, da dieser doch seinem Geschäfte schaden könnte, wenn er anders aussagte. Die Rutthofer aber wüßte »einen Dritten, und wenn sie den Dritten nicht sagt, dann soll sie auch für den Dritten büßen«. Der Verteidiger lehnt die Geschwornenbank wegen Eidbruchs und den Gerichtshof wegen Befangenheit ab. Das Oberlandesgericht weist die Anträge der Verteidigung zurück. Luise Rutthofer wird wegen Totschlags zu sieben Jahren schweren Kerkers verurteilt.)

Zum Prozess Rutthofer

Ich habe neulich über den Prozeß Rutthofer nicht gesprochen, sondern bloß der Sprachlosigkeit Ausdruck gegeben. Die trockene Aneinanderreihung von Zitaten ergab ein grauenhafteres Bild unserer Justizschande, als die lebhafteste Aussprache der Empörung. Heute kann man immerhin das Wort zur Feststellung finden, daß es unsagbar war. Daß jedes österreichische Kronland sein Leoben zu haben scheint. Daß der Tiroler Labres Tarter heißt und der Reimoser von Innsbruck Tschurtschenthaler. Die Affäre des getöteten Landesrats war vielleicht doch um einen Grad noch scheußlicher als der Fall Hervay. Hier wie dort wurde ein Frauenleben durchschnüffelt. Aber während in Leoben Bigamie durch Leutnantsbekanntschaften bewiesen wurde, waren in Innsbruck »gepfefferte Gedichte« ein Indizium für Mord. Freuen wir uns, daß Johann Gabriel Seidl und Johann Nepomuk Vogl, die vaterländischen Dichter, nie hätten verdächtig werden können!

In der gebirgskretinistischen Stimmung solcher Prozesse gedeiht erst die journalistische Psychologie. Typisch ist die Wendung: »Ihr Lebenswandel war nichts weniger als einwandfrei.« »Sie betrog ihren Gatten in der schamlosesten Weise und gab dies sowie auch den Umstand ohne weiteres zu, ihren Mann nur deshalb geheiratet zu haben, um auf diese Art in angenehmer Weise versorgt zu werden.« So schreibt das in deutscher Sprache erscheinende ›Deutsche Volksblatt‹. Daß ein nicht einwandfreier Lebenswandel eine Verurteilung wegen Totschlags rechtfertigt, wollen wir in Gottes Namen – wenigstens für Tirol und Vorarlberg – hinnehmen. Aber daß eine Frau einen Mann heiratet, »um auf diese Art in angenehmer Weise versorgt zu werden«, scheint doch auch in Kreisen des ›Deutschen Volksblatts‹ öfter vorzukommen und dürfte nicht einmal als Überschreitung der Notwehr gegenüber dem Leben qualifiziert werden. Allzu angenehm muß übrigens die »Weise« dieser Versorgung durch die Heirat mit einem impotenten Alkoholiker, der seine Frau Sterbegebete sprechen ließ, nicht gewesen sein. Herr Rutthofer war ein Tiroler Landesrat, der, wie der Präsident hervorhob, dennoch alle 14 Tage ein Bad nahm. Er hatte aber, schon lange bevor er in die Dienste des Landes trat, autonome Selbstbefleckung getrieben, und als er seine Hand endlich einer Frau antrug, sich von dieser eine gestempelte Urkunde ausstellen lassen, worin sie ihm auch für den Fall seines Unvermögens, die ehelichen Dienstpflichten zu erfüllen, ihre Treue garantieren mußte. Daß dieser Vertrag eine causa turpis war, nicht seine Verletzung, liegt sozusagen auf der Hand; und »schamlos« sollte der Betrug, den ein lebenslustiges Weib an ihrem morschen Gatten begeht, einem Zeitungsherausgeber nicht erscheinen, der es mit – wie sagt man doch – Obligationen selbst nicht so genau nimmt... Bahnbrechend auf dem Gebiete der Dummheit ist aber auch die ›Deutsche Zeitung‹. Sie beweist in einem Leitartikel über den Fall Rutthofer, daß an allem die Juden schuld sind. Sie beruft sich auf das »noch immer und überall gültige Sittengesetz: Du sollst nicht ehebrechen, du sollst nicht töten!«, und will mit dieser sinnigen Verbindung zweier Verbote offenbar sagen, daß jedem, der das Verbrechen der Untreue begeht, auch die Unsittlichkeit des Mordes ohne weiteres zuzutrauen sei. Die Juden aber glorifizieren Verbrechen und Unmoral. Es sei bezeichnend »für den femininen Charakter ihrer Rasse«, daß die Juden in der Beurteilung des Falles Rutthofer gegen den Mann und für die Frau sind. Die »Negation aller männlichen Ideale und Gefühle bildet ja einen Grundzug ihres Wesens und Handelns, Verweiblichung und Verweichlichung nicht nur ihrer selbst, sondern auch ihrer Umgebung, den Grundzug ihres Strebens und Sehnens, das sie nicht vergessen, trotz tausendjähriger Emigration. Wir aber, die wir Arier sind, wollen nicht Verweiblichung, haben auch andere, höhere Ideale, ein ernsteres Streben«. Man muß wirklich schon alle männlichen Ideale und Gefühle negieren, wenn man im Fall Rutthofer gegen den Mann ist. Daß er, wie in der Verhandlung konstatiert wurde, »stets selbst den Kaffee gekocht« und die Wohnung aufgeräumt hat, tut gar nichts zur Sache. Er war ein Mann, nehmt alles nur in allem. Es dürfte sich durch die Innsbrucker Matrik, die schließlich rechtsgültiger ist als die spätere Urkunde, die er sich ausstellen ließ, unschwer nachweisen lassen. Oder man könnte zugeben, daß auch den Grundzug seines Wesens und Handelns Verweiblichung und Verweichlichung bildete, und da waren jedenfalls die Juden daran schuld.

Mit Unrecht hält die ›Deutsche Zeitung‹ die jüdische Journalistik für klüger als sich selbst. Auch die ›Neue Freie Presse‹ macht geltend, daß Frau Rutthofer »moralisch höchst verkommen« war. Die Hornochsen sind eben durch keine Parteifarbe unterschieden. Aber die ›Neue Freie Presse‹ behauptet auch, die Frau sei »intellektuell tief stehend« und der Mann »schon vermöge seines Berufes ihr an Bildung weit überlegen« gewesen. Daß Herr Rutthofer seiner Gattin an Bildung weit überlegen war, ist wohl für den Tatbestand des Totschlags ziemlich relevant. Sicher aber ist, daß man der Rutthofer eher die Mordabsicht als intellektuelle Minderwertigkeit bewiesen hat. Nur die intellektuelle Minderwertigkeit der Gerichtssaalberichterstattung ermöglicht eine solche Beobachtung. Frau Rutthofer war das Opfer einer beispiellosen Gerichtssaalhetze, aber ein wehrhaftes. In drangvoller Enge hat die Angeklagte Worte gefunden, die den Vorhang von ihrem ganzen Ehejammer zogen und zugleich die richterliche Preisgebung ihres Privatlebens straften. Als ein Zeuge nach dem andern aufmarschierte, um die Friedfertigkeit des toten Amtskollegen und Stammtischbruders zu bestätigen, rief die Angeklagte: »Es tut mir leid, daß ihn niemand aufgeregt gesehen hat. B e i N a c h t w a r e n w i r i m m e r o h n e Z e u g e n.« Ein Wort, das alle weiteren Experimente der Sexualjustiz überflüssig machen könnte. Diese Frau gab ihre Sache verloren, aber sie kämpfte. Selten noch hat ein Angeklagter schlagfertiger die Zumutungen der Gerechtigkeit abgewehrt, überlegener einen pflichtvergessenen Gerichtshof in seine Schranken gewiesen. Und die Frage: »Was für Anschauungen hatten Sie von der Religion?« schien sie manchmal mit der Frage zu parieren: Was für Anschauungen haben Sie von der Strafprozeßordnung?

Die Reverenz

Liest man in dem Bericht über einen Strafprozeß, in dem es sich um eine Beleidigung katholischer Gefühle handelt, den Namen Pollak, so kann man sich auf eine energische Behandlung der Sache gefaßt machen. Immerzu geht der österreichische Staatsanwalt als Ministrantenknabe hinter dem Priester einher; heißt er aber gar Pollak, so ist der Gottgefälligkeit einer Justiz, die sonst bloß der Regierung gefällig ist, kein Ende. Und wenn der öffentliche Ankläger nach seiner letzten Fleißaufgabe nicht in den Himmel kommt, dann ist auch auf jene besondere Avancementsordnung, die irdischem Streben höchsten Lohn verheißt, kein Verlaß mehr. Ein versierter Katholik wie Herr Dr. Pollak muß zwar die österreichische Auffassung gutheißen, daß man die katholische Religion beleidige, wenn man eine Prozession oder einen Geistlichen auf dem Versehgang nicht grüßt, wenn man von dem staatsgrundgesetzlichen Recht, an einer religiösen Handlung nicht teilzunehmen, Gebrauch macht, also unterläßt, was zu tun man nicht verhalten werden darf. Aber diesmal hatte der Fall noch seine besonderen Reize. Der Angeklagte Franz Housowitz, Schriftsetzer, bezeichnete sich als gläubigen Christen. Er habe am 17. Juni in Begleitung einer Familie aus der Josefstadt nach der Stadt gehen wollen und sei in der Laudongasse der Fronleichnamsprozession begegnet, die sich von der Kirche »zur heiligen Dreifaltigkeit« zu den vier Altären bewegte. Das dichte Gedränge habe ihn am Weitergehen gehindert. »Als das Allerheiligste gezeigt wurde, mahnten ihn die Umstehenden in ziemlich heftiger Erregung, den Hut abzunehmen, und riefen ihm, als die Mahnung unbeachtet blieb, Schimpfworte zu.« Man muß die leichte Reizbarkeit des katholischen Gefühls kennen. Es gerät immer in Wallung, wenn der Andere es nicht hat. Die Heiligkeit einer religiösen Handlung hält den Religiösen nicht so ganz gefangen, daß er nicht die Geistesgegenwart hätte, zu kontrollieren, ob sie den Andern gefangen hält, und die von wachsamen Kooperatoren geführte Menge hat sich daran gewöhnt, die eigentliche Andacht nicht so sehr im Abnehmen des Hutes wie im Herunterschlagen des Hutes zu betätigen. Eine Justiz aber, die ihre Würde vom Talar bezieht, arbeitet jahraus jahrein im Dienste des Klerus, dessen Machtgefühl lieber auf die Köpfe als auf die Hüte verzichtet. Die gerichtliche Praxis nimmt eine Störung der Andacht an, wo es sich schlimmstenfalls um eine Kränkung der Andächtigen handelt, und verurteilt wegen eines Religionsdelikts, weil ihr ein Strafparagraph gegen Taktlosigkeit fehlt. Nun erklärt aber der angeklagte Schriftsetzer, daß er einer christlich-sozialen Organisation angehöre, daß er an demselben Tage schon früher an einer Prozession teilgenommen und vor einem anderen Altar seine Andacht verrichtet habe. »Das Tatsächliche« gibt er zu, seine Weigerung, den Hut abzunehmen, motiviert er mit der schroffen Form, in der die Aufforderung an ihn gerichtet wurde und die seinen Trotz wachgerufen habe. Er sei sehr nervös; aber ein gläubiger Katholik. Eine Beleidigung der Kirche sei ihm gänzlich fern gelegen.... Kann man sich eine demütigere Ehrenerklärung eines Kirchenbeleidigers vorstellen? Herr Dr. Pollak gehört keiner christlich-sozialen Organisation an. Aber er ist jedenfalls über die Zeit hinaus, in der er noch der Meinung sein durfte, daß das Nichtabnehmen der Kopfbedeckung bei einer gottesdienstlichen Handlung eher ein Beweis für gläubige als für ungläubige Gesinnung sei. Und so »verwies«, erzählt der Gerichtssaalbericht, der oft den Humor der Kontrastwirkung hat, »der Staatsanwalt Pollak auf das tatsächliche Verhalten des Angeklagten und der Gerichtshof verurteilte diesen zu vierzehn Tagen strengen Arrests«. Es gibt eben immer noch Leute, die von katholischen Dingen mehr verstehen als ein christlich-sozialer Schriftsetzer... Die leidige Tatsache, daß der liebe Gott die österreichischen Staatsanwälte mit der Vertretung seiner Interessen betraut hat, zeigt ihre parodistische Seite erst im Licht eines Prozesses, der dank der Überführung durch einen sachverständigen Israeliten mit der Bestrafung eines strenggläubigen Christen wegen Religionsstörung endet... Wann wird die Gesetzgebung den Geßlerhut beseitigen? Nicht darüber, daß der Staatsbürger das Allerheiligste der katholischen Religion nicht grüßt, erhitzen sich die Gemüter aller Konfessionen, sondern darüber, daß er dem Hut, den die andern ziehen, nicht Reverenz bewiesen hat.

November 1906

Der Fall Riehl

Maudit soit à jamais le funeste imbécile
Qui voulut le premier, dans sa stupidité,
S'éprenant d'un problème insoluble et stérile
Aux choses de l'amour joindre l'honnêteté.
Charles Baudelaire.

Ich aber sage euch, die Welt der Christen und anderen Juden hat sich mit der »Sünde« vollgefressen. Denn es bedarf nur des geringsten Anstoßes, um ein moralisches Speikonzert zu provozieren, das uns größere Übelkeit verursacht, als der Anblick sündhaften Tuns eurem von überschüssiger Moralsäure affizierten Magen. Wo aber könnte die Heuchelei besser gedeihen, als in einem beständig von Sensationen umwitterten Klima? Die verruchte Mischung von Sittlichkeit und Neugierde, die dem Wiener eingeboren ist, rückt ihm die dürftigsten Sexualbegebenheiten in ereignisvolle Perspektive und nährt ein Büßerpathos, das nach einer Nacht, in der zwei Menschen von der Norm der Geschlechtsfreuden gewichen sind, den jüngsten Tag angebrochen wähnt. Dieses Leben ist so arm an Orgien geworden, daß wir, Phäaken um jeden Preis, sie durch moralische Völlerei ersetzen müssen, wenn eine Prinzessin mit ihrem Stallmeister durchgeht, ein Universitätsprofessor Knaben photographiert, oder gar ein Bordellbesucher mit der Peitsche sich und seinem Opfer ein Vergnügen schafft. Wie aber soll Entrüstung zu ihren Orgien kommen, wenn die Sünde so schlau ist, die ihren in der Verschwiegenheit eines Alkovens zu feiern? Nun, so laßt uns wieder zu einer alten Kupplerin gehen: Sie heißt Justiz und wird uns in geheimer Verhandlung die öffentliche Meinung als Jungfrau vorstellen. Welch' eine Jungfrau! In Lumpen gekleidet, »lausig und mit schlechten Zähnen«, – wahrlich, Tante Riehl, die die schmutzigste Debutantin in vierzehn Tagen salonfähig machte, hätte sie von ihrer Schwelle gewiesen. Aber die Justiz weiß, was für Spezialitäten sie der

Kundschaft schuldet, und macht in geschlossenem Hause die Gelegenheit zu Sensationen, wie sie in ähnlich raffinierter Art eben nur die Unschuld der Wiener Familienpresse dem ehrbaren Geschmack der Wiener Bevölkerung bieten kann.

...In das nach dem Zustand ihrer Straßen und ihrer Gehirne genannte Weichbild dieser Stadt klatscht eine »Affäre«. Die Besitzerin eines konzessionierten Bordells ist der wirtschaftlichen und gesundheitlichen Ausbeutung ihrer Mädchen beschuldigt. Eines Mißbrauchs, den wohl die staatlichen Wächter der Institution entdeckt und dem Gericht überliefert haben? Anderorts ein unbeträchtlicher Fall, wie jeder Übergriff, der die Rechtsbeziehung zwischen Dienstgebern und Dienstnehmern stört. Beträchtlicher, wenn die Aufsichtsorgane – Gewerbeinspektoren oder Polizisten – die Ungebühr, zu deren Beseitigung sie gerufen waren, festigten und von der Willkür Zinsen nahmen. Haben sie die Autorität mißbraucht, um den Mißbrauch zu autorisieren, haben sie einmal verzichtet, Providenz zu spielen, um Provision zu empfangen – spuckt ihnen ins Gesicht! Denn allzu schmerzlich haben sie euch über euer Unentbehrlichstes, den Autoritätsglauben, hinweggeholfen und einem angemaßten Militärrock, dessen Geschichte neulich die Wahnvorstellung einer Nation ernüchtert hat, das Pendant einer abgelegten Polizeihose geschaffen. Eine Affäre amtlicher Korruption also, öffentlichen Aufsehens würdig. Würdig der Empörung, doch auch einer zweckbewußten Erledigung, die die zweckvergessene Aufsicht schwerer zu treffen hätte, als das Raubsystem einer konzessionierten, privilegierten und mehrfach ausgezeichneten Kupplerin. Aber das »Aufsehen«, das in dieser trostlosen Stadt Kunst und Leben nach ihren stofflichen Werten würdigt, hat vor dem Polizeiskandal ohnegleichen und vor der besonderen Schuld einer Angeklagten den Pikanterien der Bordellsphäre den Vorzug gegeben. Und je nach Geschmack, lärmt Entrüstung oder wispert Neugierde, webt in allen Fällen Erstaunen um die plötzlich entdeckte Tatsache, daß der Frauenleib, dessen Käuflichkeit der Idiotenglaube doch selbst als eine »soziale« Einrichtung beklagt, in assortierten Lagern feilgehalten wird.

Soweit das Verschulden der Kupplerin und soweit das Verschulden der Amtsorgane reicht, verweist der erste Blick die Angelegenheit in das Sorgengebiet der Verwaltung. Zu krimineller Geltung erwächst sie, wenn hier der Mißbrauch der Amtsgewalt, dort Wucher und sanitäre Übelwirtschaft einer vernünftigen Anklagebehörde einleuchten. Aber für den Mißbrauch der Amtsgewalt wird die Öffentlichkeit mit einer Ehrenerklärung des Polizeipräsidenten abgespeist, die er seinen viertausend Bediensteten ausstellt, von denen nur drei auf Abwege geraten seien, und mit einer stammelnden Bitte um Nachsicht, die besagen will, daß die Beamten des Präsidialbureaus, des Ökonomiereferats, des Verkehrsamtes und des Paßbureaus dem Einfluß der Madame Riehl nicht erlegen sind, und auch mit der berühmten Weisung »Madeln, verführts mir den dicken Kommissär, aber nehmts kein Geld von ihm« nicht gemeint waren. Als ob die Indolenz, die drei amtlich und moralisch subalterne Individuen im Gehege der Sittlichkeit pürschen läßt, nicht sträflicher wäre, als die Toleranz dieser munteren Bordellrevisoren! Wien wird sich beruhigen, wenn eine Kupplerin eingesperrt und ein Polizist davongejagt ist, es wird wieder in den besten aller Halbwelten leben und das Institut, dem Herr Piss angehörte, für eine wahre Bedürfnisanstalt halten. Die Begründung des Urteils, das Frau Riehl für dreieinhalb Jahre ins Gefängnis schickt, verrät, worüber sich die Offiziellen in einem Falle, der uns empfindlicher enthüllt als die Nachbarn ihr Köpenick, Gedanken machen. Man hätte zumindest erwartet, die nachgewiesene Polizeigunst als mildernden Umstand zitiert zu finden. Gefehlt! Die Dame Riehl mußte sich ausdrücklich mit dem Vorwurf belasten lassen, sie habe die Aufgabe der Aufsichtsbehörde »erschwert«, und nicht einmal zu ihren Gunsten, geschweige denn zu Ungunsten der Polizei, wurde angenommen, daß diese die Aufgabe der Riehl erleichtert habe. Es ist recht uninteressant, ob's in einer Großstadt eine Ausbeuterin mehr oder weniger gibt. Aber wenn die Polizei schon nicht als Angeklagte im Gerichtssaal saß, so hätte wenigstens *eine Amtshandlung als Milderungsgrund für die Schuld einer Räuberin* der Kulturgeschichte überliefert werden sollen. Dabei wäre es gleichgültig gewesen, ob man der Polizei eher Vorschubleistung für die gewalttätige Einschränkung der persönlichen Freiheit, oder für die wucherische Ausbeutung der Bordellinsassinnen zugetraut hätte. Die Anklage gegen Regine Riehl hätte jedenfalls weniger nach Konstruktion gerochen, wenn man sich nach dem Beispiel von Laibach – auch dort war die Polizei an dem Bordellwesen hervorragend interessiert – von allem Anfang an auf die Wahrnehmung des wucherischen Tatbestandes verlegt hätte. Gegen die persönliche Freiheit und die Gesundheit ihrer Mädchen hat sich die Riehl gewiß nicht in so greifbarer Weise vergangen, wie gegen deren wirtschaftliche Sicherheit. Es ist ja allen Dankes wert, daß ein Gerichtshof einmal die Polizei über die Strafgesetzwidrigkeit ihrer Anschauungen vom Bordellwesen belehrt hat. Regine Riehl hat ein Übriges getan, da sie die polizeiliche Anerkennung sich erkaufte. Sie hat sie als die konsequente Praktikerin jener Anschauungen redlich verdient und hätte, wäre sie nicht so ungeschickt gewesen, auch die Unschuld etlicher Beamten zu prostituieren, mit Erfolg den »guten Glauben« für sich geltend machen können. Die Polizei handelt als Exekutive der bürgerlichen Moral, wenn sie den Gassenstrich durch die Zucht eines geschlossenen Hauses verdrängen will, dessen Besitzerin sie das »Halten von Prostituierten« unter Kautelen gestattet, unter denen selbst das »Halten von wilden Tieren« erlaubt wäre. Und die Riehl hat als Exekutive der polizeilichen Raison gehandelt, wenn sie jene Fenstergitter an den Käfigen anbringen ließ, über die sich der Staatsanwalt entsetzt, wenn sie jene »Kaserne« schuf, über die sich nur ein Gerichtshof ereifern kann, dem das Schlagwort »Kasernierung der Prostitution« fremd ist oder etwas anderes zu bedeuten scheint als »Einschränkung der persönlichen Freiheit«. Der Bordellportier hat als Zeuge angegeben, daß er den besondern Auftrag von der Riehl bekommen hatte, das Haus versperrt zu halten, »damit kein Mädchen hinausgehe«: so war der Freiheitsraub erwiesen. Aber der Bordellportier hat auch angegeben, daß dieser Auftrag erfolgt sei, weil »sonst die Riehl einen Anstand mit der Polizei hätte«: so war die Mitschuld der Polizei erwiesen. Und in dem Augenblick, da ein Beamter vor Gericht die denkwürdige Erklärung abgab, es sei nicht Sache der Polizei, die Prostituierten gegen die Kupplerinnen, sondern Sache der Polizei sei es, das Publikum gegen die Prostituierten zu schützen, mußte es klar sein, daß noch nie eine Übeltäterin in besserem Glauben gehandelt hat, als Regine Riehl. Bedeutungsvoll bleibt ja das judizielle Bestreben, einem behördlichen System den Riegel vorzuschieben, das die Vorschiebung von Riegeln an den Wohnungstüren der Prostituierten begünstigt hat. Viel plastischer aber und des letzten Scheins einer bona fides entkleidet, rückt das Moment wucherischer Ausbeutung in die kriminelle Betrachtung. Mag auch das bürgerliche Gesetzbuch, das jedem Journalisten die Klagbarkeit einer Bestechungssumme garantiert, jedem Lumpen es ermöglichen, eine Prostituierte um den bedungenen Lohn zu prellen, so kann doch kein Zweifel darüber bestehen, daß der wucherische Betrug, den die Kupplerin an der Prostituierten verübt, unter strafrechtliche Sanktion falle. Sonst wäre es ja auch erlaubt, den »Schandlohn« – je nach Geschmack und dem Grade der sittlichen Entrüstung – zu stehlen, zu veruntreuen, zu rauben. Wäre freilich unser Strafrecht nicht so hirnverkleistert, im Verbot der Gelegenheitsmacherei eine fabelhafte »Sittlichkeit« zu schützen, nie wären jene Zustände geschaffen worden, die die blutigste Ausbeutung zur typischen Begleiterscheinung der harmlosesten Kuppelei machen. Eine Erkenntnis, die sich täglich bestätigt: Das Kuppeleiverbot hat die Kuppelei mit dem Wucher verkuppelt, hat wie jedes Sexualgesetz Übleres erzeugt, als es verhindern wollte. Ein Sexualgesetz, das, anstatt ausschließlich die freie Willensbestimmung, die Gesundheit und die ökonomische Sicherheit zu hüten, der Moral opfert, setzt Prämien auf die Preisgabe aller Lebensgüter. Es ist die ausbündigste Narrheit von der Welt, um jenes lästigen Idols willen die Kuppelei als solche zu verfolgen: die gewerbsmäßige Vermittlung oder Vermietung einer Gelegenheit an mündige und willige Menschen. Ihre Verfolgung rechtfertigt jeden Preisaufschlag, mit dem die Kupplerin ihr Risiko bewertet; ist die wahre Unterhändlerin des Wuchers, während die Kupplerin bloß den Genuß vermittelt. (Daß der § 512 der Punkt ist, an dem die einzig mögliche Reform der Sittenpolizei anzusetzen hätte, hat Graf Taaffe, der einzig mögliche Ministerpräsident, den Österreich je gehabt hat, und ein hervorragender Kenner des Gassenstrichs, erkannt. Eine Äußerung, die er vor etwa zwanzig Jahren im Budgetausschuß gegenüber dem Verlangen nach einer »Regelung der Prostitution« getan hat, wird jetzt bekannt: »Schaffen sie mir erst diesen Paragraphen vom Halse! Solange er besteht, habe ich nicht Lust, mich zum Mitschuldigen zu machen.«) Wie oft soll es Kriminalistenhirnen noch eingetrichtert werden: Sowie die Strafdrohung, die sich der homosexuellen Tat an die Fersen heftet, der Erpressung hilft, so fördert die Verfolgung der Kuppelei die Ausbeutung. Solange das erlaubte Unverständnis unserer Gesetzgeber den Liebesverkehr ein »unerlaubtes Verständnis« nennt, gewährt es bloß »Unterschleif« der Niedertracht. Sexualjustiz heißt jene besondere Gefälligkeit der Behörde, die den Schlafzimmerschlüssel einem Verbrecher ausliefert. Schraubt die Menschennatur unter den Strafparagraphen, und das Verbrechen kommt zum Vorschein! Und wer außer jenen Tröpfen, die sich den Geschlechtsverkehr bloß auf ethischer Grundlage und nicht auf einem Divan vorstellen können, leugnet, daß auch die Kuppelei einem in der Weibsnatur vorrätigen Trieb entspreche? Als Fortsetzung der Prostitution ist sie zunächst ein psychischer und dann erst ein sozialer Zustand. Wie sollte sie aber, solange sie bloß den für den Geschlechtsverkehr nun einmal unentbehrlichen Ort der Handlung beistellt, ein crimen sein? Wie will es die Ethik mit Naturtrieben, wie die Kriminalistik mit sozialen Notwendigkeiten aufnehmen? Natürlich wird noch häufiger »Not« die alten Weiber zur Kuppelei, als die jungen zur Prostitution treiben, und innerer Beruf häufiger die jungen zur Prostitution, als die alten zur Kuppelei. Aber sollte derselbe Staat, der die Witwen seiner Beamten hungern läßt, sie strafen dürfen, wenn sie ein Zimmer für Stunden vermieten? Und sollte bloß Armut und nicht auch jene Freude an der Sache, die die abgestorbene Sinnlichkeit des alternden Weibes immer noch aufbringt, ein unwiderstehlicher Zwang sein? Alle Sozialpolitiker, die da wähnen, daß sich das Genußleben nach der Statistik richte, scheinen nur die Klosettfrauen, die die soziale Fortsetzung der Prostitution, und nicht auch die Kupplerinnen, die ihre seelische Fortsetzung bilden, gezählt zu haben.

Unter dem Bannfluch der christlichen Moral wird der außereheliche Geschlechtsverkehr zur Sünde, unter dem Damoklesschwert der bürgerlichen Verachtung wird die Prostitution zum »notwendigen Übel« und unter dem Richtbeil des Gesetzes wird die Kuppelei zum Verbrechen. Sie macht ihre Kunden zu »Opfern« und beutet sie – Fall Riehl – zuweilen auch mehr aus, als unbedingt notwendig ist. Das Weib, das seinen Körper verkauft, und die Kupplerin, die sich mit dem berechtigten Lohn für die Bettmiete begnügt, stehen außerhalb der Gesellschaft. Aber im Innersten dieses Asyls haust die räuberische Bordellwirtin, die die Meinung der bürgerlichen Wohlanständigkeit über die Prostitution mit eherner Härte zum Ausdruck bringt! Als jener kleine Journalist namens Bader durch seine Enthüllungen die Polizei aus dem Beischlaf weckte und dem ›Illustrierten Wiener Extrablatt‹ an einem Tage etwa so viel zu verdienen gab, wie die Riehl bis dahin in einem Monat verdient hatte, zweifelte ich, ob es der Weg der Befreiung sei, wenn sich die armen Mädchen aus der Nachtredaktion der Riehl in ein Bordell der öffentlichen Meinung flüchten, und schrieb: »Die wucherische Bordellwirtin ist ein Hilfsorgan der Behörde, ein Exekutivorgan der Sittlichkeit. Die Einrichtung der Freudenhäuser mit all ihrem Mißbrauch der wirtschaftlichen und körperlichen Sicherheit sehen wir tiefer in der Gesellschaftsordnung wurzeln als die Einrichtung der Zeitungsbureaus mit ihrem Mißbrauch der wirtschaftlichen und geistigen Sicherheit. Die Prostituierten der öffentlichen Meinung müßten sich von den Verlegern nicht so schamlos ausbeuten lassen, wie es täglich geschieht. Aber daß die Huren des Leibes von den Kupplerinnen mißhandelt und begaunert werden, verlangt jene liebe Weltordnung, die die Freudengabe mit dem Brandmal der Verachtung belohnt. Der Weizen wucherischer Erpressung blüht, wenn Staat und Gesellschaft den Geschlechtsverkehr in das dunkle Gebiet anrüchiger Verschwiegenheit weisen.

Und nur die Gehirnweichheit kann sich über die Abschlachtung einer Prostitution entrüsten, die sie selbst wehrlos dem Henker ans Messer geliefert hat. Humane Bordellbesitzerinnen wären ein Auswurf der bürgerlichen Gesellschaft...«

Die abscheulichste Feststellung in diesem ganzen Gerichtsverfahren war wohl die, daß die Mädchen Bedenken getragen haben, ihre Klagen über den Mangel an Luft und Freiheit dem untersuchenden Polizeiarzt vorzubringen, »aus Furcht, er könnte es der Frau wiedererzählen«. Welche Schande für dieses rückständige Österreich, daß es auch in Fragen der Bordellhygiene zum Bader statt zum Arzt gehen muß! Welche Schmach, daß erst eine Presse, die gewohnt ist, an den sozialen Übeln zu schmarotzen und die gewiß auch in der Bordellsphäre auf die kostenfreie Zuwendung von Rezensionsexemplaren Wert legt, die Polizei, die die Damen des Hauses Riehl als Pflichtexemplare annahm, zur Wahrung öffentlichter Interessen aufgepeitscht hat! Und dabei war das ›Extrablatt‹ so gut das polizeioffiziöse Journal, wie das Haus Riehl das polizeioffiziöse Bordell. Man müßte die Aussprüche, die in der Verhandlung über die k. k. Sittenwächter getan, ihnen in den Mund gelegt, oder aus ihrem Munde unmittelbar vernommen wurden, als Perlenschnur aneinanderreihen. Und an das eine Ende müßte die Weisung »Madeln, verführts mir den dicken Kommissär«, an das andere die amtliche Anerkennung: »Schauns her, was die Riehl in vierzehn Tagen aus dem Madel gemacht hat!« Dazwischen Erledigungen von Beschwerden, wie: »Die Riehl macht immer solche G'schichten!« oder »Mit solchen Kleinigkeiten können wir uns nicht abgeben!« oder »Da kamma nix machen!« oder »Gehns z'haus und machens Ihnen nix draus!« In die Mitte aber die außeramtliche »Erhebung«, was ein Mädchen gegen einen Polizeikollegen beim Untersuchungsrichter ausgesagt habe, und die außeramtliche Avisierung der Riehl, daß eine Anzeige gegen sie erstattet sei. Vertrauen gegen Vertrauen: »Kusch«, sagte die Riehl zu einem widerspenstigen Mädchen, das sich nicht vollständig ausrauben lassen wollte, »kusch, sonst lasse ich einen Wachmann holen!« In ein besonderes Medaillon gehört die Visitkarte des Regierungsrates, die er der Riehl mit den Worten überreichte: »Wenn Sie einmal etwas brauchen sollten, kommen Sie zu mir!« Und als Anhängsel wäre die Versicherung zu tragen, die der Bordellreferent gab, als ihn die Gerichtsverhandlung mit den Einrichtungen des Hauses Riehl bekannt machte: »Das ist sanitär ganz unzulässig!« Oder die Antwort des Polizeiagenten Piss auf die Frage, was er denn im Bordell amtlich vorgekehrt habe: »Ich hab' halt so ziemlich die Madeln gezählt«. Lauter kostbare Stücke! Austrias Schmuck, den sich die Betschwester durch Prostitution erworben hat... Die Weltfremdheit, die am Gerichtstisch saß, hat mit stärkster Emotion zur Kenntnis genommen, daß von den Mädchen »absonderliche Dinge« verlangt wurden. Im Sinne dieser Feststellung wird wohl die Frage des Vorsitzenden an einen Sittenpolizisten: »War Ihre Revision eine normale?« zu verstehen sein. Keiner der revidierenden Herren, auch nicht jener, der die Häupter seiner Lieben zählte, hat die sanitären Greuel der Schlafstätten im Hause Riehl wahrgenommen. Auf die Frage des Präsidenten: »Sind Sie in die Lage gekommen, die Räumlichkeiten zu besichtigen?«, hätte Herr Piss freilich antworten müssen, er habe die Räumlichkeiten zwar besichtigt, sei aber dabei in die Lage gekommen. Jedenfalls weiß er ganz genau, daß zwei in einem Bett lagen...

Die Weltfremdheit saß am Gerichtstisch. Sie sollte Rechtswidrigkeiten prüfen, aber die Augen gingen ihr über, als sie gewahrte, daß in einem Bordell auch »Naturwidrigkeiten« zur Hausordnung gehören. Daß die Riehl unter anderm wegen Kuppelei verurteilt wurde, ist schließlich ein so heiterer juristischer Kasus, wie die übliche Verurteilung eines Mörders wegen Übertretung des Waffenpatents. Aber der moralische Hochdruck des ganzen Verfahrens schien auf die Erhärtung der Tatsache abzuzielen, daß das Haus Riehl ein Bordell war. Schon die Anklageschrift unterließ es nicht zu betonen, daß die Mädchen »auf Kosten der Gäste konsumieren mußten«. Als aber eine erzählte, sie sei von der Riehl g e s c h l a g e n worden, weil sie ein Glas Champagner, das nicht ihr gehörte, geleert hatte, da konnte sich der Vorsitzende nicht mehr zurückhalten und rief: »Ah, es wurde also Champagner getrunken! War denn

Champagner im Hause? Wo ist der Eiskasten gestanden?« Schließlich die tiefgründigste der Fragen: »Wer mußte den Champagner zahlen?« Und eine endlose Schar von Zeuginnen zog vorüber, die alle bekundeten, daß Champagner getrunken, daß aber keines der Mädchen von der Riehl gezwungen wurde, ihn für die Herren zu bezahlen. Immer wieder wurde die Beweisaufnahme über Gewalttätigkeit und Veruntreuung durch solche Feststellungen gestützt, und ganz besonders schien den Präsidenten die Frage zu alterieren, ob die Mädchen von ihren Ausgängen mit der Riehl Herren mitgebracht haben. Daß in einem geordneten Staatswesen dem Geschlechtsverkehr bloß ein Tor der Weiblichkeit und auch dieses nur sozusagen bis auf Widerruf freiwillig eröffnet ist, versteht sich von selbst, und darum ist es auch begreiflich, daß sich ein Richter bei jeder Zeugin erkundigt, ob sie etwa zu »irregulärer Betätigung« verleitet worden sei, und daß in einem Urteil die »Heranziehung zu ekelerregenden Dienstleistungen« als belastendes Moment vorkommt. Die Prügel, die die Mädchen von Besuchern erhielten, schienen dem Gerichtshof in nichts von den Mißhandlungen durch die Bordellwirtin unterschieden. Hätte er erfahren, daß viel öfter die Mädchen die Herren geprügelt haben und daß sie dafür noch Geld bekamen, er hätte dies vergebens mit »Notwehr« zu erklären versucht und jedenfalls gefragt, ob nicht auch die Riehl von den Mädchen Prügel bekam... Richter, Ankläger und Verteidiger überbieten einander in Verblüffung über all die Dinge, die sie noch nicht gewußt haben. Wenn sie schon fünf Tage – wie sagt man doch? – »durch ein Kotmeer waten müssen«, so wollen sie wenigstens etwas davon haben. Keine Lebenskenntnis und keine Phantasie, die die Lebenskenntnis ersetzen könnte. Aber jeder hat ein Werk über Prostitution gelesen. »Ich habe mir die Mühe genommen«, gesteht der Staatsanwalt, »ein zweibändiges Werk ›Zur Geschichte der Prostitution‹ durchzublättern. Meine Beobachtungen reichen bis zum Jahr 1180.« Daß die Mädchen gar so viel Geld für die Riehl verdient haben sollen, setzt alle in Erstaunen. »Warum haben Sie das Geschäft nicht in eigener Regie betrieben, wenn Sie eine so große Verdienerin waren?« fragt der Verteidiger, dem die

Einnahme von 5000 Kronen in sechs Monaten abenteuerlich scheint. Ob »größeres Honorar gezahlt wird, wenn ein Mädchen jünger ist«, fragt der Vorsitzende. Will der Verteidiger eine Frage stellen, die ihn immerhin einer gewissen Vertrautheit mit dem Prozeßthema verdächtig machen könnte, so bittet er den Gerichtshof schamhaft, bei ihm »nicht auf eine besondere Sachkenntnis in diesen Verhältnissen zu schließen«. Er reinigt sich sofort von dem Verdacht, indem er außer sich vor Staunen gerät, da eine Zeugin erklärt, sie habe früher als Blumenmädchen vier bis fünf Gulden täglich verdient, und der Schmerzensschrei entringt sich seiner Germanenbrust: »Da möcht' ich auch Blumenmädchen werden!« Aber vorläufig hat er's noch nicht notwendig, da ihm die Riehl ein Honorar von 30.000 Kronen zahlt. (Dafür geht er auch kräftig für sie ins Zeug, überrumpelt eine Prostituierte mit der Frage, »woher sie denn weiß, was eine Geschlechtskrankheit ist«, fragt hohnvoll, ob am Ende »die Riehl sie angesteckt habe«, bittet einen Polizeibeamten, ihm auf Ehre und Gewissen zu sagen,, ob die Freimädchen »oppositionelle oder aufrichtige Charaktere« seien, und schmettert, nachdem hundertmal festgestellt wurde, daß die Kupplerin den Mädchen sogar das Strumpfgeld abgenommen hat, beim ersten Strumpf, der zufällig nicht untersucht wurde, ein triumphierendes »Na also!« in den Saal. Der Angabe aber, ein Mädchen sei mit dem Pracker geschlagen worden, begegnet er a tempo mit der durchbohrenden Frage: »Mit welchem Pracker?«) Ein Wettlaufen um den Ehrenpreis der gründlichsten Ahnungslosigkeit. »Da ist er ja dupiert worden!« ruft der Präsident, als die Riehl erwähnt, sie habe einem gutzahlenden Herrn eine »falsche Jungfrau« zugeführt; und schon erwägt der Staatsanwalt, ob er nicht die Anklage auch auf dieses Betrugsfaktum ausdehnen solle, hebt es jedenfalls fürs Plaidoyer auf. (In einer monogamen Weltordnung trägt auch das Bordell dem sittlichen Prinzip monogamer Bedürfnisse Rechnung. Es gibt dort oft mehr »falsche Jungfrauen« als echte Freudenmädchen und gegenüber dem Vorwurf, sie mache Jungfrauen zu Dirnen, kann sich die Händlerin damit rühmen, daß es ihr viel öfter gelinge, Dirnen in Jungfrauen zu verwandeln.

Triumph der Sittlichkeit! Prostitutio in integrum! Denn auch der Normalmensch braucht Illusionen, und wenn er schon in ein Bordell geht, so muß er wenigstens überzeugt sein, daß das Mädchen vor ihm noch keinem andern angehört hat.) Wie der Ochs vor der Grünen Thorgasse steht die Justiz vor der Sphäre, an die sie der Prozeß Riehl geführt hat. Und in dem allseitigen Staunen über die Verdienstmöglichkeiten einer Prostituierten ist es fast begründet, daß der Bruttogewinn der Prostitution in die Tasche der Kupplerin fließt. Hätte Frau Riehl die Mädchen nicht abgesperrt gehalten, rief der immer schlagfertige Verteidiger, so wären am Ende »die Mädchen ausgegangen und hätten das Geschäft auf eigene Rechnung gemacht!« Im Ernst: Nie wird eine Gesellschaft einem Wucher wehren, der eine Verdienstmöglichkeit beschränkt, die sonst »unsere Frauen und Töchter« anlocken und etwa gar die Frau eines Staatsbeamten verleiten könnte, ihrem Gatten auf bequeme Weise eine anständige Aktivitätszulage zu verschaffen! Wahrlich, die Gesellschaft hat die käufliche Liebe unter eine härtere Sanktion gestellt als die eines Paragraphen: unter die Strafe der wucherischen Beraubung.

Ein Zusammenstoß zweier Welten. Nicht alle Gesetze, aber manche sollen für beide gelten. So ist auch das Freudenmädchen verhalten, das »Rechtsgut der prozessualen Wahrheitsfindung« zu respektieren. Daß der Gerichtshof für die armen Geschöpfe, die vor dem Untersuchungsrichter die Riehl zuerst entlastet und dann belastet haben, nicht unwiderstehlichen Zwang gelten ließ, ist bloß ein logischer Verstoß, durch den er das Fundament seines Urteils, den Glauben an den Terrorismus der Riehl, erschüttert hat. Wesentlich ist, daß sich die gräßliche Beschränktheit jenes strafrechtlichen Geistes, der die Zweiteilung des Menschengeschlechts noch nicht zur Kenntnis genommen hat, an einem starken Beispiel offenbarte. Da wurden Worte darüber gemacht, ob die angeklagten Mädchen durch die Drohungen der Riehl oder durch das Versprechen der Riehl, ihnen schöne Kleider zu schenken, sich zur falschen Zeugenaussage verleiten ließen, und der zweite Verdacht ward von der Verteidigung pathetisch zurückgewiesen. Als ob bei einer Frau nicht schon die Aussicht auf ein neues Kleid den unwiderstehlichen Zwang begründete! Braucht man denn wirklich erst die psychischen Einflüsse des Bordellebens zur Erklärung der antisozialen Regungen eines Weibes heranzuziehen? Bordellmädchen, nein, Weiber sollen es verstehen, daß sie in derselben Gerichtsverhandlung als Beschuldigte lügen dürfen und als Zeuginnen die Wahrheit sagen müssen! Aber das Wort »zeugen« hat im ganzen Bereich der Weiblichkeit aller Kriminalität zum Trotz bloß einen Sinn, und wenn man den geistig-sittlichen Habitus des Mannes für »falsches Zeugnis« verantwortlich machen darf, so könnte man der Frau höchstens eine fausse couche zur Last legen... Nun, die Prostituierte, der die Polizei ihr Gesetzbüchel in die Hand gibt, in dem nichts von der Heiligkeit des Eides steht, darf sich endlich dort in die Höhe staatsbürgerlicher Geltung gehoben fühlen, wo sie des Rechts teilhaftig wird, wegen eines Verbrechens verurteilt zu werden. Ist's ein Weg aus der Wirrnis, die die gesetzlichen Beziehungen zweier Welten regelt? Die Prostituierte muß Steuer zahlen, darf aber den »Schandlohn« nicht einklagen. Kuppelei ist erlaubt und verboten. Und »Eltern oder Vormünder« müssen »ihre Einwilligung zur Ausübung des Schandgewerbes« geben, werden aber nach dem Vagabundengesetz bestraft, wenn sie sich von ihren Töchtern oder Mündeln unterstützen lassen. Die Polizei spricht bei der Assentierung der Bordellmädchen ihr »tauglich« oder »untauglich«, und ein Vater, der mit dem Rekrutendrill in der Riehl-Kaserne einverstanden ist, wird bestraft. Die Polizei holt seine »Zustimmung« zur Berufswahl des Kindes ein, und ein Landesgerichtsrat fragt – ob er mit der Einsperrung des Mädchens einverstanden war? – nein, »ob er davon gewußt hat, zu welchem Zwecke seine Tochter im Hause Riehl behalten wurde«...

Eine Welt, der die Geheimnisse des Liebeslebens im Kinderkriegen erschöpft waren, mag jetzt in der Betäubung einer Ohnmacht liegen, als wäre sie von Enthüllungen der Zustände auf dem Mars übertölpelt worden. Und in grotesker Ratlosigkeit rennen ihre Patrone durcheinander: die von amtswegen nicht schlafen dürfen, und die von der öffentlichen Meinung wegen immer das Maul voll haben müssen. Dem Teilnehmer dieser dumpfen Gerichtstage war es eine spannende Beobachtung, wie das Echo der Lebensfremdheit draußen zu einem ungeheuren Chorus erstarkte, wie die Eindrücke bedrohlichere Formen annahmen als das Ereignis. Man glaubte den Schreckensruf zu hören, der einst in das revoltierende Parlament drang: draußen werde geschossen; die Stafetten, die jetzt in den Gerichtssaal flogen, gaben von keiner geringern Verwirrung Kunde. Die Gerechtigkeit schlägt blind um sich und die Sittlichkeit feuert auf die Menschen. Man hört das Zähneklappern der Polizei, sieht ihre Emissäre im Gerichtssaal, die von Richtern und Anklägern Schonung erbitten und erkunden sollen, ob die Blamage unerträglich sei. Man erfährt von Fleißaufgaben der Reue, von hastigen Bordellrevisionen und Bordellsperrungen und glaubt ordentlich den Amtseid zu hören, daß nunmehr alle Unmoral ein Ende haben werde. Polizeibeamte erweisen den Vertreterinnen der Liga zur Bekämpfung des Mädchenhandels plötzlich zarte Aufmerksamkeit. Eine wird aus dem Gerichtssaal telephonisch ins Sicherheitsamt gebeten: mit glühenden Wangen kündet sie eiligst den Sitznachbarn, bei einer Masseuse sei ein junges Mädchen »der Prostitution zugeführt worden«, man »habe die Masseuse bereits«. Gleich den Lessing'schen Mönchen »sprangen, um zu retten«, die Polizisten von den Betten: wo waren sie? Sie waren bei der Hand. Alle Mann an Bord! heißt es jetzt und nicht mehr: Alle Männer im Bordell! Drei Beamte konnten den Verlockungen der Prostitution nicht widerstehen, aber viertausend wird es gelingen, eine Prostituierte auf andere Gedanken zu bringen. Und vielleicht wird an diesem Tag noch manches unerfahrene junge Ding, dem die Lebenslust aus den Augen lacht und das die Gefahren der bürgerlichen Moral nicht kennt, ein Opfer der Liga zur Bekämpfung des Mädchenhandels, jenes Vereines, dessen Mitglieder sich für das »Los der Gefallenen« so sehr interessieren, weil sie die Tragik des Frauenschicksals, nicht gefallen zu haben, so tief empfinden ... Dazwischen schwirrt allerlei Unverbürgtes durch den Saal, man nennt Namen, die die Angeklagte nicht nennen werde, und spricht – nein, t u s c h e l t – von einem kulanten

Ausgleich der Gerechtigkeit, wenn die Riehl drei eine gerade Zahl sein läßt und sich auch außerhalb des polizeilichen Lustreviers zu einem milden Verfahren gegen – bekannte Täter entschließt. Und schon wird das Zauberwort »Bachrach« genannt und das beruhigende Gerücht verbreitet, es sei dem Advokaten des Hofes und Hinterhauses gelungen, der Riehl für die Jahre ihrer Freiheit eine Bordellkonzession zu erwirken. Aber der offizielle Kriegslärm gilt dem »Laster«... Wie sie nun sieht, daß der Käuflichkeit des Leibes ein Ende gemacht werden soll, erhebt im Nu die andere Prostitution, die des Geistes, ihr Haupt und ruft: Kauft nur uns! Die Freimädchen der Wiener Presse, die kein Arzt kontrolliert, sind toll geworden, belagern den Gassenstrich und stellen den Passanten ehrbare Zumutungen. »Fort mit der Prostitution, mit der öffentlichen sowohl wie mit der geheimen!« ruft der Kretinismus durch den Mund des ›Deutschen Volksblatts‹, »fort mit dem Gesindel von Dirnen und Zuhältern, die es einer anständigen Frau und einem unverdorbenen jungen Mädchen direkt unmöglich machen, sich zu gewissen Stunden des Tages, vom Abend und der Nacht gar nicht zu reden, in den Hauptstraßen unserer Inneren Stadt zu bewegen! Unsere Stadt muß wieder ein Hort des Anstands und der guten Sitte werden.« Das hat sich die Riehl zwar auch immer gedacht und darum ihr Haus gesperrt und ihre Fenster vergittern lassen. Aber das Mittel scheint sich nicht zu bewähren, und deshalb ist es gleich besser, mit dem Geschlechtsverkehr, soweit er nicht einen christlichsozialen Nachwuchs bezweckt, überhaupt aufzuräumen...

Ein so ungeheurer Abgrund klafft zwischen dem wahren und diesem vom Phantom Sittlichkeit regierten Leben, daß darin tausend Fragen, die jetzt zu erörtern wären, versinken. Man weiß wahrhaftig nicht, wo man aufschreien, vor Entsetzen verstummen, die Augen aufreißen oder sich die Ohren verstopfen soll. Wieder möchte man nicht die Feder, sondern das Tintenfaß ergreifen, wenn man zusieht, wie die staatlichen Vertreter der Sitte im Salböl der Humanität ersticken. Ein Polizeikommissär, der sich mit einer Großtat brüstet, weil er einem Mädchen »den Rat gegeben« hat, sie solle »anständig bleiben«, und ein anderer, der mit unerhörtem Psychologenblick sofort jene, denen er »kein Büchel geben darf«, von solchen, »an denen nichts mehr zu verderben ist«, unterscheidet. Dabei weiß man, daß das stumpfste Geschöpf, das in der Waschküche eines Bordells sitzt, hundert Polizeikommissäre, auch solche, an denen nichts mehr zu verderben ist, an der Nase herumführen kann und daß die abgetakeltste Hure der beamteten Lebensfremdheit eine Jungfrau vormimt. Lüge, Phrase, Dummheit an allen Enden. Das große Wort, das diese Gerichtsverhandlung beherrscht hat, war der »Schandlohn« – in allen Tonarten zwischen Verachtung und Mitleid, in allen Schattierungen eines k. k. Dialekts den angeklagten Opfern der Dame Riehl ins Gesicht gerufen. Selbst ich hätte unserer lieben Justiz nicht zugetraut, daß sie das infame Wort aus dem hundertjährigen Gesetz in eine moderne Verhandlung retten, hätte geglaubt, daß ihrem frommen Sinn der »Sündenlohn« genügen werde. Aber sogar die Protokolle der Mädchen – man sehe, wie lebensecht Protokolle sind – enthielten in allen erdenklichen Variationen die Erklärung: »Ich habe keinen Schandlohn bekommen.« In einem Gemeinwesen, dessen festeste Stützen für Ordensgunst und Pfründen feil sind, dessen große Presse sich vom schmutzigsten Gewinn den Sonntagsbauch mästet und dessen Polizei in einem Bordell Strumpfgeld kriegt, wagt man es noch, der Öffentlichkeit das Wort »Schandlohn« in Erinnerung zu bringen! Der Gehalt, den der integerste Beamte und den der unbestochenste Journalist für eine Pflichterfüllung bezieht, die ihm nicht vom Herzen geht, der Lohn geistiger Prostitution ist ein viel schlimmerer Schandlohn als jener, den die Frau dafür empfängt, daß sie ihrer glücklichen Organisation entsprechend einen unerwünschten Geschlechtsakt vollziehen kann. Und die Gesellschaft verachtet sie tiefer als den korrupten Träger einer öffentlichen Funktion, als den käuflichsten Beamten und den bestechlichsten Journalisten; wütet gegen die Prostitution des Weibes, als ob sie die wichtigsten sozialen Interessen gefährdete, und hält die Korruption des Mannes für eine Angelegenheit individueller Ethik!

Die Verachtung des käuflichen Weibes hat, seitdem sie in die

Welt gesetzt ward, nicht bemerkt, daß sie eine Verachtung der primitivsten Logik bedeutet. Denn wäre Prostitution des Frauenleibes wirklich jene innere Schmach, die mit Zentnerlast die Seele drückt, wie das Verbrechen das geistig-sittliche Gefüge des Mannes, nicht drei Tage lang könnte eine Frau das Leben einer Prostituierten ertragen. Prostitution wäre ärger als Verbrechen: die Wiederholung der Tat, nein, die Kontinuierlichkeit wäre allzusehr erschwerend. Scham und Ekel kämen als Übergewicht dazu. Aber hier urteilt nicht bloß der Neid, auch die Eifersucht des Mannes. Er zieht die Qualität des *Mannes* in Betracht und ein seltsamer Irrtum der Instinkte läßt ihn die Vorstellung, daß sich die schönste Frau mit dem widerlichsten Kerl einläßt, als eine an ihn gestellte Zumutung mit Entrüstung von sich weisen. Bei Tageslicht überdacht, ist der Geschlechtsakt des Andern, auch der harmonischeste, immer abscheulich. Die Herren der Schöpfung aber glauben, daß das Weib mit *ihren* richtenden Sinnen bei der Sache ist, während in Wahrheit der weibliche Geschlechtssinn, selbst dort, wo ihn kein Gefühl erregt, die anderen Sinne betäubt und alle jene Hemmungen ausschaltet, die die stärkste Sexualität des Mannes nicht zu überwinden, höchstens in erotische Hilfen zu pervertieren vermag. Emanzipierten Frauen und zurückgebliebenen Männern darf man's nicht verraten, daß der Geschlechtssinn des Weibes, sicherlich im Momente der Übung, sein *einziger* Sinn ist. Feministen darf man's nicht sagen, die das politische Wahlrecht der Frauen für dringend halten, aber mit dem Raub des sexuellen Wahlrechts der Frau einverstanden sind. Haben die Gehirne, deren Schulweisheit sich von den Dingen, die es zwischen dem Himmel des Genusses und der Erde der Konvention gibt, nichts, aber schon garnichts träumen läßt, haben sie denn nie sich die Frage vorgelegt, wieso es trotz alledem, trotz Schmach und Qual, noch Prostituierte gibt? Die länger als drei Tage, die heiter und gesund – trotzend selbst den körperlichen Gefahren, die nicht die Prostitution, sondern der Geschlechtsverkehr mit sich bringt – ein Leben führen, bei dem Tugend vergeht, aber Schönheit besteht und oft gerade darum die Schönheit besteht, weil die Tugend vergeht. Der authentische

Text des Sprichworts mag Vertreterinnen des Vereins zur Bekämpfung des Mädchenhandels zum Trost gereichen. Oder jenen wirklich »Verlorenen«, vor denen ein Verein zur Bekämpfung der Unzulänglichkeit den Mädchenhandel schützen müßte. Die Not kann jeden Mann zum Journalisten machen, aber nicht jede Frau zur Prostituierten. Auf dem Liebesmarkt entscheidet, wie auf keinem andern Gebiete menschlicher Betätigung, die mitgebrachte Gabe. Der »Schutz der Schwachen«, mit dem sich die Guten das Himmelreich zu verdienen hoffen, werde auch hier geübt. Aber warum wird er nicht jenen zahllosen Frauen gewährt, denen das Familienglück ihre gesunden Instinkte verkümmert? Ob die Erziehung zur Tugend, die hinter den vergitterten Fenstern eines klerikalen Pensionats betrieben wird, nicht manchmal schmerzvoller drückt, als die Erziehung zum Laster durch Madame Riehl? Ob nicht manche, die die Wahl hat, das »Buch« oder den »Schleier« zu nehmen, sich nicht trotz den Enthüllungen eines Bordellprozesses unbedenklich für die Geschlechtskarriere entschiede? Ob die Aufgabe nicht unter Umständen schwieriger, die Vergewaltigung grausamer ist, ein Mädchen der Ehrbarheit zuzuführen, und schimpflicher der Nutzen, den »Eltern oder Vormünder« daraus ziehen? Lieschen König wurde von ihrem Vater geprügelt und »mit der Besserungsanstalt bedroht, so daß sie es vorzog, im Bordell zu bleiben«. Glaubt man, daß es der Riehl gelungen wäre, die Tochter des Herrn König ins Vaterhaus zu prügeln?

Regine Riehl wird für das Urteil, das sie betroffen hat, so wenig Verständnis aufbringen, wie die rächende Moral für die Welt der Regine Riehl, eine Welt der Konsequenz und innern Geschlossenheit. Diese Angeklagte sieht sich plötzlich in einen Konflikt mit der Gesellschaftsordnung verwickelt, mit der sie bisher auf dem besten Fuß gelebt hat. Sie konnte sich für deren Stütze halten, ihr Haus für einen Hort der Ordnung in diesem zerfahrenen Staatswesen, wo es in Parlament, Justiz und Verwaltung drunter und drüber geht. Nicht nur deshalb, weil ihr die Polizei half, die besten Kreise bei ihr verkehrten und hohe Persönlichkeiten, die auf jedem Gebiete Beschützer der schönen Künste sind, ihr offene Gunst gewährten. Der Ausruf, den sie im Gerichtssaal tat: »Herr Präsident, ich habe aus diesen Mädchen erst Menschen gemacht!« war der Protest einer stolzen Seele, die Undank erfährt. Sie zahlte pünktlich ihre Steuer an den Staat, und wenn sie den Herren von der Steuerbehörde den Vorzugspreis von einem Gulden gewährte, so war dies nicht der Versuch einer Bestechung, sondern die Opferwilligkeit einer Patriotin, die auf ihre Weise zur Linderung des Beamtenelends beiträgt. Und kein Polizist ging unbeschenkt von ihrer Schwelle... Wozu der Lärm? Er ist entstanden, weil einer fühllosen Moral die Vermeidung des »öffentlichen Ärgernisses« wichtiger ist als das Wohl des Individuums, weil die Polizei auf dem Bürgersteig Ruhe haben will und diese Ruhe auch um den Preis erkauft, daß in den Häusern willenlose Menschenkinder stranguliert werden. Wozu der Lärm? Nun habt ihr die Strangulierung und das öffentliche Ärgernis dazu! »Wehe euch Schriftgelehrten und Pharisäern, ihr Heuchler, die ihr die Becher und Schüsseln auswendig reinlich haltet, inwendig aber ist es voll Raubes und Fraßes!«

– –

Und wieder werden sich die drei Knaben nach Donau-Eschingen begeben und dort eine Quelle mit ihren Daumen zuzuhalten versuchen, damit nicht allzuviel Wasser ins Schwarze Meer komme. Nun wird unter gewaltigem Lärm der Kuppelei, nein, der Prostitution, nein, dem außerehelichen Beischlaf der Krieg erklärt. Das Aufgebot der Heuchelei ist imposant, der Generalstab der Dummheit plant Ungeheures. Alle Vorräte aus sämtlichen sozialen Feldapotheken werden herausgeschafft, und durch eine Blutgasse wälzt sich die Liga zur Bekämpfung des Mädchenhandels, zupft schon die Leinwand von Bordellbetten zu Charpie, um die Gefallenen aufzurichten und in eine bürgerliche Stellung zu bringen. Aber wo es Gefallene gibt, gibt es auch Hyänen. Und die Gefallenen des Lebens haben die bittere Wahl, von den Samariterinnen gerettet oder von den Bordellhyänen gefressen zu werden. Ich glaube, sie werden sich für die Bordellhyänen entscheiden. Und der fade Dunst aus Humanität und Langweile, der sich übers Blachfeld lagert, wird diese rudelweise herbeilocken, und am Horizont taucht die Fata Morgana eines Freudenhauses auf, wo hinter Milchfenstern ein Champagnerglück wohnt und Frau Regine Riehl ihren Lieblingen die Haare streichelt, um zu fühlen, ob nicht ein Strumpfgeld darin versteckt ist. Denn Regine Riehl wird auferstehen, und dieses wird der Friedensschluß sein des Krieges, den man der Prostitution erklärt hat.

– –

Wer den Mut hat, sich einmal tüchtig die Augen zu reiben und dann nachzusehen, wie alle Unsittlichkeit in diese Welt gekommen ist, den wird die Entdeckung blenden, daß alle Sittlichkeit dieser Welt das Übel verschuldet hat. Und mehr als das. Sie hat auch Not und Tod verschuldet. Denn die Moral ist eine venerische Krankheit. Primär heißt sie Tugend, sekundär heißt sie Langweile, und tertiär heißt sie Syphilis. Und weil eine unerbittlich verzeihende Religion die Tugend den Menschen als Strafe für ihre Laster gegeben hat, sind die führenden Dummköpfe der Menschheit auf die Idee gekommen, die Moral als ethisches Schutzgut zu heiligen. Nun wütet sie in den legitimen Formen der Langweile und der Syphilis gegen die Menschheit. Moral lähmt, steigt ins Gehirn, schlägt mit Blindheit, macht Natursäfte vertrocknen, Arterien verkalken. Aber nichts mehr auf dieser Welt können wir anfassen, kein Handwerk üben, kein Problem lösen, ohne daß sich der korrumpierende Einfluß der Moral geltend machte. Handelt es sich um eine Frage der künstlerischen Entwicklung, so sind wir moralisch; handelt es sich um praktische Neuerungen, so sind wir moralisch; und stirbt einer am Fieber, so stecken wir ihn überdies noch mit Moral an. Und wir sind so moralisch, daß wir nicht ausschließlich unseren Priestern das Vergnügen gönnen, um unser Seelenheil besorgt zu sein, sondern dieses rechtzeitig auch unseren Kriminalisten in Obhut geben, und daß wir darum Dinge, die eigentlich nur vor den obersten Richter gehören und wahrscheinlich nicht einmal ihn interessieren, schon vorher bei drei Instanzen zu vertreten haben. Da ist etwa der bekannte und mit Recht beliebte außereheliche Beischlaf. Durch ihn fühlt sich fast immer die eine oder die andere Behörde beleidigt. Da ist das Naturrecht der Frau, die Summe ihrer ästhetischen Vorzüge an wen sie will zu verschwenden oder von wem sie will sich in eine geltende Währung umsetzen zu lassen. Weil es eine rein moralische Angelegenheit ist, mischt sich die Behörde hinein. Natürlich schämt sie sich ihrer Indiskretion und schützt hygienische Interessen vor. Tut so, als ob sie es wirklich den Seelenheilgehilfen überließe, sich um die Reinheit der Sitten zu bekümmern, und protzt mit der Wahrung gesundheitlicher Interessen. Sie lügt. Ihr Ausdruck »Schandlohn« straft sie Lügen. In Wahrheit hat sie an dem Problem der Prostitution kein anderes Interesse, als mit dem Knüppel der Moral die Hygiene totzuschlagen. Sie begräbt ihre Pestleichen bei Nacht, so daß man zwar angesteckt werden kann, aber wenigstens nicht weiß, woher man die Pest hat. Ihre Prophylaxis heißt Finsternis. Unheilbar liegt die Menschheit an Heuchelei darnieder, und die Ärzte verordnen Quecksilberkuren...

An der Gottesgabe des Weibes, genußspendend zu genießen und ohne zu genießen Genuß zu spenden, übt männliche Unzulänglichkeit, die sich mit geistigen Vorzügen schwerer zur Geltung bringt, ihre Rache. Kläglichster Konkurrenzneid hat die Prostitution als der Übel größtes erklärt, weil ihm die Prostituierbarkeit als der Güter höchstes erscheint, und das Feigenblatt des Neides ist sittliche Entrüstung. In Acht erklärt ist der unschätzbare Besitz der Menschheit an Anmut und elementarster Natur. Um ihn herum ein Stachelzaun, hinter dem die Gesellschaftsordnung beginnt. Aus ihr preschen, wenn's dunkel wird, Scharen der Verächter in jenen unheiligen Bezirk. Die aber darin wohnen, führt kein Weg in die Gesellschaftsordnung. Oft klebt das Blut solcher, die nicht den Stolz des Verbanntseins fühlen können, am Stachelzaun. Immer aber schießen die von der Gesellschaftsordnung hinüber; verachten die Ausgestoßenen bei Tag, weil diese sich nachts ihre Liebe gefallen lassen mußten. So bewahren die drüben eine heroische Passivität seit Jahrtausenden gegen die Gesellschaftsordnung, die täglich neue Tücken gegen sie ersinnt. Sie lassen sich nicht aus den Bahnen ihrer Naturbestimmung weisen. Hätten sie wirklich, wie der Moralistenwahn behauptet, ein ethisches Gut verloren, verwetteten sie durch Preisgabe ihres Leibes wirklich das, was der christianisierte Zulukaffer »Seelenheil« nennt, sie wären wahre Heldinnen der Tat; denn sie opferten lustlos ihr Innerstes fremder Lust. Aber sie spüren einem großartigen Naturwillen zufolge nicht die Insulte der Zärtlichkeit und tragen die Insulte der Verachtung. Sie stehen täglich im Kugelregen des sozialen Hochmuts, der ihnen selbst Krankheiten unbedenklich zuschiebt. Und die den Freudenbecher gewährt, sterben an dem alkoholischen Gifttrunk, den ihnen die christliche Nächstenliebe reicht...

Muß es eine Sittlichkeit in dieser Welt der Finanzdiebe und Journalisten geben, so sei gefragt, ob nicht die Hure, die Ächtung und Ansteckung um einen wahren – Schandlohn riskiert, sittlich tausendmal höher steht, als etwa jene Schufte, die all der Jammer, der sie im Hause Riehl um Hilfe bat, ungerührt ließ und die sich, nach Verabreichung des »Schandlohns« an die Ausbeuterin, aus Rücksicht auf ihre »soziale Position« von ihren menschlichen Verpflichtungen gedrückt haben. Wie grotesk nimmt sich neben der Größe solchen Erduldens die humanitäre Schäbigkeit dieses Polizeitalters aus, das sich zu den »Verlorenen« herabläßt, sie mit Sittensprüchen wie »Werden Sie anständig!« oder »Ergreifen Sie einen ehrlichen Beruf!« sozusagen blitzt!

»Den Verachtetsten unter den Verachteten Schutz zu gewähren«, heischt eine Verteidigerphrase. Aber »schützen« heißt hier einzig und allein: Nicht verachten! Alle Reform der Sittenpolizei, die nicht deren Abschaffung bezweckt, ist von übel. Der Betriff »Prostitution« ist aus dem Strafgesetz beinah verschwunden, er hat auch aus dem Interessengebiet der Verwaltung zu verschwinden. Immer und immer wieder: Es gilt hier nur Rechtsgüter der Gesundheit, der freien Willensbestimmung und der wirtschaftlichen Sicherheit zu hüten! Die Schamhaftigkeit hat eher in Fragen der Technik dreinzureden, als in Fragen des Geschlechtsverkehrs, und mit Sittensprüchen baut man immer noch eher Eisenbahnen als Freudenhäuser. Ob eine Frau ihren Leib verschenkt, für Stunden oder für Jahre vermietet, sich ehelich oder außerehelich verkauft, geht den

Staat nichts an. Ob die Prostitution eine Krankheit der Seele ist, geht ihn nichts an. Aber die venerischen Krankheiten, die ihn angehen, sind nicht eine Folge der Prostitution, sondern des Geschlechtsverkehrs. Da nun ein Verbot des Geschlechtsverkehrs doch ziemlich aussichtslos und einigermaßen gefährlich wäre, müssen andere Mittel gefunden werden, die Infizierung der Menschheit mit den venerischen Giften zu hindern, und gründlicher zu hindern, als es durch revidierende Polizeiärzte bisher geschehen ist. Die Richtung, in der man zu suchen hat, kann nur diese sein: Schaffung eines Gesetzes, das die wissentliche Übertragung einer venerischen Krankheit – namentlich an den Männern – mit schwerer Ahndung bedroht. Man wird unter anderem einwenden, daß erpresserischem Mißbrauch eine neue Tür geöffnet würde und daß die Schamhaftigkeit die Anzeige unterließe. Solchen Möglichkeiten wäre durch den Meldezwang für venerische Krankheiten beizukommen, die die Staatsdummheit noch nicht in die Gefahrenklasse von Blattern, Flecktyphus und Diphteritis eingereiht hat. Durch die Aufhebung der Schweigepflicht des Arztes, der heute den Eltern der Braut nicht verraten darf, daß sie ihre Kinder einem syphilitischen Vater verdanken wird. Nicht »Fort mit der Prostitution!«, aber fort mit einer Sexualethik, die die Käuflichkeit der Lust unter die Strafsanktion der Ausbeutung und die Lust unter die Strafsanktion der Ansteckung gestellt, die die Syphilis geradezu als ultima ratio gegen die »Unzucht« sich erhalten hat! Fort mit der Schamhaftigkeit, die die körperliche und geistige Gesundheit der Völker seit fast zwei Jahrtausenden untergräbt! Vor allem die geistige. Denn die Natur hat dem Weib die Sinnlichkeit als Urquell verliehen, an dem sich der Geist des Mannes Erneuerung hole. Die Gründer der Normen aber haben das Verhältnis der Geschlechter verkehrt, die habituelle Sexualität der Frau in die Konvention geschnürt und die funktionelle Sexualität des Mannes schrankenlos ausarten lassen. So ist die Anmut vertrocknet und der Geist. Der Frau sind Würde und Bewußtheit vorgeschrieben, dem Mann ein tierisches Sichausleben gestattet. Darum kanalisiert er den herrlichen Wildstrom weiblicher Sinnlichkeit für seine uninteressanten Bedürfnisse, und sein Gehirn geht leer dabei aus. Es gibt noch Sexualität in der Welt; aber sie ist nicht mehr die triumphierende Entfaltung einer Wesenheit, sondern die erbärmliche Entartung einer Funktion. Die Natur des Weibes ist geknebelt, und die Schweinerei des Mannes dominiert. Naturalia sunt turpia, und darum stehen die turpia in Flor.

Der Kontrast, in dem heute der Vollbesitz von fünf Sinnen zu einer Lebensanschauung ruht, die noch immer die Natur mit der Mistgabel der Moral austreiben oder mit der sozialen Heilslehre einschläfern möchte, treibt die Erkenntnis bis an jene Grenze des Humors, an der die tragische Verzweiflung beginnt. Tamen usque recurret! Das ist die Hoffnung, die uns erhält. Ein Blick aus dem Auge des Freudenmädchens ist siegreicher, als eine Welt in Waffen. Liebe bleibt. Sie ist nur von Gewissensbissen gewürzt; und Gewissensbisse sind die sadistischen Regungen des Christentums. So hatte Er's nicht gemeint. Aber auch gesprochen: »Wahrlich, ich sage euch, Zöllner und Huren werden eher in das göttliche Reich kommen als ihr.« Da sie aber auf Erden das »Ärgernis« vermeiden wollen und Jene in geschlossenen Häusern verbergen, die vor ihnen in das göttliche Reich kommen werden, so gilt ihnen sein Wort: »Wehe euch, ihr Heuchler, die ihr die Becher und Schüsseln auswendig reinlich haltet, inwendig aber ist es voll Raubes und Fraßes.« Da sie aber die Freude den Menschen neiden, so gilt ihnen sein Wort: »Wehe euch, ihr Heuchler, die ihr das Himmelreich zuschließet vor den Menschen; ihr selbst gehet nicht hinein und die hinein wollen, lasset ihr nicht hinein«... Lückenlos ist das Gebäude einer Ethik nicht, das ein Naturtrieb in seinem Grund erschüttert und dessen Bewohner stets gern dort hinausfinden, wo der Zimmermannssohn ein Loch gelassen hat.

Wegen Bedenklichkeit

Ehe ein Wort über den Fall Riehl seine niederschlagende Wirkung üben konnte, hatte die durch den Prozeß aufgebrachte Moral ihre Opfer gefordert. Meine Prophezeiung war erfüllt, als ich sie aussprach. Die Polizei hat Postarbeit geleistet. Arglose Spaziergängerinnen, deren Toilette freilich darauf schließen läßt, daß sie das Schaffelreiben nicht als ihren ausschließlichen Lebenszweck betrachten, wurden von Polizisten eingefangen, und die Wachstuben etablierten sich als Salons. In die Tugendhöhle des Landesgerichts aber wurden zwei junge Mädchen geschleppt, die sich an dem Allerheiligsten des österreichischen Staatslebens versündigt hatten: am Meldzettel. Falschmelderin! Der transzendentale Schauder erfaßt einen wieder. »Judex ergo cum sedebit, quidquid latet adparebit, nil inultum remanebit«. Ihr Antlitz wenden Verklärte von dir ab – Hausmeister und Kerzlweiber... Zwei junge Mädchen haben sich für Schauspielerinnen ausgegeben, heißen möglicherweise anders als sie sagen und riechen nach Parfüm. Sie werden wegen Bedenklichkeit verhaftet. Aber Falschmeldung ist neuestens nicht bloß eine »Übertretung«, für die man zehn Kronen Geldstrafe bekommt, sondern eventuell ein erschwerender Umstand bei Mord. Darum muß eine Falschmelderin im Arrest bleiben, bis sie wegen Falschmeldung zum Arrest verurteilt wird. Und die österreichische Sittlichkeit, die durch den Riehl-Prozeß ein wenig beunruhigt wurde, soll sehen, daß man es auf die feine Unterwäsche scharf hat! Einen rechts- und lebenskundigen Mann wie Herrn v. Heidt der Polizei bei ihren Fleißaufgaben nachhelfen zu sehen, ist peinlich. Es gibt noch Richter in Österreich, die eine Falschmeldung durch den »Lebenswandel« des Angeklagten erweisen können. Herr v. Heidt hätte sich der undankbaren Aufgabe nicht unterziehen müssen. Von ihm hätte man eher erwartet, daß er einen Hausmeister, der ihm als Zeuge einer Meldzettelaffäre erzählt, die »auffallenden Kleider« der angeklagten Mädchen seien ihm »bedenklich vorgekommen«,

hinauswirft, nicht ohne ihm vorher eingeschärft zu haben, daß
es seine Pflicht sei, bei Glatteis aufzustreuen. Herr v. Heidt aber
vernimmt sogar einen Polizeiagenten als Autorität in Fragen
der Sittlichkeit, findet, daß der falschen Ausfüllung des Meld-
zettels eine Strafe von drei Tagen strengen Arrests angemessen
sei, und trägt der »Bedenklichkeit« der beiden Mädchen, die
Ausländerinnen sind, durch die Ausweisung aus den österrei-
chischen Kronländern Rechnung. Der Appellsenat hat *die-
ses* Urteil des Herrn v. Heidt natürlich nicht abgeändert.
Hätte dieser über den französischen Kabarettisten, der mich
überfiel, die Ausweisung verhängt, das Landesgericht hätte ge-
wiß ausgesprochen, daß der Berufungswerber lebenslänglich
bei Brady »la marche« zu singen habe. Aber – im Vertrauen
gesagt – so viele Ausländer kann die österreichische Justiz gar
nicht wegen Bedenklichkeit aus den österreichischen Kronlän-
dern ausweisen, als Inländer geneigt sind, die österreichischen
Kronländer wegen deren Bedenklichkeit freiwillig zu verlassen.
Ach, eine ununterbrochene Schubwagenfahrt zwische Wach-
stube und Landesgericht ist hierzulande die natürliche Bestim-
mung einer Frau, die nicht klipp und klar anzugeben vermag,
daß der »Schandlohn«, den sie verdient, der Riehl zugute
kommt. Die drei Tage Arrest sind bloß die Belohnung für lan-
ges Warten in der Untersuchungshaft. Die beiden Schwestern
heißen nicht Kastelli und Nesen, sie heißen aber auch nicht
Anna und Elise Hofmann, sie sind wahrscheinlich nicht einmal
Schwestern, und die angesetzte Paragraphenschraube hat end-
lich den Verdacht des »Betruges« zutage gefördert. In solchen
Fällen sagt man harmlos: »Die Angelegenheit ist in ein neues
Stadium getreten.« Und sollte sich vielleicht doch herausstel-
len, daß die beiden Mädchen Hochverrat begangen haben, so
möge man in Gottes Namen außer der Falschmeldung die Spit-
zenhöschen als erschwerend annehmen!

Und die Frauenrechtlerinnen? Anstatt für die Naturrechte
des Weibes zu kämpfen, erhitzen sie sich für die Verpflichtung
des Weibes zur Unnatur. Unter einer resoluten »Frauenbewe-
gung« würde ich unter anderm den Protest gegen eine Unbill
verstehen, die es der Frau verwehren will, sich zu kleiden, wie

sie mag, und die die »Bedenklichkeit« eines Mädchens nicht im Kattun, sondern in der Seide erblickt. Aber der »Allgemeine österreichische Frauenverein« denkt anders. »Er berief«, so sagt der Bericht, »eine allgemein zugängliche Frauenversammlung ein, in der die Affäre Riehl den Gegenstand der Tagesordnung bildete. Beim Einlaß in den Gewerbevereinssaal spielten sich Szenen ab, wie sie sonst nur beim Einlaß in den Schwurgerichtssaal bei Sensationsprozessen zu schauen sind. Schon eine Stunde vor Beginn war der Saal sowohl als die Galerie dermaßen überfüllt, daß das nachrückende Publikum, soweit es nicht in Scharen das Haus wieder verließ, sich auf den Stiegen drängte und im Stiegenhaus auf und ab wogte. An den Türen setzte es erregte Auftritte, da die Damen aus Orten in der Umgebung von Wien nach der Stadt gekommen waren und nunmehr am Ziele umkehren mußten. Da die Andrängenden nicht nachgeben wollten, verkündete ein Ausschußmitglied, daß der Verein beschlossen habe, die Versammlung in der nächsten Woche zu wiederholen. Aber auch jetzt noch wich die festgekeilte Masse nicht und das Gedränge auf den Stiegen wurde lebensgefährlich. Einige Personen erlitten leichte Verletzungen, Kratzwunden und dergleichen. Schließlich mußte die Hausverwaltung telephonisch Wache requirieren, die der Situation im Stiegenhause durch Verdrängung der Massen ein Ende machte.« Also eine sexuelle Orgie, wie sie unverhüllter noch nicht inszeniert wurde. Oder glaubt einer nicht, daß Geilheit ein stärkeres Agens ist als Sozialpolitik? Glaubt einer, daß nicht die erotische Neugierde in Käfigen gehaltener Hausfrauen, sondern das Mitgefühl mit den Gefangenen der Riehl diese scheußlichen Szenen aufgeführt hat? Man war gekommen, um das Fräulein Auguste Fickert versichern zu hören, daß »die entgeltliche Hingabe an mehrere Männer etwas Grauenerregendes« sei; aber man wäre gewiß nicht gekommen, wenn solche Versicherung nicht wieder angenehmere Gefühle zu erregen vermöchte. Denn grauenerregend und weit grauenerregender als die entgeltliche Hingabe des weiblichen Körpers an mehrere Männer ist seine schlecht bezahlte Hingabe an den Dienst in einer Zündhölzchenfabrik. Und allgemein zugängliche Frauenversammlungen, die sich mit dem Arbeitssklaventum der Frau befassen, finden bei weitem keinen so regen Zuspruch. Grauenerregender als die entgeltliche Hingabe an mehrere Männer ist aber vor allem die u n e n t g e l t l i c h e, wie sie ein System mit sich bringt, das der Moralbestie zu Ehren die Prostituierten unter der Knute der Frau Riehl hält. Und die Moralbestie exzediert in den Versammlungen der heiligen Liga zur Bekämpfung des Mädchenhandels und der sonstigen Vereine der von der Frauennatur emanzipierten Weiber genau so, wie auf Kongressen, wo der bekannte »Blitzmajor« die Forderung stellen darf, man solle die Mädchen schlechter bezahlen, damit sie sich die Prostitution abgewöhnen. Unbefriedigte Weiber, denen Hysterie längst die Traube ihres Geschlechts sauer gemacht hat, entrüsten sich über die Lebenshaltung der Prostituierten. Weg mit den Tugendmegären, bei denen sich verhinderte sexuelle Notwendigkeiten in Sozialpolitik umgesetzt haben! Wenn es sich um den Schutz prostituierter Mädchen gegen Bedrückung handelt, so hat nicht eine »allgemein zugängliche Frauenversammlung« das Wort zu nehmen, sondern eine Versammlung allgemein zugänglicher Frauen!

Aus dem dunkelsten Österreich*

»Eine seltene Anklage wegen Majestätsbeleidigung beschäftigte gestern das Landesgericht Triest. Der Arbeiter Anton Zamparutti war angeklagt, weil er in politischen Wirtshausgesprächen den Kaiser von Österreich immer nur ›König‹ genannt hatte. Der Angeklagte erklärte sich nichtschuldig; er sei sich bei Anwendung des Königstitels einer Majestätsbeleidigung nicht bewußt gewesen, noch weniger habe er eine solche beabsichtigt. Die Frage, ob er wisse, daß der Monarch in Österreich immer ›Kaiser‹ genannt werde, bejahte er. Der Staatsanwalt beantragte die Bestrafung des Angeklagten wegen Majestätsbeleidigung. Der Gerichtshof sprach ihn von diesem Verbrechen frei, verurteilte ihn jedoch wegen eines andern Delikts zu drei Wochen Arrest, wobei die mehr als dreimonatliche Untersuchungshaft als mildernd angenommen wurde.«

»Vor dem Bezirksgericht Landstraße fand gestern eine Verhandlung gegen ein junges Mädchen statt, das bei der Polizei angezeigt worden war, weil sie oft erst spät vom Hause fortgehe, auffällig gekleidet sei und oft erst spät abends nach Hause komme. Da sie schon seit einiger Zeit auch keine Beschäftigung hat, faßte die Polizei den Verdacht, daß sie geheime Prostitution treibe, und es wurde gegen sie die Anklage nach dem Vagabundengesetz erhoben. Dem Richter gibt sie auf die Frage, wovon sie lebe, an, daß sie einen Freund habe, der sie unterstütze. – Richter: Haben Sie auch hie und da mit anderen Männern verkehrt? – An-

* Dieser Artikel war das Geleitwort zu der Publikation eines nachgelassenen Manuskriptes von Ferdinand Kürnberger, »Die Geschichte meines Passes«, in der ›Fackel‹, einer Eingabe an den Minister Belcredi, die die Strafe zehntägigen Polizeiarrests wegen »unbefugter Abwesenheit im Auslande« von dem Schriftsteller nicht abzuwenden vermocht hat.

gekl. (zögernd): Ja. – Richter: Gegen Entlohnung? – Angekl.: Nein. – Staatsanwaltschaftlicher Funktionär (streng): Was heißt das, hie und da haben Sie mit anderen Männern verkehrt? Warum? Um Geld zu bekommen oder... – Angekl.: Nicht des Geldes wegen... Es werden hierauf einige Zeuginnen vernommen, die über die Moralität des Mädchens aussagen sollen. Eine dieser Zeuginnen sagt, daß die Angeklagte einen alten Herrn zum Liebhaber habe. – Staatsanwalt: Ah!... (Zur Angeklagten): Sie sollen ja auch einen alten Herrn haben!... – Angekl.: Jetzt nicht mehr... – Staatsanwalt: Früher war es ein Alter und jetzt ist es ein Junger. – Der Hausmeister des Hauses, in dem das Mädchen wohnt, weiß nichts davon, daß dieses oft spät nach Hause kommt. Er sagt, es komme zwar vor, aber nur hie und da und selten. – Staatsanwaltschaftlicher Funktionär (entrüstet): Ein netter Hausmeister! – Die Verhandlung wurde schließlich vertagt. Der staatsanwaltschaftliche Funktionär sagte zum Schluß noch zu dem Hausmeister: ›Vielleicht können Sie sich bis zur nächsten Verhandlung besser erinnern. Oder sind Sie vielleicht manchmal unzurechnungsfähig?‹«

Keine Woche darf ohne Justizschande vergehen. Vom politischen Größenwahn und vom moralischen Verfolgungswahn geblendet, mißt die Gerechtigkeit Männern und Frauen den gleichen Anteil an Qual und Unrecht zu. So wie der Lauf dieser Welt ist, muß es eine Majestätsbeleidigung gegeben haben, bevor es Kaiser gab, und Gott schuf den Hausmeister, damit er Adam und Eva aus dem Paradies jage. Aber die delirante Justiz ist lächerlicher, wenn sie sich moralisch, als wenn sie sich politisch erhitzt. In ihrem Eifer, das Heimlichste zu sehen, reißt sie die Binde von den Augen, um ihre Scham damit zu bedecken.

Wir leben jetzt in der Ära »nach dem Prozeß Riehl«. Kaum ein Tag vergeht, der nicht unter dieser Aufschrift ein Faszikel Verzweiflungsakte aufschlösse, eines verendenden Polizeigeistes, den ein Prozeß niedergeschlagen hat, da er nicht mehr die Kraft hatte, ihn niederzuschlagen. Weil er täglich beweisen muß, daß er noch lebt, bleibt ihm nichts übrig, als seinen Eifer dort zu betätigen, wo ihm die Anstrengung nicht schadet. Weil eine Kupplerin junge Mädchen mißhandelt haben soll, mißhandelt er junge Mädchen. Gegen Regina triumphans, die kraft der Lizenz einer heiligen Gesellschaftsordnung Unabsetzbare, vermöchte sein Wüten nichts. Aber an den jungen Mädchen, die durch hartnäckiges und jahrelang fortgesetztes Erdulden den Skandal verschuldet haben, an ihnen kann er jetzt endlich auch in einer Weise, die ihn mit seinen Amtspflichten nicht in Konflikt bringt, seine Potenz erweisen. Und wir erleben die phantastische Kombination, daß neben der Kunde von der »Enthaftung der Regine Riehl« die beruhigende Nachricht von der Einlieferung alleinwohnender Mädchen zu lesen ist, die im dringenden Verdacht stehen, aus der Hingabe ihres Körpers *für sich selbst* Vorteil gezogen zu haben. Die Geheimnisse jenes tolerierenden Hauses, aus dem Regine Riehl nach ihrer Verurteilung zu dreieinhalb Jahren schweren Kerkers für den vierten Teil jener Summe entlassen wurde, die man von Professor Beer *vor* dessen Verurteilung zu einer vierzehnmal so kleinen Strafe verlangt hat, werden nie enthüllt werden; – 50.000 Kronen sind von dem Schandlohn der Justiz, für den sie eine Wucherin auf freien Fuß setzen darf, gerade das Strumpfgeld. Jedenfalls aber hat sie es dringend nötig, den Motiven nachzuforschen, warum junge Mädchen auffallend gekleidet gehen, und die Erwerbsquellen aufzuspüren, aus denen sie ihren Luxus bestreiten. Der Polizeipräsident gibt mir freilich bekannt, daß die beiden Ausländerinnen, die durch ihre Falschmeldung den österreichischen Staat in innere Unruhen gestürzt haben, schon seit dem 25. November – seit der ersten Behandlung des Falls in der ›Fackel‹ – enthaftet sind, daß sie also bloß ein paar Wochen wegen eines Delikts gefangen gehalten wurden, für das man manchmal sogar eine Geldstrafe von zehn Kronen riskiert. Somit stand die Kritik, zu der sich schließlich selbst Herr Pötzl erkühnte, nicht mehr auf jener Höhe der Aktualität, auf der sich die Berichterstattung über die zahlreichen »Wendungen der Affäre« bis dahin gehalten hatte und auf der sie sich gewiß erhalten hätte, wenn die Mitteilsamkeit der Behörde sich nicht in Fällen, die mit einer Blamage enden, auf die tägliche Ration von »Verdachtsmomenten« beschränkte. Wir wissen zwar noch immer nicht, wie die beiden Mädchen heißen, aber wir haben wenigstens die Beruhigung, daß sie der Rechtswohltat, aus Österreich ausgewiesen zu werden, bereits teilhaftig geworden sind. Dafür ist leider die Frage, ob in Angelegenheiten des Geschlechtslebens das Bezirksgericht oder der Hausmeister kompetent ist, oder vielleicht keine der beiden Instanzen, noch immer nicht entschieden. Man hörte zwar den zornigen Ausruf: »Ein netter Hausmeister!« aus dem Munde des Anklägers, aber er galt nicht einem, der nichts gewußt, sondern bloß einem, der nichts gesagt hat. Wiewohl neulich der Polizeipräsident selbst von den Hausmeistern gesprächsweise geäußert haben soll, daß sie »nicht immer gerade die richtigen sind«, man kann's nicht glauben. Es wäre ein trauriges Zeichen der systematischen Untergrabung des Autoritätsglaubens, wenn das Wort des Portiers in Dingen der Moral nicht mehr gehört würde. Es gibt Überzeugungen, an die nicht gerührt werden darf, und solange zwei Sperrsechserl, die ein Mieter zahlt, moralischer sind, als ein Sperrsechserl, das er für sich und seine Begleiterin zahlt, solange wird unser Lebenswandel von jenem Fachmann begutachtet werden, der es sonst gerne unterläßt, vor unserer Tür zu kehren. Und man gibt uns mündigen Staatsbürgern eher das allgemeine Wahlrecht als den Haustorschlüssel. So werden wir zwar in Freiheit vorgeführt, aber dressiert von eben jenem christlichsozialen Geiste, der die Gefahr der Freimaurerloge für Österreich glücklich durch die Portierloge paralysiert hat.

Man spürt fast etwas wie Herzweh, diesem österreichischen Polizeigeist, der seit dem Ende seiner offiziellen Glanzzeit unter allen möglichen Namen Falschmeldung begeht und unter der Kontrolle der allgemeinen Verachtung von einem Schlupfwinkel in den andern zieht, sich immer wieder öffentlich abmeldet, um sich immer wieder heimlich anzukündigen – man scheut sich, ihm das letzte Asyl zu rauben, in dem er sich wenigstens vor der Obrigkeit Heuchelei gesichert wähnte: das Schlafzimmer. Aber ich habe die Polizei im Verdachte, daß sie, die seit einiger Zeit keine politische Beschäftigung hat, geheime Prostitution treibt. Und darum muß sie hinaus! Es darf nicht geduldet werden, daß sie ihre zweifelhafte Subsistenz von den Märzgefallenen zu den Gefallenen hinüberrettet und weil sie den alten Herrn nicht mehr hat, nämlich den Fürsten Metternich, sich jetzt darauf verlegt, junge Mädchen in ihr Haus zu nehmen.

Wie sie's früher getrieben hat, zeigt ein nachgelassenes Manuskript des größten politischen Schriftstellers, den Österreich je verkannt hat, ein ungedruckter Artikel, durch dessen Übergabe mich die Erben Ferdinand Kürnbergers geehrt haben. Er ist trotz dem scheinbaren Fortschritt eines Polizeigeistes, der heute nicht mehr Pässe verweigert, von stärkster Lebendigkeit, weil er eben die Perspektive in die unsterbliche Wandlungsfähigkeit des Polizeigeistes eröffnet. Nur die Ablösung des stolzen Selbstbewußtseins der Bosheit durch die Demut der Bosheit konnte der Verfasser nicht ahnen. Er konnte nicht wissen, daß eine schlechtere Zeit anbrechen werde, in der Schändlichkeiten wie die gegen ihn verübte, gegen einen Publizisten nicht mehr verübt werden können – weil jener ehrliche Mangel an Respekt vor dem Geiste, zu dem die heutige Amtlichkeit nicht mehr fähig ist, durch eine korrupte Preßfurcht verdrängt wurde. Man würde sich einfach »nicht trauen«. Kürnbergers Worte: »Was mir geschah, geschieht Vielen, geschieht fortwährend, und wird geschehen« sind einer polizeipsychologischen Erkenntnis entsprungen, die diesem Artikel noch über seinen Wert als literarisches und historisches Dokument hinaus seine Bedeutung sichert. Aber das Entsetzliche ist, daß, was einem Kürnberger geschah, heute dem letzten Laufburschen eines Zeitungsgeschäftes n i c h t m e h r geschehen könnte. Und immer noch jedem, der nicht über das Machtmittel Druckerschwärze verfügt! Ja, diese Beschwerde an den Minister Belcredi ist von so unmittelbarer Plastik, daß man noch heute über die Behandlung aufschäumen möchte, durch die dieses Österreich einem der besten Männer, die es je gesehen hat, das Leben verbitterte. Aber man möchte auch aufschäumen über eine journalistische Gegenwart, die mächtig genug wäre, einer Behörde das Leben zu verbittern, die aber im Tauschverkehr des Amtsmißbrauchs ihre öffentlichen Pflichten preisgibt, um an der Willkür zu schmarotzen. Keinen Paß, keine Freikarte, keine Bestechungssumme wagt man ihr heute mehr zu verweigern. Und darum verachtet sie die Männer, die den Ehrgeiz hatten oder haben, die publizistische Macht durch selbstlosen Gebrauch zum Ansehen im Staate zu bringen. Nie hat sie sich beeilt, dem Andenken eines Ferdinand Kürnberger zu vergüten, was man seinem Leben schuldig geblieben ist. Es gibt kein Andenken Ferdinand Kürnbergers! Und wer sollte sich in den Tagen, da der öffentliche Schwachsinn durch dreihundert Aufführungen der »Lustigen Witwe« in Anspruch genommen ist, auch nur daran erinnern, daß ein Mann jenes Namens einmal in Wien gelebt hat?

Die Ära nach dem Prozess Riehl

Es ist also ausgemacht: der Geschlechtsverkehr soll in Österreich abgeschafft werden. Der Bureaukretinismus hat – wie sagt man doch – »diese Maßnahme nach genauester Pflegung der Erhebungen ins Auge gefaßt«. Zugleich mit der Erhöhung der Postgebühren. Es soll seit dem Prozeß Riehl bewiesen werden, daß »was g'schieht«, und weil herausgekommen ist, daß in der Grünetorgasse Polizeibeamte gratis Geschlechtsfreuden genossen haben, sollen jetzt in anderen Gassen Männer, die keine Amtspflicht beschworen haben, auch nicht mehr dafür bezahlen dürfen. Gelegenheiten, die ehedem gemacht wurden, werden jetzt vereitelt, allgemein zugängliche Weideplätze der Wollust gesperrt, Frauen aller Gesellschaftsklassen auf der Straße nur mehr von Polizisten – die infolge der überhandnehmenden Einbruchsdiebstähle beschäftigungslos sind – angesprochen, und Rendezvous zwischen Junggesellen und ihren Begleiterinnen in die Wachstube verlegt, weil eine Privatwohnung eben nicht mehr die genügende Intimität bietet. Beinahe schon wie in Preußen, wo der normale Geschlechtsverkehr streng bestraft wird. Und wieder ist eine Frau der »Falschmeldung« schuldig und wieder fragt sie der Richter: »Sie sollen auch geheime Prostitution getrieben haben?«, kann sich die Frage nicht versagen, wiewohl er sogleich selbst antwortet: »Ich habe nur über die Falschmeldung zu judizieren«. Fleißaufgaben der Polizei aber, wie die in der folgenden Zuschrift an die ›Fackel‹ besprochene, sind in der Nach-Riehl'schen Epoche nichts besonderes: »Heute morgens stellte sich mir ein Polizeikommissär vor mit der Eröffnung, es sei eine anonyme Anzeige eingelaufen, daß mein Empfang von Damenbesuchen (in der separierten Wohnung eines Hauses, wo außer mir nur noch eine Partei logiert) öffentliches Ärgernis errege; fragte, ob ›dies den Tatsachen entspricht‹, wie die Dame heiße und ob sie ›nicht vielleicht von geheimer Prostitution lebt‹. Ich erwiderte, daß niemand, auch nicht die Polizei das Recht habe, sich in meine persönlichsten Angelegenheiten zu mischen und daß es mir natürlich nicht einfalle, einen Namen preiszugeben oder eine Auskunft zu erteilen. Der Kommissär entfernte sich mit dem Bemerken, daß ich in dieser Sache eine Vorladung erhalten werde.« Wenn das so fortgeht, meint der Briefschreiber pessimistisch, werde einem jungen Menschen nichts anderes übrig bleiben, »als sich im Bedarfsfall an einen Detektiv oder Kommissär zu wenden«. Versteht sich, nur um die behördliche Bewilligung zur Ausübung des normalen Geschlechtsaktes einzuholen.

Viel schwerer noch als den Männern wird's den Frauen gemacht. Der Bureaukretinismus, der jetzt das ›Extrablatt‹ als moraloffiziöses Organ ausersehen hat, gibt täglich Bulletins aus, um der Menschheit das bißchen Vergnügen auch durch publizistische Bedrohung zu stören. Vor allem will er den Konzessionszwang verschärfen. »Minderjährige Mädchen«, so sprach neulich ein »höherer Ressortbeamter« zu sozialpolitischen Frauen, »erhalten nur dann Gesundheitsbücher, wenn *der Beweis ihrer völligen sittlichen Verkommenheit erbracht* ist, das heißt wenn nachgewiesen wird, daß sie bereits der clandestinen Prostitution ergeben sind, daher an ihnen nichts mehr zu verderben ist«; und: »Die Genehmigung des Vormundes genügt nicht mehr zur Einschreibung des Mündels in die polizeiliche Liste der Prostituierten oder zur Aufnahme der Betreffenden in ein toleriertes Haus. Hiezu ist noch die Einwilligung der Obervormundschaft erforderlich. Die Polizei überweist dann jedes Gesuch, für das die Genehmigung des Vormundes zur Ausübung gewerbsmäßiger Prostitution beigebracht wird, dem zuständigen *Pflegschaftsgerichte zur Entscheidung*.« Ein Gericht also wird künftig die Frage zu entscheiden haben, ob ein Mädchen »das Schandgewerbe« ergreifen darf! Freuen wir uns, daß die öffentliche Vertrottelung in sexuellen Dingen bis zu dieser Kristallform gediehen ist, in der sie auch der Trottel erkennt. Und daß der »Beweis der völligen sittlichen Verkommenheit« erbracht werden muß. Szene in einem Kommissariat: »Ja, was wollns denn?« ›Ich möchte das Schandgewerbe anmelden!‹ »Ja, könnens denn (hochdeutsch:) den Beweis der völligen sittlichen Verkommenheit erbringen?« (Verlegen:) ›Nein.‹ »Nacher schauns, daß S' weiter kommen! – So a Schlampen!« Ein humaner Kommissär, der mit sich reden läßt, wird der Partei den Rat geben, vorerst ein wenig verbotene Prostitution zu treiben. Aber die ist doch gerade verboten? Natürlich ist sie verboten! Aber sie muß bewiesen sein, um das Recht auf ihre »Ausübung« zu gewährleisten. Protektion hilft natürlich auch da, und der Beweis völliger sittlicher Verkommenheit wird manchmal als erbracht angesehen werden, wenn einer Petentin sogar nachgewiesen werden könnte, daß an ihr noch etwas zu verderben sei. Dagegen wird streng darauf gesehen werden, daß kein Fall von »clandestiner Prostitution« der behördlichen Kenntnis entzogen bleibe, auch wenn er als Befähigungsnachweis für die Ausübung des Schandgewerbes gar nicht in Betracht kommen sollte. Die Erteilung des Büchls aber ist eine Art Prämie auf die Selbstanzeige wegen geheimer Prostitution. Die Behörde nimmt an, daß sich die Frauen dieses Vorteils bewußt zeigen werden. Wenn eine Frau jenes Naturrecht, für das kein Frauenverein kämpft, betätigt und sich dafür, daß sie immerhin auch dem Manne einen Gefallen erweist, bezahlen läßt (was merkwürdiger Weise noch keine Frau aus ihrem seelischen Gleichgewicht gebracht hat), so wird sie das der Polizei melden, und wenn die Baronin X in momentaner Verlegenheit ihre Schönheit und den erotischen Mehrwert ihrer sozialen Position mit tausend Gulden berechnet, so wird sie nicht zögern, den Kommissär Wossitschek, den Oberkommissär Jerschabek und den Regierungsrat Witlatschil zu verständigen. Dann hat sie Anspruch auf ein »Büchl«, und macht sie von dieser Chance Gebrauch, so steht sie unter dem Schutz der Behörde, wenn sie es nicht doch vorziehen sollte, sich unter den Schutz der Frau Riehl zu stellen. Schwieriger als die Anmeldung des Schandgewerbes ist die Abmeldung. Es muß nämlich auch abgemeldet werden. Eine Prostituierte kam neulich auf den polizeiwidrigen Gedanken, zu ihrer Mutter zurückzukehren. Und was weiter geschah, davon erzählt ein Gerichtssaalbericht. Der Beweis der sittlichen Läuterung muß gleichfalls, und zwar binnen vierundzwanzig Stunden, erbracht werden, und dies hatte das Mädchen unterlassen. Die Polizei machte die Anzeige beim Gericht, und das Gericht verurteilte die Verdächtige wegen unbefugter Ausübung der Ehrbarkeit oder wegen clandestiner Sittlichkeit – ich weiß nicht, wie das Delikt lautet – zu vierundzwanzig Stunden Arrest. Darauf erklärte die Angeklagte, daß sie jetzt wieder das Büchl nehmen werde... So wird schließlich doch hie und da ein Mädchen, das man fast schon verloren glaubte, durch behördliche Fürsorge vor den Gefahren des soliden Lebenswandels gerettet.

Wäre der Strizzi Staat so ehrlich, zu bekennen, daß er die Kontrolle der Prostitution sich lediglich aus dem Motiv der Gewinnsucht sichern, daß er einfach auf die Steuern der konzessionierten Bordelle nicht verzichten will, seine Lumperei hätte einen gewissen Stil und bedürfte der kläglichen Ausrede auf die Moral nicht (und nicht auf die Hygiene, die noch kein Polizeiarzt beglückt hat). Aber wann hätte je ein Strizzi Farbe bekannt und sich nicht moralisch über seine Aushälterin entrüstet? In den blitzdummen Gerichtsverhandlungen, die in der Ära nach dem Prozeß Riehl arrangiert werden, erfolgt immer pünktlich dann ein Freispruch, wenn der Steuerbogen vorgewiesen wird. Die Polizei toleriert, die Staatsanwaltschaft verfolgt, und die erschütterte Autorität erholt sich an der täglichen Aufdeckung heillosesten Widerspruchs. Wie weit die Konfusion gediehen ist, ersieht man daraus, daß konzessionierte Bordellwirtinnen fortwährend angeklagt werden, weil sie aus dem von ihren Pensionärinnen betriebenen Gewerbe »ihren eigenen Unterhalt bezogen« haben sollen. Nicht wegen Ausbeutung also, sondern bloß wegen Mangels an heroischem Opfermut beim Betrieb eines polizeilich bewilligten Gewerbes. Und ist es nicht toll, daß die Polizei, der die Mitschuld an der Einschränkung der persönlichen Freiheit im Falle Riehl nachgewiesen wurde, nicht die Fenster der Freudenhäuser sperrangelweit aufreißen läßt, sondern das Hinausschauen der Mädchen mit vermehrtem Eifer beanständet? (Die »Damen« werden bei diesen Gelegenheiten nie ohne Anführungszeichen genannt, die Gefangenen von Schmöcken, Richtern, Verteidigern, Anklägern und allen Gutgesinnten auch noch in die Klammern des Hohns gesetzt. Am lieblichsten sind die Scherze der Anwälte, deren einer etwa fragt, ob »im Maison Wolfram eine doppelte Buchführung eingeführt« war.) Nein, die Perversität der normalen Geschlechtsmoral kann sich nicht drastischer offenbaren, als in diesem Spiegel offizieller Gehirnverlorenheit, die immer das Gegenteil von dem tut, was sie gerade tun sollte, in diesem Zerrbild einer Autorität, die in die Feuersbrunst rennt, um, ein tragischer Dummeraugust, mit dem Rufe »Alles gerettet!« zugrundezugehen.

Wo aber Konfusion ist, darf ein Gelehrter nicht fehlen. Im ›Neuen Wiener Tagblatt‹ ergreift der Professor Zeißl, Dermatologe an der Wiener Universität, das Wort. Um etwas Vernünftiges gegen die staatliche Begünstigung der Syphilis zu sagen? Nein, um über die Abnahme der Sittlichkeit zu klagen. Fern sei es von mir, einen Universitätsprofessor darüber belehren zu wollen, daß die beiden Übel – jenes, über dessen Vermehrung, und das andere, über dessen Abnahme er klagt – sich gewissermaßen gegenseitig bedingen. Herr Professor Zeißl ist Spezialist in Dingen der Moral, ich verstehe von der Behandlung der Syphilis überhaupt nichts, und somit wäre jeder Versuch einer Verständigung töricht. Nur eines möchte ich ihm zu bedenken geben. Kein Universitätsprofessor ist verpflichtet, deutsche und logisch geformte Sätze zu schreiben. Wenn er es aber nicht kann, so sollte er sich schon gar nicht dazu zwingen. Man könnte ein tüchtiger Mann in seinem Fach – ich meine jetzt ausnahmsweise die Heilung der Geschlechtskrankheiten – sein und müßte deshalb noch keinen Artikel über die Prostitution schreiben können, weil nämlich d a z u leider zwei Voraussetzungen unerläßlich sind: daß man schreiben kann und daß man etwas von der Prostitution versteht. Die Schmierkur, die sich in der Therapie der Syphilis bewährt, sollte sich nicht im journalistischen Ehrgeiz eines Geschlechtsarztes erschöpfen. Herr Professor Zeißl macht ja zwischen fünfhundert Unsinnigkeiten hin und wieder einen ganz verständigen Vorschlag (z.B. daß die Steuereingänge der tolerierten Häuser zur Erhaltung von Spitälern für Geschlechtskranke verwendet werden sollen).

Zum Schlusse aber gibt er doch die Hauptschuld an der Ausbreitung der Geschlechtskrankheiten der Aufführung der »Rose Bernd« im Burgtheater und fragt, ob es nötig sei, »hysterischen Ekel wie Hedda Gabler oder Fräulein Julie auf die Bühne zu bringen«. Herr Professor Zeißl zählt nämlich diese Werke zur pornographischen Literatur, und die pornographische Literatur sei an der Unmoral und die Unmoral an der Syphilis schuld. Ferner hat bekanntlich die Forschung festgestellt, daß die Syphilis an der Gehirnerweichung schuld ist. Ob aber auch schon die bloße Beschäftigung mit der Syphilis so verheerende Folgen nach sich zieht, bleibt trotz den Darlegungen des Professors Zeißl zweifelhaft. Sie sind so konfus, daß man überhaupt keinen positiven Eindruck von ihnen empfängt und zum Schlusse nicht einmal weiß, ob das Theaterrepertoire die Prostitution erzeugt hat oder ob man sich die Syphilis von einer Betrachtung der Schaufenster unserer Buchhandlungen holt. (Oder am Ende doch eher von dem Anblick des Inseratenteils des ›Neuen Wiener Tagblatts‹!) Ein Arzt, der als Mittel gegen venerische Krankheiten die Moral empfiehlt, beklagt sich über die Heuchelei, mit der das Problem der Prostitution betrachtet wird. Ein Syphilidologe, der sich über die Moralheuchelei beklagt, begnügt sich damit, den Namen der Krankheit, die er ausrotten will, zu unterdrücken, und läßt sich erst zum Schlusse seiner langen Ausführungen dazu hinreißen, ganz beiläufig den Lesern des Familienblattes für Kuppelannoncen zu verraten, welche »Infektionskrankheit« er eigentlich gemeint habe. Und ein Mann der Wissenschaft, der zugibt, daß ein Trinkgefäß und ein Rasiermesser die Syphilis übertragen, daß »unschuldige Geschöpfe, die nie mit Deklassierten in Berührung kamen«, daß vierjährige Kinder durch Zufall infiziert werden können, hält eine Erbauungspredigt gegen »Sittenlosigkeit« und »Libertinertum«, die in dem praktischen Vorschlag gipfelt, Bordelle gesetzlich zu tolerieren, sie aber »nicht in der Nähe von Schulen, Gasthäusern, Theatern oder anständigen Vergnügungslokalen« errichten zu lassen und den Bordellmädchen auf alle Fälle »das Kartenspiel und das Abhalten von Tanzunterhaltungen zu untersagen«; »Asyle für erkrankte Dirnen« zu errichten, in denen nicht nur die physische, »sondern auch die moralische Gesundung angestrebt würde«, die »Einjährig-Freiwilligen über die Gefahren des Großstadtlebens gemeinverständlich aufzuklären« und vor allem, vor allem, Hedda Gabler vom Repertoire abzusetzen. Welch ein Dermatologe! Und er wurde noch am Tage, da diese Fülle fachlicher Erkenntnis vor den Zeitungslesern ausgebreitet wurde, von Herrn Silberer, dem um die Verbreitung der Sittlichkeit hochverdienten Besitzer des Annahofs, im niederösterreichischen Landtag gepriesen.

Nun hat's die Polizei schwarz auf weiß, daß der Geschlechtsverkehr an allem schuld ist, und nun geht's munter los gegen die »geheime Prostitution«. In keinen Bereich kommerzieller Betätigung schwätzt das Unverständnis der Unbeteiligten so dreist hinein wie in die Affären des Liebesmarkts. Nirgends wird der reelle Handel so sinnlos mit dem unreellen zusammengeworfen, nirgends das Interesse der Händler und Konsumenten weniger berücksichtigt und ausschließlicher das Interesse der zum Kauf oder Verkauf unfähigen Kreise des Publikums. Es gehört ja der ganze Optimismus der ärarischen Lebensfremdheit dazu, zu glauben, daß die vielen Beamtensgattinnen, die sich aus irgendeinem Grunde zu prostituieren wünschen und auf die natürlichste Art von der Welt die Gehaltsaufbesserung herbeiführen, die der Staat ihren Gatten verweigert, das »Büchl« nehmen, und daß die vielen Kupplerinnen, die Geheimräte bei sich empfangen, ihre weit und breit angesehenen Häuser in Bordelle verwandeln lassen werden. Und nichts ist so albern, nichts für die Autorität so gefährlich, wie jene Prozesse gegen kleine Gelegenheitsmacherinnen, die jetzt überhandnehmen. Sie müssen Manöver bleiben, weil ein Krieg gegen die Großfirmen bloß für die angreifende Beamtenschaft riskant wäre. Ich will hier nicht des Näheren begründen, warum ich von der Überzeugung tief durchdrungen bin, daß »die Sachs, die Weiß und die Schön«, daß jene geheimnisvolle Trias, die im letzten kriminellen Unfug berufen wurde, ihren Platz im staatlichen Leben viel besser und zur größeren Zufriedenheit des Publikums ausfüllt als etwa der Ministerpräsident, der Statthalter und der Polizeipräsident, und ihrem gemeinnützigen Beruf viel sachkundiger obliegt als etwa die Herren Benedikt, Singer und Vergani. Doch im Ernst muß gefragt werden, ob diese plötzliche Bedrohung harmloser alter Frauen, die gegen einen noch älteren Paragraphen verstoßen, aber den ältesten Geboten der Menschheit treulich gedient haben, überhaupt einen Sinn hat. Die einzige Vergehung der Kupplerinnen gegen ein öffentliches Interesse wäre die, daß sie an ihrer unentbehrlichen Tätigkeit mehr verdienen, als unbedingt notwendig ist. Oft genug habe ich's ausgesprochen, daß es die Tendenz der behördlichen Neugierde ist, sie auf eben diesen Weg zu drängen. Die Polizei hat die Riehl auf dem Gewissen. Nicht bloß, weil sie sie unmittelbar in ihren strafbaren Handlungen bestärkt hat. Nein, weil sie seinerzeit die solide Vermittlerin von Rendezvous williger und mündiger Menschen, mit der beide Parteien – die höchsten Staatsbeamten und die geachtetsten Ehefrauen bekennen es heute – zufrieden waren, gezwungen hat, ihr Gewerbe »anzumelden«, ein Bordell zu etablieren und sich der ihr oktroyierten unmenschlichen Hausordnung zu fügen. Nur das ›Extrablatt‹, dem seine schwachsinnige Rettermission den Kamm geschwellt, die Auflage erhöht, aber das Deutsch nicht verbessert hat, glaubt heute noch, daß »die moralische Schädigung derartiger Salons auf die Bevölkerung eine eminent große, eine größere noch ist, als es der Kleidersalon Riehl gewesen ist«. Welche Gefahr für eine kulturell hochstehende Bevölkerung, deren Analphabeten sogar in der Journalistik tätig sind, wenn die Frau A. sich entschließt, mit dem Herrn B. bei der Frau S. zusammenzutreffen und mit fünfzig Gulden im Portemonnaie wieder fortzugehen! Man lasse uns doch endlich mit diesen Kretinismen ungeschoren. Als ob die Dichter aufhörten, Gedichte zu schreiben, wenn man den Verlegern die Buden sperrte! Als ob nach dem Verkauf des Sofas der Ehebruch unmöglich wäre! Als ob die Handels- und Verkehrsform das Bedürfnis schüfe und nicht das Bedürfnis die Form. Und als ob nicht selbst der »Mädchenhandel« wie jeder andere Handel neben seinen Auswüchsen, die zu bekämpfen sind, seine reale Berechtigung hätte. Man klage die Kupplerinnen an, wenn sie mehr verdienen, und meinetwegen auch, wenn sie mehr lügen als unbedingt notwendig ist. Man schütze den Staatsbürger vor Übervorteilung und vor der Vorspiegelung falscher Tatsachen, vor den Mehrforderungen, die erhoben werden, wenn ihm ein Stubenmädel als die Tochter des Kaisers von Rußland vorgestellt wird. Aber man sperre ihm doch nicht eine der seltenen Gelegenheiten, sein pflichtenvolles Leben freudiger zu gestalten. Denn wenn der Staat auch noch so energisch gegen die Unmoral vorgeht, die eine Wahrheit wird sich nicht aus der Welt schaffen lassen: daß der beste Staatsbürger nicht immer nur ins Konskriptionsamt, nur ins Militärtaxsteueramt und nur ins magistratische Bezirksamt gehen will, sondern manchmal auch zu einer Kupplerin.

Und daß vor allem jene hochgebornen Persönlichkeiten, die ihr Leben lieber dem Vergnügen opfern als es an Verpflichtungen zu vergeuden, der Behörde nicht dafür dankbar sein werden, wenn sie sich von einem Schundblatt zu einer Aktion gegen die unentbehrlichen Mittlerinnen der Daseinsfreude wird aufhetzen lassen ... Sie wird nicht. Der junge Herr von der Staatsanwaltschaft hat zwar im letzten Prozeß außer der vorschriftsmäßigen Frage, ob auch Champagner getrunken wurde, die Bemerkung fallen lassen, die Behörde werde »in allen Fällen von Kuppelei, die ihr zur Kenntnis kommen, unnachsichtig vorgehen«. Aber er hat übertrieben. Er ist jung und weiß noch nicht, daß »die Sachs« der Behörde mehr schaden kann, als die Behörde der Sachs. Er achte auf seine Karriere! Schon erwachsenere Kriminalisten sind bei dem törichten Versuch, die Staatsnotwendigkeiten eines in beiden Reichshälften anerkannten Rendezvoushauses mit einem Strafparagraphen zu stören, gestrauchelt. Man wird sich hüten, die ungarischen Minister, die nach Wien kommen, zu verstimmen. Man wird sich aber auch hüten, die Empfindlichkeit cisleithanischer Gesellschaftskreise zu verletzen. Oder gar der Bequemlichkeit der englischen, spanischen, russischen, ägyptischen und serbischen Dynastien nahezutreten, für die Wien bisher immer noch einige Anziehungspunkte hatte. Man kann im Innern noch so viele

Dummheiten machen, von einer Angelegenheit, die die äußere Politik streift, läßt man gerne die Hand. Aber hier ist die Warnung vor diplomatischen Verwicklungen überflüssig. Hier empfiehlt wirklich schon das österreichischeste Interesse die Beachtung des politischen Grundsatzes: Quieta non movere. Als letzthin die Angeklagte endlich die typische Anspielung auf die hochgeborne Wiener Kundschaft machte, erwiderte der Richter mit der typischen Bemerkung: »Lassen wir das!« Wäre aber die Anspielung glaubhaft, es wäre nie zur Verhandlung gekommen. Die Notorietät hoher Beziehungen macht eine Kupplerin immuner als den Beleidiger eines Thronfolgers das Abgeordnetenmandat, und es bedürfte im Ernstfall nicht einmal des Vorweises von Bestellbriefen, um einen Staatsanwalt in seiner Ruhe zu bestärken, dem man mit der Adresse hundertmal unter der Nase herumgefuchtelt hat. Den klassischen Schmerzensruf: »Dank vom Haus Österreich!« hat vorläufig noch keine treue Dienerin ihres Herrn ausstoßen müssen ... Es ist ja im höchsten Grade peinlich, zu sehen, wie bei uns selbst der Grundsatz, daß Allen gleiches Unrecht werde, an der Protektion zuschanden wird, und wie die staatliche Autorität sich immer wieder in einen Kampf engagiert, den ein unsichtbares Palladium zugunsten des Gegners entscheidet. Aber freuen wir uns, daß die Dummheit hierzulande wenigstens *ein* Korrektiv findet: die Korruption!

Der Prozess Odilon

Mag man sich sonst dagegen wehren, daß auch in geschlossenem Gerichtszimmer das Sexualleben einer Frau durchsucht werde, deren Geliebter wegen eines maulkorblosen Hundes angeklagt ist: das Interesse für das Privatleben einer wegen eines Gehirnleidens Entmündigten gehört zu den Befugnissen des Kurators, und in einem Prozeß, in dem er sich gegen den Vorwurf einer Überschreitung seiner Befugnisse zu verteidigen hat, bedeutet der Wissensdrang der Justiz nicht jene erotische Neugier der alten Klatschbase, die das Schamgefühl eines Angeklagten oft so gröblich verletzt. Nicht die Stellung der Justiz zum sexuellen Tun und Lassen der Menschheit steht zur Diskussion, nicht einmal um die Frage handelt sich's, ob das Privatleben der Frau Odilon mit Recht des behördlichen Schutzes teilhaftig wurde, sondern ausschließlich um die Untersuchung, ob ein Kurator seine Pflicht erfüllt oder verletzt hat. Die Pflichtverletzung wurde ihm von einer Presse zum Vorwurf gemacht, die die Anrüchigkeit ihrer Informationen erkennen mußte, und von einer, deren Dummheit zum »guten Glauben« verführt worden war, es handle sich um einen Kampf gegen jene »dunklen Mächte«, die im Fall Coburg ihre Hand im Spiele hatten, und gegen die Willfährigkeit einer Psychiatrie, die so oft der Habgier den wissenschaftlichen Vorwand liefert. In Wahrheit konnte kein untauglicheres Beispiel für die Untauglichkeit des Kuratelwesens aufgegriffen werden, als der Fall Odilon. Wie man mit der Fabel von dem berauschenden Vollweib der Bühne und des Lebens das Bild der interessanten Technikerin der Bühne und des Lebens übertreibend gefälscht hat, so hat man wieder in harmloseren Farben das klinische Bild gezeigt, das die Bedauernswerte allen jenen bietet, die sie nicht interviewen wollen, sich ihr nicht als Patrone aufdrängen und ihrem Reichtum nicht eine größere Freiheit als ihrer Person erkämpfen möchten. Bedauernswerter freilich ist eine öffentliche Kritik, die, vom Schlagwort gerührt, nur mehr Phrasen stammeln kann, und der Blödsinn einer Taktik, die sich auf die günstigen Zufälle des wechselvollen Befindens einer gehirnkranken Person wirft, ist in höherem Maße als diese selbst kuratelbedürftig. Vollends wenn sie mit einem Gutachten der Berliner Privatärzte renommiert, das jenen Wechsel für ein Symptom der Krankheit erklärt, indem es die günstige Wendung in der Beobachtungszeit zugibt. Und schwachsinniger als Frau Odilon ist eine publizistische Methode, die sich im Ernstfall auf die Informationen einer wegen Schwachsinns unter Kuratel gestellten Frau beruft. Wenn Frau Odilon einem Advokaten – beim besten Willen des Advokaten – keine Vollmacht ausstellen kann, so kann sie noch weniger strafgerichtlich verantwortlich sein, und darum weiß man nicht, ob Feigheit oder Dummheit im Spiele ist, wenn ein Interview voll der schwersten Anwürfe gegen den Kurator mit der Bemerkung geschlossen wird, daß der Kurandin »die Verantwortung für das Gesagte überlassen bleiben muß«.

Das publizistische Interesse an dem Fall Odilon durfte bis zur Frage an die Gesetzgeber gehen, ob die ungeheure Anspannung des behördlichen Apparates ausschließlich der Beruhigung zu dienen habe, daß eine Privatperson, der nicht die wirtschaftliche Sorge für andere obliegt, ihr Vermögen »zweckmäßig« verwende. Und ob die Willensschwäche einer kranken Frau in anderem Maße zu schützen sei, als die Willensschwäche der gesunden. Ob nicht jedes Weib des Kurators bedürftig wäre und ein künftiges Gesetz dieser Erkenntnis wenigstens so weit Rechnung tragen könnte, daß es mit dem Wahn der gleichen sozialen Verantwortlichkeit aufräumt. Wenn es aber noch immer begreiflich wäre, daß eine Kuratel das Genußrecht einer gesunden Frau wahrt, indem sie es vor Vergeudung schützt, so ist es eigentlich absurd, einer Kranken das letzte Recht zu nehmen, das Genußrecht der Vergeudung. Und der Staat spielt wie immer den unerwünschten Kiebitz, wenn er sich mit seinem Rat in das geheimnisvolle Spiel der Naturkräfte mischt; bringt unerbetene Opfer an Zeit, Kraft, Geld und Schreibpapier, wenn er nicht einsehen will, daß der solide Beschützer, den er einer Frau an die Seite gibt, ihr unter Umständen viel weniger passen mag als der Kurator ihrer Nervenwünsche, der sie ausbeutet.

Aber es wäre töricht, ein Vormundschaftsgericht dafür verantwortlich zu machen, daß die Menschheit in der Erkenntnis ihrer Naturnotwendigkeiten nicht weiter vorgeschritten ist. Und eine Presse, deren sexualpsychologisches Denken den Ansprüchen der Zeitgenossen nicht vorauseilt und deren Auffassung höchstens von vagen Freiheitsvorstellungen getrübt ist, hat nicht das Recht, einem höheren Prinzip zuliebe Unrecht zu tun. Dem Kurator der Frau Odilon ist durch den Vorwurf des Amtsmißbrauchs Unrecht getan worden; denn er war de lege lata verpflichtet, seine Obsorge schon von dem bloßen Verdacht einer unwirtschaftlichen Lebensführung bestimmen zu lassen, mag auch deren Beweis de lege ferenda den Staat nichts anzugehen haben. Und ihn dafür zu beschimpfen, daß das österreichische Gesetz die Befreiung von der Kuratel sich langsamer vollziehen läßt, als die Entmündigung, entsprach bloß jener advokatorischen Erpressertaktik, die die Lücken juristischen Wissens mit Druckerschwärze verpicht und dem Obersten Gerichtshof mit jenem allerobersten Gerichtshof droht, dessen Urteile im Namen Seiner Majestät des Skandals gefällt werden. Diese Taktik ist in dem Beleidigungsprozeß des Kurators mit schmerzhafter Klarheit enthüllt und in aller Ruhe sind die Vorwürfe, die mit den Gebärden eines heiligen Krieges für Recht und Wahrheit in die Welt gebrüllt wurden, in den Schreihals zurückgegeben worden, aus dem sie gekommen waren. Wieder einmal hatte sich jenes antikorruptionistische Temperament bewährt, das in der Korruption des Andern ein Hindernis für den eigenen Ehrgeiz erblickt. Die Vorstellung von dem Gewinn, den der Kurator mit unlauteren Mitteln erzielt haben sollte, wurde als eine übertriebene enthüllt: man hatte ihn nach der Größe des Verlustes beurteilt, den andere dadurch erlitten haben, daß die Kuratel über Frau Odilon schon vergeben war...

Die Abwicklung dieses Gerichtsverfahrens brachte nur eine Überraschung: daß die Furcht vor der Presse doch wenigstens bei der unbedingten Überzeugung von Recht und Unrecht Halt macht. Daß die publizistische Bedrohung zwar manchmal ein geeignetes Mittel ist, um die Behörden von Schlechtigkeiten abzuhalten, aber nicht immer auch eines, um sie zur Duldung von Schlechtigkeiten zu zwingen. So viel Urteilsfähigkeit hat sich die arme Helene Odilon gewiß noch bewahrt, um heute die Verläßlichkeit des Schutzes zu erkennen, in den sie sich begeben hat, als sie die Interviewer herbeiwinkte, und um die peinlichste Erörterung ihres Nervenlebens, mit der sie die journalistische Hilfe bezahlen mußte, als zu hohen Preis zu empfinden. Und man muß leider der Frage, wozu ein solcher Prozeß nütze, auch eine andere schmerzliche Antwort widerfahren lassen: Zur Stärkung des Ansehens der Justiz! Zur Bekräftigung einer Lebensfeindlichkeit, die sich in künftigen Fällen wieder gegen eine gerechte Sache kehren wird. Aber ein Konservatismus, der das Glück aller raubt, ist ein würdigerer Feind als ein Liberalismus, der dem Glück der Räuber dient.

Der Meldzettel

Ach, die Ämter scherzen ja nur. Den »neuen Meldzettel« meinen sie nicht ernst. Gewiß, die Gefahr, daß infolge der glücklichen Versuche des Professors Wagner v. Jauregg die bureaukratische Befähigung aussterben könnte, ist in hohem Grade vorhanden. Aber daß man gegen die drohende Heilung des Kretinismus eigens durch den Meldzettelerlaß demonstrieren wollte, ist nicht glaubhaft. Und er wäre eine Demonstration! Daß die alte Dummheit noch lebt, diese Erkenntnis quillt täglich aus allen Poren unseres Staatswesens: braucht man sie auch dadurch zu beweisen, daß man sich anstrengt, neue Dummheiten zu ersinnen? Nun also! Wir gewöhnen uns schließlich an jede österreichische Misere und könnten vielleicht die Staatskost ohne den Hautgout der Gehirnerweichung gar nicht mehr genießen. Aber wenn wir »kernweich« bestellt haben, und man serviert uns eine Tunke, so haben wir ein Recht auf Unzufriedenheit. Die Meldezettelreform wäre eine Übertreibung des Österreichertums, und darum finde ich sie unglaubhaft. Darum vermute ich, daß sie ein Ulk ist, den ein fürwitziger Kanzlist der Faschingszeitung eines Einbrecherball-Komitees entnommen und in die liberale Presse geschmuggelt hat; – und daß sich diese mehr über den Aufsitzer, als über die Verordnung entrüstet. Der Minister des Innern, der Statthalter, der Polizeipräsident und ihr höchster Vorgesetzter, der Hausmeister, müssen hellaut aufgelacht haben. Nur der schreckhafte Liberalismus konnte ihnen den Plan zutrauen.

Es ist ja wahr, die österreichische Verwaltungsweisheit basiert auf dem Meldzettel, der Mangel an Eingebungen der Regierenden wird hierzulande durch die Fülle von »Eingaben« der Regierten wettgemacht, und die Gerechtigkeit dieses Staates heißt »Justament!« Aber es ist unwahrscheinlich, daß die österreichischen Bureaukraten die österreichischen Staatsbürger für größere Esel halten, als sich selbst. Es ist unglaubhaft, daß man in den Tagen, da die Last der Postgebührenerhöhung auch das geduldigste Saumtier störrig macht, ihm noch einen strengen Meldzettel vors Maul binden wird. Und es ist ausgeschlossen, daß dieser Staat von seinem Bürger mehr verlangt, als daß er sein Geld, seine Zeit, seinen Nervenfrieden, sein ganzes Leben den Vexationen der Steuerämter, Zollämter, Konskriptionsämter, magistratischen Bezirksämter und Militärtaxkatasterrentensteuergebührenbemessungsämter opfert; daß er sich auf dem Weg von einem Amt ins andere von der Elektrischen überfahren oder wenn er, um diesem Schicksal zu entgehen, selbst »eine Zone überfährt«, wegen Betruges einsperren läßt; und daß er noch auf seine Frage, ob er denn endlich in Ruhe sterben könne, dankbar und gottergeben den Bescheid entgegennimmt: »Machen S' eine Eingabe!«

Nein, ich glaube es nicht, daß neuestens mehr verlangt werden soll. Glaube es nicht, daß die Behörden außer der »Veranlagung der Personaleinkommensteuer« – man muß in Österreich selbst zum Steuerzahlen »veranlagt« sein –, daß sie außer jenem Studium des Steuerbogens, das nebst der Kabbala der Juden zu den schwierigsten Geheimlehren gehört, die die Kulturgeschichte kennt, auch noch eine besondere Montierung des Meldzettels vorschreiben, der nebst dem gelben Fleck der Juden zu den markantesten Erkennungszeichen der Menschheit zählt. Je nun, ob der Beischlaf, den der Bürger »ausübt«, ein ehelicher oder außerehelicher sei – das einzige Gebiet, auf dem in Österreich der Befähigungsnachweis verpönt wird –, mag den Staat interessieren; und er mag nervös werden, wenn er von einem »Schandlohn« hört, der irgendwo verdient wurde, weil ihn das Wort in jedem Sinn an die Löhne erinnert, die er seinen Beamten auszahlt. Aber er soll sich unsern »Leumund« erschnüffeln wie er kann, und er darf uns nicht zwingen, Bekenntnisse, die für unser Tagebuch bestimmt sind, ihm in seinen Meldzettel hineinzuschreiben. Wenn freilich die Neue Freie Tränenpresse auf solchen Zwang bloß deshalb reagiert, weil jene Bekenntnisse uns unter Umständen »nach den geltenden Begriffen der bürgerlichen Gesellschaft, die auf sozialer Notwendigkeit beruhen, herabsetzen«, weil sie die »Schande« eines

»gefallenen Mädchens« preisgeben könnten u. dgl., so rechtfertigt wieder einmal, wie so oft in österreichischen Landen, die Opposition den Druck, der wenigstens die Konsequenz für sich hat. Dann könnte uns wahrhaftig ein Staat, der bloß die Exekutive der geltenden Begriffe der bürgerlichen Gesellschaft – die noch dazu auf sozialer Notwendigkeit beruhen – darstellen will, immer noch mehr imponieren, als die liberale Halbschlächtigkeit, die jene heuchlerischen Begriffe in die Welt gesetzt hat, hierauf die »Schande« heuchlerisch verdecken möchte und zuletzt noch radikale Abwehr gegen deren staatliche Stigmatisation heuchelt. Aber nicht weil der Staat die Aufdeckung »unehrenhafter« Tatsachen unseres Privat- und Familienlebens betreibt (und von uns selbst verlangt), sondern weil es Tatsachen unseres Privat- und Familienlebens sind, darum muß man sich seiner Zudringlichkeit erwehren. Der Staat belästigt Frauen und Mädchen nicht nur auf der Straße, sondern verfolgt sie sogar bis in ihre Wohnungen, und während sonst die alten Steiger sich mit der Adresse begnügen, verlangt er auch die Angabe des Jahres und Tages der Geburt, wünscht zu wissen, ob die Dame schon ein Kind hat, wann es geboren wurde, ob der Vater beschnitten ist u.s.w. Erotik oder müßige Neugier – daß einer, der Dinge erkunden will, die ihn jedenfalls nichts angehen, den Befragten zu schriftlicher Beantwortung seiner Fragen zwingt, ist unerhört. Nicht weil das Bekenntnis dem Beichtenden »zur Schande gereichen« könnte – der Richter erlaubt dem Zeugen, sich in solchem Fall der Aussage zu entschlagen, der Hausmeister ist gegenüber dem Mieter unerbittlich –: nein, man protestiere auch gegen den Zwang, die ehrenhaften Tatsachen des Privatlebens in den Meldzettel einzutragen, zu denen ich allerdings in erster Linie die »Schande eines gefallenen Mädchens« zähle. Nicht daß die Polizei uns den vertrottelten Begriffen, die die bürgerliche Gesellschaft von sexuellen Dingen hat, preisgibt, möchte ich ihr verübeln, sondern daß sie Dinge von uns zu hören wünscht, die sie jenen Schmarren angehen, der speziell in Wien so gut zubereitet wird, stark mehlhältig ist und die allgemeine Verkleisterung der Gehirne wesentlich fördert. Daß wir unter unseren Kleidern nackt sind, halte ich im Gegensatz zu der in der ganzen Nacharschaft vorherrschenden Meinung für keine unehrenhafte Tatsache unseres Privat- und Familienlebens; aber ich möchte mich doch sehr lebhaft dagegen verwahren, daß man uns die Kleider vom Leibe zieht.

Ein diskreter Meldzettel, der höchstens nach Namen und Stand fragt und nicht nach der Vergangenheit unserer Frau und nach der Zukunft unserer Kinder, sei kein Palliativ für unsere »Schande«, sondern für unsere Intimität. Aber dann würde freilich die Schande der Polizei bloßgehen. Und daß dies nicht geschehe, soll die Reform des Meldzettels (wenn sie kein Faschingsulk ist) bewirken. In England, meint die ›Neue Freie Presse‹, gebe es überhaupt keine Meldevorschriften und dennoch könne niemand behaupten, daß die englische Polizei nicht mindestens auf der Stufe unserer Sicherheitsbehörde stehe, wenn es sich um die Verfolgung der Verbrecher handelt. Wieder die liberale Halbschlächtigkeit, die sich nicht zu sagen traut, daß die Wiener Polizei eben den Meldzettel braucht, weil sie kein Vertrauen in ihre Findigkeit hat. Daß sie zur endlichen Erreichung ihres Zweckes, ein paar Verbrecher zu erwischen, sich nicht anders als durch das Mittel helfen kann, die ganze Bevölkerung ihrer Freiheit für verlustig zu erklären und zu sagen: Einer wird's schon gewesen sein! Nun ist es leider nicht ganz ausgeschlossen, daß die Verbrecher, die bereits Diebstahl, Betrug, Raub und Mord begangen haben, auch noch das letzte, entsetzlichste aller Verbrechen riskieren: Falschmeldung; und die Folge wäre, daß man sie dann wieder nicht hätte und daß den Bestohlenen und Ermordeten bloß das tröstende Bewußtsein bliebe, ihren eigenen Meldzettel gewissenhaft ausgefüllt zu haben. Bisher begnügten sich die Behörden damit, einen, der der Falschmeldung überwiesen war, auch eines Totschlags für fähig zu halten. Müßten sie nicht auch damit rechnen, daß ein überwiesener Totschläger am Ende einer Falschmeldung verdächtig sein könnte? Ja, das Salz, das man einem Spatzen auf den Schwanz streut, wenn man ihn fangen will, ist hierzulande Staatsmonopol...

Die Verheerungen, welche die laut Meldzettel nach Österreich zuständige Dummheit anrichtet, vollziehen sich mit jenem Humor der Selbstverständlichkeit, der die Katastrophe in einer Knockabout-Farce begleitet. Der Staatsclown schlägt uns die Hacke in den Schädel und fragt, »ob wir das bemerkt haben«. Ein Nigger aber tritt zum Schluß auf, der alles, was sich hier begibt und wofür wir Zivilisierten das Gefühl verloren haben, sonderbar findet. Das ist der lustige Prinz von Liberia, der neulich bei Maxim mit der Zechschuld durchging, dieweil der Chor der Kellner, Fiaker, Fremdenführer und Büfettdamen, fasziniert von der Visitkarte des schwarzen Spitzbuben, dastand und den Operettenrefrain »Er ist ein Prinz, er ist ein Prinz« sang. Wien, wie es leibt und lebt. Zwischen dem ewigen Mißtrauen einer Behörde, die es verdächtig findet, wenn jemand »in einer Nacht« fünf Gulden durchbringt, und dem ewigen Vertrauen einer Bevölkerung, die den »anscheinend den besseren Ständen Angehörigen« getrost auch mit fünfhundert Gulden durchgehen läßt, gedeiht jener überlegene Humor, den Roger Abraham Bamba Harrison, Prinz von Liberia, mitbrachte, als er aus Afrika kam, um eine wilde Körperschaft kennen zu lernen. Noch etwas weiter nördlich hätte er schon eine Uniform gebraucht; hier genügte eine Visitkarte... Nur die Behörden sind neugierig und verlangen auch einen Meldzettel. Wie mag ihn der Prinz von Liberia ausgefüllt haben? Im Blitzlicht seines Witzes – er enttäuscht die Justiz wie eine Büfettdame – wird uns Wienern manches heller. Wie schlagfertig dieser Nigger in die Amtshandlung der Komödie eingreift! »Als der Präsident ihn fragt, ob er ledig oder verheiratet sei, lacht der Angeklagte laut auf und zieht ein rotes Taschentuch hervor, das er sich in den Mund stopft.« Er fühlt, daß jene Feststellung für den Beweis, daß ein Prinz von Liberia Zechprellerei begangen habe, unerläßlich ist. Und er hat schon aus der Untersuchungshaft an einen Landsmann einen Brief geschrieben, in dem es heißt: »Ich bedaure es ungeheuer, in ein Land gekommen zu sein wo man so viel über das Vorleben der Menschen wissen will. Ich weiß nicht, warum; aber die Gesetze sind hier so.«

Mutterschutz

Es ist nicht anzunehmen, daß die in Paragraphenwaffen starrende Niedertracht, die den innersten Besitz an menschlicher Freiheit bedroht und den Uterus zu Abgaben zwingt, sich mit einem Mal eines Bessern besinnen, daß die staatliche Schamhaftigkeit, die den Geschlechtsverkehr lediglich für eine lästige Formalität bei der Fortpflanzung ansieht und unter allen Lebewesen bloß den Störchen eine gewisse Freizügigkeit gewährt, sich plötzlich ihrer selbst schämen werde. Aber der Nachweis, daß das Verbot der Fruchtabtreibung das größte Verbrechen ist, das ein Strafgesetz – das alte und natürlich auch das kommende – begeht, dient doch wenigstens der Aufrüttelung jener Gehirne, die immer in der besten aller Welten leben. Die Dummheit sitzt freilich so tief, daß sie solchem Weckruf mit dem Einwand begegnet: wenn die Fruchtabtreibung gestattet würde, fiele die letzte Hemmung, die sich weibliche Keuschheit heute noch auferlege. Daß doch die Keuschheit überhaupt die Neigung hat, die Keuschheit aufzugeben! Und daß es eines Strafgesetzes bedarf, sie davon zurückzuhalten! Die Furcht vor dem Landesgericht so offen als die Tugend des Weibes gepriesen zu sehen, ist erquickend. Und ebenso erquickend, die Spezialität der Jungfernschaft als ein ausschließliches Interesse der Männer deklariert zu wissen. Aber stiege denn nicht der Liebhaberwert dieses Besitzes mit der Leichtigkeit seiner Entäußerung? Wären nicht, wenn's keine virgo mehr gibt, die wenigen, die es dann immer noch gibt, umso brünstiger umworben? Nicht weiblicher Keuschheit, die doch selbst der Idealist einmal kaput macht, sondern weiblicher Treue gelten in Wahrheit seine Besorgnisse, und seine Eifersucht ist es, die den geliebten Leib so zärtlich hütet, daß sie ihn mit der Sanktion eines Verbrechensparagraphen umgibt. Der Paragraph ist ein Präservativ gegen die Untreue, aber, unvollkommen wie jeder Paragraph, trifft er nicht jede Form der Fruchtverhinderung. Die Untreue kann sich vom Strafgesetz bange machen lassen, aber sie schrickt nicht davor zurück, sich selbst mit einer Lustverminderung zu bestrafen.

Indes, vielleicht fürchten die Herren der Schöpfung gar nicht, daß den Frauen die letzte Hemmung verloren gehen könnte – das könnte den Herren ja aus vielen Gründen und nicht zuletzt wegen der Alimente ganz recht sein –, sondern bloß daß sie selbst um das unbezahlbare Reizmittel eines Hindernisses kämen. Zu einem so feinen Erotiker hat die christliche Moral schließlich auch den stumpfsten Stier gemacht, daß sein Sexus für den Wert eines Verbotes Verständnis hat. Den Steuerzahlern könnten die Jungfern verloren gehen, die es heute dank einem Paragraphen noch gibt, bis es sie dank ihrem persönlichen Eingreifen nicht mehr gibt. Sexualparagraphen treiben auch dann zu, wenn sie das Abtreiben verbieten. Das Virginitätsideal ist aus den Wünschen jener geboren, die entjungfern wollen. Es gibt eben Leute, die gern Kalbfleisch essen und das »Schweinische« verachten. Vielleicht ließen sich hier die speisegesetzlichen Ursprünge eines religiösen Sittengesetzes nachweisen. Fleischesser sind sie darum doch alle. Die Wiener goutieren das Rindfleisch, unterscheiden es in »Vorderes« und »Hinteres«, ziehen aber in allen Fällen »Unterspicktes« vor. In dieser Geschmackszone ist es dem Weibe strenger als anderswo verboten, selbst zu essen: es gehe in seiner Bestimmung auf, »Hausmannskost« zu sein...

Nur mir sonderbarem Schwärmer macht es noch Vergnügen, die ehrbaren Genießer dieser Stadt beim Essen zu stören. Aber wenn ich ihnen durch das Aussprechen von Bitterkeiten den Appetit verderbe, so räche ich mich bloß dafür, daß sie mir durch ihren Appetit die für das Leben unentbehrlichsten Wahrheiten verderben. Wer die lebfrische Dummheit, die in Schrift und Tat, in Worten und Blicken immer zudringlicher wird, fast als körperlichen Schmerz empfindet, hat von der Gemeinheit der Menschen nichts mehr zu fürchten: er gewinnt leicht den Mut zu solcher Vergeltung. Man muß mich entschuldigen. Aber da ich mich beschieden habe, die meisten meiner Mitmenschen als traurige Folgen einer unterlassenen Fruchtabtreibung zu betrachten, kann ich von ihnen keine Verteidigung jenes

Verbotes hinnehmen, höchstens die Verwahrung dagegen, daß die Kritik als ein persönlicher Angriff gemeint sei.

Das Gericht

Aus einer und derselben Gerichtssaalrubrik:

Der 37jährige Straßenkehrer R. hatte zu dem Dienstmädchen Anna L., die im gleichen Hause wie er wohnte, eine Neigung gefaßt, fand aber keine Gelegenheit, sich ihr zu nähern. Am 28. November v. J. begab sich das Mädchen zeitlich früh in die Bügelkammer. R. schlich ihr nach, packte sie von rückwärts und versuchte sie zu küssen. Da sie sich wehrte und zu schreien begann, hielt er ihr mit der Hand den Mund zu, und zwar mit solcher Gewalt, daß sie an den Lippen leichte Verletzungen erlitt. Im Ringen fielen beide zu Boden, doch wehrte Anna L. so tapfer alle Angriffe ab, daß R. endlich von ihr abließ und aus der Bügelkammer flüchtete. Gestern hatte sich R. vor einem Erkenntnissenat wegen Einschränkung der persönlichen Freiheit zu verantworten. Der Angeklagte gab an, er habe das Mädchen nur küssen wollen; daß sie zu Boden gefallen sei, wisse er nicht, auch den Mund habe er ihr nicht zugehalten.... Der Gerichtshof verurteilte den Angeklagten zu vier Monaten schweren Kerkers.

Gegen die Gemischtwarenverschleißerin Julie G. wurde kürzlich eine anonyme Anzeige erstattet, nach welcher die Frau ihr dreijähriges Söhnchen Leopold oft in der unmenschlichsten Weise mißhandelt, und zwar stets in der Abwesenheit ihres Gatten, der Sicherheitswachmann ist. Die hierauf gepflogenen Erhebungen führten zu einer Anklage, über die gestern der Bezirksrichter zu judizieren hatte. Zwei Zeuginnen erzählten geradezu schauerliche Einzelheiten aus dem Martyrium des Kindes, das bei dem geringfügigsten Anlaß blutig geprügelt wurde. Einmal soll ihn die Angeklagte derart auf den Mund geschlagen haben, daß die Oberlippe zum Teile durchtrennt wurde, und ehe noch die Wunde verheilt war, wurde sie durch neuerliche Mißhandlungen wieder aufgerissen. Als das Kind unlängst von einer Übelkeit befallen wurde, soll die Mutter ihm das Erbrochene wieder in den Mund gestopft haben. Wenn der Kleine infolge der Züchtigungen schrie, so pflegte ihm die Frau den Kopf in einen Polster zu drücken. Der Richter verurteilte die Angeklagte zur Strafe des strengen Verweises.

»In der Nähe von jener alten Pforte mit dem bleiernen Kopfe, dem schicklichsten Zierat für die Schwelle einer alten Körperschaft mit bleiernem Kopfe, dem Temple Bar, ist der rauhe Nachmittag am rauhesten, ist der dichte Nebel am dichtesten, sind die schmutzigen Straßen am schmutzigsten. Und dicht am Temple Bar, in Lincolns Jun-Sale, so recht eigentlich im Herzen des Nebels, sitzt seine Lordschaft der Oberkanzler in seinem Hohen Kanzleigerichtshofe. Nimmer kann dorthin Nebel zu dicht kommen, nimmer kann dorthin Schlamm und Schmutz zu tief sich lagern, wenn er zu dem Zustande unsicheren Tastens und Umherfahrens passen soll, in dem sich angesichts von Himmel und Erde dieser Hohe Kanzleigerichtshof, der giftigste grauhaarige Sünder, den es geben mag, heute befindet.

— — An einem solchen Nachmittage sollten, wie es heute der Fall ist, einige Dutzend Beisitzer des Hohen Kanzleigerichtshofes versammelt sitzen, nebelhaft vertieft in eines der zehntausend Stadien eines Prozesses ohne Ende, wobei dann einer dem andern, auf schlüpfrigen Präzedenzfällen fußend, ein Bein stellt, beide bis zu den Knien in technischen Förmlichkeiten herumtappen, mit ihren mit Ziegen- und Roßhaar wattierten Schädeln wider Wälle von Worten rennen und mit ernsten Gesichtern nach Komödien-Art so tun, als wollten sie Recht und Billigkeit gelten lassen.

— — Wie ich gestern diesen würdigen Gerichtshof mit so heiligem Ernste die Partie weiterleiern sah und bei mir dachte: wie jämmerlich es doch um die Figuren auf dem Brette bestellt sei, da taten mir Kopf und Herz zusammen bitter weh. Der Kopf schmerzte mir vom Sinnen darüber, wie es wohl gehen möchte, wenn die Menschheit weder aus Narren noch aus Schurken bestände — und das Herz tat mir weh über den Gedanken, daß die Menschen schließlich gar beides zusammen sein könnten —!

— — — Einen solchen Teufelskessel, wie dies Kanzleigericht hat's auf dem Antlitz der Erde nie mehr gegeben. — Weiter nichts als eine Mine drunter an einem Tage, wenn das Gericht Sitzung hat und flott bei der Arbeit ist, wenn alle seine Protokolle, Beschlüsse und Präzedenzfälle drin aufgestapelt sind, und auch alle Beamten und Würdenträger zur Stelle sind, die zu ihm gehören, hoch und niedrig, aufwärts und abwärts, von seinem Sohne, dem Hauptrechnungsführer bis zu seinem Vater dem Teufel, weiter nichts sage ich, als eine Pulvermine von zehntausend Zentner Gehalt und in Brand gesteckt und den ganzen Plunder zu Atomen verbrannt – weiter hilft da zum allermindesten nichts zu einer Reform!«

(Aus »Bleak House«, Roman von Charles Dickens.)

Nulla dies...

Kein Tag vergeht, ohne daß ein Gerichtsfall die Erkenntnis von der wahren Bestimmung aller Gesetzlichkeit und Behördlichkeit predigte: ein Hohn ihrer Bestimmung, ein Lohn ihrer Verhöhnung zu sein. Seit langer Zeit ahnt man es, aber die Ahnung wird zur Gewißheit erwachsen, wenn erst ein neues Strafgesetz die Gehirnschande besiegelt haben wird: Diese dreiste Richterspielerei erwachsener Schulknaben, denen man durch Ministerialerlässe die Lebensfremdheit abzugewöhnen sucht, taugt nichts. Diese ganze Institution »Justiz« kann in einer Welt, der der Mensch ein Fremdling ist und der nur die Tat gilt, nie etwas anderes bedeuten als die kostbare Gelegenheit für eine Rotte schlechtbezahlter Sünder, sich an den Gerechten zu rächen, nie etwas anderes als die wollüstige Bereitschaft der Spießruten, zwischen denen der Menschenwert hindurch muß und von allen Lebensgütern zuerst das Schamgefühl verblutet. Kreaturen, die höchstens durch ihren Ursprung aus dem Aktenstaub der Schöpfungsprotokolle an eine göttliche Absicht glauben lassen, deren Anblick aber in keinem Falle die Feststellung, daß es gut war, provoziert haben kann, sind berufen, über Menschen zu richten. Das Weltbild, das uns die Justiz an jedem Tage bietet, zeigt, daß die Flüsse an ihrer Mündung entspringen und in ihre Quelle münden. Das Verbrechen beginnt mit der Gerichtsverhandlung. Alle bösen Triebe sind zur Sitzung versammelt, aller dolus der Welt ist aufgeboten, um eine culpa zu schaffen. Die Menschheit verblutet unter dem trostlosen Scharfsinn einer Wissenschaft, die operiert und nicht verbindet. Wie lange noch wird sie's ertragen? Wie lange werden ihre Richter ungestraft strafen dürfen? Gäbe es doch eine Statistik der durch die Gerechtigkeit erzeugten Übeltaten! Die Summe moralischen und materiellen Schadens, der einem Volk durch seine Verbrecher zugefügt wird, ist nichts neben der Summe moralischen und materiellen Schadens, den seine Richter bewirken. Der Strafe mag es gelingen, Verbrecher abzuschrecken. Einen Richter hat sie noch nie abgeschreckt.

*

Der Landesschulrat hat beschlossen, in eine neue Ausgabe der Fibel das folgende Lesestück aufzunehmen:

»Im Juli 1894 – also vor mehr als zwölf Jahren – wurde der gegenwärtig 27 Jahre alte Privatbeamte L. P. unter eigenartigen Umständen vom Bezirksgerichte Favoriten wegen Übertretung des Diebstahls zu acht Tagen Arrest verurteilt. P., der damals 15 Jahre alt und in der Elektrizitäts-Aktiengesellschaft E. als Lehrling bedienstet war, hatte in Favoriten auf der Straße ein kleines Kind weinend angetroffen, das sich verirrt hatte und nicht anzugeben wußte, wo seine Eltern seien. Aus Mitleid führte der Lehrling das Kind auf die nächste Wachstube, wo sich inzwischen die Eltern des Kindes bereits gemeldet hatten. Als der Lehrling sich aus der Wachstube entfernen wollte, fragte ihn der diensthabende Polizeibeamte, woher er die zwei Zinkpole, einen Metalltaster und eine Platte, die aus seiner inneren Rocktasche hervorlugten, habe. Der Lehrling gab freiwillig an, daß er die Metallstücke aus der Fabrik genommen habe, um sie für häusliche Arbeiten zu verwenden. Er wurde nun beim Bezirksgerichte Favoriten wegen Diebstahls der beiden Zinkpole im Werte von 80 Kreuzern angeklagt. In der im Juli 1894 durchgeführten Verhandlung gab P. zu seiner Verantwortung an, daß er der Meinung war, die beiden Metallstückchen für häusliche Arbeiten mitnehmen zu können. Auf Grund seines Geständnisses wurde der Lehrling wegen Diebstahls zu acht Tagen Arrest verurteilt. Die Eltern des Knaben waren von der Verhandlung nicht verständigt worden. Der Verurteilte wurde sofort in Haft behalten und büßte die Strafe ab. In späteren Jahren aber konnte er wegen der verbüßten Strafe nirgends Arbeit finden. Er wendete deshalb alles auf, um die Verurteilung rückgängig zu machen. Ein von ihm überreichtes Majestätsgesuch blieb erfolglos, ebenso ein Gesuch um Wiederaufnahme des Strafverfahrens. Erst eine von seinem Rechtsfreund überreichte Beschwerde hatte Erfolg. Es wurde dem Bezirksgerichte Favoriten die Vornahme einer neuerlichen Verhandlung wider P. aufgetragen. Der Angeklagte beteuerte jetzt, daß er sich, als er als Lehrling die beiden Metallstücke aus der Fabrik nach Hause nahm, nicht bewußt war, eine strafbare Handlung zu begehen. Es sei oft vorgekommen, daß Arbeiter kleine Metallstücke für ihren Gebrauch anstandslos nach Hause nahmen. Der als Zeuge vernommene Professor R., der im Jahre 1894 Direktor der Fabrik war, entlastete den Angeklagten, indem er angab, daß er ihm, wenn er darum ersucht hätte, ohneweiters die Metallstücke geschenkt hätte. Seitens der Fabrik sei auch keine Anzeige gegen den Angeklagten erstattet worden. Auch ein als Zeuge vernommener Werkführer bestätigte die Richtigkeit der Verantwortung des Angeklagten, der nun von der vor zwölf Jahren verbüßten Strafe freigesprochen und rehabilitiert wurde.«

Die Moral: Sei nicht mitleidig, sonst wirst du in späteren Jahren keine Arbeit finden. Wenn du ein verirrtes Kind auf der Straße siehst, führe es nicht auf die Wachstube, sonst kann es dir geschehen, daß du dort behalten wirst und dann als verirrtes Kind auf der Straße stehst. Laß dich von fremden Tränen nicht rühren, damit du nicht eigene trocknen mußt... So findet's der Bürgersinn in Ordnung. Er geht an der Gerichtssaalwelt vorüber: es ist nichts. Die Märtyrer wohnen auf der Teufelsinsel. Aber die diensthabenden Polizeibeamten und die Bezirksrichter wohnen in Wien, zertreten Existenzen und sind auch nach zwölf Jahren noch davor geschützt, daß die Chronik, die ihre Taten kündet, auch ihre Namen verrät. Zwölf Jahre hat der Angeklagte gebraucht, um sich zu rehabilitieren. Die Diensthabenden waren in all der Zeit nicht müßig und sind avanciert. Wenn sie Mut haben, mögen sie vortreten. Schlimmere Lynchjustiz, als sie geübt haben, kann ihnen nicht widerfahren. Man wird sie als Vertreter des verbreitetsten Amtstypus höchstens fragen, ob die Wichtigmacherei auf Kosten des Menschenglücks zu den Grundbedingungen des staatlichen Lebens gehört. Man wird einen Polizeibeamten, der ausschließlich jene Platten für gefährlich hält, die aus der inneren Rocktasche eines

Lehrlings hervorlugen, fragen, ob die Deklassierung der Ehrlichen eine Aufgabe der behördlichen Fürsorge sei. Der arme Junge wollte den Verstand darüber verlieren, daß gerade er zu einem tragischen Konflikt mit der Gesellschaftsordnung ausersehen sei. Die acht Tage Arrest für die Einmengung in die Untätigkeit einer Behörde leuchteten ihm ein. Aber die zwölf Jahre Ehrverlust empfand er als grausame Verschärfung. So lange Zeit mußte er sehen, daß die Welt sich zwischen zwei Zinkpolen bewege, – und hatte vordem nicht einmal geahnt, daß man Metallstücke auch zum Schutz gegen einen diensthabenden Peiniger verwenden könne. Wehe einer Gerechtigkeit, die solche Erkenntnisse vorbereitet!

*

Eher noch möchte eine Feuersbrunst durch Hineinspucken gelöscht werden, als daß ein Ministerialerlaß jene freiheitliche Errungenschaft ersticken könnte, die wir als die richterliche Unabhängigkeit von Takt, Würde, Einsicht und Erbarmen kennen. Nulla dies... Aber derselbe Tag sah nebeneinander die folgenden publizistischen Tatsachen:

»Das Justizministerium will nicht behaupten, daß diese Mahnungen fruchtlos geblieben sind; aber einige Fälle neueren Datums, in denen das Verhalten der Vorsitzenden in der Öffentlichkeit nicht ohne Grund einer herben Kritik unterzogen wurde, verpflichten, auf diesen Gegenstand zurückzukommen und die eben erwähnten Mahnungen des Erlasses vom Jahre 1892 in Erinnerung zu bringen... Wenn menschliche Schwächen des Beschuldigten und Verirrungen, die mit der

»Vor dem Schwurgerichte unter Vorsitz des Landesgerichtsrates Dr. Engelbrecht hatte sich der 26jährige Holzdrechslergehilfe Leopold Sch. wegen Verbrechens der Notzucht zu verantworten. Die Anklage vertrat Staatsanwaltssubstitut Dr. Wiesner, als Verteidiger fungierte Dr. L. Der Angeklagte bewohnte seit Mai 1906 bei einer Frau und deren 13jähriger Tochter im 16. Bezirk als Aftermieter ein Kabinett. Nach einigen Monaten fiel der veränderte Zustand des Kindes auf und es

Tat selbst in keinem Zusammenhange stehen, in gesuchter Weise hervorgekehrt, dessen Antworten mit ironischen oder mißgünstigen Bemerkungen begleitet oder gegen ihn auffahrend und rauh verfahren würde, so steht das nicht bloß mit den Pflichten des Vorsitzenden als Richter und Verhandlungsleiter in Widerspruch, sondern ein derartiges Verhalten vermag auch Konflikte aller Art heraufzubeschwören, Leidenschaften zu wecken und das Urteil zu trüben. Der Vorsitzende soll durch die gelassene und sachgemäße Methode seines Verfahrens beruhigend und ernüchternd wirken und darf nicht der Versuchung unterliegen, seinen Scharfsinn, seine Gewandtheit, seinen Witz im Lichte der Öffentlichkeit glänzen zu lassen oder sonst durch die Art der Vorführung der Beweise und der Fragestellung die Sensationslust zu fördern.... Der Vorsitzende wird überdies mit aller Sorgfalt zu verhüten haben, daß Vorkommnisse des Privat- und Familienlebens, sei es eines Zeugen, sei es des Angeklagten, die in keiner Beziehung zur Sache stehen, unnütz zur Erörterung gelangen und der Öffentlichkeit preisgegeben werden. Unser Strafgesetz hat die nicht durch besondere Umstände gerechtfertigte Veröffentlichung ehrenrühriger Tatgestand der Mutter, daß seine Niederkunft bevorstehe. Sch. gibt die intimen Beziehungen zu dem Mädchen zu, er habe dessen Alter gekannt und sei auch der strafbaren Folgen seines Tuns sich bewußt gewesen. Auf die Frage des Präsidenten, warum er dann so gehandelt habe, antwortet er einfach: ›Ich hab' sie lieb gehabt.‹ Später fügt er dann noch hinzu: ›Seit Jahren hab' ich sie gern gehabt und dann hab' ich mir gedacht, wenn die Zeit kommt, wirst du sie heiraten.‹ — Verteidiger: ›Haben Sie auch jetzt noch diese Absicht?‹ — Angekl.: ›Ja, wenn sie vierzehn Jahre alt ist, werden wir heiraten.‹ Die 13jährige Marie H., ein kräftig entwickeltes, hübsches Mädchen, bestätigt die Verantwortung des Angeklagten. Sie gibt an, daß sie am 6. März d. J. eines Mädchens genas, das sich in Pflege befindet. Die Zeugin sagt verschüchtert aus, worauf der Präsident bemerkt: ›Genieren Sie sich nicht, Sie haben sich früher auch nicht geniert. Wenn Sie schon die sonstigen Begriffe von Anständigkeit und Moral nicht gehabt haben, mußten Sie doch wissen, daß das eine unerlaubte Handlung ist.‹ — Zeugin (leise): ›Ich habe es nicht gewußt.‹ — Präs.: ›Daß es eine Sünde ist, haben Sie wissen müssen.‹ — Zeugin: ›Ich habe es nicht gewußt.‹ — Präs.:

sachen des Privat- und Familienlebens unter Strafsanktion gestellt. Der Gerichtssaal darf nicht als eine Stätte gelten, an der diese Vorschrift ungescheut übertreten werden kann. Daß der Richter sich von derlei Mitteilungen fernhalten müsse, ist selbstverständlich. Er wird aber auch bei der Leitung der Verhandlung darauf Bedacht zu nehmen haben, daß Fragen unterbleiben oder zurückgewiesen werden, die darauf abzielen, Privat- oder Familienangelegenheiten ohne zwingende Ursache in die Verhandlung einzubeziehen. Ebensowenig wäre es zu billigen, wenn ein Vorsitzender an der Handlungsweise der Zeugen und an ihrem Verhalten in bestimmten Lebenslagen Kritik üben oder von der Aufgabe und dem Zwecke der gerichtlichen Verhandlung abschweifend, über allgemein gesellschaftliche, sittliche, religiöse und ähnliche Fragen individuelle Urteile und Auffassungen oder sonst persönliche Ansichten in einer Art äußern würde, die den Zeugen bloßstellen oder das Gericht in ein schiefes Licht setzen könnte. Der Vorsitzende als Leiter der Verhandlung wird zu solcher Kritik am allerwenigsten berufen und berechtigt sein.«

›Warum haben Sie Ihre Schamhaftigkeit nicht gewahrt?‹ — Zeugin schweigt. — Präs.: ›Sind Sie nicht während der Zeit in der Beichte gewesen? Sie mußten doch vom Priester hören, daß das nicht gestattet ist.‹ — Zeugin schweigt. — Vert.: ›Wären Sie bereit, den Sch. zu heiraten, wenn Sie vierzehn Jahre alt sind?‹ — Zeugin: ›Ja. Ich hab' ihn gern.‹ — Staatsanwalt: ›Wissen Sie denn überhaupt, was das heißt, einen Mann gern haben, mit Ihren dreizehn Jahren? Ich glaube, das sind Begriffe, die bei Ihnen nicht vorhanden sein können.‹ — Zeugin: ›Ich hab' ihn sehr gern.‹ — Der Staatsanwalt plädiert für die Schuldigsprechung des Angeklagten und hebt hervor, daß das Gesetz sich eine zu große Selbstbeschränkung auferlegt habe, indem es die Grenze mit vierzehn Jahren setzte. Der Verteidiger bittet um Freispruch seines Klienten, die Geschworenen mögen Gnade üben und drei Existenzen retten. — Die Geschwornen verneinten die Schuldfragen mit sieben gegen fünf Stimmen, worauf der Präsident den Freispruch des Angeklagten verkündete.«

Aber wenn Erlässe nicht helfen, wird man mit einer Justiz, die sich's nicht versagen kann, an einen Angeklagten die Gretchenfrage nach der Religion zu stellen oder ein Gretchen als böser Geist in der Domszene zu quälen, in einer anderen Sprache sprechen müssen. Es ist in Österreich möglich, daß eine Sühne, wie sie die Kundgebung des Justizministers nach den schmachvollen Offenbarungen des Rutthofer-Prozesses bedeutet, auf der Stelle durch eine Tat wettgemacht wird, die alles hinter sich läßt, was bis dahin in Österreich möglich war. Nie hat kriminalistischer Wahn blinder am Leben vorbeigetappt als in diesem Zeitalter einer barbarischen Humanität, aber nie war das Ärgernis der Sehenden größer als in diesem letzten Gerichtsfalle. Wenn ein Meßner den Staatsanwalt machte und ein Kerzlweib präsidierte, könnte das Liebesleben einer Zeugin nicht fühlloser mißhandelt werden. Wieder einmal ist in einer österreichischen Gerichtsverhandlung die Natur mit ihren Ansprüchen auf den Kirchenrechtsweg verwiesen worden. Aber daß darüber gleich auch judiziert worden ist und der Gerichtshof sich für kompetent erklärt hat, einer Zeugin das Beichtgeheimnis abzunehmen, ist das Besondere des Falles Engelbrecht-Wiesner. Diese Kompagnie erdreistet sich, eine Gerichtsbarkeit über »Sünden« auszuüben, hält das Kruzifix, das auf dem Gerichtstisch steht, dem Zeugen nicht zum Schwur, sondern zum Gebet vors Antlitz. So mag dem Priester künftig nichts mehr übrig bleiben als die erstaunte Frage an sein Beichtkind, ob es denn nicht in der Gerichtsverhandlung gewesen sei und ob ihm der Landesgerichtsrat nicht gesagt habe, daß der außereheliche Geschlechtsverkehr verboten ist. Aber ein Hirn, in dem eine Altarkerze brennt, ist immer noch heller als eines, an dessen Paragraphenwindungen sich die Strahlen des Lebens brechen. Man sehe nur, wie sich in den Köpfen des Wiener Landesgerichts die Sexualentwicklung eines jungen Mädchens malt. Zuerst bekommt es die »sonstigen Begriffe von Anständigkeit und Moral«. Dann erfährt es, daß der Geschlechtsverkehr eine unerlaubte Handlung sei. Dann kommt die Schwurgerichtsperiode. Ein unbezähmbarer Naturtrieb zwingt das Mädchen, »seine Schamhaftigkeit zu wahren«. Hat es sich gegen diesen Naturtrieb ausnahmsweise vergangen, so hat es auch schon das Recht verwirkt, nachträglich vor einer Schar unbeteiligter

Landesgerichtsräte seine Schamhaftigkeit zu wahren. Es gibt junge Mädchen, die sich kein Gewissen daraus machen, mit ihrem Geliebten Dinge zu tun, über die sie später vor Herrn Engelbrecht am liebsten schweigen möchten. Das täte ihnen so passen. In einem Kabinett sündigen und nachher im Gerichtssaal rot werden! Das Schamgefühl eines Landesgerichtsrates gröblich verletzen und sich gegen eine Verletzung des Schamgefühls durch einen Landesgerichtsrat sträuben! Herr Engelbrecht duldet keine Heimlichkeiten. Aber während er bei einem dreizehnjährigen Mädchen die Begriffe von Anständigkeit und Moral wenigstens bis zu ihrem Eintritt in den Gerichtssaal voraussetzt, glaubt der Staatsanwalt, daß die »Begriffe des Gernhabens« bei ihr überhaupt nicht vorhanden sein können.

Eine dreizehnjährige Mutter! Das bringt eine Kriminalistik, die der Entwicklung des Menschen von rückwärts Rechnung trägt und aus dem idealen Zustand jenseits von Potenz und Klimakterium zur »Altersgrenze« hinablangt, außer Fassung. Aber ein Mädchen, das noch die Fibel liest, kann lebensreifer sein als ein Landesgerichtsrat, der das Leben nach Fibelbegriffen wertet und vom Geschlechtsgenuß nichts weiter weiß, als daß er unmoralisch ist. Und ein Mädchen, welches das Schamgefühl verletzt, handelt gottgefälliger als ein Richter, der die Verletzungen des Schamgefühls demonstriert. Daß sich die Geschlechtstriebe der Judikatur so schwer anpassen, ist die rätselvolle Tatsache, vor der jeder Kriminalist, von der Pubertät bis zum Ablauf des Staatsdienstes, staunend steht, die er an seinem eigenen Leib erleidet und darum an fremden Leibern ahndet. Die Göttin der Gerechtigkeit ist blind, verstopft sich die Ohren und legt einen Keuschheitsgürtel an. So gerüstet, hat sie von den neuen Erkenntnissen nichts zu fürchten. Und wenn Herr Engelbrecht von einem Forscher erführe, daß der Mensch eigentlich sein ganzes Leben hindurch, von der Geburt bis zur Hinrichtung, daß der Säugling beim Stuhlgang und der Delinquent, dem die Schlinge um den Hals gezogen wird, Sexualempfindungen haben, er glaubte es nicht. Sonst würde er den Todeskandidaten und den Säugling mit dem Vorwurf einschüchtern: »Wenn Sie schon die sonstigen Begriffe von Anständigkeit und Moral nicht gehabt haben, mußten Sie doch wissen, daß das eine unerlaubte Handlung ist!«

Gerichtspsychiatrie

Sie ist von allen Gesellschaftsspielen doch das unterhaltendste. Die ältesten Tarockspieler der Justiz versichern, daß es wie kein anderes der Kurzweil diene. Die Schriftsachverständigen – je nun, die sind wie alle Vertreter einer ernsten Wissenschaft nüchterne Gesellen. Charakter-Erraten ist längst kein Spaß mehr und Stunden ungetrübten Frohsinns verbringt man heute nur noch im Kreise der Psychiater. Die Justiz spielte früher Blindekuh, aber das Spiel der blinden Esel ist aparter. Sie werden hereingeführt, sollen den Angeklagten durchschauen und sagen j–a, wie der Ankläger es will. Da sie aber die Aufgabe, die sie in fröhlicher Runde zu leisten haben, das »Wegputzen« schwieriger Fälle nennen, so scheinen sie sich nicht für Esel zu halten, sondern den Vergleich mit einer intelligenteren Haustiergattung zu arrogieren. Es gibt nun in der Tat treue Psychiater, die mitunter sogar einen Hof beschützt und dem »Herrl« die schwierigsten Knochen »weg'putzt« haben. Geht einer schnellen Schrittes, so meinen sie, er sei ein Dieb. Die Verläßlichkeit des Hundes besteht nicht darin, daß sein Gutachten verläßlich ist, sondern daß er es abgibt. Der Autorität frommt es auf alle Fälle, wenn gebellt wird...

*

»Er hatte Zittern, heftige Krämpfe beim Einschlafen, morgens Üblichkeiten. Er ist auch innerlich haltlos geworden, seine ursprünglich feinere Empfindung in poetischer und literarischer Beziehung wurde durch den Alkohol immer mehr in den Hintergrund gedrängt. Er hatte keinen Geschmack mehr an feineren Darbietungen des Burgtheaters und der Oper, und ethisch immer tiefer sinkend, trieb er sich mit weiblichen Bekannten im Tingeltangel herum.« Ja, dann freilich ist alles begreiflich. Die Gerichtspsychiater haben hier nicht nur, wie es ihre Pflicht ist, wichtige Symptome festgestellt, sondern auch, was sie für ihre Pflicht halten, wichtige Indizien geliefert. Für die Frage, ob der Angeklagte Z. Betrug und Veruntreuung begangen hat, ist es einfach ausschlaggebend, daß er keinen Geschmack mehr an feineren Darbietungen des Burgtheaters und der Oper hatte. Jedenfalls ist es ein Beweis moralischer Minderwertigkeit... Man könnte einwenden, es handle sich vielleicht bloß um ein ästhetisches Problem und ein Defraudant habe nicht den übelsten Geschmack bewiesen, wenn er dem Genuß mancher Burgtheaternovitäten die Gesellschaft »weiblicher Bekannten« im Tingeltangel vorgezogen hat. Vielleicht ist es auch ein Irrtum, zu glauben, daß man durch den Verkehr mit weiblichen Bekannten oder durch den Aufenthalt in einem Variété ethisch immer tiefer sinkt. Es gibt Menschen, die beides schon erprobt haben und trotzdem sich um keinen Schritt der Möglichkeit, Depots zu veruntreuen, näher gerückt fühlen. Am Ende könnte einer sogar ein Don Juan sein, und doch vom Scheitel bis zur Sohle ein Ehrenmann in wirtschaftlichen Dingen. Einen Defraudanten hinwiederum brauchte das Gelübde der Keuschheit nicht zur Enthaltung von fremdem Eigentum zu zwingen. Aber eines steht fest: das schwindende Interesse eines Angeklagten an den Darbietungen des Burgtheaters könnte – und wenn er Millionen veruntreut hätte – noch immer eher für den künstlerischen Verfall des Burgtheaters als für den sittlichen des Angeklagten zeugen. Und nicht zu beklagen ist, wer durch seine Verhaftung an dem Besuch der letzten Novitäten gehindert wurde.

*

In dem Gutachten, das Wiener Gerichtspsychiater behufs Internierung eines Fabrikantensohnes abgegeben hatten und das anläßlich eines von ihm angestrengten handelsgerichtlichen Prozesses – zwischen Irrenrecht und Handelsrecht besteht eine offenbare Beziehung – zur Sprache kam, sind nach Zeitungsberichten die folgenden Symptome angeführt: »Er war schon als Kind aufgeregt und unfolgsam. In den Schulen habe er immer schlechte Sittennoten gehabt. Schon während der

Hochzeitsreise sei er ganz ohne Grund eifersüchtig und aufgeregt gewesen... In der letzten Zeit machte er wiederholt Äußerungen über Selbstmordabsichten, so sagte er einmal: Erst wird genossen, dann geschossen... Auf der Klinik erklärte der Patient die Selbstmordabsicht für lächerlich, er habe nur den Text aus einer Operette gesungen... Er erklärt, er habe sich jung gefühlt und wolle noch leben... Daß er sich, um mehrere Leute zu ärgern, bei Ronacher mit der Berta Rother in einer Loge gezeigt habe, findet er nachträglich etwas unvorsichtig.«

*

Ein Dienstmädchen war von einem Wachmann wegen Vagabondage arretiert worden. Vagabondage nennt das Gesetz jenen nachweisbaren Erwerb, den eine Frau ergreift, wenn sie über ihren Körper ohne polizeiliche Bewilligung verfügen will. Unser Dienstmädchen wurde verhaftet, weil es die polizeiliche Bewilligung nicht nachweisen konnte. Sie behauptete, statt deren die polizeiliche Unterstützung nachweisen zu können. Der Wachmann habe sie ihr während der Eskortierung angedeihen lassen. Der Wachmann wurde beauftragt, wegen dieser Beschuldigung die Ehrenbeleidigungsklage zu überreichen oder, da ihre Durchführung nicht allzu leicht schien, »anzustrengen«. Das Mädchen bleibt bei seiner Behauptung. Aber die Angeklagte hat das Recht zu lügen und der Wachmann darf sich als Zeuge sogar auf den Amtseid berufen; wie soll man da der Wahrheit auf den Grund kommen? Vieles schien gegen die Wahrheitsliebe des Mädchens zu sprechen, und es fiel gewiß ins Gewicht, daß mehrere Dienstgeberinnen die Angeklagte als eine »naschhafte Person« bezeichneten. Solche Zeugenaussagen legten dem Richter den Gedanken nahe, den Geisteszustand der Angeklagten durch Gerichtsärzte untersuchen zu lassen. Und siehe da, diese gaben ein Gutachten ab, das die Ehre des Wachmannes gründlicher herstellte, als eine Verurteilung der Angeklagten auf Grund des Amtseides es vermocht hätte. Sie mußte freigesprochen werden, weil ihre Unzurechnungsfähigkeit klar zutage lag. Die Psychiater hatten nach längerer Beobachtung festgestellt, daß »die Inkulpatin einfache Rechenaufgaben nicht lösen konnte, daß sie unter anderem nicht wußte, wie der deutsche Kaiser heißt, was ein Schaltjahr ist, und daß sie behauptete, die Erde stehe still«. Die Gerichtsärzte kamen zu dem Schlusse, daß sie zwar nicht als ein der Vernunft völlig beraubtes Individuum zu bezeichnen, aber »geistig überaus minderwertig und verstandesschwach« sei. Freilich sollte diese Untersuchung nur mehr eine Überzeugung bestätigen. Das Mädchen hatte behauptet, daß ein Wachmann ihr einen unsittlichen Antrag gemacht habe, war also offenbar geisteskrank. Hätte sie dem Wachmann einen unsittlichen Antrag gemacht, so wäre sie ohne Zuziehung eines Gerichtspsychiaters verurteilt worden. Sie war jedenfalls zurechnungsfähig genug, das Delikt der Vagabondage zu verantworten. Aber wäre sie gar wegen Fruchtabtreibung oder Kindesmords angeklagt, mit der umfassendsten Unbildung könnte sie den Psychiatern nicht imponieren. Und wenn sie selbst auf die Frage, wer Kaiser von Österreich sei, verlegen schwiege! Die Gerichtsärzte würden sagen, daß sie die Unwissenheit in diesen Dingen nur simuliere. Diesmal fragten sie, wer der deutsche Kaiser sei, und als das Mädchen sagte, sie wisse es nicht, zweifelten sie keinen Augenblick an der Wahrheitsliebe der Angeklagten, deren Verlogenheit es zu beweisen galt. Die Behauptung aber, daß die Erde still stehe, konnte auch dem mißtrauischesten Psychiater zu der Überzeugung von der geistigen Minderwertigkeit der Angeklagten verhelfen. Es ist tief bedauerlich, daß Galilei vor der Inquisition und nicht vor einem Wiener Bezirksgericht über diese Dinge Rede stehen mußte. Die Erde steht nicht still. Die Gerichtspsychiatrie selbst, deren Erkenntnisse immer fortschreiten, beweist es, indem sie es behauptet. Und nur die Dienstmädchen verharren auf einem ablehnenden Standpunkt gegenüber dem kopernikanischen System, wodurch sie aber höchstens beweisen, daß ihnen kein Wachmann unter die Röcke gegriffen hat.

*

Ein Irrsinniger wunderte sich neulich, daß er noch immer nicht Psychiater geworden sei. Das wahre Verdienst kommt heute stets zu kurz. Aber es käme auch zu spät. Man sagt nämlich, daß sich die maßgebenden Kreise entschlossen haben, die Psychiatrie als Wissenschaft aufzulassen und sie nur mehr eine bescheidene Existenz als G l a u b e fristen zu lassen. Die letzten Spielzeiten haben schlecht abgeschlossen. Die Herrschaften, die auf diesem morschen Wissenszweig saßen, sind heruntergepurzelt. Im Fall Liebel hat sich die Wissenschaft zum letzten Mal aufgerafft: Ein reeller Brachialkampf mit einem Irrsinnigen, um ihn zur Bestätigung des Gutachtens der Gerichtsärzte zu bewegen. Und Prinzessin Louise, der man immer wieder zugeredet hatte: Schön vernünftig sein und im Irrenhaus bleiben!, ist normal, wiewohl sie nach wie vor für Toiletten schwärmt. Wir sehen endlich, daß wir nichts wissen können. Schluß mit dem Humbug, der die Menschheit so lange genarrt hat!

Perversität*

Nervenärzte und andere Laien schwätzen jetzt über Homosexualismus. Es hat sich im Lauf der Begebenheiten so viel Verständnis für die Sache entwickelt, daß die Einteilung in solche, die nicht anders und in solche, die auch anders können, zum Gemeinplatz geworden ist, von dem aus die Vertreter von Gesetz und Sitte, also die, die überhaupt nicht können, Mitleid und Verachtung ausgeben. Die Menschheit wird sich mit der Zeit – so etwa in 129 bis 175 Jahren – wahrscheinlich zur schwindelnden Höhe jener Erkenntnis emporschwingen, die die angeborene Homosexualität für eine Krankheit erklärt, die sie definitiv verzeiht, und die »erworbene« für ein Laster, das sie nach wie vor der strafrechtlichen Verfolgung, der sozialen Acht und dem Erpressertum überantwortet. Sie wird die Unterscheidung den psychiatrischen Schergen überlassen, die durch die bekannte Bordellprobe – vergleichbar der Wasserprobe des Hexenglaubens – untrüglich festzustellen vermögen, ob einer ein Kranker oder ein sogenannter »Wüstling« ist. Der Paragraph wird den »unwiderstehlichen Zwang« anerkennen, also wenigstens der Krankheit gegenüber Gnade für Recht ergehen lassen, aber die Schmach einer Menschheit vermehren, die sich von der Jurisprudenz an die Genitalien greifen läßt. Nie wird sich das Gesetz dazu entschließen, das Einverständnis zweier mündigen Menschen unbehelligt zu lassen, und wenn es schon anerkennen muß, daß Krankheit kein Verbrechen ist, so wird es dafür das »Laster« für ein umso größeres halten. Die unbefleckte Ahnungslosigkeit, die Gesetze macht, wird höchstens jenem Naturdrang ein Opfer bringen, vor dem es kein Entrinnen gibt. Aber sie würde sich dreimal bekreuzigen vor einer Meinung, die ihr ins Gesicht zu sagen wagte, daß eher die Krankheit ein Verbrechen ist als das Laster. Solche Meinung darf man heutzutage nicht einmal bei sich behalten, geschweige

* Geschrieben in den Tagen der Harden-Prozesse.

denn aussprechen. Darum tu ich's. Über den Wert des Mitleids kann man verschiedener Meinung sein. Ich sage, daß man die geborenen Homosexuellen, nicht weil sie Kranke sind, freisprechen soll, sondern weil uns ihre Krankhaftigkeit keinen Schaden zufügt. Mag man aber die mildernden Umstände, auf die sie selbst plädieren, aus welcher Einsicht immer gelten lassen, das Interesse einer Kulturfrage kann die Behandlung pathologischer Formen nicht in Anspruch nehmen. Die Natur und Herr Dr. Magnus Hirschfeld mögen was immer für Pläne mit diesen Geschöpfen vorhaben, eine tiefere Anteilnahme kann der Einzelfall, nie das Problem beanspruchen. Der Mischmasch, den die Natur erschaffen und Herr Dr. Hirschfeld kategorisiert hat, kann auch Talente haben: seine kriminelle Behandlung, so verabscheuenswert sie ist, berührt die Freiheit nicht in einem tieferen Begriffe. Anders die Verfolgung der »Perversität« als solcher, anders der stupide Haß, der der Persönlichkeit in die Rechte ihres Nervenlebens folgt. Auf die Gefahr hin, sich selbst dem Verdacht der »erworbenen Homosexualität« preiszugeben, müßte jeder denkende Mensch laut aufschreien über die Schändlichkeit, die eine staatliche Norm für die Betätigung des Geschlechtstriebs vorschreibt, und laut und vernehmlich das Recht auf erworbene Homosexualität proklamieren. Der fromme Blödsinn hat jede Nuancierung der Lust, jede Erweiterung der Genußfähigkeit und die Eroberung neuer erotischer Sphären, die in allen Kulturen, nicht bloß in der griechischen, das ureigenste Recht des Künstlers und den Vorzug jedes höher organisierten Menschen gebildet haben, als Wüstlingslaster verfemt, und die Staatsidioten sind der Ansicht, daß der Mann, der die Homosexualität »erworben« hat, sich in keinem Wesenszug von jenem unterscheidet, der nichts dafür kann. Die männlichsten, geistig und ethisch vollkommensten Männer, die seit Sokrates dem »Laster« gefrönt haben, sehen demnach zum Verwechseln den weiblichsten Weiberseelen ähnlich, die ein vertrackter Zufall in einen männlichen Leib gesperrt hat. Daß sie dort ihre peinlichsten Exzesse treiben, und daß die Nichtanderskönner eine soziale Unbequemlichkeit sind, wer könnte es leugnen? Die Einschaltung eines sexuellen

Stroms zwischen Mann und Mann, also eine zweite »Norm«, schafft unnötige Komplizierung der Lebensverhältnisse. Es ist beschwerlich, mit einem Mann ein männliches Gespräch zu führen, wenn er nur deshalb an unserem Munde hängt, weil ihm unser Mund gefällt, und statt mit den Ohren, mit den Augen zuhört. Aber glaubt einer ernstlich, daß in solchem Gespräch auch der andere Typus, dessen verfeinerte Geistigkeit zur homosexuellen Handlung führen kann, die Besinnungsfähigkeit verliert? Man muß der Menschheit so lange mit »Paradoxen« auf den Schädel hämmern, bis sie merkt, daß es die einzigen Wahrheiten sind, und daß witzige Antithesen bloß dann entstehen, wenn eine frühreife Wahrheit mit dem Blödsinn der Zeit zusammenprallt. Man muß ihr sagen: Perversität kann eine Krankheit, sie kann aber auch eine Gesundheit sein. Das Widerspiel der Norm, aber auch die letzte, untrügliche Probe der Norm. Unappetitlich an der Sache ist höchstens die Terminologie. Wer das Weibliche sogar im Mann sucht, ist nicht »homosexuell«, sondern in der homosexuellen Handlung »heterosexuell«. Pervers ist vielmehr, wer das Männliche sogar im Weib sucht. Der »Wüstling« kann der entschiedenste Bejaher einer Norm sein. Der geborene Homosexuelle, dem die simple Männlichkeit nicht mehr genügt, könnte als letztes Raffinement, wenn er eines solchen überhaupt fähig ist, das Mannweib in Männerkleidern wählen. Der Normale den Knaben im Weiberkleide. Wenn ich die Wahl zwischen einem Antinous und einer Frauenrechtlerin habe, – ich bin nicht pervers genug, um zu schwanken, und ich bin nicht Heuchler genug, um nicht zu bekennen, daß bloß der Gesetzeswahnsinn, dem ich die Freiheit außerhalb des Kerkers opfern muß, mir die Praxis meiner Wahl verwehrt. Alle Erotik beruht auf der Überwindung von Hemmungen. Eine stärkere Hemmung für den Mann als das Merkmal des eigenen Geschlechtes gibt es nicht; gelingt es, sie zu überwinden, so ist die Zuneigung zum andern Geschlecht, die erlaubte, offenbart. Der Anormale sucht die Zeichen der Männlichkeit; der Normale flieht sie oder besiegt sie auf der sicheren Spur femininer Anziehung. Der Sieg wird erleichtert durch die Hemmung des Verbots, die gleichfalls erogen wirkt. Der

Künstler, der das Gebiet der Weiblichkeit schneller abgehaust hat als der Philister, hat vermöge der Gnadengabe einer regenerierenden Phantasie die Kraft, seinen Bedarf an Weib auch beim Mann zu decken. Der volle Mann, dem die Möglichkeiten der doppelgeschlechtlichen Naturanlage nie versperrt sind und der die Lust am Weibe nicht nur beweist, sondern vermehrt, wenn er die Lust am Manne versucht, steht dem pathologischen Homosexuellen ungleich ferner als dieser dem Weib. Wie der Magnet die Eisenfeilspäne im Holzstaub, so zieht er das Weibliche im Mann an sich. Der Magnet ist also pervers, weil er sich mit dem Holzstaub einläßt. Die Dummheit einer ganzen Welt stellt sich das Geschlechtsleben als eine Sache der Einteilung oder als die geradlinige Resultante ethischer Entschließungen vor. Man weiß wirklich nicht, wovon man fett wird. Daß die süße Speise in einem Hexenkessel bereitet wird – wer uns das sagte, verdiente gesteinigt zu werden. Wer einem Dummkopf sagte, daß die Würze der Kost jede beliebige Widerwertigkeit sein kann. Daß ihn ein Hindernis zu seiner Geliebten führt. Und daß der Geschmack, je kultivierter er ist, desto mehr Würzen braucht. Der Wissende vermag alle Hemmungen, die er als solche empfindet, als erotische Hilfen zu nützen. Ihm dient die Phantasie, wie dem echten Weib die Sinnlichkeit dient. Alles, was sich neben der Liebe begibt, fließt, ihn zu verstärken, in den Hauptstrom der Sexualität. Von allen Höhen und aus allen Rinnsalen des Geistes kommt Sukkurs; aber der Strom weiblichen Genießens hat vom Ursprung bis zur Mündung keine Nebenflüsse. Der Überschuß an Sexualität beim Manne kann sich in einheitlichem Lauf und er kann sich in geistiger Differenziertheit ausleben. Zwischen einem Holzknecht und einem Denker besteht immerhin dieser Unterschied. Dem Weib gibt die gerade Linie die Bedeutung, gibt ihm die einzige Persönlichkeit, deren das Weib teilhaftig werden kann, und Differenzierung schafft die pathologischen Formen der Hysterie. »Perversität« gibts nicht. Konversionsfähigkeit ist ein Vorzug des Mannes, ein interessanter Mangel der Frau, deren Unvollkommenheit der Mann wieder zu konvertieren vermag. Das Weib braucht die Persönlichkeit des Mannes, aber der Mann kann die Persönlichkeit des Weibes eher anbeten als brauchen, nur von ihr gebraucht werden. Er kann ein Weib verschmähen, ohne daß sie es ahnt. Sie glaubt, daß er bei ihr ist, und er betrügt sie mit einer Situation, mit einem Hindernis, mit einer Erinnerung. Beginnt aber sie aus Begleitumständen erotischen Genuß zu ziehen, so wird sie bedenklich. Die ewig wachen Sinne des Mannes vermag seine Sinnlichkeit nicht zu betäuben. Phantasie eilt ihr zu Hilfe und wird mit den Sinnen fertig. Sie verarbeitet den Rest, der zurückblieb, und läßt den Mann aus der vertracktesten Widerwärtigkeit, die er einmal bei der Liebe gefunden hat, erotischen Genuß ziehen. Die Erinnerung an ein Klaviergeklimper, das er nicht ausstehen konnte, treibt ihn zurück, er sehnt sich nach dem ungelüfteten Schlafzimmer, aus dem er geflohen ist, und alles, was ihn abstößt, zieht ihn an. Der Frauenleib ist ein Imaginiertes; real und enttäuschungslos sind nur die Vorstellungen. Phantasie anästhesiert, macht häßliche Hände schön und ein Weib begehrenswert, das mit der Andern nichts als eine häßliche Hand gemein hat. Ästhetisch wertet nur der Mann ohne Einbildungskraft oder die Frau ohne Sinnlichkeit. Sie ist noch immer objektiver, wenn sie an dem Busen einer Rivalin etwas auszusetzen hat, als er, wenn er ihn preist. Er führt meisterlich Regie über ein Ensemble der Defekte und kommandiert allen Hindernissen, daß es ein Vergnügen ist. Beliebte Hemmungen sind – o Romantik! – das Nichtzuhausesein einer Frau, das Verreistsein, das Verheiratetsein, die christliche Sündenlehre und das Strafgesetz. Wer ohne Hemmungen lebt, ist ein Schwein. Wer sie im Kampf überwindet, ist ein Künstler. Das Weib trägt aus solchem Kampf die Trophäen der Hysterie davon und bleibt die Gefangene ihres Sieges. Sie ist in ihrer Gebundenheit so normwidrig wie der Mann als Sexualtier. Aber die freie Sinnlichkeit des Weibes ist der volle Wert, durch den es die Natur entschädigt hat, als sie dem Mann die Phantasie gab.

Juli 1902

Die Geschwornen sprachen nicht per fas, aber mit Recht eine überwiesene Brandlegerin frei. Der Fall lag für den Psychologen ungemein einfach. Der faszinierende Einfluß einer männlichen Siegernatur – die blinde Ergebenheit einer zarten, neurotischen, wenn man will, »krankhaft veranlagten« Frauenseele. Zufällig kleiner Miedermacher und Verkäuferin. Nächstens Tenor, Bereiter oder Leutnant und Gräfin, Zofe oder Hausfrau; Christ und Jüdin, Jud und Christin. Diesmal hat die Siegernatur nach der Versicherungssumme verlangt, und die Frauenseele steckte das Geschäft in Brand. Aber auch Strindbergs Comtesse Julie hätte im Rausch der Johannisnacht dem Kammerdiener ihres Vaters auf Verlangen mehr als ihre Jungfräulichkeit geopfert. Beruf, politische Gesinnung und Konfession spielen in solch animalischem Verhältnis keine Rolle. So sollte man meinen – wenn man nicht in Österreich lebte, dem Lande, wo selbst das Allzumenschliche unter dem Gesichtswinkel der Parteiverblödung betrachtet wird. Wir unterscheiden nun eine liberale, eine antisemitische und eine sozialdemokratische Parteiverblödung. Die sozialdemokratische macht sich in einem Gerichtssaalbericht bemerkbar, in dem zehnmal hintereinander das Wort »Unternehmer« steht. Hier ist es der Unternehmer, der auch die Seele der Arbeiterin ausbeutet und diese zum Verbrechen treibt. Was sagt der antisemitische Gerichtssaalbericht? »Ein Opfer jüdischer Verführung.« Das arme Christenmädchen und der jüdische Lüstling. Mahnung für alle Christinnen, den Verkehr mit Juden zu meiden... So hat denn der Liberalismus gebundene Marschroute. Er ist weder gegen den Unternehmer noch gegen den Juden. Aber er nimmt, wenn er die Wahl zwischen dem brutalen »Herrn der Schöpfung«, und möge er auch nur ein Überkommis sein, und der getretenen Frauenseele hat, immer für jenen Partei. Er verzeiht alles, er verzeiht Betrug und Wucher, nur sündige Liebe kann er nicht verzeihen. »Der Umstand, daß Marie Schuh freiwillig die

Geliebte des Chefs war, entzieht ihr das Mitleid, auf das sie sonst im reichsten Maße Anspruch gehabt hätte.« Der freie Wille des Käthchens von Heilbronn, dem's niemand »geschafft« hat, dem Grafen Wetter nachzurennen, ist über allen Zweifel erhaben.

* * *

September 1902

Bezirksgericht. Der Richter redet einer des Diebstahls angeklagten Frau ins Gewissen: Hab'n S' was g'stohl'n? – Angekl.: I hab' nix g'stohl'n. – Richter: Wie kommen denn dann die fremden Sachen in Ihren Koffer? – Die Angeklagte erwidert, sie besitze einen Teil dieser Sachen schon seit zwei Jahren. Sie habe sie angeschafft, als sie mit einem Kinde niederkam. – Richter: *Sie sind ja gar net verheiratet, wie kann ma denn da a Kind kriegen!* – Angekl. (kurz): Ledige Leute kriegen aa Kinder. – Richter: *Ja, leider! Schamen S' Ihna!...*

* * *

November 1903

Daß in Theaterstücken – nicht nur auf Theatervorhängen – für Firmen Reklame gemacht wird, ist bekannt. Ich war einmal zugegen, als in einer Carltheaterpremière der Soubrette beim Auftreten von ihrem Partner ein Paprikabukett überreicht wurde, das sie mit den Worten annahm: »Der Paprika-Schlesinger ist doch immer originell!« Daß Kaiserworte für die Reklamezwecke einer Firma appretiert werden, ist nicht weniger bekannt und schlimmer. Aber als eine Neuerung wird es jedenfalls begrüßt werden, daß von nun an auch Gerichtsurteile merkantile Empfehlungen enthalten sollen. In dem Prozeß, den neulich die Konfektionsfirma Rudolf Hoffmann & Co. gegen eine Schauspielerin geführt hat, wurde vom Zivillandesgericht ein Urteil gefällt, in dessen mündlicher Begründung der Vorsitzende – nach den Berichten der Tagesblätter – wörtlich ausführte: »Mit schwerem Herzen hat der Gerichtshof sich entschlossen, eine Firma wie die Klägerin, die so Bedeutendes leistet, mit ihren Ansprüchen abzuweisen...« Dies stand in den Zeitungen. Entweder haben diese geglaubt, daß sie ein Gerichtsurteil, weil es im Namen Seiner Majestät des Kaisers gefällt wird, gegen Bezahlung genau so redigieren dürfen wie ein Kaiserwort: dann hätte sofort eine amtliche Berichtigung erscheinen müssen. Oder die Blätter haben, was hin und wieder vorkommen kann, wahrheitsgetreu berichtet: dann würde die Firma gut tun, in ihren Inseraten und auf ihren Geschäftskarten die richterliche Empfehlung abzudrucken. Dem Ansehen der Justiz wird's vielleicht nicht förderlich sein. Aber die Justiz hat sich ja längst selbst darauf verlegt, mehr ihr Aussehen als ihr Ansehen zu fördern. Der Talar muß die Würde machen. Frau Themis, wird man höchstens sagen, läßt jetzt bei Hoffmann arbeiten.

* * *

April 1904

Die New-Yorker Filiale der Wiener Justiz

Hat Amerika es besser als unser Kontinent, das alte? Ein Wiener Staatsanwalt ist dahin übersiedelt... M. zog es vor, abzureisen, ehe es so weit käme, daß einmal bei richtiger Gelegenheit die Anwendung des Gesetzes beantragt wird. Indes, auch ein öffentlicher Ankläger hat ein Privatleben. Und es ist eine Impertinenz, wenn in den Mitteilungen über sein finanzielles Ungemach mit feixendem Reporterbehagen von »kostspieligen Liaisons« gesprochen wird. Ein Staatsanwalt darf sein Leben so gut wie ein anderer Staatsbürger genießen; »hat ihm doch Gott wie mir gewollt einen Anteil an diesen Tagen«. Aber er ist ein dummer Heuchler, wenn er von amtswegen mit den Sündern auch jene Leidenschaften anklagt, deren Übertreibung die Sünder zu Verbrechern gemacht hat. Er war ein Lebemann und Spieler, und keinen Kollegen sah man den Mund so voll nehmen wie ihn, wenn es galt, Genußsucht als den Urquell alles

Kriminellen anzuprangern, keinen sah man so dreist in den Neigungen und Verhältnissen, in Haushalt und Geschlechtsleben des Beschuldigten herumschnüffeln. Einer der unsympathischesten, dieser übernächtige Staatsanwalt, der seinen Kater gegen freie Liebe und Hazard knurren ließ. Und dies Treiben wurde jahrelang geduldet, jahrelang aus dem unversiegenden Kleeborn behördlichen Taktes genährt. Gewiß, das Privatleben dieses »Substituten« durfte seine Vorgesetzten nicht bekümmern; aber den Sittlichkeitsexzessen war abzuwinken, die er zum Gaudium Eingeweihter auf der Tribüne aufführte, so oft ein schlichter Bankerotteur aus dem Volke angeklagt war, der sicherlich mehr Nächte in seinem Bett verbracht und weniger Spielchen gewagt hatte als sein Ankläger... Er ist nicht mehr. Ein Staatsanwalt zog ein in das bessere Jenseits, das schon so viele Verteidiger beherbergt. Wenn Themis die Binde von den Augen nimmt, findet sie beide Plätze leer. Die Herren müssen sich erst überm Ozean »rangieren«, bevor sie sich wieder um die günstigeren Chancen bei den Geschwornen raufen können.

*

November 1904

Das Ansehen, dessen sich die österreichischen Einrichtungen in der ganzen zivilisierten Welt erfreuen, hat längst den Gedanken gezeitigt, in Amerika eine Filiale der österreichischen Justiz zu errichten. Leider war sie bisher nur durch Advokaten und Staatsanwälte vertreten, und oft hat sich der Mangel an österreichischen Richtern in Amerika fühlbar gemacht. Eine Verhandlung nach österreichischem Gesetz war bis heute undurchführbar. Seit einigen Tagen ist auch diesem Übelstand abgeholfen. Herr Dr. B. wird die Verteidigung führen, Staatsanwalt M. die Anklagen vertreten und als Einzelrichter der soeben eingetroffene Herr Dr. Helfer fungieren. Die Verhandlungen werden fast so gemütlich sein wie weiland die vor dem Bezirksgericht Leopoldstadt. Dies Idyll ist nun vorbei, vorbei die Tage, da die Besucher der »Budapester Orpheumgesellschaft« die Würde dieses Hauses durch einen Ton, der sie an das Bezirksgericht Leopoldstadt erinnerte, geschädigt glaubten. Wenn in diesem dunkelsten Bezirk des Wirtschaftslebens auch künftig ein Richter nicht immer gegen die Wucherer einschreiten wird, so ist doch anzunehmen, daß nicht mehr die Wucherer gegen einen Richter einschreiten werden. Lange, allzulange hatten sie sich als die höchsten Respektspersonen des Bezirksgerichtes Leopoldstadt fühlen dürfen, und der Richter war viel eilfertiger ihrem Ruf auf den Gang gefolgt, als ein Zeuge dem Ruf des Richters in den Verhandlungssaal. Welch unerwünschtes richterliches Gegenbild zu dem Typus stupider Lebensfremdheit! Nie hatte man bisher von einem Wiener Gerichtssekretär gelesen, der Jockeiklub habe über ihn die Ausweisung vom Turfplatz verhängt. Neben einer Justiz, die hinter der Binde blind ist, waltet doch noch eine, die, um zu sehen, sich die Binde amtsmißbräuchlich von den Augen reißt. Erfahrung erwerben unsere Richter durch Korruption. Gewiß ist, wie die steckbrieflich verfolgte Unschuld der österreichischen Justiz jetzt beteuert, der Fall Helfer ein »Einzelfall«. Aber seine Bedingungen sind gegeben, und das Schlimme an diesem Gerichtsskandal ist nicht die Verfehlung des »Einzelrichters«, sondern die Nachsicht einer wissenden Behörde, die einen Kridatar so lange das Richtschwert schwingen ließ, bis er es verklopfte und die Flucht ergriff. »Es kam oft vor«, meldet man jetzt gemütlich, »daß dieser Strafrichter bei einem ihm völlig fremden Industriellen oder Finanzmann im Gummiradler vorfuhr und um ein Darlehen gegen Wechsel ersuchte, das ihm in einigen Fällen auch tatsächlich gewährt wurde. In den Kreisen seiner Kollegen wird behauptet, er habe einen eigenen Agenten beschäftigt, der nur die Aufgabe hatte, festzustellen, zu welcher Stunde des Tages bekannte Finanzgrößen in ihren Bureaus allein zu sprechen seien.« Und: »In Kreisen der Advokaten wird unter anderen Geldbeschaffungsaffären des Dr. Helfer auch ein besonderer Fall erzählt, wo ein Vermittlungsagent für ihn in einer Darlehensangelegenheit bei einem Manne intervenierte, der eine dem Dr. Helfer zum Referat übergebene Strafsache anhängig hatte.« Sollten die Helfershelfer nicht strafbarer sein? Der arme

Teufel, der sich im Talar lächerlich genug vorkam, weckt eher Mitleid. Man weiß zwar jetzt, daß er die vorschriftsmäßige Frage an den Angeklagten: »Sind Sie vermögend?« stets etwas zielbewußter als andere Richter gestellt hat. Aber man erinnert sich auch, wie er bei der Verkündigung der Worte: »N. N. ist schuldig...« jedesmal verlegen geworden ist.

* * *

Mai 1904

Konzessionierte Schnüffler

Die Ministerien des Handels und des Innern kamen zu der Erkenntnis: »Es hat sich ergeben, daß die Tätigkeit mancher dieser Unternehmungen Mißstände und insbesondere sehr bedauerliche Eingriffe in das Privat- und Familienleben hervorgerufen hat, durch die nicht nur jene, die die Tätigkeit derartiger Institute in Anspruch nahmen, sondern auch dritte Personen folgenschwere, ja mitunter geradezu verhängnisvolle Schädigungen ihrer Interessen zu beklagen hatten.« Und die Ministerien zogen die Konsequenz aus solcher Erkenntnis und verboten die Privatdetektivbureaus? Nein, sie erhoben sie gerade deshalb zum Rang eines konzessionierten Gewerbes. Der Staat, der die Prostitution für der Übel schlimmstes erklärt, erteilt die Befugnis zu ihrer Ausübung. Aber die Prostitution verletzt kein Rechtsgut, während die Ausübung des Detektivhandwerks eine permanente Bedrohung sämtlicher bestehenden Rechtsgüter darstellt. Ehrenbeleidigung durch Eingriff ins Privat- und Familienleben, Provokation zum Ehebruch, Unglaubwürdigmachen von Zeugen: das ist so das normale Arbeitspensum, das ein anständiges Detektivbureau an einem Tag leistet. Betrug, Erpressung, Anstiftung zu Meineid und zu anderen strafbaren Handlungen sind Fleißaufgaben, und das, was manchmal wie Untreue gegen den Auftraggeber aussieht, ist eben der außergewöhnliche Eifer, der seinen Ehrgeiz darein setzt, zwei Herren zu gleicher Zeit zu dienen. Der Staat lohnt solches Streben. Er verbietet das Gewerbe nicht, er erlaubt es. Wenn die Niederträchtigkeit den Befähigungsnachweis erbringen kann, mag sie bestehen bleiben. Ihr schadet das bißchen Bevormundung nicht, und den guten Staat macht es selig. So ward denn die Schnüffelei ein konzessioniertes Gewerbe. Nur »vollkommen verläßliche, unbescholtene Personen« werden sie betreiben dürfen. Ist's nicht, als ob die Polizei, die Lizenzen für die Prostitution ausgibt, von ihren Bewerberinnen ein tadelloses Vorleben verlangte? Die sogenannte Sicherheitsbehörde hat längst die Konzessionierung der Privatdetektivbureaus empfohlen. Offenbar aus tiefster Dankbarkeit für die Hilfe beim Aufspüren von Verbrechen, die schon manchem Polizeirat zur Beförderung verholfen und dafür schon manchem Privatdetektiv die sorglose Ausübung der unsaubersten Praktiken ermöglicht hat. Nun hat der alte Geheimbund seine öffentliche Sanktion erhalten und die Gefährdung des Privatlebens der Staatsbürger ist jener Konzessionspflicht unterworfen, die in Wirklichkeit ein Recht, jenem scheinbaren Zwang, der die Freiheit für die Schnüffler bedeutet. Nicht Konzession, nur das Strafgesetz könnte über die gefährliche Nähe der Verdachtsfabriken beruhigen. Aber wenn »Gebärdenspäher und Geschichtenträger des Übels mehr auf dieser Welt getan, als Gift und Dolch in Mörders Hand nicht konnten«, so werden sie sich von jetzt an auf ihr Patent berufen können. Freilich haben »Bewerber um eine Konzession genau anzugeben, welches Gebiet und welche Tätigkeit sie zum Gegenstande ihres Geschäftsbetriebs zu machen beabsichtigen. Ausgeschlossen ist alles, was vom Standpunkt der öffentlichen Sicherheit oder der Sittlichkeit bedenklich erscheint«. Aber vielleicht verlangt die Polizei auch von den Prostituierten, daß sie das Gebiet und die Tätigkeit genau bezeichnen, die sie zum Gegenstand ihres Geschäftsbetriebs zu machen beabsichtigen, und schärft ihnen ein, daß sie alles, was vom Standpunkt der Sittlichkeit bedenklich erscheint, zu vermeiden haben. Hoffentlich hat die Behörde mit ihrer Verordnung nicht bezweckt, den armen Privatdetektivs, die ohnehin so sehr unter der Konkurrenz der Journalistik zu leiden haben, die letzte Möglichkeit einer Betätigung zu sperren. Was würde denn die schönste Konzession nützen, wenn die öffentliche Sicherheit und die Sittlichkeit gewahrt bleiben müßten? So schlimm kann's nicht gemeint sein, und das ›Neue Wiener Journal‹, das dem verwandten Gewerbe seine Sympathie nicht versagen kann, glaubt so felsenfest, der Lebensnerv des Schnüfflertums werde nicht angetastet werden, daß es – wenn's nicht doch etwa Heuchelei des Konkurrenten ist – geradezu die Hoffnung ausspricht, »daß nach Inkrafttreten der erwähnten Ministerialverordnung auch bei uns in Österreich dieses Gewerbe einen Aufschwung nehmen wird«. Die Tischler legen den Hobel hin, die Schlosser seufzen über die schlechten Zeiten und selbst die Glaser haben, trotz den Gelegenheiten, die der Nationalitätenstreit bietet, wenig zu tun. Nur das Gewerbe des Privatdetektivs nimmt in Österreich einen »Aufschwung«. Aber dem Privatdetektiv soll nach der Darstellung der Blätter geradezu »die Wahrung und der Schutz des Familienlebens zur strengsten Aufgabe gemacht« werden. Und wer sollte dazu berufener sein als gerade die Männer, die tagtäglich unter der Chiffre »In flagranti« annoncieren, »phrasenlos, unauffällig und gentlemanlike arbeiten« und sich in dieser verderbten Welt allein noch »vornehmste Gesinnungstüchtigkeit« bewahrt haben? Die Verordnung ist so witzig abgefaßt, daß an dem Ernst der Absicht, das Gewerbe zu fördern, nicht gezweifelt werden kann. Von den Bewerbern um die privatpolizeiliche Konzession fordert die Behörde außer einem tadellosen Vorleben auch noch eine genügende »allgemeine Bildung«. Es mag zweifelhaft sein, ob diese Qualitäten zur Erlangung eines Ministerportefeuilles in Österreich notwendig sind. Unerläßlich sind sie bei der Ausübung des Schnüfflerhandwerks. Sonst könnte ja jeder, der etwa als Politiker nicht reüssiert hat, die Karriere des Privatdetektivs ergreifen. Und zwar lediglich auf Grund einer Eigenschaft, die die Verordnung beim Bewerber um die Detektiv-Konzession voraussetzt: Er muß »den Mangel jedes Anstandes bei der Sicherheits- oder Sittenpolizei nachweisen können«.

* * *

In Österreich wird jetzt nur mehr von der »Ehre« gesprochen. Aber für dieses arme Land hat noch immer die Falstaff-Moral Recht, die da verkündet, daß man Ehre nicht essen kann. An jenen Rechtsgütern vorbei, die greifbarere Werte darstellen, wirft sich der Scharfsinn der Reichsjuristen auf die kuriose Frage, ob man die Duelle der Adeligen aus der Welt schafft, wenn die Bürgerlichen gegen Zeitungsangriffe besser geschützt werden. Im Herrenhaus wurde neulich wieder die hypertrophische Entartung des Ehrbegriffs sichtbar, an der ein Teil der Bevölkerung fast so sehr wie der andere unter dem Hunger leidet. Professor Lammasch begründete seinen Antrag »zur Verbesserung des Schutzes der Ehre«. Und das in Ehrendingen ausschließlich kompetente Organ des Herrn Wilhelm Singer, das fast nur mehr aus Ehre und Inseraten besteht, schrieb: »Zutreffend ist es jedenfalls, wenn Hofrat Dr. Lammasch es als eine Unzukömmlichkeit bezeichnete, daß ein Einzelrichter, nachdem er soeben etwa ein Urteil wegen eines maulkorblosen Hundes gefällt hat, eine Ehrenbeleidigungsklage verhandeln, einen Wahrspruch über das höchste Gut des Menschen, über die Ehre schöpfen soll.« Hier hat sich die Menschenwürde bereits aufs Gehirn geschlagen. Herr Singer scheint zu glauben, daß das Strafurteil, das wegen eines maulkorblosen Hundes gefällt wird, den Hund schützen soll. In Wahrheit schützt es den Menschen, wie das Urteil über eine Beleidigung nicht den Preßköter, sondern den Menschen schützt, dem er an die Wade gefahren ist. Und ich wage zu behaupten, daß der Rechtsschutz der Gesundheit dringender ist als der der Ehre. Man zwinge den empfindlichen Herrn Singer, auf dem nächsten internationalen Preßkongreß Farbe zu bekennen: ob ihm der Biß eines Hundes erwünschter ist oder ein Zeitungsangriff. Wer es für eine schimpfliche Zumutung hält, als Kläger oder Angeklagter vor einem Richter zu stehen, der »soeben« wegen eines maulkorblosen Hundes verhandelt hat, müßte Gelegenheit bekommen, die Frage, ob ein Hundebiß oder eine Ehrenbeleidigung für das geringere Übel zu halten sei, an eigener Person zu entscheiden. Es ist töricht, ein Rechtsgut nach seiner »Würdigkeit« zu beurteilen, und gar als Bekämpfer der Ansicht, daß Ehrverletzung blutige Sühne heischt, das Rechtsgut der Ehre für »würdiger« zu halten als das der Gesundheit. Nur die größere Kompliziertheit, nicht der größere Wert der Rechtsmaterie könnte das Verlangen nach einem Spezialrichter verständlich machen. Schwieriger mag die Judikatur über das Unheil sein, das ein maulkorbloser Journalist anrichtet; für wichtiger halte ich das Verfahren wegen eines maulkorblosen Hundes.

* * *

Februar 1905

In dem Fälscherprozeß Liebel, der vor dem Wiener Schwurgericht durchgeführt wurde, trat wieder einmal eine Erscheinung zutage, die für die Unverdorbenheit der für Kriminalfälle interessierten öffentlichen Meinung bezeichnend ist: das Staunen über die Enthüllung eines Bündnisses zwischen Verbrechertum und Polizei. Der Polizeirat Stukart schien freilich als Zeuge weniger die Notwendigkeit solcher Bündnisse, als den Bundesgenossen selbst zu verteidigen und über die Verpflichtung behördlicher Dankbarkeit für geleistete Spitzeldienste weit hinauszugehen. Aber diese Gutmütigkeit ist gewiß unverdächtig. Herr Stukart nun, dem die Kenntnis der Banknotenfälschung in die Amtsstube geflogen war und der immer zu Ehren kommt, wenn ihm ein Konfident oder ein Privatdetektiv, ein »Vertrauensmann« oder ein Vertrauter, eine Verbrechertat meldet, wurde zwar wieder wegen seiner unerhörten Findigkeit gepriesen, aber selbst seine Bewunderer konnten sich einer Mißempfindung darüber nicht erwehren, daß der Anzeiger, mit dem er verkehren mußte, kein Mitglied der ethischen Gesellschaft, sondern ein Pensionär der Anstalt in Stein war. Wenn eine Albernheit stark genug ist, so braucht man sie bloß zu zitieren, um sie zu beweisen: käme nicht die Stichhaltigkeit einer Anzeige, sondern das Motiv, nicht die Informiertheit, sondern die Moral des Anzeigers in Betracht, jede behördliche, jede publizistische Gerichtsbarkeit höbe sich von selbst auf. Die gesunde Naivität, die den Verfolger mit dem Hinterbringer in einem Bündnis der Gesinnung wähnt, beeinflußt bei uns, wo alles Persönliche zuerst sichtbar wird und der unfaßliche Idealzweck hinter dem greifbaren Mittel verschwindet, immer wieder das Urteil über den Wert sozialer Reinigungsarbeit. Als ob es auf die Gesinnung des Rechercheurs und nicht auf die des Redakteurs ankäme! Aber in Wahrheit scheint es mir keine fruchtbarere Verwendung des Spitzbuben zu geben als die zur Entdeckung des Spitzbuben. Wo Erpressung geschieht, ist meistens ein Verbrechen geschehen. Hat der Ankläger es verwirkt, den Erpresser zu verfolgen, wenn er das Verbrechen, an dem der Erpresser sog, verfolgt hat? Sexualrichter und journalistische Schnüffler mag die Verbindung mit dem Denunzianten wie das Handwerk selbst kompromittieren; dem Wahrer öffentlicher Interessen ist sie unentbehrlich. Ist ein Bankdiebstahl vornehm zu ignorieren, weil der Angeber für ein Schweiggeld geschwiegen hätte, oder weil seine Anzeige der Ranküne des entlassenen Kommis entsprang? So gedankenlos wie die Anerkennung des Scharfsinns einer Sicherheitsbehörde, der die Kunde einer Notenfälschung ins Bureau getragen wurde, war der Hohn darüber, daß ihr »Vertrauensmann« kein des Vertrauens würdiger Mann sei.

* * *

April 1905

Die Interessenten des Schwachsinns der Prinzessin Louise müssen jetzt das Furchtbare erleben, daß ihre Patientin, die sie so lange betreut haben, von Pariser Ärzten für unheilbar geistesgesund erklärt wird. Das Gefühl der Bestürzung weicht aber dem freudigen Bewußtsein, in einem Staat, in dem der Hinterteil der Mächtigen die einzige Rechtsquelle bildet, vor der Gerechtigkeit geschützt zu sein und eine Tat nicht verantworten zu müssen, die zu den schlechtesten gehört, die je mißbrauchte Gewalt veranlaßt hat. Und die Freude schafft Übermut. In der letzten Plenarversammlung der Wiener Advokatenkammer wurde – versteht sich, von einer Seite, die den Ernst der Sache gefährden konnte – dem Präsidenten eine Interpellation überreicht, die sämtliche gegen ihn als Kurator der Prinzessin erhobenen Angriffe wiedergab und an ihn die Frage stellte, ob er es nicht für geboten erachte, gegen diese Angriffe klagend aufzutreten. Herr Dr. von Feistmantel gab die Erklärung ab, er sei »keineswegs in der Lage, gegen unmotivierte, geradezu verleumderische Angriffe Prozesse zu führen«. Man solle ihn, meinte er beherzt, beim Disziplinarrat anzeigen. Und die Wiener Advokatenschaft rief »Bravo«! Aber die Ethik des Standes hat sich bis heute in den bedenklichsten Fällen vor dem Disziplinarrat sicher gefühlt, und gegen eine das Ansehen des Advokaten kompromittierende Logik gewährt er von Haus aus keinen Schutz. Der Präsident der Advokatenkammer würde nur dann klagen, wenn motivierte Angriffe gegen ihn gerichtet würden. Daß sie verleumderisch waren, geht schon daraus hervor, daß er nicht klagt. Wer ihm trotz dieser Rehabilitierung vorwerfen wollte, daß er seine Pflicht als Kurator vernachlässigt habe, den könnte er sofort mit einem Brief widerlegen, durch den bewiesen ist, daß er sich lebhaft für das Wohl des Papageis seiner Kurandin interessiert und diesen sogar ein kluges Tier genannt hat. Die Klugheit des Papageis besteht allerdings vor allem darin, daß die Erklärungen, die er abgibt, nie von ihm selbst ersonnen, sondern nachgesprochen sind. Er blamiert sich nicht gern.

* * *

Jänner 1906

»Dem Richter wird der Vagant F. H. wegen verbotener Rückkehr vorgeführt. – Richter: Sie wissen, daß Sie abgeschafft sind? – Angekl.: O, ja! – Richter: Warum kamen Sie zurück? – Angekl.: Daß i wieder eing'spirrt wer'; jetzt im Winter gibt's ka Arbeit nöt! – Das Urteil lautet auf einen Monat strengen Arrests. – Angekl. (enttäuscht): An' Monat? – Richter: Sie können berufen! – Angekl.: Dös is mir ja z'wenig! I will drei Monat', daß i im Summer außi kumm, wann's wieder a Arbeit gibt! – Da es kein Rechtsmittel eines Verurteilten gegen zu geringe Strafe gibt, wird H. zur Strafverbüßung abgeführt.« – Können wir's in dieser besten aller Welten weiter bringen? Der strafende Staat, der Momo der Erwachsenen, hat seine Schrecken eingebüßt – auf freiem Fuß sein bedeutet Schmach und Jammer. Es gibt eine Verurteilung zur Freiheit. Aber F. H. braucht nicht einmal ewas Neues anzustellen, um die Unfreiheit zu genießen, so oft er will. Er muß bloß nach seiner jedesmaligen Enthaftung und Abschiebung in die »Heimatsgemeinde« nach Wien zurückkehren. Fand er dort nicht Arbeit, so findet er hier Verpflegung. Ein Staat, der mehr Arreste als Arbeitsstätten hat und der den armen Teufel vor dem Verhungern bewahrt, weil er Gesetze hat, die der arme Teufel übertreten kann, ist ein Musterstaat. Wenn der Revertent es zu einer lebenslänglichen Verköstigung im Prytaneum bringen könnte, wäre die Straferei endgültig ad absurdum geführt. Unsinn wird Vernunft, Plage Wohltat.

* * *

Ein Salzburger Bauer sollte eingesperrt werden, weil ihm der Ausruf entfahren war: »Ach was, i fürcht mi vor kein Teufel. Den Teufel hab i z'haus, mei Weib!« Nicht wegen Beleidigung des Weibes, sondern wegen Beleidigung des Teufels, wegen Herabwürdigung einer »Einrichtung der katholischen Kirche« – eine solche ist nämlich der Teufel – sollte der Salzburger Bauer verurteilt werden. Es gehört nämlich zu den unverlierbaren Rechten des österreichischen Staatsbürgers, zu jeder Stunde und bei jedem Anlaß »eingespirrt« zu werden. Jener wurde auffallenderweise freigesprochen. Wie schwer es trotzdem in Österreich ist, keine Religionsstörung zu begehen, zeigt der folgende Vorfall: In Olmütz warf ein Friseur bei der Beerdigung seines Freundes eine Erdscholle auf den in die Tiefe gesenkten Sarg mit den in tschechischer Sprache ausgerufenen

Worten: »Lebe wohl, Ferdinand, auf der ganzen Linie!« Er wurde wegen Religionsstörung angezeigt und – wiewohl er angab, daß er dem toten Freunde nur dessen Lieblingswort »auf der ganzen Linie« nachgerufen habe, ohne die entfernteste Absicht, jemand zu beleidigen oder ein Ärgernis zu erregen – zu drei Tagen strengen Arrests verurteilt. Also ein Sieg der Betschwestern auf der ganzen Linie! Ob das neue Strafgesetz solche Siege unmöglich machen wird? Ob es verhüten wird, daß der ahnungslose, blinde oder andersgläubige Passant, der eine Prozession nicht grüßt, »eingespirrt« werde? Während der religionsstörende Kooperator, der auf dem Gang zu einem Sterbenden innehält und Spaziergängern den Hut vom Kopf schlägt, straflos bleibt? Wer kann's wissen! Rechtsgut wird wohl auch künftig nicht die Religion, sondern die Empfindlichkeit einer Betschwester sein. »Marandjosef!« lautet ein- für allemal die Klage, die der österreichische Staatsanwalt erhebt. Und was die Kirchhofwanze sinnt, wird der österreichische Richter immerdar in Tat umsetzen.

* * *

Juli 1906

In die Volksschullesebücher kommender Zeiten wird zur Illustrierung des Sprichwortes: »Üb' nimmer Treu und Redlichkeit« die folgende Geschichte aufgenommen werden: »Vor einem Wiener Bezirksgericht hatte sich ein Fahrradhändler wegen bedenklichen Ankaufes zu verantworten. Er hatte nämlich auf ein Fahrrad, das ihm zum Kaufe angeboten worden war, eine Anzahlung von zwanzig Kronen geleistet, den Restbetrag von vierzig Kronen dem Verkäufer nachgesandt und gleich darauf eine Anzeige bei der Polizei freiwillig erstattet, weil ihm nachträglich Bedenken aufgestiegen waren. Es stellte sich auch heraus, daß das Rad einem Rechnungsfeldwebel gestohlen worden war. Nunmehr wurde gegen den Fahrradhändler die Anklage wegen bedenklichen Ankaufes erhoben. Nach Feststellung des Tatbestands verurteilte ihn der Richter – es war der

Doktor Schachner – zu einer Geldstrafe von hundert Kronen. Bei der Verkündigung des Urteils geriet der Verurteilte in große Aufregung und schrie: ›Das ist eine Ungerechtigkeit; das lasse ich mir nicht bieten! I c h erstatte die Anzeige und werde verurteilt! Unerhört!‹ Da er trotz allen Begütigungsversuchen nicht zu beruhigen war und fortlärmte, wurde er überdies noch zu einer Disziplinarstrafe von 24 Stunden verurteilt, die er sofort antreten mußte.« Und die Schüler werden erkennen, daß das Urteil bedenklicher war als der Ankauf. Tatsächlich bestärkte es damals viele Fahrradhändler in dem Entschluß, bei bedenklichen Ankäufen doch lieber zu warten, bis diese von anderen angezeigt werden. Die »bedenklichen Ankäufer« wurden nicht alle, aber sie wußten sich wenigstens der Strafe, die auf die A n z e i g e gesetzt war, zu entziehen. Es war eine merkwürdige Zeit, in der eine merkwürdige Rechtsmoral regierte. Hätte der Fahrradhändler die 60 Kronen, um die er geschädigt wurde, irgendjemand v e r u n t r e u t und vor der Anzeige zurückgegeben, so wäre ihm nichts geschehen. Da er selbst der Geprellte war und selbst die Anzeige erstattete, múßte er büßen… »Hütet euch also!«, schließt das Lesestück, »die Reue ob einer ehrlichen Tat kommt zu spät.«

*   *
*

Oktober 1906

»Gestern hatte sich beim Bezirksgericht Josefstadt ein Bediensteter der städtischen Straßenbahnen, Josef Ch., wegen Betruges an dem Unternehmen in der Höhe von sechs Hellern zu verantworten. Die Direktion hatte gegen ihn die Anzeige erstattet, daß er laut Meldung eines Revisors dabei betreten wurde, als er unbefugt eine Permanenzkarte, nämlich eine Freikarte für Straßenbahnbedienstete, zu einer Fahrt benutzte. Er dient bei den Straßenbahnen tadellos seit neun Jahren. Der Angeklagte brachte dem Richter Sekretär Dr. Schachner vor, daß er infolge von Krankheit und Unglücksfällen seine Schulden nicht zahlen konnte, unbarmherzig gepfändet wurde und an dem kritischen

Tag den Advokaten des Gläubigers aufsuchen mußte, um die Transferierung seiner Habe zu verhüten. Um rechtzeitig wieder im Dienst zu sein, habe er die Permanenzkarte eines Mitbediensteten benutzt. Der Richter fragte den als Zeugen erschienenen Revisor, ob eine eventuelle Verurteilung des Angeklagten seine Entlassung zur Folge habe. Zeuge erwiderte, das entziehe sich seiner Beurteilung. – Der Richter erkannte hierauf Ch. des Betruges schuldig und verurteilte ihn mit Rücksicht auf das Motiv und sein tadelloses Vorleben zu zwölf Stunden Hausarrest.« Wenn die Justiz eine Schutzvorrichtung ist, dann verdient auch diese Unglücksnachricht die schonungsvolle Aufschrift »Unter die Schutzvorrichtung geraten«. Ich stelle mir die Entdeckung des Betrugs, den jener Bedienstete begangen hat, durch die wachsame Straßenbahndirektion so vor: Ein Motorwagen tötete sechs Menschen: zwei Männer, eine Greisin und drei Kinder. Ein Revisor wurde auf den Zwischenfall aufmerksam und entdeckte bei dieser Gelegenheit, daß ein Bediensteter als Passagier mit einer nicht ihm gehörigen Permanenzkarte mitfahre. Dies verursachte einen längeren Aufenthalt, eine eingehende Untersuchung und die Strafanzeige durch die Straßenbahndirektion...

* * *

Oktober 1906

Auf dem Gebiete der sexuellen Moral wünschen die Sozialdemokraten keinen Zweifel darüber aufkommen zu lassen, daß das Wort »Genosse« nicht von »genießen« stammt. Die ›Arbeiter-Zeitung‹ druckte einen Artikel der gesinnungsverwandten ›Münchener Post‹ über die »Schrecken von Capri« ab, den ganz gut das Wiener ›Vaterland‹ aus dem bayrischen ›Vaterland‹ hätte übernehmen können. Die Schrecken von Capri, das sind natürlich die Homosexuellen, die auf Capri hausen. Was gehen – so fragt man sich – die Neigungen der Päderasten ein sozialdemokratisches Blatt an? Doch höchstens so viel, daß es sich hin und wieder der Kulturpflicht bewußt werde, gegen den

Wahnwitz, der in rückständigen Staaten den Nervenwünschen die Richtung vorschreibt, zu protestieren und vernehmlich zu fordern, daß ein künftiges Gesetz dem »widernatürlichen« Triebe nur jene Schutzgebiete vorenthalte, die es dem »normalen« vorenthält: Unmündigkeit, Gesundheit und Öffentlichkeit. Aber so vernünftig wagen nur Publizisten zu sein, die auch den Verdacht, pro domo zu sprechen, nicht scheuen. Freisinnige und Klerikale sieden die Moral in einem Topf. Und rot ist die Farbe des sozialdemokratischen Schamgefühls. Wenn ein homosexueller Kapitalist sich an einem Proletarierkind vergreift, so mag meinetwegen der sozialdemokratische Redakteur das Motiv »Ihr schändet unsere Kinder!« zu einem Leitartikel komponieren. Aber eine ganz unsoziale und rein moralische Entrüstung ist es, die deutsche Genossen zu »Enthüllungen« über süditalienische Orgien treibt. Sie sind über den Zweifel, ob die Päderastie ein Verbrechen sei, längst hinaus. In ihren Augen ist sie eine »Sünde«. Der Artikel bringt eine viel interessantere Enthüllung als die der Zustände auf Capri: Die sozialdemokratische Anschauung des sexuellen Lebens wurzelt in der christlichen Sündenlehre und entlehnt deren Terminologie. In der ›Arbeiter-Zeitung‹ liest man Sätze, die in einer Sonntagspredigt vorkommen könnten. Da wird Capri mit einem Paradies und einer Rose verglichen: »Ja, ein Paradies«, heißt es, »in dem ein verderbenbringender Teufel das Szepter schwingt, eine Rose, in deren Kelch ein scheußlicher Wurm frißt«. Denn Capri sei das Dorado der Päderasten. »In jedem anderen Lande wird diese Menschensorte aufs strengste verfolgt; nur hier dürfen sie sich ungehindert einnisten und unter einer braven, einfachen Landbevölkerung ihr Unheil stiften.« Der untere Teil der Insel sei der »Hauptsitz dieser Teufelei«. Niemand habe den Mut, den Schleier von dem »Sündenpfuhl«, der hier bestehe, wegzureißen. Den »Gipfel der Schlechtigkeit« habe ein Engländer erreicht, »der von seiner Gattin geschieden, die er durch systematische Mißhandlung zur Untreue trieb, hier auf Capri mit seinen beiden kleinen Knaben sein Zelt aufschlug«, deren jüngerer der Mutter zurückgegeben wurde, deren älteren aber »dieser Unmensch zu seinen gemeinen, sündhaften Lastern benützt«. »Daß es ein Weib sein mußte, das den ersten Anstoß gibt, Licht in die finsteren verbrecherischen Höhlen der Capri-Päderasten fallen zu lassen, ist eigentlich kein Ruhm für das italienische Sittlichkeitsgefühl.« »Ein Krebsgeschwür, das an dem Leben Capris frißt und durch das es bald einen Weltruf der Gemeinheit und Verworfenheit erlangen wird.« Gewiß, die ›Arbeiter-Zeitung‹ wendet sich nicht gegen den homosexuellen Verkehr mündiger Leute, sondern gegen den Mißbrauch von Kindern auf Capri. Kinderschänden ist ein Verbrechen und soll auch im Zukunftsstaat eines sein. Aber daß die Sozialdemokraten sogar den Teufelsglauben und die Vorstellungen von Sündenpfuhl und Lasterhöhle hinübernehmen wollen, ist überraschend. Da lob ich mir die Klerikalen! Die haben schon in die heutige Weltordnung durch die Institution der sogenannten »Schweinepfaffen« ein wenig Freiheit gebracht.

* * *

Oktober 1906

Ein todeswürdiges Verbrechen

»In einem von amtswegen eingeleiteten Eheungültigkeitsverfahren hatte sich das Zivillandesgericht unter Vorsitz des Oberlandesgerichtsrates Klissenbauer mit dem Fall der Eheleute H. zu beschäftigen, deren tragisches Schicksal die Öffentlichkeit schon mehrmals beschäftigte. Der Eisenbahnbeamte Emanuel H. hatte im Jahre 1877 in Langenwang mit Klaudine J. nach römisch-katholischem Ritus eine Ehe geschlossen, die angeblich im Jahre 1881 geschieden wurde. H. begab sich bald darauf in die Türkei, wo er eine Beamtenstelle bei den türkischen Staatsbahnen erhielt und heiratete am 16. Januar 1883 in Adrianopel gleichfalls nach römisch-katholischem Ritus die 27jährige Amalie Sch., die ihn während einer schweren Krankheit gepflegt und dadurch Anspruch auf seine Dankbarkeit erworben hatte. Im vorigen Jahr ging H. in Pension und kehrte mit Frau und Kindern nach Wien zurück, hauptsächlich um seine älteste geistesschwache Tochter hier in einer Anstalt unterzubringen. Bei irgend einer Amtshandlung des Magistrates wurde die zweifache Ehe aufgedeckt, der Magistrat trat den Akt der Staatsanwaltschaft ab, die gegen die Eheleute H. die Anklage wegen Verbrechens der Bigamie erhob. Vom Wiener Straflandesgericht wurde die Frau von der Anklage freigesprochen, der Mann zu zwei Monaten Kerkers verurteilt. Infolge der Aufregungen der Strafverhandlung und des nunmehr eingeleiteten Eheungültigkeitsverfahrens verfiel die Frau in Wahnsinn. Sie überfiel in einem Tobsuchtsanfall ihre geistesschwache Tochter mit einer Hacke, und als ihr Mann ihr die Hacke entriß, ergriff sie ein Küchenmesser und brachte sich mehrere tiefe Halsschnittwunden bei. Gegenwärtig befindet sich die Frau im Irrenhaus. In der gestrigen Verhandlung bestritten der Vertreter der Ehefrau und der Ehebandsverteidiger die Anwendbarkeit des österreichischen Rechtes. Der Gerichtshof sprach trotzdem die Ungültigkeit der Ehe aus. H. sei am 16. Januar 1883, dem Tage der Eheschließung, österreichischer Staatsbürger gewesen, weil nach einer Zuschrift des Magistrates er noch bis heute heimatsberechtigt erscheine. Wenn er auch ausgewandert sei, sei seine Staatsangehörigkeit nicht erloschen, da er weder den Austritt aus der österreichischen Staatsangehörigkeit angemeldet, noch sonstwo eine Staatsbürgerschaft erworben habe u. s. w.«

Ja, die österreichische Staatsangehörigkeit ist ein Verbrechen, und alle diese scheußlichen Verurteilungen erfolgen nicht wegen Bigamie, sondern wegen österreichischer Staatsangehörigkeit. Wenn Menschenopfer unerhört gebracht werden, so ist unsere Justiz nicht daran schuld. Gewiß, sie ist das zur Institution erhobene Vergehen gegen Gesundheit, Freiheit, Ehre oder Eigentum der österreichischen Staatsbürger. Aber hätte Emanuel H. seinerzeit auf einer Korrespondenzkarte an den Magistrat seinen Austritt aus dem Notverband dieses Staates, der unsere Wunden nicht heilt, angezeigt, so hätte seine arme Frau ihre Tochter nicht mit der Hacke überfallen müssen. Wer ist denn gezwungen, ein Österreicher zu sein? Vor Europa sich mit einer Farbenzusammenstellung zu blamieren, die man längst nicht mehr trägt? Mit der maschinellen Gleichmütigkeit des Zusammenbruchs in einer Clown-Farce, in der oft das leiseste Wort eine Zimmerdemolierung oder einen Massenmord bewirkt, spielen sich diese Ehetragödien ab. Staatsbürgerschaft,

Liebe, Landesgericht, Hacke, Irrenhaus ... Und bloß zwei Monate Kerker? Nein, die österreichische Staatsangehörigkeit ist ein todeswürdiges Verbrechen!

* * *

Dezember 1906

Welthistoriker melden: Signor Caruso, der größte Tenor der Welt, wurde im Affenhaus des Zoologischen Gartens von New-York verhaftet. Ein Polizist beobachtete den Sänger, wie er einer ihm unbekannten Dame, die dagegen protestierte, in Gegenwart ihres Söhnchens handgreifliche Zärtlichkeiten aufdrängte. Caruso, der alles bestreitet, fiel weinend Conried um den Hals. Die Parkpolizisten sagen aus, daß sie von fünf ähnlichen Fällen, in denen Caruso sich an Frauen herandrängte, wissen, und behaupten, ihn schon einmal aus dem Affenhaus wegen eines gleichen Angriffs hinausgeworfen zu haben. Carusos Rechtsbeistand rief aus: »Es ist unwahr, daß Signor Caruso eine falsche Tasche in seinem langen Überzieher hat, durch die er seine Finger stecken und Leute berühren kann, während er seine Hände in den Taschen zu haben scheint.« Die Dame, die sich diesmal von Herrn Caruso merkwürdigerweise nicht um die Hüfte fassen lassen wollte, habe dem größten Tenor der Welt zugerufen: »Tun Sie das nicht noch einmal!« Nein, nicht einmal zur Wiederholung verlangt! Aber so traurig diese Erfahrung ist, die Rückentwicklung eines Tenors aus dem Wiener Opernhaus ins New-Yorker Affenhaus ist immerhin eine interessante biologische Tatsache. Auf der Bühne gehen die sexuellen Attacken über das hohe C nicht hinaus, im Leben muß eine anschaulichere Praxis die Stimmentfaltung ersetzen. Wer freilich die Beziehungen zwischen der Tenorstimme und den weiblichen Geschlechtsnerven einigermaßen kennt, hätte sich schon für eine Verhaftung Carusos im Opernhaus aussprechen müssen. Vorausgesetzt, man ist davon überzeugt, daß die Frauen die fast handgreiflichen Zärtlichkeiten eines Kehlkopfs als Belästigung empfinden. Das tun sie nun freilich nicht. Aber jedenfalls muß die öffentliche Meinung New-Yorks gegen die öffentliche Meinung Wiens in Schutz genommen werden. Das amerikanische Schamgefühl mag ja eine garantiert solide Sache sein, über die man sich auf unserm alten Kontinent lustig machen darf, und es mag wahr sein, daß drüben über hundert europäische Defraudanten mehr Freude ist, als über einen europäischen Wüstling. Trotzdem muß gesagt werden, daß in der Affenkomödie des Herrn Caruso ausnahmsweise nicht jenes Gefühl die Hauptrolle gespielt hat, das man in kultivierten Zonen als »sittliche Entrüstung« mit Recht verabscheut. Im Gegenteil scheint mir ein Gefühl für sexuelle Freiheit den ganzen Rummel bewegt zu haben. Nur die Flachköpfe unserer liberalen Presse halten es für Prüderie, wenn die amerikanischen Frauen einen Angriff auf ihr sexuelles Selbstbestimmungsrecht zurückweisen. Ich weiß nicht, nach welchem Gesetz Herr Caruso verurteilt wurde, aber ich vermute, daß nicht die öffentliche Schamhaftigkeit, sondern das Recht des Individuums, sich betasten zu lassen, von wem es selbst betastet sein will, gegen die Zärtlichkeit des großen Mannes geschützt werden sollte. In Amerika wahrt man den sexuellen Anspruch der Frau, indem man sie vor sexueller Ansprache schützt. Bei uns dürfen bloß die Herren der Schöpfung ihre Geilheit auf der Straße spazieren führen, dürfen Frauen anpöbeln, die von ihnen nicht beglückt sein wollen, und ein unbeteiligtes Publikum an den Exhibitionen ihrer Luchsaugen teilnehmen lassen. Man muß nur ein paar Mal diese Zudringlichkeit verglaster Blicke – wenn man mit einer Frau etwa ein Theater oder ein Restaurant betritt – erlebt haben, um die amerikanische »Prüderie«, die das Bett eben nicht als die Domäne des Mannes anerkennt, für eine kulturvollere Erscheinung zu halten als die mitteleuropäische Verfemung sinnlicher Frauen. Und bezeichnend für den Idiotismus, mit dem man hierzulande eine Frage der Freiheit als eine Frage der Moral auffaßt, ist der journalistische Eifer, der dem Lebenswandel jener Mrs. Graham nachspürt, um dem sexuellen Übergriff des Herrn Caruso eine mildere Beurteilung zu sichern. In New-York würde ein Wiener »Steiger« wegen Belästigung einer Kokotte nicht anders behandelt werden, als Herr

Caruso wegen Belästigung einer Mutter. Aber die ›Neue Freie Presse‹ entsetzt sich darüber, daß »bei der Verhandlung nicht einmal nähere Mitteilungen über die Person der Mrs. Graham gemacht wurden, und ob *ihre Vergangenheit eine makellose sei*«. Ist sie es *nicht*, so war Caruso nach österreichischer Auffassung womöglich berechtigt, das Kind, das Mrs. Graham an der Hand führte, als der Sänger sie abknutschte, zugleich über die Vergangenheit der Mutter aufzuklären. Das ist der Standpunkt der Leute, die es erst einen »Mißgriff« nennen, wenn die Polizei irrtümlich statt einer Prostituierten eine Frau der Gesellschaft drangsaliert hat. Und das ›Extrablatt‹ verlangt ausdrücklich, daß »die Belästigung *anständiger* Frauenspersonen auch bei uns der gerichtlichen Ahndung unterliegen solle« – so daß also eine Erweiterung der sittenrichterlichen Befugnis unserer Justiz die Folge wäre und jeder Lumpenkerl wenigstens erreichen könnte, daß die Tugend, auf die er es abgesehen hatte, gerichtsärztlicher Prüfung unterzogen werde. So sittenstreng wie das ›Extrablatt‹ denkt auch Herr Caruso. »Er habe Frau Graham bemerkt, doch habe *er sich von ihr sofort abgestoßen gefühlt*; denn sie, nicht er, habe sofort mit Avancen begonnen, welche er dahin deuten mußte, daß sie *keine anständige Frau* sei.« Diese Edelmänner wollen natürlich nur mit »anständigen Frauen« zu tun haben, wenn es sich ihnen um eine Unanständigkeit handelt. Und welcher Spießer wüßte den Spieß nicht im geeigneten Moment umzudrehen? Wer immer er sei, sein Zeugnis fände Glauben. »Sehen Sie her«, beteuerte so einer vor dem diensthabenden Sergeanten der Polizeistation, »*ich bin Caruso, der große Tenorist*!«... Er war es wirklich. Denn ein Zeuge gab in der Verhandlung an: »Caruso versteht nicht englisch. Vielleicht, wenn ich zu ihm sage, Caruso, wollen Sie Luncheon mit mir einnehmen, versteht er mich. Er versteht auch: Wie geht's? Schönes Wetter! Frühstück, Dinner; aber wenig mehr.«

* * *

Das ›Extrablatt‹ über die Enthaftung der Regine Riehl. Wohl ein wütender Protest der Mädchenbefreier, die auf den Lorbeern ausruhten, die sie einem Schweinsrüssel abgenommen haben? In deutschen Verleger-Fachblättern, die die profitablen Geheimnisse eines redaktionellen Salons kennen, war die »Tat« gefeiert worden, und die Münchener ›Jugend‹, die der Hirth aller politischen Schafe Deutsch-Österreichs noch immer betreut, hatte dem Herrn Bader eine Hymne gewidmet. Nun ist Regine Riehl enthaftet, aber das ›Extrablatt‹ hat sich bereits so weit beruhigt, daß es diese sonderbare Befreiung einer Kupplerin aus dem geschlossenen Hause in der Alserstraße nicht mit jenem Pathos begleitet, auf das man immerhin hätte rechnen dürfen. Oder enthüllt es wenigstens die Gründe dieser Enthaftung gegen eine Kaution von lumpigen 50.000 Kronen – ein Bettel neben den Verdiensten der Riehl durch die Mädchen und des ›Extrablatts‹ um die Mädchen der Grünethorgasse? Da liest man plötzlich den Namen »Johann Altenburger«. Aha! Hier steckt vielleicht die Sensation. Siehe da, die Stelle lautet: »In der Hand trug sie eine Hutschachtel, welche einige Kleidungsstücke enthielt. Vor dem Tore in der Landesgerichtsstraße wartete der von Herrn Johann Altenburger gelenkte Einspännerwagen Nr. 281. Regine Riehl bestieg rasch den Wagen, ihr Vater nahm neben ihr Platz. Die Fahrt ging in die Grünethorgasse Nr. 24. Das unerwartete Erscheinen der Frau Riehl erregte in der Grünethorgasse großes Aufsehen. Kaum hatte der Wagen beim Hause gehalten, eilten schon Leute aus der Nachbarschaft herbei…« Das ›Extrablatt‹ hat also wieder seine alte Richtung gefunden. Verurteilt wurde die Riehl wegen Einschränkung der persönlichen Freiheit, also wegen eines 94ers. Aber der Einspänner, der sie vom Landesgericht abholte, war der 281er! So löst sich alles in Wohlgefallen auf. »Und darum Räuber und Mörder!« möchte man ausrufen, wenn die Räuber und Mörder nicht zufällig Abonnenten des ›Extrablatts‹ wären.

* * *

Die Wiener Polizei hat eine Kriminalschule errichtet, in der Übungskurse für Polizei- und Wachebeamte abgehalten werden, und das – trotz dem kleinen Riehl-Zerwürfnis – polizeioffiziöse ›Extrablatt‹ eröffnet den ersten Kurs mit einer Reklame für den Polizeirat Stukart. Es bringt ein Titelbild, auf dem vor allem der Chef des Sicherheitsbureaus und ein vorzüglich getroffenes Skelett sichtbar sind, das angeblich zu Lehrzwecken dient, wahrscheinlich aber bloß als Symbol der körperlichen Sicherheit des Wieners aufzufassen ist. Die Raubmörder betrachten diese Vorlesungen als unschuldigen Zeitvertreib der Kriminalisten und haben gar nichts dagegen, daß im Hause des Nichtgehängten recht viel vom Strick gesprochen wird. »Die kleine Tasche auf dem Pult enthält jene Behelfe, welche der Beamte bei Tatbestandsaufnahmen benötigt, die Meßbänder, Lupen, Telegrammblankette und dergleichen.« »Und dergleichen« ist gut. Wahrscheinlich ist das Salz gemeint, das man einem Spatzen aufs Gefieder streut, wenn man ihn fangen will. Die Polizeikriminalistik mag noch so wissenschaftlich tun: die Meßbänder helfen nicht, solange in einem Staat die Meßgewänder Mode sind. »An einer Wand des Saales sieht man die verschiedenen Formen von Augen, Nasen und Ohren in Tabellen vereinigt.« Es sind die Augen, die einem Wiener Polizeibeamten übergehen, wenn die Wände eines Schlafzimmers Ohren haben, und die Nasen, die ihm inzwischen die Einbrecher drehen. »Zur vergrößerten Darstellung von photographischen Aufnahmen dient der im Saale aufgestellte Projektionsapparat«, und zur vergrößerten Darstellung der Verdienste des Wiener Sicherheitsbureaus dienen die Abbildungen des ›Extrablatts‹.

* * *

Jänner 1907

In einem Artikel »Humanität und Prostitution« hat ein christlich-soziales Blatt das letzte Wort, das zu dieser Frage überhaupt zu sagen ist, ausgesprochen. Zunächst setzt der leider anonyme Verfasser auseinander, daß man den Prostituierten »die Bonifikationen des Staatsschutzes, die jeder anständige Bürger beanspruchen darf, nicht angedeihen lassen kann, ohne das ehrliche Gewerbe herabzusetzen«. »Mit demselben Recht«, ruft er, »dürfte ja jeder Räuber und Mörder auf seinen Beruf pochen und denselben anerkannt und vom Staate geschützt wissen wollen«. Hier könnte man freilich einwenden, daß der Vergleich insofern nicht stimmt, als ja die Tätigkeit der Räuber und Mörder ihren Klienten nicht ganz dasselbe Vergnügen bereitet wie die Tätigkeit der Prostituierten den Klienten der Bordelle, und daß sich zum Beispiel Staatsbeamte, Offiziere und sogar christlich-soziale Redakteure nicht scharenweise allabendlich in den Räuberhöhlen und Mördergruben zu versammeln pflegen. Doch das macht nichts; der Verfasser will ja nur sagen: »Wie jener (der Mörder) sich am Gute des Nächsten vergreift und den Leib mordet, so wirkt die Dirne nur zu oft auch ehestörend und der Verkehr mit ihr mordet die Gesundheit des Vaters und ungeborner Geschlechter«, und für dieses Argument wird wohl jeder Leser, den die christlich-soziale Presse in Mauer-Öhling hat, Verständnis zeigen. Nicht minder für die praktischen Vorschläge, die der Verfasser macht. Er ist radikal. Der Dirne müßte »der Weg zum Laster auf jede mögliche Art erschwert, ja verleidet werden«. Wie aber macht man das? Nichts einfacher. »Wenn die öffentlichen Häuser als Naturnotwendigkeit erkannt werden, so hat man sie nicht als Vergnügungsetablissements, in welchen man an der Seite von mehr oder minder kostümierten Damen bei reichlichen Champagnerlibationen der Göttin der freien Liebe huldigt, sondern als Bedürfnisanstalten zu behandeln, die ohne jeden Sinnenkitzel nur ihrem Zweck dienen.... Ob aber die Metze, die sich ihres bürgerlichen Rechtes begab, als sie sich jenseits von Moral und Gesetz stellte, ihren Lohn allein behalten oder mit der Bordellmutter zu teilen hat, ist Nebensache. Zu viel Humanität wird dieser Kaste nur neue Anhängerinnen zuführen, während drakonische, alle Vergnügungen und Eitelkeit ausschließende Maßregeln eher abschreckend wirken dürften.« In der zügellosen Putzsucht sei der Urgrund der Prostitution zu finden. »Die seidenen Hemden und Strümpfe scheinen eben so mancher viel verlangenswerter als die grobleinene Arbeitsschürze.« Das ist nur zu wahr. Aber ungeachtet der Erfahrung, daß die seidenen Hemden und Strümpfe auch so manchem Besucher der Metze verlangenswerter scheinen als die grobleinene Arbeitsschürze, muß in den Bordellen auf größere Einfachheit gesehen werden. Wenn die Prostitution eine Folge der Putzsucht ist, so ergibt sich von selbst die Forderung, daß man dem Bordellwesen die Formen klösterlicher Lebensweise aufpräge. Nur kein Sinnenkitzel! Einfache, schmucklose Büßerhemdchen werden die Mädchen ganz gut kleiden, während die aufgedonnerten Toiletten einerseits die sittliche Entrüstung der Besucher erregen, anderseits mit Erfolg auf deren verwerflichste Instinkte abzielen. »Wie sehr korrumpierend solche Brutstätten des Lasters wirken, hat die Depravierung aller jener Organe dargetan, die, zur Kontrolle berufen, ihrer Pflicht in der schwülen Atmosphäre des Freudenhauses ebenso vergessen hatten wie die Inwohnerinnen Tugend und Ehre. Solche auf gemeinem Gewinn beruhende Institute sind Pestbeulen und müssen anderen, zielvoll und anständiger geleiteten Platz machen, wenn sie nicht überhaupt ganz aus der Welt zu schaffen sind. Es wird sich dann zeigen, ob die Prostitution ein wirklich notwendiges Übel ist, wenn sie alles Flitters, Tandes und Sinnenkitzels entbehren muß.« So war's – wörtlich – am 13. Jänner der Zeitrechnung nach dem Prozeß Riehl zu lesen. Wie mag der Artikel aus der Anstalt in Mauer-Öhling geschmuggelt worden sein? Es heißt, eine Disziplinaruntersuchung sei eingeleitet worden, habe aber bisher zu keinem Resultat geführt. Die Anstaltsleitung stellt sich mit Recht auf den Standpunkt: Hoffnungslose Fälle nehmen wir auf; aber nicht in einem Stadium, in dem schon die Mitarbeit an einem christlich-sozialen Blatt stündlich eintreten kann.

* * *

Februar 1907

Welcher Humor im Gerichtssaal noch immer am stärksten »zieht«? Der, den man sich im Theater nicht mehr gefallen läßt. Das Alter einer Frau und der böhmische Dialekt – das ist die unverwüstliche Gelegenheit für Improvisationen und »Schlager«, durch die die Stars des Landesgerichts, die Lieblinge des Auditoriums zu wirken wissen. Wenn der Vorsitzende des Prozesses Odilon einen Zeugen auf das Mißverhältnis zwischen seinem Alter und dem »älteren Jahrgang, dem doch Frau Odilon angehört«, aufmerksam gemacht hat, so kann der Bericht »Heiterkeit« verzeichnen. Nun aber erst der Prozeß gegen einen Sänger namens Prochaska! Der »tschechische Akzent« des Angeklagten, auf den schon die Staatsanwaltschaft größten Nachdruck gelegt hat, wird immer wieder zur Belustigung der Hörer herangezogen. »Zeuge: Ich habe ihn auf der Bühne gesehen, aber es war mir zweifellos, daß er eine Zukunft habe. – Präs.: Wenn nicht diese Aussprache wäre! – Zeuge: Ja, es ist merkwürdig, Ungarn, Italiener, Franzosen, Engländer, wenn sie in ihrem Dialekt deutsch singen, gefallen, aber tschechische Aussprache macht lächeln. – Präs.: Wenn man beispielsweise stolz singt: Ich bin ein Rämer! (Heiterkeit).« Gespräch zweier Theaterfreunde: »Haben Sie schon den D. als Vorsitzenden im ›Böhm in Amerika‹ gesehen? Da müssen Sie hineingehen! Servus Prochaska, hat er zu ihm g'sagt! Wie der das bringt!« »Das ist noch gar nichts. Ich erinnere mich noch, wie der Holzinger...«

* *
*

März 1907

In einer Gerichtsverhandlung, in der es sich um die Beschwerde eines »Exzedenten« über einen der neuesten so beliebten polizeilichen Übergriffe handelte, wurde nebenher die folgende Äußerung, die der amtierende Polizeikommissär getan haben soll, erwähnt: »Nur Eisen anlegen, wenn er keck ist! Ich bin Herr im Bezirke und herrsche über 200.000 Menschen«. Der Zar von Ottakring heißt Johann Kubachka. Johann Kubachka der Erste. Es ist sehr erfreulich, daß in den meisten anderen Bezirken Wiens schon die Konstitution eingeführt ist. Ich bin Untertan des Kommissariats Wieden, dessen Bevölkerung ihrem Herrscher eine Reihe freiheitlicher Errungenschaften dankt. Als ich zum Beispiel einst wiederholten Vorladungen wegen des Meldzettels keine Folge leistete, wurde mir, dessen hochverräterische Gesinnung klar zutage lag, stillschweigend Amnestie gewährt. Auf dem Alsergrund freilich konnte man eine zeitlang glauben, daß die Polizei an der Erhaltung der Leibeigenschaft interessiert sei. Bis endlich das befreiende Wort: »Madeln verführts mir den dicken Kommissär!« fiel und uns darüber aufklärte, daß die Behörde zu den bekannten »Opfern der Regine Riehl« gehört.

* *
*

Vor einem galizischen Schwurgericht wird eine Frau, die ihr Kind totgeprügelt hat, von der Anklage des Mordes, beziehungsweise Totschlages freigesprochen und wegen »Überschreitung des häuslichen Züchtigungsrechtes« zur Strafe des Verweises verurteilt. »Sie Angeklagte, Sie haben Ihr Kind getötet. Daß mir so etwas nicht wieder vorkommt!«... Und man erfährt nicht einmal, ob die Angeklagte für den Beweis ihrer Besserungsfähigkeit ein zweites Kind vorrätig hat.

* *
*

Ein juristisches Blatt hat zugeben müssen, daß die Geschichte der Wiener Sittenpolizei in zwei Epochen zerfalle: die erste beginne mit der Gründung der Ostmark durch Karl den Großen, die zweite mit dem Prozeß Riehl. Aus der zweiten hebt es ein Ereignis hervor, das ein künftiger Gindely mindestens im Kleingedruckten verzeichnen wird: Wie ein Mann, der auf das

Polizei-Kommissariat des vierten Bezirkes eskortiert wurde, weil er im Verdachte des außerehelichen Beischlafs mit einer Frau stand, der man nichts geringeres als clandestine Prostitution nachweisen wollte, sich die miserable Beleuchtung des Amtszimmers zunutze machte, um zu entwischen... Nicht minder glücklich ward im siebenten Bezirk die Verhaftung der Kupplerin H. durchgeführt. Der peinliche Eindruck, den man von diesem krassen Akt polizeilicher Undankbarkeit empfing, wurde einigermaßen durch das Entgegenkommen jenes Amtsorgans gemildert, das, wie in kriminalistischen Kreisen behauptet wird, seit vier Wochen vor dem Kaffeehaus wartet, in dessen Klosett sich die Verhaftete auf dem Weg zum Polizeiamt zurückgezogen hat... Fallen seh' ich Zweig' auf Zweige. Und dennoch darf man dem Gerücht nicht glauben, daß die Behörde gegen die Kupplerinnen bloß deshalb so streng vorgehe, weil sie »der Sachs« die Konkurrenz vom Hals schaffen wolle... Ein rührender Zug: Die Polizei hatte also aus dem Prozeß Riehl erfahren, daß in einem tolerierten Hause Ausbeutung, Freiheitsberaubung, hygienische Verwahrlosung geherrscht habe. Aber sie fand in den anderen Häusern, die schleunigst untersucht wurden, nichts, was zu beanstanden gewesen wäre. Nur in einem einzigen wurde des Übels Wurzel entdeckt und beseitigt: – das Klavier! Ein christlich-soziales Blatt hatte verlangt, daß die Prostitution des Sinnenkitzels entkleidet werde, und so verfügte die Polizei, daß wenigstens das Klavier aus dem Salon in die Rumpelkammer überführt und mit einem Tuch verhüllt werde. In stumpfer Ergebung sitzen die Mädchen und warten, bis wieder musikalischere Zeiten in Wien anbrechen. Der Kampf der Polizei gegen die Unsittlichkeit endet mit einem Sieg: Ein Bordellklavierspieler ist brotlos.

* *
*

Die Geschichte einer Verhaftung

> Die Polizei-Anstalten in einer gewissen Stadt lassen sich füglich mit den Klappermühlen auf den Kirschbäumen vergleichen: sie stehen still, wenn das Klappern am nötigsten wäre, und machen einen fürchterlichen Lärm, wenn wegen des heftigen Windes gar kein Sperling kommt.
>
> Georg Christ. Lichtenberg.

Es hat sich oft gezeigt, daß die Wiener Sicherheitsbehörde eifrig bemüht ist, den zu einer Verhaftung erforderlichen Tatbestand zu finden, und daß sie dafür in jenen zahlreichen Fällen, in denen ein Tatbestand schon vorliegt, auf die noch erforderliche Verhaftung verzichtet. Manchmal aber kommt es sogar vor, daß sie bei einem glücklichen Zusammentreffen von Tatbestand und Verhaftung diese freiwillig wieder ungeschehen macht und sich's an jenem genügen läßt. Die Fälle Liebel und Stift liegen weit zurück. Aber wegen eleganter Kleidung wurden in der Nach-Riehlschen Epoche zwei Mädchen verhaftet und, weil sich das zur Eleganz gehörige Betrugsfaktum nicht entdecken ließ, durch Wochen aus einem Polizeiarrest in den andern geschleppt. Dafür kassierte ein gaunerischer Zeitungsausträger in den Verschleißstellen den Erlös einer Nummer der ›Fackel‹ ein, die wegen Ehrfurchtsverletzung des Staatsanwalts vor der Majestät der Satire konfisziert worden war, und schädigte die Firma, die den Einzelverkauf der Zeitschrift vermittelt, auf das schwerste. Er wurde zwei Tage nach der Anzeige verhaftet. Aber zwei Tage nach der Verhaftung enthaftete ihn die Polizei, offenbar weil er noch den Rest des Erlöses jener ›Fackel‹-Nummer einzukassieren hatte. Wieder ging er von Verschleiß zu Verschleiß und dankte Gott, daß es eine Polizei gibt. Auf die bestürzte Anfrage der geschädigten Firma über den Grund der Enthaftung, die sie zunächst sogar um die Aussicht auf eine genaue Feststellung des Schadens brachte, wußte man in der Polizeidirektion keine Antwort zu geben. Vielleicht war man dort im guten Glauben, die ›Fackel‹ selbst sei geschädigt worden, und wollte dem verdienstvollen Manne entgegenkommen, der die administrative Verwirrung, die der Staatsanwalt schafft und die die k. k. Schlamperei bei Ausstellung der Konfiskationsbestätigungen vermehrt, durch die Unterschlagung dieser höchst unsicheren Zertifikate ins Unermeßliche gesteigert hat. Aber ich will gern glauben, daß das Motiv für die Enthaftung des Gauners und für die behördliche Vorschubleistung zu weiteren Gaunereien nicht Böswilligkeit, sondern bloß jene Eigenschaft war, gegen die Götter vergebens kämpfen und die als ein Geburtsfehler der österreichischen Bureaukratie weitestgehende Berücksichtigung verdient. Trotzdem konnte ich mich zunächst eines gewissen bittern Gefühls nicht erwehren bei dem Gedanken, daß ein Wiener Verbrecher, selbst wenn er einmal erwischt worden ist, seinem Erwerb nachgehen darf, während das Klavier, das nach dem Prozeß Riehl in einem Wiener Bordell verhaftet wurde, in sicherem Gewahrsam ist. Es kann auch nicht davonlaufen. Wie anders der Gauner, den die Polizei verhaftet, enthaftet und nun – wer beschreibt mein Erstaunen – glücklich wieder verhaftet hat! Denn die Polizei entschloß sich, einen neuen Haftbefehl zu erlassen und sie schickte sich an, den Gauner zu suchen, den sie schon einmal vergebens gefunden hatte. Ihr gelang es tatsächlich, ihn zu erwischen, und alles wäre in Ordnung gewesen, wenn es nicht fast gleichzeitig ihm gelungen wäre, ihr zu entwischen. Er entsprang bei der Eskortierung. Kann man der Polizei daraus einen Vorwurf machen? Kupplerinnen, die durch ein Kaffeehausklosett nach Ungarn fliehen und den »Vertrauten« wochenlang auf der Straße warten lassen, machen der Behörde das Leben schwer genug. Und wenn ein Gauner, den man zum zweitenmal hat, an irgendeiner Straßenbiegung sich's überlegt und doch lieber nicht mitgeht, so kann eben die Polizei auch nichts tun. Sie wird sich gewiß freuen, zu hören, daß es dem Mann gut geht, daß er einen Posten bekommen und sich neulich über den Chef des Sicherheitsbureaus ungemein lobend geäußert hat. Somit wäre alles zu gutem Ende gediehen. Und wiewohl der geschädigten

Zeitungsfirma selbst die Unterscheidung zwischen verkauftem, konfisziertem und gestohlenem Wert unmöglich gemacht ist, so hat sie doch immerhin in Erfahrung bringen können, daß ein »dicker Kommissär« es war, der die Enthaftung angeordnet hat. Nur die Identität mit jenem trefflichen Mann, auf den sich das geflügelte Wort der Frau Riehl bezieht, war bisher nicht festzustellen.

* *
*

Juni 1907

(Zur Bitte um Aufhebung des § 129b, die das Wissenschaftlich-humanitäre Komitee in Berlin anläßlich der Reform des Strafgesetzes an den österreichischen Justizminister gerichtet hat.)

Sonderbare Schwärmer! Die nicht wissen, daß in Österreich nicht die Menschlichkeit Sexualgesetze macht, sondern die Sittlichkeit, nicht die Lebenserfahrung, sondern die Unverdorbenheit, nicht der Fortschritt, sondern die Feigheit, nicht Phantasie, sondern die normale Sexualität eines Universitätsprofessors und eines Oberstaatsanwalts. Die nicht wissen, daß eher die Furcht, für einen Dieb gehalten zu werden, den Gesetzgeber die Freigebung des Diebstahls wagen lassen wird, als die Furcht, für einen Päderasten gehalten zu werden, die Abschaffung des homosexuellen Strafparagraphen. Wahrlich, ich sage euch, es wird noch viel Wasser in das Bassin des Centralbades fließen, ehe sich die Erkenntnis Bahn bricht, daß kein Staatsbürger für die Richtung seiner Nervenwünsche verantwortlich gemacht werden kann!

* *
*

Juli 1907

Außer den Polizeihunden »Edith« und »Ruß« durfte ein Vertreter der Presse an einer Razzia durch den Berliner Tiergarten teilnehmen. Aber »die Liebespärchen sind ausgewandert«, klagt er, denn »mit den Polizeihunden gibt's kein Versteckenspiel«. »Wenn sie« – nämlich die Polizeihunde – »losgelassen werden, dann spüren sie ihren Mann auch im dichtesten Gestrüpp auf und apportieren ihn.« Die Hunde wurden also losgelassen und stürmten ins Gebüsch, »alles durchsuchend«. »Nichts zu finden«, konstatiert der Vertreter der Presse, der sich »mit dem geladenen Revolver in der Paletottasche eingefunden« hatte. »So ging es fast eine Stunde lang, kreuz und quer durch die stillen Alleen. Endlich stöberten sie doch ein Pärchen auf.« Und nun apportiert der Journalist die folgende Gemeinheit: »Der Polizeileutnant trat auf die beiden zu. Voll Ironie fragte er: ›Wie, um halb 2 Uhr morgens noch hier? Und gerade an dieser dunkelsten Stelle, wo weit und breit keine Laterne ist? (Dann zur Dame:) Wie heißen Sie?‹ Aber vor Schreck starr stand die Arme da und vermochte nicht zu antworten. Man merkte es ihr an: Sie war, wie man sagt, ein besseres Mädchen und hätte am liebsten in die Erde sinken mögen vor Scham ... Das war eigentlich die größte Ausbeute des Abends. Was dann noch bis zum grauenden Morgen gefunden wurde, war kaum der Rede wert.«

* *
*

Oktober 1907

Von der ganzen Hau-Sensation hat mich ausschließlich – und mehr noch als das auf dem Gerichtstisch im Spiritusglas sichtbare Herz der Ermordeten – die eine Tatsache interessiert, die in der folgenden Depesche gemeldet war: »In Amerika hat Hau nach Feststellung des Präsidenten Orgien gefeiert. Er hat viel mit der Künstlerin Otero verkehrt. Als ihm dies vorgehalten wird, schweigt Hau«. Solcher Feststellung gegenüber verschwindet tatsächlich das Interesse an der Schuldfrage des Mordes. Die Presse mag monatelang an einer Kolportagesensation würgen, – der eine Augenblick ist aufschlußreicher als alle Psychologie eines Mordprozesses: Deutschland offenbart seine Psyche.

* *
*

Eine österreichische Hoffnung: »Wenn sich für die Tarnowska und Prilukow für eine Mitschuld am Morde keine weiteren Beweise werden erbringen lassen und Italien ihre Auslieferung nicht verlangen wird, dann dürfte Prilukow in Österreich wegen Falschmeldung abgeurteilt und wegen der von ihm verübten Veruntreuung an Klientengeldern nach Rußland ausgeliefert werden.« In Italien kann ein Mord ungesühnt bleiben, Rußland verzichtet vielleicht auf die Verfolgung einer Veruntreuung, – den Österreichern wird Herr Prilukow nicht entkommen: er hat eine Falschmeldung begangen.

* *
*

Die Kenner im Landesgericht! Kommt einmal nach langer Zeit ein halbwegs interessantes Frauenzimmer nach Wien – schwups, haben sie sie drin.

* *
*

Der Unterschied zwischen einem Strafrichter und einer Hure ist der, daß selbst nach der rigorosesten Auffassung unserer Gesellschaft der Strafrichter ein anständiger Mensch werden kann, wenn er das Buch zurückgelegt hat. Während die Private Katharina L – – Hören wir, wie unerbittlich die Gesellschaftsordnung verfährt, wenn eine Prostituierte Miene macht, im Pfuhl eines soliden Lebenswandels unterzutauchen. Die Polizei übt strenge Kontrolle und hat dort, wo der Strich in den Pfad der Tugend übergeht, Warnungstafeln aufgestellt. Die Private Katharina L. also hat einen Bräutigam und erscheint in seiner Begleitung in einem Gasthaus. »Als das Paar an einem Tisch Platz genommen hatte, teilte der Kellner in diskreter Weise dem Mädchen mit, daß er vom Wirt beauftragt sei, ihr nichts zu verabreichen, da der Wirt Freimädchen in seinem Lokale nicht dulde.« Der Wirt erklärt, daß er den Auftrag aufrecht halte. Der Bräutigam klagt wegen Ehrenbeleidigung. Der Richter heißt Schachner. Er fragt deshalb den Bräutigam, »wodurch e r sich denn beleidigt erachte«. Und wendet sich nun zur Klägerin. Sie sei, bekennt sie, »früher allerdings unter sittenpolizeilicher Kontrolle gestanden, jetzt sei sie aber solid und werde bald mit dem Kläger Hochzeit feiern«. Der Richter spricht den Gastwirt frei. Dieser habe den Kläger überhaupt nicht und die Klägerin deshalb nicht beleidigt, weil er sie »nur von ihrem früheren ›Beruf‹ her kannte und bei dem in diskreter Form an seinen Kellner erteilten Auftrag nicht von der Absicht, die Klägerin zu beleidigen, geleitet war«. Das Wort »Beruf« steht in sämtlichen Gerichtssaalberichten in Anführungszeichen. Ich kann mir den Ton vorstellen, in dem dieser Richter es gesprochen hat. Ich kenne ihn von seinem gegenwärtigen Beruf.

* * *

Das ›Extrablatt‹ ist bekanntlich das Organ für Raubmörder und verwandte Berufe, warnt aber eindringlich vor der Kuppelei. Seit seinem Erfolg im Prozeß Riehl versäumt es keine Gelegenheit, die Wiener Einbrecher, die die Polizei nicht finden kann, weil die Abonnentenliste des ›Extrablatts‹ geheimgehalten wird, mit der Enthüllung zu überraschen, daß in einem Bordell außerehelicher Beischlaf getrieben wurde. Das ›Extrablatt‹ schützt die Interessen der Familie gegen den Mädchenhandel. Da es sich aber allzu hastig auf jede Affäre stürzt, in der es sich um die Verschleppung eines Bürgermädchens in ein Freudenhaus handeln könnte, so passiert ihm manchmal etwas Menschliches. Von stofflicher Witterung gelockt, hatte es sich neulich wieder eines Falles bemächtigt, der die sentimentale Kontrastierung des Lotterlebens in einem »verrufenen Hause« mit der Gesellschaftsordnung, der zwei Mädchenblüten entpflückt wurden, zu ermöglichen schien. Aber siehe da, zum Schlusse des Artikels stellte sich heraus, daß die »Madame Rosa« alle Mühe gehabt hat, die Mädchen, die bei ihr vorgesprochen hatten, der Familie wiederzugeben, und daß die Tante es war, die auf deren Eintritt in das berüchtigte Haus den denkbar größten Wert legte. Die Hoffnungen der Tante haben sich leider nicht erfüllt. »Eine ältere Dame empfing uns«, erzählte eines der von der Madame Rosa geretteten Mädchen, »und führte uns durch zahlreiche Zimmer und schließlich in einen Salon, in welchem ein großer Tisch gedeckt war. Wir speisten in Gesellschaft von etwa fünfundzwanzig Mädchen, die sich in dem Hause befanden. Bei Tisch ging es ziemlich laut her und es wurde ein sehr triviales Gespräch geführt. Ich hatte bald das Gefühl, daß wir an einen schlechten Ort geraten waren. Als das Diner zu Ende war, befragte ich die ältliche Dame, welche das Regime zu führen schien, über die Beschaffenheit dieses Hauses. Es wurde mir eine aufrichtige Antwort zuteil; die Dame sagte sogar, daß sie uns, wenn wir keine Dokumente haben, auch nicht im Hause behalten könne. Ich erfaßte diese Gelegenheit und sagte, daß wir über keinerlei Schriften verfügen, man möge uns daher entlassen. Meine Bitte um Entlassung wurde sofort erfüllt und alsbald befand ich mich mit meiner Freundin wieder auf der Straße. Wir waren froh, so leicht wieder entkommen zu sein.« Der Verein zur Bekämpfung des Mädchenhandels wird sich aller Voraussicht nach diese Konkurrenz einer Bordellinhaberin nicht gefallen lassen. Aber man glaubt gar nicht, welche Mühe es oft dem Mädchenhandel kostet, ein Opfer der Familie auf den rechten Weg zu bringen. Die Familie stellt sich die Ergreifung der Karriere einer Prostituierten in den meisten Fällen viel zu leicht vor. Wie kann man nur ein junges Mädchen ohne jedes Dokument nach Wien zur Madame Rosa schicken! Gäb's keine polizeilichen Lizenzen, so könnte ja eine jede hergelaufene Familientochter hineinkommen und die Madame Rosa wüßte nicht, wie sie die Würdigen berücksichtigen sollte... Das ›Extrablatt‹ aber pries in entrüstetem Ton das Walten einer Bordellinhaberin, die da verhindert, daß sich die jungen Mädchen in hellen Haufen der Prostitution ergeben.

* *
*

Paris	Wien.
»(Der entrüstete Polizist.) Um 6 Uhr abends wird auf dem Boulevard Haußmann eine Dame von einem Herrn verfolgt. Sie dreht sich um und ruft: ›Sie sind ein ganz unverschämter Mensch!‹ Das erregt die Aufmerksamkeit der Vorübergehenden, man bleibt stehen und gleich nähert sich ein Polizist. Die Dame erklärt dem Manne des Gesetzes den Grund ihrer Erregung, während der Zudringliche sich verteidigt: ›Ich habe die gnädige Frau nie im Leben beleidigt, sondern ihr nur hundert Francs angeboten...‹ Der Polizist ruft erstaunt: ›Hundert Francs!‹ und wendet sich dann entrüstet zu der Dame: ›Hundert Francs hat der Herr Ihnen angeboten und dann beschweren Sie sich noch? Ich glaube, Sie wollen sich über die Polizei lustig machen...‹ Sagte es und ging in ehrlichem Zorn von dannen.«	»(Der entrüstete Polizist.) Die Hilfsarbeiterin Karoline W. sprach kürzlich abends auf der Straße einen Sicherheitswachmann an und machte ihm einen galanten Antrag. Sie nannte ihm, gleichsam um sein Gewissen zu beruhigen, zwei andere Wachleute, zu denen sie ebenfalls in zarten Beziehungen gestanden sei. Der Hüter des Gesetzes fühlte sich aber durch die Zumutung beleidigt und arretierte das Mädchen. Gestern war die W. vor dem Bezirksgerichte Landstraße wegen Wachebeleidigung angeklagt. Sie beteuerte, jeder Gedanke an eine Beleidigung sei ihr ferne gewesen; sie habe die ehrlichsten Absichten gehabt. Der Richter sprach die Angeklagte frei, da in dem inkriminierten Antrage eine Wachebeleidigung nicht erblickt werden könne.«

*   *
*

»Vor dem Richter des siebenten Bezirkes erscheint als Häftling eine hübsche, siebzehnjährige Brünette, Albine N., Kaffeehauskassierin, unter der Anklage des nicht tolerierten Lasters nach § 5 unseres Vagabundengesetzes. Sie promenierte, da sie postenlos war, in der Mariahilferstraße, da stieg ihr ein gutgekleideter Herr nach, der sie ansprach und zu einem Tête-à-tête einlud. Der Herr stellte ihr ein Präsent von acht Kronen in Aussicht, wenn sie ihm folge; er wohne im Hotel. Das leichtsinnige Mädchen ging auf seinen Vorschlag ein, folgte ihm in ein Haus

– es war aber kein Hotel, sondern das Polizei-Kommissariat. Jetzt erst entpuppte sich der Kavalier als Detektive... Der Richter verurteilte die Angeklagte zu einer Woche strengen Arrests.« Den Richter hat man. Er heißt Höfner. Von dem Detektiv fehlt jede Spur. Im Reklamerausch des Tarnowska-Rummels hat es die Presse unterlassen, diese wahre Großtat der Wiener Kriminalistik herauszustreichen. Und dennoch ist die kleine Notiz, die sie verkündet, ein Dokument, das brennpunktartig die ganze Schäbigkeit dieser miserablen Epoche zusammenfaßt. So ziemlich das Scheußlichste, was ich als Revisor der sittlichen Justizschande seit Jahren beobachtet habe.

*   *
*

Ach, unsere Justiz ist noch immer nicht entjungfert. Sie läßt sich und läßt sich nun einmal nicht ihre Ahnungslosigkeit rauben. Sie wird alt und älter, und die Frage wird immer dringender: Wie sage ich's ihr? Wie bringe ich ihr das Geheimnis jener Zeugung bei, die im allerchristlichsten Zeitalter ausnahmslos zur Schande oder zum Schaden gereicht und deren sich zu entschlagen trotzdem ein eigener Paragraph verbietet! »Frühlings Erwachen« spielt sich auf dem Heuboden, aber nicht in der Ratskammer ab. Dennoch wird mir nichts übrig bleiben, als den Talaren unserer Richter »gelegentlich eine Handbreit Volant unten anzusetzen«.

ANHANG

ENTSTEHUNG UND ÜBERLIEFERUNG

Nach der im Erscheinungsgang seiner Zeitschrift üblichen Sommerpause, die ihn erstmals nach Italien geführt hat, eröffnet Kraus die *Fackel* vom 17. Oktober 1905 mit dem ebenso persönlichen wie prinzipiellen Aufsatz *Bekenntnisse*. Die ersten Sätze lauten (F 185, 1):*

> Nun ist der moralische Niedergang der ›Fackel‹ eine Tatsache, die sich nicht mehr verschleiern läßt. Bald wird er reif sein, von energischer Hand »aufgedeckt« zu werden... Aufdecken! Das tapfere Wort pocht an die Tür, die mein besseres Selbst verschließt, rührt an die Seligkeiten verrauchten Sittenzornes, beschwört die Zeiten, da ich auf diesen Blättern noch, bis es Hörer und Sänger erschöpfte, das Lied vom braven Mann sang. Dann begann ich um die schlimme Frau zu werben, und mein Kampfesmut nahm eine bedenklich ästhetische Wendung.

Diese »Wendung« läßt sich mit einiger Genauigkeit datieren: auf das Erscheinen des Aufsatzes *Sittlichkeit und Criminalität* in der *Fackel* vom 17. September 1902. Es ist das zugleich die erste eigene Arbeit, die Kraus wenig später auch als »Sonderabdruck« veröffentlicht. In den folgenden Jahren erscheinen dann in der *Fackel* (und gutenteils gleichfalls als Broschüren) allerlei weitere Schriften zum selben Thema: Abhandlungen über Probleme der Gesetzgebung und der Rechtsprechung zumal auf dem Feld der Sexualjustiz. Und es sind wohl besonders diese schon dem Umfang nach hervorstechenden Schriften gewesen, die einem Mitarbeiter der *Fackel*, Otto Stoessl, Ende 1904 den Vorschlag eingegeben haben, Kraus möge seine »wichtigsten Arbeiten in einem Buche sammeln« (Brief vom 13. 12. 1904; vgl. – mit irriger Datierung – Sophie Schick 1977, 12). Aber erst gut zwei Jahre später, nachdem auch andere sich im gleichen Sinn geäußert haben, ist Kraus der Anregung gefolgt – und hat in der *Fackel* vom 22. Februar 1907 diese Annonce erscheinen lassen (F 219-220, U 2; wiederholt F 221, U 2):

---

* Zitate aus der *Fackel* werden in der Form »F 351-353, 77« nachgewiesen. Über Jahr und Jahrgang des Erscheinens kann man sich anhand der Tabelle 2 in Friedrich Jenaczeks *Zeittafeln zur »Fackel«* (München 1965) unterrichten. Abgekürzt zitierte Literatur (»Schick 1965«, »Kerry«) findet sich mit vollständigen Titeln (wenn nicht im Literaturverzeichnis des vorliegenden Bandes) bei Sigurd Paul Scheichl (*Kommentierte Auswahlbibliographie zu Karl Kraus*. München 1975) sowie bei Jens Malte Fischer (*Karl Kraus*. Stuttgart 1974) aufgeführt. Die letzte Ziffer bezeichnet immer die Seitenzahl.

> Ich beabsichtige, durch oft vernommene Leserwünsche angeregt, die Herausgabe einer Sammlung meiner Artikel. Sie soll – wahrscheinlich in zwei Bänden, deren einer literarische und sozialkritische Essays und Satiren, deren zweiter die dem Gebiet »Sittlichkeit und Kriminalität« entstammenden Betrachtungen bringen wird – in etwa zwei Monaten erscheinen. Ich bin nicht in der Lage, das Manuskript druckfertig zu stellen, ehe ich der Bereitwilligkeit eines Verlegers sicher bin, und will auf keinem andern als diesem Wege einen mir passenden Verlag suchen. Ich sehe Anträgen entgegen. Für den Fall aber, daß ich mich nach deren Prüfung zur Herausgabe des Werkes im Selbstverlag entschließen sollte, suche ich schon jetzt auch einen im Vertrieb ähnlicher Bücher gewandten Kommissionshändler.

Zur selben Zeit wurde Karl Hauer, den Kraus in diesen Jahren auch sonst zu fördern suchte, gegen ein entsprechendes Honorar mit der Sichtung und Ordnung des Materials für die beiden Essaybände betraut. Im Juli 1907 ging Kraus während eines Urlaubs auf Norderney die für den zweiten Band vorbereiteten Papiere durch und dürfte die abschließenden Arbeiten daran dann bis zum Jahresende ausgeführt haben. Bereits im Oktober 1907 bekamen die Leser der *Fackel* mitgeteilt (F 232-233, 44):

> Die Arbeit, die in den neun Jahren hier begraben ist, bringe ich bald vor den Augen der deutschen Literaturkritik zur Auferstehung.

Im November 1907 erschien auf der letzten Umschlagseite von *Maximilian Harden. Eine Erledigung* im Sonderabdruck aus der *Fackel* (F 234-235) diese Anzeige:

Im Druck befindet sich

Karl Kraus, Angriffe.

I. Kultur und Presse

2 Teile à K 4.– = M. 3.50.

II. Sittlichkeit und Kriminalität

K 7.20 = M. 6.–.

Bestellungen auf die im Verlag C. W. Stern (Buchhandlung Leopold Rosner) Wien u. Leipzig erscheinenden Werke nimmt jede Buchhandlung entgegen.

Noch immer also sollte als I. Band die Sammlung »literarischer und sozialkritischer Essays und Satiren« (nunmehr in zwei Teilen) erscheinen. Aber daraus ist trotz mancher Vorarbeiten auch später nichts geworden; und schon um die Jahreswende hat sich Kraus entschlossen, die Reihe seiner *Ausgewählten Schriften* mit dem bereits fertiggestellten

Ich bestelle per Nachnahme

KARL KRAUS,	**Sittlichkeit und Kriminalität,** I. Bd.						
	brosch.	K	7.20	=	Mk.	6.—	
	Ganzleinen	„	8.70	=	„	7.25	
„ „	**Kultur und Presse,** II. Bd., 2 Teile						Erscheint in einigen Wochen
	brosch.	K	4.—	=	Mk.	3.50	
	Ganzleinen	„	5.50	=	„	4.75	
Beide Teile in einem Band	brosch.	„	7.20	=	„	6.—	
	Ganzleinen	„	8.70	=	„	7.25	

Name: ....

Genaue Adresse: ....

Jeder Band bezw. Teil kann einzeln bestellt werden.

Band *Sittlichkeit und Kriminalität* zu eröffnen. (Der zeitweilig dafür vorgesehene Titel *Eros und Themis* war ebenso wie der Reihentitel *Angriffe* inzwischen wieder fallengelassen worden.) Eine ausführliche Selbstanzeige (nebst Bestellkarte) findet sich dann in der *Fackel* vom 17. Februar 1908 (F 244, 23 f.):

> In diesen Tagen erscheint der erste Band der Ausgewählten Schriften von Karl Kraus: »Sittlichkeit und Kriminalität«, im Verlag der Buchhandlung L. Rosner, Wien und Leipzig, und in rascher Folge wird sich der zweite Band (in zwei Teilen): »Kultur und Presse« anschließen.
>
> Dieses Sammelwerk, das in den folgenden Jahren seine Fortsetzung finden wird, bedeutet nicht etwa eine mechanische Aneinanderreihung in der ›Fackel‹ erschienener Aufsätze des Autors, sondern stellt sich als eine Leistung dar, die in der vollständigen Umarbeitung fast jeder Zeile, in der Konservierung und Gruppierung all dessen, was aus der Umklammerung des Tagesinteresses als bleibender Wert gerettet werden konnte, einer völlig neuen Arbeit gleichkommt. Auf sie hat der Autor und Herausgeber – für jeden, der ihm etwas der Art zuerkennt – nicht weniger Kraft und Kunst verwendet, als wenn er die tausend Seiten, die sie vorläufig umfassen wird, aus neuen Anregungen neu zu schaffen gehabt hätte. Erst in dieser Form wird die Leistung, die in neun Jahrgängen der ›Fackel‹ geborgen und unter dem Schweigen der Maßgebenden und dem schmerzlicheren Zuspruch eines grob gegenständlichen Interesses begraben war, zu neuem Leben und zu ihrer eigentlichen Würdigung gelangen. Diese Ausgabe ist für jeden bestimmt, der sich einen Freund der ›Fackel‹ nennt und nach ihren Heften nicht in jener stofflichen Spannung gegriffen hat, auf die der Herausgeber nicht nur verzichtet, sondern um deren willen er auch auf einen Leser verzichtet.
>
> Zur Bestellung dieser Gesamtausgabe wird aufgefordert, wer so viel innere Teilnahme für die Ziele der ›Fackel‹ hat und so viel literarisches Verständnis für ihre Mittel, daß er das Werk in jener letzten Fassung nicht missen möchte, von der der Autor glaubt, daß sie sein Wollen und Können erst vorstelle. Sie bedeutet den Rahmen, in dem das satirische Zeitbild ethischer und vor allem geistiger Korruption den Kenner der ›Fackel‹ erst ansprechen, und den andern auch ohne die geringste Voraussetzung stofflichen Miterlebens fesseln wird.

Tatsächlich kam *Sittlichkeit und Kriminalität* im Februar 1908 in erster und im März 1908 in zweiter (Titel-)Auflage, zu je 1000 Exemplaren, im Wiener »Verlag der Buchhandlung L. Rosner« heraus. In dieser (später vom »Verlag der Schriften von Karl Kraus« übernommenen) Auflage blieb das Buch bis 1919 lieferbar. Eine dritte und letzte Auflage, mit dem 3. bis 7. Tausend, die dann bis 1936 erhältlich war, erschien nach längerer Vorbereitung, aber mit unverändertem Text, am 26. November 1923 im eigenen »Verlag ›Die Fackel‹«. Die »kleinen Korrekturen«, von denen Kraus in der neugefaßten Vorbemerkung spricht, betreffen außer der Typographie der Aufsatztitel und der Orthographie einiger Wörter (»Geberde« → »Gebärde«) vor allem den Zeilenumbruch des übernommenen Stehsatzes – wobei es Kraus offenbar darum gegangen ist, die Anzahl der Wort-Trennungen (und zwar nicht bloß bei Seitenwechsel und in irreleitenden Fällen wie »hoffentlich« und »Vor-dertrakt«) erheblich zu vermindern. Bisweilen dient der neue Umbruch auch der typographischen Hervorhebung stilistischer Korrespondenzen.

Über die Gründe, aus denen Kraus sein erstes Buch (sowie im selben Jahr die Einzelausgabe von *Maximilian Harden. Ein Nachruf* aus F 242-243) dem Inhaber der Buchhandlung L. Rosner, C. W. Stern, zum Verlag überlassen hat, ist Näheres nicht bekannt.[1] Stern war bereits um diese Zeit als Verleger pornographischer Schriften verschrieen und mußte sich noch 1908 überdies wegen Verletzung des Urheberrechts vor Gericht verantworten (vgl. Hall 1983, 12-15). Um so lieber wird Karl Kraus die Fortsetzung seiner *Ausgewählten Schriften* (*Sprüche und Widersprüche*, 1909; *Die chinesische Mauer*, 1910; *Pro domo et mundo*, 1912) dem Münchner Verlagshaus Albert Langen, dem er seit Anfang 1908 schon als Mitarbeiter am *Simplicissimus* und am *März* verbunden war, übertragen haben.

*

An »Auswahl, Komposition und Korrektur« des Bandes war neben Karl Hauer vor allem Ludwig Ritter von Janikowski »in hohem Maße beteiligt. Seine Hingabe ging so weit, daß er, der am Tage als hoher Beamter in einem Ministerium arbeitete, zeitweise die Nächte bei Kraus verbrachte, um die Korrekturen zu lesen« (Paul Schick 1965, 57). Ihm hat Kraus die Ausgabe von 1908, seinem Andenken die von 1923 gewidmet. Ein Nachruf auf den 1911 Verstorbenen ist in der *Fak-*

kel (F 331-332, 64; später übernommen in *Literatur und Lüge*) erschienen:

Den Freunden dieser Zeitschrift wird gemeldet, daß ihr bester Freund, mein lieber

Ludwig Ritter von Janikowski

Doktor juris und Inspektor im Eisenbahnministerium

geboren am 24. Juli 1868 in Krakau, am 18. Juli 1911 in einem Sanatorium bei Warschau gestorben und am 23. September in Krakau feierlich beerdigt worden ist.

Unsern geistigen Bund, der von 1904 bis zu seiner tödlichen Erkrankung im Jahre 1909 dauerte, überlebt meine Dankbarkeit. Dieser tief geistige und tief gütige Mensch, den keine Lebensplage um den inneren Reichtum betrügen konnte, war nicht Schriftsteller, stand aber künstlerischen Dingen in einem so wahren und erhabenen Sinne nah, daß nur ein schöpferischer Zufall an ihm den Künstler versäumt zu haben schien. Mit seinem Feuer und seiner Liebe umfing er mein Werk, in welchem er als erster die geistige Perspektive jener Geringfügigkeiten erkannte, die die Blindheit für den Inhalt nimmt. Seine Erkenntnis war mir Bestätigung, seine Bestätigung mitschaffende Tat. Er hat, der im deutschen Sprachgeist hundert deutschen Schreibern überlegene Nichtdeutsche, an und mit mir den Geist erlebt und die Sprache, und meine Leistung wuchs an seiner Begeisterung. Er hat um die Kunst gewußt und um die Opfer, die ihre Eitelkeit kostet. Ich habe ihm »Sittlichkeit und Kriminalität« gewidmet, das Buch, an dessen Feilung er beteiligt war wie an der Herausgabe der »Sprüche und Widersprüche«, für deren Mitkorrektur ich ihm hier gedankt habe.

Solange ein Leben dauert, seinen Verlust zu beklagen, wird es ein unendlicher Jammer sein, daß dieser von Geist und Güte erschaffene Mensch nicht mehr leben darf. Aber sein Verlust ist nicht schmerzlicher als die Erhaltung der Vielen, die niedrig sind und doch einem unerforschlichen Ratschluß zufolge am Leben. Und der bessere Trost: Seine Seele, befreit von der Gemeinschaft des eigenen leidvollen Körpers und erlöst von der Gemeinschaft der überlebenden Leiber zu nichts nütze als zum Leben: seine große Seele ist zu sich gekommen.

Karl Kraus

Der Erstausgabe hat Kraus diese Bemerkung vorangestellt:

Über die Entstehung der in diesem Band vereinigten Schriften, die in ihrer ursprünglichen Form in den Jahrgängen 1902 bis 1907 der Wiener Zeitschrift »Die Fackel« erschienen sind, gibt das Vorwort zu dem »Kultur und Presse« betitelten II. Band der Ausgewählten Schriften genaueren Aufschluß. Es erklärt eine Komposition, die zwischen dem Vermeiden von Wiederholungen und der betonten Wiederholung bestimmter Grundmotive die Artikelreihe zu einem Bekenntnisbuch erwachsen ließ.

Mit dem Werk *Kultur und Presse* ist freilich auch dieses »Vorwort« unveröffentlicht geblieben. Über die »Komposition«, die es begründen sollte, ist hier nur das Folgende zu sagen. Neben der anders gearteten Ausnahme von *Weltgericht,* der Sammlung seiner Kriegsaufsätze (1919), ist *Sittlichkeit und Kriminalität* von allen Essaybänden, die Karl Kraus veröffentlicht hat, der einzige, der die Aufsätze (sowie die am Schluß zusammengefaßten »Notizen«) im wesentlichen nach der Zeitfolge ihres ersten Erscheinens ordnet. Nur hin und wieder finden sich thematisch zusammengehörige Schriften (wie die zum Prozeß Beer) in ununterbrochener Reihe mitgeteilt. Seinen Grund hat dieses Verfahren sicherlich darin, daß die zum Thema »Sittlichkeit und Kriminalität« in der *Fackel* der Jahre 1902 bis 1907 erschienenen Aufsätze – anders als die wenig später in Kraus' zweitem Essayband *Die chinesische Mauer* gesammelten Satiren kulturkritischen Charakters aus den Jahren 1907 bis 1910 – noch weithin dem Tagesgeschehen verpflichtet sind und sich nur in Einzelfällen (wie im Titelaufsatz und einem Stück wie *Das Gericht*) zu sei's prinzipieller, sei's exemplarischer Allgemeinheit erheben. Weil darum spätere Aufsätze nicht selten auf frühere Bezug nehmen, ist eine andere als chronologische Anordnung mindestens erschwert. Den Anfang macht mit *Sittlichkeit und Kriminalität* das (ausgenommen nur die erste der *Notizen*) älteste Stück und den Schluß mit *Perversität* das jüngste. Freier ist Kraus bei der Zusammenstellung des

Artikels *Gerichtspsychiatrie* sowie der letzten *Notizen* verfahren – wo jeweils statt des jüngsten ein älteres Stück am betonten Ende steht.

Was die Auswahl anbelangt, die Kraus aus dem Material der *Fackel* für diesen Band getroffen hat, so ist vorweg zu bemerken, daß sie von den größeren Schriften, die auch separat als Broschüren erschienen sind, nur die letzte nicht enthält: die später in die *Chinesische Mauer* übernommene und den Themenkreis von *Sittlichkeit und Kriminalität* allerdings überschreitende Abrechnung mit Maximilian Harden (*Maximilian Harden. Eine Erledigung* aus F 234-235). Hinzu kamen allerlei kürzere Arbeiten aus diesem Bereich – sowie eine Vielzahl kleiner und kleinster Stücke, die in der *Fackel* größtenteils unter den (oftmals fingierten) *Antworten des Herausgebers* zu finden waren. Außer den *Notizen* am Schluß des Bandes greifen vor allem die mehrteiligen Artikel (wie *Rund um den Schandlohn*) auf dieses Arsenal zurück.

Wie sauer sich Kraus nicht bloß Auswahl und Anordnung, sondern auch die stilistische Revision noch der jüngsten Arbeiten hat werden lassen, das kann sowohl anhand der im Kraus-Archiv der Wiener Stadt- und Landesbibliothek erhaltenen Materialien wie auch im Wege des Vergleichs zwischen den Fassungen des Buches mit denen im Erstdruck der *Fackel* ermessen werden. Nur wenige Stücke sind unverändert geblieben; in den meisten Fällen hat Kraus überdies die Titel neu gefaßt. Wenngleich auch die späteren Essaybände keineswegs bloß einen Wiederabdruck der darin zusammengestellten Aufsätze bieten, ist doch in keinem dieser Fälle die Umarbeitung so tiefgreifend und weitreichend verlaufen wie bei *Sittlichkeit und Kriminalität* – was sich natürlich leicht aus dem Umstand erklärt, daß die nur hier in größerer Anzahl erscheinenden Schriften aus den Jahren 1902 bis 1907 noch nicht durchweg den höheren Ansprüchen genügen konnten, die Kraus erst im Gefolge der »ästhetischen Wendung« zu erheben und zu erfüllen gelernt hat.

Mit dem Erscheinen des Buches hat Kraus das Interesse an dessen Problemstellung keineswegs aufgegeben. Sein zweiter Essayband, *Die chinesische Mauer*, führt in allerlei Stücken die Auseinandersetzung fort – nun freilich in kulturkritischer Perspektive und weniger in polemischer als in satirischer Gestaltung. Ausdrücklich erinnert das zweite Buch an das erste in der »Anrede an den Staat« am Beginn des einleitenden *Prozeß Veith*, wo es heißt (S 2, 10 f.):

> Wie habe ich dir mit einem Buch auf den Schädel geschlagen, daß ich hoffte, die Unvereinbarkeit von Sittlichkeit und Kriminalität

werde dir aufgehen, ohne daß dir aus der Lektüre ein innerer Schaden entstände.

In den zwanziger und dreißiger Jahren der *Fackel* spielt das Thema zwar eine nachgeordnete Rolle; seine leider unveränderte Virulenz tritt aber auch in allerlei Schriften aus dieser Zeit, und nicht selten im Zeichen desselben Titels, immer wieder hervor (*Bekessys Sendung*, *Für Hildegard Scheller*, *Dritte Walpurgisnacht* und andere mehr). Noch im letzten Heft der *Fackel* liegen einige Glossen (F 917-922, 89-90) auf der von *Sittlichkeit und Kriminalität* Jahrzehnte früher gebahnten Spur.

*

In die zwei Jahre nach *Sittlichkeit und Kriminalität* eröffnete Reihe seiner Vorlesungen hat Kraus (mit einer Ausnahme) keine von den Schriften dieses Buches aufgenommen. Zwar hat er auch in seinen Vorlesungen (wenngleich zum Teil nur im Rahmen des behördlich Erlaubten)[2] Fragen der Sexualmoral und der Sexualjustiz oftmals zur Sprache gebracht; dabei aber konnte er schon unter seinen jüngeren Schriften hinreichend viele finden, die diesem Zweck sachlich ebensogut und sprachlich noch besser genügten als die Aufsätze seines ersten Buchs – besonders die des zweiten, der *Chinesischen Mauer*, von denen vor allem *Das Ehrenkreuz* zu vielfach wiederholten Malen vorgetragen worden ist. Aber auch das *Sittlichkeit und Kriminalität* noch am nächsten stehende Stück der *Chinesischen Mauer*, *Prozeß Veith*, ist wenigstens einmal, und an exponierter Stelle, zum Vortrag gelangt: als Mittelstück der 300. Vorlesung vom 17. April 1924, mit einem »Vorwort«, das auf die »furchtbare Aktualität« dieser bereits 1908 entstandenen Betrachtung verweist (F 649-656, 81 f.):

> Nach den sensationellen behördlichen Ausschweifungen dieser Saison und nachdem es bis zum Erbrechen klargestellt ist, daß sich die unwahrscheinlichste und österreichischeste Einrichtung dieses Staates, jene Sittenpolizei, die jeglicher Unsittlichkeit Herr werden kann, nur nicht derjenigen, die von ihr selbst ausgeht – daß sie sich also aus der Monarchie wohlbehalten in die Republik gerettet hat und wahrscheinlich noch im Zukunftsstaat ihr Auskommen finden wird – da es ja keine politische Revolution geben kann, die den Bestrebungen des erotischen Spießbürgertums ernstlich nahetreten möchte –: rebus sic stantibus ist es an der Zeit, die vor 16 Jahren

entstandene Betrachtung zum Prozeß Veith darzubieten. Man wird an ihr eine furchtbare Aktualität wahrnehmen, und erkennen, daß sich in diesem Hausmeisterstaat, mag er auch die Hausmacht verloren haben und noch so parterre sein, in Dingen der Menschlichkeit und also jener Amtlichkeit, die außerhalb ihrer waltet, nichts verändert hat, und wenngleich es mit den viribus unitis dieser Staatspotenz nichts mehr auf sich hat, so kann man doch sagen, daß ut desint vires, tamen est laudanda voluntas und daß diese vor der Welt so fragwürdige Autorität noch immer gegen die Chambres separées eine starke Hand bewährt. Man wird aber auch sehen, daß aus dem Arsenal, das ich ehedem gegen sie errichtet habe – in jener Zeit, da ich meine Razzien gegen die Sittenpolizei durchführte –, heute sämtliche Waffen jener libertinischen Publizistik bezogen sind, die mir ein nicht minderes Greuel ist als der Lebenshaß einer naturwidrigen Polizeimoral.

Genau fünf Jahre später, am 29. April 1929, dem Tag nach seinem 55. Geburtstag, hat Kraus seine 500. Vorlesung nach einem Baudelaire-Zitat mit einer »Reihe von Glossen der Vorkriegszeit« eröffnet und an deren Anfang Stücke aus *Nulla dies*..., dem vorletzten Aufsatz von *Sittlichkeit und Kriminalität*, gestellt. Der Glossen-Reihe war ein »Vorwort«, den Auszügen aus *Nulla dies*... eine »Vorbemerkung« beigefügt (F 811-819, 36f.):

Die folgende Reihe von Glossen der Vorkriegszeit diene der Anschauung, daß sich das Gesicht der bürgerlichen Welt, geschaut und geschaffen im Spiegel ihrer Presse, um keine Runzel geändert hat. Nur verhundertfacht demonstriert es nun die Hohnfalte seines schmählichen Triumphs über alle Nachkriegshoffnung und zu dem großen Volksbetrug, der sich Freiheit nennt. Einbezogen in das Gesicht ist die Fratze der Betrüger, die das Leid der Menschheit an die Kompagnie von Profit und Phrase verkauft haben, verraten haben an die unversehrte Ordnung, in der der »Idealbesitz der Mißgestalten« beruht. Meine Hoffnung, daß diese alten Satiren, welche die Äußerungen eines ruchlosen Lebens getreu begleitet hatten, veraltet wären, ist kläglich zusammengebrochen: sie erschreckten mich, als ich sie nach Jahrzehnten wieder las, durch ihre Aktualität. Vorwort zum Untergang waren sie immer; Gott sei's geklagt, sind sie es noch heute, denn der Untergang hat Entwicklung. Nichts liegt dazwischen als der Mord der Millionen, nichts trat dazu als das größere

Unheil, daß die Überlebenden ihn vergessen haben. Denn nichts haben sie im Sinn als, bis zum künftigen Weltmord – dem mit noch größerer Technik und noch geringerer Phantasie gründlicheren – den Parasiten, Betrügern und Würdenträgern zu opfern: Freiheit und Ehre, die Sprache und das Leben selbst, Gut und Blut – wie immer die Kujone heißen, die da Macht haben, von oben zu drücken und zu drucken.

Anstatt der Glosse ›Vom Lynchen und Boxen‹ lese ich aus dem Aufsatz ›Nulla dies...‹ (Mai 1907), für den ich wegen Aufwiegelung gegen die Staatsgewalt in Untersuchung gezogen wurde. Die Staatsgewalt überlegte sich's jedoch. Da es aber so ziemlich das einzige war, was sie sich seit damals überlegt hat, so möchte ich noch heute aufwiegeln.[3]

*

Wiederum Jahrzehnte später haben Heinrich Fischer und Theodor W. Adorno, bei Gelegenheit der Neuausgabe von 1963, die fortwährende Aktualität gerade dieses Buches von Karl Kraus mit treffenden Argumenten und schlagenden Exempeln belegt. Von solchem Urteil wird auch heute, trotz oder wegen der Entwicklung, die die »libertinische Publizistik« inzwischen genommen hat, nicht mehr als ein Jota zurückzunehmen sein.

---

1 Leopold Rosner, der Vater von Kraus' Schulfreund Karl Rosner, war schon 1889 aus dem Verlag ausgeschieden und 1903 verstorben.

2 So sind beispielsweise für die Innsbrucker Vorlesung vom 4. 1. 1912 (V 19) mehrere Stücke aus der *Chinesischen Mauer*, darunter *Prozeß Veith* und *Das Ehrenkreuz*, von der zuständigen Zensurbehörde nicht für den Vortrag freigegeben worden. (Ludwig von Ficker an den Verlag der *Fackel*, 23. 12. 1911; *Briefwechsel* 1, 73.)

3 Aus einem undatierten Manuskript, das sich im Kraus-Archiv erhalten hat, geht hervor, daß es die »ersten 29 Zeilen dieses Artikels« waren, die »das Interesse des Staatsanwalts geweckt« haben. (»Er glaubte, daß darin die Delikte der Amtsehrenbeleidigung und ›Aufwiegelung‹ begangen seien.«) Also hat Kraus am 29. April 1929 wohl jedenfalls den ersten Teil des dreiteiligen Aufsatzes vorgelesen.

Die jüngste Arbeit, die Kraus noch in das Anfang 1908 erschienene Buch übernommen hat, war der Aufsatz *Perversität* aus der *Fackel* vom Dezember 1907. Aber natürlich war mit dem Erscheinen des Buches sein Interesse an dieser Sphäre keineswegs erlahmt – so daß er bei späterem Redaktionsschluß sowohl die Essays wie vor allem die Notizen noch um allerlei Stücke hätte ergänzen können. Von diesen sollen hier nur drei besonders aufschlußreiche »Glossen« aus den Jahren 1908 bis 1911 mitgeteilt werden.

Die im Mai 1908 erschienene Glosse zum Fall Veith (F 253, 21 f.) gehört einerseits noch ganz zum Themenkreis von *Sittlichkeit und Kriminalität*, weist andererseits aber schon voraus auf die satirische Abhandlung *Prozeß Veith*, die zwei Jahre später das zweite Essaybuch, *Die chinesische Mauer*, eröffnen wird:

> Ein verkrachter Offizier ist der Zuhälter seiner Tochter geworden. Das heißt: er legt ihr kein Hindernis in den Weg, wenn sie den Beruf ergreift und ausübt, zu dem sie eine innere Bestimmung fühlt, und da sie ihn liebt, wie nur ein Kind den Vater lieben kann, so schafft sie dem Erwerbsunfähigen ein sorgenfreies Alter. Das Seelenheil beider dürfte dadurch erheblich gefährdet sein, aber das ist wohl eine Angelegenheit, die nur die beiden allein angeht. Auch die Familienkuppelei, die das Gesetz schwerer straft, ist eine Angelegenheit des Privat- und Familienlebens. Vater und Tochter haben sich unter den fürchterlichen Seelenqualen, die die Prostitution und deren Duldung bereitet, andauernd wohl gefühlt, und alles wäre in schönster Ordnung gewesen, wenn nicht eines Tages, etwa nach sechs Jahren, die Polizei auf das »Treiben« aufmerksam geworden wäre. Die Folge war die Verhaftung des Vaters und der Selbstmord der Tochter, die an dem Vater zärtlich hing. Die Polizei hat also wie's im Bericht heißt, »diesem Großstadtskandal ein Ende gemacht«... Der Alte, der sich die Erlaubnis zu den Sexualhandlungen seiner Tochter abkaufen läßt, muß einem nicht leid tun; aber seine Lebenshaltung hat kein öffentliches Interesse geschädigt. Um das hübsche Mädchen ist schade. Solche Existenz ist wertvoller als die eines Polizeikommissärs, und wenn er wirklich so wichtig wäre, wie er sich macht. Weil aber im Totentanz der Sittlichkeit immer die Dummheit den Kotillon arrangiert, veröffentlicht die ›Neue Freie Presse‹ einen spaltenlangen Artikel über die Vorfahren des verhafteten Zuhälters mit interessanten Details über die Entwicklung der böhmi-

schen Baumwollindustrie, und versichert zum Schluß, das Mädchen sei hochanständig gewesen. Auf die Anfrage eines Mitarbeiters habe nämlich die Mutter bestätigt, daß ihrer Tochter Einladungen auf Einladungen zugekommen seien, »von denen sie viele nicht annahm«. Ihre Tochter habe »streng darauf gesehen, daß niemand in ihren Schreibtisch Einblick nahm. Besuche habe sie wenige empfangen«. Sie könne nicht glauben, daß ihre Tochter schlecht sei. Denn sie »sei stets mit ihrem Vater ausgegangen«... Einer unserer Mitarbeiter hatte also Gelegenheit, mit der Mutter zu sprechen. Aber die Gelegenheiten, die der Vater gemacht hat, waren erfreulicher.

Unter den in *Sittlichkeit und Kriminalität* behandelten Justizskandalen, auf die Karl Kraus auch später noch mehrfach zu sprechen gekommen ist, nimmt der Fall des Hofrats Johann Feigl gewiß die erste Stelle ein. Nachdem Kraus dem mehrteiligen Artikel *Ein Unhold* schon bei der Redaktion des Buches einen »Epilog« hinzugefügt hat, der der inzwischen erfolgten Rangserhöhung des Juristen Rechnung trug, ist die *Fackel* auch Feigls weiterer Karriere auf der Spur geblieben. Die fortwährende Betroffenheit bekundet außer allerlei anderen (in Öggs Register verzeichneten) Stellen vor allem diese Glosse aus dem Jahre 1909 (F 293, 29-31):

Über den zum Präsidenten des Straflandesgerichts Wien ernannten Hofrat Feigl schreibt das Neue Wiener Tagblatt:

...Präsident Dr. Feigl erfreut sich nicht nur in der Richterschaft, sondern auch im Anwaltstande durch sein humanes Empfinden und durch sein konziliantes und liebenswürdiges Wesen allgemeiner Sympathien....

Die ›Neue Freie Presse‹ glaubt an eine Entwicklung und schreibt:

...Er vermag kaustisch und ätzend zu sein wie nicht leicht ein Zweiter, aber, wie wir mit Vergnügen hinzufügen, auch menschlich schön zu fühlen und zu urteilen. Und gerade diese letztere Eigenschaft hat sich bei Hofrat Feigl immer mehr entwickelt, immer stärkere Sympathien für ihn hervorgerufen. Dem großen Zuge der modernen Kriminalistik, in die Tiefe des Menschenherzens zu blicken, den Verbrecher in seiner Eigenart aufzufassen, ihn, solange es möglich ist, vor völliger Verderbnis zu schützen, hat er sich in erster Reihe angeschlossen. Er ist gewissermaßen vor den Augen des Publikums zu immer größerer Höhe der Persönlichkeit gelangt durch seinen scharfen Blick, durch seine seltene Begabung und nicht zuletzt durch eine echte, unter Ernst und Ruhe verborgene Innerlichkeit. Mit unbefangener Erkenntnis lernte Hofrat Feigl aus den Irrtümern um sich herum und auch – welcher Richter wäre davor gefeit – aus eigenen Irrtümern, und es ist überraschend, wie er aus vielen Gegnern Freunde und Verehrer, ja auch Bewunderer geschaffen...

Eine Entwicklung pflegt zwischen dem zwanzigsten und vierzigsten Lebensjahre platzzugreifen; bei Herrn Hofrat Feigl, der ein Mann in den Sechzigern ist, trat sie knapp vor seiner Ernennung zum Präsidenten des Landesgerichts ein. In seinem schönsten Mannesalter blieb seine Innerlichkeit so tief unter Ernst und Ruhe verborgen, daß sich vor den Augen eines erwartungsvollen Publikums Jahrzehnte hiedurch nicht das Geringste zeigte. Deshalb war es auch in all der Zeit nicht möglich zu bemerken, wie sehr es ihm darum zu tun war, den Verbrecher – solange es möglich ist – vor völliger Verderbnis zu schützen. Wenn man nicht etwa die Strafen, die Herr Hofrat Feigl diktierte, als lebenslänglichen Schutz vor den Gefahren der Freiheit auffassen wollte. Das wurde aber mit einem Male ganz anders, und im Gegensatz zu den Preßstimmen, die mehr der Evolutionstheorie zuneigen, glaubt die ›Arbeiter-Zeitung‹, daß ein Wunder geschehen sei. Sie schreibt:

...Der neue Präsident ist ein Mann, der sich fast plötzlich völlig umgewandelt hat. In den letzten fünf Jahren war er der zum Richteramt tauglichste Mann im Landesgericht, war er der mildeste Richter, der gesittetste Vorsitzende. Früher und viele, viele Jahre hindurch war er anders. Da fällte Herr Dr. Feigl die allerstrengsten Urteile; da war er bissig, wie man es ärger nicht sein kann; da hatte er insbesondere in den Schwurgerichtsverhandlungen unerträgliche Gewohnheiten. Unvergessen ist es, daß unter seinem Vorsitz ein Mensch, der auf der Ringstraße einer Frau ein Handtäschchen entriß, zu lebenslangem Kerker verurteilt wurde. Das Urteil erregte das Entsetzen der ganzen Öffentlichkeit und wurde vom Oberlandesgericht dahin abgeändert, daß die Strafe für den Taschenraub auf »nur« zwölf Jahre herabgesetzt wurde. Kurz darauf ging in Dr. Feigl die große Wandlung vor sich und die Art, wie er in den letzten Jahren die Verhandlungen leitete, die Straftaten beurteilte und die Strafen ausmaß, könnte allen Richtern, die jetzt im Strafgericht fungieren, als Beispiel dienen...

Welches Verdienst die ›Fackel‹ um die Entwicklung des Hofrats Feigl hat, die man also auch eine wunderbare Verwandlung nennen könnte, ist gerichtsbekannt. Im März 1904 erschien der Artikel »Ein Unhold«, der heute in dem Buch »Sittlichkeit und Kriminalität« wie eine Reliquie des Grausens wirkt und nicht anders als ein Dokument jener Justiz, von der man sich beruhigt sagt, daß sie fünf Jahrhunderte hinter uns liegt. Im Fall Krafft berief der Staatsanwalt zu Gunsten des Verurteilten. Im Jahre 1907 fand ein Wiedersehen zwischen dem Hofrat Feigl und dem Sträfling statt, der ihm in einem andern Prozeß als Zeuge vorgeführt wurde. Er war inzwischen tuberkulös geworden, und so konnte ihn Herr Hofrat Feigl beim besten Willen nicht mehr vor völliger Verderbnis schützen. Nachdem dieses Wiedersehen zwischen einem Blassen und einem Blässern geschildert worden war, veröffentlichte die ›Fackel‹ das Bekenntnis eines der Geschwornen, die den Krafft verurteilt hatten: »Denn wenn wir geahnt hätten – nun, Sie erinnern sich gewiß, wie wir einige Tage später angesichts des abermaligen Feigl uns durch einen Freispruch Luft gemacht haben. Allein vorher kannten wir unsern Feigl noch nicht ganz; und da die Ergebnisse der Verhandlung sich mit den Schuldfragen glatt deckten, konnten wir nichts anderes tun, als diese bejahen. Wie dann aber das Wort ›lebenslänglich‹ gefallen ist, sind wir dagestanden, wie vom Donner gerührt und haben einer den andern angestarrt – völlig entgeistert. Ich bin aus dem Saale getaumelt, buchstäblich betäubt und: ›Barmherziger Himmel, das haben wir nicht gewollt, nein, das haben wir nicht gewollt‹, mußte ich fort und fort murmeln. Als nachträglich die Änderung des Urteils bekannt wurde, haben wir die Strafmilderung wie eine Befreiung von eigener Schuld empfunden... Aber ich erbitte mir von einem gütigen Schicksal, daß es mich vor neuerlicher Auslosung zum Geschwornen bewahre. Für dieses Amt tauge ich seither nicht, wenigstens so lange, als noch der Feigl im Landesgericht haust...« Nun, er hat sich gebessert und ist ein guter Richter geworden. Aber tausend Jahre Zuchthaus, mit denen seine rüstige Männlichkeit übers Ziel schoß, sind durch ein reuiges Greisenalter nicht mehr einzubringen. Die Entwicklung eines Strafrichters hat keine rückwirkende Kraft. Was hat jener Bursche davon, der zu einer Zeit das Täschchen raubte, als Hofrat Feigl noch nicht abgeklärt war? Er wird im Jahre 1916 das Zuchthaus verlassen, wenn nicht etwa die Schwindsucht die Absichten der Justiz konterkarieren sollte. Die Schwindsucht war ja lange Zeit die einzige Macht, die hierzulande gegen die Justizgewalt noch etwas ausgerichtet hat. Aber selbst dieser Instanz wäre manches Opfer entzogen worden, wenn es schon in den Anfängen des Dr. Feigl eine ›Fackel‹ gegeben hätte. Weil der vielversprechende Abschluß dieser Karriere, den auch ich anerkenne, die Tagespresse zu so herzlicher Zuversicht bewegt, war es notwendig, auch von dem Mittelstück zu sprechen.

An seine Kritik der Geschworenenjustiz, in *Sittlichkeit und Kriminalität* unter den Titel *Die Wahrung berechtigter Interessen* gestellt, erinnert Kraus mit demselben Titel in einer (auch mehrfach vorgelesenen) Glosse aus dem Jahre 1911, die außerdem noch einmal das Feigl'sche Fehlurteil ins Gedächtnis ruft (F 338, 12-14):

»Aus Leitmeritz, 27. d., wird uns berichtet: Heute stand vor dem hiesigen Geschwornengerichte der Fabriksarbeiter Wenzel Proksch in Tetschen unter der Anklage, am 29. Oktober in Tetschen im öffentlichen Haus des Markus Bloch die Prostituierte Marie Ungermann in mörderischer Absicht getötet zu haben. Am 29. Oktober abends kam in das Haus des Markus Bloch in Tetschen ein junger Mann, der mit der Prostituierten Ungermann auf deren Zimmer ging. Kurz darauf ertönte aus dem Zimmer die elektrische Klingel. Die Wirtschafterin Wendel eilte zur Zimmertür und hörte ein Stöhnen. Gleich darauf stürzte ein junger Mann aus dem Zimmer, dessen Tür offen stand. Sie drehte das elektrische Licht auf und sah nun vor dem Sofa die Ungermann in einer Blutlache liegen. Die herbeigerufenen Ärzte konnten nur den bereits eingetretenen Tod des Mädchens konstatieren. Trotz eifriger Recherchen gelang es in den ersten Tagen nach der Tat nicht, des Täters habhaft zu werden. Am 1. November stellte er sich jedoch selbst dem Gerichte. Der Täter Wenzel Proksch gab vor dem Untersuchungsrichter an, er sei am 28. Oktober abends bei der Ungermann gewesen und habe ihr zwei Kronen gegeben. Am nächsten Morgen hätten ihm seine Eltern das leere Portemonnaie gezeigt, wodurch er zur Überzeugung gelangt sei, daß ihm die Ungermann vier Kronen genommen habe. Im Ärger über den Verlust des Geldes faßte er den Entschluß, sich an der Prostituierten zu rächen. Er nahm ein Küchenmesser, steckte es in die Rocktasche und ging in das Haus und wartete auf das Mädchen. Als sie herauskam, habe sie ihn aufgefordert, mit in ihr Zimmer zu gehen. Er sei sofort mit ihr gegangen, um sie zu töten. Die Prostituierte habe die Tür des Zimmers verriegelt, Licht gemacht und wollte sich entkleiden, wobei sie ihm mit dem Rücken zugekehrt war. *In diesem Augenblick habe er ihr einen Stich in den Rücken versetzt und dann noch mehrere Stiche gegen sie geführt, bis sie zusammengestürzt sei. Während er sie mit dem Messer bearbeitete*, sei jemand zur Tür gekommen, weshalb er auf Flucht und Rettung bedacht gewesen sei. Er habe das Messer weggeworfen, das Licht verlöscht, die Tür aufgerissen und sei geflohen. Er sei nach Hause gelaufen, habe sich in der Waschküche die blutigen Hände gewaschen, den blutigen Rock habe er in den Schrank gehängt und Tags darauf, als er allein daheim war, gewaschen und gebügelt. Da ihm sein Gewissen keine Ruhe gelassen, habe er am 30. Oktober mittags seinen Eltern alles mitgeteilt, einen Revolver gekauft, sei auf den Friedhof gegangen, habe aber nicht den Mut gefunden, sich zu erschießen. Über Anraten seiner Eltern habe er sich dem Gerichte gestellt. – Die Sachverständigen erklärten in einer zweistündigen Darlegung Proksch für geistig gesund. Den Geschworenen wurden zwei Hauptfragen vorgelegt. Die erste auf *gemeinen Mord* wurde *mit neun Stimmen verneint*, die zweite wegen Übertretung des *unbefugten Waffentragens* wurde mit *zehn Stimmen verneint*. Auf Grund dieses Verdiktes wurde Proksch *freigesprochen*.«

Urteilsbegründung: A Hur war's.

*

Und nie, solange diese Welt lebt, wird die Urteilsbegründung anders lauten... Mit Messern in den Rücken – no ja, bei dem Lebenswandel Herr Obmann, sagen S' is des a Wunder? San mer froh, daß mer keine Menscher nicht sein, wos? Hehe! Aber was unsereiner riskiert! Wenn im Börsel nacher vier Kranln fehlen, wann man von so einer kommt Herr Nachbar, das spürt man am eigenen Leib, das kann jedem von uns passieren. Wär net schlecht. Daß das überhaupt geduldet wird, wo es doch im Gesetzbuchö oosdrücklich steht, wer Schanddirnen beherberget. Neen, da verneene ich die Schuldfragee... Und wegen Betrugs war die Ungermann nicht mehr zu fassen. Das Urteil ist ein ethisches Bekenntnis. Der Mord wird nicht bestraft, sondern belobt, denn ausdrücklich wird anerkannt, daß auch die Übertretung des Waffenpatents gegen eine Prostituierte erlaubt ist. Ein Fall der Notwehr. Hätte der Bursch einen Stein gegen einen Wachmann geworfen, unter einem Jahr wär's nicht abgegangen. Unter sieben nicht, wenn er einen Justizminister verfehlt hätte. Der hungrige Altersgenosse, der einer Frau die Handtasche zu entreißen versucht hat, bekam lebenslänglichen Kerker. Die höhere Instanz machte zwölf Jahre draus; die Tuberkulose vier. Der Delinquent ist tot und sein Richter hat einen schlechten Schlaf. Das Tier, das eine Frau, nicht zur Lust, aber so oft in den Rücken stach, als ihm Kronen in der Tasche fehlten, wird frei herum gehen. A Hur war's, Leitmeritz ist eine deutsche Stadt, die Sprachenfrage ist wichtig, die Justiz ist eine Institution, das Schwurgericht ist ein Korrektiv, und die Lage der Deutschen in Österreich ist kein Messer in den Rücken wert.

ERSTDRUCKE, NACHDRUCKE

Die Schriften dieses Bandes sind mit einer Ausnahme (dem »Epilog« des Artikels *Ein Unhold*) in erster Fassung alle in der *Fackel* erschienen. Sie werden hier – getrennt nach »Aufsätzen« und »Notizen« – in der Reihenfolge ihres ersten Erscheinens und unter Beifügung ihrer in vielen Fällen abweichenden Gruppen- oder Einzeltitel aufgeführt. (Diese waren bis F 207 oft erst dem Inhaltsverzeichnis in dem jeweils nächsten Heft, von F 208 an außerdem dem Inhaltsverzeichnis auf der ersten Umschlagseite zu entnehmen.) Ein den Quellenangaben vorangesetztes Sternchen weist auf Verwendung von größerer Schrift im Erstdruck der *Fackel*. Der Gruppentitel »Antworten des Herausgebers« erscheint abgekürzt zu »Antworten«.

Aufsätze

1902	Sittlichkeit und Kriminalität	*F 115, 1-24	Sittlichkeit und Criminalität (Nach einem Ehebruchsprocess)
	Die Humoristen	F 116, 23-25	Antworten / Gerichtsinspector
1903	Die Presse als Kupplerin [I]	*F 149, 1-3	Kupplerinnen und Zeitungsverleger
1904	Die Hetzjagd auf das Weib	*F 153, 10-14	Die Hetzjagd auf die schöne Frau
	Gerichtspsychiatrie [II]	*F 155, 7-8	Psychiatrie
	Katastrophen [I]	*F 156, 6-7	Der alte Regenschirm
	Ein Unhold [I]	*F 157, 1-6	
	Ein Unhold [II]	F 158, 17-20	Antwort / Kriminalist
	Erpressung	*F 159, 1-17	
	Ethik und Strafgesetz	*F 160, 1-6	
	Zwei Urteile	*F 163, 9-12	
	Der Fall Hervay	*F 165, 2-12	

	Irrenhaus Österreich	*F 166, 1-21	Irrenhaus Österreich (Die Affaire Coburg)
	Katastrophen [II]	*F 167, 1-2	Der Prozeß gegen eine Kindesmörderin
	Der Hexenprozeß von Leoben	*F 168, 1-20	
	Die Ballettsteuer	*F 169, 1-6	Ballettsteuer
	Die Wahrung berechtigter Interessen	*F 171, 9-13	Die Geschwornen
	Rund um den Schandlohn [I]	18-19[1]	Der Blitzzug des Herzens
1905	Montignoso	*F 175, 1-7	
	Gerichtspsychiatrie [III]	* 13-14	
	Verbrecher gesucht	*F 177, 3-7	Die Herstellung von Verbrechen
	Katastrophen [III]	22	Antworten / Kriminalist
	Eros und Themis	*F 179, 1-7	Sexualjustiz
	Zum Prozeß Klein	*F 180-181, 28-31[2]	
	Theatermoral	* 31-35	Ein Wiener Ereignis
	Gerichtspsychiatrie [V]	F 183-184, 48	Antworten / Irrsinniger
	Die Memoiren der Frau v. Hervay	*F 186, 17-20	
	Die Kinderfreunde	*F 187, 1-28	
	Nachträgliches zum Prozeß Beer	F 189, 18-26	Antworten / Kinderfreund
	Diskrete Zusammenkünfte	*F 190, 1-4	
1906	Rund um den Schandlohn [III]	F 193, 22-24	Antworten / Gentlemen
	Rund um den Schandlohn [II]	F 194, 26-28	Antworten / Lebemann
	Die Kußräuberin	F 196, 4	Quer durch Österreich / Tetschen

		23-24	Antworten / Kriminalist
		F 197, 14-16	Antworten / Tier
	Der Selbstmord der Themis	*F 200, 1-5	
	Ein österreichischer Mordprozeß	*F 208, 1-5	
	Ein Überfall der Justiz	29-32	Antworten / Alkoholiker
	Zum Prozeß Rutthofer	*F 209, 9-12	Der Prozeß Rutthofer
	Die Reverenz	*F 210, 1-3	
	Der Fall Riehl	*F 211, 1-28	Der Prozeß Riehl
	Wegen Bedenklichkeit	F 212, 26-28	Antworten / Sittenrichter
	Aus dem dunkelsten Österreich	*F 214-215, 1-6	
1907	Die Ära nach dem Prozeß Riehl	F 216, 10-19	
	Der Prozeß Odilon	*F 217, 1-7	
	Der Meldzettel	*F 218, 1-7	
	Mutterschutz	F 221, 19-20	Antworten / Arzt
	Das Gericht	*F 223-224, 16-18	Das Gesetz
	Nulla dies …	*F 225, 1-10	
	Die Presse als Kupplerin [II]	F 227-228, 36-37	Antworten / Leser
	Ein Unhold [III] / Nach vier Jahren [I]	*F 232-233, 9	Revue des Sommers / Blecha [Ein Wiedersehen]
	Gerichtspsychiatrie [I]	*F 236, 15-16	
	Gerichtspsychiatrie [IV]	* 16-18	
	Ein Unhold [IV] / Nach vier Jahren [II]	*F 236, 23-24	Feigl und Krafft
	Perversität	*F 237, 16-22	
	Ein Unhold [V] / Epilog	–	

Notizen

1902	[Die Geschwornen sprachen]	*F 109, 10-12	Dreierlei Parteiverblödung
	[Bezirksgericht]	F 116, 22-23	Antworten / Gerichtsinspector
	[Daß in Theaterstücken]	F 147, 23-24	Antworten / Damenschneider
1904	Die New-Yorker Filiale der Wiener Justiz [I]	*F 160, 9-11	Ein Nachruf
	Konzessionierte Schnüffler	*F 162, 1-15	[Auszüge]
	Die New-Yorker Filiale der Wiener Justiz [II]	*F 169, 15-16	Helfer und Helfershelfer
1905	[In Österreich]	*F 174, 10-11	Zu viel Ehre!
	[In dem Fälscherprozeß]	*F 176, 6-7	Der Fälscherprozeß
	[Die Interessenten des Schwachsinns]	*F 179, 11-12	Coburg
1906	[»Dem Richter ...«]	F 194, 21	Antworten / Zeitgenosse
	[Ein Salzburger Bauer]	21-22	Antworten / Betschwester
	[In die Volksschullesebücher]	F207, 27-28	Antworten / Ethiker
	[»Gestern hatte sich ...«]	F 208, 17-18	Antworten / Wiener
	[Auf dem Gebiete]	19-21	Antworten / Sünder
	Ein todeswürdiges Verbrechen	*F 209, 7-9	
	[Welthistoriker melden]	12-15	Caruso
	[Die Wiener Polizei]	F 214-215, 48	Antworten / Verbrecher
	[Das ›Extrablatt‹ über die Enthaftung]	48-49	Antworten / Wasserer

1907	[In einem Artikel]	F 217, 21-22	Antworten / Abonnent der ›Deutschen Zeitung‹ in Mauer-Oehling
	[Welcher Humor]	F 218, 24	Antworten / Komiker
	[In einer Gerichtsverhandlung]	F 221, 19	Antworten / Untertan
	[Vor einem galizischen Schwurgericht]	F 222, 13	Antworten / Irdischer Richter
	[Ein juristisches Blatt]	18-19	Antworten / Polizist
	Die Geschichte einer Verhaftung	*F 226, 11-13	Eine Wiener Verhaftung
	[(Zur Bitte um Aufhebung …)]	*F 227-228, 8-11	Das neue Strafgesetz [Auszüge]
	[Außer den Polizeihunden]	F 230-231, 40	Antworten / Moralist
	[Ach, unsere Justiz]	*F 232-233, 14	Revue des Sommers / Justiztaten
	[Der Unterschied]	14-15	Revue des Sommers / Justiztaten
	[Vor dem Richter …«]	15-16	Revue des Sommers / Justiztaten
	[Von der ganzen Hau-Sensation]	26	Revue des Sommers / Hau
	[Eine österreichische Hoffnung]	29	Revue des Sommers / Der Fall Tarnowska
	[Die Kenner im Landesgericht]	29	Revue des Sommers / Der Fall Tarnowska
	[Das ›Extrablatt‹ ist bekanntlich]	30-32	Revue des Sommers / Die Rettung durch den Mädchenhandel
	Paris und Wien	F 236, 22	

Die meisten größeren Schriften des Bandes sind außer in der *Fackel* auch separat als Broschüren veröffentlicht worden. Dabei handelt es sich im einzelnen um:

Sittlichkeit und Criminalität (Nach einem Ehebruchsprocess). 1902. [Aus F 115.]

Irrenhaus Österreich (Die Affaire Coburg). 1904. [Aus F 166.]

Der Fall Hervay. 1904. [Aus F 165 (Der Fall Hervay) und F 168 (Der Hexenprozeß von Leoben).]

Die Kinderfreunde (Zum Prozeß Beer). 1905. [Aus F 187.]

Der Prozeß Riehl. 1906. [Aus F 211.]

Alle Broschüren sind – zum Teil in mehreren Auflagen – im Verlag ›Die Fackel‹ erschienen.

Den Aufsatz *Perversität* hat Kraus im Jahre 1910 (ebenso wie einige Stücke aus *Die chinesische Mauer*) der Berliner Wochenschrift *Der Sturm* (1. Jahrgang, Nr. 13, 97f.) zum Nachdruck überlassen.

---

1 Der Anfang schon: F 169, 20-21 (Antworten / Moralist).

2 Ein Teil (S. 162f.) schon: F 170, 21-22 (Antworten / Trottel).

ABBILDUNGEN ZUR DOKUMENTATION

DIE FACKEL

NR. 115 WIEN, ANFANG SEPTEMBER 1902 IV. JAHR

SITTLICHKEIT UND CRIMINALITÄT.

Mein theurer Gloster! – Welch ein Unterschied
Ist zwischen Mann und Mann! Ja, dir gebührt
Des Weibes Gunst; mein Narr von Ehgemahl
Besitzt mich wider Recht.

Goneril in »Lear«, IV. 2.

Ziemte mir's,
Daß diese Hand gehorchte meinem Blut,
Sie möchte leicht zerreißen dir und trennen
Fleisch und Gebein! Wie sehr du Teufel bist,
Die Weibsgestalt beschützt dich.

Albanien in »Lear« IV. 2.

Tod um Ehbruch, —?— Nein!
Der Zeisig thuts, die kleine goldne Fliege,
Vor meinen Augen buhlt sie.
Laßt Ueppigkeit gedeihn!

Lear, IV. 6.

»– – Wenn ihr nur zehn Jahre lang hintereinander alle die hängen und köpfen laßt, die sich in diesem Stücke vergehn, so könnt ihr euch bei Zeiten danach umsehen, woher ihr mehr Köpfe verschreiben wollt. Wenn dies Gesetz zehn Jahre in Wien besteht, will ich das schönste Haus drin für einen Dreier per Tag miethen.«

»Maß für Maß«, II. 1.

»Meiner Sendung Amt
Ließ manches mich erleben hier in Wien:
Ich sah, wie hier Verderbnis dampft und siedet,
Und überschäumt: Gesetz für jede Sünde;
Doch Sünden so beschützt, daß eure Satzung
Wie Warnungstafeln in des Baders Stube
Da steht, und was verpönt, nur wird verhöhnt.«

»Maß für Maß«, V. 1.

Abbildung 1
Die erste Seite des Aufsatzes *Sittlichkeit und Criminalität* im Erstdruck der *Fackel* vom 17. September 1902 (laut U 1). Man vergleiche die definitive Motto-Reihe (in dieser Ausgabe S. 9-10).

Irrenhaus Österreich

(Die Affaire Coburg.)

Von

KARL KRAUS.

(SONDERABDRUCK AUS ‚DIE FACKEL.‘)

Preis 40 h, portofrei 50 h.

WIEN 1904.

VERLAG ‚DIE FACKEL‘, IV. SCHWINDGASSE 3.

Druck v. Jahoda & Siegel, Wien, III. Hintere Zollamtsstr. 3.

Abbildung 2
Titelblatt des »Sonderabdrucks« von *Irrenhaus Österreich* aus der *Fackel* vom 6. Oktober 1904 (F 166). Der Untertitel steht auch in der Inhaltsübersicht des Heftes (F 167, U 3).

Zu Abbildung 3
Der Anfang des Artikels *Die Hetzjagd auf das Weib* im Druck der *Fackel* (F 153, 10) mit handschriftlichen Zusätzen von Karl Hauer (oben: »Gewerbsmäßige Unzucht«) und Karl Kraus (unten: »Die Hetzjagd auf das Weib«) für die Übernahme in das Buch. Kraus' Formulierung lehnt sich an die Titelgebung in der Inhaltsübersicht zu F 153 (in F 154, U 3) an: *Die Hetzjagd auf die schöne Frau.*

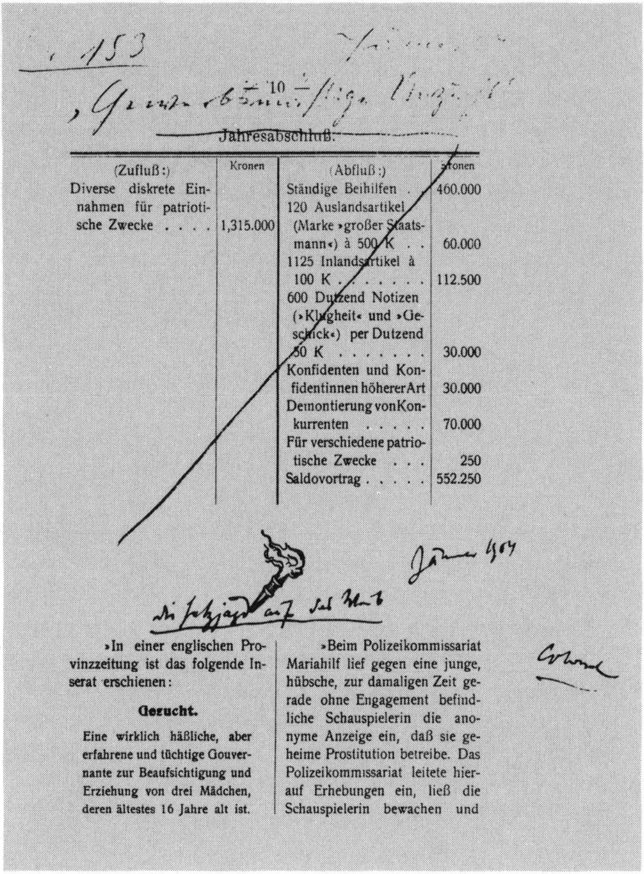

10

Jahresabschluß.

(Zufluß:)	Kronen	(Abfluß:)	Kronen
Diverse diskrete Einnahmen für patriotische Zwecke	1,315.000	Ständige Beihilfen . .	460.000
		120 Auslandsartikel (Marke »großer Staatsmann«) à 500 K . .	60.000
		1125 Inlandsartikel à 100 K	112.500
		600 Dutzend Notizen (»Klugheit« und »Geschick«) per Dutzend 50 K	30.000
		Konfidenten und Konfidentinnen höherer Art	30.000
		Demontierung von Konkurrenten	70.000
		Für verschiedene patriotische Zwecke . . .	250
		Saldovortrag	552.250

»In einer englischen Provinzzeitung ist das folgende Inserat erschienen:

Gesucht.

Eine wirklich häßliche, aber erfahrene und tüchtige Gouvernante zur Beaufsichtigung und Erziehung von drei Mädchen, deren ältestes 16 Jahre alt ist.

»Beim Polizeikommissariat Mariahilf lief gegen eine junge, hübsche, zur damaligen Zeit gerade ohne Engagement befindliche Schauspielerin die anonyme Anzeige ein, daß sie geheime Prostitution betreibe. Das Polizeikommissariat leitete hierauf Erhebungen ein, ließ die Schauspielerin bewachen und

Abbildung 3
Eine Probe aus den Vorarbeiten für *Sittlichkeit und Kriminalität.*

SITTLICHKEIT UND
KRIMINALITÄT

VON

KARL KRAUS

AUSGEWÄHLTE SCHRIFTEN
I. BAND

WIEN UND LEIPZIG 1908
BUCHHANDLUNG L. ROSNER

Abbildung 4
Titelblatt der Erstausgabe des Buches *Sittlichkeit und Kriminalität* aus dem Jahre 1908.

November 1904

Der Hexenprozeß von Leoben

»Nur Wenige, nur sehr Wenige überstanden wie durch ein Wunder alle die Qualen und wurden dann, wenn nicht ‚neue Indizien' hinzukamen, welche die Wiederholung der ganzen Prozedur heischten, nach einiger Zeit als Krüppel an Leib und Geist aus der Kerkerhöhle entlassen, um über die ‚Religion der Liebe' nachzudenken.«

Johannes Scherr, Geschichte deutscher Kultur und Sitte.

Es geschehen jetzt Dinge, vor denen die Sprache der Empörung stumm wird, der feinsten Erziehung eine geballte Faust würdiger dünkt, als der artikulierte Ausdruck der Gefühle, und der Besonnenheit, wofern sie nur Menschenblut in den Adern hat, der Gedanke an brachiale Abwehr näher liegt als die Achtung vor dem Gesetz. Ist es ein Plan der Oberen, die mit ihren Erlässen den Herrgott und mit ihren Taten den Teufel versöhnen, ein Vorbild der Anarchie zu schaffen? Und ist es kein Plan, wie erklärt ihr Höflinge der öffentlichen Meinung, daß jetzt ein Ruf nach Lynchjustiz an den Justizlynchern wie Donnerhall durch die Lande braust? Lebenslanger Kerker für den Raub einer Geldbörse, »Machen S' keine G'schichten!« als Zuspruch vor einer Verurteilung zum Tode, der Hexenprozeß gegen eine der Faszinierung eines Beamten beschuldigte Frau — bezwinge sich, wer kann: die Feder reicht nicht mehr aus, man muß zum Tintenfaß greifen. . . .

Abbildung 5
Eine Seite (116) aus der letzten Ausgabe des Buches von 1923.

LITERATURVERZEICHNIS

Ausgaben

Sittlichkeit und Kriminalität. Wien und Leipzig: Buchhandlung L. Rosner 1908. (Ausgewählte Schriften 1. Band.) [4] und 388 S. 8°.
– – – Zweite Auflage. Wien und Leipzig: Buchhandlung L. Rosner 1908. (Ausgewählte Schriften 1. Band.) [4] und 388 S. 8°. [Titelauflage. – Mit neuem Schutzumschlag später ausgeliefert vom »Verlag der Schriften von Karl Kraus (Kurt Wolff)« in Leipzig.]
– – – Wien/Leipzig: Verlag ›Die Fackel‹ 1923. 3. bis 7. Tausend. 392 S. 8°.
– – – Herausgegeben von Heinrich Fischer. München/Wien: Langen-Müller 1963 [Später: München: Kösel-Verlag.] (= Elfter Band der Werke von Karl Kraus.) 348 S.

Übersetzungen

(Italienisch)
Morale e criminalità. [Auswahl.] Übers.: Bianca Cetti Marinoni. Milano 1976.

(Japanisch)
[Sittlichkeit und Kriminalität – eine Auswahl.] Übers.: Tarô Komatsu. Tokyo 1970.

Abhandlungen

Theodor W. Adorno: Sittlichkeit und Kriminalität. Zum elften Band der Werke von Karl Kraus. In: Ders.: Noten zur Literatur. Frankfurt a. M. 1977. 366-387 (= Gesammelte Schriften Band 2).
Helmut Arntzen: Karl Kraus und die Presse. München 1975 (= Literatur und Presse/Karl-Kraus-Studien Band 1).
Volker Bohn: In der Sphäre des Rechts. Juristisches Verfahren – satirischer Prozeß. In: Ders.: Satire und Kritik. Über Karl Kraus. Frankfurt a. M. 1974. 57-74 und 93-100.
Gilbert J. Carr: Karl Kraus und Sigmund Freud. In: Ders. und Eda Sagarra (Hrsg.): Irish Studies in Modern Austrian Literature. Dublin 1982. 1-30.
Cesare Cases: Morale, criminalità e femminilità in Karl Kraus. In: Belfagor. Rassegna di varia umanità 31 (1976). 447-459. Auch in: Ders.: Il testimone secondario. Torino 1985. 171-186.

Adolf Grabowsky: Karl Kraus Sittlichkeit und Kriminalität. [Rezension.] In: Juristisches Literaturblatt 21 (1909). 190 f. Vgl. auch F 290, 13 f.

Murray G. Hall: Verlage um Karl Kraus. In: Kraus-Heft 26/27 (1983). 2-31.

Edwin Hartl: Karl Kraus und die Psychoanalyse. Versuch einer Klarstellung. In: Merkur 31 (1977). 144-162.

Karl Hauer: Sittlichkeit und Kriminalität. [Rezension.] In: März 2 (1908). 170-172. Vgl. F 251-252, 5-8.

Wilma Abeles Iggers: The Social Role of Woman. In: Dies.: Karl Kraus. A Viennese Critic of the Twentieth Century. The Hague 1967. 155-170.

Leopold Liegler: Sittlichkeit und Kriminalität. In: Ders.: Karl Kraus und sein Werk. Wien 1920, ^{2}1933. 161-202.

Margarete Mitscherlich-Nielsen: Sittlichkeit und Kriminalität. Psychoanalytische Bemerkungen zu Karl Kraus. In: Text und Kritik. Sonderband Karl Kraus. München 1975. 21-38.

Alfred Pfabigan: Die höllische Sexualmoral der »Fackel«. In: Ders.: Karl Kraus und der Sozialismus. Eine politische Biographie. Wien 1976. 77-131.

Friedrich Pfäfflin: Fackelrot am Münchner Himmel. Karl Kraus und Ludwig Thoma 1903-1921. In: Festschrift für Werner Goebel. München 1980. 94-131.

Sophie Schick: Die Vorarbeiten zu »Kultur und Presse«. In: Kraus-Heft 2 (1977). 12-16.

Edward Timms: The Austrian Masquerade. In: Ders.: Karl Kraus, Apocalyptic Satirist. Culture and Catastrophe in Habsburg Vienna. New Haven/London 1986. 61-165.

Nike Wagner: Geist und Geschlecht. Karl Kraus und die Erotik der Wiener Moderne. Frankfurt a. M. 1982.

EDITORISCHE NOTIZ

Beim vollständigen Neusatz des vorliegenden Bandes, dem die letzte Originalausgabe von 1923 zugrunde liegt, sind hauptsächlich drei typographische Abänderungen vorgenommen worden. (1) Die Kapitelüberschriften erscheinen statt in halbfetter Schrift nun in Versalien und Kapitälchen. (2) Die Markierung der Kapitelschlüsse durch waagerechte Striche ist (gemäß Kraus' eigener Praxis in der letzten Ausgabe der *Chinesischen Mauer* von 1930) aufgegeben. (3) Einfache ‚deutsche' Anführungszeichen werden durch ›französische‹ ersetzt. Einen Eindruck von der typographischen Gestalt der Originalausgabe vermittelt das Faksimile auf S. 377, das die satztechnische Qualität der Vorlage freilich nur andeutungsweise zu erkennen gibt. – An Druckfehlern der Vorlage waren nur wenige (die meisten gemäß der Erstausgabe von 1908) zu berichtigen. Beibehalten wurde die (der oberdeutschen Aussprache gemäße) Schreibung »Spässe« (S. 37, Z. 1) sowie der (insgesamt gleichfalls wohlbedachte) Wechsel zwischen verschieden vielen Auslassungs- oder Gedankenpunkten.

Göttingen, 1. Februar 1987 — Christian Wagenknecht

INHALT

SITTLICHKEIT UND KRIMINALITÄT

ANHANG

Karl Kraus
Schriften
Herausgegeben von
Christian Wagenknecht
12 Bände

Band 1: Sittlichkeit und Kriminalität
Band 2: Die chinesische Mauer
Band 3: Literatur und Lüge
Band 4: Untergang der Welt durch schwarze Magie
Band 5: Weltgericht I
Band 6: Weltgericht II
Band 7: Die Sprache
Band 8: Aphorismen
Band 9: Gedichte
Band 10: Die letzten Tage der Menschheit
Band 11: Dramen
Band 12: Dritte Walpurgisnacht